中國古典文學基本叢書

吴梅村詩集箋注

上册

〔清〕吴偉業 撰
〔清〕程穆衡 原箋
〔清〕楊學沆 補注
张 耕 點校

中華書局

圖書在版編目(CIP)數據

吴梅村詩集箋注/(清)吴偉業撰;(清)程穆衡原箋;(清)楊學沆補注;張耕點校. —北京:中華書局,2020.6(2023.3 重印)
(中國古典文學基本叢書)
ISBN 978-7-101-14535-9

Ⅰ.吴… Ⅱ.①吴…②程…③楊…④張… Ⅲ.古典詩歌-詩集-中國-清前期 Ⅳ.I222.749

中國版本圖書館 CIP 數據核字(2020)第 066015 號

責任編輯:許慶江
責任印製:陳麗娜

中國古典文學基本叢書
吴梅村詩集箋注
(全二册)
〔清〕吴偉業 撰
〔清〕程穆衡 原箋
〔清〕楊學沆 補注
張 耕 點校

*

中華書局出版發行
(北京市豐臺區太平橋西里 38 號 100073)
http://www.zhbc.com.cn
E-mail:zhbc@zhbc.com.cn
三河市宏盛印務有限公司印刷

*

850×1168 毫米 1/32 · 29⅜印張 · 6 插頁 · 700 千字
2020 年 6 月第 1 版 2023 年 3 月第 2 次印刷
印數:3001-4000 册 定價:108.00 元

ISBN 978-7-101-14535-9

梅村先生寫照（局部）（清　禹之鼎繪）

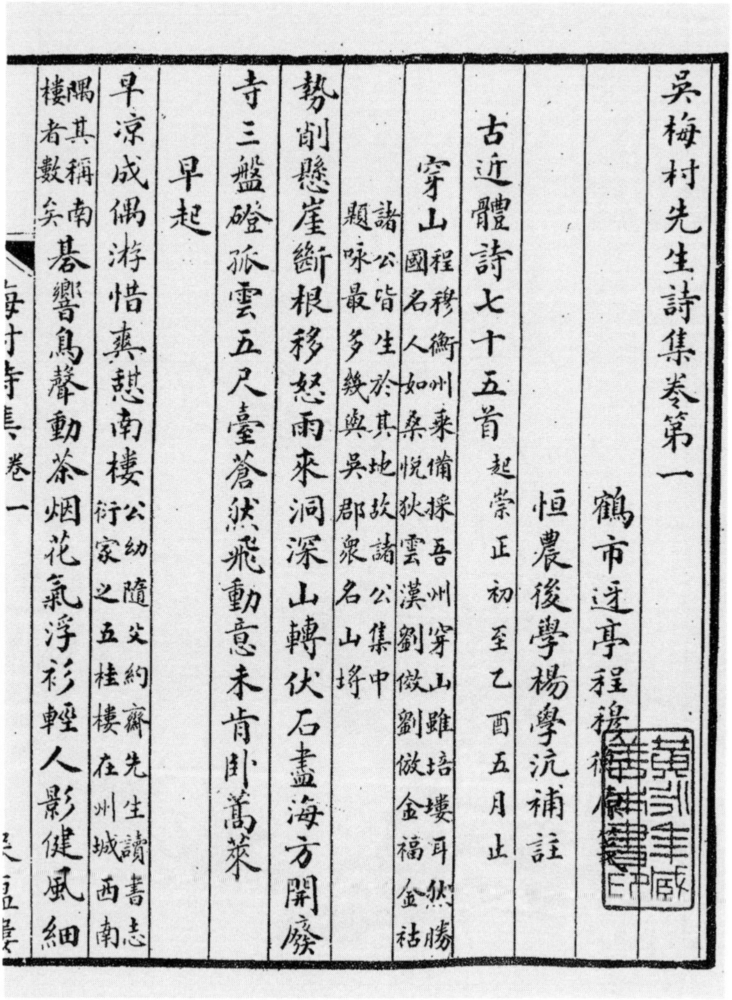

吴梅村先生詩集卷第一

鶴市迻亭程穆衡原箋

恒農後學楊學沆補註

古近體詩七十五首 起崇正初至乙酉五月止

穿山 程穆衡州乘備採吾州穿山雖培塿耳然勝國名人如桑悅狄雲漢劉儆劉儆金福金祜諸公皆生於其地故諸公集中題咏最多幾與吳郡衆名山埒

勢削懸崖斷根移怒雨來洞深山轉伏石盡海方開廢寺三盤磴孤雲五尺臺蒼然飛動意未肯卧蒿萊

早起

早涼成偶游惜爽慰南樓 公幼隨父約齋先生讀書志衍家之五桂樓在州城西南隅其稱南樓者數矣 碁響鳥聲動茶烟花氣浮衫輕人影健風細

吴梅村詩集箋注（清　保蘊樓鈔本）

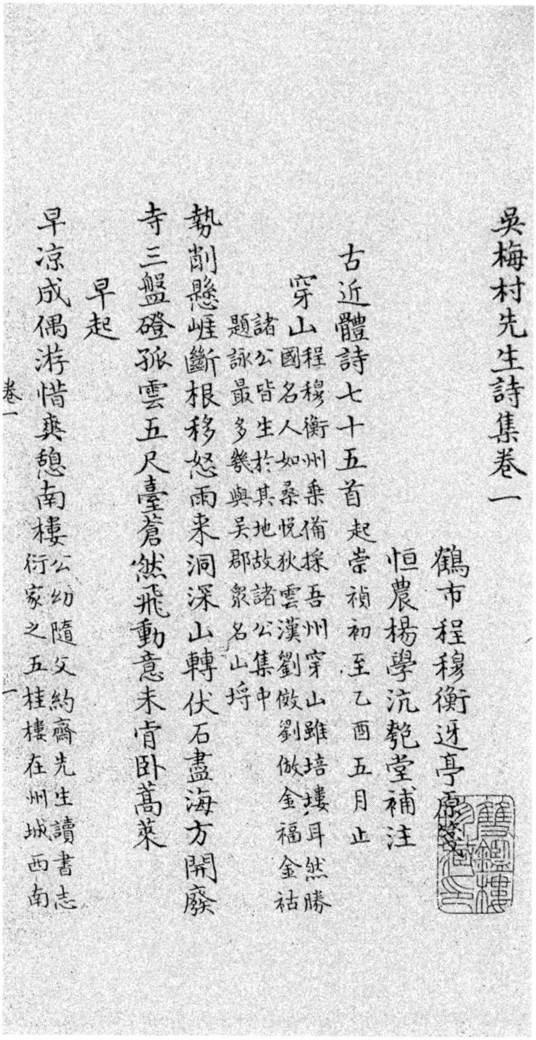
吳梅村先生詩集卷一

鶴市程穆衡迓亭原箋

恒農楊學沆匏堂補注

古近體詩七十五首 起崇禎初至乙酉五月止

穿山 程穆衡州乘備採：吾州穿山雖培塿耳，然勝國名人如桑悅、狄雲漢、劉倣、劉倣、金福、金祜諸公皆生於其地，故諸公集中題詠最多，幾與吳郡衆名山埒。

勢削懸崖斷，根移怒雨來。洞深山轉伏，石盡海方開。麼寺三盤磴，孤雲五尺臺。蒼然飛動意，未肯臥蒿萊。

早起

早涼成偶游，惜爽憩南樓。公幼隨父約齋先生讀書志行家之五桂樓，在州城西南。

卷一　一

吳梅村詩集箋注（清　士禮居鈔本）

梅村家藏藁卷第一　詩前集一

五言古詩三十八首

贈蒼雪

我聞昆明水天花散無數躡足凌高峰了了見佛土法師滇海來柏杖渡湘浦藤鞋負貝葉葉葉青蓮吐法航下匡盧講室臨玄圃忽聞金焦鐘過江救諸苦中峰古道場浮圖出平楚通泉繞堦除疏巖置廊廡同學有汰公兩山聞法鼓天親借無著一朝亡其伍獨游東海上從者如墻堵迎文開十誦廣舌演四部設難何衡陽答疑劉少府人我將毋同是非空諸所卽今四海內道路多豺虎師於高座上瓣香祝君父欲使菩提樹徧蔭諸國土洱水與蒼山佛教之齊魯一屐遊中原五嶽問諸祖稽首香花巖刼義足今古

塗松晚發

孤月傍一村寒潮自來去人語出短篷纜沒溪橋樹冒霜發輕舠披衣聽雞曙斷響若鳴灘蘆洲疑驟雨漁因入浦喧農或呼門懼居然見燈火市

梅村家藏稿（董氏誦芬室刻本）

目録

上册

吴梅村詩集箋注卷第二

吴梅村詩集箋注卷第三

吳梅村詩集箋注卷第四

吴梅村詩集箋注卷第五

吳梅村詩集箋注卷第六

吴梅村詩集箋注卷第七

下册

吴梅村詩集箋注卷第八

吴梅村詩集箋注卷第九

吴梅村詩集箋注卷第十

吴梅村詩集箋注卷第十一

吴梅村詩集箋注卷第十二

吴梅村詩集箋注卷第十三

吴梅村詩集箋注卷第十四

附録一　《梅村家藏稿》溢出本集詩存録

點校説明

本書爲清程穆衡原箋、清楊學沆補注《吴梅村詩集箋注》之整理本。

吴偉業（一六〇九—一六七二），字駿公，號梅村，又號鹿樵生、灌隱主人等，江蘇太倉人，明末清初著名詩人。吴偉業早年順遂，晚境悲苦。他二十三歲即以第一名中會試，第二名中廷試，授翰林院編修，隨後官位漸次升遷，先後任南京國子監司業、左中允、左諭德、左庶子。明亡後干戈擾攘，親故相繼離世，他履危步險，常恐禍生不測。順治十年（一六五三），他迫於壓力，應召出爲清廷文學侍從，三年後即丁憂南還，不復出仕。康熙十年歲末（一六七二），吴偉業以舊疾復發去世，遺言立石「詩人吴梅村之墓」。

吴偉業生逢明清易代，感事傷時，發而爲詩，大多感情飽滿，辭藻富麗，聲韻協暢，有着很高的藝術感染力。特别是他學習前人創作的歌行，青出於藍，補史乘之所遺，傳畸人於千秋，當時號爲詩史，有着傑出的成就，受到後代重視。

吴偉業詩名早著，生前已被推爲詩壇祭酒。康熙七年（一六六八），他將自己所作的詩文遴選編次爲四十卷，交同里周肇、王昊、許旭、顧湄校讐付刻，陳瑚爲之序，這是梅村集最早的版本，後收入《四庫全書》。宣統三年，江蘇武進董氏誦芬室於北京購得《梅村家藏稿》，付梓印行，該本詩文較四十卷本爲多，又增加梅村詩話一卷、顧師軾所撰吴梅村年譜四卷，稱爲完備。

梅村集印行後不久，即有學者爲其中的詩歌部分作箋注，最著者爲程穆衡、靳榮藩、吴翌鳳三家。三家之中，靳箋、吴箋刻版印行，只有程箋以鈔本形式流傳。

程穆衡，字惟淳，號迓亭，江蘇太倉人，清乾隆間進士，曾任榆社知縣。除《吴梅村詩集箋注》外，還著有《復社年表》《婁東耆舊傳》，輯有《舄吟集》。楊學沆，字瀣伯，號匏堂、小鐵山人，江蘇太倉人。程穆衡之箋梅村詩，初稿成於乾隆三年（一七三八），至乾隆三十年（一七六五）重定。程箋的特點是着力於詩旨的闡發和本事的挖掘，於人、事解説詳細，又分散各體，以編年爲序，對梅村知人論世頗有裨益。乾隆四十六年（一七八一），楊學沆得睹程箋鈔本，嘆其體大思精，而惜其不釋語辭，在對程箋稍加整理後，爲作補注若干，又從吴梅村玄孫吴翔洽處迻録梅村詩話一卷附書後，寫定爲現在的面貌。

此本寫定後，仍以鈔本流傳，現存士禮居與保蘊樓兩個鈔本。其中士禮居本係黄丕烈借鈔嘉慶年間嘉興戴光曾閩中録本所得，民國十八年（一九二九），太倉俞慶恩據之略作訂正，列入《太崑先哲遺書》，排印出版，這是程箋本撰成後首次版行。上世紀中葉，黄永年先生於滬上修文堂書肆獲得清保藴樓鈔本，潘景鄭先生斷爲乾隆間楊學沆謄清本，以爲遠勝士禮居鈔本，一九八三年，上海古籍出版社將其影印出版。

今取兩鈔本對照，行款相同，而保蘊樓本體例嚴整，内容完善，繕寫精工，洵非士禮居本可及。此次整理，即以保蘊樓鈔本爲底本，士禮居鈔本爲校本，梅村詩、詩餘、詩話，併取《家藏稿》本參校。整理時儘量保存底本原貌：除避諱字、明顯誤字徑予改正外，凡底本與校本文字可兩存者，只在校記中説明；底本誤漏而校本正確者，據校本補正，並在校記中説明。全書的基本體例是程箋在前，楊注在後。程箋以小字繫於各詩標題或句子之下；楊注則於各詩之後獨立格式，並以中文數字識其次序。校勘則以阿拉伯數字表出之，以相區别。原書十二卷，詩餘一卷、詩話一卷列入附録，今稍加變通，改詩餘爲十三卷，詩話爲十四卷，另以《家藏稿》溢出本集詩、顧師軾《梅村先生年譜》爲附録，特此説明。

梅村詩出入古今，固非枵腹者可知。程穆衡窮其畢生爲箋注，襞積數百家，亦非淺學所易解。黽勉從事，舛誤仍或有所不免，幸祈讀者賜正。

張耕

二〇一九年十月

吴梅村先生詩箋原序

注詩之難，先哲言之備矣，而余以爲莫難於注梅村先生之詩。何則？先生當故明末造，實切旰衡，慨蒼鷹之枋國，致青犢之彌天，乃至鼇墜三山，龍飛九服。事關兩姓之間，語以微文爲主，而復雅擅麗才，爐錘今古，組織風雲，指事則情遥，徵辭則境隱，自非心會微指①，無以罄諸語言。其所爲難，斯其一也。昭代鼎興②，十夫民獻，信史未頒，實棼野乘，非旁搜鑿齒之編，親接茂先之論，茫如瀕海，昧比面墻，幾何不使一代丹青混彼淄澠，千年碧血蕩爲墟莽也乎？其所爲難二也。且夫北都有普天括髮之悲，南朝亦千古傷心之地，侯王既陵廟丘墟，朋舊盡星霜凋替，而乃援古貌今，移形即景，作者實愴不言之神，讀者當按難尋之跡，其所爲難三也。况言乎入洛，非覬崇榮，溯彼留周，最關蕭瑟，情源秀逸，自難已於兼綜；思業高奇，或偶形諸短咏③。既抑揚之非體，又新故之罕兼，乃荒朝不

① 指，士禮居本作「旨」。
② 興，士禮居本作「新」。
③ 諸，士禮居本作「於」。

見於令伯之文，則十空當會諸所南之史。其所爲難，抑又四也。余嘗讀其全集，有契於心，輒箋其下，積數百條。丁巳入都，卷帙叢殘，赫蹏散落。適先生曾孫砥亭聞而徵之余家，既歸，而惜其裒然者在紙堆也，因排纂之，以寄砥亭，且闕所未詳，竢諸參訂。昔開元初，吕延祚表上《文選》，敕以「比見注本，唯知引事，不説意義」，今之注家，病正同之，陳事則鈔勦有餘，旨趣則闡明不足。憶幼時得陳維崧儷體，讀而好之，顧見其排比時事，苦無徵覈，一旦聞有注本，踴躍購之，則但襞積詞句，人人所曉，而於論世知人之事，漫無及焉，因爲悵恨彌日。兹之所箋，唯貴覈今，無煩徵古。若其史籤經弗，紛綸璀璨，則先生之集固未許刳中者得窺其崖略，而索解者所難正不在此也，又何贅哉！　戊午花朝後學鶴市程穆衡識。

婁東耆舊傳

吴偉業，字駿公，梅村其號，參政公愈玄孫也。父琨，字禹玉，號約齋，授經里中。公生禀殊姿，學如夙授。江右李太虛明睿落魄，客授州王大司馬所，與約齋善。一日，飲於王氏，太虛被酒，碎其玉巵，主有訴言，太虛憤恚去，約齋追而贐之，太虛曰：「君子，奇才也。天如將以古學興東南，盍令從游乎？」約齋如其言，學則大成。公爲文大要根於六籍，佐以兩漢，而尤長《春秋》。堅光駿響，欱野歕山，要之原本忠直，品峻言厲，故捶皵幪背，無以喻其厚也；虪犧豹犆，不足爲其彩也。一出而中，辛未會試第一，廷試第二，海内震焉。

既授職編修，即疏劾蔡奕琛。奕琛者，長吏部温體仁私人。是時秦、凉群盗勢日東，官軍潰於河曲，而登、萊叛賊孔有德、耿仲明復以僞降紿督帥而覆其師。政府不以爲念，方以帝之親定奄黨逆案也，亦思構一逆案以報東林，公與師天如感憤太息。疏既上，奸黨怖。故事，首甲進士刊房書，必首列房師鑒定名，而公稿僅列天如名，知太虛意不悦，因嗾之，使誣公以隱慝。太虛正人，弗爲動，公亦歸過刊匠以自解。體仁逐天如去，公亦請假歸娶，事乃已。

乙亥赴闕，補原官，尋充纂修實録。丙子，同宋九青玫典試湖廣。楚賢士大夫爲熊魚山、鄭澹石，拏舟來，酹酒江樓，談天下事，江風吹面，流涕縱横，公慨然有當世意。明年，體仁鈎奸人張漢儒訐錢謙益、瞿式耜居鄉事，赤車收捕，而陸文聲訐復社事亦起。體仁所規，株連羅織海内諸名賢，計無便社事者，而漢儒陰謀通相邸。事敗，帝怒，誅之，放體仁歸。繼相者張至發、薛國觀一氣相禪，其仇東林益甚。會簡東宫講官，至發力擯黄石齋①，爲給事中馮元颷所刺，至發怒，兩疏詆石齋，而極頌體仁孤執不欺，意爲賜環地也。公見疏憤惋，極言攻至發。帝覽章心動，體仁亦幸以是年死。

始公同館選者凡二十四人，惟豫章楊機部廷麟、山右王二彌卲、濟寧楊鳬岫士聰三人者與公立朝相終始。戊寅，楊嗣昌擠機部入盧公建斗軍。公與鳬岫謀，以爲至發、國觀不去，則東南大獄不解，而衆賢終無登朝之望，先落其爪距，劾吏部尚書田唯嘉及其鄉人太僕寺卿史𡎴諸不法事。帝黜唯嘉，𡎴逮問。適成御史勇以救石齋下獄考掠，𡎴謀以併坐兩人。鳬岫亟引病去，而公以銜命封延津、孟津兩王於禹州，俄出爲南京國子監司業，事少緩。亡何，𡎴因盜鹽課及他贓事發，瘐死牢户，至發已先罷去，國觀贓敗伏誅。奕琛以

①擯，士禮居本作「排擯」。

先行賄國觀繫獄，不知天如已前卒，再許復社，命下，張公采獨條對上，其辭直，帝悟，獄解，語見張公傳中。

公在崇禎中已歷中允、諭德，晉庶子。京師破時，在籍，福王召拜少詹事。甫兩月，奕琛已夤緣馬士英復柄用，修舊郤，先逮吴御史适下獄。适者嘗爲衢州司李，浙有重獄會鞫，事由奕琛，适奮筆定爰書，故首及禍。次擬公，公急掛冠去。

順治中，當路多疑其獨高節全名者，强薦起之，兩親懼禍及門户，嚴裝促應徵。至京，授秘書院侍講、國子監祭酒。鬱鬱慘沮，觸事傷懷，蓋「乞活草間，所虧一死」之語不啻數見也。間一歲得歸，又十餘年以卒。所著《梅村詩文集》《春秋地理志》《春秋氏族志》《綏寇紀略》及他樂府、詩話行世。其詩排比興亡，搜揚掌故，篇無虚咏，近古罕儷焉。子暻、瞵、暄。暻有傳。瞵字中麗，才儁，早夭。暄字少容，歷知通許、壽光縣，有能聲。

論曰：白居易有云，文章合爲時而著，歌詩當緣事而作。至哉言乎！詩也者，王者之跡也。誦其詩，將考政跡焉。建安以降，洎乎齊梁，徒麗以淫，去作詩之旨遠矣。今觀梅村之詩，指事傳辭，興亡具備，遠踪少陵之《塞蘆子》，而近媲弇州之《鈹鴞行》，期以摭本反始，麄存王跡。同時諸子，雖雲間、虞山，猶未或識之，况悠悠百世歟？當社事之盛也，學侣奔輳，聯茵接席，雖二張之偉博足振興之，實公以盛藻巍科樹之幟而爲招焉耳。故立朝十年，與黨禍相終始，所與敵者皆閹部大臣，任用領事，以聲勢權利相倚行，金錢數十萬，金吾大璫爲耳目，日夜思所以中公，而以孱焉一史臣掌距揞拄，俛出俛入，僅而後免。噫嚱危矣！迨夫蓂曆方新，蒲車赴召，議者致譏其晚節，不知命出嚴親，志全宗緒，跡其所以自傷悼，徐廣攀車之恫不啻焉，較諸當時溧陽、海寧輩舐鼎速化、鳴弦揆日者，惡可同日而道哉？

吴梅村詩箋凡例

一　是編唯箋詩旨，不及詩辭，故潘藻邊笥，例無隻字詮釋。謂學者欲通六義，先究五車，其理固然，不獨此書也。

一　不明五方風物，則即景言情，幽而不顯，故於輿地間釋一二，謂本與詩旨相關，非他敷引比耳。

一　讀古人書，貴尋條理。兹於段落，指畫極清，讀者當自得之。非若金人瑞論唐，概以四句分截，如《艮齋雜説》所譏也。

一　引書於首條曰某人某書，再見則僅曰某書，先生所自著亦僅曰某書。其稱某人悉稱名，若所引書中稱他人號、謚或爵、字，悉仍之，唯王阮亭則依戴若思、石季龍例稱字。先祖篁墩公則曰先克勤，不號者其集既名篁墩，避不成辭也。

一　所引書一事而各家互見，則語取其核者，書取其僻者。

一　一事而諸書各異，則用温公《考異》例，參覈時勢，融貫後先，擇可傳信者録之。如有考論，另加「按」字。

一　大事而議論紛者，一依《明史》爲斷。或本傳，或錯雜他傳，全採節録，一字不假。

以國宬爲論定，庶野乘可廢焉。

一　一事必合數書始備者，惟順事排緝，不計著書先後。攢蹙累積，義悉爛然。雖云津逮，實出心聲。

一　原本小注，雖一字必存，此《草堂全集》公自注例也。兹不襲舊，第云原注，以○隔之。

一　箋與注爲義各别，此書是箋非注，然猶有曰原注、曰餘見某注，亦避不成辭。

一　余丁巳通籍時，《明史》尚未版行，寓庶常直廬，間與諸纂修者游，探汋中秘。凡《實録》《明史》《一統志》，率得一斑①，書中所採皆是也。他日頒布，當取勘讎，然料亦無大異同也。

一　梅村詩集向有錢湘靈評本，但摘索過酷，鮮所發明。兹擇可採者悉登之，仍冠以「錢箋」二字。

一　先生曾孫砥亭，聰雋博雅，有志先集。凡有訪求，殷然惠教。書中所載，以「詡按」二字别之。

① 斑，底本原作「班」，據士禮居本改。

一　拙著數種，本不欲羼入，緣昔賢遁義，或藉涓埃，非敢鬬靡，聊稱識小①。

一　余發慮箋此書，實由老友穆簡臣氏。簡臣名坤，號南谷，苑先先生姪孫也。能縷舉梅村軼事。十四入邑校，以歲貢需次，徧游秦楚燕豫，丙午旋里。余與談梅村詩，簡臣曰：「君英年精博若此，曷不爲之箋釋？亦著述有功事。」歸而條次，因有此編。今數吾友之殤已十年，爲之黯悵。簡臣詩渾麗，余採入《舄吟集》。

一　梅村詩時序最爲可考，舊本分類編録無次。兹如施注蘇詩例，分散各類，悉依年月。

一　舊刻校讎不精，譌字纍纍，此本余所手録，悉已更正，鋟板時依此爲定。

一　此書雖是箋非注，然正史稗官，深慮讀者偶忘所出，轉滯詩旨，故略標其概于上方，俾自求之載籍，勝於抄撮。

一　先外祖慤菴先生據梧齋藏書極富，余幼所卒業也。壬子海災，無隻字之遺，書中所引，間有臆録，字或異同，見者正之。

戊午春和鶴市迓亭程穆衡又識

①稱，士禮居本作「復」。

吴梅村詩箋補注弁言

迓亭程先生著梅村祭酒詩箋十二卷，詩餘附箋一卷。分散各類，年經月緯，卓哉成一家之言①，誠可謂體大思精矣。顧先生博極群書，故其原序謂祭酒之詩未許剞中者得窺其崖略。兹之所編，唯貴覈今，無煩徵古。若予小子，學識譾陋，綜覽全書，時或茫其所出。暇日緟閲舊籍，輒爲釋注如干條。近得黎城靳价人氏《吴詩集覽》一書，閲竟，又增補如干條。今年春，手録一通，用惠氏《漁洋訓纂》例，總附全詩之後，藏之篋衍。雖不免爲大雅所軒渠，而後之問津梅村詩者，或假之爲岸筏焉。乾隆辛丑上巳日後學恒農楊學沆識。

黎城靳价人，名榮藩，輯《吴詩集覽》，句疏字釋，誠足爲後學津梁，然卷帙太繁，轉不耐觀，唯間有一二箋語，可與程氏相發明者，摘附于此。又此書悉照程氏原書，唯中間稗史數條，因成書時《明史》尚未頒行②，故間一引用，今從芟削，悉依正史。又識。

① 哉，士禮居本作「然」。
② 因，士禮居本作「曰」。

吴梅村詩集箋注卷第一

古近體詩七十五首起崇禎初至乙酉五月止

穿山

程穆衡《州乘備採》：吾州穿山，雖培塿耳，然勝國名人如桑悦、狄雲漢、劉敬、劉倣、金福、金祐諸公皆生於其地，故諸公集中題咏最多，幾與吴郡衆名山埒。

勢削懸崖斷，根移怒雨來。洞深山轉伏，石盡海方開。廢寺三盤磴，孤雲五尺臺。蒼然飛動意，未肯卧蒿萊。

早起

早凉成偶游，惜爽憇南樓。公幼隨父約齋先生讀書志衍家之五桂樓，在州城西南隅，其稱南樓者數矣。碁響鳥聲動，茶烟花氣浮。衫輕人影健，風細客心柔。餘興閒支枕，清光淺夢收。

五月尋山夜寒話雨

客衣輕百里，長夏惜登臨。正爾出門夜，忽逢山雨深。聊將斗酒樂，無作薄寒吟。年少追涼好，難爲父母心。公少作已工鍊如此，《鎮洋縣志》採陋人語，謂公少不能詩，誣妄實甚。

下相懷古《一統志》：宿遷縣西有楚霸王故里。此崇禎初入都，往返途中作也。

驅車馬陵山〔一〕，落日見下相。憶昔楚項王，拔山氣何壯！太息取祖龍，大言竟非妄。破釜救邯鄲，功居入關上。殺降復父讎，不比諸侯將。杯酒釋沛公，殊有君人量。胡爲去咸陽，遭人扼其吭。亞父無諍言，奇計非所望。重瞳顧柔仁，隆準至暴抗。脱之掌握中，骨肉俱無恙。所以哭魯兄，仍具威儀葬。古來名與色，英雄不能忘。力戰兼悲歌，西風起酸愴。廢廟枕荒岡，虞兮侍帷帳。烏騅伏坐旁，踣地哀鳴狀。我來訪遺蹟，登高見芒碭。長陵竟坏土〔二〕，萬事同惆悵。

〔一〕〔馬陵〕《一統志》：馬陵山在宿遷縣，城枕其上。
〔二〕〔長陵〕《高帝紀》：葬長陵。

虞美人

咸陽宫闕早成塵，莫聽歌聲涕淚頻。若遇戚姬悲薄命，幸無如意勝夫人。

夜泊漢口丙子典試湖廣。

秋氣入鳴灘，鈎簾對影看。久游鄉語失，獨客醉歌難。星淡漁吹火〔一〕，風高笛倚闌。江南歸自近，盡室寄長安。

〔一〕〔漁吹火〕鄭守愚詩：「一尺鱸魚新釣得，兒童吹火荻花中。」

送李友梅還楚寄題其所居愛吾廬友梅慕陶故詩以紀之友梅居青浦，見楊式傳《果報見聞録》。

寒雪滿潯陽，江程入楚鄉。灘逢黄鵠怒，嶺界白雲長〔一〕。十里魚蝦市，千頭橘柚莊。歸人貰村酒，彷彿是柴桑。

〔一〕〔白雲〕《一統志》：白雲山，在武昌府嘉魚縣南十里。

黄州杜退之改號蛻斯其音近而義别索詩爲贈

《鎮江府志》：明溧陽縣教諭杜祝進，字退思，黄岡舉人，工詩文，陞助教。按退思萬曆壬子舉人，茶村先生父也。

述志賦秋蟲，孤吟御遠風。掇皮忘我相〔一〕，换骨失衰翁。畫以通靈妙，詩因入悟空。少陵更字説，不肯效韓公。

〔一〕〔掇皮〕《世説》：謝公稱藍田「掇皮皆真」。〔我相〕《金剛經》：無我相。

殿上行

紀楊士聰事。士聰字朝徹，號鳧岫，山東濟寧人。《梅村文集》：公爲檢討，充校書官。歲戊寅，以職事糾中書黄應恩，尋以經筵講官召對，面論考選得失，疏劾吏部尚書田唯嘉，及其鄉人太僕史𡎚所爲諸不法事。應恩者小人，歷事久，關通中外。田唯嘉者，以吏侍郎取中旨進，於相張爲師生，而史𡎚特虎而鷙，父喪家居，頤指諸大吏，爲威福，天下莫敢言。公於便殿白發其端，退而上書條疏贓釁。章十數上，上用其語，唯嘉黜免，𡎚逮問。未幾，田、史之黨復振，公病請回籍。辛巳，史𡎚死獄中，詔籍其家，應恩前已他事論死，上乃思公言可用。《梅村行狀》：戊寅，與楊公士聰謀劾史𡎺，𡎺去而陰毒中於先生，會𡎺死，事寢。按此則公固與士聰共事也。

殿上雲旗天半出，夾陛無聲手攀直。有旨傳呼召集賢，左右公卿少顔色。公卿由來畏廷議，上殿叩頭輒心悸。吾丘發策詘平津〔一〕，末斥齊人慚汲尉〔二〕。按，劾史𡎺，意在淄川相張至發，而公劾至發乃在前三年乙亥，時至發尚在，故曰末斥齊人慚汲尉也。先生侍從垂金魚，退直且上庖西書〔三〕。況今慷慨復遑惜，不爾何以乘朝車〔四〕。秦涼盜賊雜風雨①，梁宋丘墟長沮洳。降人數部花門留，是年張獻忠乞降，總理熊文燦曲狥其請，獻忠率部曲數千人居河界山，又求襄陽一府以屯其軍，文燦議給二萬人餉，獻忠乞給十萬人餉②，聲言寄家口於穀城，人據守之，分屯群盜於四郊。抽騎千人桂林戍。去年水西安位死，總督朱燮元分其壤授諸渠帥③，及有功漢人。先是，安位之降也，燮元疏請不設郡縣，但置軍衛，且耕且戍，軍耕抵餉，民耕輸粮，故曰千人戍也。至尊宵旰誰分憂，挾彈求鳳高墉謀〔五〕。老臣自詣都詔獄，二月，刑部尚書鄭三俊以議獄輕，得罪入獄。逐客新辭鳷鵲樓。正月，裁南京冗官八十九員。先生翻然氣填臆，口讀彈文叱安石〔六〕。期門將軍鬚戟張，側足聞之退股慄。吾聞孝宗宰執何其賢，劉公

---

① 凉，《家藏稿》本作「京」。
② 乞，士禮居本作「請」。
③ 渠，士禮居本作「巨」。

大夏戴公珊。《明史·劉大夏傳》：字時雍，華容人。天順八年進士，弘治十五年拜兵部尚書。又《戴珊傳》：字廷珍，浮梁人，與大夏同舉進士。弘治二年，由南刑部尚書爲左都御史。帝晚年召對大臣，大夏與珊造膝晏見尤數。夾城日移對便殿〔七〕，造膝密語爲艱難。如今公卿習唯唯，長跪不言而已矣。黄絲歷亂朱絲直〔八〕，秋蟲蹋曲秋雕起。嗚呼，拾遺指佞乃史臣，優容愚戇天王仁。

〔一〕〔詘平津〕《漢書·吾丘壽王傳》：丞相公孫弘奏言民不得挾弓弩，上下其議。壽王對，以爲無益於禁姦，而廢先王之典，大不便。上以難弘，弘詘服焉①。

〔二〕〔汲尉〕《公孫弘傳》：汲黯廷詰弘曰：齊人多詐而無情，始爲與臣等建此議，今皆背之，不忠。

〔三〕〔庖西〕《明史·解縉傳》：一日，帝在大庖西室，諭縉②：「朕與爾義則君臣，恩猶父子，當知無不言。」縉即日上封事萬言。

〔四〕〔朝車〕《後漢書·來歷傳》：大臣乘朝車，處國事，固復轉輾若此乎？

〔五〕〔挾彈〕《淮南子》：削薄其德，曾累其行，而欲以爲治，無以異於執彈而求鳥，捭棁而狎犬也。

〔六〕〔叱安石〕《宋史·唐坰傳》：搢笏展疏，目安石曰：「王安石近御座聽劄子。」大聲宣讀，凡六

---

① 士禮居本後有「又《公孫弘傳》：封丞相弘爲平津侯」。

② 士禮居本後有「曰」。

十條。

〔七〕〔夾城〕李景文《東山草堂歌》：九重移榻數宴見①，夾城日高未下殿。

〔八〕〔黄絲朱絲〕鮑明遠詩：黄絲歷亂不可治。又：直如朱絲繩。

附黎城靳榮藩价人箋：此詩爲黄石齋而作。謂梅村詩中於姜給事、衛少馬皆君之，而此詩兩用先生字，兼以劉、戴爲比，其爲石齋無疑。「先生侍從垂金魚，退直且上庖西書。況今慷慨復遑惜，不爾何以乘朝車。」曰且上，曰況今，是前爲侍從而後爲大僚者。釁岫由庶常歷檢討、中允、諭德，固終其身爲侍從者也，何以云況今慷慨乎？惟釁岫之劾黄應恩也，淄川張至發實暱應恩，篇中「未斥齊人慚汲尉」似於至發爲合，然《道周傳》中本有張至發擯道周語，而梅村墓表謂立朝始進，即首劾淄川。奏雖寢不行，其黨皆側目。詘平津而慚汲尉，蓋梅村自指，而以上書慷慨歸之石齋也。按議論與篇中情事亦頗切合，故兩存之，以俟考。

① 宴，士禮居本作「晏」。

清風使節圖吾郡先達徐仲山中丞以武部郎奉命封鄭藩當時諸賢贈行作也中丞於先參政爲同年勿齋先生屬余記其事勿齋勑使益府時在辛巳。余亦有大梁之役公奉命封延津、孟津兩王於禹州，詳後贈蕭明府詩，時在己卯。兩家子弟述先志揚祖德其同此君歲寒矣《蘇州府志》：徐源字仲山，居長洲瓜涇。成化乙未進士，授兵部主事，歷職方員外郎，武選郎中，出爲廣東參政，遷浙江右布政、湖廣左布政，擢右副都御史，巡撫山東。《明史·諸王傳》：鄭靖王瞻埈，仁宗第二子，就藩鳳翔。詔遷懷慶。子簡王祁鍈，弘治八年薨，世子見滋先卒，子康王祐枔嗣。按《諸王表》，祐枔以弘治十四年襲封。又真丘王見潪，簡庶十二子，弘治十年封。未詳中丞所封爲祐枔、爲見潪也。程穆衡《婁東耆舊傳》：吳愈字惟謙，成化乙未進士。授南刑部廣東司主事，久之，遷郎中。知叙州府。十二年，擢河南右參政。明年致仕，居林下一十五年①。《一統志》：徐汧字九一，長洲人，歷官右庶子。南都陷，投虎丘新塘橋下死。枋字昭法，汧長子。按勿齋即汧號。《明史·諸王表》：益王祐檳，憲宗庶六子，弘治八年就藩建昌府。按益府蓋祐檳之後也②。

---

① 一，士禮居本作「二」。

② 「益府」前士禮居本有「勿齋所使」四字。

豫章夾日吟高風，歲久蟠根造物功。吾祖先朝豫州牧，早年納節東溪翁。舅家仲珪善畫竹，歸老山莊看亦足。至今遺墨滿縹緗，掛我青溪草堂曲。夏文彦《圖繪寶鑑》：吴鎮字仲珪，號梅花道人，嘉興魏塘鎮人。山水師巨然，博學多聞。渺功名，薄富貴，墨汁淋漓，無一點朝市氣。《宋史·文苑傳》：李公麟字伯時，第進士。歸老，肆意龍眠山巖壑間，善畫，自作《山莊圖》。此圖念出同年生，當時意氣稱徐卿。非買玉環思適鄭，暫持翠節解司兵〔一〕。吾祖一麾方出守，不獲諸公同載酒。把臂曾看韋曲花，贈行不及漳河柳。誰人尺幅寫篔簹，影入清郎四牡裝〔二〕。千里故園存苦節，百年舊澤養新篁。今皇命使臨江右，絳幡人識中丞後。江左龍孫篠簜長，淇園鳳質琅玕瘦。嶰谷千尋鸞鳥呼，彭城一派雨風多〔三〕。叶趨。願將十丈鵝溪絹，再作青青玉筍圖〔四〕。

〔一〕［翠節］杜詩：幾時來翠節。

〔二〕［清郎］《北史·袁聿修傳》：尚書邢卲每省中戲語，常呼聿修爲清郎。

〔三〕［彭城］蘇子瞻《文與可畫竹記》：與可以書遺余曰：「近語士大夫，吾畫竹一派近在彭城，可往求之。」書尾復寫一詩，其畧曰：「擬將一疋鵝溪絹，掃取寒梢萬尺長。」

〔四〕［玉筍］《唐書·李宗閔傳》：宗閔典貢舉，所取多知名士，世謂之玉筍。

過魚山曹植墓

《魏志·陳思王植傳》：初，植登魚山，臨東阿，喟然有終焉之志，遂營爲墓。《一統志》：曹植墓，在泰安府東阿縣西八里魚山之西麓。

小穀城西子建祠〔一〕，魚山刻石省躬詩。君家兄弟空摇落，惆悵秋墳采豆枝。

〔一〕〔小穀〕《春秋·莊三十二年》：城小穀。《後漢書·郡國志》：穀城，春秋時小穀。

其二①

鄴臺坐法公車令〔二〕，菑郡憂讒謁者書〔三〕。天使武皇全愛子，黄初先已屬倉舒〔三〕。

〔二〕〔坐法〕《魏志·植傳》：建安十六年，封平原侯。十九年，徙封臨菑侯。植嘗從車行馳道中，開司馬門出，太祖大怒，公車令坐法死。

〔三〕〔謁者書〕《植傳》：文帝即王位，植與諸侯並就國，監國謁者灌均希指，奏植醉酒悖慢，劫脅使

① 底本組詩均未標次序，酌加「其二」「其三」等以示區分，以下不再説明。

者，有司請治罪。

〔三〕［倉舒］《魏志·邴原傳》：時太祖愛子倉舒亦歿。《魏畧》：文帝常言：「若使倉舒在，吾亦無天下。」

夜宿阜昌

《一統志》：阜城故城，在河間府阜城縣東。《名勝志》：劉豫嘗兼取阜城、昌城之名，改縣曰阜昌郡。而《一統志》又云：昌國故城，在濟南府淄川縣東北。

我來古昌國，望古思樂生。總將六諸侯，撫劍東專征。下齊功不細，奔趙事無成。草没黄金臺〔一〕，猶憶昭王迎。涕泣辭伐燕，氣誼良非輕。此真天下士，豈獨因知兵。忠心激舊將，誓死存聊城。惜哉魯仲連，排難徒高名。勸使東游齊，毋乃傷縱横。

〔一〕［黄金臺］《上谷郡圖經》：黄金臺在易水東南十八里。燕昭王置千金於臺上，以延天下之士。

讀端清鄭世子傳

《明史·諸王世表》：端清世子載堉，恭嫡一子，嘉靖二十五年封世子。萬曆三十三年讓爵載璽。詔載堉及子翊錫，准以世子、世孫禄終身。其子孫仍封東垣王，以接見濆之統。

昭代無遺憾，萬事光史册。惜哉金川門，神聖有慚德。天誘其子孫，救之以讓國。賢如鄭世子，宗盟堪表率①。《明史·惠帝紀》：建文四年，六月乙丑，燕兵犯金川門，都城陷。又《諸王傳》：鄭靖王瞻埈，仁宗第二子，子簡王祁鍈嗣，祁鍈有子十人，世子見滋，次孟津王見濍，次東垣王見濆。見濍母有寵於祁鍈，規奪嫡不得，竊世子金册以去。祁鍈索之急，因怨不復朝，所爲益不法。祁鍈言之憲宗，革爲庶人。見滋子康王祐枔嗣，薨，又無子，見濍子祐橏應及，以前罪廢，乃立東垣王子祐檡，傳子厚烷。祐橏求復郡王爵，怨厚烷不爲奏，乘帝怒，摭厚烷四十罪，以叛逆告。詔駙馬、中官即訊，還報反無驗，削爵，錮之鳳陽。隆慶元年，復王爵。世子載堉篤學，有至性，痛父非罪見繫，築土室宫門外，席藁獨處者十九年。厚烷還邸，始入宫。萬曆十九年，厚烷薨。載堉曰：「鄭宗之叙，孟津爲長②，前王見濍，既錫謚復爵矣，爵宜歸孟津後③」。累疏懇辭，禮臣言：「載堉雖深執讓節，然嗣鄭王已三世，無中更理，宜以載堉子翊錫嗣。」載堉執奏如初，乃以祐橏之孫載壐嗣。當璧辭真王，累疏誠懇惻。天子詔勿許，流涕守所執。敝屣視千乘，謝之以長揖。灑埽覃懷宫（一），躬迓新王入。夷齊既死後，曠代仍間出。築室蘇門山④（二），深心事經術。明興二百年，廟樂猶得失。以之輯群書，十載成卷帙。候氣推黄鐘，考風定六律。嶰谷當南山，伐竹製琴瑟。爲圖獻太常，作之文世室。遂使溱洧間⑤，一洗萬古習。《明史·樂志》：神宗時，載堉著《律吕精義》《律學新説》《樂舞全譜》共若干卷，具表

---

① 盟，士禮居本作「門」。
②③ 孟，底本原作「盟」，據前文改。
④ 室，士禮居本、《家藏稿》本作「屋」。
⑤ 溱，底本原作「湊」，據士禮居本、《家藏稿》本改。

進獻。我行漳河南，封王往禹州。懷古思遺澤。好學漢東平，高風吴泰伯。道傍立豐碑，讓爵存日月①。彼爲一卷書，能輕萬乘邑②。大雅欽遺風，誠哉不可及。

〔一〕〔覃懷宮〕《一統志》：懷慶府，《禹貢》冀州覃懷之域。

〔二〕〔蘇門山〕《一統志》：蘇門山，在衛輝府輝縣西北七里。

雒陽行 詠福藩也。《明史》：神宗第二子常洵，封洛陽，爲福王。

詔書早洗雒陽塵，叔父如王有幾人。《明史·諸王傳》：崇禎時，常洵地屬尊，朝廷尊禮之。先帝玉符分愛子，西京銅狄泣王孫。白頭宮監鋤荆棘，曾在華清内承直。遭亂城頭烏夜啼，四十年來事堪憶。《綏寇紀略》：賊陷洛陽，有老宮人及見定陵，言孝恪太后病篤時事。會光宗晏駕，無人談貴妃者。果母子專寵擅天下耶？以今觀之，亦何益！神皇倚瑟楚歌時〔一〕，百子池邊嫋柳絲〔二〕。早見鴻飛四海翼，可憐花發萬年枝。《綏寇紀畧》：鄭妃最貴，顧天下有出鄭氏上者，即觖望，雖至尊亦兩難之。仗廷諍力，稍自强。元良既册命，而四子同日出閣，恩寵維均，凡以爲鄭氏也。銅扉未啟牽衣諫，銀箭初殘淚如霰。幾

① 日月，《家藏稿》本作「月日」。

② 乘，士禮居本、《家藏稿》本作「家」。

年不省公車章，後來數罷昭陽宴①。骨肉終全異母恩，功名徒付上書人。貴彊無取諸侯相〔三〕，調護何關老大臣。《諸王傳》：帝久不立太子，中外疑貴妃謀立己子，交章言其事，竄謫相踵，而言者不止。帝深厭苦之。二十九年，立光宗爲太子，而封常洵福王，婚費至三十萬，營洛陽邸第至二十八萬，十倍常制，廷臣請王之藩者數十百奏，不報。至四十二年，始就藩。萬歲千秋相訣絶，青雀投懷玉魚别〔四〕。昭丘烟草自蒼茫，湯殿香泉暗嗚咽。《綏寇紀畧》：福王辭之國，出宫門，召還數四，期以三歲來朝。上大漸，顧視貴妃，用洛陽爲念。○按公詩凡咏神宗事，所稱昭陵、昭丘等，皆用杜詩，非《昌平山水記》之昭陵也。明昭陵爲穆宗，而神宗自葬定陵。析圭分土上東門〔五〕，寶轂雕輪九陌塵。驪山西去辭温室，渭水東流别任城〔六〕。少室峰頭寫桐漆〔七〕，靈光殿就張琴瑟。願王保此黄髮期，誰料遭逢黑山賊〔八〕。《本傳》：崇禎十四年正月，賊圍河南，攻二十日。王出千金募死士縋城出，用矛以入賊營，昏時漸退。夜半，總兵王紹禹親軍反從城上呼賊，殺守堞者，燒城樓。賊入，踞王宫醵飲，荐王於俎，汋其血襍鹿醢嘗之，曰福禄酒。世子走免。嗟乎龍種誠足憐，母愛子抱非徒然。江夏漫裁修柏賦〔九〕，東阿徒咏豆萁篇。我朝家法踰前制，兩宫父子無遺議。廷論繇來責佞夫〔一〇〕，國恩自是優如意。《綏寇紀畧》：瑞王年二十四，婚未成，惠、桂齒相亞，無選擇命，而福邸信使通籍中左門，一月數請，朝上夕報可，四方奸人亡命之徒探風旨，走利如鶩，閔不畏死，張差、龐保、

---

① 後，《家藏稿》本作「從」。

劉成之變緣是而生。然兩宮慈孝無間，王亦專奉己，無所睥睨，迄於三朝繼統，骨肉晏如，原本宗祖家法之善①，而光廟因心篤愛爲卓絶已。萬家湯沐啟周京，千騎旌旗給羽林。《綏寇紀畧》：詔賜王田四萬頃，所司爭之力，得減半。中州腴土不足，度山東、湖廣界以充。總爲先朝憐白象〔一一〕，豈知今日誤黄巾。鄒枚客館傷狐兔，燕趙歌樓散烟霧。茂陵西築望思臺，月落青楓不知路。此茂陵亦因《戾太子傳》稱漢武，非《昌平山水記》之茂陵也。明茂陵葬憲宗。今皇興念繐帷哀，流涕黄封手自裁。殿内遂停三部伎〔一二〕，宮中爲設八關齋〔一三〕。束薪流水王人戍，太牢加璧通侯祭。《綏寇紀畧》：河南陷，上震悼，輟朝三日。泣謂群臣曰：王皇祖愛子，遭家不造，遘於閔凶，其以特牛一告慰定陵②，特羊一告於皇貴妃園寢。河南有司改殯王，具弔襚。世子在懷慶，授館餼餐，備凶荒之禮焉。上發御前銀一萬兩，着王裕民、冉興讓、葉高標齎往慰衈。帝子魂歸南浦雲，玉妃淚灑東平樹〔一四〕。《綏寇紀畧》：世子於孟縣訪求福王妃尚在，相見不復識，惟抱持哭。北風吹雨故宮寒，重見新王受詔還。唯有千尋舊松栝，照人落落嵩高山。《諸王傳》：十六年秋，七月，由崧襲封福王。帝親擇宮中寶玉帶賜之。

〔一一〕［神皇］《明史·神宗紀》：諱翊鈞，年爲萬曆，廟號神宗。

① 宗祖，士禮居本作「神宗」。

② 牛，底本原作「羊」，據士禮居本改。

〔倚瑟〕《西京雜記》：高帝戚夫人善鼓瑟擊筑，帝嘗擁夫人倚瑟而弦歌。

〔二〕〔百子池〕《西京雜記》：戚夫人侍兒賈佩蘭説①，在宫内，七月七日臨百子池，作于闐樂。樂畢，以五色縷相羈，謂相憐愛。

〔三〕〔貴彊〕《史記·張蒼傳》：趙堯侍高祖②，請問曰：「陛下所爲不樂，非爲趙王年少，而戚夫人與吕后有郤耶？陛下獨宜爲趙王置貴彊相。」

〔四〕〔青雀〕《通鑑·唐太宗十七年》：上謂侍臣曰：「昨青雀投我懷云：『臣今日始得爲陛下子。』朕甚憐之。」《集覽》：青雀，魏王泰小字。

〔五〕〔上東門〕《文選》阮詩注：洛陽東門。

〔六〕〔任城〕《魏畧》：任城威王彰，字子文。按温室比帝妃，任城比瑞王常浩等也。

〔七〕〔少室〕《一統志》：嵩山在開封府登封縣北，亦曰太室。其西有少室。

〔八〕〔黑山〕《三國志》：張燕，常山真定人也。爲羣盜，衆至百萬，號曰黑山賊。

〔九〕〔修柏賦〕《南史·齊高帝諸子傳》：江夏王鋒，字宣穎。常忽忽不樂，著《修柏賦》以見志。

〔一〇〕〔佞夫〕《左傳·襄三十年》：靈王崩，儋括欲立王子佞夫。

〔一一〕〔白象〕《南史·齊長沙王晃傳》：帝將糾以法，豫章王嶷曰：「晃罪誠不足宥，陛下當憶先朝念

---

① 人，底本原作「子」，據士禮居本改。
② 侍，底本原作「恃」，據士禮居本改。

白象。」白象，晃小字也。

〔二〕〔三部伎〕《唐書・百官志・大樂署》：大部伎三年而成，次部伎二年而成，小部伎一年而成。

〔三〕〔八關齋〕《歲時紀》：二月八日，釋氏下生之日，迦文成道之時，信捨之家建八關齋。《毘婆娑論》：夫齋者以過中不食爲體，以八事助成齋體，共相支持，名八支齋法，亦名八關齋。

〔四〕〔東平樹〕《漢書・宣六王傳》：公孫倢伃生東平思王宇。師古曰：東平思王冢在無鹽，人傳王在國思歸京師，後葬，其冢上松柏皆西靡。

悲滕城

崇禎四年，河決金龍口，滕縣沉焉。○題擬樂府《悲平城》《悲彭城》。

悲滕城，滕人牧羊川之瀆〔一〕。雨工矯步趨其群，河魚大上從風雲〔二〕。王貽上《水月令》：四月麥苗剡剡，山蛆浮出，漁人網得，知高源之有漲，曰麥芒水。注曰：鮰，土人謂之山蛆，生山罅，重不過一斤。崇禎辛未浮河而下，或至六七斤。未幾，決荆隆口，漂没萬家。按此云荆隆，史作金龍。去山一尺雷殷殷，寺前鐵鐸多死聲。日暮雞犬慘不鳴，城上掌事報二更。鬼馬踏霧東南行〔三〕，鼓音隆隆非甲兵。吁嗟龍伯何不仁，大水湯湯滔我民。城中竽瑟不復陳，縞帶之價高錦純。路骨籍籍無主名〔四〕，葬者死生俱未明。悲滕城，滕城訛言晝夜驚。百尺危巖浮車輪，海民投網獲釜鐺。巫兒赤

章賽水神〔五〕，溝氏匠氏修防門①

〔一〕〔牧羊〕《異聞集》：柳毅見有婦人牧羊於道畔，曰：「非羊也，雨工也。」何爲雨工？曰：「雷霆之類也。」

〔二〕〔河魚〕《史記·秦始皇紀》：八年，河魚大上。

〔三〕〔鬼馬〕杜詩：鬼妾與鬼馬。

〔四〕〔主名〕《宋史·田瑜傳》：有殺人投屍井中者，吏以其無主名，不以聞。

〔五〕〔巫兒〕《漢書·地理志》：齊地長女不得嫁，名曰巫兒，爲家主祠。

汴梁二首《明史·諸王傳》：崇禎十四年四月，賊自成再圍汴梁，築長圍，城中樵採路絶。九月，賊決河灌城，城圮，周王恭枵從後山登城樓，率宫妃及諸王露棲雨中數日。援軍駐河北，以舟來迎，始獲免，寄居彰德。

馮夷擊鼓走夷門，銅馬西來風雨昏。此地信陵曾養士，只今誰解救王孫。

① 溝氏，士禮居本、《家藏稿》本作「溝人」。

其二

城上黄河屈注來，千金堤帚一時開①〔一〕。梁園遺跡銷沉盡，誰與君王避吹臺。《明史》：城之陷也，死者數十萬，諸宗皆没，府中分器寶藏盡淪於巨浸。踰年，乃從水中得所奉高帝、高后金容，迎至彰德奉焉。久之，王薨，贈謚未行，國亡。其孫南走，死廣州。

〔一〕［堤帚］帚應作埽。《字典》：隄岸曰埽。竹木爲枋，柳實其中，和土以捍水。

題登封兩烈婦井梧遺恨詩②原注：焦太僕孫婦楊氏、牛氏。○《梅村文集》：楊氏者，焦君陽長之婦，周藩儀賓四聰公女也。登封圍急，約姒牛氏同死。指梧下井曰：「此吾兩人畢命處也。」卒俱死。《河南府志》：焦子春，登封人。嘉靖乙丑進士，歷太僕少卿。又，《孝義志》：楊氏，生員焦復亨妻。牛氏，生員焦謙亨妻。同日死烈梧井。

少室山頭二女峰，斷猿哀雁暮雲重。早題蘚石留貞史，却寫椒漿事禮宗。恨血千年埋慘

① 時，士禮居本作「齊」。
② 烈，士禮居本作「節」。

澹，寒泉三尺照從容。碧梧夜落秋階冷，環珮歸來聽曉風①。

瑜芬有侍兒明慧從江上歸則言去矣張如哉曰：萬壽祺，字年少。有贈卞芳詩。未審即瑜芬否，抑其姊妹行否。

江上送君別，餘情感侍兒。對人先母意，生小就儂嬉。恃穉偏頻進，含嬌托未知。今來羅帳底，誰解笑微窺。

兔缺《中華古今注》：兔口有缺。

舌在音何謰〔一〕，唇亡口半呿〔二〕。病同師伯齞〔三〕，方問仲堪醫〔四〕。潞涿從人誚〔五〕，銜碑欲語遲。納言親切地，補闕是良規。

〔一〕〔謰〕《字典》：吃也。

〔二〕〔口呿〕《莊子》：公孫龍口呿而不言。《玉篇》：張口貌。

① 風，士禮居本、《家藏稿》本作「鐘」。

〔三〕〔師伯〕《南史·王玄謨傳》：孝武狎侮群臣，各有稱目。顔師伯缺齒，號之曰齴。《字典》：齴音巘，露齒也。

〔四〕〔仲堪〕檀道鸞《續晉陽秋》：魏咏之生而兔缺，相者云後當貴。聞荆州殷仲堪帳下有術人能治之，因西上。仲堪與語，令師相焉，師曰：「可割補之。」

〔五〕〔潞涿〕《蜀志·周群傳》：張裕曰：「昔有作上黨潞長，遷爲涿令者，去官還家。時人與書，欲署潞則失涿，欲署涿則失潞，乃署曰潞涿君。」

織女

軋軋鳴梭急，盈盈涕淚微。懸知新樣錦，不理舊殘機。天漢期還待①，河梁事已非。玉箱今夜滿，我獨賦無衣。

雁門尚書行并叙○題擬《雁門太守行》。

雁門尚書行，爲大司馬白谷孫公作也。公代州人，地故雁門郡。長身伉爽，才武絶人。其用秦兵也，將憑巖關爲持久，且固將吏心。秦士大夫弗善也，累檄趣之戰，

---

① 待，《家藏稿》本作「代」。

不得已，始出。天淫雨，糗糧不繼，師大潰，潼關陷，獨身橫刀衝賊陣以歿。從騎俱散，不能得其屍。公之出也，自念必死，顧語張夫人，夫人曰：「丈夫報國耳，無憂我。」西安破，率二女六妾沉於井，揮其八歲兒以去。兒踰垣避賊，墮民舍中，有老翁者善衣食之。二年，公長子世瑞重趼入秦，得夫人屍，貌如生。老翁歸以弟，相扶還，見者泣下，蓋公素有德秦人云。余門人馮君訥生，名雲驤，順治乙未進士。公同里人，作《潼關行》紀其事。余曾識公於朝，因感賦此什。公死而天下事以去，然其敗由趣戰，且大雨糧絶，此固天意，抑本廟謨，未可專以責公也。公之參佐惟監軍道喬公以明經奏用，能不負公，潼關之破，同日死。名元柱，定襄人。

雁門尚書受專征，登壇顧盼三軍驚①。身長八尺左右射，坐上咄吒風雲生。家居絶塞愛死士，一日費盡千黃金。讀書致身取將相，關西鼠子方縱橫〔二〕。《明史·孫傳庭傳》：字百雅，代州振武衛人。萬曆四十七年進士。崇禎十五年正月，起傳庭兵部右侍郎。賊殺陝督汪喬年，帝即命傳庭往代，討守潼關，扼京師上游。長安城頭揮羽扇，卧甲韜弓不忘戰。持重能收壯士心，沉幾好待凶徒變。《綏寇紀畧》：傳庭至關中，招邊勇，開屯田。又仿古偏箱、武剛之制爲火車，齎衣糧，彀弓弩，奏用降將白廣恩爲火車總兵，高傑副之。然苦不欲速戰，常呼其參軍喬元柱曰：「我軍初集，遲久嫻習，庶可用。」王龍入關，傳庭問以賊事，曰：「襄陽野

① 盼，士禮居本作「眄」。

如赭，賊百萬，何以供？後必大飢，因其飢而攻之，可不勞而定也。」忽傳使者上都來，夜半星馳馬流汗。覆轍寧堪似往年，催軍還用松山箭〔二〕。《綏寇紀畧》：會關中荒，責豪右爲捐助，有不樂者譁於朝，曰督師玩寇縻餉。上書，迎上意催戰，且傳危語恫喝之，曰：「不出關，收者至矣。」傳庭頓足嘆曰：「我固知戰未必捷，然僥倖有萬一功。丈夫安能復對獄吏乎？」乃上書出關，爲師期。按此十六年事，松山戰在十四年七月。尚書得詔初沉吟，蹶起橫刀忽長嘆。我今不死非英雄，古來得失由誰算①！椎牛誓衆出潼關，墟落蕭條轉餉難。六月炎蒸驅萬馬，二崤風雨斷千山。雄心慷慨宵飛檄，殺氣憑陵老據鞍。掃籜謀成頻撫劍〔三〕，量沙力盡爲傳飡〔四〕。《綏寇紀畧》：九月初八日，師次汝州之長阜鎮，僞都尉李養純迎降。初十日，次寶豐。賊已改爲州，留攻之。自成以精騎來援，爲廣恩、傑所却。是夜克之，誅僞官。十四日，次郟縣。前鋒陷陣，擒僞將軍謝君友，斫賊坐纛旗尾，自成幾獲。捕得逃賊王定稱。十二日夜，我別帥破唐縣，輜重俱盡，細口被殺，一營皆哭。軍聲大振。會大雨，餉斷，轉道濘數尺，糧車日行三十里。破郟縣就食，郟窮邑也，得馬贏數百頭，割噉立盡。後軍譟，不得已，還師迎糧。尚書戰敗追兵急，退守巖關收潰卒。《綏寇紀畧》：賊追戰於南陽。賊置陣凡五重，飢民處外，步卒次之，馬兵次之，驍騎又次之，老營家口居中。我師已破其馬兵，過三重，遇驍騎而死鬭，壯士推火車者未習戰陣，見馬兵稍却，駭曰：「師敗矣。」盡脱其輓輅而奔，傾輈塞道，馬絓不得出，賊鐵騎凌而騰之。一日夜踰四百里，四五萬兵殲焉。此地乘高足萬全，只今天險嗟何及。蟻聚蜂屯已入城，持矛瞋目呼狂賊。

① 由誰，士禮居本、《家藏稿》本作「誰由」。

戰馬嘶鳴失主歸〔五〕，橫尸撐距無能識。《山西通志》：傳庭與傑以數千人走河北，從山西渡河，轉入潼關。傑請徑入西安，傳庭曰：「賊一入關，則全秦糜沸，秦人尚爲我用乎？」不納。十月六日，自成攻關，傳庭登陴固守。賊分兵從南山遶出其背夾攻，關城遂陷。傳庭奮躍馬揮刀，大呼衝入賊陣，戰死。烏鳶啄肉北風寒，寡鵠孤鸞不忍看。願逐相公忠義死，一門恨血土花斑。故園有子音書絶，勾注烽烟路百盤〔六〕。欲走雲中穿紫塞，别尋奇道訪長安。長安到日添悲哽，繭足荆榛見眢井。轆轤繩斷野苔生，幾尺枯泉浸形影。永夜曾歸風露清，經秋不化冰霜冷。二女何年駕碧鸞，七姬無冢埋紅粉〔七〕。複壁藏兒定有無，破巢窮鳥問將雛。時來作使千兵勢，運去流離六尺孤。傍人指點牽衣袂，相看一慟真吾弟。訣絶難爲老母心，護持始識遺民意。回首潼關廢壘高，知公於此葬蓬蒿。沙沉白骨魂應在，雨洗金瘡恨未消〔八〕。渭水無情自東去，殘鴉落日藍田樹。青史誰人哭蘇碑，赤眉銅馬知何處。嗚呼材官鐵騎看如雲，不降即走徒紛紛。尚書養士三十載，一時同死何無人，至今唯説喬參軍。《山西通志》：喬遷高，定襄人。由拔貢生授直隸永平府通判。遷陝西鞏昌府同知，本府知府，按察司副使，監孫傳庭軍事。關城破，挺劍巷戰，大聲呼曰：「我監軍道喬某也。」手刃數人，知不支，遂伏劍死。按參軍名互有異同。

〔一〕〔鼠子〕《三國志·董卓傳》注：關東鼠子，欲何爲耶！

〔二〕〔松山箭〕《明史·陳新甲傳》：錦州被圍久，總督洪承疇集兵數萬援之。帝召新甲問策，遣職方郎張若騏面商於承疇。若騏未返，新甲請分四道夾攻，承疇以兵分力弱，意主持重以待，帝以爲然。而新甲執前議，若騏素狂躁，見諸軍稍有斬獲，謂圍可立解，密奏上聞。新甲復遺書趣承疇，承疇激新甲言，又奉密敕，遂不敢主前議。若騏益趣諸將進兵，以八月次松山。師大潰，士卒死亡數萬人。

〔三〕［掃籜］《晉書·載記》：苻堅曰：「鼓行而摧遺晉①，若商風之隕秋籜。」

〔四〕［量沙］《南史·檀道濟傳》：夜唱籌量沙，以少米散其上。

〔五〕［戰馬嘶鳴］《宋史·謝枋得傳》：張孝忠中流矢死，馬奔歸，枋得坐敵樓見之，曰：「馬歸，孝忠敗矣。」

〔六〕［勾注］《明史·地理志·代州》：勾注山在西，亦曰陘，亦曰雁門山。

〔七〕［七姬冢］《蘇州府志》：七姬廟，在元和縣賽金巷。祀元左丞潘元紹妾程氏、瞿氏、徐氏、羅氏、卞氏、彭氏、段氏。

〔八〕［金瘡］《本草》：王不留行。主治金瘡，除風。

---

①摧，底本原作「推」，據士禮居本改。

送黄子羽之任四首

原注：子羽能詩，以徵辟爲新都令。○程穆衡《烏吟集》小傳：黄翼聖，字子羽，號攝六。黄氏自宗甫、裳甫、經甫，昆季以孝友節廉著稱家國。才華風采，照耀于時。子羽雖貴裔，博學修潔，又爲王緱山壻，以薦辟宰蜀之新都。扞難者事，以廉辦聞。陞知安吉州，簿書諜訴干戈戎馬之間，詩多激昂旁薄。迨棄官歸里，杜門謝客，脩香光之業，詩益清新。如么絃哀玉，自有天韻。其《蓮蕊居士集》，徐元歎序而定之。《寇警雜詩》自叙云：庚辰孟夏，懷綬新都，寇警忽傳，百無一恃。集衆告天，一呼響應。晝夜嚴守，賊騎盤旋郡境幾兩月，卒之計窮東奔，身與城究能兩存。不可謂非幸矣。

襄陽

始見征途亂，十年憂此方。君還思聖主，何意策賢良〔一〕。楚蜀烽烟接，江山指顧長。祇今龐德祖，不復卧襄陽。

〔一〕〔策賢良〕《明史·選舉志》：事在崇禎九年。

巫峽

高深積氣浮，水石怒相求。勝絶頻宜顧，奇情不易留。蒼凉難久立，浩蕩復誰收。詩思江天好，春雲滿益州。

成都

魚鳧開國險，花月錦城香。巨石當門觀，奇書刻渺茫。江流人事勝，臺榭霸圖荒。萬里滄浪客〔一〕，題詩問草堂。

〔一〕〔萬里〕杜詩：「萬里橋西一草堂，百花潭水即滄浪。」

新都

丞相新都後，如今復幾人？先皇重元老，大禮自尊親。《明史·楊廷和傳》：正德十四年，帝既南巡，兩更歲朔。廷和以静鎮持重，爲中外所推服。帝崩無嗣，定策迎興世子。又草遺詔，悉改武宗諸弊政，中外大悦。又以計誅江彬。興世子即帝位，廷和草登極詔，蠹政釐抉，且盡引用正人，布列在位。及議大禮，先後封還御批者四，執奏幾三十疏，帝嘗忽忽有所恨。卒以疏語露不平，三年正月，聽之去。贊曰：自時厥後，政府日以權勢相傾。或詣韋洟漻，持禄自固。求如其人，豈可得哉？與詩意暗合①。舊俗科條古，前賢風尚醇。似君真茂宰，白石水粼粼。

送志衍入蜀

志衍名繼善，號匡威。崇禎丁丑進士。選慈谿縣知縣，丁母夫人艱，不赴。後乃得蜀之成都。事詳後詩。

去年秋山好，君走燕雲道。今年春山青，君去錦官城。秋山春山何處可爲別，把酒欲問横塘月。人影將分花影稀，鐘聲初動簫聲咽。我昔讀書君南樓，夜寒擁被談九州。動足下牀有萬里〔一〕，駑馬伏櫪非吾儔。當時東國賤男子〔二〕，傲岸平生已如此。今朝乘傳下西川②，賨户巴人負弩矢③。黄牛湍怒濮銀濤④，崩剥蒼崖化跡勞。石斷忽穿風雨過，山深日見魚龍高。江頭老槎偃千尺，接手猿猱擲橡栗。雲移斷壁層波見，月上危灘遠峰出。縹

---

① 詩意，底本原作「時語」，據士禮居本改。
② 川，士禮居本作「州」。
③ 弩，士禮居本、《家藏稿》本作「弓」。
④ 湍，士禮居本、《家藏稿》本作「喘」。

緲樓臺白帝城，明月吹角唱花卿〔三〕。棧連子午愁烽堠，水落東南洗甲兵。摩訶池上清明火〔四〕，蹲鴟山下巴渝舞。豈有居人浣百花，依然風俗輸銅鼓。有日登臨感客游，楚天飛夢入江樓。五湖歸思蒼波闊，十月懷人木末愁。木末亭，在金陵石子岡。公時任南京國子監司業，故云木末愁。別時曾折閶門柳，相思應寄郫筒酒。未下鹽豉誰共嘗？蜀中蒟醬君知否〔五〕。愧予王粲老江潭，愁絶空山響杜鵑。乞我瀼西園數畮〔六〕，依君好種灌溪田〔七〕。

〔一〕〔動足下牀〕《南史·垣榮祖傳》：公今動足下牀，恐便有叩臺門者。

〔二〕〔賤男子〕《南史·袁昂傳》：臣東國賤人。又：直是陳國賤男子耳。

〔三〕〔唱花卿〕杜子美《贈花卿》詩：「錦城絲管日紛紛，半入江風半入雲。此曲祇應天上有，人間能得幾回聞。」楊升菴云：當時錦城妓女，獨以此詩入歌。郭茂倩《樂府》云：唐曲《水調歌》，後六疊入破第二，即係此詩。故曰月明吹角唱花卿也。

〔四〕〔摩訶池〕《一統志》：摩訶池，在成都府城内。蕭摩訶所置。

〔五〕〔蒟醬〕嵇含《草木狀》：蒟醬，蓽茇也。

〔六〕〔瀼西〕杜有《將别巫峽贈南卿兄瀼西果園四十畝》詩。

〔七〕〔灌溪〕《一統志》：灌縣，在成都西北一百二十五里。羊灌田戍在灌縣西。

臨江參軍行楊廷麟，臨江清江人，字伯祥，別字機部。崇禎四年進士。《梅村詩話》：

機部自盧公死，益無聊生。已而過宜興，訪盧公子孫，再放舟婁中，與天如師及余會飲十日。嘉定程孟陽爲畫《髯參軍圖》，錢虞山作《短歌》，余得《臨江參軍》一章。余與機部相知最深，於其爲參軍周旋最久，故論其事最當。按機部甲申起兵守贛州，丙戌十月殉節，其至婁東與公會，當在公任南京司業旋里時。

臨江髯參軍，負性何貞栗。上書請賜對，高語争得失。左右爲流汗，天子知質直。公卿有闕遺，廣坐憂指摘。鷹隼伏指爪，其氣嘗突兀。同舍展歡讌，失語輒面斥。萬仞削蒼崖，飛鳥不得立。予與交十年，弱節資扶植。忠孝固平生，吾徒在真實。去年羽書來，中樞失籌策。桓桓尚書公，提兵戰疾力①〔一〕。將相有纖芥，中外爲危慄。《明史·盧象昇傳》：十一年，大清兵入墻子嶺，殺總督吴阿衡，毁正關。至營城石匣，駐於牛蘭。召宣、大、山西三總兵楊國柱、王樸、虎大威入衛。三賜象昇上方劍，督天下兵。楊嗣昌、高起潛主和議，象昇聞之，頓足歎。帝召問方畧，象昇對曰：「臣主戰。」帝色變，良久曰：「撫乃外庭議耳。」其出與嗣昌、起潛議，議不合，事爲嗣昌、起潛撓。疏請分兵，則議宣、大、山西三帥屬象昇；關寧諸路屬起潛。象昇名督天下兵，實不及二萬。君拜極言疏，夜半片紙出。贊畫樞曹郎，遷官得左

① 疾力，《家藏稿》本作「力疾」。

秩。天子欲用人，何必歷顯職。所恨持禄流〔二〕，垂頭氣默塞。主上憂山東，無能恃緩急。《明史》本傳：十一年冬，京師戒嚴。廷麟上疏劾兵部尚書楊嗣昌，言大臣以國爲戲。嗣昌與起潛、方一藻倡和欵議，武備頓忘，督臣盧象昇以禍國責樞臣，言之痛心。夫南仲在内，李綱無功；潛善秉成，宗澤隕命。乞陛下赫然一怒，明正向者主和之罪，俾將士畏法，無有二心。嗣昌大恚，詭薦廷麟知兵，改兵部職方主事，贊畫象昇軍。投身感至性〔三〕，不敢量臣力。力字重押。考《詩話》原無此十字。受詞長安門，走馬桑乾側。但見塵滅没，不知風慘慄。四野多悲笳，十日無消息。蒼頭草中來，整暇見紙墨。唯説尚書賢，與語材挺特。次見諸大帥，驕懦固無匹。逗撓失事機，倏忽不相及。變計趣之去，直云戰不得。成敗不可知，死生予所執①。《象昇傳》：先是，有瞽而賣卜者周元忠，善遼人，時遣之爲媾，會嗣昌至軍，象昇責數之。又數日，會起潛安定門，兩人各持一議。陳新甲亦至昌平，象昇分兵與之，自將馬步軍列營都城之外，衝鋒陷陣，軍律甚整。大清兵南下，三路出師：一由淶水攻易，一由新城攻雄，一由定興攻安肅。象昇遂由涿進據保定，命諸將分道出擊，大戰於慶都。予時讀其書，對案不能食。一朝敗問至，南望爲於邑。忽得别地書，慰藉告親識。云與副都護，會師有月日。顧恨不同死，痛憤填胸臆。《詩話》：盧自謂必死，顧參軍書生，徒共死無益，乃以計檄之去。機部至孫侍郎傳庭軍前六日，而盧公於賈莊殉難。《明史》本傳：象昇戰死，嗣昌意廷麟亦死，及聞其奉使在外，則爲不懌者久之。先是在軍中，我師已孔亟。剽署斬亂兵，掩面對之泣。我法爲

① 死生，《家藏稿》本作「生死」。

三軍，汝實飢寒極。諸營勢潰亡，群公意敦逼。公獨顧而笑，我死則塞責。老母隔山川，無由寄悽惻。作書與兒子，勿復收吾骨。得歸或相見，且復慰家室。別我顧無言，但云到順德。犄角竟無人，親軍惟數百。《象昇傳》：楊廷麟上疏，嗣昌怒，奪象昇尚書，巡撫張其平閉闉絶餉。俄又以雲、晉警，趣出關，王樸徑引兵去。象昇提殘卒，次宿南宫野外。畿南三郡父老聞之，咸叩軍門，泣請移軍廣順，無隻臂無援，立而就死。象昇流涕，謝以事從中制，食盡力窮，旦夕死矣，無徒累爾父老爲。衆號泣，各攜斗粟餉軍。十二月十一日，進師至鉅鹿賈莊。起潛擁關寧兵在雞澤，距賈莊五十里而近。象昇遣廷麟往乞援，不應。按順德至鉅鹿一百一十里，雞澤縣在廣平北七十里。是夜所乘馬，嘶鳴氣蕭瑟。椎鼓鼓聲哀，拔刀刀芒澀。公知爲我故，悲歌壯心溢。當爲諸將軍，揮戈誓深入。日暮箭鏃盡，左右刀鋋集。帳下勸之走，叱謂吾死國。官能制萬里，年不及四十。《象昇傳》：師至蒿水橋，遇大清兵。象昇將中軍，大威帥左，國柱帥右，遂戰。夜半，觱栗聲四起。旦日，騎數萬，環之三匝。象昇麾兵疾戰，呼聲動天。自辰迄未，礮盡矢窮，奮身鬭。後騎皆進，手擊殺數十人，身中四矢三刃，遂仆。掌牧楊陸凱懼衆之殘其屍而伏其上，背負二十四矢以死。一軍盡覆。大威、國柱潰圍得脱。詔下詰死狀，疏成紙爲濕。引義太激昂，見者憂讒疾。公既先我亡，投跡復奚恤〔四〕。大節苟弗明，後世謂吾筆〔五〕。《詩話》：詔詰督師死狀，賈莊前數日，督師聞起潛兵在近，約之合軍，竟拔營夜遁，用無援故敗。機部受詔，直以實對。慈谿馮鄴仙得其書，謂余曰：「此疏入，機部死矣。」爲定數語。機部聞之，則大恨。先是，嗣昌遣役張姓者偵賈莊，其人談盧公死狀，流涕動色，嗣昌榜之，楚毒備至，口無改辭，遂以考死。於是機部貽書馮與余曰：「高監一段，竟爲删却，後世謂伯祥不及一部役耶？」然機部亦竟以是得免。按此部役史名俞振龍。陳鼎《東林列傳》：俞業販貂鼠，人呼俞貂鼠焉。此意通鬼神，至尊從薄謫。生還就耕釣，志願從此畢①。本傳：廷麟報軍中曲折，嗣昌擬旨，責以欺妄。事平，貶秩調外。黄道周獄起，詞連廷麟，當逮，未至，道周已釋。後起義贛州，城破死。匡廬何巀嶪，大江流不測。君看磊落士，艱難到蓬蓽。猶見參軍船，再訪征東宅。風雨懷友生，江山爲社稷。生死無媿辭，大義照顔色。

〔一〕〔疾力〕《史記·灌嬰傳》：戰疾力。

〔二〕〔持禄〕《史記·秦始皇紀》：天下畏罪持禄。

〔三〕〔投身〕《後漢書·朱穆傳》：侯生、豫子之投身。

〔四〕〔投跡〕揚子雲《解嘲》：欲行者擬足而投跡。

〔五〕〔吾筆〕《宋史·程琳傳》：不辱吾筆矣。

采石磯

《明史·地理志》：太平府當塗城北有采石山，一名牛渚山，臨大江。

石壁千尋險，江流一矢爭。曾聞飛將上，落日弔開平。《明史·常遇春傳》：兵薄牛渚磯，元兵陳磯上。舟距岸且三丈餘，莫能登。遇春飛舸至，太祖麾之前，應聲奮戈直前，敵接其戈，乘勢躍而上，大呼跳盪，元軍披靡。

① 從，士禮居本、《家藏稿》本作「自」。

諸將乘之，遂拔采石，進取太平。追封開平王。

戲贈

穿袖輕衫便洞房①，何綏新作婦人裝〔一〕。繡囊蘂結同心扣，十里風來袴褶香。

〔一〕「婦人裝」《晉書·何遵傳》：子綏，字伯蔚。《宋書·五行志》：何晏好服婦人之服。按綏傳無婦裝事，蓋合晏傳用之。

其二

梅根治後一庭幽，桃葉歌中兩槳留。管是夜深嬌不起，隔簾小婢唤梳頭。程穆衡《據梧齋塵談》：《新唐書·地理志》：「宣州南陵縣有梅根監錢官。」胡身之《通鑑注》：「今之梅根港是也。以有鑄錢監，故亦謂之錢溪。」則金陵之有梅根治，殆亦鑄錢所，特以舊名施之此爾。

其三

香銷寶鴨月如霜，欲罷樗蒱故拙行。倦倚局邊徉數子〔一〕，暗擡星眼擲兒郎。

① 穿，《家藏稿》本作「窄」。

〔一〕〔數子〕按王仲初《宫詞》：「各把沉香雙陸子，局中鬭累阿誰高。」則數子即數樗蒱所用之子也。

其四

仙家五老話驂鸞，素女圖經掌上看〔一〕。如共王喬舊相識，鍊方從乞息肌丸〔二〕。

〔一〕〔素女〕王充《論衡》：素女爲黄帝陳五女之法，非徒傷父母之身，乃又賊男女之性。

〔二〕〔息肌丸〕《飛燕外傳》：江都易王故姬李陽華，常教后九迴沉水香澤，雄麝臍内息肌丸。而婕好亦内息肌丸。

其五

玉釵仍整未銷黄，笑看兒郎語太狂。翻道玉人心事懶，厭將雲雨待襄王。

其六

戒珠琥珀間沉檀，弟子班中玉葉冠。君是惠休身法喜〔一〕，他年參學贊公壇〔二〕。按後二句代所贈者言。

〔一〕〔法喜〕黄魯直詩：「頗思攜法喜，舉案饁南畝。」①

〔二〕〔贊公〕杜詩：「贊公湯休徒。」

其七

蔬譜曾删䱹議書②，一轡鮮菜定何如。玉纖下筯無常味，珍重虞公數十車〔一〕。《據梧齋塵談》：䱹、鱓、鱣、鱔，同一字耳。以䱹爲脯，故鍾屺《䱹議》曰：「䱹之就脯，驟於屈伸也。」《今世説》皆誤刊作䱹。又如虞嘯父云：天時尚暖，𩸞魚蝦鮭未可致。鮭即鮓字，今皆誤刊作鮭，則字書中無此字矣。

〔一〕〔虞公〕《世説》：虞悰獻糲及雜肴數十轝。

其八

嬾梳雲髻罷蘭膏，一幅羅巾紫玉縧。不向弓彎問消息，誤人詩句鄭櫻桃〔一〕。此弓彎與《博異

---

① 此條士禮居本作：「《山堂肆考》：菩薩問維摩居士：『父母妻子眷屬是誰？』答曰：『智度爲母，方便爲父，法喜爲妻，慈悲爲女，善心成實爲男，畢竟空寂爲舍。』按法喜者，謂見法生歡喜也。」

② 䱹，底本原作「䱹」，據下文及士禮居本改。

志》本意有别，當如余懷《婦人鞋襪考》「弓彎」字。

〔一〕〔鄭櫻桃〕張邦基《侍兒小名録》：石季龍寵惑優僮鄭櫻桃。

其九

内家紈扇縷金函，萬壽花開青鳥銜①。贈比乘鸞秦氏女，銀泥裙子鳳皇衫。

其十

横塘西去窈娘還，畫出吴山作楚山。笑語阿戎休悵望，莫愁艇子在溪灣。

子夜詞

人采蓮子青，妾采梧子黄。置身宛轉中，纖小歡所嘗。

其二

憶歡教儂書，少小推無力。别郎欲郎憐，脩踐自雕飾。

① 壽，士禮居本作「樹」。

其三

夜凉入空房，侍婢待除裝。枕前鈎不下，知未解衣裳。

子夜歌

歡是南山雲，半作北山雨。不比熏罏香，纏綿入懷裏。

其二

夜夜枕手眠，笑脱黄金釧。傾身畏君輕，背轉流光面。

其三

故使歡見儂，儂道不相識。曾記馬上郎，挾彈門前立。

其四

微笑佯牽伴，低頭悮弄絃。衆中誰賣眼，又説是相憐。

其五

雙纏五色縷，與歡相連愛。尚有宛轉絲，織成合歡帶。

其六

淺碧魚文纈，輕紅杏子花。比來妝束素，加上木蘭紗〔一〕。

〔一〕〔木蘭紗〕《拾遺記》：漢成帝起宵游宫，班婕妤以下咸帶元綬簪佩，雜以錦繡，更以木蘭紗罩之。

其七

儂如機上花，春風吹不得。剪刀太無賴，斷我機中織。

其八

紅羅複斗帳，四角垂明珠。明珠勝明月，月落君躊躕。

其九

指冷玉簫寒，袖長羅袂濕。此夜坐匡牀，春風無氣力。

其十

夜色吹衣袂，新聲出絳紗。相逢更相認，銀燭上鉛華。

其十一

舞罷私自憐，腰肢日嫋嫋。總角諸少年，虧他只言好。

其十二

玉枕湘文簟，金爐鳳腦烟。君來只病酒，辜負解香鈿。

其十三

出門風露寒，歡言此路去。妾夢亦隨君，與歡添半臂。

子夜歌原注：代友人答閩妓。○篇咏六物咸閩産，指物廋詞，體本如是。

白玉絳羅圍，枝頭荔子垂。待儂親用手，緩緩褪紅衣。

其二

郎來索糖霜，莫持與郎喫。郎要口頭甜，不如是嘗蜜①。

其三

榕樹參天長，郎棲在何處。隨郎不見榕，累儂望鄉樹。

其四

緑葉吐紅苗，紗窗月影高。待郎郎不至，落得美人蕉。

其五

佛手慈悲樹，相牽話生死。爲郎數還期，就中屈雙指。

---

① 是，《家藏稿》本作「自」。

其六

橄欖兩頭纖，終難一箇圓。縱教皮肉盡，腸肚自然堅。

松化石原注：金陵任受白所藏。○蘇頌《本草圖經》：今處州出一種松石，如松榦而實石也。或云松久化爲石。人多取傍山亭，及琢爲枕。程穆衡《箕城雜綴》：蕭子顯《南齊書》：永明六年，石子岡柏木長二尺四寸，廣四寸半，化爲石。夫史列之五行，木失其性，而今人以爲几案間物。

高士無凡好，常思買一峰。如何三徑石，却本六朝松〔一〕。老筆應難畫，名山不易逢。轂城相遇處，肯復受秦封①。

〔一〕〔六朝松〕王貽上《六朝松石記》：金陵園林亭榭相望也，六朝園最古，在瓦官寺東北。其得名以松石。

---

① 肯，《家藏稿》本作「宜」。

贈妓圓郎①

俞無殊《香奩社集·分咏諸姬詩》：瓜時初過正嬌嬈，烟葉雙眉不待描。濃睡未醒鸚鵡唤，曉妝難竟畫船邀。清歌疑傍爐烟散，豔影愁隨蠟淚消。一笑尊前似曾識，朝來莫共楚雲飄。自注：郎元。按郎元即圓郎也。徐釚《本事詩》注：吴姬舊有甲乙譜，無錫錢星客復脩之。珠簾畫舫，粉香載道。一時諸名士各賦詩題贈，名《香奩社集》。則此詩亦是也。

輕韝窄袖柘枝裝，舞罷斜身倚玉牀。認得是儂偏問姓，笑儂花底唤諸郎。

烏栖曲

沉香爲笮錦爲牽，白玉池塘翡翠船。芙蓉翻水鴛鴦浴，盧郎今夜船中宿。

偶成

好把蛾眉鬭遠山，鈿蟬金鳳緑雲鬟。畫堤無限垂垂柳，輸與樓頭謝阿蠻。

---

① 圓郎，《家藏稿》本作「郎圓」。

海棠花發兩三枝，燕子呢喃春雨時。恰似闌干嬌欲醉，當年人説杜紅兒。

永和宮詞

咏田貴妃。按楊士聰《玉堂薈記》：田貴妃居承乾宮，袁貴妃居翊坤宮。則永和非貴妃宮名，以事在永和宮，故題云。孫承澤《春明夢餘録》：東二長街之東曰永和宮，先名永安宮。

揚州明月杜陵花，夾道香塵迎麗華〔一〕。舊宅江都飛燕井，新侯關内武安家。《明史·后妃傳》：恭淑貴妃田氏，陝西人，後家揚州。父弘遇以女貴，官左都督。雅步纖腰初召入，鈿合金釵定情日。豐容盛鬋固無雙，蹴踘彈棊復第一。上林花鳥寫生綃，禁本鍾王點素毫。楊柳風微春試馬，梧桐露冷暮吹簫。《妃傳》：妃生而纖妍，性寡言，多才藝。侍帝於信邸。崇禎元年，封禮妃。尋進位皇貴妃。君王宵旰無歡思，宫門夜半傳封事。玉几金牀少晏眠，陳娥衛豔誰頻侍。貴妃明慧獨承恩，宜笑宜愁慰至尊。皓齒不呈微索問，蛾眉欲蹙又温存。《妃傳》：宫中有夾道，暑月駕幸，御蓋行日中，妃命作籧篨覆之，從者皆得休息。又易小黄門之舁輿者以宫婢，帝聞，以爲知禮。本朝家法脩清讌，房帷久絶珍奇薦。敕使唯追陽羨茶，内人數減昭陽膳。《周后傳》：帝以寇亂茹蔬。后見帝容體日瘁，具饌將進，而瀛國夫人奏適至。曰：夜夢孝純太后歸，語帝瘁而泣，且曰爲我語帝，食毋過苦。帝持奏入宫，后適進饌，帝追念孝純，且感后意，因出奏示后。后再拜，舉匕箸，相向而泣。維揚服製擅江南，毛奇齡《彤史拾遺》：田妃善粧攏，每以新飾變宫中儀法。燕見，却首服，别作副髮，藏髮間。宫衣用紗縠，雜綴諸剪繡，而隱以他色，如罨畫然。小閣罏烟沉水含。《彤史拾遺》：妃嘗厭宫闈過高迥，崇杠大牖，所居不適意。乃就廊房爲低檻曲楯，蔽以廠槅，雜採揚州諸什器牀簟，供設其中。私買瓊花新樣錦，《彤史拾遺》：宫中凡令節，宫人以插帶相餉。偶貴妃宫婢戴新樣花，他宫皆無，有中宫宫婢向上叩頭乞賜，上使中官出採辦，越數百里不能得。上以問妃，妃曰：「此象生花，出嘉興。有吴吏部家人攜來京，而妾買之。」自修水遞進黄柑〔二〕。中宫謂得君王意〔三〕，銀鐶不妬温成貴〔四〕。早日艱難護大家，比來歡笑同良娣。奉使龍樓賈佩蘭〔五〕，往來偶失兩宫歡①。雖云樊嫕能辭令〔六〕，欲得昭儀喜怒難。《本事詩》載顧景星《廣陵遇田九》詩，自云貴妃異母季弟言，宫中微釁起於宫人。綠綈小字書成印，瓊函自署充華進。請罪長教聖主憐，含辭欲得君王愠。君王内顧恤傾城②，故劍還存敵體恩。手詔玉人蒙詰問，自來階下拭啼痕。《后傳》：田貴妃有寵而驕，后裁之以禮。歲元日，寒甚，田妃來朝，翟車止廡下。后良久方御座受其拜。拜已，遽下，無他言。而袁貴妃之來朝也，相見甚歡，語移時。田妃聞而大恨，向帝泣。妃尋以過，帝命斥居啟祥宫。③外家官拜金吾尉，平生游俠多輕利。縛客因催博進錢，當筵便殺彈箏伎。班姬才調左姬賢，霍氏驕奢竇氏專。涕泣唯聞

---

① 來，士禮居本、《家藏稿》本作「還」。

② 恤，《家藏稿》本作「惜」。

③ 士禮居本頁眉：「李清《三垣筆記》：田貴妃最被寵幸，周后頗不能容。一日，妃疏列后過，帝曰：『妃可無禮於后耶？』命罰處某宫半年。其實妃不能文，帝故命爲之，以諷止后，又量示罰處，以存大體耳。」

椒殿詔①，笑談豪奪灞陵田。《妃傳》：田弘遇好佚遊，爲輕俠。《外戚傳》：帝嘗諭弘遇宜恪遵法度，爲諸戚臣先。有司奏削將軍俸，貴人冷落宫車夢。② 永巷傳聞去玩花，景和門裏誰陪從？《春明夢餘録》：坤寧東露頂曰貞德齋，西露頂曰養正軒。東披簷曰清暇居，北圍廊曰游藝齋。左曰景和門，右曰隆福門。天顔不懌侍人愁③，后促黄門召共游。初勸官家佯不應，玉車早到殿西頭。《妃傳》：妃斥居啟祥宫，三月不召。一日，后侍帝於永和門看花，請召妃，帝不應。后遽令以車迎之，乃相見如初。按詩題蓋取乎此。兩王最小牽衣戲，長者讀書少者弟。妃生二子，皇五子及永王。蔣德璟《慤書》：皇極門西廡二十間。上十間爲諸王館，定王書堂在西第六間，爲讀書處。第五間懸先師畫像。永王出閣，因移定王第四間，而永王則在第六間。聞道群臣譽定陶，獨將多病憐如意。豈有神君語帳中，漫云王母降離宫。巫陽莫救倉舒恨，金鎖彫殘玉筯紅。《明史·薛國觀傳》：帝初憂國用不足，國觀請借助。言在外群僚，臣等任之；在内戚畹，非獨斷不可。因以武清侯李國瑞爲言，帝勒借四十萬。會皇五子薨，孝定太后憑焉責帝薄外家，帝恐，盡還所納，而追恨國觀。《綏寇紀畧》：皇五子薨，時慈聖太后憑而告者數千百言，自稱九蓮菩薩。趙吉士《寄園寄所寄》：悼靈王病篤，九蓮

---

① 唯，士禮居本、《家藏稿》本作「微」。

② 士禮居本頁眉：「《三垣筆記》：戚畹田弘遇所爲不法，人爭鼓訟，御史臺以法繩之，貴妃脱簪求解，帝怒曰：『祖宗法不可私。』擯居别宫。久之，周后召至看花，乃承恩如故。」

③ 侍，底本原作「待」，據士禮居本、《家藏稿》本改。

菩薩示現空中，數帝之罪。帝大悔，命建佛寺於草橋之北，額曰九蓮慈蔭寺。從此君王慘不樂，叢臺置酒風蕭索〔七〕。已報河南失數州，況經少子傷零落。《綏寇紀畧》：上感天下亂，悽愴骨肉傷懷。有老宫人及見定陵，問以宫中事，爲欷歔起。嘗朝歲節畢，就便坐，俄欠伸偃别榻，劉太妃命尚衣謹覆之。頃之，上覺，起攝衣冠，謝曰：神祖時，海内少事，至兒子苦枝持多難，兩夜省文書，未嘗交睫，在太妃前惽然不自持一至此。太妃爲泣下，上亦汍瀾者久之。《明史》：悼靈王名慈煥，五歲殤。帝念王靈異，封孺孝悼靈王、玄機慈應真君。貴妃瘦損坐匡牀，慵髻啼眉掩洞房。荳蔻湯温冰簟冷，荔支漿熱玉魚凉〔八〕。病不禁秋淚沾臆，徘徊自絶君王膝〔九〕。苔没長門有夢歸，花飛寒食應相憶。《妃傳》：妃謫别宫省愆，所生皇五子薨於别宫，妃遂病。十五年七月薨，謚恭淑端惠靜懷皇貴妃。玉匣珠襦啟便房〔一〇〕，薤歌無異葬同昌〔一一〕。君王欲製哀蟬賦，誄筆詞臣有謝莊。《妃傳》：妃葬昌平天壽山，即思陵也。朱彝尊《日下舊聞》：思陵葬日，仁和龔光禄佳育流寓昌平，嘗爲余言，言妃壙始開，入石門，地甚濕，衣被等物多黦黑。被止一面是錦繡，餘皆以布。長明燈油僅二三寸，缸底皆水。其金銀器皆以鉛銅充之。當時中官破冒，良可恨也。頭白宫娥暗嚬蹙，庸知朝露非爲福。宫草明年戰血腥，當時莫向西陵哭。窮泉相見痛倉皇，還向官家問永王。《明史·諸王傳》：永王慈炤，莊烈帝第四子。崇禎十五年三月，封永王。賊陷京師，不知所終。幸免玉環逢喪亂，不須銅雀怨興亡。自古豪華如轉轂，武安若在憂家族。愛子雖添北渚愁，外家已葬驪山足。言弘遇先亡。夜雨椒房陰火青，杜鵑啼血濯龍門〔一二〕。按宫殿額名永和宫，前殿爲興龍殿，後有小院名龍德齋。知非泛用濯龍門也。漢家伏后知同恨，止少當年一貴人。碧殿凄凉新木拱，行人尚識昭儀冢。麥飯冬青問茂陵，斜陽蔓草埋殘壠。《明史·莊烈紀》：帝崩於萬歲山。昌平人啟田貴妃墓以葬。《昌平山水記》：以田妃之槨爲帝槨。昭丘松櫝北風哀，南内春深擁夜來〔一三〕。莫奏霓裳天寶曲，景陽宫井落秋槐。結句謂南渡。

〔一〕［香塵］《拾遺記》：石季倫屑沉水之香如塵末，布象牀上，使所愛者踐之。

〔二〕［水遞］丁用晦《芝田録》：李德裕取惠山泉，自常州至京置遞，號水遞。

〔三〕［中宫］《周禮·内宰》疏：《漢舊儀》稱皇后爲中宫。

〔四〕［銀鐶］《詩》：貽我彤管。傳：古者后妃羣妾以禮御于君，所當御者以銀鐶進之。

［温成］《宋史·仁宗紀》：至和元年，貴妃張氏薨，追册爲皇后，賜謚曰温成。又《歐陽修傳》：昔温成之寵，太后處之裕如。

〔五〕［賈佩蘭］《西京雜記》：戚夫人侍兒賈佩蘭。

〔六〕［樊嫕］《飛燕外傳》：其姑妹樊嫕。

〔七〕［叢臺］《大清一統志》：叢臺在廣平邯鄲縣城東北。按叢臺置酒疑暗用慎夫人事。

〔八〕［玉魚涼］《天寶遺事》：貴妃至夏苦熱，常有肺渴，每日含一玉魚兒于口中，蓋藉其涼津沃肺也。

〔九〕［自絶君王膝］《晉書・楊皇后傳》：泰始十年，崩于明光殿，絶于帝膝。

〔一〇〕［便房］《漢書・霍光傳》注：便房，藏中便坐也。

〔一一〕［同昌］蘇鶚《同昌公主傳》：咸通九年，同昌主薨。上哀痛甚，自製挽歌，令百官繼和。按咸通唐懿宗年號。

〔一二〕［濯龍門］《後漢書・明德馬皇后紀》：濯龍門外家問起居者，車如流水。

〔一三〕［夜來］《拾遺記》：魏文帝改靈芸之名曰夜來。

哭志衍

予始年十四，與君早同學。君獨許我文，謂侔古人作。長揖謝時輩，自比管與樂。彊記矜絶倫，讀書取大略。家世攻《春秋》，訓詁苦穿鑿。君撮諸家長，弗受專門縛。即子之太公〔一〕，亦未相然諾。《婁東耆舊傳》：吴鸞字應祥，居茜涇。正德辛未，會試。甲戌，廷試。授禮部精膳司主事，以疾乞改南。陞主客司郎中，致仕。鸞幼從王倬受經，抗師座，與弟子剖析疑義，成進士者六七輩。高談群兒驚，健筆小儒怍。長途馭二龍，崇霄翔一鶚。遂使天下士，咸奉吾徒約。詞場忝兩吴，相與爲犄角。煌煌張夫子，斯文紹濂洛。五經叩鐘鏞，百家垂矩矱。海内走其門，鞍馬填城郭。《復社紀畧》：始婁文卑靡，張溥有意振起之，聞周鍾倡教金沙，一見歸，盡棄所學，更尚經史。爲尹山大會，臭味翕集。時江北匡社，中州端社，松江幾社，萊陽邑社，浙東超社，浙西莊社，黄州質社，與江南應社，各分壇坫。溥乃合諸社爲一，以士子不通經術，期共復古學，名曰復社。裒其文曰《國表》。壬申假歸，爲虎丘大會，晉楚閩浙舟車至者日數千人。大雄寶殿不能容，生公臺、千人石鱗次布席，往來絲織，游人聚觀詫嘆。雲間數陳夏，餘子多磊落。反騷擬三湘，作賦誇五柞。《復社紀畧》：陳子龍爲幾社首。艾南英蒞吴門，約同參證文體。陳氣方盛，首與爭辨，大意謂宋人不能超津筏，而上古文有左氏、司馬氏，不當舍遠而求近。南英復書詰難，夏允彝懼其傷雅，手疏規之，言不必外傳以滋物論。按餘子謂如徐方廣、徐孚遠、馬元調、杜麟徵、顧開雍輩，皆傑材也。君也游其間，才大資磨斲。詩篇口自哦，書記手頻削。冠蓋傾東南，虛懷事酬酢。《文集·志衍傳》：海内能文家聞其風者，靡然而至，余以羸病，不能數對客，志衍則使人人自得也。射策長安城，驄馬黄金絡。年少交公卿，才智森噴薄。會值里中兒，飛文肆謡諑。要路示指蹤，黨人罹矰繳。君也念急難，疎通暗籌度。陰落其機牙，用意於莫覺。逡巡白衣奏，停止黄門獄。叶。〇《復社紀畧》：陸文聲字居實，以事啣張采。攄其事走京師，蔡奕琛導之温體仁所，温意中不知有采，先是，體仁欲羅行取，啟上因星變，青衣布袍齋居武英殿，求直言，令淮安衛三科武舉陳啟新上書，特旨擢列諫垣。至是乃曰：「誰爲張采？今所急者張溥耳。能併彈治溥，當授官如啟新矣。」文聲從之。事下學臣倪元珙。時社中吴繼善、克孝、夏允彝、陳子龍皆在京，謂文聲必爲浙人頤指，説之就選出諸外，社局始安。乃醵金爲部費，使擇善地。文聲與二吴有表戚，克孝爲盟約以堅之，得道州吏目以去。元珙竟以隱狥降調，繼之山東亓瑋，瑋艱歸，齊人張鳳翮代之，延臨川羅萬藻閱文，學政悉入羅掌握，温無如之何。會明年溥卒，温亦罷相①，事

① 亦，據士禮居本補。

得解。解褐未赴官，歸來卧林壑。賓客益輻凑，聲華日昭灼。生徒丐談論，文史供揚榷。貧賤諸故人，慰存餽衣藥。躡履修起居，小心見誠恪。重氣狥長者〔二〕，往往捐囊槖。《文集》：始得慈谿令，母夫人喪，未之任。父黨造門，中表故舊及所游門下士，一旦請緩急，未嘗以不足爲解。君家夙貴盛，朱門飾華桷。壘石開檽軒，張燈透簾幙。唱曲李延年〔三〕，俳弄黄幡綽。舞席間毬場〔四〕，池館花漠漠。兄弟四五人，會讌騰觚爵。鹽豉下魚羹，椒蘭糁梟臛。每具十人饌，中廚炊香穱〔五〕。客從遠方來，咄嗟辦脾臄。昨宵已中酒，命飲仍大釂。叶。○《婁東耆舊傳》：進士吴繼善、國杰之祖曰雲翀，字星嶽。萬曆甲子副榜。擁高貲，富盛，喜施予。戊子，吴中歲歉，流亡載路，雲翀捐囷米八千石賑飢，其家業幾廢于行善。《文集》：志衍好客，日具數人饌，賓至者無貴賤，必與均。每三爵之後，詞辯鋒起，雜以諧謔。岸幘嘯咏，酣飲絶叫以爲常①。而我過其家，性不勝杯杓。小户不足糾〔六〕，引滿狂笑噱。卷波喝遺輸〔七〕，射覆猜須着。狎侮座上人，鬭捷貪諧謔。警速誰能酬，自喜看跳躍。堅坐聽其言，乃獨無差錯。親疎與長幼，語語存斟酌。性厭禮法儒，拘忌何齷齪〔八〕。風儀其瓌偉，衣冠偏落拓。有時不簪巾〔九〕，散髮忘盥濯。中夜鬭謌呼，分曹縱蒱博。百萬或一

---

① 飲，土禮居本作「歌」。

擲①，放意長自若。絶叫忽成盧，衆手悉斂却②。男兒須作健〔一〇〕，清談兼馬稍〔一一〕。犯雪披輕衫，笑予爾何弱。嘗登黄山巔，飛步臨峭崿。下有萬仞潭，徒侣愁失脚。搔首凌雲烟，翹足傲衡霍。《文集》：游黄山，凌躡險絶，同游者不能從，自負强濟，曰：「丈夫習勞苦，任艱難，爲國家驅馳，有如此游也矣。」顧余石城頭，横覽浮大白。叶。慷慨天下事，風塵慘河朔。諸將擁重兵，養寇飽鹵掠〔一二〕。背後若有節，此輩急斬斫。自請五千騎，一舉殲首惡。餘黨皆吾人，散使歸耕穫。即今朝政亂，舉錯混清濁。君父切邊疆，群臣私帷幄。當官不彈治，何以司封駁。對仗劾三公，正色吐謇諤。此志竟迍邅，天道何窮剥。六載養丘園，一官落邛筰。大盗竊江黄，凶徒塞荆鄂。間道携妻孥，改途走蠻貉。瘴黑箐林行，颶作瀘溪泊。驛路出桄榔，候吏疑猿玃。《文集》：既得蜀之成都，時荆襄陷没，江鄂道斷，改途出宜春，道西陽，涉黔江而入蜀。欹鞍到平地，倏逢錦城樂。問士先嚴揚，恤民及程卓。白鹽古戍烽〔一三〕，赤甲嚴關柝。再拜蜀王書，流涕傾葵藿。請發府千金③，三軍賜酺醵。賓旅給犀渠，叟兵配騊駼〔一四〕。此地俯中原，巨靈司鎖鑰。水櫃扼涪江〔一五〕，石門防劍閣。我謀適不用，岷峨氣蕭索。《婁東耆舊傳》：繼善上蜀王書曰：

① 或一擲，士禮居本、《家藏稿》本作「一擲輸」。
② 悉，士禮居本作「皆」，《家藏稿》本作「忽」。
③ 發府，士禮居本、《家藏稿》本作「府發」。

「全蜀之險，在邊不在腹。若設重戍於夔關、劍閣，誠足自固。否則黄牛、白帝，亦屬夷庚；黑水、平陽，更多岐徑。乃欲坐守門庭，謂爲設險，不可解者一也。往者藺酋撲滅，獻賊遁逃，止以藺兵力有虧，獻地利不習。今者荆襄撤其藩籬，秦隴寒其唇齒，揣量賊情，益無瞻忌。而欲援引前事，冀倖將來，不可解者二也。至于錦城之固，不及秦關；白水之險，寧踰湘漢？此可恃以無虞，彼何爲而失守？且城如孤注，救援先窮，時及嚴冬，長驅尤易。」而王始終以奉祖制，不敢參兵食爲詞。黑山起張燕，青城突莊蹻。積甲峨嵋平，飲馬瞿塘涸。生民爲葅醢，醜類恣啖嚼。徒行值虎豹，同事皆燕雀。孤城遂摧陷，狂刃乃屠膊①。《綏寇紀略》：八月四日，獻忠傅城下，王始出其金懸之市，購戰守者，莫應。賊攻圍三日，夜以巨礮穴城東北陬而震之，城崩，乘以入，王遇害。繼善閤門死者三十六人。有子踰十齡，艱難孰顧托。闔門竟同殉，覆卵無完殼。《文集》：志衍有子曰孫慈，賊將憐而匿之，後亦遇害。一弟漏刃歸〔一六〕，兩踝見芒屩〔一七〕。三峽奔荆門〔一八〕，魚龍食魂魄。叶。夢斷落滄江，毋乃遭搏攫。郫筒千日酒〔一九〕，泉路無寂寞。《婁東耆舊傳》：志衍亡後，越三年，弟事衍名述善者徒跣萬里歸，始傳其事。追計平生歡，一一猶如昨。壁間所懸琴，臨行彈别鶴。玉子文楸枰〔二〇〕，尚記爭殘着。百架藏圖書，千金入卷握。刻意工丹青，雲山共綿邈。篋中白團扇，玉墜魚瀺灂。阿兄風流盡，萬事俱零落。我欲收君骨，茫茫隔山嶽。後來識死事，良史曾誰確。此詩傳巴中，磨崖書卓犖。石剥蒼藤纏，姓氏猶捫摸。庶幾千載後，悲風入寥廓。

① 刃，《家藏稿》本作「刀」。

〔一〕［太公］陶宗儀《輟耕録》：今人謂曾祖父曰太公，此蓋相承之謬。當稱祖父爲是。《後漢·李固傳》曰：太公以來云云。注：太公謂祖父郃。

〔二〕［重氣］張平子《西京賦》：「輕死重氣，結黨連群。」

〔三〕［唱曲］《輟耕録》：唱曲門户有小唱、寸唱、慢唱、壇唱。

〔四〕［毬場］《唐國史補》：憲宗問趙相宗儒曰：「人言卿在荆州，毬場草生，何也？」

〔五〕［中廚］《晉書·陸納傳》：勑中廚設精饌。

［香穲］韓詩：汲冷積香穲。

〔六〕［小户］杜彦之詩：酒寒無小户，請酌滿行杯。《延漏録》：凡飲，以一人爲録事，以糾坐人。須擇有飲材者，材有三：謂善令、知音、大户也。

〔七〕［遺輪］白居易詩：鞍馬呼教住，骰盤喝遺輸。長驅波卷白，連擲采成盧。

〔八〕［拘忌］《後漢書·方術傳論》：使人拘而多忌。

［齷齪］鮑照詩：小人自齷齪。①

〔九〕［篸巾］庾信詩：山巾篸筍皮。

〔一〇〕［作健］《古企喻歌》：男兒欲作健。

---

① 士禮居本此條作：「邵長蘅《古今韻略》：齷齪，迫也。又急促陿貌。一作握齱。《漢·酈食其傳》：握齱好苛禮。亦作躖。《漢·相如傳》：委瑣握躖。」

〔一二〕〔清談馬稍〕《南史·柳世隆傳》：嘗自云馬稍第一，清談第二。

〔一三〕〔養寇〕《宋史·陳過庭傳》：致寇者蔡京，養寇者王黼。

〔一四〕〔白鹽〕《一統志》：白鹽山在夔州府奉節縣東。

〔一四〕〔叟兵〕《後漢書·劉焉傳》：遣叟兵五千助之。注：漢謂蜀爲叟。

〔一五〕〔水櫃〕《宋史·太祖紀》：建隆二年二月，幸城南，觀修水匱。按《一統志》：鐵櫃山，在涪州北。

〔一六〕〔漏刃〕《魏書·刁雙傳》：我兄弟屠滅已盡，惟我一身漏刃相託。

〔一七〕〔兩踝〕《晉書·孫拯傳》：兩踝骨見。

〔一八〕〔三峽〕王少伯詩：行到荆門上三峽。①

〔一九〕〔郫筒酒〕《成都古今記》：郫人刳竹之大者，傾春釀于筒，苞以藕絲，蔽以蕉葉，馨香達于林下。然後斷之以獻，俗號郫筒酒。②

〔二〇〕〔玉子〕《杜陽雜編》：大中中，日本國王子來朝，出楸玉局、冷暖玉棋子。

---

① 士禮居本此條作：《峽程記》云：「三峽即明月峽、巫山峽、廣澤峽。其有瞿塘、灩澦、燕子、屏風之類，皆不在三峽數。」此云三峽，蓋指巫山爲第三峽，非指兼明月、廣澤而言。

② 士禮居本後有：「杜詩：酒憶郫筒不用沽。」

避亂

《州乘備採》：乙酉五月初九日，王師渡江。十七日，州役皁隸輿厮等毆張受先，以積米未明爲詞。劉河兵以數月乏糧，擁至城，勢張甚。十九日，滿城民夜皆聞鬼哭。二十日早，士民訛言大兵已至蘇州，居人驚徙，城市一空。知州名朱喬秀，吝而懦，卒當時危，唯擁貲闔門爲走計。六月初二日，盗庫帑逸。初四日，州亂，焚搶蜂起。

我生江湖邊，行役四方早。所歷皆關河，故園跡偏少。歸去已亂離，始憂天地小。從人訪幽棲，居然逢浩渺。百頃礬清湖①，王鏊《姑蘇志》：澱山湖之北有范青漾，相傳范家田，匯爲巨浸。按此乃作礬清湖，蓋土人語也。烟清入飛鳥。沙石晴可數，鳧鷖亂青草。主人柴門開，雞聲緑楊曉。花路若夢中，漁歌出杳杳。白雲護仙源，劫灰應不擾。定計浮扁舟，於焉得終老。主人謂公宗人繇倩、青房及公益兄弟也。詳後《礬清湖》詩。

其二

長日頻云亂，臨時信孰傳。愁看小兒女，倉卒恐紛然。緩急知難定，身輕始易全。預將襁

---

① 湖，底本原作「河」，據士禮居本、《家藏稿》本改。

裸寄，忍使道途捐。天意添飄泊，孤舟雨不前。途長從妾怨，風急喜兒眠。水市灣頭見，溪門屋後偏。終當淳樸處，不作畏途看。未得更名姓，先教禮數寬。因人拜村叟，自去榜漁船。多累心常苦，遭時轉自憐。干戈猶未作，已自出門難。其二、其四謂之齊梁半格。

其三

驟得江頭信，龍關已不守。《明史·地理志》：江寧縣北有龍江關，置户分司於此。由來嗤早計，此日盡狂走。老稺爭渡頭，篙師露兩肘。屢喚不肯開，得錢且沽酒。予也倉皇歸，一時攜百口。兩槳速若飛，扁舟戢來久。路近忽又遲，依稀認楊柳。居人望帆立，入門但需帚。依然具盤飧，相依賴親友。却話來途中，所見俱八九。失散追尋間，啼呼挽雙手①。屢休又急步，獨行是衰朽。村女亦何心，插花尚盈首〔一〕。

〔一〕［插花］周美成詞：好亂插繁花盈首。

① 雙，士禮居本、《家藏稿》本作「兩」。

其四

此方容跡便，止爲過來稀。一自人爭避，溪山客易知。有心高酒價〔一〕，無計掩漁扉。已見東郭叟〔二〕，全家又別移。總無高枕地，祇道故園非。謂遭陳墓之亂又他避①，見後《礬清湖》詩叙。爲客貪鰕菜，逢人厭鼓鼙。兵戈千里近，隱遯十年遲。惟羡無家雁，滄江他自飛。

〔一〕〔高酒價〕《梁書·元帝紀》：長安酒食，于此高價。

〔二〕〔東郭叟〕《唐書·張志和傳》：兄鶴齡，恐其遯世不還，爲築室越州東郭。

其五

月出前村白，溪光照澄練。放檝浮中流，臨風浩歌斷。天塹非不雄②，哀哉日荒燕。嗟爾謀國徒，坐失江山半。謂南都君臣荒亂覆亡。長年篙起舞〔一〕，扁舟疾如箭③。可惜兩河士，技

---

① 避，士禮居本作「徙」。

② 雄，底本原作「容」，據士禮居本、《家藏稿》本改。

③ 疾，士禮居本作「捷」。

擊無人戰。孤篷鐵笛聲，聞之淚流霰。我生亦何爲，遭時涉憂患。昔也游九州，今來五湖畔。麻鞋習奔走，淪落成愚賤。

〔一〕〔長年〕宋子京《筆記》：蜀人謂柂師爲長年三老。

其六

曉起譁兵至，戈船泊市橋〔一〕。草草十數人，登岸沽村醪。結束雖非常，零落無弓刀。使氣撾市翁〔二〕，怒色殊無聊。不知何將軍，到此貪逍遥。官軍昔催租〔三〕，下令嚴秋毫。盡道征夫苦，不惜耕人勞。《明史·食貨志》：楊嗣昌督師，畝加練餉銀一分。兵部郎張若麒請收兵殘遺産爲官莊，分上中下，納租八斗至二三斗有差。御史衛周嗣言：嗣昌流毒天下，勦練之餉多至七百萬，民怨何極！御史郝晉亦言：萬曆末年，合九邊餉止二百八十萬。今加派遼餉至九百萬。勦餉三百三十萬，業已停罷，旋加練餉七百三十萬。自古有一年而括二千萬以輸京師，又括京師二千萬以輸邊者乎？疏語雖切直，而以時事危急，不能從也。江東今喪敗①，千里空蕭條。此地村人居，不足容旌旄。君見大敵勇，莫但驚吾曹。

① 敗，士禮居本作「亂」。

〔一〕〔戈船〕《漢書·武帝紀》：歸義越侯嚴爲戈船將軍。臣瓚曰：伍子胥書有戈船，以載干戈，因謂之戈船。

〔二〕〔使氣〕《北史·崔儦傳》：性兼使氣。

〔三〕〔傕租〕蘇詩：水中照見傕租瘢。

吴梅村詩集箋注卷第二

古近體詩六十六首起乙酉五月盡丁亥游越之作①

讀史雜感②咏南都事。箋語採諸書，不復識别。

吴越黄星見，園陵紫氣浮。六師屯鵲尾〔一〕，雙闕表牛頭〔二〕。《明史·諸王傳》：馬士英等迎由崧入南京。庚寅，稱監國。壬寅，自立於南京，僞號弘光。按首二句當是南渡時侈陳祥瑞語耳。鎮静資安石，艱危仗武侯。新開都護府，宰相領揚州。《明史·史可法傳》：馬士英旦夕冀入相，擁兵入覲，拜表即行。可法遂請督師，出鎮淮揚，乃開府揚州。

〔一〕〔鵲尾〕《綱目質實》：鵲尾，渚名，在廬州府舒城縣治西北。

① 盡，士禮居本作「至」。
② 雜，士禮居本作「偶」。

〔三〕〔牛頭〕《南史·何胤傳》：世傳王丞相指牛頭山云：「此天闕也。」

其二

莫定三分計，先求五等封。南都受封者：朱國弼以翼戴晉保國公，復以保國例晉東平伯劉澤清、誠意伯劉孔昭侯爵，孔昭不受。又封福建總兵鄭芝龍南安伯。國中唯指馬，錦衣都督劉僑已降獻賊，送士英赤金三千兩、女樂十二人。士英笑曰：「此一物足以釋西伯。」遂補原官。或榜中書門曰：「闖賊無門，匹馬橫行天下；元凶有耳，一兀直走中原。」閫外盡從龍。總兵鄭鴻逵、黄蜚鎮守鎮江，鄭彩分管水師，吴志葵駐防吴淞，黄斌卿駐防上江。又設淮揚、徐泗、鳳壽、滁和四鎮，以總兵劉澤清、高傑、劉良佐及靖南伯黄得功轄之。朝事歸諸將，四鎮合疏糾姜曰廣、劉宗周，辭凶悍甚。可法詢之四鎮，皆以不知對，得功又有疏自辨，史遂言此疏乃黎丘之巧混。澤清即疏攻史，史兩解之，士英方快以此逐姜、劉矣。澤清又請誅吕大器。及王之明之獄，黄、劉、左、袁又各上疏力爭。軍輸仰大農。淮南數州地，幕府但歌鐘。淮撫田仰，士英私人，屢疏請餉。弘光以東南餉額不滿五百萬，江北已給三百六十萬，命仰與澤清通融措辦。澤清時大興土木，造宅淮安，四時之室俱備，僭擬皇居。

其三

北寺讒成獄，西園賄拜官〔一〕。《明史·奸臣傳》：朝政濁亂，賄賂公行。四方警報狎至，士英身掌中樞，一無籌畫，日以鋤正人、引兇黨爲務。時有狂僧大悲出語不類，爲總督京營戎政趙之龍所捕。大鋮欲假以誅東林及素所不合者，因造十八羅漢、五十三參之目，書史可法、高弘圖、姜曰廣等姓名，内大悲袖中，海内人望，無不備列。獄詞詭秘，朝士皆自危，而士英不欲興大獄，乃止。大僚降賊者，賄入輒復其官；諸白丁隸役，輸重賄立躋大帥。都人爲語曰：「職方賤如狗，都督滿街走。」其刑賞倒置如此。上書休討賊，進爵在迎鑾〔二〕。加翊戴恩，馬士英太子太師以下，數人各陞賞世蔭。又加南臨恩，可法少傅、士英少保以下。又特陞李沾都察院左都御史、張文光太常少卿，以二人定策功多也。相國爭開第，將軍罷築壇。空餘蘇武節，流涕向長安。《明史·左懋第傳》：本朝館之鴻臚寺，改館太醫院。順治二年六月，聞南京失守，慟哭。至閏月十二日，以不降誅。

〔一〕〔西園〕《後漢書·宦者傳》：當之官者先至西園諧價，然後得去。

〔二〕〔迎鑾〕《五代史·梁臣傳》：劉捍，開封人也。唐昭宗召見，賜號迎鑾毅勇武臣。

其四

御刀周奉叔〔一〕，應敕阮佃夫〔二〕。列戟當關怒，高軒哄道呼。監奴右衛率〔三〕，小吏執金吾。匍匐車塵下，腰間玉鹿盧。以福府千户常應俊爲襄衛伯，補青浦知縣。陳爊爲中書舍人，王鏞子無黨世錦衣指揮使。應俊者本革工，值弘光出亡，負之履雪中數十里，脱於難。與爊、鏞、無黨皆翌衛有功者也。有林翹者善星術，士英在戍日，卜其大用，後薦授中書，尋躐一品武銜，蟒玉趨事。

〔一〕〔御刀〕《南史·茹法珍傳》：齊東昏時，左右應敕捉刀之徒並專國命，人間謂之刀敕，權奪人主。都人爲之語曰：「欲求貴職依刀敕，須得富豪事御刀。」〔周奉叔〕《南齊書·周盤龍傳》：子奉叔勇力絶人。鬱林在西州，奉叔密得自進。及即位，加輔國將軍。帝從其學騎射，尤見親密，得入後宮。

〔二〕〔阮佃夫〕《南史·恩倖傳》：阮佃夫，會稽諸暨人也。佃夫及王道隆、楊運夫並執權，亞于人主。僕從附隸皆受不次之位。

〔三〕〔右衛率〕《晉書·職官志》：惠帝建東宮，初置中衛率。太始五年，分爲左右，各領一軍。

其五

聞築新宮就，君王擁麗華。尚言虛内主，廣欲選良家。先是，修興寧宮，建慈禧殿，大工繁費。又專以選淑女爲急。應天府首選二名不中，司禮監選六名亦不中，特遣内監田壯國往杭州選到陳氏、王氏、李氏三人，着於十五日進元暉殿。命户、工部各委官一員，採辦中宮珠冠，禮冠三萬兩，常冠一萬兩。使者螭頭舫，才人豹尾車。可憐青冢月，已照白門花。謂不及册立，悉被俘去，如《集》中中山王女輩①。

---

① 士禮居本「集中」後有「所云」二字。

其六

貴戚張公子〔一〕，奄人王寶孫〔二〕。入陪宣室宴①〔三〕，出典羽林屯②。狗馬來西苑，俳優待北門③。不時中旨召，著籍並承恩。福邸舊奄田成、張執中者尤用事。馬、阮數以金幣結之。又有屈奄者與田、張三人迭秉筆，一外轉給事陸朗費銀數千，得中旨留之。家臣徐石麒質之内璫，璫云此已進御，遂無敢言。又性極嗜演戲，伶人賜予無節。除夕忽對韓贊周泣曰：「梨園殊少佳者。」

〔一〕〔張公子〕《漢書·外戚傳》：成帝每微行，常與張放俱，而稱富平侯家。故曰張公子。④

〔二〕〔王寶孫〕《通鑑綱目》：齊寶卷永元二年，奄人王寶孫年十三四，號倀子，最有寵。

〔三〕〔宣室宴〕《漢書·東方朔傳》：上爲竇太主置酒宣室，使謁者引内董君。

---

① 宴，底本原作「晏」，據注文及《家藏稿》本改。

② 屯，士禮居本作「軍」。

③ 待，《家藏稿》本作「侍」。

④ 士禮居本此條「外戚傳」後尚有「有童謠曰：『燕燕，尾涎涎。張公子，時相見。木門倉琅根，燕飛來，啄皇孫。皇孫死，燕啄矢。』」

其七

漫説黄龍府〔一〕，須愁朱雀桁。三軍朝坐甲〔二〕，十客夜傳觴〔三〕。王氣矜天塹，邊書棄御牀。江州陳戰艦，不肯下潯陽。史可法十餘疏告急，弘光以演戲不省。揚州既破，唯鄭鴻逵一旅守京口。我兵編筏張燈向鎮江，而別由老鸛河渡。明晨，盡抵南岸。鄭兵揚帆東遁。是日，士英猶有長江天塹之對。晝晦，大風猛雨。午後，集梨園入内，與諸内臣雜坐酣飲。二鼓出奔。而士英方命方國安等備左夢庚於采石，低徊上游，不以南都爲意也。

〔一〕〔黄龍府〕《宋史·岳飛傳》：語其下曰：「直抵黄龍府，與諸君痛飲耳。」

〔二〕〔坐甲〕《南史·齊東昏侯紀》：募兵出戰，至城門數十步，皆坐甲而歸。

〔三〕〔十客〕《陳後主紀》：常使張貴妃、孔貴人等八人夾坐，江總、孔範等十人預宴，號曰狎客。先令八婦人擘采箋製五言詩，十客一時繼和，遲則罰酒。又《老學菴筆記》：秦檜有十客：曹冠以教其孫爲門客，王會以婦弟爲親客，郭知運以離婚爲逐客，吴益以愛壻爲嬌客，施全以刺刃爲刺客，李季以設醮奏章爲羽客，弓俟以治産爲莊客，卞異以出入其家爲狎客，曹詠以獻計取媚爲説客。此九客耳。秦既葬其亡父于建康，有蜀人使叔夜者懷雞絮號慟墓前，其家大喜，因厚遺之，遂爲弔客。足十客之數。按此則十客之後又有十客，而此詩自用《陳書》也。

其八

偏師過采石，突騎滿新林〔一〕。已設牽羊禮，難爲刑馬心。弘光駐太平府二十里外，黄得功、阮大鋮、朱大典、方國安等來見，欲入城，民不納，因往蕪湖，登中軍翁之琪舟。豫王兵已薄都城，監生趙之龍率王之明出降，劉良佐亦降，奉王命追擒弘光于蕪湖。孤軍摧韋粲〔二〕，百戰死王琳〔三〕。極目蕪城遠，滄江暮雨深。我兵攻揚州，史可法禦之。薄有斬獲，攻益急，血戰請救，不報。開門出戰，我兵騰城入，遂屠揚州，可法死之。

〔一〕［新林］《隋書·韓擒虎傳》：擒虎率五百人宵濟，襲采石。守者皆醉，擒虎遂取之。進攻姑熟，半日而拔。次于新林。

〔二〕［韋粲］《南史·韋粲傳》：字長倩。比及青塘，夜已過半，壘栅至曉未合。左右高馮牽粲避賊，粲不動，兵畧盡，遂見害。

〔三〕［王琳］《南史·王琳傳》：字子衍，會稽山陰人也。齊令便赴壽陽，并許召募。陳將吴明徹進兵圍之，堰淝水灌城，而齊將皮景和等屯於淮西，竟不赴援。明徹晝夜攻擊，從七月至十月，城陷，被執。百姓泣而從之，明徹恐其爲變，殺之城東北二十里。

其九

𦔳棘千夫聚，艨衝百里通。白衣摇急槳，青草伏强弓。塢壁推嚴虎〔一〕，江湖屬管崇〔二〕。丹陽故鄣郡，山越土人風〔三〕。王逋《蚓菴瑣語》：江浙自鼎革後，羣盜蜂起。臨平山有陳萬良，永昌寺有殳茂環，太湖有沈泮、柏相甫，吴江有吴日生、周天舍。惟吴曾通欵於明，本名昜，癸未進士，授兵部職方司，結營長白蕩，後敗磔死。庚寅、辛卯間，群盜各輸金投降聽歸，名曰安插，而陰仍行劫，或擒人藏盗穴，勒鉅萬請贖，流毒數十年。按時又有閩賊魏福賢，劫掠金、衢、嚴三府。

〔一〕〔嚴虎〕《吴志·孫策傳》：吴人嚴白虎等衆各萬餘人，處處屯聚。

〔二〕〔管崇〕《隋書·魚俱羅傳》：及還，江南劉元進作亂，詔俱羅將兵向會稽諸郡逐捕之，擊賊帥朱燮、管崇等，戰無不捷。

〔三〕〔山越〕《吴志·孫權傳》：以諸葛恪爲丹陽太守，討山越。

其十

越絶山河在，征人尚錦袍。乘風竹箭利，狎浪水犀豪。怪石千灘險，疑城百里高〔一〕。臨江諸將帥，委甲甬東逃。黄斌卿自乙酉治兵舟山，與本朝戰吴淞間。荆本徹據守崇明，戰不勝，帥所部舟師投舟山，斌卿迎而殺之。衆意不孚。戊子，閩亡，魯藩歸舟山。丁亥，沈廷揚率所部應松江吴勝兆，遇颶被執，受誅。己丑，斌卿爲標屬王朝光等所殺。辛卯，大兵進攻舟山城。值魯藩出征，得報航海去。宫眷抱二子投井中，諸臣張肯堂、朱永祐、李向中、張煌言、吴鍾巒、張名揚而下皆死焉。

〔二〕〔疑城〕《晉紀》：魏文帝之在廣陵，吴人大駭。乃臨江爲疑城，自石頭城至江乘，以木爲楨，衣以葦席，加彩飾焉，一夕而成。

塗松晚發

塗松，地名。《姑蘇志》：塗松去太倉州北三十五里，倚七浦塘。宋元豐間置市，元張士誠曾營兵於此。

孤月傍一村，寒潮自來去。人語出短篷，纜没溪橋樹。冒霜發輕舠①，披衣聽雞曙。籪響若鳴灘〔一〕，蘆洲疑驟雨。漁因入浦喧，農或呼門懼。居然見燈火，市聲雜翁嫗。水改村店移，一帆今始遇。《州乘備採》：塗松市歷宋元，民居極盛，故張士誠築城其處以防海。故老言國朝初，海艘入七浦者嘗覆於此。余幼時見烟火尚稠。梅村詩云云，大可彷彿。今七浦益狹，市民數不戒于火，殆于三家之里矣。生涯問菰蒲，世事隔沮洳。終當謝親朋，刺舟從此住。

① 霜，底本原作「雪」，據士禮居本、《家藏稿》本改。

〔一〕［籪］籪字字典不載。陸魯望《魚具》詩序：列竹于海澨曰滬。《吴江縣志》引此曰：今謂之籪。按《輟耕録》引陸魯望《蟹志》云：稻之登也，率執一穗以朝其魁，然後任其所之。蚤夜曹沸，指江而奔，漁者緯蕭承其流而障之，名曰蟹斷。則籪應作斷。

梅村《鎮洋縣志》：梅村在太倉衛東，舊爲明吏部郎王士騏別墅，名賁園，亦名新莊。祭酒吴偉業拓而新之，易今名。有樂志堂、梅花庵、交蘆庵、嬌雪樓、鹿樵溪舍、榿亭、蒼溪亭諸勝。

枳籬茅舍掩蒼苔，乞竹分花手自栽。不好詣人貪客過，慣遲作答愛書來。閒窗聽雨攤詩卷，獨樹看雲上嘯臺。桑落酒香盧橘美，釣船斜繫草堂開。

附《艮齋雜說》：梅村詩云「不好詣人貪客過，慣遲作答愛書來」，雅人深致，實獲我心。雖然，客過佳矣，而叵耐者閑雜之客；書來幸矣，而難堪者通套之書。故予有句云：「座上絶無騎馬客，案頭只有換鵞書。」可爲梅村進一解也。蔡元長一日無客則病，元度一日見客則病，劉穆之自旦至日中應答百函，嵇叔夜不喜作書，堆案盈几，不相酬答。人各有能有不能，豈可强乎？

壽王子彦五十①

《婁東耆舊傳》：子彦名瑞國，號書城，亦稱麋涇先生。父士騄，敬美次子。子彦弱冠中天啟辛酉舉人，束修砥行，游西銘之門，推爲都講。尚氣誼，厲名節，吴門文、姚兩公皆欵重之。周忠介罹璫禍，裹金急其難；馬文忠殉國，設位誄以哭之。既遭國變，林居著書，有終焉之志。以事避吏入都，不得已就選，得廣東增城令。三載，移疾歸，築瘞硯齋，葺其祖萬卷樓，讀書其中以老。

二十登車侈壯游，軟塵京雒紫驊騮。九成宮體銀鈎就，原注：善歐體。萬卷樓居玉軸收。原注：家有樓名萬卷。縱解樗蒱非漫戲，即看餔啜亦風流。原注：善噉。筍輿芒屩春山路，故舊相逢總白頭。按《世説》：王景文風姿爲一時之冠，袁粲嘆曰：「景文非但風流可悦，乃餔啜亦復可觀。」以對王子敬看門生樗蒱事，人徒謂工於體目子彦，不知皆用當家事精切也。公詩用古類然，聊著其凡。

其二

舊業城西二頃田，著書聞已續長編。兩賢門第知應補，謂元美、敬美。十上才名祗自憐。投

---

①《家藏稿》本作「贈王子彦五十四首」。

老漫裁居士服，畏人還趁孝廉船。只應梅信歸來晚①，手植松枝暗記年。

其三

嬾將身世近浮名，殘客繇來厭送迎〔一〕。獨處意非關水石，逢人口不識杯鐺〔二〕。衣帢蘊藉多風貌〔三〕，硯几清嚴見性情。子弟皆賢賓從好，似君纔弗媿平生。帢音怯，入聲。或議此字，然檢原稿，本作衣冠。

〔一〕〔殘客〕《南史·張纘傳》：吾不能對何敬容殘客。

〔二〕〔識杯鐺〕《南史·陳暄傳》：何水曹眼不識杯鐺。

〔三〕〔衣帢〕《北史·成淹傳》：既而勑送衣帢。

其四

雖云文籍與儒林，《晉書》：王沈文籍先生，裴秀儒林丈人。湘靈不知，乃訾此句。獨行居然擅古今。五簋留賓高士約，百金投客故人心。尊彝布列圖書貴，花木蕭疎池館深。此謂子彦麋涇園。晚

① 應，士禮居本、《家藏稿》本作「因」。

向鹿門思采藥，漢濱漁父共浮沉。

松鼠

銜飈飄頽瓦，壞墻叢廢棘。謏然見松鼠①，搏樹向人立。側目仍睢盱②，奉頭似悚惕。簷牙偃臥高，屋角欹斜疾。倒擁弱枝危，迅躡修柯直。已墮復驚趨，將藏又旁突。去遠且暫留，回顧再迸逸。前逃赴已駛，後竄追旋及。剽輕固天性，儇狡因衆習。兩木夾清漳，槎牙斷尋尺。攀緣所絶處③，排空自騰擲。足知萬物機，飛走不以力。首賦其形性如此。嗟爾適所來④，鳥鼠忽而一。本是居嶄嵓，無端被覊縶。兒曹初玩弄，種類漸充斥。黠彼憑社徒〔一〕，技窮恥晝匿〔二〕。銜尾共呼鳴，異穴爲主客。吾廬枕荒丘⑤，垂死倚病柏。雷雨拔其根，慘栗蒼皮濕⑥。空腹鵂鶹蹲，殘身螻蟻食。社鬼不復憑，乘間恣出入。追次種類之微并

① 鼠，士禮居本、《家藏稿》本作「鼯」。
② 睢盱，士禮居本、《家藏稿》本作「盱睢」。
③ 緣，士禮居本作「援」。
④ 所，士禮居本、《家藏稿》本作「何」。
⑤ 丘，士禮居本、《家藏稿》本作「江」。
⑥ 栗，士禮居本、《家藏稿》本作「裂」。

托身之賤。庭中玉蘂枝，怒茁遭狼藉。非敢念摧殘，於君奚損益。屈指五六年，不遺一花白。苞筍抽新芽，編籬察行跡。免彼鎌鉏侵，值爾齒牙厄。反使盜者心，笑睨生嘆息。貧賤有此園，謂可資灌植①。春蔬晚猶種，夏果晨自摘。鳥雀群飛鳴，啁啾滿阡陌。婦子嬾驅除，傅藁加簑笠。我亦顧而笑，自信無長策。焉能避穿墉，會須憂入室。言爲害於庭中也有然。茅齋雖云陋，一一經剪葺。曉起看掃除，仰視輙詫惜。尋繩透簾幕，掉尾來几席。倒庋傾圖書，窺廚啖漿炙。空倉喧夜鬬，忘疲競遺粒②。早幸官吏租，督責無餘積。其入室之害復然。邂逅開虛堂，群怒扼險塞。地逼起衆呼，拍手撼四壁〔三〕。捕此曷足多，欲以觀其急。櫺户既嚴扃，欒櫨若比櫛。瞥眼倏遁逃，一巧先百密。窮追信非算，尤豫不早擊。忍令智弗如，變計思與敵。機深勇夫駭，勢屈兒童獲。舉世貴目前，快意相促迫。邂逅獲之，緣彼巧敗。天下事如是者可勝計乎③！比讀莊生書，退守愚公術。撲棗聽鄰家，搔瓜任邊邑〔四〕。溪深獺趁魚，果熟猿偷栗④。天地所長養，於己何得失。嗟理則誠然，自古戒鼠泣。仙豈學淮南，腐

① 灌，士禮居本、《家藏稿》本作「漑」。
② 競，士禮居本、《家藏稿》本作「竟」。
③ 計，底本原作「既」，據士禮居本改。
④ 猿，底本原作「園」，據士禮居本、《家藏稿》本改。

難嚇梁國。舞應京房占〔五〕，磔按張湯律。終當就羅網，不如放山澤。永絶焚林風，用全飲河德。若輩蒙放，最工報復。玉蘂也，筍芽也，春蔬、夏果、圖書、漿炙也，自是其殆矣。

〔一〕〔憑社〕《宋書·恩倖傳論》：鼠憑社貴。

〔二〕〔技窮〕《荀子》：鼫鼠五技而窮。

〔三〕〔拍手〕《晉書·索紞傳》：數十人向馬拍手。

〔四〕〔搔瓜〕賈誼《新書》：梁大夫宋就爲邊縣令，與楚隣界。兩亭皆種瓜，梁人劬力數灌，其瓜美，楚人窳而稀灌，其瓜惡。楚令以梁瓜美，夜竊搔之，梁瓜皆有焦者矣。梁亭請其尉，欲報搔楚瓜，宋就曰：「是搆怨分禍之道也。」令人竊爲楚亭夜灌瓜。

〔五〕〔京房占〕《京房易傳》：誅不原情，厥妖鼠舞門。

周五子俶讀書愛客白擲劇飲又善音律好方技謂丹藥之事。爲此詩以調之

《婁東耆舊傳》：周肇字子俶，少負儁才，爲張西銘入室弟子。浙黨誣搆西銘，稱其及門尤材者十人爲十哲，子俶其首也。温體仁鈎陸文聲訐社事，旨下，善類凛凛有永康黨禍之懼，故終前明世，子俶試弗售。順治丁酉，中北闈試，尋選青浦縣教諭。康熙壬戌，陞新淦縣知縣。卒於任。

大隱先生賦索居，比來詩酒復何如？馬融絳帳仍吹笛，劉向黄金止讀書。窮賴文章供飲

博，興因賓客賣田廬。莫臨廣武頻長嘆，醉後疎狂病未除。

溪橋夜話

予偕子俶兄弟臨流比屋，異户同橋，久雨得月，新浴乍凉，輒書數語，以識幽事。

竹深斜見屋，溪冷不分橋。老樹連書幌，孤村共酒瓢。茶香消積雨，人影話良宵。同入幽栖傳，他年未寂寥。

初春同王惟夏郁計登夜坐奇懷室①王惟夏，見後詩。郁計登，名禾。奇懷室，在梅村中。

長夏誰教睡②？夜深還擁書。一燈殘酒在，斜月暗窗虚。官退才須減，名高懶不除。梅花侵曉發，早得伴閒居。

① 《家藏稿》題作「初春夜坐奇懷室」。
② 夏，士禮居本、《家藏稿》本作「日」。

新霽喜孫令修至同步後園探梅孫令修，名以敬，號浣心。居與公鄰，故幼同筆硯，亦爲張西銘弟子。登崇禎丁丑進士，任甌寧縣知縣。

偶來因客興，信步得吾園。雨足山低樹，花開日滿軒。掃林休石磴，劚藥遇泉源。絶壑人聲至，驚栖聽鳥喧。

送繼起和尚入天台《蘇州府志》：弘儲字繼起，晚號退翁。通州李氏子。年二十五，投三峰藏和尚。力參頓悟，明大法，住常州之夫椒祥符。又歷台州之東山、能仁，天台之國清、興化、慧明、瑞巖、天寧諸刹。

振錫西泠渡，潮聲定後聞。屐侵盤磴雪，衣濕渡江雲。樹向雙崖合，泉經一杖分〔一〕。石林精舍好，猿鳥慰離群。

〔一〕〔一杖分〕《一統志》：錫杖泉，在天台縣國清寺。昔寺取水甚遠，明禪師以錫杖叩之，泉水湧出。

贈願雲師并序①

願雲二十而與余游，甲申聞變，嘗相約入山。《婁東耆舊傳》：王瀚字原達，受業於張采，爲諸生，有名。國變後，哭學棄衣，焚書籍，爲《恭謝聖廟入山》詩百首。遂爲僧，從靈隱三昧老人證菩提果，號晦山大師，名戒顯，字願雲，住雲俱山楚黄梅之四祖道場。迨具德和尚欲往徑山，乃招之於黄梅，取靈隱付之。庚寅夏，入廬山，遂主席江右。瀚雖入空門，悲憤激烈，曾檄討從賊諸臣，有句云：「春夜宴梨園，不思凝碧池頭之泣②；端陽觀競渡，誰弔汨羅江上之魂！」讀者俱爲扼腕。所著有《晦山語録》《現果隨録》《瀝血草》等，行于世。兄淳、弟湛皆諸生，起義死。予牽率不果，而師已悟道，受法於雲門具和尚。《據梧齋塵談》：具德和尚，名弘禮，紹興山陰張氏子。發正信，投普陀寶花菴静長老下髮。漢月開法於靈隱，弘禮於座下首參本來面目。漢月許爲鐵骨禪，謂吾宗必興於是子。歸隱雲門山中，應劉念臺請，出世於會稽之廣孝寺。靈隱大殿火，重新搆殿，材於大山深谷，鉅數十圍，人力罕致，一旦雷雨大作，暴水泛漲，浮湧畢出。殿成，鉅麗甲天下。先後十坐道場，學侣奔輳，天寧、靈隱尤大。今夏從靈隱來，止城西之太平菴，《州乘備採》：太平菴，元至正六年僧如整建，後歸併入淮雲教寺。云將游廬嶽③，貽書别予，以兩人年踰不惑，衰老漸至，世法

① 并序，底本原無，據士禮居本、《家藏稿》本補。
② 凝，底本原作「銀」，據士禮居本改。
③ 游，士禮居本、《家藏稿》本作「遠游」。

夢幻，惟出世大事乃爲真實，學道一着不可不勉。予感其言，因作此詩贈之，并識予媿也。①

曉雨西山來，松風滿溪閣。忽得吾師書，别予訪廬嶽。分攜出苦語，殷勤謂同學。兄弟四十餘，衰遲已非昨。寄身蒼崖顛，危苦愁失脚。萬化皆虚空，大事唯一着。再拜誦其言，心顔抑何怍。末運初迍邅，達人先大覺。勸吾非不早，執手生退却。流連白社期〔一〕，慚負青山約。君親既有愧，身世將安托。今觀吾師行，四海一芒屩。大道本面前，即是真極樂。他年趺深岩，白雲養寂寞。一偈出千山，下界鐘磬作。故人叩松關，匡牀坐酬酢。不負吾師言，十年踐前諾。

〔一〕〔白社〕《槁簡贅筆》：遠法師在廬山，謝康樂爲鑿東西二池，種白蓮，求入浄土，號白蓮社。

①《家藏稿》本序下原注：「師名戒顯，字願雲，姓王氏。少爲州諸生，亂後棄儒冠入道。先大夫同學友也。」

聞台州警《明紀輯畧》：魯王避難台州。乙酉，張國維、方逢年、熊汝霖、孫嘉績、鄭遵謙、柯夏卿、宋之普、陳函輝共謀立王，朱大典亦上表勸進，遂定議，迎王於台。丙戌五月，方國安拔營遁，逼王南行，江上諸軍俱散。國安與馬士英獻王以降，會守者病，得脱，浮海入舟山。

高灘響急峭帆收，橘柚人烟對鬱洲。天際燕飛黄石嶺，《明紀輯畧》：張國維追護魯監國，行至黄石巖，方國安已斷所過橋，不得進。《寰宇通志》：黄岩委羽山，劉奉林控鶴沖舉於此。鶴嘗墜翮，故名。按此燕當作鶴字①。雲中犬吠赤城樓。投戈將士逍遥卧，《明紀輯畧》：馬士英遁入台州山寺爲僧，搜獲之。阮大鋮、方逢年、方國安皆薙髮降。大清軍馬從容過嶺，無一兵守關者。横笛漁翁縹緲愁。聞説天台踰萬丈，可容長嘯碧峰頭。

其二

野哭山深叫杜鵑②，閬風臺畔羽書傳。軍捫絶磴松根火，士接飛流馬上泉。雁積稻粱池萬

---

① 底本「燕」下原有「飛」字，據文意及士禮居本删。
② 哭，《家藏稿》本作「火」。

頃，猿知擊刺劍千年。桃花好種今誰種，從此人間少洞天。

其三

天門中斷接危梁，玉館金庭跡渺茫。《輿地名勝志》：天台山從曇花亭右麓視石梁，若在天半。廣不盈尺，長數十丈，下臨絶澗，惟攀蘿梯岩乃可登。上有瓊樓、玉闕、碧林、醴泉，舊稱金庭洞天，道書列第二。石鼓響來開峭壁，干將飛去出滄浪。仙家壘是何年築，刺史丹無不死方。《一統志》：定海縣丹丘，葛洪煉丹處。又：唐以柳泌爲台州刺史，求仙藥。亂後有人還採藥，越王餘算禹餘糧。劉敬叔《異苑》：昔晉安越王渡南海，將黑角白骨作算籌，其有餘者棄於水中，因生草。葉白似骨，黑者似角，遂名越王餘算。張華《博物志》：扶海洲上有篩草，其實食之如大麥，名自然穀，亦名禹餘糧。世傳禹治水，棄其所餘食于水中，而爲是草。

其四

三江木落海天西，華頂峰高聽鼓鼙。瀑布洗兵青嶂險，石橋通馬白雲齊。途窮鄭老身何竄，《明紀輯畧》：大清招福建者爲黄熙胤，晉江人。鄭芝龍密遣使通欵曲，劫其衆出降。至福州，朝見兵主貝勒，握手言歡，折箭爲誓，痛飲三日。夜半，忽拔營起，挾之北去。《一統志》：台州府治東鄭廣文祠，祀唐鄭虔。春去劉郎路總迷。劉中藻以忤芝龍罷去，亦借劉、阮入天台事。最是孤城蕭瑟甚①，斷虹殘雨子規啼。

姜如須從越中寄詩次韻姜垓字如須，崇禎庚辰進士。授行人。《明史》本傳：垓爲行人，見署中題名碑，崔呈秀、阮大鋮與魏大中並列，立拜疏請去二人名。及大鋮得志，滋欲殺垓甚，垓變姓名逃之寧波。國亡，乃解。其從越中寄詩，謂自寧波寄詩來也。

漂泊江湖魯兩生，亂離牢落暮雲平。秦餘祀日刊黄縣，越絶編年紀赤城。南菊逢人懷故國，西窗聽雨話陪京。不堪兄弟頻回首，落木蕭蕭非世情。秦餘祀日，指如須故里。越絶編年，言如須越中著述也。

東萊行原注：爲姜如農、如須兄弟作也。○按如農與公同年舉進士，以劾去陳啟新快公論。又張溥没後，以如農疏薦，有詔徵其遺書，故復社諸君子咸重之。

漢皇策士天人畢，二月東巡臨碣石。獻賦凌雲魯兩生，家近蓬萊看日出。仲孺召入明光宫，補過拾遺稱侍中。《明史》本傳：姜埰字如農，萊陽人。崇禎四年進士，授密雲縣知縣，調任儀真。遷禮部主

① 城，士禮居本作「臣」。

事。十五年，擢禮科給事中。叔子輶軒四方使，一門二妙傾山東〔一〕。《明史》本傳：採弟垓，官行人。同時里人官侍從，左徒宋玉君王重。就中最數司空賢，三十孤卿需大用。程穆衡《鞶帨卮談》：萊陽宋氏社名邑社，自尚寶卿繼登而下，如珵、瑶、璜、瑀、瑚、璀、琮輩俱合復社。繼登字華之，號澄嵐，天下尊稱宋先生。嘗夢李北地生其家，而得工部侍郎玫。玫字九青，詩學少陵，愛蒼博而斥婉麗。城破死，時年未四十。集無傳者。蓋至玉叔而宋氏之詩大昌。君家兄弟俱承恩，感時流涕長安門①。侍中叩閤數强諫，上書對仗彈平津。天顔不懌要人怨，衛尉捉頭捽下殿〔二〕。中旨傳呼赤棒來，血裹朝衫路人看。本傳：採劾陳啟新不忠不孝大奸大詐。上削啟新籍，下撫按追贓擬罪，竟逃去，不知所之。國變後爲僧以卒。已採陳盪寇二策，帝善其言，適下詔責言路，採疑帝入其説，乃上言陛下視言官重，故責之嚴。如聖諭云代人規卸爲人出缺者，臣敢謂無其事。先是，保定參政錢天錫寅緣得密雲巡撫，帝語蓋戒廷臣積習，非爲天錫也。採探之不審，謂帝實指其事，帝方憂勞天下，戴罪省愆，所頒戒諭，詞旨哀痛，採顧反覆詰難，若深疑于帝者。帝遂大怒，曰：「採敢詰問詔旨？」急下詔獄考訊，密旨下衛帥駱養性，令潛斃之獄。會鎮撫梁清宏上其獄，養性亦封還密旨。乃逮至午門，杖一百，仍繫獄。十七年二月，始釋。愛弟棄官相追從，避兵盡室來江東。本爲逐臣溝壑裏，却因奉母亂離中。本傳：採杖已死，弟垓口溺灌之，乃蘇。盡力營護。後聞鄉邑破，父殉難，一門死者二十餘人，請代兄繫獄，釋採歸葬。不許。即日奔喪，奉母南走蘇州。三年流落江湖夢，茂陵荒草西風慟。頭顱雖在故人憐，髀肉猶爲舊君痛。

① 流，士禮居本、《家藏稿本》本作「危」。

陳其年《烏絲詞》注①：如農先生，前朝以建言予杖，遣戍宣州。會遭甲申之變，不克往戍所。弟如須先生從之，僦居吴門者幾三十年。癸丑夏，疾革，遺命曰：必葬我敬亭之麓。其子勉仲學在從之。我來扶杖過山頭，把酒論文遇子由。異地客愁君更遠，中原同調幾人留。司空平昔躭佳句，千首詩成罷官去。《梅村詩話》：九青年十九登乙丑進士。任吏科給事，陞太常，進户部侍郎。以枚卜遇譴歸。嘗與予同使楚，竟陵鄭濬石贈什曰：「折衡剖斗爲文章，天下婁東與萊陽。」謂吾兩人也。戰鼓東來白骨寒，二勞山月魂何處〔三〕。《成仁譜》：崇禎癸未，大兵入關，山東雲擾。萊陽諸生姜瀉里字爾岷，偕其季子坡，及工部侍郎宋玫，玫宗人吏部稽勳司郎中應亨，俱以罷任，經畫守禦。兵薄城下，坡發一炮，中其帥首，少却。亡何，夜襲城，兩家皆驅家僮巷戰。刃中瀉里，皆見殺。坡抱父屍大罵，兵臠之，執玫、應亨相對拷掠，不屈死。按瀉里即埰、垓父。左氏勳名照汗青，過江忠孝數中丞。孺卿也向龍沙死〔四〕，柴市何人哭子卿。《明詩綜》：左懋第字仲及，萊陽人。以兵部右侍郎、都御史督師河北。充通問使，不屈，誅。《竹垞詩話》：左公將北行，貽書姜給事埰。既入燕，卒以閏月十九日死于市。《池北偶談》：公母徐海寧，儒家女。甲申京城陷，從子懋泰載以歸。行至白溝河，呼懋泰前，責以不能死國，寄語懋第勉之，無以我爲念。言訖而死。蓋出都不食已數日矣。按孺卿或即指懋泰也。只君兄弟天涯客，漂零尚是烟霜隔。思歸詩寄廣陵潮，憶弟書來虎丘石。回首風塵涕淚流，故鄉蕭瑟海天秋。田横島在魚龍冷，欒大城荒草木愁。按《明史·黄龍朱大典諸傳》：登、萊之亂，始于長山諸島。島去登州四十里，迨亂賊

---

① 其年，土禮居本作「維崧」。

孔有德、耿仲明等先後降大清，崇禎十一年夏，楊嗣昌決策徙其兵民於寧、錦，而諸島一空，地亦界萊也。當日竹宮從萬騎，祀日歌風何意氣。斷碑年月記乾封，柏梁侍從誰承制。魯連蹈海非求名，鴟夷一舸寧逃生。丈夫淪落有時命，豈復悠悠行路心。我亦滄浪釣船繫，明日隨君買山住。《烏絲詞》注：姜貞毅先生敬亭山房，即文文肅公清瑶嶼也。魏冰叔《敬亭山房記》：如須死葬吴郡。

〔一〕〔二妙〕《晉書·衛瓘傳》：爲尚書令，與尚書郎索靖俱善草書，時人號爲一臺二妙。

〔二〕〔捽下殿〕《漢書·金日磾傳》：捽胡投何羅殿下。注：胡，頭也。

〔三〕〔二勞〕《一統志》：勞山在即墨縣東南六十里。山有二，一曰大勞山，一差小，曰小勞山。

〔四〕〔孺卿〕《漢書·蘇武傳》：宦騎亡，孺卿逐捕不得，飲藥死。

言懷

苦留蹤跡住塵寰，學道無成且閉關①。祇爲魯連寧蹈海，誰云介子不焚山。枯桐半死心還直，斷石經移蘚自斑。欲就君平問消息，風波幾得釣船還。

① 成，士禮居本作「聞」，《家藏稿》本作「人」。

壽王鑑明五十①

《鎮洋縣志》：王日新，字鑑明，號眉岳。精經學，爲名諸生。時明季兆亂，日新絶意科舉，肆力于天文地理之學。星緯形勝，瞭若指掌。甲申後，韜晦遯跡，躬耕于野。吴祭酒贈詩，比之伏勝、桓榮。年五十四卒。《婁東耆舊傳》：王應時仕元，參脱脱軍，從破賊有功。孫紹一，洪武初以武功顯，世有蔭襲，子孫家太倉之茜涇。至鑑明爲諸生，有聲。生發祥，順治乙未進士，仕至湖廣提學僉事。發祥生吉武，康熙丙辰進士，以民部郎出守紹興。

伏勝謝生徒，開壁藏卷軸。桓榮抱詩書，拾梠逃巖谷。古來兩經生，遭亂躭講讀。後皆保耆頤，或乃致鼎足〔一〕。當世數大儒，如君號名宿。通識曉世變，早計駭愚俗。一朝載妻子，推車入天目。《婁東耆舊傳》：鑑明崇禎中知將亂，曾徙居臨安，今子孫仍爲州人。經營志不遂，退乃就田牧。十畝給桑麻②，一溪蒔草木③。果茹飴兒孫，樵蘇課僮僕。以代子陵釣，無媿君平卜。俯視悠悠人，愁苦對金玉。下士豈聞道，世事如轉轂。五十知天命，養生在無欲。全

---

① 壽，《家藏稿》本作「贈」。
② 給，士禮居本、《家藏稿》本作「種」。
③ 草，士禮居本、《家藏稿》本作「花」。

家就白雲，避地驅黃犢。無以侑君觴，知足則不辱。

〔一〕〔鼎足〕《漢書·彭宣傳》：三公鼎足承君。

感事

不事扶風掾，難耕好畤田。老知三尺法，官爲五銖錢。築土驚傳箭，呼門避櫂船。此身非少壯，休息待何年。

初冬月夜過子俶

月色破林巒，貧家共一灘①。門開孤樹直，影逼兩人寒。瀹茗誇陽羨，論詩到建安。亦知談笑久，良夜睡應難。

園居柬許九日

程穆衡《烏吟集》小傳：許旭字九日，少稟家學，聲譽日起。吳梅村極加

① 貧家，《家藏稿》本作「家貧」。

稱賞，故海内英髦爭捧敦槃。既而入制府范忠貞公之幕，公自浙撫督閩，九日贊畫軍務，深所倚毗。耿逆之亂，公殉節，幕下客無一免者，獨九日適先以事假得脱死。其《秋水集》格嚴思精，卓然成一家之言。

迸筍穿茶竈，欹花罨釀房。曝書移畫几，敲筆響琴牀。晚食知眠嬾，輕衫便酒狂。翛然吾願足，不肯負滄浪。

琵琶行并叙

去梅村一里，爲王太常烟客南園。《婁東耆舊傳》：王時敏字遜之，號烟客，文肅公錫爵冢孫。以蔭補太常寺卿，持節封藩，嘗渡錢唐，入豫章，涉沅湘，踰閩嶠，所至省廚傳、却贐幣。居鄉，好行其德。子孫光顯，壽踰九十。《州乘備採》：南園，即陸容參政菽園遺址，王太常得而修築之，其窪隆面勢尚仍其舊，梅桂蕭森，饒幽秀之致。今春梅花盛開，予偶步到此，忽聞琵琶聲，出於短垣叢竹間。循墻側聽，當其妙處，不覺拊掌。主人開門延客，問向誰彈，則通州白在湄、子彧如父子。在湄名珏，一字璧雙。《本事詩》：白生璧雙琵琶第一手，吴梅村曾爲作《琵琶行》，陳其年詩所謂「一曲紅鹽數行淚，江南祭酒不勝情」者也。善琵琶，好爲新聲。須臾，花下置酒，白生爲余朗彈一曲，迺先帝十七年以來事。敘述亂離，豪嘈凄切。按公《秣陵春》樂府曲終「托琵琶叙往事」蓋本諸此。坐客有舊中常侍姚公，避地流落江南。因言先帝在玉熙宫中，梨園子弟奏水嬉、過錦諸戲，内才人於暖閣齎鏤金曲柄琵琶，彈清商雜調。自河南寇亂，天顔常慘然不悦，無復有此樂矣。相與哽咽者久之。於是作長句記其事，凡六百二言，仍命之曰琵琶行。

琵琶急響多秦聲，對山慷慨稱入神。同時渼陂亦第一，兩人失志遭遷謫。《明史·文苑傳》：康海字德涵，武功人。王九思字敬夫，鄠人。由庶吉士至郎中。海、九思同里同官，同以瑾黨廢。每相聚沜東鄠杜間，挾聲伎酣飲，製樂造歌曲，自比俳優，以寄其怫鬱。九思嘗費重貲購樂工，學琵琶，海搊彈尤善。後人傳相仿傚，大雅之道微矣。又《藝文志》：康海《對山集》十九卷，樂府二卷。王九思《渼陂集》十九卷，樂府四卷。絶調王康並盛名，崑崙摩詰無顔色〔一〕。百餘年來操南風，竹枝水調謳吴儂〔二〕。里人度曲魏良輔，高士填詞梁伯龍。《蘇州府志》：崑山梁辰魚，字伯龍。以例貢爲太學生，好輕俠，善度曲，囀喉發響，聲出金石。崑有魏良輔者造曲律，世所謂崑山腔者，自良輔始。而伯龍獨得其傳，著《浣紗》傳奇，梨園子弟喜歌之。按良輔後寓州中，邑《志》亦作州人，故云里人。北調猶存止絃索，朔管胡琴相間作。盡失傳頭誤後生，誰知却唱江南樂。《綏寇紀畧》：兵未起時，中州諸王府中樂府造弦索漸流江南，其音繁促凄緊，聽之哀蕩。大河以北所謂夸調者，其言尤鄙，大抵男女相愁離别之音，靡細難辨。姜紹書《韻石齋筆談》：楊仲修見周藩樂器，因創爲提琴，哀弦促柱，佐以簫管，童子以曼聲和歌，纏綿凄楚，如泣如訴，聽之使人神愴，不能自已。今春偶步城南斜，王家池館彈琵琶。悄聽失聲叫奇絶，主人招客同看花。爲問按歌人姓白，家住通州好尋覓。袴褶新更回鶻裝，虬鬢錯認龜茲客。偶因同坐話先皇①，手把檀槽淚幾行②。抱向人前訴遺事，其時月黑花茫茫。初撥鵾弦秋雨滴〔三〕，刀劍相摩轂相擊。驚沙拂面鼓沉沉，砉然一聲飛霹靂。南山石裂黄河傾，馬蹄迸散車徒行。鐵鳳銅盤柱摧塌，四條弦上烟塵生。忽焉摧藏若枯木，寂寞空城烏啄肉。轆轤夜半轉咿啞，嗚咽無聲貴人哭。碎珮叢鈴斷續風〔四〕，冰泉凍壑瀉淙淙。明珠瑟瑟拋殘盡，却在輕籠慢撚中。斜抹輕挑中一摘，瀏慄颼飀憯肌骨。銜枚鐵騎飲桑乾，白草黄沙夜吹笛。可憐風雪滿關山，烏鵲南飛行路難。猨嘯鼯啼山鬼語，瞿唐千尺響鳴灘。自初撥鵾弦起至此，狀音之高卑嘽疾，皆與明亡事相映比，所謂十七年以來事也。坐中有客淚如霰，先朝舊值乾清殿。《明史·職官志》：御前近侍有乾清宫管事。穿宫近侍拜長秋，咬春燕九陪游宴。高士奇《隨輦集》：都人立春日競食生蘿蔔，曰咬春。中街市夜半猶有賣者，高呼曰「賽過脆梨」。《帝京景物畧》：白雲觀，元太極宫故墟，出西便門一里。觀中塑丘真人像，都人正月十九日致爵祠下，謂之燕九節。先皇駕幸玉熙宫，《一統志》：玉熙宫在西長安門南街北，金鰲玉蝀橋之西。鳳紙僉名喚樂工。苑内水嬉金傀儡，《金鰲退食筆記》：水嬉之製，用輕木彫成海外諸國及先賢文武男女之像，約高二尺，彩畫如生，有臂無足而底平，下安卯栒，用竹板承之。設方木池，貯水令滿，取魚蝦萍藻實其中，隔以紗障。運機之人皆在障内，游移轉動，一人鳴金，宣白題目，代爲

---

① 坐，底本原作「步」，據士禮居本、《家藏稿》本改。

② 幾，士禮居本、《家藏稿》本作「數」。

問答。惟暑天白晝作之，以銷長夏。殿頭過錦玉玲瓏。陳悰《天啟宫詞》注：過錦，鐘鼓司所承應戲也。每回數人爲之，極鄙瑣不文，將畢，諧謔雜發，鑼鼓喧鬧，奉酒御前而散。《金鰲退食筆記》：過錦戲有百回，每回十餘人不拘，濃淡相間，雅俗並陳。又如雜劇古事之類，各有引旗一對，鼓吹送上。所扮備極世間騙局俗態，并拙婦騃男，及市井商賈刁賴，詞訟雜耍諸項。蓋欲九重之中廣識見，博聰明，順天時，恤民隱也。愍帝每宴玉熙宫，作之。一日報至，汴梁失守，親藩被害，遂大慟而罷。自此不復幸。一自中原盛豺虎，煖閣才人撤歌舞。張合《宙載》：煖閣在乾清宫後，九間。中一間置牀三張于房下，即以天橋上左一間之上間置牀三張于上，又以天橋下左二間之下間置牀三張于下，又以天橋上左三間之上間又置牀三張于上，又以天橋下左四間之下間置牀三張于下，右四間亦如之。天橋，即人家樓梯也。凡九間，有上有下，共置牀二十七張。天子隨時居寢，制度殊異。插柳停搊素手箏，《蕪史》：宫眷内臣清明插柳枝于髮。燒燈罷擊花奴鼓〔五〕。我亦承明侍至尊，止聞鼓樂奏雲門。段師淪落延年死〔六〕，不見君王賜予恩。一人勞悴深宫裏，賊騎西來趨易水。萬歲山前鼙鼓鳴，薛蕙《西原集》：萬歲山在子城東北，玄武門外，爲大内之鎮山。高百餘丈，周圍二里許，林木茂密，其巔有石刻御座，兩松覆之。山下有亭，林木陰翳，多植奇果，名百果園。九龍池畔悲笳起。《日下舊聞》引曹靜照《紅蕉集》宫詞曰：口勅傳宣幸玉熙，樂工先候九龍池。粧成傀儡新翻戲，盡日開簾看水嬉。按此則九龍池距玉熙爲近，仍在内苑，似不指翠屏山之九龍池也。換羽移宫總斷腸，江村花落聽霓裳。龜年哽咽歌長恨，力士淒涼説上皇。前輩風流最堪羡，明時遷客猶嗟怨。即今相對苦南冠，昇平樂事難重見。白生爾盡一杯酒〔七〕，由來此技推能手①。《州乘備採》：白彧如流寓吾州，琵琶授賈二，二授李佳譽，絶不傳。岐王席散少陵窮，五陵召客君知否。獨有風塵潦倒人，偶逢絲竹便沾巾。江湖滿地南鄉子〔八〕，鐵笛哀歌何處尋。

〔一〕〔崑崙〕段安節《琵琶録》：建中中，有康崑崙稱第一。

〔二〕〔水調〕《碧雞漫志》：予數見唐人説水調，各有不同。予因疑水調非曲名，乃俗呼音調之異名。

〔三〕〔鵾弦〕《酉陽雜俎》：古琵琶用鵾雞筋。

〔四〕〔碎珮叢鈴〕温飛卿詩：碎珮叢鈴滿烟雨。

〔五〕〔燒燈〕《唐書·明皇紀》：二十八年二月望日，御勤政樓，宴群臣。連夜燒燈。

〔花奴〕《楊妃外傳》：汝陽王璡小名花奴，尤善羯鼓。

〔六〕〔段師〕《天寶遺事》：上欲遷幸，登花蕚樓，置酒四顧，乃命進玉環。玉環者，睿宗所御琵琶也。未常持用，至是命樂工賀懷智取調之，又命僧段師彈之。

〔七〕〔白生〕出《漢書·儒林傳》，謂白光少子也。

〔八〕〔南鄉子〕詞名。

附靳价人箋：《大清一統志》：南鄉故城在南陽府，淅川縣東南。按《明史》唐王聿鍵，南陽其藩封

---

① 推，士禮居本作「誰」。

地。崇禎間幽之鳳陽，福王時赦出，後又稱監國于閩，被執于福州。公作此詩，蓋當諸僞監國者灰飛烟滅之後，而憑弔于聿鍵，又不敢質言之，故就南鄉以寄慨與？或如劉公幹詩「惜我從元后，整駕至南鄉」，而統怨切于南渡之君臣與？請以質之博聞者。

附録陳其年《摸魚兒・賦白生彈琵琶》自序云：家善百自崇川來小飲，冒巢民先生堂中聞白生璧雙亦在河下，喜甚，數使趣之。須臾，白生抱琵琶至，撥絃按拍，作陳隋數弄，頓爾至致。余也悲從中來，併不自知其何以然也。别後寒燈孤館，雨聲蕭槭，漫賦長短句，時漏下已四鼓矣。鄧孝威《聽白三琵琶二首》：北極諸陵黯落暉，南朝流水照青衣。都來寫入霓裳裏，彈向空園雪亂飛。白狼山下白三郎，酒後偏能説戰場。颯颯悲風飄瓦礫，人間何處不昆陽。

西田詩①

《州乘備採》：西田在歸涇之上。歸涇者，去城西十有二里，或曰歸姓常居焉，或曰以其沿吳塘而北可歸也。王烟客自號歸村老農，築農慶堂以居。《梅村文集》：烟客自奉常謝政，幅巾里門。有城中賜第以安起居，有近郊别墅以娱杖屨。而樂此者，曰此田是先朝禄賜所遺，先相國文肅所以貽子孫也。王貽上《帶經堂集》：太常公風流弘長，巋然爲江左文獻，尤擅六法，寸縑尺素，流傳海外，論者以比黄公望。

①《家藏稿》本作「西田招隱詩」。

穿築倦人事，田野得自然。偶來北郭外，學住西溪邊。道大習隱難，地僻起衆傳。而我忽相訪，棹入菰蒲天。落日浮遠樹，桑柘生微烟。徑轉溪路迷，鳧鴨引我船。香近聞芰荷，臥入花鮮妍。人語出垂柳，曲岸漁槎偏。執手顧而笑，此乃吾西田。長得君輩客〔一〕，野興同流連。藉草傾一壺，聊以娱餘年。

〔一〕〔君輩客〕《世説》：夷甫無君輩客。亦用王氏事。

其二

到此身世寬，息心事樵牧。舍南一團焦〔一〕，云以飯黄犢。入門沿長廊，虚堂敞心目。把卷倚新桐，持杯泛南菊。曲處通簾櫳，茶香具含蓄。俄穿密室暗，倏遇清溪緑。碧水開紅蕖，娟娟媚幽獨。有鳥立層波，垂翅清如玉。對此不能去，溪光好留宿。月照寒潭深，經聲入寒竹。徙倚良有悟，間房道書讀①。

① 間，《家藏稿》本作「閒」。

〔一〕〔團焦〕《北齊書·神武紀》：雖門巷開廣，堂宇崇麗，其本所住團焦，以石堊塗之，留而不毁。

其三

別業多幽處，探源更不窮。堤沿密篠盡，路細竹扉通。石罅柘泉過，菖蒲間碧叢。一亭壓溪頭，魚藻如游空。扁舟更不繫，出没柳陰風①。小閣收平蕪，良苗何雍容。此緑詎可畫，《西田記》：啟東軒則婁江如畫，面北窗則虞山如障。顔之曰垂絲千尺，曰緑晝。變化陰晴中。隔岡見村舍，曲背軀牛翁。苦言官長峻，未敢休微躬。樸陋矜詩書，無乃與我同。日落掩扉去，滿地桃花紅。此首亦是齊梁半格。

其四

常言愛茅齋，投老纔剪葺。創置依舊圖，新意出彷彿。蒼然一笠寒，能添夕陽色。細影懸晨光，一一清露滴。卞生工丹青，妙手固誰匹。山村貪無人，取意先自適。想像生雲烟，爲我開素壁。了了見千峰，可以攜手入。卞文瑜字潤甫，烟客《西廬詩草》云：潤甫卞翁爲余茅庵畫壁，高

① 陰，底本原作「隱」，據士禮居本、《家藏稿》本改。

妙直追董、巨，歌以紀之。馮仙湜《續圖繪寶鑑》：文瑜號浮白，蘇州人，小景頗佳。道人十年夢，惆悵平生屐。此地足卧遊，不負幽人室。願以求長生，芝草堪采食。

王烟客招往西田同黄二攝六王大子彦及家舅氏朱昭芑李爾公賓侯兄弟賞菊《梅村文集》：昭芑諱明鎬，太倉人。父廷璋於余外王父爲從兄弟。君生而穎異，十七補諸生。偕侯廣成先生游江右，爲葉公大木之粤東。制舉藝極工，世變，遂棄去，發憤攻古學。馬、班、范三史考覈尚未竟，魏晉以降，貫穿詳洽。所著唯《書史異同》《新舊異同》二書先成，其餘十有三種，《史糾》尤可傳。《蘇州府志》：順治十二年進士，崑山李開鄴賓侯，改名可汧。歷官湖廣提學。按二李，烟客内姪也。爾公名未詳。

九秋風物令公香，原注：文肅嗜菊，此其遺愛。三徑滋培處士莊。花似賜緋兼賜紫，人曾衣白對衣黄。《聲悦巵談》：子彦即席箴此句，謂衣字去聲。然公謂自是佳句，無可易，不忍棄也。未堪醉酒師彭澤，欲借餐英問首陽。轉眼東籬有何意，莊嚴金色是空王。

其二

不扶自直疎還密，已折仍開瘦更妍。最愛蕭齋臨素壁，好因高燭耀華鈿。坐來豔質同杯泛，老去孤根僅瓦全。原注：蒔者以瓦束土。○《詩話》：蒼雪師和句有云：「獨擅秋容晚節全。」全字落韻。和者甚多，無出師上者。苦向鄰家怨移植，寄人籬下受人憐。

和王太常西田雜興韻原唱七首，題云用沈景倩家林諸作韻。

一臥溪雲相見稀，繫船枯柳叩斜扉①。橋通小市魚蝦賤，水遶孤村烟火微。到處琴書攜自近，騾來賓客看人圍。畫將松雪花溪卷，補入西田老衲衣。花溪在蘇州閶門内范莊前，即文正公故宅。趙文敏曾作《花溪圖》。

其二

積暑空庭鳥雀稀，泉聲入竹冷巖扉。芒鞋藤杖將迎少，蠏舍魚莊生事微。病酒客攜茶荈到〔一〕，罷棋人簇畫圖圍。日斜清簟追凉好，移榻梧陰見解衣。

〔一〕［茶荈］《三國志·韋曜傳》：密賜曜茶荈以當酒。

---

① 斜，士禮居本作「柴」。

其三

苦竹黄蘆宿火稀，渡頭人歇望歸扉。偶添小閣林巒秀，漸見歸帆烟靄微。蔬圃草深鳧雁亂，水亭橋没芰荷圍。夜凉捲幔深更話，已御秋來白袷衣。

其四

竹塢花潭過客稀，灌畦纔罷掩松扉。道人石上支頤久，漁父磯頭欸乃微。潮没秋田孤鶩遠，閣含山雨斷虹圍。亭皐木落黄州夢，江海翩躚一羽衣。

其五

亂後歸來桑柘稀，牽船補屋就柴扉。游魚自見江湖闊，野雀何知身體微〔一〕。聽説詩書田父喜，偶談城市醉人圍。昨朝换去機頭布，已見新縫短後衣。

〔一〕〔身體微〕儲光羲詩：嘖嘖野田雀，不知軀體微。

其六

勝情今日似君稀，鷺立灘頭隱釣扉。屋置茶寮圖陸羽，軒開畫壁祀探微。蕭齋散帙知躭癖，高座談經早解圍。手植松枝當麈尾，雲林居士水田衣〔一〕。

〔一〕［水田衣］王維詩：乞飯從香積，裁衣學水田。楊升菴《藝林伐山》：袈裟一名水田衣。

其七

相逢道舊故交稀，偶過鄰翁話掩扉。陶氏先疇思士行，謝家遺緒羨弘微〔一〕。城中賜第書千卷〔二〕，祠下豐碑柳十圍。今日亂離牢落甚，秋風禾黍淚沾衣。

〔一〕［弘微］《南史·謝密傳》：字弘微。謝混以劉毅黨見誅。混仍世宰相，一門兩封，田業十餘處，僮役千人，唯有二女，年並數歲。弘微經紀生業，事若在公。一錢尺帛出入，皆有文簿。

〔二〕［賜第］《晉書·賀循傳》：賜第一區。

［書千卷］《唐書·柳宗元傳》：家有賜書三千卷，尚在善和里舊宅。

其八

春曉臺前春思稀，春曉臺在烟客樂郊園中，臺下董思白書《池上篇》。故園蘿薜繞山扉。僮耕十畝桑麻熟，僧住一龕鐘磬微。題就詩篇纔滿壁，種來松栝已成圍。而今却向西田老，换石栽花典敝衣。

贈蒼雪

《蘇州府志》：讀徹字蒼雪，滇南呈貢趙氏子。王士禛《漁洋詩話》：近日衲子詩，當以滇南讀徹爲第一。如「一夜花開湖上路，半春家在雪中山」「亂流落葉聲兼下，聽徹寒扉不上關」，皆警句也。

我聞昆明水，天花散無數〔一〕。躡足凌高峰，了了見佛土〔二〕。法師滇海來，植杖渡湘浦。藤鞋負貝葉，葉葉青蓮吐。法航下匡廬，講室臨玄圃〔三〕。忽聞金焦鐘，過江救諸苦。中峰古道場，浮圖出平楚。通泉繞階除，疏巖置廊廡。盧熊《吴郡志》：中峰在支硎山寒泉上，又名楞伽院，爲支遁故居。遁詩曰：「石室可蔽身，寒泉濯温手。」相傳遁冬居石室，夏隱别峰。泉上刻紫石居士虞廷臣書「寒泉」二字，徑丈。徐崧《百城烟水》：支硎山中峰寺，明弘正間廢，地歸王文恪公。天啟中，公玄孫永思臨没，遺言仍還淨域。是時一雨潤公住華山，因施爲淨室，門人汰如明公、蒼雪徹公開講席。徹公殁，元道、曉菴相繼主之。同學有汰公，兩山聞法鼓。天親偕無着，一朝亡其伍。《梅村詩話》：蒼雪與維揚汰如師，生同年月日，相去萬里，而法門兄弟，氣誼最得。蒼住中峰，汰住華山，人以比無着、天親焉。無名氏《汰如塔銘》：明河字汰如，通州人，一雨潤公之弟子也。雪浪之後爲巢、雨，巢、雨之後爲蒼、汰。四公法門冢嫡，如兩鼻孔同一出氣，但有左右耳。汰如繼雨公説法，自號高松道者，示寂于華山。按蒼雪至吾州在汰如亡後。獨遊東海上，從者如墻堵。迦文開十誦〔四〕，廣舌演四部。設難何衡陽，答疑劉少府。人我將無同〔五〕，是非空諸所。即今四海内，道路多豺虎。師於高座上，瓣香祝君父。欲使菩提樹〔六〕，偏蔭諸國土。洱水與蒼山，佛教之齊魯。陳鼎《滇黔紀游》：點蒼山一名靈鷲，梵語耆闍崛。列刹相望，在天竺幅員之内，爲阿育王故封。曾建八萬四千塔，大理塔基數百，皆其舊址。唐乾德二年，詔沙門三百人入天竺，求舍利及梵書，至開寶九年始歸。其紀録行程曰巍峰，曰雞足山，曰優波掬多石室，曰王舍城，曰鷲峰，曰阿難半身舍利塔，曰畢羅鉢窟。以今考之，皆大理古蹟也。蓋當日由西番行入天竺，而轉東行，以達大理，黔蜀之道當不通也。今雞足與靈鷲相望，而畢羅鉢窟、舍利塔現存。然則世之所謂佛國者，即在滇南矣。一屐游中原，五嶽問諸祖〔七〕。稽首香花嚴，妙義足千古①。

〔一〕〔昆明天花〕《綱目質實》：滇池在雲南府城南，一名昆明池。池中産衣鉢蓮，花盤千葉，蘂分五色。

① 千，士禮居本、《家藏稿》本作「今」。

〔二〕〔佛土〕《法華經》：其佛以恒河沙等三千大千爲一佛土。
〔三〕〔玄圃〕《一統志》：玄圃在上元縣臺城北。
〔四〕〔十誦〕《隋書·經籍志》：鳩摩羅什才德最優，而什又譯《十誦律》。
〔五〕〔人我〕《金剛經》：無復我相人相。
〔六〕〔菩提樹〕《酉陽雜俎》：菩提樹出摩迦陀國，蓋釋迦如來成道時樹。
〔七〕〔諸祖〕《釋氏稽古録》：《釋迦文佛宗派祖師授受圖》有三十三祖。

贈蒼雪鏡若兩師見訪①

孤雲所宿處，清磬出層陰。高座惟斯道，扁舟亦此心。尋秋逢講樹，到海發禪音。月色霜天正，吾師詩思深。

謝蒼雪贈葉染道衣

娑羅多寶葉，煎水衲衣黄。不染非真色，拈來有妙香。足趺僧相滿〔一〕，手綻戒心長〔二〕。一笠支郎許〔三〕，安禪向石傍。

---

① 鏡若，士禮居本、《家藏稿》本作「若鏡」。

〔一〕〔僧相滿〕《婆娑論》：結跏趺坐，是相圓滿。
〔二〕〔綻〕王維詩：綻衣秋日裏。按綻，補也。
〔三〕〔支郎〕《書影》：魏有三高僧：支謙、支諒、支讖。惟謙爲人細長黑瘦，眼多白而睛黄，復多智。時賢諺語曰：支郎眼中黄，身軀雖小是智囊。見《五色線》。僧亦可稱爲郎。

題歸玄恭僧服小像

《明詩綜》：歸莊字玄恭，崑山人。《竹垞詩話》：玄恭一號普明頭陀。《嘉定縣志》：玄恭，有光曾孫。詩文豪放，善大書，工畫竹。

豈是前身釋道安，遇人不着鹿皮冠。接䍦漉酒科頭坐，只作先生醉裏看。原注：好酒。

其二

金粟山人道者裝，玉山秋盡草堂荒。劫灰重作江南夢，一曲開元淚萬行。原注：能詩。顧阿瑛號金粟道人，著《天寶遺事詩》，談庚申君事。

其三

共道淇園長異材，風欺雪壓倩誰栽。道人掃向維摩壁，千尺蒼龍護講臺。原注：畫竹。

其四

中山絶技妙空羣，智永傳家在右軍。爲寫頭陀新寺額，筆鋒蒸出墨池雲。原注：工書。

梅花庵同林若撫話雨聯句①《明詩綜》：林雲鳳字若撫，長洲人。《卧龍山人集》：吴門林若撫詞場耆艾。少時及見臨川湯義仍，相與酬唱，凡連牀刻燭，必窮日竟夜，卒之氣盡而止。《州乘備採》：梅花庵在鹿樵書屋後②，今爲尼居。追次生平，排比終始，公詩自叙，此章獨見其詳。

放策名園勝，停驂客思淹。雲鳳。初凉欣颯爽，入夜苦霡霂。偉業。有待聞乾鵲，無因見皎蟾。鳳。蒲荒迷鷺影，花落冷魚噞。鳥語枝頭咽，蟲鳴葉底潛。清齋幽事足，良會逸情兼。業。貧士藏書富，高人取友嚴。鳳。北郭余偕隱，東山爾共瞻。鳳。○以上感時物而叙會晤之由也。生來門是德，住處水名廉。業。觸地詞源湧，推鋒筆陣銛。萬言

①《家藏稿》本題作「梅花庵話雨同林若撫聯句」。
②樵，底本原作「蕉」，據士禮居本改。

成寸晷，一字直三縑。雜佩紉蘭茝，名材貢杞柟。三千登甲第，四十到宫詹。鳳。仙樂清商奏，天廚法酒醑。使車游宛雒，樓艦出沱灊。職亞成均掌，官同秘院僉。含毫芸閣草，插架石渠籤。業。○記公盛藻巍科，封藩于鄭，典試于楚，官至司成、詹事。翰染丹青障，碁分黑白奩。望崇敦雅素，氣直折壬憸。鳳。道已銘鐘鼎，交仍隔釜鬵。雲霄三省相，虎豹九關閹。業。害物磨牙慘，持拳炙手炎。游夫空捭闔，武士浪韜鈐。鳳。海寓洪罏焰，民生鼎沸燖。天心何叵測，宸極竟危阽。業。夏社松陰改，周原麥秀漸。詩書遭黨錮，冠蓋受髡鉗。鳳。暴骨巖城陷，燒屯甲士殲。孑民餘爨僰，尺土剩滇黔。業。○悼温、蔡諸奸通奄亂政，馴致神州陸沉，民生塗炭也。時贛、閩已失，永明由桂入滇。越俗更裳佩，秦風失帽簷。短衣還戍削，長帶孰韭纖。絶跡違朝市，全身混里閻。鳳。拏舟浮磵曲，扶杖度山崦。箘閣迎寒葺〔一〕，茅亭帶雨苫。業。冥鴻思避弋，老馬脱銜箝。朋舊從頭數，篇章信口占。鳳。境奇窮想入，才退苦言砭。大曆場誰擅，元和體獨纖。聆音嗤下里，覩貌嘆無鹽。好句奚囊貯，清談麈尾拈。飛觴邀阮籍，豎義問劉惔。業。言國變後惟志隱居，托詩自遣也。情洽蠲苛禮，形忘略小嫌。詼諧文乞巧，憔悴賦驅痁。書擬中郎秘，香憑小史添。搴蘭將滿握，采菊不盈襜。鳳。紙帳蛛絲罥，紗屏蝶粉黏。試茶追陸羽，退筆弔蒙恬。玩物高居澹，安心老境甜。食羹調芍藥〔二〕，釀法製荼蘞〔三〕。黄擘團臍蟹，霜批巨口鮎。香流金杏酢，脆入玉梅腌。送酒横波豔，調箏素手摻。

新聲歌緩緩，沉飲醉厭厭。業。〇又雜叙隱居瑣事，若將終焉如此也。梅老看圍屋，花開待放簷。道人君弗媿，處士我何謙。鳳。緑印苔間屐，青飄柳外帘。池流緣岸折，峰勢出墻尖①。業。興劇神偏王，狂來語類譫。鳳。徘徊吟數過，撚斷幾枯髯。鳳。末始及梅花庵聯句之意。

〔一〕〔箘閣〕謝玄暉詩：隨山望箘閣。

〔二〕〔調芍藥〕簡文帝《七勵》：離紅之膾，芍藥之羹。

〔三〕〔製莃薟〕《本草綱目》：蜀人單服莃薟法。五月五日、六月六日、九月九日采藥，去根，莖花實淨洗暴乾，入甑中，層層灑酒，與蜜蒸之。又暴，如此九遍，則氣味極香美。熬搗篩末，蜜丸服之。

送照如禪師還吴門《州乘備採》：照如俗曹姓，州人，名洵，字元孟。祖爲魯川先生，著書數百卷，論浮屠與孔子之道合。照如以州庠生出家，住吾郡西郊之華雨菴。《梅村文集》：魯川之壻爲余外王父，魯川三子，其季曰毅叔，毅叔之子曰元孟，父子爲儒者。今年夏，元孟瓢笠叩門，曰：「吾出家於郡城之文殊菴，僧臘已十年矣。」此即所謂照如師也。

① 出，士禮居本作「入」。

秋氣肅群慮，衲衣還故棲。雲生孤杖迴，月出萬山低。乞火青楓寺，疏泉紫芋畦。石牀椶拂子，盡説是曹溪〔二〕。原注：師姓曹。①

〔二〕［曹溪］《傳燈録》：梁天監元年，有僧智藥泛舶至韶州曹溪水口，聞其香，嘗其味，曰：「此水上流有勝地。」遂開山立名寶林，乃云：「此去百七十年，當有無上法寶在此演法。」今六祖南華是也。

吳門遇劉雪舫

《明詩綜》：劉文照字雪舫，任丘人。新樂忠恪侯文炳弟。有《攬蕙堂偶存》。《州乘備採》：梅村集有《吳門遇劉雪舫》詩，頗疑新樂之弟何緣至吳門，且《明史·新樂傳》闔門殉難，僅存文照，亦未詳其後也。今考得明季有劉文炯，以宛平籍新樂弟來任吾州管糧判官。國變後，寓郡中。意當時外戚或以東南爲遺種處，而謀爲是官，因此雪舫來游吳，而史傳所載特未備也。

出門遇高會，雜坐皆良朋。排闥一少年，其氣爲幽并。羌裘雖裹膝，目乃無諸傖。忽然語

① 底本無注，據士禮居本、《家藏稿》本補。

笑合①，與我談生平。亡姑備宫掖，吾父天家婚。先皇在信邸，降禮如諸甥。長兄進徹侯，次兄拜將軍。《明史·外戚傳》：劉文炳，宛平人。祖應元娶徐氏，生女入宫，即莊烈帝生母孝純皇太后也。應元早卒，帝即位，封太后弟效祖新樂伯，即文炳父。八年，卒。九年，進文炳侯。十三年，贈應元瀛國公，封徐瀛國太夫人。文炳晉少傅，叔繼祖、弟文耀、文照俱晉爵有差②。按文耀官至左都督，故云拜將軍。先皇早失恃，寤寐求音形。太常奉睿容③，流涕朝群臣。《明史·后妃傳》：帝五歲失太后，問左右遺像，莫能得。傅懿妃者舊與太后同爲淑女，比宫居，自稱習太后。言宫人中狀貌相類者，命后母瀛國太夫人指示畫工，可意得也。圖成，由正陽門具法駕迎入。帝跪迎于午門，懸之宫中，呼老宫婢視之，或曰似，或曰否，帝雨泣。新樂初受封，搢笏登王庭。至尊亦豐頤，一見驚公卿。兩宫方貴重，通籍長安門。周侯累纖微，鄙哉無令名。田氏起輕俠，賓客多縱横。《外戚傳》：周奎，蘇州人，莊烈帝周皇后父也。崇禎三年，封嘉定伯，賜第蘇州之葑門。帝嘗諭奎及田貴妃父弘遇、袁貴妃父祐宜恪遵法度，爲諸戚臣先。祐頗謹慎，惟弘遇驕縱，奎居外戚中碌碌而已。不比先后家，天語頻諄諄。獨見新樂朝，上意偏殷勤。愛其子弟謹，憂彼俸給貧。每開三十庫〔一〕，手賜千黄金。長戈指北闕，鼙鼓來西秦。寧武止一戰，各帥皆投兵。《明史·周遇吉傳》：十七年二月，

---

① 語笑，《家藏稿》本作「笑語」。
② 照，底本原作「昭」，據前後文改。
③ 太常，士禮居本、《家藏稿》本作「太廟」。

太原陷。遂陷忻州，圍代州。遇吉先在代，遏其北犯，乃憑城固守，而潛兵奮擊。連數日，殺賊無算。會食盡援絶，退保寧武，賊亦踵至。遇吉四面發大礮，殺賊萬人，設伏城内，出弱卒誘賊入城，殺數千人，城圮復完者再，傷其四驍將。自成懼，欲退，其將曰：「我衆百倍于彼，但用十攻一，更番進，蔑不勝矣。」城遂陷，合家盡死，而大同總兵姜瓖表至，自成大喜。方宴其使者，宣府總兵王承廕表亦至，自成益喜。遂決策長驅，歷大同、宣府，抵居庸，太監杜之秩、總兵唐通復開門延之，京師遂不守矣。賊語人曰：他鎮復有一周總兵，吾安得至此！**漁陽股肱郡，千里無堅城。嗚呼四海主，此際唯一身。仿佛萬歲山，先后輜軿迎。辛苦十七年，欲訴知何因。今纔識母面，同去朝諸陵。**《外戚傳》：三月初一日，賊警益急，命文武勛戚分守京城。繼祖守東安門，文耀守永定門，鞏永固守崇文門。文炳以繼祖、文耀俱守城，故未有職事。十六日，賊攻西直門，勢益急，文炳母杜氏於樓上作七八繯，命積薪樓下。又念瀛國篤老，不可俱燼，計匿之申湛然家。十八日，帝密召文炳、永固，時外城已陷，帝曰：二卿所糾家丁能巷戰乎？文炳以衆寡不敵對。帝愕然。永固奏曰：臣等已積薪第中，當闔門焚死，以報皇上。帝曰：朕志決矣。朕不能守社稷，能死社稷。兩人皆涕泣誓效死出。**我兄聞再拜，慟哭高皇靈。烈烈鞏都尉，揮手先我行。寧同英國死，不作襄城生。**《外戚傳》：兩人出，馳至崇文門。須臾，賊大至，永固射賊，文炳助之，殺數十人。十九日，城陷，文炳歸，見第焚火烈，不得入，入後園。適申湛然至，曰：鞏都尉已焚府第自刎矣。文炳曰：諾。將投井，忽止曰：戎服也，不可見皇帝。湛然脱己幘冠之，遂投井死。鄒漪《明季遺聞》：英國公張世澤城陷即死。襄城伯李國楨請賊勿犯陵寢，改殯先帝后，勿害太子、二王三事，賊並諾。數日後，葬帝田貴妃墓，惟國楨一人往哭送，隨自殺。**我幼獨見遺，貧賤今依人。**《外戚傳》：十九日，文照方侍母飯，家人急入曰：城陷矣。文照盌脱地，直視母，母遽起登樓，衆從之，懸孝純像，母率衆哭拜，各縊死。文照入繯墮，撫母背連呼曰：兒不能死矣。從母命留侍太夫人，遂逃去，家人乃共焚樓。當時聽其語，剪燭忘深更①。長安昔全盛，曾記朝元正。道逢五侯騎，頎皙爲卿兄。按《明史》崇禎末封爵現存者伯六人：彭城、惠安、永年、永寧、太康、嘉定。侯四人：武清、新城、博平與新樂也。即君貌酷似，豐下而微黔。貴戚諸舊游，追憶應難真。依稀李與郭，《外戚傳》：孝定李太后父偉，封武清侯。至曾孫國瑞當嗣，詔借餉，悸死，復其爵。光宗孝元郭皇后父維城，封博平伯，進侯。卒，兄振明嗣。流落今誰存。君曰欲我談，清酒須三升。舊時白石莊，萬柳餘空根。孫國敉《燕都游覽志》：駙馬都尉萬公白石莊在白石橋北，臺榭數里，古木多合抱，竹色葱蒨，盛夏不知有暑。駙馬園亭當爲第一。《明史·外戚傳》：神宗同母妹瑞安公主，下嫁萬煒。崇禎時，煒至太傅，文華進講，佩刀入直。年七十餘，國變，同子長祚死于賊。海淀李侯墅，秋雁飛沙汀。孫承澤《春明夢餘録》：海淀李戚畹園，方廣十餘里，中建挹海堂，堂北有亭，亭懸「清雅」二字。明肅太后手書也。亭一望盡牡丹，石間之，芍藥間之，瀕于水則已。飛橋而汀，橋下金鯽，長者五尺。汀而北一望皆荷，望盡而山，婉轉起伏，殆如真山。山畔有樓，樓上有臺，西山秀色，出手可挹。園中水程十數里，嶼石白座，靈璧、太湖、錦川百計，喬木千計，竹萬計，花億萬計。北平有別業②，乃在西湖濱。李東陽《懷麓堂集》：西湖方十餘里，左田右湖。袁宗道《瀟碧堂集》：西湖蓮花千畝，步長堤，息龍王廟，香風繞袖。亓翔《夢游録》：郭皇親新園與望湖亭正對。

① 深更，士禮居本作「更深」。
② 北平，士禮居本、《家藏稿》本作「博平」。

惠安畜名花，牡丹天下聞。《外戚傳》：張昇以英宗初太皇太后弟，封惠安伯。崇禎中，慶臻襲封。賊陷都城，自燔死。《燕都游覽志》：太傅惠安伯張公園在嘉興觀之右，牡丹、芍藥各數百畝，花時主人製小兜，供游客行花塍中。富貴一朝盡，落日浮寒雲。走馬南海子，射兔西山陰。《一統志》：南海子，在永定門外二十里。又：西山在宛平縣西三十里。路傍一寢園，御道居人侵。碑鐫孝純字，僵石莓苔青。下馬向之拜，見者疑王孫。詢是先后姪，感嘆增傷心。《明史·后妃傳》：莊烈帝居勖勤宮，問近侍曰：西山有申懿王墳乎？曰：有。傍有劉娘娘墳乎？曰：有。每密付金錢往祭。及即位，上尊謚曰孝純恭懿淑穆莊靜毗天毓聖皇太后，遷葬慶陵。落魄游江湖，踪跡嗟飄零。傾囊縱蒱博，劇飲甘沉淪。不圖風雨夜，話舊同諸君。已矣勿復言，涕下沾衣襟。

〔一〕〔三十庫〕按《明史》諸志，無三十庫。《容齋三筆》：神宗有恢復幽燕之志，于內帑置庫，凡三十二庫。此或借用其語耳。

贈徐子能原注：子能病蹇。○《蘇州府志》：徐增字子能，吳江人，有《而菴詩話》《而菴集》。

如子聲名早，相聞盡故人。懶余交太晚，知我話偏真。道在應非病，詩成自不貧。休教嗟拊髀①，纔得保沉淪。

其二

未卜林塘隱，還將野興消。鶴聲常入市，樹勢欲侵橋。老病人扶拜，狂吟客見招。知從甫里近，白首共逍遥。

玄墓謁剖公弘璧字剖石，無錫鄭氏子。《文集》：當三峰舉揚臨濟宗旨，剖石與黄龍並出其位下。其後黄龍走，之章門廬岳；而剖石補其師故處，修祖庭，以化導吴人者二十年。

一衲消群相，孤峰占妙香。經聲清石骨，佛面冷湖光。花落承趺坐，雲歸識講堂。空潭今夜月，鐘鼓祝前王。

過聞果師園居

帆影窗中没，鐘聲樹杪移。簷依懸果近，閣避偃松欹。菜甲春來早，茶槍雨後遲。散齋閒獨往，應與道人期。

① 休教嗟拊髀，《家藏稿》本作「拊髀休歎恨」。

游西灣

斷壁猿投栗，荒祠鼠竄藤。鐘寒難出寺①，雲靜恰依僧。選勝從吾意，捫危羨客能。生來幾量屐，到此亦何曾。

過甫里謁願公因遇雲門具和尚

晴湖百頃寺門橋，梵唱魚龍影動搖。三要宗風標漢月〔一〕，原注：具公之師同論三玄三要。○具公之師，即漢月也。《文集》：漢月於臨濟，一句分明之中，有玄有要，照用權實，料簡回互，賓主歷然。按詩句指漢月傳燈，故不作僧名用。四明春雪送歸潮②。原注：具公越人。高原落木天邊斷，獨夜寒鐘句裏銷。布襪青鞋故山去，扁舟蘆荻冷蕭蕭。原注：時應佛日請，將行。○《文集》：具師開期，天長則慶雲，高郵則地藏，維揚則天寧，而杭之佛日、靈隱、徑山。又：還自江北，主焉者也。

〔一〕〔三要〕《捫蝨新話》：宗門建立，要須一句具三玄，一玄具三要。

① 寺，士禮居本、《家藏稿》本作「樹」。

② 歸，《家藏稿》本作「江」。

代具師答贈

微言將絶在江南，一杖穿雲過石龕。早得此賢開講席，便圖作佛住精藍。松枝豎義無人會，貝葉翻經好共參。麈尾執來三十載，相逢誰與使君談①。

晚泊

寒鋤依岸直，輕槳蕩潮斜。樹脱餘殘葉，風吹亂晚鴉②。沙深留豕跡，溪静響魚叉。乞火村醅至，炊烟起荻花。鋤當作耡。鄭注《周禮·大司徒》：耡，里宰治處，若今街彈之室。趙明誠《金石録》跋昆陽城中漢街彈碑云：周名耡，漢名街彈，今申明亭也。

---

① 與，士禮居本、《家藏稿》本作「似」。
② 鴉，士禮居本作「霞」。

吴梅村詩集箋注卷第三

古近體詩七十四首 起丁亥游越盡庚寅

南生魯六真圖歌并引。○《山東通志》：崇禎丁丑進士，南源洙，濮州人，官參議。

山東南生魯，官浙之觀察。《杭州府志》：分巡温處道南源洙，順治八年任。命謝彬畫己像，《續圖繪寶鑑》：謝彬字文侯，上虞人。久居錢塘，善寫小像。眉目照映，海内稱首。而劉復補山水。《昭文縣志》：劉復隱居五渠，畫師董源。凡六圖。其一坐方褥，聽兩姬搊箏吹洞簫。其一焚香彈琴，流泉瀉堦下，旁一姬聽倦倚石。一繪兩少年蹴踘戲，毬擲空中，勢欲落。一圖書滿牀，公左顧笑，有髫而秀者端拱榻前，若受書狀，則公子也。餘二圖一則畫藤橋横斷壑中，非人境，公黄冠椶拂，掉首不顧。一則深巖枯木，有頭陀趺坐披布衲，即公也。余爲作《六真圖歌》，鑱之石①，覽者可以知其志矣。

---

① 石，士禮居本、《家藏稿》本作「石上」。

明湖夜雨天涯客〔一〕，握手停杯話疇昔。人生竟作畫圖看，拂卷生綃開數尺。長身玉立于思翁，美人促住彈春風。一聲兩聲玉簫急，吹落碧桃無數紅。旁有一姝嬌倚扇，聽君手拂湘妃怨。抱琴危坐鬟飄然，知入清徽廣陵散。出門逐伴車如風，築毬會飲長安中〔二〕。歸來閉門閒課子，石榻焚香列圖史。我笑此翁何太奇，彈琴蹴踘皆能爲。讀書終老豈長策，乘雲果欲鞭龍螭。神仙吾輩儘可學，六博吹笙游戲作。不信晚年圖作佛，趺坐蒲團貪睡着〔三〕。丈夫雄心竟若此，世事悠悠何足齒。興來展玩自掀髯，椶拂藤鞋自兹始。劉君水石謝君圖，解衣盤礴工揣摩。平生嗜好經想像，須臾點出雙清臚。置身其間真快樂，聲酒琴書資笑謔。縱然仙佛兩無成，如此溪山良不惡。吾聞宗少文〔四〕，曾寫尚子平，阮生長嘯逢蘇門，祖孫妙筆多天真。君不見興宗年少香山老〔五〕，不及丹青似舊人。

〔一〕〔明湖〕《一統志》：西湖即古明聖湖。

〔二〕〔築毬〕韋端己詩：永日迢迢無一事，隔街聞築氣毬聲。

〔三〕〔睡着〕杜彥之詩：醉來睡着無人唤。

〔四〕〔宗少文〕《南史·隱逸傳》：宗少文，南陽涅陽人。孫測，亦有祖風。測字敬微，一字茂深。欲遊名山，乃寫祖少文所作《尚子平圖》于壁上。測長子賓宦在都，知父此旨，便求禄還爲南郡丞。付以家事。子孫拜辭悲泣，測長嘯不返。測善圖，自圖阮籍遇蘇門于行郭上，坐卧對之。

〔五〕「興宗年少」《南史·蔡興宗傳》：幼爲父廓所重。父兄軌，謂其子淡曰：「我年六十，行事不及十歲小兒。」

謁范少伯祠

原注：在金明寺中，有「陶朱公里」四字碑。○《嘉興府志》：金明教寺，在府治西南二里。相傳范蠡故宅，有范蠡祠，祠前即范蠡湖。

艤棹滄江學釣魚，五湖何必計然書。山川禹穴思文種，烽火蘇臺弔伍胥。浪擲紅顔終是恨，拜辭烏喙待何如。却嗟愛子猶難免，霸越平吴事總虚。

鴛湖感舊

予曾過吴來之竹亭湖墅，出家樂張飲。後來之以事見法，重游感賦此詩。《蘇州府志》：崇禎七年甲戌進士，吴江吴昌時來之，吏部郎中。蔣熏《留素堂詩集》：吴昌時園曰南湖渚室，亭名竹亭。按來之本吴江人。《復社紀畧》：太倉張㴱逃籍吴江，昌時館之于家。《明史·熊開元傳》亦云吴昌時者，開元知吴江時所拔士。《周延儒傳》則云昌時嘉興人。意竹亭湖墅或其别業在檇李乎？

落日晴湖放檝迴，故人曾此共登臺。風流頓盡溪山改，富貴何常簫管哀。燕去妓堂荒蔓合，雨侵鈴閣野棠開。停橈却望烟深處，記得當年載酒來。

鴛湖曲①

鴛鴦湖畔草粘天，二月春深好放船。柳葉亂飄千尺雨，桃花斜帶一溪烟。《嘉興府志》：鴛鴦湖在府城南，即南湖。烟雨樓踞其上，五代時建。烟雨迷離不知處，舊堤却認門前樹。樹上流鶯三兩聲，十年此地扁舟住。主人愛客錦筵開，水閣風吹笑語來。畫鼓隊催桃葉伎，玉簫聲出柘枝臺〔一〕。輕靴窄袖嬌裝束，脆管繁絃競追逐。雲鬟子弟按霓裳，雪面參軍舞鸜鴿〔二〕。酒盡船移曲榭西②，滿湖燈火醉人歸。朝來别奏新翻曲，更出紅粧向柳堤。歡樂朝朝兼暮暮，七貴三公何足數。十幅蒲帆幾尺風，吹君直上長安路。程穆衡《復社年表》：昌時以崇禎十一年授行人。十二年考選，授科，欽改禮部主事。十三年，薛國觀即訊。十二月，昌時給假歸。十四年六月，國觀賜死。十五年三月，昌時起官禮部主事，尋改文選司郎中。十六年十二月，棄市。長安富貴玉驄驕，侍女薰香護早朝。分付南湖舊花柳〔三〕，好留烟月伴歸橈。那知轉眼浮生夢，蕭蕭日影悲風動。中散彈琴竟未終，山公啟事成何用。東市朝衣一旦休，北邙抔土亦難留。白楊尚作他人樹，紅粉知非舊日樓。《明史·周延儒傳》：延儒信用文選郎吴昌時。昌時有幹才，頗爲東林效奔走，然爲人墨而傲，通廠衛，把持

---

①《家藏稿》本題下有小注「爲竹亭作」。

② 船移，士禮居本、《家藏稿》本作「移船」。

朝官，同朝咸嫉之。御史蔣拱宸劾昌時贓私鉅萬，牽連延儒，而中言昌時通中官李端、王裕民，洩漏機密。重賄入手，輒預揣温旨告人。帝怒甚，御中左門，親鞫昌時，折其脛。初，國觀賜死，謂昌時致之，其門人魏藻德新入閣，有寵，恨昌時甚，因與陳演共排延儒。帝遣緹騎逮入京。十二月，昌時棄市，命勒延儒自盡，籍其家。烽火名園竄狐兔，畫閣偷窺老兵怒。寧使當時没縣官，不堪朝市都非故。我來倚棹向湖邊，烟雨臺空倍惘然。宇内烟雨樓有四：一在竟陵，一在桂陽，一在括蒼，而著者首稱檇李。樓在鴛鴦湖中，累土成洲，因洲建樓。芳草乍疑歌扇緑，落英猶認舞衣鮮①。人生苦樂皆陳跡，年去年來堪痛惜。聞笛休嗟石季倫，銜杯且効陶彭澤。君不見白浪掀天一葉危，收竿還怕轉船遲。世人無限風波苦，輸與鴛湖釣叟知②。

附録徐電發釚曰：鴛湖主人家居時，極聲伎之樂，後以事見法。故吴祭酒梅村《鴛湖曲》有「芳草乍疑歌扇緑，落英猶認舞衣鮮」之句。余亦賦《鴛湖感舊》云：「曾説荒臺舞柘枝，而今空見柳絲絲。不因重唱鴛湖曲，誰識南朝舊總持。」

〔一〕［柘枝］《瑣碎録》：柘枝，本北魏拓跋之名，易拓爲柘，易跋爲枝。

① 猶，士禮居本、《家藏稿》本作「錯」。
② 鴛，士禮居本、《家藏稿》本作「江」。

〔二〕〔雪面〕白樂天詩：帽轉金鈴雪面迴。

〔參軍〕《樂府雜録》：開元中，優人黄旛綽、張野狐弄參軍，始自漢館陶令石躭。廖瑩中《江行雜録》：女優有弄假官戲，其緑衣秉簡者謂之參軍樁。

〔三〕〔分付〕韓致光詩：分付春風與玉兒。

題心函上人方菴

頂相安單穩〔一〕①，圓塵覆鉢銷。誰知眠丈室，不肯效團焦。石鼎支茶竈，匡牀掛癭瓢。一枝方竹杖〔二〕，夜雨話參寥〔三〕。

〔一〕〔安單〕劉克莊詩：僧借虚堂竟掛單。

〔二〕〔方竹杖〕《鎮江府志》：甘露寺一僧，李贊皇廉問日嘗與之遊。及罷任，以方竹杖一枝留贈焉。

〔三〕〔參寥〕《東坡集》：僕在黄州，夢見參寥所作詩，覺而記其兩句云：「寒食清明都過了，石泉槐火一時新。」後七年，出守錢塘，而參寥子卜居西湖智果院。院有泉出石縫間，甘冷宜茶。寒食之明日，僕與客泛湖，自孤山來謁參寥。汲泉鑽火，烹黄蘗茶，忽悟所夢詩，兆于七年之前。

①單，《家藏稿》本作「禪」。

題儆上人代笠

空山無住着，就石架孤筇。愛雪編茅整，愁風剪箬工。樹陰休灌叟，簑雨滴漁翁。要自謀安隱〔一〕，吾師息此中。

〔一〕〔安隱〕《阿含經》：於是世尊所患即除而得安隱。

項黄中家觀萬歲通天法帖《曝書亭集》：萬歲通天帖一卷。用白麻紙，雙鈎書，

勾法精妙，鋒神畢備，而用墨濃淡不露纖痕，正如一筆獨寫。識者謂非薛稷、鍾紹京不能，洵墨寶也。相傳武后從王方慶家索其先世手蹟，得二十八人書，取而玩之，謂曰：此卿家世守，朕奪之不仁。乃命善書者填廓成卷，仍命方慶正書標二十八人官世，設九賓，覲于武成殿，而墨蹟卷還方慶。蓋秘府儲藏，故罕題識。第有宋高宗小璽，其後岳珂、張雨、王鏊、文徵明跋者四人而已。是卷向藏鄉先生項子長家①。子長諱篤壽，中嘉靖壬戌進士，入詞林。季弟子京，以善治生産富，能鑒別古人書畫。所居天籟閣，

① 子長家，底本原作「子家長」，據上下文乙正。

海内珍異十九歸之。子長子德楨，萬曆丙戌進士。夢原，萬曆己未進士。德楨子鼎鉉，萬曆辛丑進士。聲國，崇禎甲戌進士。按黄中，蓋鼎鉉字。

王氏勳名自始興，後人書法擅精能。江東將相傳家在，翰墨風流天下稱。前有瑯琊今檇李，項氏由來堪並美。襄毅旂常戰伐高①，《明史·項忠傳》：字藎臣，嘉興人。正統七年進士。拜刑部尚書，尋爲兵部，卒謚襄毅。贊曰：項忠、韓雍，皆以文學通籍，而親提桴鼓，樹勳戎馬之場。其應機決勝，成畫遠謀，雖宿將殆無以過。墨林書畫聲名起。《韻石齋筆談》：項元汴墨林生嘉隆承平之世，貲力雄贍。出其緒餘，購法書名畫及鼎彝奇器。三吴珍秘，歸之如流。當時海内號收藏，秘閣圖書玉軸裝。近代丹青推董巨，名家豪素重鍾王②。鍾王妙蹟流傳舊，貞觀在御窮搜購。盡隨萬乘入昭陵，人間一字無遺漏。碑石猶存腕鋒出，風摧雨剥苔文蝕③。棗木鐫來波磔非，牋麻搨就戈鋋失。孫承澤《春明夢餘録》：唐太宗聞《蘭亭》真蹟在僧辨才處，特遣御史蕭翼賺得。武德四年，收入秦府。貞觀十年，始命湯普徹、馮承素、諸葛貞、歐陽詢、褚遂良臨之，而歐、褚留傳最著。按昭陵後以《蘭亭》殉葬。迨温韜發唐諸陵，復出人間。君家此書何處傳，云是萬歲通天年。則天酷嗜二王法，詔求手蹟千金懸。從官方慶拜表進，臣祖羲獻

---

① 旂，士禮居本作「旆」。

② 豪，士禮居本、《家藏稿》本作「毫」。

③ 蝕，士禮居本、《家藏稿》本作「脱」。

與僧虔。生平行草數十紙，龍蛇盤蹴開天顔。賜官五階帛百疋，仍勑能手雙鈎填。裝成用寶進御府，不知何事流人間。邵經邦《弘簡録・王方慶傳》：則天后嘗就覓遠祖羲、獻墨蹟，因上十一代祖導、十代祖洽、九代祖珣、八代祖曇首、七代祖僧綽、六代祖仲寶、五代祖騫、高祖規、曾祖褒等凡二十二人書。后御武成殿，詔中書舍人崔融序次之，號寶章集。我思羲之負遠畧，北伐貽書料强弱。惜哉徒令書畫傳，誓墓功名氣蕭索。江東無事富山水，興來灑筆臨池樂。足知文采賴昇平，父子優游擅家學。只今海内多高門①，稽山越水烟塵作②。春風掛席由拳城〔一〕，夜雨君家話疇昨③。嗚呼吾友雅州公，舒毫落紙前人同。一官烏撒没坏土④，萬卷青箱付朔風。《曝書亭集》：聲國字仲展，除知雅州事，卒于京師。《明史・地理志》：雅州，明直隸。洪武四年，以州治嚴道縣省入，領縣二。烏撒軍民府，十五年，爲府，屬雲南。十六年，改屬四川。十七年，升軍民府。少伯湖頭鼙鼓動，尚書第内烟塵空。可憐累代圖書盡，斷楮殘編墨林印。此卷仍逃劫火中〔二〕，老眼縱横看筆陣。《韻石齋筆談》：墨林每得名蹟，以印鈐之，纍纍滿幅，亦是書畫一厄。復載價于楮尾。不過欲子孫長守，貽謀亦既周矣。甲申歲，北兵至，嘉禾項氏累世之藏盡爲千夫長汪六水所掠，蕩然無遺。君真襄毅之子孫，相逢意氣何相親。即看書畫與金

① 多，士禮居本、《家藏稿》本作「無」。
② 烟塵，士禮居本、《家藏稿》本作「烽烟」。
③ 家，《家藏稿》本作「齋」。
④ 坏，底本原作「坯」，據士禮居本改。

石，訪求不屑辭家貧①。嗟乎世間奇物戀故主，留取縹緗傲絕倫。按朱錫鬯《萬歲通天帖歌贈王舍人作霖》中有句云：百年以來藏項氏。又云：王郎生長山陰縣。則此帖再易主矣。

〔一〕［由拳城］《一統志》：由拳故城，在嘉興縣南。

〔二〕［劫火］《觀佛三昧經》：天地終始，謂之一劫。劫盡壞時，火災將起。

送徐次桓歸胥江草堂②

《嘉興府志》：秀水徐郴臣，字亦子。好奇，負志節。崇禎丙子，舉于鄉。仲子賁，西銘張溥奇其才，以姪女妻之。按次桓即賁字。《嘉興府志》：嘉興縣有胥山草堂，元初項冠建。按此胥江即胥山也。

春來放楫鴛湖游，杉青牐畔登高樓〔一〕。禓裘徐郎最年少〔二〕，坐中搖筆烟霞收。裝隨到我海濱去，雞黍流連別何遽。云過胥江舊草堂，乃父淒凉讀書處。滄山突兀枕江濆，伍相祠荒對夕曛〔三〕。我是故人同季子，十年相識憶徐君。只今孺子飄零客，蘆中窮士無人識。掛劍雖存舊業非，吹簫未遇吾徒惜。歸去還登漁父船，南枝越鳥竟誰憐。投金瀨在王孫

① 訪，《家藏稿》本作「詔」。屑，士禮居本作「惜」。

② 《家藏稿》本題作「送徐次桓歸胥江草堂歌」。

泣〔四〕，白馬江聲遶舍邊〔五〕。

〔一〕〔杉青牐〕《一統志》：杉青堰，在秀水縣東北五里，一名杉青閘。

〔二〕〔徐郎〕《北齊書·徐之才傳》：周捨戲之曰：「徐郎不用心思義，而但事食乎？」年十三，召爲太學生。

〔三〕〔伍相祠〕《嘉興府志》：伍王廟，在嘉興縣東胥山。

〔四〕〔投金瀨〕《建康志》：溧水一名瀨水，東流爲永陽江。江上有渚曰瀨渚，即子胥乞食投金處。又名投金瀨。

〔五〕〔白馬江聲〕《水經注》：文種没錢塘，于八月望，見有銀濤白馬依期往來。

武林謁同門張石平①

原注：河南人，官糧儲觀察。○《河南通志》：辛未進士張天機。蘭陽人，官參議。

湖山曉日鳴笳吹，楊柳春風駐羽幢。二室才名官萬石，兩河財賦導三江。舊游笑我連珠

① 同門，士禮居本作「同年」。

勒①，多難逢君倒玉缸。十載弟兄無限意，夜深聽雨話西窗。

亂後過湖上山水盡矣感賦一絶②

柳榭桃蹊事已空，尤侗《西堂雜組》有《六橋泣柳記》，言西湖桃柳斬伐無遺。斷槎零落敗垣風。莫嗟客髩重游改，恰有青山似鏡中。

登數峰閣禮浙中死事六君子原注：鴻寶倪公、茗柯凌公、巢軒周公、四明施公③、磊齋吴公、賓日陳公。○《西湖新誌》：孤山寺，楊璉真伽改萬壽寺。元末燬。洪武初，誠意伯復建，歲久圮。崇禎甲申，杭人即其外建數峰閣。《明史·倪元璐傳》：字玉汝，上虞人，户部尚書，兼侍讀學士。李自成陷京師，自縊死。又《凌義渠傳》：字駿甫，烏程人，爲大理卿。賊犯都城，自繫奮身絶吭而死。又《周鳳翔傳》：字儀伯，浙江山陰人，歷中允、諭德。京師陷，題詩壁間，自經。又《施邦耀傳》：字爾韜，餘姚人，左副都御史。城陷，命家人市信石雜燒酒，即途中服之，血迸裂而卒。又《吴麟徵傳》：字聖生，海鹽

---

① 游，《家藏稿》本作「時」。

② 《家藏稿》本無「感」字。

③ 明，底本原作「名」，據士禮居本改。

人，吏科都給事中。城陷，遂自經。又《陳良謨傳》：字士亮，鄞人，御史。城陷，自縊死。

四山風急萬松楸①，遺廟西泠枕碧流②。故國衣冠懷舊友，孤忠日月表層樓。赤虹劍血埋燕市③，白馬銀濤走越州。盛事若修陪祀典，漢家園寢在昭丘。

過南屏訪無生上人《西湖新誌》：南屏興教寺，元末已圮，唯南屏雷峰塔之陰留錫菴者，向爲白蓮寺，順治丁亥，僧虚舟即其址建菴，曰留錫。按此或無生即舟也。

謂此一公住，偶來聞午鐘。山容參雪嶠〔一〕，原注：無生壁間有雪嶠師畫。佛火隱雷峰。路細因留竹，雲深好護松。精廬人不到，相對話南宗〔二〕。

〔一〕〔雪嶠〕《明詩綜》：圓信字雪庭，更字雪嶠，寧波人。初住武康雙髻峰，後居徑山。著有《語風稟》。

① 松，士禮居本作「山」。楸，士禮居本、《家藏稿》作「秋」。
② 泠，底本原作「冷」，據士禮居本改。
③ 市，底本原作「寺」，據士禮居本、《家藏稿》本改。

〔三〕〔南宗〕《舊唐書·僧神秀傳》：神秀同學僧慧能住韶州廣果寺。天下謂神秀爲北宗，慧能爲南宗。

陳青雷以半圃索題走筆戲贈青雷名震生，杭州人。崇禎癸未進士。

半間茅屋半牀書〔一〕，半賦閒游半索居。領略溪山應不盡，平分風月復何如。黠癡互有纔忘世〔二〕，廉讓中間好結廬〔三〕。自是圖全非易事，與君隨意狎樵漁。

〔一〕〔半間〕《傳燈録》：千峰頂上一間屋，老僧半間雲半間。
〔二〕〔黠癡〕《晉書·顧愷之傳》：初，愷之在桓温府，常云愷之體中癡黠各半。
〔三〕〔廉讓〕《南史·胡諧之傳》：臣所居廉讓之間。

題西泠閨咏①并叙。○西泠閨咏者，杭州女士吴巖子偕其女卞玄文所作詩卷也。《西湖新誌》：吴山字巖子，太平人。居湖上三年，武林名流多所推重。卞珏字玄文，巖子之女，落筆疎秀，有其母風。徐釚《續本事詩》：金陵閨秀卞玄文，名夢珏，能詩。後適廣陵劉孝廉師峻。其母曰吴巖子者，縣丞卞琳配。詩文甚富，兼工書法。

---

①《家藏稿》本無「題」字。

石城卞君者，系出田居〔一〕，隱偕蠶室。巖子著《同聲》之賦〔二〕，玄文咏《嬌女》之篇。辭旨幽閒，才情明慧。寫柔思于却扇①，選麗句以當窗。足使蘇蕙扶輪、左芬失步矣。故里秦淮，早駕木蘭之檝；僑居明聖，重來油壁之車。風景依然，湖山非故。趙明誠《金石》之録〔三〕，卷軸無存；蔡中郎虀臼之辭，紙筆猶在。予覽其篇什，擷彼風華，體寄七言，詩成四律。愧非劉柳〔四〕，聞《白雪》之歌；謬學徐陵，叙《玉臺》之咏云爾②。

落日輕風雁影斜，蜀牋書字報秦嘉。絳紗弟子稱都講，碧玉才人本内家。神女新詞填杜若，如來半偈繡蓮花。粧成小閣熏香坐，不向城南鬭鈿車。

〔一〕〔田居〕《齊書·卞彬傳》：自稱卞田居，婦爲傳蠶室。

〔二〕〔同聲賦〕《樂府解題》：同聲歌，漢張衡所作也。言婦人幸充閨房，願勉供婦職。以喻臣子之事君也。

〔三〕〔金石録〕《宋史·藝文志》：趙明誠《金石録》三十卷。《通考》：明誠宰相挺子，其妻易安居士李氏爲作後序。

① 柔，士禮居本作「愁」。

② 云，《家藏稿》作「已」。

〔四〕〔劉柳〕《世説》：謝夫人嫠居，會稽太守劉柳聞其名，請與談義。按時吴巖子必已稱未亡人，故以柳自況。

附録王貽上《觀吴巖子書扇詩》：紈扇凝香小字斜，似同金椀寄秦嘉。景陽宫畔文君井，明聖湖頭道韞家。繡閣新詞名漱玉，朱絲妙格字簪花。烟波風雨錢塘路，望斷西陵油壁車。

其二

晴樓初日照芙蕖，姑射仙人賦子虚。紫府高閑詩博士〔一〕，青山遺逸女尚書〔二〕。賣珠補屋花應滿，刻燭成篇錦不如。自寫雒神題小像，一簾秋水鏡湖居。

〔一〕〔詩博士〕《唐詩紀事》：文宗好五言，自製品格多同肅、代，而古調清峻。又嘗欲置詩博士。

〔二〕〔女尚書〕《魏畧》：明帝選女子知書可付信者六人，以爲女尚書。

附録王貽上《觀卞篆生書扇詩》：雙峰南北盡紅蕖，晝静瓊閨敞碧虚。鸚鵡雕籠初教賦，櫻桃小閣獨攤書。名篇綺密知難並，諸妹天人總未如。若許他年尋白社，丹青簾外藕花居。自注：扇有白社、丹青之句。按貽上題書扇詩俱次梅村原韻。此首云卞篆生，未知篆生即玄文别字否？諸妹天人，或玄文之姊妹行歟？

其三

五銖衣怯鳳凰雛〔一〕，珠玉爲心冰雪膚。緑屩侍兒春袚禊〔二〕，紅牙小妹夜摴蒱〔三〕。瓊窗日暖櫻桃賦，粉箋風輕蛺蝶圖。頻歛翠蛾人不識，自將書札問麻姑。

〔一〕〔五銖衣〕《博異志》：貞觀中，岑文本于山頂避暑。有叩門，云：「上清童子。」岑問曰：「衣服皆輕細，何土所出？」答云：「此上清五銖服。」又問曰：「比聞六銖者天人衣，何五銖之異？」答云：「尤細者則五銖也。」

〔二〕〔緑屩〕《南史·東昏侯紀》：潘氏乘小輿，宫人皆露褌，著緑絲屩。

〔三〕〔紅牙〕岑參詩：紅牙鏤馬對摴蒱。

附録：董以寧字文友《卞玄文過毘陵寓吴氏水閣因次梅村韻》：畫堂燕子正初雛，茘子紅衫映雪膚。細語淺斟銀鑿落，迎凉閒賭玉摴蒱。閨中筆陣留書札，鏡裏眉峰是畫圖。縱有箜篌聽不得，青溪愁絶蔣家姑。宗元鼎字定九《和卞玄文百柳園對雪即看小轀妹學畫》：懸思風雪際，嬌怯應難支。倚檻憐衣薄，搴梅倩妹持。茗香消旅况，筆墨是心知。無那園中絮，飄如二月時。按梅村詩「紅牙小妹」當即是此詩所云小轀妹也。而貽上題卞篆生書扇亦云「諸妹天人總未如」，或小轀妹即篆生與，抑篆生即玄文與①？

其四

石城楊柳碧城鸞〔一〕，謝女詩篇張女彈〔二〕。鸚鵡歌調銀管細，琅玕字刻玉釵寒。雙聲宛轉連珠格，八體濃纖倒薤看。閒整筆牀攤素卷，棠梨花發倚闌干。歌調承張女彈，字刻承謝女詩，宛轉承歌調，濃纖承字刻，逐句分承説下。銀管是簫管之管，玉釵謂字體。

〔一〕〔碧城鸞〕李義山《碧城》詩：女牀無樹不棲鸞。

〔二〕〔張女彈〕潘安仁《笙賦》：輟張女之哀彈。

海市四首

原注：次張石平觀察韻。○《書影》：海市有偶一見之四明者，有見之漳州者，蓋不獨登州爲然。近余姻張石平少參見于淛。吴梅村諸公皆有詩紀之。

仙人太乙祀東萊，不信蓬瀛此地開。虹跨斷崖通羽蓋，魚吞倒景出樓臺。碧城烟合青蔥

① 玄文，底本原作「文玄」，據上文乙正。

樹，赤岸霞蒸絳雪堆。聞道秦皇近南幸，舳艫千里射蛟回。

其二

灝氣空濛萬象來，非烟非霧化人裁。仙家囷爲休糧閉〔一〕，河伯宫因娶婦開。金馬衣冠蒼水使，石鯨風雨濯龍臺。鑿空博望頻回首，天漢乘槎未易才。

〔一〕〔仙家囷〕《晉書》：劉驎之采藥衡山，深入忘反。見一澗水，水南有二石囷。一囷閉，一囷開。

其三

東南天地望中收，神鬼蒼茫百尺樓。秦畤長松移絶島，梁園修竹隱滄洲。雲如車蓋旌旗繞，峰近香爐烟靄浮。却笑燕齊迂怪士，衹知碣石有丹丘。

其四

激浪崩雲壓五湖①，天風吹斷海城孤。千門聽擊馮夷鼓，六博看投玉女壺〔一〕。蒲類草荒

① 崩，士禮居本作「奔」。

春徒帳〔二〕，滄溟月冷夜探珠。誰知曼衍魚龍戲，翠蓋金支滿具區。

〔一〕［玉女壺］《神異經》：東荒山中，有大石室，東王公居焉。恒與一玉女投壺。張見曠詩：已見玉女笑投壺，復睹仙童欣六博。

〔二〕［蒲類］《漢書·宣帝紀》注：蒲類，匈奴中海名，在燉煌北。

贈吳錦雯兼示同社諸子

《杭州府志》：吳百朋，字錦雯，錢塘人。崇禎壬午舉于鄉，司李蘇州。中考功法，得白，補肇慶。會司李職裁，補南和令。《今世説》：錦雯博學洽聞，貫串經史。嘗與徐世臣輩刱爲恢麗瑰瑋之文，天下誦之，號西陵體。按錢唐社名莊社，世臣名繼恩，亦仁和人。

吾家季重才翩翩，身長七尺虬鬚髯。投我新詩百餘軸，滿牀絹素生雲烟。自言里中有三陸，謂鯤庭、麗京、梯霞也。《錢唐縣志》：陸堦字梯霞，父運昌，與叔鳴時、鳴煃有名當世，號龍門三陸。而堦兄圻及培並以文章領袖一時，復號三陸。長衫拂髁矜豪賢。弟先兄舉致身早，我亦挾策游長安。其餘諸子俱嶽嶽，感時上策愁祁連。會飲痛哭岳祠下，聞者大笑驚狂顛。皐亭山頭金鼓震〔一〕，萬騎蹴踏東南天。貽書訣别士龍死，嗚呼吾友非高官。《東林列傳》：陸培字鯤庭。崇禎十三年進士。例授行人，需次還，益縱覽古文奇書，勤敏過諸生。時與其兄弟收召名士，日夜爲賢豪歡，稱詩角藝，一時號西陵體。客過武林者，爭先從陸氏昆弟游。既而游東林，聽講學，翻然大悟。杭州下，自經。年二十九。餘或脱身棄妻子，西興潮落無歸船〔二〕。東軒主人《述異記》：陸圻字麗京，削髮棄家，挈一老僕行遊。後併遣還，遂不知所在。子寅求父，足跡幾遍海内。我因親老守窮巷①，買山未得囊無錢。息心掩關謝時輩，五年不到西溪邊〔三〕。比因訪客過山寺，故人文酒相盤桓。手君詩篇令我讀，使我磊落開心顔。豈甘不死愧良友，欲使奇字留人間。跳刀拍張雖將相〔四〕，有書一卷吾徒傳。錦雯以崇禎癸未會試下第歸，母夫人已病，尋卒。獨奉其父，流離兵火間。見其哭母文自序。吾聞其語重嘆息，平生故舊空茫然。不信扁舟偶乘興，丁儀吴質追隨歡。謂丁澎也。酒酣對客作長句，十紙謖謖松風寒。後來此會良不易，况今海内多艱難。安得與君結廬住，南山著述北山眠。

〔一〕〔臯亭山〕《一統志》：臯亭山，在仁和縣東北。
〔二〕〔西興〕《一統志》：西興塘，在紹興府蕭山縣西十里。五代時錢鏐始築以遏海潮，内障江水。
〔三〕〔西溪〕《一統志》：西溪鎮，在錢塘縣西北二十五里。
〔四〕〔跳刀拍張〕《南史·王敬則傳》：善拍張。宋帝使跳刀，接無不中，仍撫髀拍張。拍張，手搏

① 親老，《家藏稿》本作「老親」。

捽，胡之戲也。①

別丁飛濤兄弟林璐《丁藥園外傳》：藥園名澎，仁和人。世奉天方教，戒飲酒。而藥園顧嗜酒，飲至一石。與仲弟景鴻、季弟瀠皆以詩名。藥園目去紙一寸，官法曹，與宋荔裳等稱燕臺七子。貢使至，譯問知其名，持紫貂、銀鼠、美玉、象犀易其詩歸。謫居東，崎嶇三千里出關。初至靖安，卜築東崗，躬自飯牛，與牧豎同卧起，困甚。塞上風刺人骨，秋即雨雪，日晡，山鬼夜啼，忽聞叩門，客翩然有喜，從隙中窺之，虎方以尾擊户。居東，凡五遷，家日貧。又一年，始得歸。按景鴻字弋雲，瀠字素涵。

把君詩卷過扁舟，置酒離亭感舊遊。三陸雲間空想像，二丁鄴下自風流。湖山意氣歸詞苑，兄弟文章入選樓。爲道故人相送遠，藕花蕭瑟野塘秋。

贈馮子淵總戎馮子淵名武卿，浙江人。順治八年，任狼山總兵。

令公專閫擁旌旄，鷫鸘秋風賜錦袍。十二銀箏歌芍藥，三千練甲醉葡萄。若耶溪劍凝寒

---

① 此條底本無，據士禮居本補。

水，秦望樓船壓怒濤〔一〕。自是相門雙戟重，野王父子行能高。按《明史·宰輔表》，天啟間馮氏入相者止銓一人。而《元颷傳》：故與銓通譜誼。元颷慈溪人，相門雙戟，子淵蓋其子姓與？

〔一〕〔秦望〕《一統志》：秦望山，在紹興府會稽縣東南十二里。秦始皇登之以望南海。

簡武康姜明府《湖州府志》：武康知縣姜會昌，山東掖縣舉人，順治二年任。

地僻誰聞政，如君自不同。放衙山色裏〔一〕，聽事水聲中〔二〕。竹稅官橋市，茶商客渚篷。前溪歌舞在〔三〕，父老習遺風。

〔一〕〔放衙〕李義山詩：高聲喝吏放兩衙。

〔二〕〔聽事〕《漢書·宣帝紀》：五日一聽事。

〔三〕〔前溪〕《一統志》：前溪，在武康縣治前。晉沈充家于此溪。樂府有《前溪曲》，即充所製。

其二

花發訟庭香，松風夾道凉。溪喧因紙貴，邑靜爲蠶忙。魚鳥高人政〔一〕，烟霞仙吏裝。知君趨召日，取石壓歸航。

〔一〕〔魚鳥〕蘇子瞻《謝表》：雜簿書于魚鳥。

園居

傍城營小築，近水插疎籬。岸曲花藏釣，窗高鶴聽碁。移牀穿磴遠，喚茗隔溪遲。自領幽居趣，無人到此知。

送吴門李仲木出守寧羌

李仲木，名楷。兄模，進士，官御史。仲木由長洲學中崇禎壬午鄉試，入國朝，官工部虞衡司員外，出知寧羌州。李氏自仲木父進士湖廣副使吴滋聚子姓居蘇州，至今無他徙者。其先本太倉州人。《一統志》：寧羌州，在漢中府西南二百八十里。

君到南山去〔一〕，興元驛路長〔二〕。孤城當沮口〔三〕，舊俗問華陽。稻近磻溪種〔四〕，魚從丙穴嘗〔五〕。殘兵白馬戍〔六〕，廢塢赤亭羌〔七〕。鐵鎖穿天上，金牛立道旁〔八〕。隗囂宫尚在〔九〕，諸葛壘應荒〔一〇〕。往事英雄恨，新愁旅客裝。七盤遮駱谷〔一一〕，一口隔秦倉〔一二〕。黑水分楡柳，青泥老鸕鶿〔一三〕。不堪巴女曲，尚賽武都王〔一四〕。

〔一〕［南山］《一統志》：終南山，在西安府南五十里。

〔二〕［興元］《一統志》：漢中府，唐爲興元府，元爲興元路。

〔三〕［沮口］《一統志》：沮水，在漢中府沔縣西，而東南流，曰沮口。

〔四〕［磻溪］《一統志》：磻溪水，在鳳翔府寶雞縣東南。

〔五〕［丙穴］《蜀都賦》注：丙穴，在漢中府沔陽縣北。有魚穴二所，嘗以三月取之。

〔六〕［白馬］《一統志》：白馬城，在沔縣西北，即漢陽平關也。

〔七〕［赤亭］《一統志》：赤亭山，在隴西縣北二十里。上有堡甚險。

〔八〕［金牛］王貽上《蜀道驛程記》：大安驛西南至金牛驛。驛西三里，有路通陽平關。稍南，入五丁硤口。懸崖萬仞，陰風颯然。

〔九〕［隗囂宫］《方輿勝覽》：秦州雕窠谷舊有隗囂避暑宫。

〔一〇〕［諸葛壘］《一統志》：諸葛城在沔縣西，亦名武侯壘。

〔一一〕［七盤］《蜀道驛程記》：利州七盤嶺雞頭關，盤旋而上，去天尺五。

〔一二〕［駱谷］《一統志》：駱谷在西安府盩厔縣西南隅。

〔一三〕［秦倉］《元和志》：寶雞縣，東北至鳳翔府九十里，本秦陳倉縣。

〔三〕〔青泥〕《元和志》：青泥嶺，在興州長舉縣西北。懸崖萬仞，上多雲雨，行者屢逢泥淖。

〔四〕〔武都王〕《蜀記》：武都山精化爲女子，蜀王納爲妃。

丁亥之秋王烟客招予西田賞菊踰月蒼雪師亦至今年余既卧病同游者多以事阻追叙舊約爲之慨然因賦此詩

露白霜高九月天，匡牀卧疾憶西田。黃雞紫蟹堪攜酒，紅樹青山好放船。秔稻將登農父喜①，西田堂曰農慶，故云。茱萸偏插故人憐。舊游多事難重省②，記別蒼公又二年。

與友人談遺事

曾侍驪山清道塵，六師講武小平津〔一〕。雲髦大纛星辰動③，天策中權虎豹陳。《明史·兵志》：崇禎十年八月，車駕閱城，鎧甲旌旍甚盛。群臣悉鸞帶策馬從。六軍望見乘輿，皆呼萬歲。帝大悅，召戎政侍郎陸

① 父，士禮居本作「夫」。
② 事，士禮居本、《家藏稿》本作「病」。
③ 髦，士禮居本作「旄」。

完學入御幄奬勞，酌以金巵。按是年公正以編修兼東宫講讀①，在禁近也。一自羽書飛紫塞，長教鉦鼓恨黄巾②。孤臣流涕青門外，徒使田横客笑人〔二〕。

〔一〕［小平津］《通鑑》：建武三年，北魏孝文帝講武于小平津。

〔二〕［田横客笑人］《通鑑》：南北朝齊于琳之勸陸超之逃亡，超之曰：「吾若逃亡，非惟孤晉安之眷，亦恐田横客笑人。」

友人齋説餅③張石公園中也。

舍北溪南樹影斜，主人留客醉黄花。水溲非用淘槐葉〔一〕，蜜餌寧關煮蕨芽〔二〕。閣老膏環常對酒，徵君寒具好烹茶〔三〕。食經一一事皆堪注，休説公羊賣餅家〔四〕。今市肆中有太師餅、眉公糕，云昉自王荆石、陳仲醇。詩謂此二事可補《食經》也。

①講，士禮居本作「侍」。

②鉦，士禮居本作「金」，《家藏稿》本作「征」。

③説，《家藏稿》本作「設」。

〔一〕［淘槐葉］《唐六典》：太官令掌供膳之事，夏月加冷淘粉粥。杜有《槐葉冷淘》詩。

〔二〕［蜜餌］《楚辭》：粔籹蜜餌，有餦餭些。注：粔籹，以蜜和米麪煎作之。

〔三〕［寒具］《集韻》：寒具，環餅也。

〔四〕［賣餅家］《三國志·裴潛傳》注：鍾繇不好公羊而好左氏，謂左氏爲太官，而謂公羊爲賣餅家。

聽女道士卞玉京彈琴歌

《板橋雜記》：卞賽字賽賽，後稱玉京道人。亂後游吴門，作道人裝，然亦間有所主。《梅村詩話》：玉京字雲裝。

駕鵞逢天風，北向驚飛鳴。飛鳴入夜急，側聽彈琴聲。借問彈者誰，云是當年卞玉京。玉京與我南中遇，家近大功坊底路。《南畿志》：大功坊東抵秦淮，西通古御街，中山王徐達第宅在焉。陳圻《金陵世記》：坊在聚寶門内中山賜第，故名大功。小院青樓大道邊，對門却是中山住。《板橋雜記》：舊院人稱曲中，前門對武定橋，後門在鈔庫街。長板橋在院墻外數十步，鷲峰寺西夾之。中山東花園亘其前，秦淮朱雀桁遶其後。中山有女嬌無雙，清眸皓齒垂明璫。曾因内宴直歌舞，坐中瞥見塗鴉黄。問年十六尚未嫁，知音識曲彈清商。歸來女伴洗紅粧，枉將絶伎矜平康〔一〕，如此纔足當侯王。萬事倉皇在南渡，大家幾日能枝梧。詔書忽下選蛾眉，細馬輕車不知數。時金陵惟以選妃爲急，偏選不中，唯太監田壯國在杭州選得陳氏、王氏、李氏三人，因命入元暉殿中。中山好女光徘徊，一時粉黛無人顧。黯色知爲天下傳，高門愁被旁人妬。盡道當前黄屋尊，誰知轉盼紅顔誤。南内方看起桂宫〔二〕，北兵早報臨瓜步。聞道君王走玉驄，犢車不用聘昭容〔三〕。幸遲身入陳宫裏，却早名填代籍中。金陵選后徐氏，中山王女也。册立有日，而大兵渡江，由崧走黄得功營，得功戰死，檻車北轅。錢謙益既歸順，謀復大宗伯原官，手進選后徐氏于豫王，遂同歐去。當時玉京即發此事謙益之座，固以愧謙益，而公詩于卞所述不勝流連嗟嘆者，亦深致不滿之意焉。依稀記得祁與阮，同時亦中三宫選。祁、阮未詳。可憐俱未識君王，軍府抄名被驅遣。漫咏臨春瓊樹篇，玉顔零落委花鈿。當時錯怨韓擒虎，張孔承恩已十年。但教一日見天子，玉兒甘爲東昏死〔四〕。羊車望幸阿誰知，青冢凄凉竟如此。我向花間拂素琴，一彈三歎爲傷心。暗將别鵠離鸞引，寫入悲風怨雨吟。昨夜城頭吹篳篥，教坊也被傳呼急〔五〕。潘之恒《曲中志》：教坊司，御樂也。國制，宫綵奉直，未聞選召斜曲中人。雖三十四樓歌舞喧闐，朝抱樂器，暮或連袂而歸，亦唯王公邸第呼之。碧玉班中怕點留，樂營門外盧家泣〔六〕。私更裝束出江邊，恰遇丹陽下渚船。剪就黄絁貪入道〔七〕，攜來緑綺訴嬋娟。此地繇來盛歌舞，子弟三班十番鼓。《板橋雜記》：曲中狎客①，有盛仲文十番鼓②。月明絃索更無聲，山塘寂寞遭兵苦。《板橋雜記》：玉京居虎丘，湘簾棐几，地無纖塵。見客，初不甚酬對，若遇嘉賓，則諧謔間作。十年同伴兩

---

① 「曲」前原有「有」字，據士禮居本删。

② 盛，士禮居本作「咸」。

三人，沙董朱顏盡黄土。《板橋雜記》：沙才美而豔，豐而逸，骨體皆媚，天生尤物也。攜其妹曰嫩者遊吴郡，卜居半塘。又董年與小宛姊妹行，名亦相頡。張紫淀有「美人在南國，余見兩雙成」句。貴戚深閨陌上塵，吾輩漂零何足數。坐客聞言起嘆嗟，江山蕭瑟隱悲笳。莫將蔡女邊頭曲，落盡吴王苑裏花。

〔一〕〔平康〕《開元遺事》：長安有平康坊，伎女所居之地。

〔二〕〔桂宫〕《南部烟花記》：陳後主爲張貴妃麗華造桂宫于光昭殿。

〔三〕〔犢車〕《隋書·禮儀志》：九嬪以下，並得乘犢車，青幰，朱絡網。

〔四〕〔玉兒〕陸魯望《小名録》：東昏侯潘淑妃小字玉兒。

〔五〕〔教坊〕《教坊記》：西京右教坊在光宅坊，左教坊在延政坊。右多善歌，左多工舞。蓋相因習。東京兩教坊俱在明義坊，而右在南，左在北也。

〔六〕〔樂營門〕羅虬詩：樂營門外柳如陰，中有佳人畫閣深。

〔七〕〔黄絁〕陸務觀詩：良工刀尺製黄絁。

附録：周子俶《送卞玉京入道》詩：卞家碧玉總傾城，片片雲鬟别様輕。一捻蠻腰拋細舞，半簾嬌燕話長生。蕃釐花暖裙猶在，桃葉潮來暈不平。我自蹉跎君未嫁，薛濤箋尾署瑶京。

琴河感舊〔一〕并序。○詳後《過錦樹林》詩叙，此即所謂賦四詩以告絶者也。

楓林霜信，放棹琴河。忽聞秦淮卞生賽賽，到自白下。適逢紅葉，余因客座，偶話舊遊，主人主人謂錢東澗。命犢車以迎來，持羽觴而待至。停驂初報，傳語更衣，已托病痁，遷延不出。知其憔悴自傷，亦將委身于人矣。將適鄭建德允生。余本恨人，傷心往事。江頭燕子，舊壘都非，山上蘼蕪，故人安在？久絶鉛華之夢，况當摇落之辰。相遇則惟看楊柳，我亦何堪；爲别已屢見櫻桃〔二〕，君還未嫁。聽琵琶而不響，隔團扇以猶憐，能無杜秋之感〔三〕、江州之泣也！漫賦四章，以誌其事。《梅村詩話》：玉京過尚湖，余在東澗宗伯座，談及故人，東澗云力能致之。報至矣，已而登樓，托痁發，請以異日訪余山莊。余詩「緣知薄倖逢應恨，恰便多情唤却羞」，此當日情景實語也。又過三月，爲辛卯初春，乃得扁舟見訪，共載横塘。始將前四詩書以贈之，而宗伯讀余詩有感，亦成四律。按此則與前章同爲庚寅秋末作。

白門楊柳好藏鴉，誰道扁舟蕩槳斜。金屋雲深吾谷樹，玉杯春暖尚湖花〔四〕。見來學避低團扇，近處疑嗔響鈿車。却悔石城吹笛夜，青驄容易别盧家。

〔一〕〔琴河〕《一統志》：琴川在蘇州府昭文縣。縣治前後，横港凡七，若琴絃然。

〔二〕〔櫻桃〕李太白詩：别來幾春未還家，玉窗五見櫻桃花。

〔三〕〔杜秋〕杜牧之《杜秋娘詩序》：有花堪折君須折，莫待花落空折枝。李錡妾杜秋嘗唱此詞。

〔四〕〔玉杯〕謝玄暉詩：渠椀送佳人，玉杯邀上客。

〔尚湖〕《一統志》：尚湖，在常熟縣西南四里。

其二

油壁迎來是舊遊，尊前不出背花愁。緣知薄倖逢應恨，恰便多情喚却羞。故向閒人偷玉筯，浪傳好語到銀鈎〔一〕。五陵年少催歸去，隔斷紅墻十二樓。詩寓告絶之意，故皆於結語示意。此章諷刺尤深。

〔一〕〔銀鈎〕薛玄卿詩：布字改銀鈎。

其三

休將消息恨層城〔一〕，猶有羅敷未嫁情。車過捲簾勞悵望〔二〕，夢來攜袖費逢迎〔三〕。青山憔悴卿憐我〔四〕，紅粉飄零我憶卿。記得横塘秋夜好，玉釵恩重是前生。

〔一〕〔層城〕李後主詩：層城無復見嬌姿。

〔二〕〔車過捲簾〕用《本事詩》韓翃遇故伎柳氏事。

〔三〕〔夢來攜袖〕似用霍小玉事。

〔四〕〔青山憔悴〕王介甫詩：青衫憔悴北歸來。青山似應作青衫。

其四

長向東風問畫蘭，玉人微歎倚闌干。乍抛錦瑟描難就，小疊瓊箋墨未乾。弱葉懶舒添午倦，嫩芽嬌染怯春寒。書成粉箑憑誰寄，多恐蕭郎不忍看。玉京工畫蘭，末章獨借以托興。

觀棋原注：和錢宗伯。

深院無人看劇棋〔一〕，三郎勝負玉環知。康猧亂局君王笑，一道哥舒布算遲。

〔一〕〔劇棋〕《南史·羊定子傳》：既佳光景，當得劇棋。

其二

小閣疎簾枕簟秋，晝長無事爲忘憂〔一〕。西園近進修宮價〔二〕，博進知難賭廣州〔三〕。

〔二〕〔忘憂〕《晉書·祖納傳》：納好奕棋，曰：「我亦忘憂耳。」

〔三〕〔修宫價〕《後漢書·劉陶傳》：陶爲京兆尹，到職，當出修宫直錢千萬。陶既清貧，稱疾不聽政。帝宿重陶才，原其罪，徵拜諫議大夫。

〔三〕〔賭廣州〕宋明帝事。

其三

閒向松窗覆舊圖〔一〕，當年國手未全無。南風不競君知否，抉眼胥門看入吴。

〔一〕〔松窗〕鄭守愚詩：松窗楸局穩。

〔覆舊圖〕張喬《送棋待詔歸新羅》詩：船中覆舊圖。

其四

碧殿春深賭翠鈿，壽王游戲玉牀前。可憐一子難饒借〔一〕，殺却抛殘到那邊。

〔一〕〔一子〕《山堂肆考》：太宗時，有賈元侍上棊。太宗饒元三子，元常輸一路。太宗知元挾詐，謂曰：「此局汝復輸，當榜汝。」既而滿局，不生不死。太宗曰：「更圍一局，勝賜汝緋，不勝當投于泥中。」既而局平，不勝不負，太宗曰：「我饒汝子，是汝不勝。」命抱投之水，乃呼曰：「臣握中尚有一子。」太宗大笑，賜以緋衣。

其五

玄黄得失有誰憑，上品還推國手能。公道世人高下在，圍棋中正柳吴興〔一〕。

〔一〕［中正］《南史·王湛傳》：明帝好圍棋，置圍棋州邑。以建安王休仁爲圍棋州都大中正，湛與沈勃、庾珪之、王抗四人爲小中正。［柳吴興］又《柳惲傳》：再爲吴興太守，梁武帝好奕棋，使惲品定棋譜。登諸格者二百七十八人，第其優劣，爲《棋品》三卷。

其六

莫將絶藝向人誇〔一〕，新勢斜飛一角差〔二〕。局罷兒童閒數子，不知勝負落誰家。

〔一〕［絶藝］杜牧之《送國棋王逢》詩：絶藝如君天下少。

〔二〕［新勢］張喬《送棋待詔》詩：闕下傳新勢。

後東臯草堂歌

《詩話》：瞿稼軒偕錢宗伯逮就獄，余時在京師。所爲《東臯草堂歌》者，贈稼軒于請室也。後數年，余再至東臯，則稼軒唱義粤西，其子伯升門户是懼。故山别墅，皆荒蕪斥賣，無復向者之觀。余爲作《後東臯草堂歌》。按稼軒名式耜，字起田，萬曆癸未進士、禮部侍郎景淳孫，湖廣參議汝説子也。前歌集中逸。

君家東臯枕山麓，百頃流泉浸花竹。《蘇州府志》：東臯在常熟縣北郭外，瞿少參汝説所構，子式耜增拓之。築浣溪草堂、貫清堂、鏡中來諸勝，爲邑中園亭之最。石田書畫數百卷，酷嗜平生手藏録。《府志》：式耜酷愛沈石田畫，一縑片紙，搜訪不遺。構一齋名曰耕石，藏弆其中。隱囊麈尾寄蕭齋，鴻鵠高飛鷹隼猜。白社青山舊居在，黄門北寺捕車來。有詔憐君放君去，重到故鄉棲隱處。短策仍看屋後山，扁舟却繫門前樹。此時鈎黨雖縱横，終是君王折檻臣。放逐縱緣當事意，江湖還賴主人恩。《明史·温體仁傳》：張漢儒訐錢謙益、瞿式耜居鄉不法事，體仁故仇謙益，擬旨逮二人，下詔獄嚴訊。謙益等危甚，求解于司禮太監曹化淳，漢儒偵知之，告體仁，體仁密奏，請并坐化淳罪。帝以示化淳，化淳自請案治，乃盡得漢儒等奸狀及體仁密謀。獄上，帝始悟體仁有黨。會撫寧侯朱國弼再劾體仁，帝命立枷死漢儒等，錢、瞿之獄乃解。按逮問在丙子，獄解在丁丑。一朝龍去辭鄉國，萬里烽烟歸未得。《一統志》：式耜以右僉都御史巡撫廣西。後留守桂林，加大學士，封臨桂伯。可憐雙戟中丞家，門帖凄凉題賣宅〔一〕。有子單居持户難，稼軒子嵩錫，崇禎壬午舉人。呼門吏怒索家錢〔二〕。窮搜廢篋應無計，棄擲城南五尺山。任移花藥鄰家植，未剪松杉僧舍得。漁舟網集習家池，官道人牽到公石〔三〕。石礎雖留不記亭，槿籬還在半無門。欹橋已斷眠僵柳，醉壁誰扶倚瘦藤。尚有荒祠叢廢棘，豐碑草没猶堪識。堦前父老早歌呼①，陌上行人增歎息。我初扶杖過君家，開尊九月逢黄花。秋日溪山好圖畫，《據梧齋塵談》：石田《秋日溪山圖》長卷，余見王翬臨本。筆法學黄子久，烟嵐明秀可愛。石田真蹟深咨嗟。傳聞此圖再易主，同時賓客知存幾？又見溪山改舊觀，雕闌碧檻今已矣。摇落深知宋玉愁，衡陽雁斷楚天秋。斜暉有恨家何在，極浦無言水自流。按庚寅九月全州破，榕江不守，式耜就執。十一月，殺之風洞山下。《詩話》：有舊給事中已出家號性因者收其骨，義士楊碩父藏其稿。稼軒孫昌文間關歸，以其臨難時與督臣張同敞倡和詩并表刻之吴中，爲《浩氣吟》。我來草堂何處宿，挑燈夜把長歌續。十年舊事總成悲，再賦閒愁不堪讀。魏寢梁園事已空，杜鵑寂寞怨西風。平泉獨樂荒榛裏，寒雨孤村聽暝鐘。

〔二〕〔賣宅〕《南史·庾杲之傳》：百姓那得家家題門帖賣宅。

① 父老，士禮居本、《家藏稿》本作「田父」。

〔二〕〔家錢〕《後漢書·譙玄傳》：子瑛願奉家錢千萬，以贖父死。

〔三〕〔到公石〕《南史·到溉傳》：溉齋前有奇礓石，帝戲與賭之。溉輸焉，迎置華林園。移石之日，都下縱觀，所謂到公石也。

破山興福寺僧鶴如五十《吴郡志》：破山在虞山北，相傳龍鬭破山，故名。興福寺在破山北嶺下。齊始興五年，邑人郴州牧倪德光捨宅建。始名大慈，梁大同三年改興福，唐咸通九年賜額。

聽法穿雲過，傳經泛海來。花深山徑遠，石破講堂開。潭出高人影，泉流古佛苔。長留千歲鶴，聲遶讀書臺〔一〕。

〔一〕〔讀書臺〕《一統志》：讀書臺，在常熟治西。相傳梁昭明太子常讀書于此。

宴孫孝若山樓賦贈孝若名魯，常熟人。順治壬辰進士①。叔父朝讓，字光甫，與公辛未同年，泉州知府。父朝肅，字恭甫，萬曆丙辰進士，由刑部主事出知兖州府，平白蓮賊，歷陞廣東布政使。

① 壬，士禮居本作「庚」。

千章喬木俯晴川，高閣登臨雨後天。明月笙歌紅燭院，春山書畫緑楊船。郗超好客真名士，蘇晉翻經正少年。《昭文縣志》：孫魯知大同府，請終養歸。自少留意梵夾，晚益躭嗜。最是風流揮玉麈，烟霞勝處着神仙。《文集》：孝若風流醞藉，機神警速，其天才之所軼發，家學之所纘承，足以囊括古今，貫穿經史。

毛子晉齋中讀吴匏庵手抄謝翱西臺慟哭記①

毛子晉，初名鳳苞，後改名晉，家常熟七星橋下，自稱南湖主人。博雅好古，藏書極富，汲古閣録板精工馳天下。吴匏菴名寬，字原博，長洲人。舉鄉試第三人，會試、廷試皆第一。授修撰，仕至禮部尚書、掌詹事、太子太保。卒，年七十有九，謚文定。

扁舟訪奇書，夜月南湖宿。主人開東軒，磊落三萬軸。別庋加收藏，前賢矜手録。北堂學士鈔〔一〕，南宋遺民牘。言過富春渚，登望文山哭〔二〕。謝翱字臯羽，福之長溪人，徙浦城。方鳳《謝臯羽行狀》：臯羽慕屈原懷郢都，讀《離騷》。二十五，托興遠游，以「晞髪」自名其集。子陵留高臺〔三〕，西面滄江緑。婦翁爲神仙，謂嚴光婦翁梅福也。按韋居安《梅磵詩話》：永嘉徐照《題釣臺》：梅福神仙者，新知是婦翁。王實齋詩：梅公仙去嚴公壻，出處同時道不同。吴市尚猶輕一尉，羊裘何必羡三公。子陵爲梅公壻，傳記所不載，二詩

①《家藏稿》本「抄」後有「宋」字。

必有所本。天子共游學。攜家就赤城，高舉凌黃鵠。尚笑君房癡〔四〕，寧甘子雲辱？七里溪光清，千仞松風謖。以上先敘西臺。廬陵赴急難，幕府從羈僕。運去須武侯，君存即文叔。臣心誓弗諼，漢祚憂難復。次入臯羽《西臺慟哭記》：公開府南服，余以布衣從。明年，別公于章水湄。宋濂《謝翱傳》：會丞相文天祥開府延平，署諮事參軍。已復別去。昆陽大風雨，虎豹如蝟縮。詭譎滹沱冰，倉猝蕪亭粥。所以恢黃圖，無乃資赤伏。即今錢塘潮，莫救厓山麓〔五〕。空坑戰士盡〔六〕，柴市孤臣戮〔七〕。一死之靡他，百身其奚贖。以上援嚴以起謝，言文山之不得比子陵。龔生夭天年，翟公湛家族。會稽處士星，求死得亦足。安能期故人，共卧容加腹。巢許而蕭曹，遭遇全高躅①。文山竟以殉，趙社終爲屋。再援嚴以比謝，言子陵不欲見故人，文山則自有門人也。海上悲田横，國中痛王蠋。門人蒿里歌，故吏平陵曲。彼存君臣義，此製朋友服。相國誠知人，舉事何顛蹙。丈夫失時命，無以辭碌碌。正敘慟哭。《西臺慟哭記》：余恨死無以藉手見公，而獨記别時語，每一動念，或與所別之處及其時適相類②，則徘徊顧盼，悲不敢泣。又後三年，望夫差之臺，始哭公焉。又後五年及今，而哭于子陵之臺。又曰：謁子陵祠西臺，設主于荒野，再拜號慟。念余且老，復東望，泣拜不已。乃以竹如意擊石，作楚歌招之曰：「魂朝歸兮何極？暮來歸兮關水黑。化爲朱鳥兮，有咮焉食？」歌闋，竹石俱碎。看君書一編，俾我愁千

① 全，士禮居本作「同」。
② 類，底本原作「對」，據士禮居本改。

斛。禹蹟荒烟霞，越臺走麋鹿。不圖疊山傳，再向嚴灘續。配食從方干，豐碑繼梅福。程篁墩《宋遺民録》：翺以朋友道喪，作《許劍録》。至元乙未卒。其友方鳳、吴思齊、方幼學葬之子陵臺南，爲作許劍亭於墓右。《范文正公集·方干舊隱》詩：風雅先生舊隱存，子陵臺下白雲村。注：桐廬縣西有白雲村，唐方干故居，子孫至宋猶盛。主人更命酒，哀吟同擊筑。四座皆涕零，霜風激群木。嗟乎誠義士，已矣不忍讀。

〔一〕［北堂］《中興書目》：虞世南集群書中事可爲文用者，號《北堂書鈔》。

〔二〕［文山］《宋資治通鑑》：天祥所居對文筆峯，自號文山。

〔三〕［子陵臺］《一統志》：漢嚴子陵垂釣處有東西二臺，各高數百尺，下瞰大江。其西臺即宋謝翺哭文天祥處。

〔四〕［君房癡］《高士傳》：司徒侯霸使西曹屬侯子道奉書，光不起，問子道曰：「君房素癡，今爲三公，寧小差否？」

〔五〕［厓山］《宋史·本紀》：二王者，度宗庶子也。德祐二年，陳宜中等立昰于福州，以爲宋主，殂于硇州。至元十五年，又立昺爲主。昺徙居厓山。十六年，張弘範兵至厓山，陸秀夫乃負昺投海中。

〔六〕［空坑］《宋史·文天祥傳》：江西宣慰使李恒攻天祥於興國，天祥不意恒兵猝至，乃引兵即鄒瀛于永豐。瀛兵先潰，恒窮追至空坑，軍士皆潰。

〔七〕〔柴市〕《綱目續編》：至元十九年十二月，殺宋少保樞密使信國公文天祥于都城之柴市。

汲古閣歌①

陳瑚《確菴文稿》：虞山之陽，星橋之偏，望之巍然傑出者汲古閣，昆湖毛氏藏書處也。

嘉隆以後藏書家，天下毘陵與瑯邪。毘陵，唐襄文公應德順之。瑯邪，王元美世貞也。焦弱侯《文集》：荆川先生於載籍無不窺，其編纂成書以數十計。有曰左編、右編、武編、稗編者。而左編最爲經世之書。陳繼儒《史料序》：弇州先生束髮入朝行，上自列聖之彙言，累朝之副草，旁及六曹、九鎮、畿省之便利要害，大家委巷之舊聞，文學掌故之私記，皆蒐羅劄録。整齊舊聞收放失，後來好事知誰及。比聞充棟虞山翁，謂絳雲樓。里中又得小毛公。搜求遺逸懸金購，繕寫精能鏤板工。繇來斯事推趙宋，歐虞楷法看飛動。集賢院印校讎精，太清樓本裝潢重。屠隆《考槃餘事》：太清樓帖者，大觀年中，徽宗以《淳化帖》考選數帖，重刻于太清樓下。模自蔡京，筆偏于縱，賴刻手精工，猶勝他帖。高士奇《歸田集》：帖中如躋晉宣帝於武帝之前，叙子玉于伯英之上，正茂先非台鼎之尊，又如《汝殊愁帖》處字不分、耳字不減之類，俱足正王著之失。帖石淪没於金。損齋手跋爲披圖，周密《志雅堂雜鈔》：高宗御書「損齋」二大字并《損齋記》，後有左僕射沈該以下聯名。蘇氏題觀在直廬。《考槃餘事》：帖今存者，蘇子瞻書《表忠觀碑》。館閣百家分四庫，巾箱一幅盡三都。高似孫《緯畧》：祖宗時，內則太清樓藏書、龍圖閣藏書、玉宸殿藏書，外則三館秘閣。凡四處藏書。元豐中，三館併歸省中，書

---

①《家藏稿》本題下注：「毛晉字子晉，常熟人，家有汲古閣。」

亦隨徙。本朝儒臣典制作，累代縹緗輸秘閣。《明史・藝文志》：秘閣貯書二萬餘部，近百萬卷。徐廣雖編石室書〔一〕，孝徵好竊華林略〔二〕。王肯堂《鬱岡齋筆塵》：文淵閣藏書，皆宋元秘閣所遺，雖不甚精，然無不宋元板者。因典籍多，貲生既不知愛書，閣老亦漫不檢省，往往爲人竊去，今所存者僅千百之一矣。兩京太學藏經史，奉詔重修賜金紫。高齋學士費傖錢，故事還如寫黄紙〔三〕。顧炎武《日知録》：嘉靖初，南京國子監祭酒張邦奇等請校刻史書。萬曆中，北監又刻十三經、二十一史，校勘不精，舛訛彌甚①，且有不知而妄改者。又曰：永樂中，命儒臣纂修《四書大全》，全取倪氏《四書輯釋》。《春秋大全》則全襲元人汪克寬《胡傳纂疏》，但改其中愚按二字爲汪氏曰。《詩經大全》則全襲元人劉瑾《詩傳通釋》，而改其中愚按二字爲安成劉氏曰。其三經，後人皆不見舊書，亦未必不因前人也。當日頒餐錢，給筆札，書成之日，賜金遷秩，所費于國家者不知凡幾，而僅取已成之書抄謄一過②。上欺朝廷，下誑士子。唐宋時有是事乎？釋典流傳自雒陽，中官經廠護焚香。諸州各請名山藏，總目難窺内道場。《燕都遊覽志》：皇城内西隅有大藏經廠，隸司禮監，寫印上用書籍及造制勅龍箋處。南湖主人爲歎息，十年心力恣收拾。史家編輯過神堯，律論流通到羅什。子晉刻《十七史》畢，并搜羅雜史刻之，爲《津逮秘書》。又紫栢大師刻大藏方册于吴中，卷帙未半，子晉爲續之。當時海内多風塵，石經馬矢高丘陵。已壞書囊縛作袴，復驚木册摧爲薪。君家高閣偏無恙，主人留宿傾家釀。

① 舛訛，底本原作「記舛」，據士禮居本改。
② 謄，士禮居本作「録」。

醉來燒燭夜攤書，雙眼摩挲覺神王。古人閲書借三館，羡君自致五千卷〔四〕。又云獻書輒拜官〔五〕，羡君帶索躬耕田〔六〕。伏生藏壁遭書禁，中郎秘惜矜談進。君獲奇書好示人，雞林巨賈爭摹印〔七〕。讀書到死苦不足，小學雕蟲置廢簏。君今萬卷盡刊訛，邢家小兒徒碌碌〔八〕。客來詩酒話生平，家近湖山擁百城。不數當年清秘閣，亂離踪跡似雲林。《明史·隱逸傳》：倪瓚字元鎮，無錫人。所居有清秘閣，自號雲林居士。兵興，富家悉被禍，瓚獨不罹患①。

〔一〕〔徐廣〕《宋書·徐廣傳》：字野民，東莞姑幕人也。晉孝武以廣博學，除爲秘書郎，校書秘閣。

〔二〕〔華林略〕《北齊書·祖珽傳》：字孝徵，范陽狄道人也。文襄州客至，請賣《華林偏略》，文襄多集書人，一日一夜寫畢。珽以《偏略》數帙質錢樗蒱，文襄杖之四十。

〔三〕〔寫黄紙〕《晉書·劉卞傳》：試經爲臺四品吏。訪問令寫黄紙一鹿車，卞曰：「劉卞非爲人寫黄紙者也。」

〔四〕〔五千卷〕《北史·崔儦傳》：不讀五千卷書者，無得入此室。

〔五〕〔拜官〕《輟耕録》：至正六年，朝廷開局修宋、遼、金三史，詔求遺書。有一書獻者，予一官。

〔六〕〔帶索〕《列子》：榮啟期鹿裘帶索，鼓琴而歌。

---

①患，士禮居本作「害」。

〔七〕〔摹印〕《漢書·藝文志》：通知古今文字，摹印章，書幡信也。

〔八〕〔邢家小兒〕《北齊書·邢邵傳》：袁翻以邵藻思華贍，深嫉之，每告人云：「邢家小兒。」又按，思誤書是一適，亦邢邵語。

贈李嶷居御史

原注：時督學江南①。○李嶷居胤函②，號蓼臺，河南永城人。順治丙戌進士，順治七年督學江南，八年封丘李嵩陽來代去。

中條山色絳帷開，宛雒春風桃李栽。地近石經緣虎觀，家傳漆簡本蘭臺。花飛驛路生徒滿，潮落江城鐘磬來。置酒一帆黄浦月，登臨早訪陸機才。

閬州行

原注：贈楊學博爾緒。《州乘備採》：楊繼生，字爾緒，四川保寧府人。父芳，以南部縣籍中崇禎辛未進士，官福建，故得免于蜀亂。繼生由舉人順治二年來任吾州學正，後陞知福建連江縣。初涖任，海賊犯連江，繼生拒守甚力，城陷，不屈死，妻劉氏同日殉節。顧寅孫《壬夏雜抄》：楊先生秉鐸吾婁，妻女在蜀遭亂，已無可奈何矣。會吾婁盛泰昭釋

---

①「時」字底本無，據《家藏稿》本補。

②「居」後原有「士」字，疑衍，删去。士禮居本「士胤」作「名允」。

褐秦之略陽令，略陽故蜀襟喉，楊以杯酒屬之曰：倘至彼中得吾家消息，片鴻寸鯉，勿靳也。盛赴任一載，後偶以事出，見一婦人負血書匍匐道左，物色之，即楊内閫也。乃假以一椽飛書廣文。婦齧二指血作字，并斷指裹之以寄。楊得之慟，即以金授使，俾僦舟東下。又南宫期近，楊束裝且北，至京口，有北舟欸南，偶詢之，則楊夫人舟自陜來也。相别十餘年，流落萬死，天作之合。異哉！方出門時，女猶襁褓，今已覓壻，同來如一家。

四座且勿喧，聽吾歌閬州。閬州天下勝，十二錦屏樓。歌舞巴渝盛，江山士女游。《一統志》：閬中山在閬中縣南，一名錦屏山。又閬苑，在閬中縣西故城内，中有五城。唐宋德之爲守，又建碧玉樓于西城之西南隅，亦名十二樓。我有同年翁，閬中舊鄉縣。送客蒼溪船〔一〕，讀書玉臺觀〔二〕。忽乘相如車，謂受文翁薦。游宦非不歸，十載成都亂。只君爲愛子，相思不相見。相見隔長安，干戈徒步難。金牛盤七坂，鐵馬斷千山。敢辭道路艱，早向妻兒訣。一身上鳥道，全家傍虎穴。君自爲尊章，豈得顧妻子。分攜各努力，妾當爲君死。凄凄復切切，苦語不能答。好寄武昌書，莫買秦淮妾。巴水急若箭，巴船去如葉。兩岸蒼崖高，孤帆望中没。叙爾緒將辭其親與其室家，相訣别如此也。二月到漢口，三月到揚州。揚州花月地，烽火似邊頭。驛路逢老親，遷官向閩越。謂逼公車期，早看長安月。再拜不忍去，趣使嚴裝發。河山一朝異，復作他鄉别。叙爾緒至揚州，遇父方赴閩任，仍命爾緒入都會試，即遭國變也。别後竟何如，飄零少定居。愁中鄉信斷，不敢望來書。盡道是葭萌，殺人滿川陸。積屍峨嵋平，千村惟鬼哭。客有自秦關，傳言且悲喜。來時聞君婦，貞心似江水①。江水流不極，猿聲哀豈聞。將書封斷指，血淚染羅裙。叙國亡後蜀亂阻隔，幸得鄉信也。五内爲崩摧，買舟急迎取。相逢惟一慟，不料吾見汝！拭眼問舅姑，雲山復何處。淚盡日南天，死生不相遇。汝有親弟兄，提携思共濟。姊妹四五人，扶持結衣袂。懷裏孤雛癡，啼呼不知避。失散倉皇間，骨肉都拋棄。叙爾緒父没官南中，追取家累而親屬復失散也。悠悠彼蒼天，於人抑何酷。城中十萬户，白骨滿崖谷。官軍收成都，千里見榛莽。設官尹猿猱②，半以飼豺虎。王貽上《蜀道驛程記》：自寧羌至廣元、益昌，荒殘凋瘵之狀不忍睹聞。近有旨招集流移，寬其征賦，募民入蜀，皆得拜官。《綏寇紀略》：蜀亂久，野狗悉入林中，鋸牙如虎豹，夜則發屋食人。有一縣招聚流民，一夜爲狗食盡者。尚道是閬州，此地差安堵。民少官則多〔三〕，莫恤蜀人苦。凄涼漢祖廟，寂寞滕王臺〔四〕。子規叫夜月，城郭生蒿萊。只有嘉陵江〔五〕，江聲自浩浩。我欲竟此曲，流涕不復道。

〔一〕〔蒼溪〕《一統志》：蒼溪縣，在保寧府西北四十里。

① 似，士禮居本、《家藏稿》本作「視」。
② 尹，底本原闕，據《家藏稿》本補。

〔二〕［玉臺］《一統志》：玉臺觀，在閬中縣玉臺山上。唐滕王元嬰建。
〔三〕［民少官多］《隋書·楊尚希傳》：所謂民少官多，十羊九牧。
〔四〕［滕王臺］《一統志》：滕王亭，在閬中北玉臺山上，唐滕王元嬰建。
〔五〕［嘉陵江］《一統志》：嘉陵江，在保寧府城東南。

送王子彦原注：子彦以孝廉不仕①，後因避吏②，將入都。

失意獨焉往，自憐歸計非。無家忘别苦，多難愛書稀。白首投知己，青山負布衣。秋風秣陵道，惆悵素心違。

遇舊友

已過纔追問，相看是故人。亂離何處見，消息苦難真。拭眼驚魂定，銜杯笑語頻。移家就吾住，白首兩遺民。

---

① 子彦，《家藏稿》本作「王」。
② 「因」後《家藏稿》本有「事」字。

穆大苑先卧病桐廬初歸喜贈穆苑先見後。時張王治以丁亥進士知桐廬縣，苑先在其署中。

富春山下趁歸風，客病孤舟夜雨中。千里故園惟舊友，十年同學半衰翁。藥罏媿我形容槁，腹尺輸君飲噉工〔一〕。却向清秋共消損，一尊無恙笑顔紅。

〔一〕〔腹尺〕《三國志·荀彧傳》注：禰衡見趙有腹尺，因答曰：「文若可借面弔喪，稚長可使監廚請客。」其意以爲荀但有貌，趙健啖肉也。

〔飲噉〕《宋書·始安王休仁傳》：休仁弟飲噉極日。

偶值

偶值翻成訝，如君不易尋。出門因酒癖，謝客爲書淫。久坐傾愁抱，高談遇賞心①。明朝風日暇，餘興約登臨。

---

① 賞，《家藏稿》本作「爽」。

海溢《州乘備採》：順治七年庚寅，八月十五六日，大風海溢。九十兩月月初，再溢。

積氣知難極，驚濤天地奔。魚龍居廢縣①，人鬼語荒村。異國帆檣落，新沙島嶼存。横流如可救，滄海漢東門。

座主李太虚師從燕都間道北歸尋以南昌兵變避亂廣陵賦呈八首

《江西通志》：李明睿，天啟二年壬戌進士，南昌人。《南昌郡乘》：明睿字太虚，右庶子，掌右春坊。國朝禮部侍郎。按太虚于順治十五年爲禮部左侍郎，管禮部尚書事，兼内翰林弘文院學士。此詩在其官禮部以前。南昌兵變，詳後《閬園詩》叙。

風雪間關路②，江山故國天。還家蘇武節，浮海管寧船。乙酉三月，琉球國遣使入貢南京，請襲封原任。中允李明睿泛海同之南歸，弘光以忠節深嘉之。妻子驚還在，交朋淚泫然。兩京消息斷，離别早經年。

---

① 魚龍，士禮居本、《家藏稿》本作「龍魚」。

② 路，《家藏稿》本作「道」。

其二

白鹿藏書洞，青牛采藥翁。買山從五老，避世棄三公。舊德高詞苑，長編續史通①。十年金馬夢，回首暮雲中。《文集》：先生性强直，爲臺諫所中，隱居白鹿，講授生徒。天子再召，用決大計，爭南遷，深當上旨，不果行。又先生攟摭累朝故實，抄撮成書，凡百卷，欲以成一代之良史。

其三

愛酒陶元亮，能詩宗少文。桃花忘世事，明月望湘君。山静聞鼙鼓，江空見陣雲。不知時漢晉，誰起灌將軍。

其四

浩劫知難問，秋風天地哀。神宫一柱火〔一〕，仙竈五丁雷。劍去龍沙改〔二〕，鐘鳴鼍鼓來。可憐新戰骨，落日獨登臺。

① 續，《家藏稿》本作「讀」。

〔二〕〔一柱〕杜詩：孤城一柱觀。王洙注：江陵有臺，唯一柱，土人呼爲一柱觀。

〔三〕〔劍去〕《一統志》：劍池，在南昌府豐城縣西南三十里。相傳雷煥得龍泉、太阿二劍處。龍沙，在新建縣北。

其五

彭蠡初無雁，潯陽近有書。干戈愁未定，骨肉苦難居①。江渚宵傳柝，山城里出車。終難致李白，卧病在匡廬。

其六

世路長爲客，家園況苦兵。酒偏今夜醒②，笛豈去年聲。一病餘孤枕，千山送獨行。馬當風正緊〔一〕，捩柁下湓城〔二〕。

〔一〕〔馬當〕《一統志》：馬當山，在九江府彭澤縣東北四十里。

---

① 難，士禮居本、《家藏稿》本作「離」。

② 「醒」字下士禮居本、《家藏稿》本有原注「新佞切」。

〔三〕〔湓城〕《一統志》：隋平陳，廢柴桑縣，置潯陽。大業初，改爲湓城。

其七

莫問投何處，輕帆且別家。漫栽彭澤柳，好種廣陵瓜〔一〕。飲興愁來減，詩懷老自誇。南徐山色近，題語報侯芭。

〔一〕〔廣陵瓜〕《三國志·步騭傳》：騭避難江東，與廣陵衛旌同年相善，俱以種瓜自給。

其八

海内論知己，天涯復幾人。關山思會面，戎馬涕沾巾。賓客侯嬴老，諸生原憲貧。《文集》：其之維揚與偉業相遇，于虎丘別十五六年矣。其容加少，髮加鬒，握手道故，漏下數十刻，猶危坐引滿，議論衮衮不倦。偉業顛毛斑白，自數其齒少于師二十歲，而憂患蹙迫，以及于早衰。相看同失路，握手話艱辛。

無題

公曾孫詡①，字砥亭，曰：王先輩玉書《麟來志》云：虞山瞿氏有才女歸錢生，生患瘵，女有才色，不安其室，意屬先生，扁舟過婁，投詩相訪。先生於稼軒乃執友，而受之，禮尚又錢宗也，以義自持，因設飲河干，賦無題四章以謝之。氏後歸石學使仲生申，錢生猶在也。梁溪顧舍人梁汾貞觀，石所取士，實爲之作合，云里中張蒿園琰嘗話其事。蒿園字佩將，亦石所取士，又年家子也。

繫艇垂楊映緑潯，玉人湘管畫簾深。千絲碧藕玲瓏腕〔一〕，一卷芭蕉展轉心②。題罷紅窗歌緩緩〔二〕，聽來青鳥信沉沉。天邊恰有黄姑恨③，吹入蕭郎此夜吟。

〔一〕〔碧藕玲瓏〕范致能詩：甘瓜削玉藕玲瓏。

〔二〕〔紅窗〕白樂天詩：畫梁巧折紅窗破。按詞名有《紅窗聽》。

---

① 詡，士禮居本作「翊」。

② 展，《家藏稿》本作「宛」。

③ 恰，士禮居本「却」。

其二

到處鶯花畫舫輕，相逢只作看山行。鏡因硯近螺頻換，書爲香多蠹不成。媿我白頭無治習，讓君紅粉有詩名〔一〕。飛瓊漫道人間識〔二〕，一夜天風返碧城。

〔一〕〔詩名〕張文昌詩：多生修律業，外學得詩名。

〔二〕〔飛瓊〕《本事詩》：許澶嘗夢登山，人曰：此崑崙也。既入，見數人飲酒。賦詩云：「曉入瑤臺露氣清，座中惟有許飛瓊。塵心未斷俗緣在，十里下山空月明。」他日復夢至其處，飛瓊曰：「子何故顯余姓名于人間？」即改爲「天風吹下步虛聲」。曰：「善。」

其三

錯認微之共牧之①，誤他舉舉與師師〔一〕。疎狂詩酒隨同伴，細膩風光異舊時②。畫裏綠楊堪贈別，曲中紅豆是相思。年華老大心情減，辜負蕭娘數首詩。

---

① 共，士禮居本作「與」。

② 舊，士禮居本作「昔」。

〔一〕〔舉舉師師〕《北里志》：鄭舉舉者，居曲中，亦善令章。張邦基《汴都平康記》：政和間，李師師、崔念月二妓名著一時。《貴耳録》：道君北狩，更有《李師師小傳》。
〔二〕〔細膩風光〕元微之《寄薛濤》詩：細膩風光我獨知。

其四

鈿雀金蟬籠臂紗〔一〕，鬧粧初不鬭鉛華〔二〕。藏鈎酒向劉郎賭〔三〕，刻燭詩從謝女誇。天上異香須有種，春來飛絮恨無家。東風燕子知多少，珍重雕闌白玉花〔四〕。

〔一〕籠臂紗：《晉書·胡貴嬪傳》：泰始九年，帝多簡良家子女以充内職，自擇其美者以絳紗繫臂。
〔二〕鬧粧：《三夢記》：唐末宫中髻號爲鬧掃粧。
〔三〕藏鈎：《採蘭雜記》：古人以二十九日爲上九，初九日爲中九，十九日爲下九。每月下九，置酒爲婦女之歡，女子以是夜爲藏鈎諸戲。
〔四〕白玉花：李義山《謔柳》詩：已帶黄金縷，仍飛白玉花。

壽陸孟鳧七十

《昭文縣志》：陸銑字孟鳧，少有文譽，以歲貢授無錫教諭，除廣西潯州府推官。考最，陞養利州知州，致仕。晚年讀書樂道，鄉里推爲長者，兼精醫術。

楓葉蘆花霜滿林，江湖蕭瑟髩毛侵。書生藤峽功名薄，漁父桃源歲月深。原注：陸爲潯州司李。藤峽在潯州。常熟有桃源澗。入市蹇驢晨賣藥，閉門殘酒夜横琴。舊游烽火天涯夢，銅鼓山高急暮砧〔一〕。

〔一〕〔銅鼓山〕《方輿勝覽》：在武仙縣西十里。武仙故城在今潯州府武宣縣東。

其二

講授山泉遶户庭，苧翁無事爲中泠①。偶支鶴俸分魚俸，閒點茶經補水經。千里程鄉浮大白，一官勾漏養空青。歸來松菊荒涼甚，買得雙峰縛草亭。

壽申少司馬青門六十②青門名紹芳，萬曆丙辰進士。歷官户部侍郎。父爲廣西參政封通奉公用嘉，即文定公次子。《梅村文集》：申大司馬及其弟大參之尊人曰文定少師。大參九子，長官比部，仲子少司農。青門累閥積資，位崇岳牧。青門季弟曰進士維

① 泠，底本原作「冷」，據士禮居本、《家藏稿》本改。
② 《家藏稿》本題作「贈申少司農青門六十」。

久，維久嘗從余游。最後始識叔旆①，父曰中翰少觀，亦青門弟也。

相門三戟勝通侯，兄弟衣冠盡貴游。白下高名推謝朓，黄初耆德重楊彪。千山極目風塵暗，一老狂歌天地秋。還憶淮淝開制府，江聲吹角古揚州。《文集》：青門早達，洊歷名藩，開府揚州，垂紳揭節，兄弟中至光顯矣。

其二

脱却朝衫上釣船，餘生投老白雲邊。買山向乞分司俸，餉客還存博士錢。世事烟霞娱晚歲②，黨人名字付殘編。扁舟百斛烏程酒，散髮江湖任醉眠③。《明史·許譽卿傳》：温體仁忌其伉直，諷吏部尚書謝陞劾其與福建布政申紹芳營求美官。體仁擬斥譽卿爲民，紹芳提問遣戍。《堯峰文鈔》：吏尚謝陞納山東布政勞某賄，推擢巡撫，衆交章彈陞，陞自辨，反誣譽卿及紹芳，坐以憑藉奥援，爭官講缺。竬不隸温體仁，體仁傲取之，擬旨削譽卿籍。文文肅公曰：言官爲民，極榮事也。彼方德公玉成耳。體仁遂露章攻文公，文公罷，而譽卿竟削籍，紹芳提問矣。

① 始，底本原作「殆」，據士禮居本改。
② 歲，士禮居本作「景」。
③ 任，《家藏稿》本作「只」。

歲暮送穆大苑先往桐廬《婁東耆舊傳》：穆雲桂字苑先。大父號雲谷，善醫，好修煉吐納術，年八十餘，里中稱長者。子三人。仲號山谷，生苑先。山谷與兄子少谷傳其祖父業，而苑先習制舉義。爲諸生，即有名，從張西銘遊。奸人指西銘門下高材者爲十哲，苑先預焉。

客中貪過歲，又上富春船。燭影欹寒枕，江聲聽夜眠。石高孤岸迴，雪重半帆偏。明日停橈處，山城落木天。

其二

卧病纔回棹，征軺此再游。亂山穿鳥道，襆被向嚴州①。遠水浮沙嶼，高峰入郡樓②。知君風雨夜，落葉起鄉愁。

其三

到日欣逢節，招尋有故人。謂敉菴。《婁東耆舊傳》：張王治字無近，號敉菴，西銘溥弟。順治丁亥進士。由知

① 「襆被」，士禮居本、《家藏稿》本作「匹馬」。
② 峰，士禮居本、《家藏稿》本作「楓」。

桐廬縣行取，歷陞工科給事。官廚消絳蠟〔一〕，客舍暖烏薪〔二〕。鎖印槐廳靜〔三〕，頒春柏酒新。翩翩杜書記，瀟灑得閒身。

〔一〕〔官廚〕《隋書·酷吏傳》：厙狄士文爲貝州刺史，其子某啖官廚餅。
〔二〕〔烏薪〕范致能詩：誰與幽人煖直身，筠籠銜雪送烏薪。
〔三〕〔鎖印〕《唐書·職官志》：率以歲終爲斷。天下諸州，則本司推校，以授勾官，連署封印。

其四

知爾貪乘興，銜寒蠟屐忙。鶴翻松磴雪，猿守栗林霜。官醖移山榼，仙碁響石房。嚴光如可作，故態客星狂。

吴梅村詩集箋注卷第四

古近體詩一百九首起辛卯正月盡壬辰秋

辛卯元旦試筆原注：除夕再夢杏花。○按辛卯爲順治八年，公尚未出山也。

十年車馬盛長安，仙仗傳籌曙色寒。禁苑名花開萬樹，上林奇果賜千官。春風紫燕低飛入，曉日青驄緩轡看。舊事已非還入夢，畫圖金粉碧闌干。

行路難十八首。雖祖述鮑明遠，亦胚胎范文穆。指事切，遺音遠。眷懷興廢，傷也如何。

奉君乘鸞明月之美扇，耶谿赤堇之寶刀〔一〕，莞蒻桃笙之綺席，陽阿激楚之洞簫。丈夫得意早行樂，歌舞任俠稱人豪。舉杯一歌行路難，酒闌鐘歇風蕭蕭。

〔一〕〔赤堇〕《越絶書》：薛燭曰：當造此劍之時，赤堇之山破而出錫，若耶之溪涸而出銅。

其二

長安巧工製名燈〔一〕，七龍五鳳光層層。蘇天爵《元文類》：郭守敬於世廟朝進七寶燈漏，今大明殿每朝會張設之。其中鐘鼓皆應時自鳴。中有青熒之朱火，下有映徹之澄冰。游魚揚鬐肆瀺灂，飛鳥奮翼思騫騰。孫國敉《燕都游覽志》：燈市有冰燈，細剪百綵，澆水成之。黑風吹來徧槐市，狂花振落燒觚稜。金吾之威不能禁，鐵柱倒塌銅盤傾。使人策馬不能去，青燐鬼哭惟空城。

〔一〕〔巧工〕《西京雜記》：長安巧工丁緩者爲常滿燈。七龍五鳳，雜以芙蓉蓮藕之奇。

其三

君不見無須將閶叫呼天〔一〕，賜錢請葬驪山邊，父爲萬乘子黔首，不得耕種咸陽田。君不見金墉城頭高百尺，河間成都弄刀戟，草木萌芽殺長沙〔二〕，狂風烈烈吹枯骨。人生骨肉那可保，富貴榮華幾時好？龍子作事非尋常，奪棗爭梨天下擾。金牀玉几不得眠，一朝零落同秋草。

〔一〕〔無須將閭〕《後漢書・廣陵思王荆傳》：無爲扶蘇將閭叫呼天也。《通鑑綱目》：秦二世元年，囚公子將閭于内宫，將殺之。將閭仰天而呼，拔劍自殺，宗室震恐。公子高欲犇不敢，乃上書請從死先帝，得葬驪山之足。二世可之，賜錢以葬。

〔二〕〔殺長沙〕《晉書・長沙王傳》：初，乂執權之始，洛下謡曰：「草木萌芽殺長沙。」

其四

愁思忽不樂，乃上咸陽橋。盤螭蹲獸勢相齧，谽谺口鼻吞奔濤①。當時平明出萬騎，馬蹄蹀躞何逍遥。長安冠蓋一朝改，紫裘意氣非吾曹。柴車辟易伏道畔，舍人辭去妻孥嘲。人生太行起面前，何必褒斜棧閣崎嶇高。

其五

君不見南山松柏何蔥菁，於世無害人無爭。斧聲丁丁滿崖谷，不知其下何王陵。玉箱夜出寶衣盡，冬青葉落吹魚燈。石馬無聲缺左耳，豐碑倒折纏枯藤。當時公卿再拜下車過，

① 奔，《家藏稿》本作「崩」。

今朝蔓草居人耕。

其六

漢家身毒鏡〔一〕，大如八銖錢。蒲萄錦囊雖黯淡，盤龍宛轉絲結連。云是宣皇母后物，摩挲寶惜宫中傳①，土花埋没今千年。對此撫几長嘆息，金張許史皆徒然。

〔一〕〔身毒鏡〕《西京雜記》：宣帝被收，繫郡邸獄，臂上猶帶史良娣合采婉轉絲繩，繫身毒國寶鏡一枚，大如八銖錢。舊傳此鏡照見妖魅，得佩者爲天神所福，故宣帝從危獲濟。

其七

君不見黄河之水從天來②，一朝乃没梁王臺。梁王臺成高崔嵬，禁門平旦車如雷。千尺金堤壞，百里嚴城開。君臣將相竟安在？化爲白黿與黄能。乃知水可亡人國，昆明劫灰何如哉！此悲汴梁之陷也。

① 寶，士禮居本、《家藏稿》本作「愛」。
② 「從天」，士禮居本作「天上」。

其八

男兒讀書良不惡，屈首殘編務穿鑿。窮年矻矻竟無成，徒使聲華受蕭索。君不見王令文章今大進〔一〕，丘公官退才亦盡。寂寂齋居自著書，太玄奇字無人問。

〔一〕〔王令文章〕《南齊書·丘靈鞠傳》：在沈淵座，見王儉詩，淵曰：王令文章大進。靈鞠曰：何如我未進時？靈鞠宋世文名甚盛，入齊頗減。王儉曰：丘公仕宦不進，才亦退矣。

其九

伏軾説人主，談笑稱上客。一見賜黄金，再見賜白璧。夜半宫中獨召見①，母弟通侯皆避席。上殿批逆鱗，下殿犯貴戚。犀首進讒譖，韓非受指摘。夜走函谷關，逡巡不能出。君不見范睢折脇懲前事，身退功成歸蔡澤。

① 召見，士禮居本作「見召」。

其十

君不見鄭莊洗沐從知交，傾身置驛長安郊①。又不見任君談辭接後進，冠蓋從游數百乘。人生盛名致賓客，失勢人情諒非昔。年少停車莫掃門，故人行酒誰離席。西銘、大樽輩以社局續東林緒脈，生徒負笈，揮洗輟餐倒屣莫及。亡何，黨論紛紜，遭逢喪亂，門户衰落，甚至叛奴賣交，取子毁室，良足悼焉。故雜舉當時彦升及灌夫事指所親歷，非徒慨陳編也。

其十一

直諫好言事，召見拜司隸。彈劾中黄門，鯁切無所避。天子初見容，謂是敢言吏。以兹增感激，居官厲鋒氣。奏對金商門〔一〕，縛下都船獄〔二〕。髡頭徙朔方，衆怒猶不足。私劍揣其喉，赤車再收族〔三〕。横尸都亭前，妻子不敢哭。酒色作直都殺人〔四〕，藏頭畏尾徒碌碌。

〔一〕〔金商門〕《後漢書·蔡邕傳》：邕上書自陳曰：今年七月，召詣金商門，問以災異。齋詔申旨，

① 身，士禮居本作「蓋」。

誘臣使言，于是下邕于獄。有詔減死一等，與家屬髡鉗徙朔方。

〔二〕［都船獄］《前漢書·王嘉傳》：縛嘉載致都船詔獄。

〔三〕［赤車］《後漢書·隗囂傳》：覆案口語，赤車奔馳。

〔四〕［酒色殺人］《晉書·傅咸傳》：答楊濟書曰：衛公曰：酒色之殺人，此甚于作直。坐酒色死，人不爲悔。逆畏以直致禍，此由心不直正，欲以苟且爲明哲耳！

其十二

拔劍橫左膝，瞋目悲歌向坐客。我初從軍縛袴褶，手擊黄麞弓霹靂〔一〕。生來不識官家貴，帶甲持兵但長揖。驅馬來中原，尚書奏功級。前庭論爵賞，後殿賜飲食。烏瓛家兒坐我上〔二〕，壞坐爭言多酒失。御史彈文讀且糾〔三〕，待罪驚憂不敢出。還君絳衲兩襠衫〔四〕，歸去射獵終南山。

〔一〕［弓霹靂］《南史·曹景宗傳》：拓弓弦作霹靂聲。

〔二〕［烏瓛］《晉書》：武帝欲以郭琦爲佐著作郎，問琦族人彰，彰素嫉琦，云：不識。帝曰：若如卿言，烏桓家兒能事卿，即堪爲郎矣。按桓圭，桓字亦作瓛，若烏桓之桓，從無作瓛者，蓋故爲廋詞，非字義也。

〔三〕〔御史彈文〕《歸田録》：魯簡肅公嘗易服飲酒肆中，真宗笑曰：卿爲宫臣，恐爲御史所彈。
〔四〕〔絳衲〕《南史・柳元景傳》：薛安都怒甚，乃脱兜鍪，解所帶鎧，惟著絳衲兩襠衫，馳入賊陣。

其十三

平生俠游尚輕利①，劇孟爲兄灌夫弟。使酒罵坐人，探丸斫俗吏。流血都市中，追兵數十騎。借問追者誰，云是灞陵杜穉季。抽矢弗射是故人，兩馬相逢互交臂。吾徒豈相厄，便當從此逝。泰山羊氏能藏跡，北海孫公堪避世。複壁埋名二十年，赦書却下咸陽尉。歸來故鄉無負郭，破家結客成何濟。明季鈎黨之禍，無異永康、熹平，故詩雜舉前後兩漢事以譬。

其十四

今我思出門，圖作雒陽賈，東游陳鄭北齊魯。白璧一雙交王公，明珠十斛買歌舞。關中軺車方算緡，高艑峩峩下荆楚。道阻淮南兵，貨折河東賈〔一〕。朝爲猗頓暮黔婁，乞食吹簫還

① 俠游，士禮居本作「游俠」。

故土。

〔二〕〔河東賈〕《北史·魏宗室傳贊》：河東俗多商賈。

其十五

丈夫少年使絶域，從行吏士交河卒。布衣功拜甘泉侯，獨護高車四十國。葡萄美酒樽中醉，汗血名駒帳前立。富貴歸故鄉，上書乞骸骨。漢使遮玉關，不遣將軍入。軍中夜唱行路難，條支海上秋風急。

其十六

西莫過金牛關，懸崖鐵鏁猿猱攀。南莫過惡道灘，盤渦利石戈矛攢。猩猩啼兮杜鵑叫，落日青楓山鬼嘯。篁竹深巖不見天，我所悲兮在遠道。金牛關、惡道灘，皆入蜀之道。詩中致悲乎蜀者屢矣。

其十七

結帶理流蘇，流蘇紛亂不能理〔一〕。當時羅幃鑒明月，皎皎容華若桃李①。一自君出門，深閨厭羅綺。有人附書還，君到長千里。名都鶯花發皓齒，知君眷眷嬋娟子。太行之山黄河水，君心不測竟如此。寄君翡翠之鷫釵，傅璣之墮珥〔二〕。勸君歸來且歡喜，卧疾空牀爲君起。

〔一〕〔流蘇〕《鄴嬛記》：輕雲鬒髮甚長，每梳頭，立于榻上猶拂地。已綰髻，左右餘髮各粗一指，結束作同心帶，垂于兩肩，以珠翠飾之，謂之流蘇髻。富家女子多以青絲效其制。

〔二〕〔傅璣〕《史記・李斯傳》：傅璣之珥。

其十八

吾將老焉惟糟丘，裸身大笑輕王侯。禮法之士憎如讎，此中未得逍遥游。不如飲一斗，頽

① 皎皎，底本原作「皎皓」，據士禮居本、《家藏本》改。

然便就醉，執法在前無所畏。君不見嵇生幽憤阮生哭，箕踞狂呼不得意。

閬園詩并序

閬園者，李太虚先生所創別墅也。廣廈層軒，迴廊曲榭。門外有修陂百頃，堂前列灌木千章。采文石于西山〔一〕，導清流于南浦〔二〕。緑藻被沼，紫柰當窗。芳枳樹籬，修藤作架。白鶴文鵰，飛翔廣囿；鴛鴦黄鵠，游泳清池。豈止都蔗爲鄉〔三〕、素馨成幄已哉！況經傳慧遠〔四〕，廚藏金粟之儀；山近麻姑〔五〕，壇擬玉臺之觀。果名羅漢〔六〕，花號佛桑〔七〕。紺室聞鐘，丹泉洗藥。茲爲靈境，夫豈塵區？而吾師偃仰茂林，從容長薄。千里致程鄉之酒〔八〕，十年探禹穴之書。叔夜銅鎗，可容一斗。茂先寶劍，足值千金。焚香而明月滿簾，鬭茗而清風入座。張華燈而度曲，指孤嶼以題詩。若將終焉①，洵可樂也。不謂平原鹿走，一柱蛟飛。始也子魚已下虞翻之説〔九〕，既而孝頃遽來周迪之軍〔一〇〕。浪激亭湖〔一一〕，兵焚樵舍〔一二〕。馬矢積桓伊之墓〔一三〕，鼓聲震徐孺之臺〔一四〕。將仙人之藥臼車箱〔一五〕，俱移天上；豈帝子之珠簾畫棟，尚出人間。雲卿

① 「終」字後《家藏稿》本有「身」字。

棄藥圃而不歸〔一六〕，少陵辭瀼谿而又往。放舟采石，浪跡雷塘。愛子則痛甚元規〔一七〕，故園則情同王粲。望匡山而不見，指章水以爲言。嘿嘿依人，傷心而已。於是嵇生授簡，趙子抽毫，重邀大别之雲，再續小園之賦。庶幾峰連北固，不異香爐；潮上邗溝，居然湓口。心乎慰矣，嘆也何如。偉業幸遇龍門，曾隨兔苑，自濯園于海畔，將負笈于山中。顧兹三徑之荒，已近十年之别。願依杖屨，共肆登臨。弟子舁陶令之輿，興思彭澤；故吏逐謝公之屐，寄念東山。爰托五言，因成十律。華林園追陪之宴，而今渺然；浣花潭話舊之遊，於兹在矣。

先生家住處，門泊九江船。彭蠡春來水，匡廬雨後天①。芰荷香石浦，秔稻熟湖田。獨坐憑闌久，虛堂且晏眠②。首章泛叙南昌風土，未及園中景物。

〔一〕〔西山〕《一統志》：西山，在南昌府新建縣西章江門外三十里，道家以爲第十二洞天。

〔二〕〔南浦〕《一統志》：南浦，在南昌縣西南廣潤門外。

---

① 天，士禮居本作「山」。

② 虛堂，士禮居本作「堂虛」。

〔三〕［都蔗］《通雅》：甘蔗亦曰藷蔗，一曰都蔗①。

〔四〕［慧遠］《蓮社高賢傳》：慧遠姓賈氏，雁門樓煩人。見廬山閑曠，可以息心，乃立精舍。及佛佗羅至，師即請出禪教諸經，于是禪戒典出自廬山，幾至百卷。

〔五〕［麻姑山］《一統志》：麻姑山，在建昌府南城縣西南二十里。相傳麻姑得道于此。

〔六〕［羅漢果］朱子《羅漢果》詩：從遣山僧煮羅漢，未妨分我一杯湯。

〔七〕［佛桑］《江寧府志》：佛桑花，自閩中攜至。色絶豔美，紅者瓣如襞紅縐紗。又有淡紅者，有赭黄者，有鵞黄者。開之日首尾夏秋間，可三月，第不能耐冬耳。

〔八〕［程鄉酒］《南史·劉杳傳》：任昉曰：酒有千日醉，當是虚言。杳曰：桂陽程鄉有千里酒，飲之，至家而醉。

〔九〕［虞翻］《三國志·虞翻傳》注：策討黄祖旋軍，欲過取豫章，特請翻語曰：「華子魚自有名字，然非吾敵也。加聞其戰具甚少，若不開門讓城，金鼓一震，不得無所傷害。卿便在前具宣孤意。」翻既去，歆明旦出城，遣吏迎策。

〔一〇〕［周迪］《陳書·周迪傳》：迪使周敷率衆頓臨川故郡，截斷江口，生擒李孝欽、樊猛、余孝頃，送于京師。

---

① 一，據士禮居本補。

〔一二〕［亭湖］《一統志》：鄱陽湖，一名宫亭湖。

〔一三〕［樵舍］《一統志》：樵舍鎮，在新建縣西北六十里。

〔一三〕［桓伊墓］《一統志》：南昌府有桓伊墓。

〔一四〕［徐孺臺］《南昌郡乘》：孺子舊祠，在東湖南小洲上。有孺子宅故址，又名孺子臺。

〔一五〕［藥臼車箱］《一統志》：桃源山，在靖安縣西北四十里。上有仙姑壇，及龍鬚、藥臼、車箱等九洞。

〔一六〕［雲卿］《宋史·隱逸傳》：蘇雲卿，廣漢人。紹興間來豫章東湖，結廬獨居。

〔一七〕［元規］《晉書·庾亮傳》：字元規，三子彬、羲、龢。彬年數歲，雅量過人。蘇峻之亂，遇害。

其二

有客扶藜過，空山猿鳥知。苔侵蘿逕屐，松覆石牀棊。楚米炊菰早，吴羹斫鱠遲。柴門相送罷，重定牡丹期〔一〕。次章言未亂時園中之適如此。

〔一〕［牡丹期］白樂天詩：唐昌玉蘂會，崇敬牡丹期。

其三

性癖躭書畫，蹉跎遍兩京。提攜詩卷重，笑傲客囊輕。小閣尊彝古，高人池館清。平生無長物，端不負虚名。三章言其躭書博古。《文集》：先生好古博物，訪求金石篆刻。遇有所好，雖傾囊爲之弗吝。此歐陽之爲《集古録》也。

其四

興極歌還哭，狂來醉復醒。牀頭傾小榼，壁後卧長瓶〔一〕。月出呼漁艇，花開置幔亭〔二〕。門前流水急，數點暮山青。四章方及國變。

〔一〕〔長瓶〕蘇東坡詩：長瓶分未到。

〔二〕〔幔亭〕《武夷山記》：武夷君于八月十五日山上置幔亭，化虹橋通上下，大會鄉人宴飲。

其五

絶壑非人境，丹砂廢井留〔一〕。移家依鶴砦，穿水遇龍湫。白石心長在〔二〕，黄金藥可求。

何時棄妻子，還伴葛洪游。五章即園之所見詳其古跡。

〔一〕〔丹砂井〕《一統志》：丹井有二。一在南城縣南十五里，乃洪崖丹井；一在麻姑山仙都觀，世傳爲葛洪丹井。

〔二〕〔白石〕《神仙傳》：白石先生者，中黄丈人弟子也，煮白石爲糧。

其六

我愛東林好〔一〕，還家學戴顒。經臺憑怪石，麈尾折青松。書卷維摩論，溪山曹洞宗〔二〕。欲修居士服〔三〕，持偈問黄龍〔四〕。六章意同上，并及東林、禪宗。

〔一〕〔東林〕《一統志》：東林寺，在九江府德化縣南廬山麓。

〔二〕〔曹洞宗〕《傳燈録》：臨濟宗、潙仰宗、曹洞宗、雲門宗、法眼宗爲五宗。

〔三〕〔居士〕《輟耕録》：今人以居士自號者甚多。六經中惟《禮記·玉藻》有曰：居士錦帶。注：謂道藝處士也。

〔四〕〔黄龍〕釋曉瑩《羅湖野録》：廬州羅漢小南禪師，準世系，以黄龍是大父。名既同，而道望逼亞，故叢林目爲小南，尊黄龍爲老南。

其七

倦策登臨減，名山坐卧圖。避人來栗里，投老乞菱湖。舊業存榆柳，新齋待竹梧。亂離知又至，安穩故園無。七章言亂後園非昔景。

其八

陶令休官去，迎門笑語忙。那知三徑菊，却怕九秋霜。十具牛誰種，千頭橘未荒。可憐思愛子，付託在滄浪。八章意同上。

其九

青史吾徒事，先朝忝從臣。十年搜典册，萬卷鎖松筠。好友須分局，奇書肯借人。劫灰心力盡，牢落感風塵。九章叙其著述。

其十

早買淮陰棹①，仍登江上樓。曉來看北固，何處似南州。王謝池臺廢②，齊梁寢樹秋。天涯憂國淚，豈爲故鄉流。十章始及亂後避地揚州。

按平原鹿走一段，即《呈李太虚》之所謂南昌兵變也。蓋指金聲桓謀逆事。

題王端士北歸草《爲吟集·小傳》：王揆字端士，號芝廛，時敏次子。順治乙未進士。需次司李，養親不出，通籍四十年，雖未歷仕路，而鄉邦利病靡不關究。《文集》：余早歲忝太常公執友，而端士從余問道。端士成進士十餘年，又見其子貴方與太常少子藻儒同計偕。

讀罷新詩萬感興，夜深挑盡草堂燈。玉河嗚咽聞嘶馬，金殿淒凉見按鷹。南内舊人逢庾信，北朝文士識崔悛。蹇驢風雪蘆溝道，一慟昭陵恨未能。此昭陵亦用杜詩。

---

① 早，士禮居本作「久」。
② 廢，士禮居本、《家藏稿》本作「盡」。

蘆洲行

錢箋：此詩多文移案牘語①，蓋自爲一體。

江岸蘆洲不知里，積浪吹沙長灘起。云是徐常舊賜莊，百戰勳名照江水。禄給朝家禮數優，子孫萬石未云酬。西山詔許開煤冶，南國恩從賜荻洲。蘆洲多江上漲沙。明初以賜勳臣子孫，恒爲世業。《明史·常遇春傳》：明末，延齡嗣，爲懷遠侯。言江都有地名常家沙，族丁數千人，皆其始祖遠裔，請鼓以忠義，練爲親兵。蓋即賜沙云。江水東流自朝暮，蘆花瑟瑟西風渡。金戈鐵馬過江來，朱門大第誰能顧。惜薪司按前朝册，勳産蘆洲追籽粒。已共田園没縣官，仍收子弟徵租入。我家海畔老田荒，亦長蘆根豈賜莊。州縣逢迎多妄報，排年賠累是重糧。《明史·食貨志》：歲役里長一人、甲首一人，董一里一甲之事。先後以丁糧多寡爲序，十年一週，曰排年。丈量親下稱蘆政，鞭笞需索輕人命。胥吏交關横派徵，差官恐喝難供應。江南尺土有人耕，踏勘終無豪占情。徒使再科民力盡②，却虧全課國租輕。原注：積年升科老田，本漕白重課，指爲無粮侵占，故有重粮再科。後重粮去而定爲蘆課，視原額反少減矣。甚言害民而又損國，其無益如此。詔書昨下知民病，解頭使用今朝定。

① 語，底本原作「詩」，據士禮居本改。
② 使，士禮居本、《家藏稿》本作「起」。

沈石田《客座新聞》引桑民懌嘲富翁詩：廣買田産真可愛，糧長解頭專等待。本諺語也，此直以莊語用之矣①。早破城中數百家，蘆田白售無人問。《州乘俻採》：州粮有所謂蘆課，催科較急，奏銷課吏亦較嚴。乃國初設蘆政，查江岸蘆洲，奸民規害所怨産業，亦妄指呈報，致累重科②。經歷任撫按清釐，糧去而課存，額幸少減，而催徵則嚴。乃周夢顔《蘇松財賦考》謂康熙十八年，撫院慕天顔將崑泰版荒田地題作蘆課徵收，官民兩利。不知誠係版荒③，則完蘆課重粮，何利之有？亦失之不考矣。休嗟百姓困誅求，憔悴今看舊五侯。只好負薪煨馬矢，敢誰伐荻上漁舟。君不見舊洲已没新洲出，黄蘆收盡江潮白。萬束千車運入城，草場馬廄如山積〔一〕。樵蘇猶向鍾山去④，軍中日日燒陵樹。

〔一〕〔草場〕《東京夢華録》：近新城有草場二十餘所。每遇冬月，諸鄉納粟稈草禾，場内堆積如山。靳箋：《蘆洲行》《捉船行》《馬草行》可仿杜陵之三吏、三别矣。杜句中如「有吏夜捉人」「肥男有母送」「瘦男獨伶俜」俗字里語都入陶冶，而此詩如「賠累」「需索」「解頭使用」等字，《捉船行》「買脱」「曉事」「常行」「别派」等字，《馬草行》「解户」「公攤」「苦差」「除頭」等字，皆係詩中創見。蓋梅

① 用，士禮居本作「出」。
② 致，底本原作「政」，據士禮居本改。
③ 誠，士禮居本作「仍」。
④ 向，《家藏稿》本作「到」。

村有意學杜故也。

捉船行

《州乘俻採》：自黄斌卿、沈廷揚輩奉魯藩屯踞舟山，出没海上。巡撫土國寶亦效舟山人造水車船，封民間船及竹木。又括耕牛，取皮爲舟障。猾吏藉以飽壑，民用不堪。逮辛卯舟山破，甲午張名振死，師散，辛丑撤姑蘇駐防兵還京師，民始得寧。

官差捉船爲載兵〔一〕，大船買脱中船行。中船蘆港且潛避，小船無知唱歌去。郡符昨下吏如虎，快槳追風摇急櫓①。村人露肘捉頭來，背似土牛耐鞭苦〔二〕。苦辭船小要何用，爭執洶洶路人擁。前頭船見不敢行，曉事篙師斂錢送〔三〕。船户家家壞十千，官司查點候如年。發回仍索常行費，另派門攤云雇船〔四〕。君不見官舫嵬峩無用處，打鼓插旗馬頭住。

〔一〕〔官差〕王仲初詩：官差射虎得虎遲。

〔二〕〔背似土牛〕《魏書·甄琛傳》：趙修小人，背如土牛，殊耐鞭杖。

〔三〕〔曉事〕《宋史·張忠恕傳》：當求曉事之臣。

① 摇急，士禮居本作「急摇」。

〔四〕［門攤］《續通考》：金制，額外課三十有二，七曰門攤。

［雇船］張仲舉詩：歸時留作雇船錢。

馬草行

秣陵鐵騎秋風早，廐將圉人索芻藁。當時磧北起蒲梢①，今日江南輸馬草。府帖傳呼點行速，買草先差人打束②。香芻堪秣飽驊騮，不數西涼誇苜蓿。京營將士導行錢〔一〕，解户公攤數十千。長官除頭吏乾没，自將私價僦車船。苦差常例須應免③〔二〕，需索停留終不遣。百里曾行幾日程，十家早破中人産。半路移文稱不用，歸來符取重裝送。推車輓上秦淮橋，道遇將軍紫騮鞚。轅門芻豆高如山〔三〕，長衫没髁看奚官④。黄金絡頸馬肥死，忍令百姓愁飢寒。回首當年閑僕監⑤，龍媒烙字麒麟院。歸有光《馬政議》：國初，編户養馬，立群頭群長，設

---

① 起蒲梢，《家藏稿》本作「報燒荒」。
② 草，底本原作「馬」，據士禮居本、《家藏稿》本改。
③ 須應，士禮居本作「應須」。
④ 長衫没髁，《家藏稿》本作「紫髯碧眼」。
⑤ 當年，《家藏稿》本作「滁陽」。

官鑄印，與守令分民而治。天閑轡逸起黄沙，游牝三千滿行殿。蔣山南望獵痕燒①，放牧秋原見射雕。寧㘒雕胡供伏櫪，不堪極目草蕭蕭②。

〔一〕［導行錢］《後漢書·吕强傳》：每郡國貢獻，先輸中署，名爲導行費。

〔二〕［常例］《晉書·賈充傳》：不同常例。

〔三〕［芻豆］《晉書·桓温傳》：頗聞劉景升有千觔大牛，噉芻豆十倍于常牛。

曉粧

學母粧應早，留花稱小圍〔一〕。爲憐新繡領，故着舊時衣。性急梳難理，衫深力易微。素匳猶未斂，秖道侍兒非。

〔一〕［留花］徐孝穆詩：拭粉留花稱，除釵作小鬟。

① 蔣，《家藏稿》本作「鍾」。

② 極目，《家藏稿》本作「園寢」。草，士禮居本作「馬」。

送友人還楚

燈火照殘秋，聞君事遠游。客心分暮雨，寒夢入江樓。酒盡孤峰出，詩成衆靄收。一帆灘響急，落日滿黄州。

新翻子夜歌

歡今穿儂衣，窄身添扣扣。欲搔麻姑爪，教歡作廣袖①〔一〕。

〔一〕〔廣袖〕《謝氏詩源》：李夫人着繡襦，作合歡廣袖。

其二

含香吐聖火〔一〕，碧縷生微烟。知郎心腸熱，口是金博山。

---

① 歡，底本原作「郎」，據士禮居本、《家藏稿》本改。

〔一〕〔聖火〕《南史·齊武帝紀》：先是，魏地謡言「赤火南流喪南國」。是歲，有沙門從北齎此火而至，色赤于常火而微，云以療疾。貴賤爭取之，多得其驗。二十餘日，都下大盛，咸云聖火。

其三

歡有頷下貂，與儂覆廣額。脱儂頭上珠，爲歡嵌寶石。

其四

龍團語羊酪，相逢土風異。爲歡手煎茶，調和見歡意。

宫扇《戒菴漫筆》：端午，賜京官宫扇。按此先生爲講官時，御賜宣德川扇也。《明史》：崇禎六年，生皇子慈烺。九月，立爲皇太子。十年，豫擇東宫侍班講讀官。尚書姜逢元等四人侍班，編修吴偉業等六人講讀，編修楊士聰等二人校書。十一年二月，太子出閣。十五年正月開講，時太子年十四。

宣皇清暑幸離宫〔一〕，碧檻青疏十二重。七寶鑄銅薰鴨貴，宣鑪。千金瓷翠鬭雞紅。宣窑，《據梧齋麈談》：明宣、成窑雞缸寶燒碗、硃砂盤價更在宋瓷上。硃砂盤即所謂積紅盤也。上畫牡丹，下有子母雞躍躍欲動。

玳瑁簾開南内宴，沈德符《野獲編》：南内在禁垣内之巽隅，亦有首門、二門以及南掖門，内亦有前後兩殿，具體而微，旁有兩廡。其他離宫及圓殿、石橋則皆天順間所增飾。沉香匣啟西川扇。《明史·謝杰傳》：江右之磁，江南之紵，西蜀之扇，關中之絨。蟬翼描來雲母輕，冰紈製就天孫豔。丹霞滃起駕雲輧，王母雙成絳節還。玉管鳳銜花萬壽，銀濤龍蹴海三山。以上皆謂川扇所繪。陸深《春風堂隨筆》：今世所用摺扇亦名聚頭扇，南宋以來詩詞所咏聚頭扇者甚多。予收得楊妹子所寫絹扇面，摺痕尚存。按張孝祥《于湖居士集》已有摺骨扇詞，吴自牧《夢粱録》小市周家摺揲扇鋪。則《明朝小史》所載撒扇始于永樂中，因朝鮮國進松扇，上喜其卷舒之便，命工如式製之者，殆未確。芙蓉水殿琉璃徹〔二〕，内家尚苦櫻桃熱。九華初御咏招涼〔三〕，落葉迴風若霜雪。《小史》：宣宗嘗咏六言撒扇詩云：湘浦烟霞交翠，剡溪花雨生香。掃却人間炎暑，招回天上清涼。此豈泛用樂府《招涼曲》哉？公詩凡援古皆類是。峨嵋萬里尚方船，雉尾千秋奏御箋。公主合歡嬌翡翠，昭容反影鬭嬋娟〔四〕。遭逢召見南薰殿，思陵日昃猶揮汗。天語親傳賜近臣，《小史》：朝制，端陽節賜百官摺扇、綵索。冬至賜百官戴煖耳。武宗在位，獨四時賜百官紗羅、紵絲。先生進講豳風倦。《野獲編》：京師最重午節，唯閣部大臣及經筵日講詞臣得拜川扇、香果諸賜。又世宗初建無逸殿于西苑，翼以豳風亭，命閣臣李時、翟鑾輩坐講《豳風·七月》之詩，賞賚加等。今上甲申、乙酉，無逸殿燼于火，輔臣奏宜修復，輪奐如新。黄羅帕捧出雕闌①，畫箑丹青掌上看。俸薄買嫌燈市價，《燕都游覽志》：燈市南北兩廛，凡珠玉寶器無不悉

---

① 捧，士禮居本作「奉」。

有。衢中列市，碁置數行，相對俱高樓，樓設氍毹幙簾爲燕飲地。夜則然燈于上，望如星衢。恩深攜謝閤門班。自離卷握秋風急，蹇驢便面無人識①〔五〕。聞道烽烟蔽錦城，齊紈楚竹無顔色。石榴噴火照皇都，再哭蒼梧媿左徒。舊内謾懸長命縷，新宫徒貼避兵符。此指左懋第也。《明史》：懋第以順治二年閏六月死。而《劉宗周傳》：五月，南都亡。故用石榴噴火以紀時，而懸縷帖符皆用午日事。又懋第奉使致祭梓宫，故用哭蒼梧語也。夜雨牀頭搜廢篋②，摩挲老眼王家物。半面猶存蛺蝶圖，空箱尚記霓裳疊。蠹粉黄侵瓊樹花，黴塵香損紫鸞車。珠衣五翟悲秦女③，玉墜雙魚泣漢家④。莫嘆君恩長斷絶，比來舒卷仍鮮潔。乍可襟披宋玉風，不堪袖掩班姬月。

〔一〕〔清暑〕《明史·輿服志》：宣宗留意文雅，建廣寒、清暑二殿。

〔二〕〔芙蓉殿〕《魏志·三少帝紀》注：于建始、芙蓉殿前裸袒游戲。

〔三〕〔九華〕曹植《九華扇賦》：昔吾先君常侍，得交漢桓帝，賜尚方竹扇，名曰九華。

---

① 無，《家藏稿》本作「誰」。

② 夜雨，《家藏稿》本作「雨夜」。

③ 女，底本原作「玉」，據士禮居本、《家藏稿》本改。

④ 玉，底本原作「女」，據士禮居本、《家藏稿》本改。

〔四〕〔反影〕《拾遺記》：周昭王時，塗修國獻丹鵠。夏至，取鵠翅爲扇，一名施風，一名條翮，一名反影。

〔五〕〔便面〕《漢書·張敞傳》：自以便面拊馬。師古曰：便面，所以障面，不欲見人，以此自障面，則得其便。

偶見

合歡金縷帶，蘇合寶香薰。欲展湘文袴〔一〕，微微蕩畫裙。

〔一〕〔文袴〕《晉書·謝尚傳》：好衣刺文袴。

其二

背影立銀荷，瓊肌映綺羅。燭花紅淚滿，遮莫爲心多。

古意

歡似機中絲，織作相思樹。儂似衣上花，春風吹不去。

猿以下咏物詩，擬唐李巨山集，拈一二字爲題，用五律寫意。杜詩《鸚鵡》八章亦其體也。

得食驚心裹，逢人屢顧中。側身探老樹，長臂引秋風。傲弄忘形便，羈棲抵掌工。忽如思父子，回叫故山空。

橐駝

獨任三軍苦，安西萬里行。鑄銅疑鶴頸〔一〕，和角廢驢鳴。山負祁連重，泉知鄯善清〔二〕。可憐終後載，汗血擅功名。

〔一〕〔鑄銅〕《洛陽記》：漢鑄銅駝二枚。

〔二〕〔泉知鄯善〕《博物志》：燉煌西渡流沙千餘里，中無水，皆乘橐駝，知水脈，遇其處，停不肯行，以足踏地，人於蹋處掘之得水。《前漢書·西域傳》：鄯善國本名樓蘭，王民隨畜牧逐水草，有驢馬，多橐駝。

象

神象何年至，傳聞自戰場。齒能齊玉德，性不受金創〔一〕。白足跏趺坐，黄門拜舞行〔二〕。

越人歸駕馭，未許鼻亭狂。

〔一〕〔金創〕《埤雅》：服馴巨象，以小斧刃斲之，其金瘡見星月即合。

〔二〕〔黄門拜舞〕《初學記》：《晉諸公贊》：晉時，南越致馴象，于皐澤中養之。黄門鼓吹數十人，令越人騎之。每正朝大會，皆入充庭。

牛

瑩角偏轅快〔一〕，奔蹄伏軛窮。賣刀耕隴上，執靮犒軍中。游刃庖丁技，扶犁田父功。君王思繭栗，座右置豳風。原注：時頒戒殺牛文。

〔一〕〔瑩角〕劉孝威《青牛畫贊》：朗陵瑩角，介葛瞻聲。〔偏轅〕《晉書·石崇傳》：牛本不遲，良由御者逐不及，反制之。可聽偏轅，則駛矣。

蒲萄

百斛明珠富，清陰翠幕張。曉懸愁欲墜，露摘愛先嘗〔一〕。色映金盤果，香流玉椀漿。不勞蔥嶺使，常得進君王。

〔一〕〔露摘〕《本草綱目》引魏文帝詔曰：蒲萄當夏末涉秋，尚有餘暑，醉酒宿酲，掩露而食。

石榴

五月華林宴，榴花入眼來。百株當户牖，萬火照樓臺。絳帳垂羅袖，紅房出粉腮。江南逢巧笑，齲齒向人開。原注：江南石榴多裂，北方獨否。

蘋婆

即柰子。郭義恭《廣志》：西方多柰，家家收切暴乾爲畜積，謂之蘋婆糧。

漢苑收名果〔一〕，如君滿玉盤。幾年沙海使，移入上林看〔二〕。對酒花仍豔，經霜實未殘。茂陵消渴甚①，飽食勝加餐。

〔一〕〔收名果〕《西京雜記》：初，修上林苑，群臣遠方各獻名果異樹。

〔二〕〔上林〕《西京雜記》：上林苑紫柰大如升，核紫花青，其汁如漆，著衣不可浣，名脂衣柰。此皆異種也。

① 陵，底本原作「林」，據士禮居本、《家藏稿》本改。

文官果文林郎果也。陳藏器《本草拾遺》：文林郎生渤海間，云其樹從河中浮來，有文林郎拾得種之，因以爲名。李珣《海藥》録文林郎，南人呼爲榅桲，李時珍釋名即來禽也。或又謂文官果即文光果。按文光果出景州，形類無花果，肉味如栗，五月成熟，無核，大不類也。

近世誰來尚，何因擅此名？小心冰骨細，虛體緑袍輕。味以經嘗淡，香從入手清。時珍誇衆口，殺核太縱横。

冰

清濁看都浄，長安唤買冰。見來消易待，欲問價偏增。潔自盤中顯，凉因酒後勝。若求調燮理，坐上去青蠅。

大根菜

幾葉青青古，穿泥弗染痕。誰人愛高潔，留汝歷凉温。輪囷形難老，芳辛味獨存。古來磐石重，不必取深根。

王瓜 靳价人曰：按《群芳譜》分黃瓜、王瓜爲二。黃瓜在蔬譜。王瓜在藥譜，云結子如彈丸。此詩蓋咏黃瓜耳。

同摘誰能待，離離早滿車。弱藤牽碧蒂，曲項戀黃花。客醉嘗應爽，兒凉枕易斜。齊民編月令，瓜瓞重王家。

豇豆

緑畦過驟雨，細束小虹蜺。錦帶千條結，銀刀一寸齊。貧家隨飯熟，餉客借糕題〔一〕。五色南山豆，幾成桃李蹊。

〔一〕〔糕〕《蘇州府志》：豇豆，赤黑色。四月種，六月熟。可爲糕。又名沿江十八粒。

楚雲并叙

楚雲字慶娘。余以壬辰上巳爲朱子葵、子葆、子蓉兄弟招飲鶴洲，同集則道開師、沈孟陽、張南垣父子。妓有畹生者與慶娘同小字，而楚雲最明慧可喜。口占贈之。子葵兄弟，秀水人，皆明相國文恪公國祚孫。《續圖繪寶鑑》：道開俗姓沈，名自扃，結廬吳門山塘，又住廣生菴，詩字并佳，又善山水，得意外之趣。《居易録》：張然字陶菴，其父號南垣。按畹生姓王氏，名妓玉烟之妹，工奕，善畫蘭竹。

十二峰頭降玉真，楚宫祓禊采蘭辰①。陳思枉自矜能賦，不咏湘娥咏雒神。

其二

白蘋江上送横波，擬唱湘山楚水歌。却爲襄王催按曲，故低紈扇簇雙蛾。

其三

越羅衫子揉紅藍，楚玉鸞雛鏤碧簪。莫羡鵶頭羅韈好，一鈎新月映湘潭②。史游《急就章》：靸鞮印角。注：靸謂韋履，頭深而兑，底平者也，今俗謂之跣子。鞮，薄革小履也。即張衡《同聲歌》「鞮芬以狄香」者也。印角謂當印其角，舉足乃行，三者皆謂婦人屨也。按兑同鋭，印同仰，所謂鵶頭羅韈，漢時即有其製。

---

① 辰，士禮居本作「人」。

② 映，士禮居本、《家藏稿》本作「印」。

其四

新篘下若酒頻傾，楚潤相看别有情。小户漫糺還一笑〔一〕，衆中觥政自縱横。何晦《摭言》：鄭合敬及第後，宿平康里，詩曰：春來無處不閒行，楚潤相看别有情。好是五更殘酒醒，時時聞唤狀頭聲。按楚娘、潤娘當時妓之尤者，今雖以名同用其句，然亦因高第相似故。

〔一〕〔糺〕即糾字。《類説》：凡飲，以一人爲録事，以糾坐人，謂之席糾。又《老學菴筆記》：蘇叔黨政和中至東都，見妓稱録事，曰：「此猶存唐舊，爲可喜。」前輩謂妓曰酒糾，蓋謂録事也。

其五

風流太守緑莎廳〔一〕，子蔡曾任貴陽知府，故云。近水夭桃入畫屏。最是楚腰嬌絶處，一雙鸂鶒起沙汀。末句并及畹生。

〔一〕〔緑莎廳〕《事文類聚》：河中府有緑莎廳。

其六

范蠡湖邊春草長，楚天歸去載夷光。鶴洲草堂，在范蠡湖上，故云。人間別有朱公子，騎鶴吹笙是六郎。用朱姓事映鶴洲。

其七

畫梁雙燕舞衣輕，楚楚腰肢總削成。記得錢塘兩蘇小，不知誰獨擅傾城①。此首兼及畹生，故用兩蘇小也。雙燕、楚楚，用字巧妙。

其八

廬山攜妓故人留，白社流連謁惠休。早爲朝雲求半偈〔一〕，楚江明日上黄州。此首兼及道開。

〔一〕〔朝雲〕子瞻《悼朝雲》詩引：朝雲嘗從泗上比丘尼義沖學佛，亦略聞大義，誦《金剛經》四句偈

---

① 獨，士禮居本、《家藏稿》本作「箇」。

而絶。

題朱子葵鶴洲草堂《明詩綜》：朱茂時字子葵，秀水縣學生，承蔭官至貴陽知府。有《咸春堂遺稿》。《一統志》：裴休故宅，在嘉興府秀水南四里。休唐宰相，後捨宅爲真如寺。按鶴洲當在其旁。

別業堂成緑野邊，養雛丹頂已千年。仙人收箭雲歸浦〔一〕，道士開籠月滿天。竹下縞衣三徑石，雪中清唳五湖田。裴公舊宅松陰在，不數孤山夜放船。

〔一〕［收箭］《會稽記》：射的山南有白鶴山，此鶴爲仙人取箭。漢太尉鄭弘嘗採薪得一箭，頃有神人至，問何所欲，弘曰：「嘗患若耶溪載薪爲難，願旦南風，暮北風。」後果然。

曉發

曉發桐廬縣，蒼山插霧中。江村荒店月，野戍凍旗風。衣爲裝綿暖，顔因被酒紅。日高騎馬滑，愁殺白頭翁。

客路

客路驚心裏，棲遲苦未能。龍移對江塔，雷出定龕僧。原注：武林近事。林黑人談虎，臺荒吏按鷹。清波門外宿〔一〕，潮落過西興。

〔一〕［清波門］《一統志》：杭州府城門十，西南曰清波。

苦雨

亂烟孤望裏，雨色到諸峰。野漲餘寒樹，江昏失暝鐘。夜深溪碓近，人語釣船逢。愁聽惟支枕，艱難媿老農。

過朱買臣墓原注：在嘉興東塔雷音閣後，即廣福講院。《一統志》：朱買臣墓，在嘉興縣東三里東塔寺後。其妻墓在縣北十八里，一名羞墓。東塔寺在嘉興縣東三里，相傳漢朱買臣故宅，梁天建中建寺。

翁子窮經自不貧，會稽連守拜爲真。是非難免三長史，富貴徒誇一婦人。小吏張湯看踞傲，故交莊助歎沉淪。行年五十功名晚，何似空山長負薪。

補禊

壬辰上巳，蔣亭彦、篆鴻、陸我謀於鴛湖禊飲，余後三日始至，同集有道開師、朱子蓉、沈孟陽。徵詩以補禊事，余分得知字。《嘉興府志》：蔣玉立字亭彦，嘉善人，拔貢。有《泰茹堂集》。按《志》稱玉立弟雲翼字鳴大，甲午舉人。瑑字禹書，辛卯副榜。有武塘三蔣之目。篆鴻疑其一也。《嘉興府志》：陸野字我謀，平湖庠生，爲當湖七子領袖。《明詩綜》：朱茂晭字子蓉，秀水縣學生。有《鏡雲亭集》。

春風好景定昆池〔一〕，散誕天涯却誤期。溱洧漫褰芳杜晚，雒濱須泛羽觴遲。右軍此會仍堪記，白傅重游共阿誰〔二〕。故事禊堂看賜柳〔三〕，年來無復侍臣知。

〔一〕〔定昆池〕《唐書·安樂公主傳》：嘗請昆明池爲私沼，帝曰：「先帝未有以與人者」。主不悦，自鑿定昆池，延袤數里。

〔二〕〔白傅重游〕樂天詩序：開成二年三月三日，河南尹李待賈禊于洛濱。前一日，啟留守裴令公。公明日詔太子太傅白居易等一十五人，合宴于舟中。

〔三〕〔賜柳〕《酉陽雜俎》：唐制，三月三日賜侍臣細柳圈，言帶之免蠆毒。

贈劉虚受

中歲交朋盡，新知得此翁。道因山水合，詩向病愁工。悟物談功進，亡情耳識空〔一〕。原注：重聽。真長今第一〔二〕，兄弟擅宗風。

〔一〕〔耳識〕梁武帝《淨業賦》：觀耳識之愛聽，亦如飛鳥之投林。

〔二〕〔真長〕《晉書・劉惔傳》：字真長。桓温嘗問惔第一復誰，惔曰：「故在我輩。」

其二

識面已頭白，論心唯草玄。孝標三世史〔一〕，摩詰一門禪〔二〕。獨宿高齋晚，微吟細雨天。把君詩在手，相慕十年前。

〔一〕〔三世史〕《南史・劉峻傳》：字孝標，本名法武，懷珍從父弟也。靳价人曰：按《傳》稱峻梁天監初召入西省，典校秘閣，不載其爲史也。峻本將門，不載其三世爲史也，或以論贊中有「懷珍宗族，文質斌斌。自宋至梁，時移三代」等語而云然歟？

〔二〕〔一門禪〕《唐書・王維傳》：字摩詰，與縉俱奉佛。

題鴛湖閨咏

《詩話》：黄媛介，嘉興儒家女。能詩善畫。其夫楊興公聘後，貧不能娶，流落吴門。媛介詩名日高，有以千金聘爲名人妾者，其兄堅持不肯。余詩云「不知世有杜樊川」指其事也。媛介和余詩曰：「月移明鏡照新粧，閨閤清吟已雁行。花裏雙雙巢翡翠，池中六六列鴛鴦。黄粱熟去遲仙夢，白雪傳來促和章。一自蓬飛求避地，詩成何處寄蕭娘。」「罷吟紈扇禮金仙，欲洗塵根返自然。風掃桃花餘白石，波呈荷葉露青錢。山中自護燒丹井，世上誰耕種玉田。磊磊明珠天外落，獨吟遥對月平川。」「石移山去草堂虚，漫理琴尊葺故居①。閒教癡兒頻護竹，驚聞長者獨迴車。牽蘿補屋思偏逸，織錦成文意自如。獨怪幽懷人不識，目空禹穴舊藏書。」「往來何處是仙壇，飄忽回風降紫鸞。句落錦雲驚韻險，思營綵筆惜才難。飛花滿徑春情淡，新水平堤夜雨寒。憶昔金閨曾比調，莫愁城外小江干。」此詩出後，屬和者衆。粧點閨閤，過於綺靡。黄觀只獨爲詩非之，以爲媛介德勝于貌，有阿承醜女之名，何得言過其實？此言最爲雅正云。《池北偶談》：禾中閨秀黄媛介字皆令，負詩名數十年，近爲余畫一小幅，自題詩云：「懶登高閣望青山，愧我年來學閉關。澹墨遥傳縹渺意，孤峰只在有無間。」皆令作小賦，頗有魏晉風致。少時太倉張西銘溥聞其名，往求之，時皆令許字楊氏，久客不歸，父兄屢勸之改字，不可，聞張言，即約某日會某

---

① 葺，底本原作「緝」，據士禮居本改。

所，設屏幛觀之。既罷，語父兄曰：「吾以張公名士，欲一見之，今觀其人有才無命，可惜也！」時張方入翰林，有重名，不逾年竟卒。皆令卒歸楊氏①。錢箋：媛介字皆令，與公名世功。而《檇李詩繫》云與公名元勳，未審孰是。

石州螺黛點新粧，小拂烏絲字幾行。粉本留香泥蛺蝶，錦囊添線繡鴛鴦。秋風擣素描長卷，春日鳴箏製短章。江夏只今標藝苑，無雙才子掃眉娘。《檇李詩繫》：媛介，文學象山之妹，與姊媛貞俱擅麗才。媛介尤有聲，書法鍾王，人以衛夫人目之。畫亦點染有致。按首章極稱其家世才學之美。

附王貽上《觀黄皆令書扇》詩：歸來堂裏罷愁粧，離隱歌成淚數行。才調祇因同衛鑠，風流底許嫁文鴦。蕭蘭宫掖裁新賦，香茗飄零失舊章。今日貞元摇落客，不將巧語憶秋娘。自注：皆令有《離隱詩》。黄皆令《離隱詩序》：予産自清門，歸于素士。兄姊媛貞，雅好文墨，自幼慕之。乙酉逢亂，轉徙吴閶，羈遲白下，後入金沙，閉跡墻東。雖衣食取資于翰墨，而聲影未出乎衡門。古有朝隱、市隱、漁隱、樵隱，予殆以離索之懷，成其肥遯之志焉。爰作長歌，題曰離隱云。

其二

休言金屋貯神仙，獨掩羅裙淚泫然。栗里縱無歸隱計，鹿門猶有賣文錢。女兒浦口堪同

---

①「池北偶談」一段文字底本無，據士禮居本補。

住，新婦磯頭擬種田。夫壻長楊須執戟，不知世有杜樊川。《檇李詩繫》：媛介適楊元勳，夫婦偕游江湖，爲閨塾師以老。次章微指其事，而和詩第三首正答此意，針鋒緊對，可畏也①。

其三

絳雲樓閣敞空虛，女伴相依共索居。學士每傳青鳥使，蕭娘同步紫鸞車。新詞折柳還應就，舊事焚魚總不如。記向馬融談漢史，江南淪落老尚書。《詩話》：媛介客于虞山柳夫人絳雲樓中。樓燬于火，尚書亦牢落，嘗爲《媛介詩叙》，有今昔之感。按《媛介詩叙》有云：絳雲樓新成，吾家河東邀皆令至。硯匣筆牀，清琴柔翰，篇什流傳。又云在南宗伯署中間園數畝②，老梅盤拏。烽烟旁午，訣别倉皇。皆令擬河梁之作，河東抒雲雨之章。云云。此章正序其事。

其四

誰吟紈扇繼詞壇，白下相逢吴綵鸞。才比左芬年更少，壻求韓重遇應難。玉顔屢見鶯花度，翠袖須愁烟雨寒。往事只看予薄命，致書知己到長干。《詩話》：吴岩子及卞玄文與媛介甚相

① 可，底本原作「克」，據士禮居本改。
② 間，士禮居本作「閒」。

得。此詩因并及之，當在南都時，玄文尚未適人，故有壻求韓重之句。

附嘉興李良年字武曾《黄皆令歸吴楊世功索詩送行》：曾因廡下棲吴市，忽憶藏書過若耶。愁殺鴛鴦湖口月，年年相對是天涯。盛名多恐負清閒，此去蘭陵好閉關。柳絮滿園香茗圻，侍兒添墨寫青山。

釣臺

少有高名隱富春，南陽游學爲亡新。高皇舊識屠沽輩，何似原陵有故人〔一〕。

〔一〕〔原陵〕《漢書·明帝紀》：葬光武皇帝于原陵。

嘉湖訪同年霍魯齋觀察《浙江通志》：分巡嘉湖道霍達，字魯齋，陝西人。順治八年任。《陝西通志》：崇禎辛未進士霍達，長安人，歷官至尚書。

官舍鶯聲裏，旌旗拂柳堤。湖開山勢斷，塔迥樹痕齊。世路催青鬢，春風到紫泥。還看鮑司隸，驄馬灞橋西。

其二

蹤跡知何處，溪山興不孤。間亭供鳥雀①，仙吏得尊罏②。紅荔涪江樹，青楓笠澤圖。須教趙承旨，烟雨補南湖。

其三

門外銀塘滿，鷗飛入晚衙。公田若下酒〔一〕，鄉夢杜陵花。水碓筒輪紙，溪船簍貢茶〔二〕。看雲堪拄笏，幕客莫思家。

〔一〕〔若下〕《一統志》：若溪，在湖州府長興縣南，亦作箬。南岸曰上箬，北岸曰下箬。二箬皆村名。村人取下箬水，釀酒醇美。《南史·陳武帝紀》作下若。

〔二〕〔貢茶〕《茶經》：浙西湖州，以顧渚爲上。唐時充貢，歲限清明日抵京。

① 亭，士禮居本作「庭」。

② 尊，士禮居本作「蒓」。

其四

羽蓋菰城道〔一〕，春風行部勞。長公山郡簡，小杜水嬉豪〔二〕。簫鼓催征騎，琴書壓畫舠。獨憐憔悴客，剪燭話同袍。

〔一〕〔菰城〕《湖州府志》：菰城，在府城南，相傳黄歇建。

〔二〕〔長公小杜〕長公謂蘇軾，熙寧中徙知湖州。小杜謂杜牧。《唐書·杜牧傳》：乞爲湖州刺史。

贈郡守李秀州隆吉①

《一統志》：嘉興府。晉天福四年，吴越錢氏始奏置秀州。《嘉興府志》：知府李國棟，錦州人。順治六年任。

偶值溪山勝，相逢太守賢。邀人看水閣，載酒上菱船。鶴料居官俸〔一〕，魚租譏客錢。今朝風日好，春草五湖烟。

---

①《家藏稿》本題中無「秀州」二字。

〔一〕〔鶴料〕曾彦和詩：寧羨一囊供鶴料。注云：唐幕府官俸謂之鶴料。

贈糧儲道步公原注：乾州人。○《陝西通志》：步文政，乾州人，副使。崇禎十六年進士。

按文政國朝任蘇松督糧道。

臨湘家世擁旌旄〔一〕，策馬西來劍珮高。華嶽風雲開間氣，乾陵草木壯神皋〔二〕。山公盡職封章切，蕭相憂時饋運勞。青史通侯餘事在，江南重見舊人豪。

〔一〕〔臨湘〕《吴志·步隲傳》：赤烏九年，代陸遜爲丞相，封臨湘侯。

〔二〕〔乾陵〕《一統志》：唐高宗乾陵，在乾州西北。

山塘重贈楚雲原注：楚雲故姓陸，雲間人。

宣公橋畔響輕車〔一〕，二月相逢約玩花。指是年上巳。烏桕着霜還繫馬，停鞭重問泰娘家〔二〕。

〔一〕〔宣公橋〕《一統志》：宣公橋，在嘉興府東一里。

〔二〕〔泰娘〕劉禹錫《泰娘歌引》：泰娘，本韋尚書家主謳者。尚書爲吴郡，得之，命樂工誨之琵琶，使歌且舞，攜歸京師。京師多新聲善工，又捐去故技，以新聲度曲，而泰娘名字往往見稱于貴游之間。元和初，尚書薨于東，居民間。久之，爲蘄州刺史張遜所得。遜坐事謫居武陵，卒。泰娘無所歸，地荒且遠，無有能知其容與藝者，故日抱樂器而哭。其音噍殺以悲，客聞之，爲歌其事以續于樂府。按此與楚雲殊不類，特以其居吴郡，故借用之。

其二

家住横塘小院東，門前流水碧簾櫳。五茸城外新移到〔一〕，傲殺機雲女侍中。

〔一〕〔五茸城〕《松江府志》：五茸城，在華亭谷東，吴王獵所。

其三

月夜分攜幾度圓，語溪芳草隔雲烟。那知閶闔千條柳，拋撇東風又一年。謂别後留滯嘉興。

其四

挾彈城南鞚紫騮，葳蕤春鎖玉人留。花邊别有秦宫活〔一〕，不數人間有秺侯〔二〕。

〔一〕〔秦宮活〕李長吉詩：秦宮一生花底活。

〔二〕〔秺侯〕《漢書・金日磾傳》：日磾自在左右，目不忤視者數十年。賜出宮女，不敢近。武帝遺詔封秺侯。按詩意，蓋自謂不親女色。

題志衍所畫山水《文集・志衍傳》：志衍工詩歌，善尺牘，尤愛圖繪，有元人風。

畫君故園之書屋，午榻茶烟蒔花竹。著我溪邊岸葛巾，十年笑語連牀宿。畫君蜀道之艱難，去家萬里誰能還。戎馬千山西望哭，杜鵑落月青楓寒①。今之此圖何者是？黯澹蒼茫惟一紙。想像雲山變滅中，其人與筆寧生死？我思此道開榛蕪，東南畫脈多蕭疎。君嘗展卷向余説，得及荆關老輩無？巫山巫峽好粉本，一官大笑誇吾徒。此行歸來掃素壁，捫腹滿貯青城圖。只今猶是江南樹，憶得當時送行處。楊柳青青葭菼邊，雙槳摇君此中去。

題孫銘常畫蘭

誰將尺幅寫瀟湘，窮谷無人吹氣香。斜筆點芽依蘚石，雙鈎分葉傍篔簹。謝家樹好臨芳

① 落，士禮居本作「六」。

砌，鄭女花堪照洞房。我欲援琴歌九畹，江潭摇落起微霜。

楚兩生行并序

蔡州蘇崑生、維揚柳敬亭，其地皆楚分也，而又客於楚。左寧南駐武昌，柳以談、蘇以歌爲幸舍重客。寧南没於九江舟中，百萬衆皆奔潰。柳已先期東下，蘇生痛哭，削髮入九華山。久之，出從武林汪然明。然明亡，之吴中。吴中以善歌名海内，然不過嘽緩柔曼爲新聲，蘇生則於陰陽抗墜，分刌比度，如崑刀之切玉，叩之栗然，非時世所爲工也。嘗遇虎丘廣場大集，生睨其旁，笑曰：某郎以某字不合律。有識之者曰：「彼傖楚乃竊言是非。」思有以挫之，間請一發聲，不覺屈服。顧少年耳剽日久，終不肯輕自貶下，就蘇生問所長。生亦落落難合，到海濱，寓吾里蕭寺。風雪中，以余與柳生有雅故，爲立小傳，援之以請曰：吾浪跡三十年，爲通侯所知，今失路憔悴而來過此，惟願公一言，與柳生並傳足矣。柳生近客于雲間帥，識其必敗，苦無以自脱，浮湛敖弄，在軍政一無所關，其禍也幸以免。蘇生將渡江，余作《楚兩生行》送之，以之寓柳生，俾知余與蘇生游，且爲柳生危之也。《文集·柳敬亭傳》：柳敬亭者，揚之泰州人。蓋曹姓，年十五，獷悍無賴，名已在捕中。久之，過江，休大柳樹下，生攀條泫然。已，撫其樹顧同行數十人曰：

「嘻，吾今氏柳矣。」後三十年，金陵有善談論柳生，所到皆驚，有識之曰：此固向年過江時休樹下者也。又：左兵者，寧南伯良玉。《明史·左良玉傳》：傳檄討馬士英，疾已劇，至九江，嘔血數升，是夜死，時順治二年四月也。《汪然明墓誌》：然明諱汝謙，居歙之叢睦，所至公卿虛席，勝流翕集。刹江觀濤之客，三竺漉囊之僧，西陵油壁之妓，靡不擎箱奉席，傾囊倒篋，人厭其意。《板橋雜記》：柳敬亭，寧南已敗，又遊松江馬提督軍中，鬱鬱不得志，年已八十餘矣。按雲間帥即提督馬進寶，本群盜降者，駐松江，後以從逆伏誅。

黃鵠磯頭楚兩生〔一〕，征南上客擅縱橫。將軍已没時世换，絶調空隨流水聲。一生拄頰高談妙，君卿喉舌淳于笑①。痛哭長因感舊恩，詼嘲尚足陪年少②。途窮重走伏波軍，短衣縛袴非吾好。抵掌聊分幕府金，褰裳自把江村釣。《文集·柳敬亭傳》：良玉軍譟而南，奉詔駐皖城，守皖者杜將軍弘域，兩人用軍事不相中③，念非生莫解者，乃檄生進之。左帳下用長刀遮客，引就席，坐客咸振慴失次，生拜訖，索酒，詼嘲諧笑，旁若無人者。左大驚，自以爲得生晚也。左起卒伍，少孤貧，與母相失，請貤封不能得其姓，泪承睫不止。生曰：君侯不聞天子賜姓事乎？此吾説書中故實也。大喜，立具奏。左武人，即以爲知古今、識大體矣。一生嚼徵與含商，笑殺江南古調亡。洗出元音傾老輩，疊成妍唱待君王。一絲縈曳珠盤轉，半黍分明玉尺量。最是大堤西去曲，累人腸斷杜當陽〔二〕。憶昔將軍正全盛，江樓高會誇

---

① 喉，士禮居本、《家藏稿》本作「唇」。
② 尚，士禮居本作「自」。
③ 中，士禮居本作「下」。

名勝。生來索酒便長歌，中天明月軍聲靜。將軍聽罷踞胡牀，撫髀百戰今衰病。《柳敬亭傳》：左出所畫己像二。其一關隴破賊圖也。覽鏡自照，嘆曰：良玉天下健兒也，而今衰矣①。一朝身死豎降幡，貔貅散盡無横陣。祁連高冢泣西風，射堂賓客嗟蓬鬢。《良玉傳》：諸將秘不發喪，共推其子夢庚爲留後。夢庚偕黄澍以衆降于九江。羇棲孤館伴斜曛，野哭天邊幾處聞。草滿獨尋江令宅，花開閒弔杜秋墳。鵾弦屢换尊前舞，鼉鼓誰開江上軍。楚客祗憐歸未得，吳兒肯道不如君？我念邗江頭白叟，滑稽幸免君知否。失路徒貽妻子憂，脱身莫落諸侯手。《柳傳》：逮江上之變，生所攜及留軍中者亡散累千金，再貧困。按江上之變，謂鄭成功入寇，陷鎮江，馬進寶從逆也。君寥落思君友。老去年來消息稀，寄爾新詩同一首。隱語藏名代客嘲，姑蘇臺畔東風柳。《板橋雜記》：柳八十餘，遇余宜睡軒中，猶説秦叔寶見姑娘也。

〔一〕〔黄鵠磯〕《一統志》：黄鵠磯，在武昌府城西南，一名黄鶴山。世傳費文禕昇仙，駕黄鶴過此。

〔二〕〔杜當陽〕《晉書·杜預傳》：以功進爵當陽侯。按《良玉傳》：崇禎十六年八月，乃入武昌。當陽屬安陸府，與武昌俱隸湖北，故以大堤引出杜預，以比良玉，而下文遂接叙良玉之盛衰也。

① 矣，據士禮居本補。

口占贈蘇崑生

樓船諸將碧油幢，一片降旗出九江。獨有龜年卧吹笛〔一〕，暗潮打枕泣篷窗。

〔一〕〔卧吹笛〕《唐書·漢中王瑀傳》：嘗早朝過永興里，聞笛音，顧左右曰：「是太常工乎？」曰：「然。」他日識之，曰：「何故卧吹？」笛工驚謝。

其二

有客新經墮淚碑，武昌官柳故垂垂。扁舟夜半聞蘆管，猶把當年水調吹。

其三

西興哀曲夜深聞，絶似南朝汪水雲〔一〕。回首岳侯墳下路，亂山何處葬將軍。起二句用《金姬別傳》李嘉謨夜聞鄰婦倚樓泣事。

〔一〕〔汪水雲〕《西湖新志》：汪元量，字大有，度宗時，以善琴出入宫掖。從三宫北去，留滯燕京。

有王清惠、張瓊英皆故宫人，善詩，相和。後還錢唐，往來彭蠡間，風跡雲影，人莫能測，傳以爲仙。《水雲集》：元量隨宋少主北遷，及將南還，少主、平原公以下及宫嬪一十七人咸賦詩祖道。既歸後，少主有詩云：「寄語林和靖，梅花幾度開。黄金臺下客，應是不歸來。」蓋即懷元量作。

其四

故國傷心在寢丘，蒜山北望淚交流。饒他劉毅思鵝炙，不比君今憶蔡州。原注：蘇生，固始人，即楚相寢丘也。《晉書·劉毅傳》：屯窶時，就府借東堂與親故出射。江州刺史庾悦與僚佐徑來詣堂，毅告乞讓，悦不許。既而悦食鵝炙①，毅求其餘，又不答，毅常銜之。義熙中，故奪悦豫章，解其軍府，悦忿懼而死。詩意謂他人念舊怨②，君獨思故恩也。

課女

漸長憐渠易，將衰覺子難。晚來燈下立，擕就月中看。弱喜從師慧，貧疑失母寒。亦知談

---

①「炙」字據士禮居本補。

② 怨，士禮居本作「惡」。

往事，生日在長安。

茸城行

刺松江提督馬進寶也。進寶降後，改名逢知。董含《三岡識略》：馬逢知起家群盜，由浙移鎮雲間，貪横僭侈，民殷實者械至倒懸之，以醋灌其鼻，人不堪，無不傾其所有，死者無算。復廣佔民廬，縱兵四出劫掠。時海寇未靖，逢知密使往來，江上之變，先期約降，要封王爵，反形大露。事定，科臣成公肇毅特疏糾之，朝廷恐生他變，温旨徵入，繫獄，妻女發配象奴。未幾，與二子伏法東市。當逢知之入覲也，珍寶二十餘船，金銀數百萬，他物不可勝計，綿亘百里。及死，無一存者，人皆快之。

朝出胥門塘，暮泊佘山麓〔一〕。旁帶三江襟滬瀆〔二〕，五茸城是何王築？泖塔霜高稻葉黄，瀫湖雨過蓴絲緑。百年以來誇勝事，丹青圖卷高珠玉。學士揮毫清秘樓，謂董玄宰。徵君隱几逍遥谷〔三〕。謂陳仲醇。前輩風流書畫傳，後生賢達聲華續。給事才名矯若龍，謂陳大樽。山公人地清如鵠〔四〕。謂夏瑗公。汗簡銷沉又幾秋，滄江屢建高牙纛。不知何處一將軍，到日雄豪炙手熏。羊侃後房歌按隊〔五〕，陳豨賓客劍成群。刻金爲漏三更箭，錯寶施牀五色文。異物江淮嘗月進〔六〕，新聲京雒自天聞。承恩累賜華林宴〔七〕，歸鎮高談横海勳〔八〕。未見尺書收草澤，徒誇名字得風雲。此地江湖綰鎖鑰，家擅陶朱户程卓。千箱布帛運軺車，百貨魚鹽充邸閣〔九〕。將軍一一數高貲，下令搜牢遍墟落〔一〇〕。《中州集》蕭貢《雒陽咏》曰：董卓搜牢連數月，郭威夯市又三朝。皆切盜賊用。非爲仇家告併兼，即稱盜賊通囊橐〔一一〕。望屋遥窺室内藏，算緡似責從前諾。敢信黔婁脱網羅，早看猗頓填溝壑。窟室飛觴傳箭催，博場戲債横刀索①。縱有名豪解折行〔一二〕，可堪小户勝狂藥。將軍沉湎不知止，箕踞當筵任頤指。拔劍公收伍伯妻，嗚髇射殺良家子。《堅瓠集》：馬進寶鎮海上，柳敬亭侍飯，飯有鼠矢，怒，將殺膳夫，柳乘間取啖，曰：是黑米。乃已。江表爭猜張敬兒〔一三〕，軍中思縛盧從史〔一四〕。枉破城南十萬家，養士何無一人死。貪財好色英雄事，若輩屠沽何足齒②。謂可決其必敗，迨後從逆，收捕仳死，遂如左券。君不見夫差獵騎何翩翩，五茸春草城南天。雉媒飛起發雙矢，西施笑落珊瑚鞭。湖山足紀當時勝，歌舞猶爲後代傳。陸生文士能爲將，勳名三世才難量。河橋雖敗事無成〔一五〕，睥睨千秋肯誰讓。代有文章占數公，烟霞好處神偏王③。兵火燒殘萬卷空，大節英聲未凋喪。謂松江諸公如中書李待問、博羅知縣章簡、吏部主事夏允彝、給事中陳子龍、諸生戴弘、徐念祖等先後殉節者也。一朝遽落老兵手，百里溪山復何有。已見衣冠拜健兒，苦無丘壑安窮叟。茸城楊柳鬱婆娑，欲

---

① 債，士禮居本、《家藏稿》本作「責」。

② 何，《家藏稿》本作「安」。

③ 神偏，士禮居本、《家藏稿》本作「偏神」。

繫扁舟奈晚何。盤龍浦上行人少①〔一六〕，唳鶴灘頭戰艦多〔一七〕。我望嚴城聽街鼓，鱸魚沽酒扣舷歌。側身回視忽長笑，此亦當今馬伏波。結句始見其姓，時尚未伏誅也。

〔一〕［佘山］《一統志》：佘山，在松江府青浦縣南。

〔二〕［滬瀆］《一統志》：滬瀆，在上海縣東北，松江下流也。

〔三〕［逍遥谷］《唐書·隱逸傳》：潘師正者，居逍遥谷。

〔四〕［清如鵠］蘇子瞻詩：兩翁相對清如鵠。

〔五〕［羊侃］《南史·羊侃傳》：字祖忻，泰山梁父人也。姬妾列侍，窮極奢靡。

〔六〕［月進］《唐書·食貨志》：江西觀察使李兼有「月進」。《光禄寺志》：光禄寺大門内，左爲茶葉庫月進房，右爲錢鈔庫月進房。

〔七〕［華林宴］《南史·王儉傳》：高帝幸華林宴集，使各效伎，于時王敬則奮臂拍張，叫動左右。

〔八〕［横海勳］《漢書·武帝紀》：東越王反，遣横海將軍韓説出會稽擊之。

〔九〕［邸閣］《通典·漕運門》：後魏于水運處立邸閣八所，俗名爲倉也。

〔一〇〕［搜牢］《後漢書·董卓傳》：卓縱放兵士剽虜資物，謂之搜牢。

① 行人，士禮居本作「人行」。

〔一二〕［囊橐］《漢書·張敞傳》：廣川王姬昆弟及王同族宗室劉調等通行爲之囊橐，敞自將郡國吏圍守王宫，搜索調等。

〔一三〕［折行］《宋史·李子方傳》：折官位輩行具刺就謁。

〔一三〕［江表］《晉書·虞溥傳》：溥撰《江表傳》，元帝詔藏于秘府。

［張敬兒］《南齊書·張敬兒傳》：南陽冠軍人也。封襄陽侯。太祖崩，敬兒心疑，遣使與蠻中交關。世祖疑其有異志。

〔一四〕［盧從史］《唐書·盧從史傳》：擢拜昭義節度副大使。既得志，寖恣不道，至奪部將妻。帝用裴垍謀，勑承璀圖之。承璀伏壯士幕下，伺其來與語，士突起，捽持出帳後，縛内車中。

〔一五〕［河橋］《晉書·陸機傳》：列軍自朝歌至于河橋。長沙王奉天子與機戰于鹿苑，機軍大敗。

〔一六〕［盤龍浦］《松江府志》：盤龍浦，在崧子浦，其入江處曰盤龍滙，介華亭、崑山之間，步其徑纔十許里，而洄洑迂緩逾四十里，如龍之蟠，故名。

〔一七〕［唳鶴灘］《松江府志》：西湖，在府西南二里，周圍三里，一名瑁湖。東有灘曰唳鶴，鶴飲此水，其聲則清。

野望

京江流自急，客思竟何依。白骨新開壘，青山幾合圍。危樓帆雨過，孤塔陣雲歸。日暮悲笳起，寒鴉漠漠飛。

其二

衰病重聞亂，憂危往事空。殘村秋水外，新鬼月明中。樹出千帆霧，江横一笛風。誰將數年淚，高處哭途窮。

送張學博孺高之官江北孺高，名誼，州人。蘇州府學歲貢，由如皋訓導陞贛榆縣教諭。

薄宦非傍郡，孤舟幾日程。詩傳沛子弟，禮問魯諸生。水冽官廚釀①，城荒射圃耕。北來車馬道，猶喜簡逢迎。

送林衡者歸閩《文集》：衡者名佳璣，興化之莆田人。《詩話》：少遊黄忠烈之門，以壬辰二月來婁東，所著詩文辭數十卷。詩蒼深秀渾，古文雅健有法。其行也，余贈以詩。已而道阻，再游吾州，則秋深木落，鄉關烽火，南望思親，旅懷感詫，有《聽鐘鳴》《悲落葉》之風焉。

---

①水，底本原作「冰」，據《家藏稿》本改。

五月闗山樹影圓，送君吹笛柳陰船。征途䳟鳩愁中雨，故國桄榔夢裏天。夾漈草荒書滿屋，《文集》：叔父小眉公，前進士，隱居著述。衡者能世其家。連江人去雁飛田。無諸臺上休南望〔一〕，海色秋風又一年。

〔一〕〔無諸臺〕《一統志》：漢閩越王無諸墓，在閩縣南二里，有廟，在南臺山。又無諸臺，在福州府治東南九仙山上。越王無諸嘗于重九日作登高宴，大石尊尚存。

聽朱樂隆歌錢箋：樂隆，吾里中老人也。

少小江湖載酒船，月明吹笛不知眠。只今憔悴秋風裏，白髮花前又十年。

其二

一春絲管唱吴趨，得似何戡此曲無。自是風流推老輩，不須教染白髭鬚。

其三

開元法部按霓裳，曾和巫山窈窕娘。見説念奴今老大，白頭供奉話岐王。此志朱曾和宫女歌，其人其事俱未詳。

其四

誰畫張家靜婉腰〔一〕，輕綃一幅美人蕉。會看記曲紅紅笑〔二〕，喚下丹青弄碧簫。

〔一〕〔靜婉〕《梁書·羊侃傳》：舞人張浄琬，腰圍一尺六寸，時人咸推能掌中舞。

〔二〕〔紅紅〕《樂録》：唐妓張紅紅丐歌于市，韋青納爲姬。敬宗召入宫，號記曲娘子。

其五

長白山頭蘆管聲，秋風吹滿雒陽城。茂陵底事無消息，沙邏檀槽撥不成①。

其六

楚雨荆雲雁影還，竹枝彈徹淚痕斑。坐中誰是沾裳者，詞客哀時庾子山。

① 檀槽，底本原作「槽檀」，據士禮居本、《家藏稿》本改。

仿唐人本事詩為定南王孔有德女賦。按《八旗通志》：康熙三年四月，有德女四貞疏言：臣父孔有德死節桂林，蒙世祖章皇帝軫念孤忠，易名賜葬，仍命廟祀。泣思先臣航海投誠，舍生報國，北討南征，勳猷懋著，今煢煢孤女，僅延一綫，祈再沛成命，速令興工，則勞臣報國之靈，與普天效忠之氣，俱感激無涯矣。得旨，每年春秋致祭。有德一子為李定國所擄，惟女四貞存，特恩照和碩格格食俸。四貞適孫延齡。十二年十二月，吴三桂反，聖祖仁皇帝以延齡為撫蠻將軍，率師駐防廣西。十三年二月，延齡據桂林叛，降于三桂，自稱安遠大將軍。十四年，四貞勸反正，代延齡具疏乞降，許之。十五年冬，三桂遣其孫吴世琮至桂林，誘執延齡，殺之。十八年二月，撫蠻滅寇將軍傅弘烈、鎮南將軍莽依圖擊走吴世琮，四貞歸于京師。此詩第一首無可考，二三四首于四貞為合。

聘就蛾眉未入宫，待年長罷主恩空。旌旗月落松楸冷，身在昭陵宿衛中。

其二

錦袍珠絡翠兜鍪，軍府居然王子侯。自寫赫蹏金字表，起居長信閤門頭〔一〕。

〔一〕〔長信〕《漢書·百官表》：長信少府，以太后所居宫為名也。

其三

藤梧秋盡瘴雲黄，銅鼓天邊歸旐長。遠愧木蘭身手健，替耶征戰在他鄉。

其四

新來夫壻奏兼官，下直更衣禮數寬。昨日校旗初下令，笑君不敢舉頭看。

吴梅村詩集箋注卷第五

古近體詩九十六首起壬辰盡癸巳秋未赴召以前

送文學博以蒼公招同住中峰寺

原注：二公皆雲南人。○陳瑚《貞道先生祠堂記》：先生以崇禎癸未任太倉州學正，越三年，乙酉，棄官僑居僧舍。又十有七年，辛丑，南還，病殁于桃源縣。門人顧士璉率諸生爲位，哭于僧舍之西偏。癸卯秋，三年心喪畢，私謚貞道先生，榜其室爲思賢廬。先生姓文，諱祖堯，字心傳，號介石，雲南呈貢人。《文集》：先是，蒼公講《法華》于婁之海印庵，先生以同里而異術，暨義相論難，知之最深。及是，遂從蒼公住中峰。久之，婁人迎諸山中，即城南精藍中置木榻，命一童子支鼎爨。

西風驅雁暮雲哀，頭白衝寒到講臺。莫問間關應路斷①，偶傳消息又兵來②。一峰對月茅

① 間，《家藏稿》作「鄉」。
② 兵，《家藏稿》作「東」。

菴在，二老論心石壁開。揀取梅花枝上信，明年移向故園栽①。

雪夜苑先齋中飲博達旦

扶杖衝泥逐少年，解衣箕踞酒壚邊。愁燒絳蠟消千卷，愛把青樽擲萬錢。痛飲不甘辭久病，《文集》：還自京師，君進取之意落然。等輩皆貴，恥復與後生相角逐。摧幢息機，一以寓之于酒。狂呼却笑勝高眠。丈夫失意須潦倒，劇孟平生絕可憐〔一〕。

〔一〕〔劇孟〕《史記·游俠傳》：雒陽有劇孟，以任俠顯行，大類朱家，而好博。

其二

相逢縱博且開顏，興極歡呼不肯還。別緒幾年當此夜，狂名明日滿人間。松窗燭影花前酒，草閣雞聲雪裏山。殘臘豈妨吾作樂〔一〕，儘教游戲一生閒。

① 年，《家藏稿》作「朝」。

〔一〕〔作樂〕《晉書·向秀傳》：莊周内外數十篇，秀欲注，嵇康曰：此書詎須注？正自妨人作樂耳。

冬霽

烟盡生寒日①，山雲不入城。船移隔縣雪，屋遶半江晴。照眼庭花動，開顔社酒清。渚田飛雁下，近喜有人耕。

畫中九友歌

華亭尚書天人流〔一〕，墨花五色風雲浮。至尊含笑黄金投，殘膏剩馥雞林求。原注：玄宰。○《韻石齋筆談》：國朝繪事，不啻家驥人璧矣。至于氣韻生動，應推沈石田、董玄宰。溯兩公盤薄之源，俱出自黄子久。又曰：董公見法書名畫，隨筆品題，即爲人藏弆。鑑裁餘韻，往往散見于金題玉躞中，其集之所載十一耳。太常妙蹟兼銀鉤，樂郊擁卷高堂秋。真宰欲訴窮雕鎪，解衣盤薄堪忘憂。原注：烟客。○《文集》：奉常於黄子久所作，早歲遂窮閫奥，晚更薈萃諸家之長，陶冶出之。解衣盤薄，格高神王。樂郊，烟客東郊園名也。誰其匹

①日，《家藏稿》本作「石」。

者王廉州，神姿玉樹三山頭，擺落萬象烟霞收。尊彝斑駁探商周①，得意換却千金裘。原注：玄照。○《婁東耆舊傳》：王鑑，字玄照，號湘碧。由恩蔭歷部曹，出知廉州府，二歲拂袖歸。性善六法，皴染不替手。始見范寬《關山蕭寺圖》，欻有悟入，遂專意學范，所作靈穎秀拔，亦饒弘鬱之氣。于弇園故址築室曰染香，日臨摹其中。檀園著述誇前脩，丹青餘事追營丘〔二〕。平生書畫置兩舟，湖山勝處供淹留。原注：長蘅。○長蘅姓李，名流芳，嘉定人。張鴻磐《西州合譜》：先生文章書畫妙天下，所居檀園，室宇庭樹皆饒有畫思，望而知爲幽人之宅。好武林山水，嘗欲移家入臯亭桃花塢。自魏璫竊柄，毒流正人，先生即罷上公車，而西湖亦起璫祠，乃於園中復鑿曲沼，闢清軒，栽花灌木，若將終老焉。阿龍北固持長矛②，披圖赤壁思曹劉。酒醉灑墨横江樓，蒜山月落空悠悠。原注：龍友。○《板橋雜記》：貴陽楊龍友，名文驄，以詩畫擅名華亭，董文敏亟賞之。《明史·楊文驄傳》：大清兵臨江，文驄駐金山，扼大江而守。擢右僉都御史，巡撫其地，還駐京口，隔江相持。姑蘇太守今僧繇〔三〕，問事不省張兩眸。振筆忽起風颼颼，連紙十丈神明遒。原注：爾唯。○《續圖繪寶鑑》：張學曾，字爾唯，會稽人。由中書仕吳郡太守。自幼好書畫，重交游，凡有技能者，莫不友善。書學蘇長公，畫仿元人筆。松圓詩老通清謳，墨莊自畫歸田游。一犂黄海鳴春鳩〔四〕，長笛倒騎烏犗牛〔五〕。原注：孟陽。○《明史·程嘉燧傳》：字孟陽，休寧人。工詩，善畫，稱曰松圓詩老。花龕巨幅千峰稠，小景點

---

① 駁，士禮居本、《家藏稿》本作「剥」。

② 長，士禮居本、《家藏稿》本作「雙」。

出林塘幽。晚年筆力淩滄洲，幅巾鶴髪輕王侯。原注：潤甫。○《續圖繪寶鑑》：文瑜善山水，小景頗佳，大者罕見。風流已矣吾瓜疇，一生迂癖爲人尤，僮僕竊罵妻孥愁。瘦如黄鵠閒如鷗，烟驅墨染何曾休〔六〕。原注：僧彌。○《文集》：邵彌，字僧彌，長洲人。清羸頎秀，好學多才藝，于畫倣宋元。性舒緩，有潔癖。僮僕患苦，妻子竊罵，終其身不爲改，其迂僻如此。

〔一〕〔天人〕《魏畧》：邯鄲淳見曹植才辯，對其所知，嘆爲天人。

〔二〕〔營丘〕《居易録》：畫家有兩李營丘。北宋李成，人皆知之。南宋李永，亦稱營丘，知之者殊少。太原王穉登云：李營丘以山水擅名，爲宋畫院第一。謂永也。

〔三〕〔僧繇〕《圖繪寶鑑》：張僧繇，吴人。梁天監中，官至右將軍、吴興太守，以丹青馳譽于時。

〔四〕〔黄海〕《黄山志》：山時有鋪海之奇。白雲四合，彌望如海。按《歙縣志》謂長翰山有松圓閣，孟陽棲逸于此，傍有纓絡松。則黄海即孟陽故里，故云歸田游也。

〔五〕〔烏犉牛〕《晉書·王獻之傳》：桓温使畫扇，誤落筆，就畫一烏駮犉牛，甚妙。

〔六〕〔烟驅墨染〕《南史·庾肩吾傳》：徒以烟墨不言，受其驅染。

題莊榿菴小像《國表》社目：榿菴，名祖誼，四川成都人。

錦里先生住錦涇，百花潭水浣花亭。子雲寂寞餘奇字，抱膝空山著一經。

其二

相如書信達郫筒，入蜀還家意氣雄。却憶故人天際遠，罷官嚴助在吴中。

其三

把卷無人意惘然，故鄉雲樹夢魂邊。遥知石鏡山頭影，不及當時是少年。

其四

舊朝人地擅簪纓，詞賦風流妙兩京。盡道阿兄多貴重①，杜家中弟最知名〔一〕。

〔一〕〔杜家中弟〕《漢書·杜周傳》：緩六弟，五人至大官，少弟熊歷五郡二千石，三州牧刺史，有能名，唯中弟欽官不至而最知名。

① 多，士禮居本作「都」。

癸巳春日禊飲社集虎丘即事《壬夏雜抄》：癸巳春，同聲、慎交兩社各治具虎丘，申訂九郡同人，至者五百人。先一日慎交爲主，慎交社三宋爲主，右之德宜、疇三德宏、既庭實穎，佐之者尤展成侗、彭雲客瓏也。次一日同聲爲主，同聲社主之者章素文在兹，佐之者趙明遠炳、沈韓倬世奕、錢宫聲中諧、王其長發也。吾婁王維夏昊、郁計登禾、周子俶肇，則聯絡兩社者。凡以繼張西銘虎丘大會。會日，以大船廿餘，横亘中流，每舟置數十席，中列優唱，明燭如繁星。伶人數部，歌聲競發，達旦而止。散時如奔雷瀉泉，遠望山上似天際明星，晶熒圍繞。其日，兩社諸君各誓于關壯繆前，示彼此不相侵畔。

楊柳絲絲逼禁烟，筆牀書卷五湖船。青溪勝集仍遺老，白袷高談盡少年。筍屐鶯花看士女，羽觴冠蓋會神仙。茂先往事風流在，重過蘭亭意惘然。謂張天如溥也。《復社紀畧》：癸酉春，溥約社長，爲虎丘大會。先期傳單四出，至日，山左、山右、江右、晉、楚、閩、浙，舟車至者數千餘人。大雄寳殿不能容，生公臺、千人石，鱗次布席皆滿，往來絲織。游人聚觀，無不詫嘆。

其二

蘭臺家世本貽謀，謂天如弟無近王治也。無近叔大司空爾贄歷禮、兵、工三科給事，無近方入工垣，故以任昉擬之，而云蘭臺家世也。高會南皮話昔游。執友淪亡驚歲月，謂大士、介生、受先、維斗輩也。諸郎才調擅風流。謂大樽子闇公、維斗子俊三輩。十年故國傷青史，四海新知笑白頭。修禊只今添俯仰，北風杯酒酹營丘。謂李舒章雯也。《詩話》：舒章久次諸生不遇，黽勉一官。歸讀卧子詩，感慨流涕。反葬，北發，鬱鬱道死。

其三

訪友扁舟挂席輕，梨花吹雨五茸城。指昔年曾因上巳雲間修禊。文章興廢關時代，兄弟飄零爲甲兵。謂宋讓木徵璧、子建存標、徵輿轅文兄弟也。茂苑聽鶯春社飲，華亭聞鶴故園情。衆中誰識陳驚座，顧陸相看是老成。謂陳卧子、顧偉南、陸子元也。按顧開雍字偉南，陸慶曾字子元。

其四

絳帷當日重長楊，都講還開舊草堂。《復社紀畧》：四方造請者推先生高第弟子吕石香雲孚爲都講。石香好古文奇字，浙東西人多聞其聲。少弟詩篇標赤幟，張無近。故人才筆繼青箱。王子彦瑞國。抽毫共集梁園製，布席爭飛曲水觴。近得廬陵書信否，寄懷子美在滄浪。指李太虛。

鄧元昭奉使江右相遇吳門却贈

元昭名旭，江南壽州人。《文集》：元昭父未舉子也，遍禱于山川，夢日而生，故名之曰旭。今丁亥進士，由翰林檢討升洮岷道副使。

五湖春草隱征笳，畫舫圖書泊晚沙。人謂相如初奉使，客傳高密且還家。黑貂對雪潯陽樹，緑酒看山茂苑花。回首石渠應賜馬①，玉河從獵雁行斜。

《文集》：元昭居館閣中，師資氣誼，在生死流離之間，營護其妻子，不以存殁易心，不以鈎黨避禍，天下聞而壯之。此必有所指，惜乎不可考也。

贈文園公

錢箋：輪翁和尚同揆也。按同揆字輪菴，少爲諸生，名果，字園公，文中翰啟美震亨之子。滄桑後逃于禪，削髮居雲門寺，著有《寒溪詩稿》。其《鼎湖篇》序云：丁丑、戊寅間，先公受知于烈皇帝，遵旨改撰琴譜，考定五音正聲，被諸郊祀。上自製《五建皇極》《百僚師師》諸曲，命先公付尹紫芝内翰，翻譜勾剔。時司其事者，内監琴張。張奉命出宫嬪褚貞娥等，禮内翰爲師，指授琴學，頒賜紫花、御書、酒果、縑葛之屬，極一時寵遇。迨闖賊肆逆，烈皇帝殉社稷，諸善琴者偕投内池，内翰恐御製新譜失傳，忍死抱琴而逃，南歸謁先公于香草垞，言亡國時事甚悉。從此二十九年不復聞音耗矣。癸亥秋，余在寒溪，内翰忽來，相見如夢寐，意欲薙染，

① 首，《家藏稿》本作「去」。

事余學佛，余傷之，爲賦《鼎湖篇》以贈。此詩所咏即序其事。

君家丞相人中龍，屈伸時會風雲中①。《明史·文震孟傳》：字文起，天啟壬戌殿試第一，吴縣人待詔徵明曾孫也。崇禎改元，擢禮部左侍郎，兼東閣大學士。福王時，追謚文肅。廬陵忠孝兩賢繼，按此語本張弘範「丞相忠孝盡矣」之語。「兩賢繼」則謂林與森也。朱錫鬯《處士文君墓誌》：文氏之先自廬陵徙衡州，復自徐徙杭，居吴。按此則信國是其遠祖。又汪苕文《文文肅公傳》：先世自衡屢遷，始定居于蘇，有諱林者偕其弟森後先舉進士，林官至温州知府，森巡撫、都御史。林生翰林待詔徵明，徵明生國子博士彭，彭生衛輝同知、贈左諭德兼侍講元發，元發生公，在内閣不滿三月。待詔聲名累葉同。致主絲綸三月罷，傳家翰墨八分工。《曝書亭集》：國子監博士彭，海内所稱三橋先生者也。玄孫點，字與也，肆力爲古文辭，兼縱筆爲山水、人物及八分書，善鑑者以爲不失高曾規矩。汝父翩翩相公弟，詞場跌宕酣聲伎。才大非關書畫傳，門高不屑公卿貴。老向長安作布衣，主知特達金門戲。《明詩綜》：文震亨，字啟美，崇禎中官武英殿中書舍人。錢東澗《答啟美》詩：「停雲家世紅闌里，邀笛風流白下門。」其才致可想。停雲館，在城西三條橋西北曹家巷，文氏所世居也。先帝齋居好鼓琴，相如召入賜黄金。大絃張急宫聲亂，識是君王宵旰心。陸啟浤《客燕雜記》：崇禎戊寅，上于宫中鳴琴製《於變時雍》等曲，皆取《尚書》語爲之。内局造琴五百牀，内監張姓者專主琴務。按啟美入直武英殿，時上命侍臣較正御屏輿圖兼改定琴譜。爲君既難臣亦苦，龜山東望思宗魯。左徒憔悴放江潭，忠愛惓惓不忘

① 中，底本原作「空」，據士禮居本改。

楚。可惜吾家有逐臣，曲終哀怨無人補。《明史・文震孟傳》：天啟六年冬，太倉人孫文豸與同里武進士顧同寅嘗客熊廷弼所，廷弼死，文豸爲詩誄之，同寅題尺牘亦有追憶語，爲邏卒所獲，門克新遽以誹謗聞，兩人遂棄市。詞連及震孟，同編修陳仁錫及庶吉士鄭鄤並削籍。《頌天臚筆》：言路有攻擊鄒吉水媚璫者，公首疏斥之，璫怒，幾中公危法，賴韓、盛二公力救，落職回籍。尋以逆璫嫌隙，廢黜編氓。入竺塢山讀書賦詩，灌花蒔藥，屨盈户外。欲談治道將琴諫，審音先取宮商辨。怡神玉几澹無爲，雲門樂作南薰殿。君臣朋友盡和平，四海熙然致清晏。聖主聞聲念舊臣，名家絶藝嗟稱善。歸來卧疾五湖雲，垂死干戈夢故君。緑綺暗塵書卷在，脊令原上戴顒墳〔一〕。啟美于乙酉六月避兵陽城湖。國亡，憤恚不食，嘔血死。雍門歌罷平陵曲，報韓子弟幾湛族。竺塢祠堂鬼火紅，閶門池館蒼鼯宿。《明史》：震孟二子秉、乘。乘遇國變，死于難。按秉字印符，吴縣諸生，夙負風節。吴易固文肅門下士，起兵湖中，時通聞問，事泄被收，土國寶命殺之，乘談笑自若而死。《卧龍山人集》：游竹塢，從松徑蒼莽中行，忽見一水甚湛潔，旁置略彴，遥望草舍歷落，竹樹森立①，文氏隱居之地也。文爲相國之子，世亂躬耕于此，不見五六年矣。按竺塢有文肅專祠。汝念先朝供奉恩②，抱琴長向荒江哭③。滿目雲山入舊圖，即指較正御屏輿圖。只今無地安茅屋〔二〕。誰將妙蹟享

① 立，士禮居本作「然」。
② 朝，士禮居本、《家藏稿》本作「人」。
③ 長，士禮居本作「幾」。

千金，後人餒死空山麓。與君五世通中表，張采《太倉州志》：吴愈女三人，次歸文徵明。相國同朝悲宿草。尋山結伴筍輿游，汝父平生與我好。看君才調擅丹青，畫舫相逢話死生。君不見信國悲歌青史裏，古來猶子重家聲。靳箋：信國與弟璧同榜進士，弟仕元至安撫使。空坑之敗，信國子失去無存，後以弟之子爲嗣。元仁宗以信國盡節，官其子集賢。

〔一〕〔戴顒〕《南史·戴顒傳》：字仲若，譙郡銍人也。父逵，善琴書。顒及兄勃並受琴于父，出居吴下，吴下士人共爲築室。

〔二〕〔安茅屋〕《南史·裴子野傳》：子野在禁省十餘年，無宅，借官地二畝，起茅屋數間。

嘲張南垣老遇雛妓《文集》：南垣名漣，華亭人，徙秀州，又爲秀州人。《嘉興縣志》：張漣少學畫，得山水趣，因其意築圃壘石，有黄大癡、梅道人筆意，一時名稱藉甚焉。

莫笑韋郎老，還堪弄玉簫〔一〕。醉來唯捫腹，興極在垂髫。白石供高枕，隱嘲其石工矣。青樽出細腰。可憐風雨夜，折取最長條。

〔一〕〔玉簫〕唐韋臯事，見《雲溪友議》。

讀史雜詩

東漢昔云季，黄門擅權勢。積忿召外兵，瀰決身亦斃。雖自撥本根，庶幾盪殘穢。誰云承敝起，仍用刑餘裔①。孟德沾丐養，門資列朝貴。憑藉盗弄兵，豈曰唯才智。追王故長秋〔一〕，無鬚而配帝〔二〕。鉤黨諸名賢，子孫爲阜隸。嘆賊奄之多後福也。《明史·宦者傳》：太監劉若愚者，善書，好學有文。天啟初，李永貞取入内直房主筆札。忠賢敗，若愚充孝陵淨軍。已，御史劉重慶以李實誣高攀龍等七人事劾實，實疏辨言係空印紙，乃忠賢逼取之，令永貞填書者。帝驗疏，墨在朱上，遂誅永貞，坐若愚大辟。久之，得釋。若愚當忠賢時，禄賜未嘗一及，既幽囚，痛己之冤，而恨體乾、文輔輩之得漏網也，作《酌中志》以自明，見者憐之。按賊入京師，杜之秩、曹化淳爲前導，杜勳語守城内臣王則堯、褚憲章曰：「吾輩富貴自在。」而高起潛、王坤之南遯也，僅尺土一民，猶盡喪于其手，正不獨體乾、文輔輩得漏網耳。

〔一〕〔故長秋〕《後漢書·宦者傳》：曹騰，字季興，爲小黄門，遷中常侍、大長秋，加位特進。
〔二〕〔無鬚〕又《何進傳》：或有無鬚而誤死者。

---

① 用，《家藏稿》本作「出」。

其二

商君刑師傅，徙木見威約。范叔誣涇陽，折脅吐謇諤。地疎主恩深，法輕主權削。苟非用刻深，何以膺付託。功成或倖退，禍至終難度。屈申變化間，即事多斟酌。談笑遷種人〔一〕，吾思王景略。嘆江陵相没，群議其操切，一反其政，至養癰貽患也。《東林列傳》：萬曆初，張江陵慎擇本兵，妙選户部，兵、户部皆老成久任，而九邊大帥，居正莫不嘗試擠掇其才，調和其間，使内外一體，故呼應無有不捷，而推諉有所不行，邊陲陰受其福。自後閣臣一變而爲謹愿，避攬權之名，而席其强盛之實。户、兵二部多閣臣之所厚，以體統軋邊帥，邊帥亦尊富自將，置武備不甚講，是壞之基也。繼之閣臣再變而爲險僞，快意恩仇，户、兵二部多其私人，以喜怒御邊帥，闒茸可以爲賢，覆敗可以爲功，是壞之成也。繼之閣臣三變而爲貪墨，户、兵二部特閣臣之外府耳，以緩急難邊帥，無事則以爲溪壑，有事則以爲犧牲，甚至歸騎飽颺，邊臣糜爛，而内閣方廟算論功，大壞之極，至爲督撫者直往而承罪耳，豈不痛哉！

〔一〕〔遷種人〕《後漢書·光武紀》：徙其種人于江夏。

其三

蕭何虚上座，故侯城門東。曹參避正堂，屈己事蓋公。咄咄兩布衣，不仕隆準翁。其術總黄老，閲世浮沉中。所以輔兩人，俱以功名終。出處雖有異，道義將毋同。何必致兩生，彼哉叔孫通。浮沉閲世者，未可盡輕也。

靳箋：此七十字却聘書也，吾于此悲其志焉。

其四

竇融昔布衣，任俠家扶風。翟公初舉事，海内知其忠。融也受漢恩，大義宜相從。低頭就新莽，顧入其軍中。轉戰槐里下，盡力爲摧鋒。後來擁衆降，仍以當時功。忝竊居河西，蜀漢方相攻。一朝決大計，佐命蕭曹同。吁嗟翟太守，爲漢傾其宗〔一〕。劉氏已再興，白骨無人封。徒令千載後，流涕平陵東。言以降盗爲佐命，其功無足多也。《後漢書·竇融傳》：融早孤，王莽居攝中，爲强弩將軍司馬，東擊翟義，還攻槐里，以軍功封建武男。而《前漢書》不載，詩故表而出之，即無寄托，亦云闡幽。

〔一〕〔傾其宗〕《漢書·翟方進傳論》：義不量力，懷忠憤發，以隕其宗。

又咏古 曰又咏，承前題也。

浹旬至台司，三日遍華省。慈明與中郎，豈不念朝菌。王良御奔車，勢逼崦嵫景。急策度太行，馬足殆而騁。富貴若歲時，過則生災疹。草木冬先榮①，經春輒凋殞。桓桓梁將軍，赫赫蕭京尹。一朝遇差跌，未得全腰領。人生百年内，飽食與美寢。毋以藜藿糲，羨彼鐘與鼎。毋以毛褐敝，羨彼紈與錦。進固非伊周，退亦無箕潁②。薄禄從下僚，末俗居中品。寂寥子雲戟，從容步兵飲。躁進先顛，位高疾僨。豐瘁有時，達人隨遇。

其二

西州杜伯山，北海鄭康成。季孟將舉事，本初方用兵。脱身有追騎，輿疾猶從征。何胤絶婚宦〔一〕，遯跡東籬門。受逼崔慧景，語默難爲情。網疏免刑戮，大道全身名③。時命苟不佑，千載無完人。入山山易淺，飲水水不清。一身累妻子，動足皆荆榛。自非焦孝先〔二〕，何以逃風塵④。庶幾詹尹卜，足保幽人貞。高名爲累，大儒難免。遇亂能全，今不逮古。

---

① 榮，《家藏稿》本作「華」。
② 亦，《家藏稿》本作「已」。
③ 大道，《家藏稿》本作「道大」。
④ 風塵，《家藏稿》本作「黄巾」。

〔一〕［何胤］《南史·何點傳》：感家禍，欲絶婚宦，尚之强爲娶瑯琊王氏。禮畢，將親迎，點累涕泣，求執本志，遂得罷。從弟遁以東籬門園居之，德璋爲築室焉。永元中，崔慧景圍城，逼召點，點裂裙爲袴，往赴其軍，終日談説，不及軍事。其語默之跡如此。慧景平後，東昏大怒，欲誅之，蕭暢曰：「點若不誘賊共講，未必可量。以此言之，乃應得封。」東昏乃止。按詩所稱皆點事，非何胤也。殆是偶然失檢，或傳寫之訛耳。

〔二〕［焦孝先］《神仙傳》：焦先生者，字孝然。《高士傳》：焦先，字孝然。或言生漢末，及魏受禪，結草爲廬，于河之湄，獨止其中。冬夏袒不着衣，卧不設席，以身親土，或數日一食，目不與女子迕視，口未嘗言。後野火燒其廬，先因露寢。冬大雪至，先袒卧不移。後百餘歲卒。《三國志》注引《魏畧》亦曰先字孝然。按邊韶、毛玠、葛玄皆字孝先，而非焦氏，則「先」字當亦「然」字之訛耳。

其三①

遭時固不易，推心尤獨難。景略王佐才，臣主真交歡。天意不佑秦，中道奪之年。苻堅有

①《家藏稿》本次序爲十。

大度，豁達知名賢。獨斷未爲失，興廢寧非天①。賊萇實弑君，聞者爲衝冠。鎮惡丞相孫，流落來江南。西伐功冠軍，力戰收長安。手劍縛姚泓，俘之出潼關。張良爲劉氏，雅志在報韓。能以家國恥，屈申兩主間。其地皆西秦，功亦堪比肩。區區一李方〔一〕，報恩何足言。《春秋》之義，莫大復仇。依人雪恥，古有賢孫。

〔一〕〔李方〕《南史·王鎮惡傳》：祖猛仕苻堅，任兼將相。年十三而苻氏敗，寓食澠池人李方家，謂方曰：「當厚相報」。方曰：「君丞相孫，人材如此，何患不富貴？至時願見用爲本縣令足矣。」又《傳》：身先士卒，即陷長安城。入關之功，鎮惡爲首。

其四②

宜城酒家保〔一〕，北海賣餅師〔二〕。千金懸賞購，萬里刊章追。途窮變名姓，勢急投親知。漢法重亡命，保舍加誅夷。破家相存濟，百口同安危。虞卿捐相印，恨未脱魏齊。惜哉燕

① 廢，士禮居本、《家藏稿》本作「毀」。
② 《家藏稿》本次序爲十一。

太子，流涕樊於期。瀨水一女子，魯國一小兒。今也無其人，已矣其安歸①。廣柳可以置，置當猛虎蹊。複壁可以藏，藏憂黠鼠窺。古道不可作，太息將何爲。削跡晦名，偏遭物色。側身天地，時切憂生。

〔一〕［酒家保］《後漢書·杜根傳》：逃竄，爲宜城山中酒家保。

〔二〕［賣餅師］又《趙岐傳》：字邠卿。自匿姓名，賣餅北海市中。

其五②

古來有烈士，軹里與易水。慶卿雖不成，其事已並美。專諸弑王僚，朱亥殺晉鄙。惜哉博浪椎，何如圯橋履。公孫擅西蜀，可謂得死士③。連刺兩大將，探囊取物耳。皆從百萬軍，夜半入帳裏。匕首中要害，絶跡復千里。若論劍術精，前人莫能比。胡使名弗傳，無以著

---

① 其，士禮居本作「將」。

② 《家藏稿》本次序爲七。

③ 死士，底本原作「士死」，據《家藏稿》本改。

青史。誰脩俠客傳，闕疑存二子①。作者難逢，奇懷莫顯。亂世文晦，埋滅恒多。

其六②

高密未佐命③〔一〕，早共京師游。弱冠拜諸侯④，杖策功名收。雲臺畫少年，萬古誰能儔。興王諸將相，足使風雲羞。鄧芝遇先主〔二〕，七十才封侯。位至大將軍，矍鑠高春秋。英雄初未遇，垂老猶窮愁。祖孫漢功臣，年齒胡不侔⑤。我讀新野傳，慷慨思炎劉。策勳新朝，遲速有命。老成見庸，躁進奚爲。

〔一〕〔高密〕《後漢書·鄧禹傳》：字仲華，南陽新野人也。年二十四，封爲酇侯。天下平定，封禹爲高密侯。

〔二〕〔鄧芝〕《蜀志·鄧芝傳》：字伯苗，義陽新野人，司徒禹之後也。益州從事張裕善相，謂芝曰：

---

① 闕，底本原作「屈」，據士禮居本、《家藏稿》本改。
② 《家藏稿》本次序爲八。
③ 未，底本原作「末」，據士禮居本、《家藏稿》本改。
④ 諸侯，士禮居本、《家藏稿》本作「司徒」。
⑤ 胡，士禮居本作「何」。

「君年七十，位至大將軍，封侯。」

偶成此詩格實創自王弇州，屠赤水蓋導之，兹猶兩家體裁也。

南山不逢堯舜，北窗自有羲皇。智如樗里何用，窮似黔婁不妨。

其二

張良貌似女子，李廣恂恂鄙人。祖龍一擊幾中，猿臂善射如神。

其三

異錦文繒歌者，黄金白璧蒼頭。諸生脣腐齒落，終歲華冠敝裘〔一〕。

〔一〕〔華冠〕《莊子》：原憲華冠縱履，杖藜而應門。

其四

寶帳葳蕤雲漾，象牀刻鏤花深。破盡民間萬室，遠踰禁物千金。

其五

韓非傳同老子〔一〕，蘇侯坐配唐堯〔二〕。今古一丘之貉，不知誰鳳誰梟。

〔一〕〔韓老〕《世説》：王儉與王敬則同拜三公，徐孝嗣于崇禮門候儉，因嘲之曰：「今日可謂連璧。」儉曰：「不意老子遂與韓非同傳。」

〔二〕〔蘇侯〕《南齊書·崔祖思傳》：爲都昌令，隨青州刺史垣護之入堯廟，廟有塑像，堯與蘇侯神並坐。護之曰：「今欲正之，何如？」祖思曰：「使君若清蕩此座，則是堯廟重去四凶。」按蘇侯神，晉蘇峻也。

其六

雍齒且加封爵，田橫可誓丹青。願得毋忘堂阜，相看寧識神亭〔一〕。

〔一〕〔神亭〕《吴志·太史慈傳》：策即解縛，捉其手曰：「寧識神亭時耶？」

其七

織薄吹簫豐沛，拍張狂叫風雲〔一〕。朝領白衣隊主〔二〕，暮稱黑矟將軍〔三〕。

〔一〕［拍張風雲］《南史·王儉傳》：王敬則奮臂拍張，叫動左右，曰：「臣以拍張，故得三公，不可忘拍張。」又《敬則傳》：我南沙縣吏，僥倖得細鎧左右，逮風雲以至于此。

〔二〕［白衣隊主］又《周山圖傳》：山圖應募領白衣隊主，除給事中、冗從僕射、直閤將軍。

〔三〕［黑矟將軍］《北史·于栗磾傳》：授栗磾黑矟將軍。栗磾好持黑矟，故有其號。

其八

雅擅潘文樂旨〔一〕，妙參羊體嵇心〔二〕。畫虎雕龍染翰，高山流水彈琴。

〔一〕［潘樂］《晉書·樂廣傳》：廣善清言而不長于筆，將讓尹，請潘岳爲表。廣作二百句語，述己之志，岳因取次比，便成名筆。時人咸云：若廣不假岳之筆，岳不取廣之旨，無以成斯美也。

〔二〕［羊嵇］《南史·柳惲傳》：宋時有嵇元榮、羊蓋者，並善琴，惲從之學，特窮其妙。齊竟陵王子良曰：「卿巧越嵇心，妙臻羊體。」

其九

東部督郵恣横①，北門待詔窮愁。莫舉賢良有道，且求刀筆封侯。

其十

食其長爲説客，夷甫自謂談宗〔一〕。著書一篇雋永〔二〕，緩頰四座從容。

〔一〕［談宗］《晉書·阮修傳》：王衍當時談宗。

〔二〕［雋永］《漢書·蒯通傳》：通論戰國時説士權變，亦自序其説，凡八十一首，號曰《雋永》。

其十一

趙壹恃才倨傲，禰衡作達疎狂。計吏恣睢卿相，布衣笑罵侯王。

---

① 部，士禮居本作「門」。

其十二

廚下緑葵紫蓼，盤中白柰黄柑。冠櫛懶施高枕，樵蘇失爨清談。

讀漢武帝紀

岱觀東迎日，河源西問天。晚來雄略盡，巫蠱是神仙。

讀光武帝紀

雷雨昆陽戰，風雲赤伏符。始知銅馬帝，遠勝執金吾。

暑夜舟過溪橋示顧伊人《舄吟集·小傳》：顧湄字伊人，織簾先生夢麟子。從吴梅村學詩，又講學于陳確菴之門。梅村言嘗訪伊人於其里，茅齋三楹，衡門兩板，庭堦潔治，地無纖塵。丹黄遺帙，插架如新。所著有《虎丘山志》，詩曰《水鄉集》。東澗稱其陶冶性靈，清麗婉約。名章秀句，芊綿綺合，生于孤情瘁音，作者有不自知，而秋士恨人，每撫卷三嘆焉。

深岸聽微風，江清不寐中。舟行人影動，橋語月明空。寺樹侵門黑，漁燈颭水紅。誰家更吹笛，歸思溯湖東。

題思翁倣趙承旨筆董其昌《畫禪室隨筆》：吾學彷《黄庭經》及鍾元常。比游嘉興，見王右軍帖，又見《官奴帖》于金陵，自此漸有所得。則今人以董字爲學趙者非矣。《韻石齋筆談》：黄子久犒華之韻溢于毫素，爲士氣建幢，石田、玄宰兩先生由此發脈。則今人以董畫爲學趙者非矣。

佘山雲接弁山遥，苕霅扁舟景色饒。羨殺當時兩文敏，一般殘墨畫金焦。

橘

莫設西山戍，蕭條是橘官。原注：時洞庭初增兵將。果從今歲少，樹爲去年寒。原注：昨冬大寒，橘大半枯死。一絹輸將苦〔一〕，千頭剪伐殘。茂陵消渴甚，只向上林看。

〔一〕〔一絹〕《襄陽耆舊傳》：李衡爲丹陽太守，遣人于龍陽洲上作宅，種橘千株。臨死勑兒曰：「吾州里有千頭木奴，不責汝食，歲上匹絹，亦當足用耳。」

蛤蜊

彊飯無良法，全憑適口湯。食經高此族〔一〕，酒客得誰方。水斷車螯味，廚空牡蠣房〔二〕。江南沈昭畧〔三〕，苦嗜不能嘗。

〔一〕〔高此族〕梁元帝《謝賚蛤蜊車螯啟》：車螯味高食部，名陳物志。

〔二〕〔牡蠣〕《酉陽雜俎》：車螯、牡蠣，故宜長充庖廚，永爲口實。

〔三〕〔沈昭畧〕《南史·王融傳》：遇沈昭畧，未相識，昭畧屢顧盼，謂主人曰：「是何年少？」融殊不平，謂曰：「僕出于扶桑，入于暘谷，照耀天下，誰云不知？而卿此問。」昭畧曰：「不知許事，且食蛤蜊。」融曰：「物以群分，方以類聚。君長東隅，居然應嗜此族。」

膾殘

棄擲誠何細〔一〕，夫差信老饕〔二〕。微茫經匕箸，變化入波濤。風俗銀盤薦，江湖玉饌高。六千殘卒在，脱網總秋毫。

〔一〕〔棄擲〕《博物志》：吴王江行，食鱠，有餘，棄于中流，化爲魚。今魚中有名吴王鱠者，長數寸，大者如箸。

〔二〕〔老饕〕《宋史·劉黻傳》：迺今老饕自肆。又坡公有《老饕賦》。

石首《本草綱目》：石首魚，生東南海中，其形首有白石二枚，瑩潔如玉，至秋化爲冠鳧，即野鴨有冠者也。

採鮮諸俠少，打鼓伐藏冰〔一〕。五月三江去，千金一網能。尾黄荷葉蓋，腮赤柳條勝。笑殺兒童語，烹來可飯僧〔二〕。

〔一〕〔伐藏冰〕《松江府志》：石首俗呼黄魚。每夏初，賈人駕巨舟，羣百人呼噪出洋，先於蘇州冰廠市冰以待，謂之冰鮮。鹽晒爲鱐，曰白鯗。金山青村爲盛。

〔二〕〔可飯僧〕周櫟園《書影》：浙僧以佛經中有「南海有魚，其名石首，比丘有疾，食肉四兩」語，恣啖之。然皆無賴掛褡所爲，稍持戒律者不至藉經言爲口寔也。

燕窩周亮工《閩小記》：燕窩有烏、白、紅三種，惟紅者最難得。白者能愈痰疾，紅者有益小兒痘疹。《暑窗臆説》：燕窩名金絲，海商云海際沙洲生蠶螺，臂有兩筋，堅潔而白，海燕啄食之，肉化而筋不化，并津液吐出，結爲小窩，啣飛渡海，倦則棲其上。海人依時拾之以貨，紫色者尤佳。

海燕無家苦，爭啣白小魚〔一〕。却供人採食，未卜汝安居。味入金虀美〔二〕，巢營玉壘虚。大官求遠物〔三〕，早獻上林書。

〔一〕〔白小魚〕杜子美詩：白小群分命，天然二寸魚。

〔二〕〔金虀〕《南部烟花録》：南人魚鱠，細縷金橙拌之，號爲金虀玉鱠。

〔三〕〔大官〕《漢書·百官公卿表》師古注：大官主膳食，湯官主餅餌，導官主擇米。

海參《閩小記》：參益人，海參得名，亦以能温補也。生于土者爲人參，生于海者爲海參。

預使燂湯洗，遲纔入鼎鐺。禁猶寬北海，原注：産登萊海中，故無禁。按康熙二十三年始弛海禁。饌可佐南烹〔一〕。《攄梧齋塵談》：凡海錯，有其物古必有其名，獨海參不知爲何物，從古無食者，今且種類錯出矣。莫辨蟲魚族，休疑草木名。但將滋味補，勿藥養餘生。

〔二〕〔南烹〕韓詩：自宜味南烹。

比目《本草綱目》：比目魚，各一目，相并而行也。

比目誠何恨，滄波作伴游。幸逃網罟厄，可免别離愁。小市時珍改，殘書土物收。若逢封禪詔，定向海邊求。原注：得東海比目魚始可封禪。見《管子》。

鮝《本草綱目》：石首魚，乾者名鮝。鮝能養人，人恒想之，故字從養。以白者爲佳，故呼白鮝。

按鰳魚、鱠魚皆可爲鮝。

舊俗魚鹽賤，貧家入饌輕。自慚非食肉，每飯望休兵。餘骨羶何附，長餐臭有情。腐儒嗟口腹，屬饜負昇平。

海螄此寓言也。我因結語而繹之，殆將出山而自嘆歟？

不肯依墻壁，其如羅網偏。冒起。文身疑蝌篆，長髻學螺旋。踼足蟠根固，容頭掩的圓。但能防尾擊，誰敢陷中堅。其慎守也既如此。氣及先聲取，髀存裹肉捐。空虚寧棄擲，辛苦是連蜷。其際遇也乃如彼。處世遭多口，浮生誤一鮮。白鹽看雨後，紅釀向花邊。爲此之故。入穴鈎難致，呼門慘不前。迴腸縈鎖甲，髕脚怨刀錢。竟誤其生而虧體矣。海粟蝸廬滿，蟲書蜃市懸。知君爾雅熟，爲譯小言篇。點明本意。此篇於六義爲比，下篇則賦也。

麥蠶《鎮洋縣志》：麥蠶，炒青麥去稃，揉如蠶形。

月令初嘗麥，豳風小索綯〔一〕。繭絲供歲早，芒刺用心勞〔二〕。點題，冒起。舊穀憂蛾賊，先農攝馬曹〔三〕。三眠收滯穗，五色薦溪毛。詳其原委。簇箔同丘坻，繰車借桔槔。筐分南陌採，縷細北宫繅。奉種鶘鳴降，輸魁蟹績高〔四〕。成之之狀。仙翁蜂化飯〔五〕，醉士蟻餔糟〔六〕。桑蠋僵應化，冰蛆卧未逃〔七〕。婦驚將絡緯，客咽半螬蠐。食之之美。纖手揉乾精，春綿滑冷淘。非關蟲食稼，恰並鳥含桃。因以進箴。

〔一〕［小索綯］《詩·豳風》疏：取茅草作索綯，以待明年蠶用也。按《學記》：「宵雅肄三。」注：宵小通。

〔二〕［芒刺］《酉陽雜俎》：蟹八月腹中有芒，真稻芒也。長寸許，向東輸與海神，未輸不可食。

〔三〕［馬曹］《晉書·王徽之傳》：爲桓沖騎兵參軍，沖問：「卿署何曹？」答曰：「似是馬曹。」

〔四〕［輸魁］《酉陽雜俎》：蟹執穗以朝其魁。

〔五〕〔蜂化飯〕《葛仙翁别傳》：仙翁與客對食，客請作奇戲，仙翁即吐口中飯，盡成飛蜂滿屋，或集客身，莫不震肅，但不螫人耳。良久，仙翁乃張口，蜂皆飛入口中，成飯食之。

〔六〕〔蟻〕張平子《南都賦》：醪敷徑寸，浮蟻若萍。

〔七〕〔冰蛆〕《草木子》：雪蠶，生陰山以北及蛾眉北，人謂之雪蛆。二山積雪，歷世不消，其中生此，大如瓠，味極甘美。

戲題士女圖

《古今畫鑑》：周昉善寫真，作士女，多穠麗豐肥，有富貴氣。

霸越亡吴計已行，論功何物賞傾城。西施亦有弓藏懼，不獨鴟夷變姓名。

一舸杜牧詩：西子下姑蘇，一舸逐鴟夷。

虞兮

千夫辟易楚重瞳，仁謹居然百戰中。博得美人心肯死，項王此處是英雄。虞兮之死出傳奇，正史所無。周非園詩曰：騅則已隨亭長去，不知虞却屬何人。

出塞

玉關秋盡雁連天，磧裏明駝路幾千。夜半李陵臺上月，可能還似漢宮圓。

歸國温庭筠集有《歸國謡》。

董逃歌罷故園空〔一〕，腸斷悲笳付朔風。贖得蛾眉知舊事，好修佳傳報曹公。

〔一〕〔董逃〕《後漢書·五行志》：靈帝中平中，京都歌曰：「承樂世，董逃。」董謂董卓也。言雖跋扈，縱其殘暴，終歸逃竄，至于族滅也。

當壚

四壁蕭條酒數升，錦江新釀玉壺冰。莫教詞賦逢人賣①，愁把黃金聘茂陵。

① 逢，士禮居本作「從」。

墮樓

金谷粧成愛細腰，避風臺上五銖嬌。身輕好向君前死，一樹穠花到地消。

奔拂張道濟《虬髯客傳》：隋煬帝之幸江都，命司空楊素守西京。一日，衛公李靖以布衣上謁，獻奇策，素亦踞見，一妓有殊色，執紅拂立于前，獨目公。公既去，而執拂者臨軒指吏曰：「問去者處士第幾，住何處。」公具以對，妓頷而退。其夜五更初，忽聞叩門聲低者，公起問，乃紫衣帶帽人，杖一囊，公問誰，曰妾楊家之執拂伎也。公遽延入，脱衣去帽，乃十八九佳麗人也，素面畫衣而拜。

歌舞侯門一見難，侍兒何得脱長安。樂昌破鏡翻新唱，換取楊公作舊官〔一〕。

〔一〕〔舊官〕《本事詩》：陳太子舍人徐德言之妻，後主叔寶之妹，封樂昌公主。時陳政方亂，德言知不相保，乃破一鏡，人執其半，約曰：他日必以正月望日賣于都市，我當在，即以是日訪之。及陳亡，其妻果入越公楊素之家，德言至京，遂以正月望日訪于都市，有蒼頭賣破鏡者，德言直引至其居，設食，具言其故，出半鏡以合之，仍題詩云云。陳氏得詩，涕泣不食，素知之，即召德言，還其妻，仍與德言、陳氏偕飲，令陳氏爲詩，曰：「今日何遷次，新官對舊官。笑啼俱不敢，方驗作人難。」

盜綃

《劍俠傳》：唐大曆中，有崔生者，其父爲顯僚，與蓋天之勳臣一品者熟。生是時爲千牛，其父使往省一品疾。一品命姬軸簾，召生入室，遂命衣紅綃者擎一甌與生食。生少年，赧伎輩，終不食，一品命紅綃姬以匙而進之，生不得已而食，伎哂之。遂告辭而去，命紅綃送出院。時生回顧，姬立三指，又反掌者三，然後指胸前小鏡子云：「記取。」餘更無言。生歸，怳然凝思，日不暇食，時家中有崑崙摩勒，顧瞻郎君曰：「心中有何事，如此抱恨不已？」遂具告之，又白其隱語，摩勒曰：「有何難會！立三指者，一品宅中有十院，歌姬此乃第三院耳。反掌三者，數十五。胸前小鏡子，十五夜月圓如鏡，令郎君來耳。」生大喜，曰：「何計而能達我鬱結耶？」摩勒笑曰：「一品宅有猛犬守歌姬院門外，常人不得輒入，入必噬殺之。其警如神，其猛如虎，今夕當爲郎君撾殺之。」是夜三更，與生衣青衣，遂負而踰十重垣，入歌姬院内，止第三門。繡户不扃，金釭微明，惟聞姬長嘆而坐，若有所伺。摩勒請先爲姬負其囊橐粧奩，如此三復，遂負生與姬而飛出峻垣十餘重，一品家之守禦無有警者。

令公高戟妓堂開，黄耳金鈴護緑苔。博浪功成滄海使①，緣何輕爲美人來。

① 滄，底本原作「倉」，據士禮居本改。

取盒《劍俠傳》：紅線，劍仙也，爲潞州節度使薛嵩家侍兒。時魏博節度田承嗣募甲卒五千，號外宅男兒，欲刻日併潞。嵩憂計無所出，紅線請乘夜往魏覘虚實，伺便取事。乃佩靈符，挾匕首，御風而往，雞鳴即還，取其牀頭金盒爲信。嵩爲寒温書，遣人馳送，入夜赴魏，非時呼門，呈送書盒。時魏索盗金盒賊甚急，不可得，聞之警絶。乃留使者厚勞，盡散外宅兒男，結爲婚姻，兩軍帖然。

銅雀高懸漳水流，月明飛去女諮謀。何因不取田郎首，報與官家下魏州。《劍俠傳》：持金盒以歸，將行二百里。見銅臺高揭，漳水東流，晨鐘動野，斜月在林。憤往喜還，頓忘于行役；感知酬德，聊副于諮謀。

夢鞋

蔣防《霍小玉傳》：大曆中，李生名益，隴西人。第進士，自矜風調。長安有媒鮑十一娘者，言故霍王女字小玉，婢出也，諸兄弟以其母微，分貲遣居于外，易姓鄭氏，女美甚。生悦，就之二歲餘，歸而别娶。小玉思之成疾，生再至長安，不顧也。小玉使侍婢賣紫玉釵，欲賂人爲通消息，生之密友勸生顧鄭。忽有豪士衣輕黄紵衫，挾生之鄭所，報曰：「李十郎來也。」其前夕，小玉夢黄衫丈夫抱生來，令小玉爲脱鞋。警而寤，解之曰：鞋者諧也，脱者解也，其來合而永訣乎？及見生，曰：「我爲女子，薄命如斯。君是丈夫，負心若此。我死必爲厲鬼，使汝妻妾不安。」遂慟而死。後李生之妻妾無一不反目者。

玉釵敲斷紫鸞雛，消息聲華滿帝都。能致黄衫偏薄倖，死生那得放狂夫。

驪宫《太真外傳》：昔天寶十載，侍輦避暑驪山宫。秋七月，牽牛、織女相見之夕，上憑肩而望，因仰天感牛女事，密相誓心，願世世爲夫婦。

天上人間恨豈消，雙星魂斷碧雲翹。成都亦有支機石〔一〕，烏鵲難填萬里橋。

〔一〕「支機石」《四川通志》：支機石，在蜀城西南隅石牛寺之側，出土而立，高可五尺餘。石色微紫，近土有一竅，旁刻「支機石」三篆文。

蒲東

背解羅襦避月明，乍凉天氣爲多情。紅娘欲去唤鐘動，扶起玉人釵半横。

偶得

莫爲高貲畏告緡，百金中産未全貧。只因程鄭吹求盡，却把黔婁作富人。

其二

家居柳市匿亡逃，輕俠爲生舊鼓刀。一自赤車收趙李，探丸無復五陵豪。

其三

金城少主欲還家，油犢車輕御苑花。望斷龍堆無雁字，黑河秋雨弄琵琶。李湘北天馥《秋懷詩》：侍子忘婚媾，稱兵鴨綠江。自注云：噶爾噶反，遣端郡王暨圖相國往征，一戰滅之。按大學士圖海平噶爾噶在順治十四年，故王貽上詩亦云：西北和親國，王姬禮數殊。一朝忘甥舅，萬里送頭顱。此詩蓋于木叛時云爾。

投贈督府馬公《江南通志》：總督馬國柱，奉天人。順治四年任。按國柱字擎宇。靳箋：袁子才曰：梅村之出，大由馬君促之，此詩紀事。

伏波家世本專征，畫角油幢細柳營。上相始興開北府〔一〕，通侯高密鎮西京。江山傳箭旌旗色，賓客圍棋劍履聲。勞苦潯陽新駐節，舳艫今喜下湓城。

〔一〕〔北府〕山謙之《南徐州志》：舊徐州都督以東爲稱，晉民南遷，徐州刺史王舒加北中郎將，北府之號自此始也。

其二

十年重到石城頭，細雨孤帆載客愁。累檄久應趨幕府，扁舟今始識君侯。青山舊業安常稅，白髮衰親畏遠遊。慚愧推賢蕭相國，邵平只合守瓜丘。

自嘆時蓋將出山也。

誤盡平生是一官，棄家容易變名難。松筠敢厭風霜苦，魚鳥猶思天地寬。鼓枻有心逃甫里，推車何事出長干。旁人休笑陶弘景，神武當年早掛冠。

晚眺以下俱再至金陵作。

萬壑亂烟霜，浮圖別渺茫。江山連楚蜀，鐘磬怨齊梁。原廟寒泉裏，園陵秋草傍。雁低迷雨色①，鷺遠入湖光。戲馬長干里，歸人石子岡。舟車走聲利，衣食負耕桑。欲問淮南信，砧聲繞夕陽。

① 迷，士禮居本、《家藏稿》本作「連」。

靳价人曰：此詩大意與《鍾山》一首可以參看。前半篇即「王氣銷沉石子岡」等六句意，後半篇即「聖公没後無抔土，姑孰江聲空夕陽」之意。梅村曾爲勝國臣子，立言忠厚乃爾。

咏月

長夜清輝發，愁來分外明。徘徊新戰骨，經過舊臺城。秋色知何處，江心似不平。可堪吹急管，重起故鄉情。

登上方橋有感

原注：橋時新修，極雄壯，望見天壇崩圮盡矣。《一統志》：上方橋，在上元縣東南。天地壇，在洪武門外。《江寧府志》：順治三年九月，内院洪承疇等重修上方橋，于八年二月橋成①。

石梁天際偃長壕，勢壓魚龍敢遁逃。壯麗氣開浮廣術〔一〕，虚無根削插崩濤。秋騰萬馬鞭梢整，日出千軍挽餉勞。回首泰壇鐘磬遠，江流空繞斷垣高。

---

① 二，士禮居本作「八」。

〔一〕〔廣術〕《説文》：術，邑中道。虞伯生詩：闢除正廣術。

鍾山《明史·地理志》：應天府東北有鍾山，山南有孝陵衛。

王氣銷沉石子岡，放鷹調馬蔣陵旁。金棺移塔思原廟，原注：金棺爲誌公，在雞鳴寺。玉匣藏衣記奉常。原注：太常有高廟衣冠。楊柳重栽馳道改，櫻桃莫薦寢園荒。原注：時當四月。聖公没後無抔土，姑孰江聲空夕陽。福王被俘于太平，故云。

臺城《綱目質實》：臺城，在鍾阜側，今胭脂井南至高陽基二里，爲軍營及民蔬圃者皆是。

形勝當年百戰收，子孫容易失神州。金川事去家還在，玉樹歌殘恨未休。徐鄧功勳誰甲第，方黄骸骨總荒丘。可憐一片秦淮月，曾照降幡出石頭。此借臺城咏南渡事。

國學《明史·禮志》：洪武初，改應天府學爲國子學，後改建于雞鳴山下，既而改學爲監。

松柏曾垂講院陰，後湖烟雨記登臨。《江寧府志》：先師廟。天印在前，玄武湖居後。桓榮空有窮經志，伏挺徒增感遇心〔一〕。四庫圖書勞訪問，六堂絃管聽銷沉。白頭博士重來到，極目蕭條淚滿襟。

〔一〕〔伏挺〕《南史·伏挺傳》：三世同時聚徒教授，罕有其比。後乃變服出家。按詩意，以擬當時諸儒逃入空門者。

觀象臺《明史·天文志》：洪武十八年冬，設觀象臺于雞鳴山。

候日觀雲倚碧空，一朝零落黍離同。昔聞石鼓移天上，原注：元移石鼓于大都。按今石鼓在北京國子監，列門廡下，一中空如臼，詳歐陽《集古録》及朱彝尊《石鼓考》。今見銅壺没地中。黄道只看標北極，赤烏還復紀東風。郭公枉自師周髀，千尺荒臺等廢宮。原注：渾儀，郭守敬所造。○《元史·天文志》：守敬出所創簡儀、仰儀及諸儀表，皆臻于精妙。按《明史·天文志》：正統二年，行在欽天監正皇甫仲和奏言：南京觀象臺設渾天儀、簡儀、圭表，以窺測七政行度，而北京乃止于齊化門城樓上觀測，未有儀表，乞令本監官往南京用木做就，挈赴北京，以較驗北極出地高下，然後用銅別鑄。從之。蓋元都破後，盡運其法物而南，故郭所造乃在南京。

雞鳴寺《南畿志》：寺在雞籠山。洪武初，爲普濟禪師廟，後改爲寺。後瞰玄武湖，前俯京城，登覽之勝處也。

雞鳴寺接講臺基，扶杖重游涕淚垂。學舍有人鋤野菜，僧寮無主長棠梨。雷何舊席今安在〔一〕，支許同參更阿誰〔二〕。惟有誌公留布帽〔三〕，高皇遺筆讀殘碑。原注：寺壁有石刻高廟御筆題贊誌公像。

〔一〕［雷何］《南史・雷次宗傳》：字仲倫，豫章南昌人也。宋元嘉十五年，徵至都，開館于雞籠山，以儒學總監諸生。時國子學未立，上留意藝文，使丹陽尹何尚之立玄學，太子率更令何承天立史學，司徒參軍謝玄立文學，凡四學並建。

〔二〕［支許］《世説》：支道林、許掾諸人共在會稽王齋頭。遁爲法師，許爲都講。

〔三〕［誌公］《南史・釋寶誌傳》：沙門釋寶誌者，不知何許人，出入鍾山，往來都邑。齊武帝迎入華林園，少時，忽著三布帽，亦不知于何得之。俗呼爲誌公。

功臣廟

《明史》：洪武二年，立功臣廟于雞籠山，論次功臣。正殿六人，西序八人，東序七人，兩廡各設牌，一總書故指揮千百户衛所鎮撫之靈，以四孟歲暮，駙馬都尉祭之。

畫壁精靈間氣豪〔一〕，鄂公羽箭衛公刀。丹青賜額豐碑壯，棨戟傳家甲第高。鹿走三山爭楚漢〔二〕，楚漢寓言陳友諒。雞鳴十廟失蕭曹〔三〕。英雄轉戰當年事，采石悲風起怒濤。

〔一〕［間氣］《春秋演孔圖》：正氣爲帝，間氣爲臣，秀氣爲人。

〔二〕［三山］《一統志》：三山，在江寧縣西南。

〔三〕［十廟］《明史・志》：南京十廟。北極真武、道林真覺普濟禪師寶誌、都城隍、祠山廣惠張王渤、五顯靈順、漢秣陵尉蔣忠烈公子文、晉咸陽卞忠貞公壼、宋濟陽曹武惠王彬、南唐劉忠肅王仁瞻、元衛國忠肅公福壽。

玄武湖《建康志》：宋元嘉中，蔣陵湖有黑龍見，改玄武湖。樂史《寰宇記》：湖在上元縣北七里，週廻四十里。

覆舟西望接陂陀，千頃澄潭長緑莎。六代樓船供士女，百年版籍重山河。原注：湖置黄册庫，禁人游玩。○《説鈴》：金陵後湖貯天下郡縣户口册籍，有明終始，計一百七十萬本有奇。平川豈習昆明戰，禁地須通太液波。烟水不關興廢感，夕陽聞已唱漁歌。原注：時已有漁舟，非復昔日之禁矣。○《漁洋文略》：登塔望後湖，湖亦號昆明池，故明貯天下版籍之所，今網罟弗禁。夕陽頽淡，野水縱横，中惟荷葉田田千頃，鳧鷖將子，十百成群，唼喋波間而已。

秣陵口號

車馬垂陽十字街，河橋燈火舊秦淮〔一〕。《金陵圖記》：秦淮中出，貫于三山、石城之間。放衙非復通侯第，原注：中山賜第改作公署①。按中山宅今爲布政司署，其外宅曰西園，屬吴氏，六朝松在焉。廢圃誰知博士齋。易餅市傍王殿瓦，换魚江上孝陵柴。無端射取原頭鹿，收得長牛苑内牌〔二〕。

① 第，《家藏稿》作「宅」。

〔一〕〔河橋〕《一統志》：鎮淮橋在江寧府城南門外，即古朱雀桁所。横跨秦淮，長十有六丈①。

〔二〕〔苑内牌〕《蚓菴瑣語》：明朝南京孝陵内畜鹿數千，項懸銀牌，人有盜宰者抵死。崇禎末年，余解糧到京，往游陵上，猶見銀牌鹿往來林木中，始信唐世芙蓉園獲漢時宜春苑銅牌白鹿爲不誣也。

遇南廂園叟感賦八十韻

《行狀》：崇禎己卯，公陞南京國子監司業。此所云南廂者，蓋國學之南廂也。《湧幢小品》：南京各自以物力置官房。國子監兩廂，極水竹園亭之美，亦公私凑合而成。

寒潮衝廢壘，火雲燒赤岡。四月到金陵，十日行大航〔一〕。平生宦游地②，踪跡都遺忘。道遇一園叟，問我來何方。猶然認舊役〔二〕，即事堪心傷。開門延我坐，破壁低圍墻。却指灌莽中，此即爲南廂。衙舍成丘墟，佃種輸租糧。謀生改衣食，感舊存園莊。艱難守兹土，不敢之他鄉。我因訪故基，步步添思量。面水背蒼崖，中爲所居堂。四海羅生徒，六館登文章。《明史·志》：洪武初，建國學，設祭酒、司業以下等官。分六堂以館諸生，曰率性、修道、誠心、正意、崇志、廣業。學旁以宿諸生，謂之號房。厚給餼廩。每旦祭酒、司業坐堂上，屬官自監丞以下，首領則典簿，以次序立。諸生揖

---

① 丈，底本原作「尺」，據士禮居本改。

② 宦游，士禮居本、《家藏稿》本作「游宦」。

畢，質問經史，拱立聽命。唯朔望給假，餘日升堂會饌，乃會講、復講、背書，輪課以爲常。所習自《四子》本經外，兼及劉向《説苑》及律令書數、《御製大誥》。每月試經、書義各一道，詔、誥、表、策論、判、内制二道。每日習書二百餘字，以二王、智永、歐、虞、顔、柳諸帖爲法。松檜皆十圍，鐘管聲鏘鏘。百頃摇澄潭，夾岸栽垂楊。池上臨華軒，菡萏吹芬芳。談笑盡貴游，花月傾壺觴。其南有一亭，梧竹生微涼。回頭望雞籠，廟貌諸侯王。左李右鄧沐，中坐徐與常。霜髯見鋒骨，老將東甌湯。《明史·禮志》：太祖既以功臣配享太廟，又令别立廟于雞籠山，論次功臣二十一人。正殿：中山武寧王徐達、開平忠武王常遇春、岐陽武靖王李文忠、寧河武順王鄧愈、東甌襄武王湯和、黔寧昭靖王沐英。又《湯和傳》：濠人，卒，年七十。配食十六侯，劍珮森成行。得之爲將相，寧復憂封疆。按《明史·志》配食者，西序：越國武莊公胡大海、梁國公趙德勝①、巢國武壯公華高、虢國忠烈公俞通海、江國襄烈公吴良、安國忠烈公曹良臣、黔國威毅公吴復、燕山忠愍侯孫興祖。東序：郢國公馮國用、西海武莊公耿再成、濟國公丁德興、蔡國忠毅公張德勝、海國襄毅公吴楨、蘄國武義公康茂才、東海郡公茅成。止十五人，此云十六侯，未詳。北風江上急，萬馬朝騰驤。重來訪遺跡，落日唯牛羊。吁嗟中山孫，志氣胡弗昂。生世苟如此，不如死道旁。惜哉裸體辱，仍在功臣坊。《板橋雜記》：中山公子徐青君，魏國介弟也。家貲鉅萬，造園大功坊側。弘光時，加中府都督，前驅班列，呵導入朝。乙酉鼎革，籍没田産，一身孑然，與傭丐爲伍，至爲人代杖，其居第易爲兵道衙。一日，與當刑人約定杖數，計償若干，受杖時其數過倍，青

① 「公」字據士禮居本補。「德」字底本作「得」，據士禮居本改。

君大呼曰：我徐青君也。兵憲林公駭問，有哀王孫者對曰：此魏國公之公子，此堂乃其廳也。林公憐而釋之，青君跪謝曰：花園是某自造，非欽産也。林公唯唯，查還其園，賣花石、貨柱礎以自活。蕭條同泰寺[三]，南枕山之陽。當時寶誌公，妙塔天花香。改葬施金棺，手詔追褒揚。袈裟寄靈谷，制度由蕭梁。陸游《入蜀記》：鍾山寶公塔有小軒曰木末，取王文公「木末北山雲冉冉」句名之。《金陵圖記》：塔藏誌公肉身，左立一異香如鳳，倚以錫杖。八功德水者，乃法喜禱求西域阿耨池，以七日得之者。梁以前嘗取以給御，故在峭壁寺東，自遷誌塔，水從之而湧其地，遂涸。又云靈谷在鍾陵東麓。按此則誌公塔始蓋在南城，近石子岡，後遷靈谷也。《寄園寄所寄》：明太祖建壽陵，將遷寶誌冢，祝之，不報。曰：假地之半，遷瘞微偏，當一日享爾一供。乃得卜，發其坎，金棺銀槨，因函其骨移瘞，建靈谷寺衛，立浮圖于函上，覆以無梁甎殿，工費鉅萬。仍賜莊田三百六十所，日食其一，歲而週焉。御製文，樹碑紀績。千尺觀象臺，太史書禎祥。北望古旄頭①，夜夜愁光芒。高帝遺衣冠，月出修烝嘗。圖書盈玉几，弓劍堆金牀。承乏忝兼官，再拜陳衣裳。《明史·禮志》：每歲元旦、清明、七月望、十月朔、冬夏至日，俱用太牢遣官致祭。伏、臘、社、每月朔望，則用特羊祠祭。署官行禮。按公嘗攝遣祭官也。南内因灑掃，銅龍啟未央。幽花生御榻，苔澀青倉琅[四]。離宮須望幸，執戟衛中郎。《金陵圖記》：鍾陵無梁殿，皆瓴甋，作三券，不設椽桷。景陽鐘制樸而平唇，望之有古色。下殿爲响屧，右爲琵琶街，拍手試之如彈絲。廊皆呂偉畫壁。《續金陵瑣事》：舊内別院墻壁多舊宮人題詠。年久剥落，不可盡識。其一署曰媚蘭仙子，末二句猶可

① 古，底本原作「占」，據《家藏稿》本改。

識：「寒氣逼人眠不得，鐘聲催月下前廊。」萬事今盡非，東逝如長江。鍾陵十萬松，大者參天長。根節猶青銅，屈曲蒼皮僵。《金陵圖記》：鍾山緹垣絳闕，翠柏蒼松，萬樹葱鬱。王氣隱隱起萬緑間。出太平門，行太平堤，清樾蔭人。不知何代物，同日遭斧創。前此千百年，豈獨無興亡。況自百姓伐，孰者非耕桑。群生與草木，長養皆吾皇。人理已澌滅，講舍宜其荒。獨念四庫書，卷軸詩縹緗。孔廟銅犧尊，斑剥填青黄。棄擲草莽間，零落誰收藏①？老翁見話久，婦子私相商。人倦馬亦疲，剪韭炊黄粱。慎莫笑貧家，一一羅酒漿。從頭訴兵火，眼見尤悲愴。叶。大軍從北來，百姓聞驚惶。下令將入城，傳箭需民房。里正持府帖，僉在御賜廊。插旗大道邊，驅遣誰能當。但求骨肉完，其敢攜筐箱？扶持雜幼稚，失散呼耶孃。江南昔未亂，閒左稱阜康。馬阮作相公，行事偏猖狂。《明史·奸臣傳》：馬士英，貴陽人。與懷寧阮大鋮同中會試。士英督師廬鳳，擁兵迎福王，于是進士英東閣大學士。中旨起大鋮兵部，添注右侍郎。士英以南渡之壞半由大鋮，而己居惡名，頗以爲恨。高鎮爭揚州，《明史·高傑傳》：米脂人。福王封傑興平伯，列于四鎮，領揚州，駐城外，傑固欲入城，揚人畏傑，不納，傑攻城急，日掠廂村婦女。閣部史可法議以瓜州予傑，乃止。左兵來武昌。積漸成亂離，記憶應難詳。《明史·福王傳》：寧南侯左良玉舉兵武昌，以救太子、誅士英爲名。《綏寇紀略》：左以乙酉三月廿

① 收，士禮居本作「敢」。

六日傳檄討士英，自漢口達蘄州，火光接天，二百餘里。下路初定來，官吏蹄貪狼。按籍縛富人，坐索千金裝。以此爲才智，豈曰惟私囊。今日解馬草，明日修官塘。誅求刦到骨，皮肉俱生瘡。野老讀詔書，新政求循良。瓜畦亦有畔，溝水亦有防。始信立國家，不可無紀綱。春來雨水足，四野欣農忙。父子力耕耘，得粟輸官倉。遭遇重太平，窮老其何妨。薄暮難再留，暝色猶青蒼。策馬自此去，悽惻摧中腸。顧羨此老翁，負耒歌滄浪。牢落悲風塵，天地徒茫茫。時方赴北。

〔一〕〔大航〕《一統志》：朱雀航在江寧縣南，《通志》謂之南航，又曰大航，今聚寶門内鎮淮橋是其遺址。

〔二〕〔舊役〕《魏書·崔浩傳》：令復舊役，非無用也。

〔三〕〔同泰寺〕《一統志》：在上元縣東北。按即梁武帝捨身處。

〔四〕〔倉琅〕《漢書·五行志》：成帝時童謠曰：「木門倉琅根。」注：門之鋪首及銅鍰也。銅色青，故曰倉琅。鋪首銜環，故謂之根。

贈陽羨陳定生

蔣永修《迦陵外傳》：定生名貞慧，御史大夫于廷子，與如臯冒辟疆、商丘侯朝宗、桐城方密之並以名卿子折節讀書。傾家財交天下名士，天下稱四公子。四公子深相結，南渡時定生罹黨禍，朝宗捐數千金力爲營脱。侯無德色，陳不屑屑顧謝，相與爲古道交如此。

溪山罨畫好歸耕〔一〕，櫻筍琴書足性情。茶有一經真處士〔二〕，橘無千絹舊清卿〔三〕。原注：故御史大夫子。知交東冶傳鈎黨〔四〕，子弟南皮負盛名。謂陳維崧其年、維岳緯雲、宗石子萬等也。却話宋中登望遠〔五〕，天涯風雨得侯生。原注：定生偕侯朝宗在南中幾及鈎黨禍①，侯生歸德人。○《文集》：定生、朝宗、辟疆三人品覈執政，裁量公卿，雖甚强梗，不能有所屈撓。有皖人者流寓南中，故奄黨也，知諸君子唾棄之，乞好謁以輸平，未有間。會三人置酒雞鳴埭下，召其家善謳者歌主人所製新詞，則大喜曰：此諸君子欲善我也。既而偵客云：何見？諸君酒酣大罵，若奄兒媪子，乃欲以詞家自贖乎？于是大恨次骨。中西之亂，彼以攀附驟枋用，興大獄以修舊郄。定生爲所得，幾填牢户，朝宗遁之故鄣山中。南中人多爲辟疆耳目者，跳而免。按皖人即阮大鋮。興大獄謂妖僧大悲之獄。時大鋮作《蝗蝻》《蠛蠓》二録，又造七十三參②，欲一網盡東南諸君子。

---

① 鈎，底本無，據士禮居本、《家藏稿》本補。

② 七，士禮居本作「五」。

〔一〕〔罨畫〕《輿地志》：罨畫溪，一名五雲溪，在宜興。夾岸花竹，照映水中，故名。

〔二〕〔真處士〕《賓退録》：五代唐帝謂史虚白曰：「真處士風月主人蜀歐陽彬也。」

〔三〕〔清卿〕《北史·袁聿修傳》：邢卲報書曰：「弟昔爲清郎，今日更作清卿矣。」

〔四〕〔東冶〕《南史·袁彖傳》：坐過用禄用，免官付東冶。武帝游孫陵，望東冶，曰：「冶中有一好貴囚。」

〔五〕〔宋中〕杜子美詩：昔我遊宋中。

感舊

赤欄橋護上陽花，翠羽雕籠語絳紗①。羡殺江州白司馬，月明亭畔聽琵琶。此即夏英公「若遇琵琶應大笑，何須拉淚濕青衫」意。

贈寇白門

白門，故保國朱公所畜姬也。保國北行，白門被放，仍返南中。秦淮相遇，殊有淪落之感，口占贈之。《板橋雜記》：寇湄字白門。寇家多佳麗，白門其一也。娟娟靜美，跌宕風流，能度

① 羽，底本原作「雨」，據士禮居本、《家藏稿》本改。

曲，善畫蘭，粗知拈韻。十八九時，爲保國公購之，貯以金屋。甲申三月，京師陷，保國在南柄用，已而金陵破，保國生降，家口没入官，白門以千金予保國贖身，匹馬短衣，從一婢歸。歸爲女俠，築園亭，結賓客，酒酣耳熱，或歌或哭。既從揚州某孝廉，不得志，復還金陵，老矣，猶日與諸少年伍臥，後病死。《明史·朱謙傳》：封撫寧伯，卒，贈侯。子永襲。四傳至孫國弼。天啟中，劾魏忠賢。崇禎時，總督京營。温體仁柄用，國弼抗疏劾之，詔捕其門客及繕疏者下獄。及至南京，進保國公，乃與馬士英、阮大鋮相結，以訖于明亡。

南内無人吹洞簫，莫愁湖畔馬蹄驕。殿前伐盡靈和柳，誰與蕭孃鬭舞腰？

其二

朱公轉徙致千金，一舸西施計自深。今日秖因句踐死，難將紅粉結同心。錢箋：極有意。

其三

同時姊妹入奚官，挏酒黄羊去住難。細馬馱來紗罩眼①，鱸魚時節到長干。陳維崧《婦人集》：朱保國公娶姬時，令甲士五千俱執絳紗燈，照耀如同白日。國初籍没諸勳衛，朱盡室入燕都，次第賣歌妓自給，姬度亦在所遣中，一日，謂朱曰：「公若賣妾，所得不過數百金，徒令妾落沙吒利之手。且妾未即死，尚能持公陰事，不若使妾南

①馬，底本原作「草」，據士禮居本、《家藏稿》本改。

歸。一月之間，當得萬金以報。」公度無可奈何，縱之歸越。一月果得萬金。

其四

重點盧家薄薄粧，夜深羞過大功坊。中山内宴香車入，寶髻雲鬟列幾行。

其五

曾見通侯退直遲，縣官今日選蛾眉。窈娘何處雷塘火，漂泊楊家有雪兒。以上二首，與下玉京所見可互證。

其六

舊宫門外落花飛，俠少同游並馬歸。此地故人騶唱入〔一〕，沉香火暖護朝衣。

〔一〕〔騶唱入〕《北史·郭祚傳》：故事，令、僕、中丞騶唱而入。

訪商倩郊居有贈

花影瘦籬根，江平客在門。曉吟寒入市，晚食雨歸村。管記看山爽，傭書宿火痕。西京游俠傳，乃父姓名存。

送李秀州擢寧紹道

楊柳春風起郡樓，故人嚴助昔同游。指壬辰春游。烟霞到處推仙吏，棨戟今看冠列侯。長水圖書移遠棹〔一〕，大雷笳鼓對清秋〔二〕。閲兵海上應西望，秦駐山高即秀州〔三〕。

〔一〕〔長水〕《一統志》：長水塘，在嘉興府嘉興縣南六里。
〔二〕〔大雷〕《一統志》：大雷山，在寧波府奉化縣西南四十里，四明支山也。
〔三〕〔秦駐山〕《一統志》：在海鹽縣。始皇東巡，登此望海。

周櫟園有墨癖嘗畜墨萬種歲除以酒澆之作祭墨詩友人王紫崖話其事漫賦二律黄俞邰《櫟下先生行狀》：先生姓周氏，諱亮工，字元亮。河南開封府祥符縣人。先世居金谿之櫟下，因自號櫟園先生。籍大梁而實白下也。按櫟園崇禎庚辰進士，入國朝仕至閩臬，爲安丘相劉正宗所構，幾陷大辟，後以贖論復。歷官至廣東參政，陞户部侍郎。又按，紫崖名元初，太倉州人。明三科武舉，以材武與同里浦嶧定州亂，授游擊告身。後爲仇家所構，乃出家爲僧。又按，祭墨詩《賴古堂集》不載，惟《行狀》内有「喜墨，歲暮嘗約同人爲祭墨會」。

含香詞賦擲金聲，家住玄都對管城。萬笏雅應推正直，一囊聊復貯縱横。藏雖黯淡終能守，用任欹斜自不平①。《韻石齋筆談》：新安方于魯、程君房以治墨互角勝。方所彙《墨譜》倩名手爲圖，刻畫妍精，程作《墨苑》以矯之。蓋于魯微時受造墨法于君房，仍假館而授粲焉。程有妾美，其妻妬出之，方賄媒謀娶，程訟之有司，遂成隙末。未幾，程坐殺人繫獄，疑方陰嗾，故《墨苑》内繪中山狼傳以詆之。詩中二聯可作明季墨案。磨耗年光心力短，只因躭誤褚先生。褚應作楮。

其二

山齋清玩富琳琅，似璧如圭萬墨莊〔一〕。品啜飲同高士癖〔二〕，頭濡書類酒人狂。但逢知己隨濃淡，若論交情耐久長。不用黄金費裝裹，伴他銅雀近周郎。

〔一〕〔墨莊〕張邦基《墨莊漫録》序：僕喜藏書，隨所寓榜曰墨莊，故題其書首曰《墨莊漫録》。

〔二〕〔口啜〕《東坡集》：茶可于口，墨可于目。蔡君謨老病不能飲，則烹而玩之。吕行甫好藏墨而不能書，則時磨而小啜之。此又可發來者之一笑也。

① 自不，《家藏稿》本作「不自」。

百草堂觀劇①

肯將游俠誤躬耕，愛客村居不入城。亭占緑疇朝置酒，船移紅燭夜鳴箏。金虀斫鱠霜螯美，玉粒呼鷹雪爪輕〔一〕。原注：主人好獵。却話少年逢社飲，季心然諾是平生②。

〔一〕〔呼鷹〕《襄陽耆舊傳》：劉表爲荆州刺史，築臺名呼鷹。

題殷陟明仙夢圖

蕉團桐笠御風行，夢裏相逢話赤城。自是前身殷七七〔一〕，今生贏得是詩名。

〔一〕〔殷七七〕《全唐詩》：殷七七名天祥，又名道筌。嘗自稱七七，不知何所人。遊行天下，不測其年壽，面光白，若四十許人。每日醉歌道上。周寶鎮浙西，師敬之，嘗試其術，于九月令開鶴林寺杜鵑，有驗。

---

①《家藏稿》本作「過朱君宣百草堂觀劇」。
②平生，士禮居本作「生平」。

吴梅村詩集箋注卷第六

古近體詩九十二首起癸巳入都盡甲午途中至京作

江樓别幼弟孚令鎮江城樓曰芙蓉樓，在府城西北隅。孚令名偉光，太倉州庠生。時送公北行，至鎮江府别。

野色滄江思不窮，登臨傑閣倚虚空。雲山兩岸傷心裏，雨雪孤城淚眼中。病後生涯同落木，亂來身計逐飄蓬。天涯兄弟分攜苦，明日扁舟聽曉風。

揚州《揚州名宦志》：史可法，崇禎末巡撫淮揚。十七年，賊陷燕京，可法枕戈復仇，請出視師江北，命監高傑軍，駐維揚。乙酉，王師南下，可法嬰城固守，援兵不至，刺血作書，别其母妻。王師以飛礟擊城西北隅，陷，可法死之。養子直求其屍不得，招魂葬衣冠于梅花嶺。

疊鼓鳴笳發棹謳〔一〕，榜人高唱廣陵秋。官河楊柳誰新種〔二〕，御苑鶯花豈舊游〔三〕。十載西風空白骨，廿橋明月自朱樓〔四〕。南朝枉作迎鑾鎮〔五〕，難博雷塘土一丘〔六〕。《三藩紀事本末》：洛陽陷，福王避亂南下，次淮安，鳳督馬士英移書可法請奉之。持未決，而士英密與劉孔昭等擁兵迎王于江上。故因迎鑾鎮之舊名，嘆不如煬帝死猶得葬其土也。

〔一〕〔疊鼓鳴笳〕王泠然詩：隋家天子憶揚州，鳴笳疊鼓泛清流。

〔二〕〔官河〕《元和志》：合瀆渠，本吴所掘邗溝水路也，今謂之官河。

〔三〕〔御苑〕《一統志》：隋苑，在揚州府江都縣北七里。

〔四〕〔廿橋〕《一統志》：古二十四橋，在揚州府甘泉縣西門外。

〔五〕〔迎鑾鎮〕《五代史·楊溥世家》：溥至白沙閲舟師，徐温來見，以白沙爲迎鑾鎮。

〔六〕〔雷塘〕《一統志》：隋煬帝冢，在甘泉縣西北雷塘。

其二

野哭江村百感生，鬬雞臺憶漢家營〔一〕。將軍甲第櫜弓卧，四鎮及諸將等皆擁兵佚游，無一卒禦敵者。丞相中原拜表行。可法《出師疏》有云：庶民之家父兄被殺，尚思穴胸陷脰，得而甘心；朝廷顧可膜置？今宜速行討賊之詔，嚴責臣與四鎮，悉簡精鋭，直抵秦關，懸上賞以待有功，假便宜而責成效。白面談邊多入幕〔二〕，謂當時參史軍事如吴茂長輩。赤眉求印却翻城〔三〕。許定國本降盜。當時只有黄公覆，西上偏隨阮步兵。黄得功號忠勇能戰，士英調之離汛，隨阮大鋮禦左良玉于上游，盡撤江防兵。迨蕪湖軍敗，得功自刎死。

〔一〕〔鬬雞臺〕《一統志》：《拾遺記》：煬帝于吴公宅鬬雞臺下，恍惚與陳後主相遇。當即是吴公臺也。吴公臺，在甘泉縣西北四里，一名雞臺。

〔二〕〔白面〕《宋書·沈慶之傳》：今欲伐國，而與白面書生輩謀之，事何由濟？

〔三〕〔翻城〕《魏書·秦王翰附傳》：共謀翻城。

其三

盡領通侯位上卿，三分淮蔡各專征。四鎮除高傑轄徐泗，經理開、歸一帶外，餘三人劉澤清轄淮海，駐淮北，海、邳、沛、虹十一州縣隸之。劉良佐轄鳳壽，駐臨淮，壽、潁等九州縣隸之。黄得功轄滁和，駐廬州，廬、巢、無爲十一州縣隸之。東來處仲無他志，指左良玉。北去深源有盛名。指溧陽相陳名夏。乙酉三月，設壇太平門外，望祭烈帝。阮大鋮哭呼而來，曰：致先帝殉社稷者，東林諸臣也。今陳名夏、徐汧俱北走矣。馬士英急止之曰：徐九一現有人在。江左衣冠先解體，京西豪傑竟投兵。王永吉輩。只今八月觀濤處，浪打新塘戰鼓聲〔一〕。

〔一〕〔新塘〕《一統志》：新塘在揚州府城北十里。

其四

撥盡琵琶馬上弦，玉鈎斜畔泣嬋娟〔一〕。紫駝人去瓊花院，青冢魂歸錦纜船。維揚士女俘掠至慘，故末章獨詳之。荳蔻梢頭春十二〔二〕，茱萸灣口路三千〔三〕。隋堤璧月珠簾夢〔四〕①，小杜曾游記昔年。盛時勝游，不堪回首。

〔一〕〔玉鉤斜〕《一統志》：揚州府戲馬臺下，有路號玉鉤斜，爲隋葬宮女處。

〔二〕〔荳蔻梢〕杜牧之詩：娉娉裊裊十三餘，荳蔻梢頭二月初。

〔三〕〔茱萸灣〕《一統志》：茱萸溝，在江都縣東北，運河分流也。以北有茱萸村，故亦名茱萸灣。

〔四〕〔珠簾夢〕杜牧之詩：春風十里揚州郭，捲上珠簾總不如。又：十年一覺揚州夢，贏得青樓薄倖名。

過維揚弔衛少司馬紫岫原注：衛韓城人，與余同年同官，後以少司馬死揚州難。

○《東林列傳》：衛胤文字祥趾，景瑗族子。京師陷，微服匿民間，賊鉤得之，備加慘刑，不屈。乘間南奔，史可法疏薦參己軍事。

畫省聯牀正論文②，天涯書劍忽離群。非關衛瓘需開府〔一〕，欲下高昂在護軍〔二〕。原注：高

---

① 珠，底本原作「朱」，據士禮居本、《家藏稿》本改。

② 正，《家藏稿》作「止」。

傑秦人，朝議以紫岫同鄉，拜兵部侍郎，典其軍事。○胤文始監高傑軍，乙酉正月，傑冒雪防河，請聯絡河南總兵許定國，以奠中原。時定國在睢，傑遺之銀千兩、幣百疋。初十日，傑抵睢。明日，定國饗傑①。夜半，伏兵起殺之。親兵遇害者過半，餘衆潰還。朝議加胤文兵部侍郎，總督其軍。葬骨九原江上月，思家百口隴頭雲。故人摇落邗溝暮，欲酹椒漿一慟君②。

〔一〕〔衛瓘〕《晉書·衛瓘傳》：字伯玉。鄧艾、鍾會之伐蜀也，瓘持節監艾、會軍事。

〔二〕〔高昂〕《北齊書·高昂傳》：字敖曹，數爲劫掠，州縣莫能治。高祖方有事關隴，以昂爲西南道大都督。

高郵道中

《一統志》：高郵州，在揚州府北少東一百二十里。

野宿菰蒲晚，荒陂積雨痕。湖長城入岸，塔動樹浮村。漁出沙成路，僧歸月在門。牽船上瓜埭〔一〕，吹火映籬根。

張大復《崑山人物傳》：甓社湖者，故隸高郵州界。地脈奔騖，風濤晝晦，舟人謹招支舵，其色焦然，如入鬼國。工部都水司郎中吴瑞奉勅總督濟上，疏故鑿新，乃相度地勢，得傍湖田，横亘四十餘里，鑿爲複湖，

① 饗，底本原作「享」，據士禮居本改。
② 欲，士禮居本、《家藏稿》本作「爲」。

今所謂内湖者也。民始得占風違順，而内外取道焉，舟以不覆。

〔二〕〔瓜埭〕《一統志》：瓜州壩，在江都縣南瓜洲鎮。《唐書·地理志》：開元二十六年，以州北隔江，舟行繞瓜步，回遠六十里，乃于京口埭下直趨渡江二十里，開伊婁河二十五里，渡揚子，立埭。

其二

十里藕塘西〔一〕，浮圖插碧虚。霜清見江楚，山斷入淮徐。水驛難逢樹，溪橋易换魚。客程愁幾日，已覺久無書。

〔一〕〔藕塘〕《揚州府志》：蓮塘浦，在興化縣東南，接得勝湖，即六十四蕩間所謂十里蓮塘是也。

其三

曾設經年戍，殘民早不堪。柳營當午道，水栅算丁男。雪滿防旗暗，風傳戰鼓酣。淮張空幕府〔一〕，樓艦隔江南。

〔一〕［淮張］《明史·張士誠傳》：小字九四，泰州白駒場亭人。陷泰州，據高郵，自稱誠王。元兵潰去，淮東飢。至正十六年，陷平江，士誠自高郵來都之。

其四

甓社重來到，人家出遠林。種荷泥補屋，放鴨柳成陰。蝦菜春江酒，烟簑暮雨砧。曹生留畫水，三十六陂深。原注：高郵有曹生畫水壁〔二〕，米元章極稱之。其地有三十六陂①。○《揚州府志》：高郵三十六陂②，以受七十二澗之水。宋王貞簡詞：三十六陂烟雨春③。

〔二〕［畫水］米元章《畫史》：高郵寺壁水，乃曹仁熙畫。一筆長丈餘，水勢分激，如崩劃有聲，世所寶惜。

清江閘

程穆衡《燕程日記》：清江浦地即黃河口。蓋清水入淮，而河、淮復于此合流。

岸東穿流怒，帆遲幾日程。石高三板浸，鼓急萬夫爭。善事監河吏〔一〕，愁逢橫海兵。原

---

①「其」字，據士禮居本、《家藏稿》本補。

②陂，底本原作「湖」，據士禮居本改。

③雨，底本原作「雪」，據士禮居本改。

注：時有事兩粵，兵過海上。我非名利客，歲晚肅宵征。

〔一〕〔監河〕《莊子》：莊周家貧，故往貸粟于監河侯。

過淮陰有感

落木淮南雁影高〔一〕，孤城殘日亂蓬蒿。天邊故舊愁聞笛，市上兒童笑帶刀。世事真成反招隱〔二〕，吾徒何處續離騷。昔人一飯猶思報，廿載恩深感二毛。

〔一〕〔落木〕韓退之詩：淮南悲落木。

〔二〕〔反招隱〕王康琚《反招隱詩》：小隱隱陵藪，大隱隱朝市。

其二

登高悵望八公山〔一〕，琪樹丹崖未可攀。莫想陰符遇黃石，好將鴻寶駐朱顏。浮生所欠止一死，塵世無緣識九還①。我本淮王舊雞犬，不隨仙去落人間。《書》曰：詩言志。故聽其言可以睹其情焉。君子讀此二詩者，宜乎涕淚盈襟，哀思鬱亂矣。乃同時有久膺寵遇，夙負大名，而事往時移，披其著述，曾無一語及此者，獨何心哉！

〔二〕「八公山」《一統志》：八公山，在鳳陽府壽州北少東五里。

過姜給事如農

侍從知名早，蕭條淮海東。思親當道梗，原注：如農迎母，會膠萊有兵亂。哭弟在途窮。原注：如須避地，没于吴下。骨肉悲歌裏，君臣信史中。翩翩同榜客，相對作衰翁。

贈淮撫沈公清遠

《江南通志》：順治六年，裁去鳳撫，歸總漕兼理巡撫事。王文奎，浙江人。順治二年任。復姓沈，順治十年再任。

秋風杖節賜金貂，高會嚴更響麗譙。去國丁年遼海月，還家甲第浙江潮。書生禮樂脩玄雁，諸將弓刀製皂鵰。最是東南資轉餉，功成蕭相未央朝。

---

① 緣，士禮居本、《家藏稿》本作「繇」。

遠路

遠路猶兵後，寒程況病餘。裝綿妻子線，致藥友人書〔一〕。晚渡河津馬，晨冰驛舍車。蕭條故園樹，多負向山廬。

〔一〕〔致藥〕《後漢書·楊厚傳》：有詔太醫致藥。

淮上贈嵇叔子

王晫《今世説》：嵇宗孟，字叔子，江南山陽人。崇禎丙子舉人，仕至杭州守。居官清介。

湖海相逢一俊英，風流中散舊家聲。琴因調古須防怨，詩爲才多莫近名〔一〕。《確菴文藁》：嵇子自晷陽歸。風雪之夜，明燈促席，輒述其勝遊之槩。出其篋中詩一卷，則自秦中紀其流覽所及，撚鬚立就者也。濁酒如淮歌慷慨〔二〕，蒼髯似戟論縱横。慚余亦與山公札，抱病推遷累養生。

〔一〕〔才多〕《晉書》：孫登謂嵇康：「子才多識寡，難乎免于今之世矣。」〔近名〕嵇康詩：古人有言，善莫近名。

〔二〕〔濁酒〕《晉書·嵇康傳》：濁酒一杯。

過東平故壘《明史·劉澤清傳》：封東平伯，駐廬州。

重鎮銅龍第，雄邊珠虎牌〔一〕。柳穿驍騎箭，花落美人釵。有客謀亡海〔二〕，無書勸正淮〔三〕。將軍留戰骨，狼藉洛陽街。

〔一〕〔珠虎牌〕張思廉詩：吐蕃老帥西南來，虎頭不挂三珠牌。

〔二〕〔亡海〕《晉書·孫恩傳》：知劉牢之已濟江，曰：「孤不羞走矣。」乃虜男女二十餘萬口，一時逃入海。

〔三〕〔正淮〕又《伏滔傳》：以淮南屢叛，著論二篇，名曰正淮。

臨淮老妓行尤展成《宮闈小名録》：冬兒，劉東平歌伎。吴梅村作《臨淮老妓行》。陳其年《婦人集》：臨淮老妓某，戚畹府中淨持也，後爲東平侯女教師。甲申京都失守，欲偵兩宫音息，而賊騎充斥，麾下將無一肯行。伎奮然曰：身給事戚畹邸中久，宜往。遂易鞢韐，持匕首，間關數千里，穿賊壘而還。

臨淮將軍擅開府〔一〕，不鬪身强鬪歌舞〔二〕。白骨何如棄戰場，青娥已自成灰土。老大猶存一妓師，柘枝記得開元譜〔三〕。纔轉輕喉便淚流，尊前訴出漂零苦。妾是劉家舊主謳，冬兒小字唱梁州〔四〕。翻新水調教桃葉，撥定鵾弦授莫愁。武安當日誇聲伎，秋娘絶藝傾時世。戚里迎歸金犢車，後來轉入臨淮第。袁子才曰：冬兒與陳圓圓同爲田弘遇所畜伎，後歸劉澤清。臨淮游俠起山東，王貽上《香祖筆記》：澤清字鶴洲，曹州人，爲山東總兵官。帳下銀箏小隊紅。巧笑射棚分畫的〔五〕，濃裝毬仗簇花叢〔六〕。縱爲房老腰肢在〔七〕，若論軍容粉黛工。羊侃侍兒能走馬，李波小妹解彎弓〔八〕。錦帶輕衫嬌結束，城南挾彈貪馳逐。忽聞京闕起黄塵，殺氣奔騰滿川陸。探騎誰能到薊門〔九〕，空閒千里追風足。消息無憑訪兩宫，兒家出入金張屋。請爲將軍走故都，一鞭夜渡黄河宿。暗穿敵壘過侯家，妓堂仍訝調絲竹〔一〇〕。禄山禆將帶弓刀，醉擁如花念奴曲。《綏寇紀畧》：賊陷京城，劉宗敏居田弘遇第。又曰：自成初盗福邸之貲，以號召宛、雒。逮乎京師陷，其下争走金帛財物之府以分之。彼飢寒乞活之人，一旦見宫室帷帳珍怪重寶以千數，志滿意得，飲酒高會，胠篋擔囊，惟恐在後。倉卒逢人問二王，武安妻子相持哭。薰天貴勢倚椒房，不爲君王收骨肉。弘遇殁于崇禎十六年，其不收卹永、定二王，尚伊妻子之罪，尤可怪者，周奎之于慈烺耳。翻身歸去遇南兵，退駐淮陰正拔營。寶劍幾曾求死士，明珠還欲致傾城。男兒作健酣杯酒，女子無愁發曼聲〔一一〕。王貽上《南征紀畧》：淮安頗稱鞏固。甲申五月，澤清實來盤踞，與田仰日肆歡飲。八月，澤清大興土木，造宅淮安，極其壯麗。四時之室俱備，僭擬皇居。休卒淮上，無意北征。可憐西風怒，吹折山陽樹，將軍自撤沿淮戍。

不惜黄金購海師，西施一舸東南避。鬱洲崩浪大於山〔一二〕，張帆捩舵無歸處。重來海口豎降幡，全家北過長淮去。《觚賸》：澤清建閫淮陰，興屯置榷，富亞郿塢，而漁色不已。天旅南下，托以左兵犯順，率旅勤王，撤戍離汛，大掠南行。遇王師于蕪湖，謀入海不得，倉猝迎降。長淮一去幾時還，誤作王侯邸第看。收者到門停奏伎，蕭條西市歎南冠。姜瓖以吴三桂薦，爲大同提督。戊子冬，又同大同總兵唐珏等謀叛，致書其姻劉澤清，説爲内應。事泄伏誅。老婦今年頭總白，淒涼閲盡興亡跡。已見秋槐隕故宫，又看春草生南陌。依然絲管對東風，坐中尚識當時客。金谷田園化作塵，緑珠子弟更無人〔一三〕。楚州月落秋江冷①〔一四〕，長笛聲聲欲斷魂。

〔一〕〔臨淮〕唐李光弼進封臨淮郡王。

〔二〕〔身强〕杜子美詩：客子鬭身强②。

〔三〕〔柘枝〕唐樂史有《柘枝譜》。

〔四〕〔梁州〕《幽閒鼓吹》：段和尚善琵琶，自製《西梁州》，崑崙求之，不與。至是，以樂之半贈之，乃傳焉。今曲調《梁州》是也。

---

① 州，底本原作「洲」，據士禮居本、《家藏稿》本改。秋，士禮居本、《家藏稿》本作「清」。

② 子，底本原作「身」，據士禮居本改。

〔五〕［射棚］《南史·齊高祖紀》：蒼梧王立帝于室内，畫腹爲的，引滿將射之。左右諫曰：領軍腹大，是佳射棚。
〔六〕［毬仗］《宋史·儀衛志》：毬仗，金塗銀裹，以供奉官騎執之。
〔七〕［房老］《釵小志》：石崇愛婢翔風，年三十，遂退之，使爲房老。
〔八〕［李波］《魏書·李安世傳》：廣平人李波宗族强盛，殘掠生民。百姓爲之語曰：李波小妹字雍容，褰裙逐馬如卷蓬，左射右射必疊雙。
〔九〕［探騎］張文昌詩：軍中探騎暮出城。
〔一〇〕［妓堂］白樂天詩：溪繞妓堂迴。
〔一一〕［無愁］《北齊·幼主傳》：爲《無愁》之曲。
〔一二〕［鬱洲］《魏志·邴原傳》：將家屬入海，居鬱洲山中。《方輿紀要》：鬱洲山，在海州東北十九里海中。晉隆安五年，孫恩襲建康，不克，浮海北走鬱州。按鬱州亦曰鬱州山。
〔一三〕［緑珠子弟］《緑珠傳》：緑珠有弟子朱韓，有國色，善吹笛，後入晉明帝宫中。
〔一四〕［楚州］《一統志》：淮安府，隋開皇元年改郡爲淮陰，立楚州。清江浦，在山陽縣西北三十里。

過宿遷極樂菴明日晤陸紫霞年兄話舊有感《一統志》：宿遷縣，在徐州府東一百里。《宿遷縣志》：極樂菴，在縣西北馬陵山後。陸奮飛字翀霄，崇禎辛未進士。歷九江道。解組歸，居白鹿湖之東柳洲①。

同時知己曲江游，縱酒高歌玉腕騮。黄葉渾隨諸子散，白頭猶幸故人留。雲堂下榻逢僧飯，雪夜聽鐘待客舟②。如此衝寒緣底事，相逢無計訴離愁。

白鹿湖陸墩詩原注：在宿遷縣東，爲紫霞年兄避兵處。

招提東望柳堤深〔一〕，雁浦魚莊買棹尋。墩似謝公堪賭墅〔二〕，湖如賀監早抽簪。雲遮老屋容君卧，月落空潭照此心。百頃荷花千尺水，夜凉兄弟好披襟。

〔一〕〔招提〕《唐會要》：官賜額爲寺，私造者爲招提、蘭若。

〔二〕〔謝公墩〕《一統志》：謝公墩，在上元縣北。

① 洲，士禮居本作「村」。

② 聽，士禮居本作「聞」。

下相極樂菴讀同年北使時詩卷①同年者，辛未進士萊陽左懋第也。《明詩綜》：懋第以兵部右侍郎兼都御史，督師河北，充通問使。不屈，誅。

蘭若停驂灑墨成，過河持節事分明〔一〕。上林飛雁無還表，頭白山僧話子卿。

〔一〕［過河持節］《後漢書·宗室傳》：更始拜光武行大司馬，持節過河。

下相懷古②題同第一卷，而寄托迥異矣。

戲馬臺前拜魯公〔一〕，興王何必定關中。故人子弟多豪傑，弗及封侯吕馬童。

〔一〕［戲馬臺］《一統志》：徐州府戲馬臺，在銅山縣南。

---

① 士禮居本無「時」字。

② 《家藏稿》本題作「項王廟」。

項王廟原注：在宿遷。項王下相人，即其地。《輿地志》：宿遷西有楚霸王故里。

救趙非無算，坑秦亦有名。情深存魯沛，氣盛失韓彭。垓下騅難逝，江東劍不成。凄凉思晝錦，遺恨在彭城〔一〕。

〔一〕〔彭城〕《一統志》：彭城故城，即今徐州府治。

桃源縣原注：在黄河南，去淮陽八十里。

豈有秦人住，何來浪得名。山中難避地，河上得孤城。桃柳誰曾植，桑麻近可耕。君看問津處，烽火只縱横。

過古城謁三義廟原注：去桃源八十里，爲石崇鎮下邳所築，非三國時古城也。土人以傳訛立廟，因傳奇有桃園結義，耳食附會，幾以爲真矣。〇馬仲履《天都載》：桃源縣三義廟在河岸。夏文愍言赴召，艤舟瞻謁，手書「天地正氣」一扁。又書聯曰：王業于今非蜀土，英靈到處是桃源。刻于柱。《據梧齋麈談》：夏文愍題三義廟云云，雖爲桃源解嘲，然無深意，不如丹陽三義閣柱聯集唐云「吴宫花草埋幽徑，魏國山河半夕陽」含蓄不盡。

廟貌高原古，村巫薦白蘋。河山雖兩地，兄弟只三人。舊俗傳香火，殘碑誤鬼神。普天皆漢土，何必史書真。

自信

自信平生懶是真，底須辛苦踏征塵①。每逢墟落愁戎馬，却聽風濤話鬼神。濁酒一杯今夜醉，好花明日故園春。長安冠蓋知多少，頭白江湖放散人。冀倖之詞云爾。

黄河

原注：金龍口決，河從北入海，清江、宿遷水勢稍緩，皆起新沙。〇《大清會典》：順治九年，黄河決大王廟。

白浪日崔嵬，魚龍亦壯哉！河聲天上改，地脈水中來。潮落神鴉廟，沙平戲馬臺。滄桑今古事，戰鼓不須哀。《風土記》：甘寧戰死，神鴉翼覆其屍。有遺壘至今。田家鎮上下三十里，神鴉乞食桅頂，得則飛去。按此神鴉廟在湖廣，與戲馬臺皆寓言，欲于河上以事實之則鑿矣。

① 征，士禮居本、《家藏稿》本作「春」。

新河夜泊《一統志》：新河，在淮安府清河縣西北四十五里，黄河分流也。

百尺荒岡十里津〔一〕，夜寒微雨濕荆榛。非關城郭炊烟少，自是河山戰鼓頻。倦客似歸因望樹，遠天如夢不逢人。扁舟蕭颯知無計①，獨倚篷窗暗愴神。

〔一〕〔荒岡〕桃源縣河濱有九里岡、于家岡，故云荒岡。

堇山兒《一統志》：堇山即赤堇山，在寧波府城東，山産赤堇草，鄞縣以此山名。

堇山兒，兒生不識亂與離。父言急去牽兒衣，母言乞火，爲兒炊作糜。父母忽不見，但見長風白浪高崔嵬。將軍下一令，軍中那得聞兒啼。樓船何高高，沙岸多崩摧。榜人不能移，舉手推墮之。上有蒲與萑，下有濘與泥，十步九倒迷東西。《三藩紀事本末》：乙酉，官兵既入浙，縱肆淫掠，總鎮聞，梟示十數人，令搜各船所掠婦女給還本夫。兵士畏法，遂以所掠之婦沉之江中。詩之所叙殆同時事。身無袴襦，足穿蒺藜，叩頭指口惟言飢。將船送兒去，問以鄉里，記憶還依稀。父兮母

① 颯，士禮居本、《家藏稿》本作「瑟」。

兮哭相認，聲音雖似形骸非①。旁有一老翁，羡兒獨來歸：不知我兒何處餵游魚〔一〕，或經略賣遭鞭笞。垂頭涕下何纍纍。吾欲竟此曲，此曲哀且悲。茫茫海内風塵飛，一身不自保，生兒欲何爲？君不見堇山兒！

〔一〕〔餵游魚〕《梁書·扶南國傳》：有罪者輒以餵猛獸及鰐魚。按《字典》無餵字。

讀友人舊題走馬詩於郵壁漫次其韻②此爲楊龍友作。

數卷殘編兩石弓，書生摇筆壯懷空。南朝子弟誇諸將，北固軍營畏阿童。龍友甲申監鎮江軍。乙酉五月，以監軍僉事陞僉都御史，巡撫常、鎮。江上化龍圖割據，浙敗，至閩，爲兵部侍郎。國中指鹿詫成功。鄭芝龍迎降。可憐曹霸丹青手，錢箋：龍友畫入妙品③。銜策無人付朔風。

① 似，士禮居本、《家藏稿》本作「是」。
② 友人，《家藏稿》本作「楊文驄」。
③ 妙，士禮居本作「能」。

其二

君是黄驄最少年〔一〕，句隱藏其名。驊騮凋喪使人憐。福州破，龍友戰死在丙戌，至此已八年矣。當時只望勳名貴，後日誰知書畫傳。十載鹽車悲道路，一朝天馬蹴風烟。軍書已報韓擒虎，夜半新林早着鞭。

〔一〕〔黄驄少年〕《周書·裴果傳》：先登陷陣，時號黄驄年少。

膠州原注：時有兵變。《一統志》：膠州，在萊州府城南二百二十里。又：徐大用，奉天人，以參議道分守萊州。順治十年，膠州總兵官海時行素驕蹇，奉調南征，大用監其軍。時行嗾兵爲逆，逼大用同入海，不從，遂遇害。

將已三年億，兵須六郡豪。一時緣調遣，平昔濫旌旄。後顧憂輜重，前軍敢遁逃。只今宜早擊，都護莫辭勞。

白洋河

原注：在淮安西北。膠州叛兵從此過河，時已收縛。○《一統志》：白洋河，在桃源西六十里白洋鎮，接宿遷縣界，即潼水之下流也。今涸。

膠海愁難定，孫恩戰艦多。却聞挑白馬〔一〕，此處渡黄河。一戰收貙虎，千軍唱橐駞。淮西兒女笑，溟渤亦安波。

〔一〕〔白馬〕《括地志》：黎陽津，一名白馬津，在滑州白馬縣北三十里。

過南旺謁分水龍王廟①

《一統志》：南旺湖，在兖州府汶上縣西南三十五里。分水龍王廟，在南旺湖上運河西岸。

鱗甲往來中，靈奇奪禹功。平分泰山雨，兩使濟河風〔一〕。岸似黄牛斷，流疑白馬通。始知青海上，不必盡朝東。

---

①《家藏稿》本無「過」字。

〔一〕〔兩使風〕用《神仙傳》廬山神宫亭湖中事。

贈新泰令楊仲延其地爲羊叔子故里《文集》：南和楊仲延爲新泰令。越四年，擢守江南之和州。《泰安府志》：楊繼芳，字仲延，南和人。順治間由選貢知新泰。《燕程日記》：新泰縣有三羊里，俗呼羊流店，乃漢世廬江太守續、晉太傅成侯祜、丹陽尹曼故居也。

置邑徂徠下，《燕程日記》：縣崔家莊對面即徂徠山。雙槐夾訟堂。殘民弓作社，遺碣石爲莊。野繭齊紈美，孫廷銓《山蠶説》：野蠶成繭，昔人謂之上瑞。乃今東齊山谷在在有之，與家蠶等，彌山徧谷，一望蠶叢。春泉魯酒香。歸來羊太傅，不用泣襄陽。

趵突泉在濟南府城西。濟南名泉七十二，以趵突爲上。

似瀑懸何處，飛來絶壑風。伏流根窈渺，跳沫拂虚空。石破奔泉上，雲埋廢井通。錯疑人力巧，天地桔槔中。

其二

不信乘空起，憑闌直濺衣。池平難作勢，石隱定藏機。曲水金人立，凌波玉女歸。神魚鱗甲動，咫尺白雲飛。

打冰詞

北河風高水生骨，《燕程日記》：畿輔之水，惟永平之灤、渝諸河自入海，其餘皆歸衛、白二河以入海。衛河土人呼御河，白河土人呼北河，千流萬派，衛白二河其綱也。入衛河諸水，滹沱其綱也。入白河諸水，渾河及趙北口四角河其綱也。總至天津出海。玉壘銀橋堆幾尺。新戍雲中千騎馬，橫津直渡無行跡。下流湍悍川途開，吹笳官舫從南來。帆檣山齊排浪進，牽船百丈聲如雷〔一〕。雪深没髁衣露肘，背挽頭低風塞口①。相逢羡殺順流船，急問來時河凍否。溜過湖寬放牐平，長年穩望一帆輕。夜深側聽流澌響，瑣碎玲瓏漸結成。篙滑難施櫓枝折，舟人霜滿髭鬚白。發鼓催船喚打冰，衝寒十指西風裂。吁嗟河伯何硜硜，白棓如雨終無聲。魚龍潛逃蝌蚪匿，殊耐鞭杖非窮民。官艙裘酒自高卧，只話篙師叉手坐。早辦人夫候治裝，明日推車冰上過。

〔一〕〔百丈〕《演繁露》：杜詩多用百丈，問之蜀人，云：水峻，岸石又多廉稜，若用索牽，遇石輒斷，

① 挽，士禮居本作「俯」。

故劈竹爲大辮，用麻繩聯貫，以爲牽具，是名百丈。

再觀打冰詞

官催打冰不肯行，座船既泊商船停。商船雖住起潛聽〔一〕，冰底有聲柁牙應〔二〕。桅竿旗動吹南風，舟子喜甚呼蒙衝。兒童操梃爭跳躍，其氣早奪馮夷宮。砉如蒼崖崩巨石，鎗如戈矛相撞擊①。滃如雲氣騰虛空，颯如雨聲飛淅瀝。河伯娶婦三日眠，霜紈方空張輕烟〔三〕。忽聞裂帛素娥笑②，玉盤銀甕傾流泉。別有鮫鮹還未醒〔四〕，沉魚浮藻何隱隱。上冰猶結下冰行，視水如燈取冰影。冰輪既碾相催送③，三千練甲皆隨從。激岸迴湍冰負冰，白龍十丈鱗鱗動。自古水嬉無此觀，披裘起坐捲簾看。估客兼程貪夜發，却愁明日西風寒。枕畔輕雷殊不已④，醉裏扁舟行百里。安得并州第四弦，彈徹冰天霜月起。

① 戈矛，士禮居本作「矛戟」。
② 娥，士禮居本作「女」。
③ 碾，士禮居本作「轉」。
④ 不，士禮居本作「未」。

〔一〕〔商船〕《晉書·陶侃傳》：山夷多斷江劫掠，侃令諸將詐作商船以誘之。

〔二〕〔柁牙〕黄魯直詩：灣頭東風轉柁牙。

〔三〕〔方空〕《後漢書》注：即今方目紗也。

〔四〕〔鮫鮹〕俱海魚名。

臨清大雪《一統志》：臨清州，在東昌府西北一百二十里。

白頭風雪上長安，短褐疲驢帽帶寬〔一〕。辜負故園梅樹好，南枝開放北枝寒〔二〕。

〔一〕〔帽帶〕李長吉詩：秦風帽帶垂。

〔二〕〔南枝北枝〕《摭異》：蜀中有紅梅數本，郡侯建閣扃鑰，游人莫得而見。一日，有兩婦人高髻大袖，憑欄一笑。啟鑰，闃不見人。東壁有詩云：南枝向暖北枝寒，一種春風有兩般。憑仗高樓莫吹笛，大家留取倚闌干。

阻雪

關山雖勝路難堪，纔上征鞍又解驂。十丈黄塵千尺雪，可知俱不似江南。

旅泊書懷

已遇江南雪，須防濟北冰〔一〕。扁舟寒對酒，獨客夜挑燈。流落書千卷，清羸米半升。徵車何用急，慚愧是無能。

〔一〕〔濟北〕《一統志》：泰安府，漢初屬濟北國。

過鄚州

《畿輔通志》：鄚州城，在河間府任丘縣北三十里。《燕程日記》：鄚州舊鄚城，明永樂間廢弗治，城郭、門隍猶完好。每歲三月，河、淮以北，秦、晉以東，集數省人，市易于此。輦運珍異，百貨萃匯，賽神合樂，帟幕遍野，閲兩旬方散。

馬滑霜蹄路又長，鴉啼殘雪古城荒①。河冰雨入車難過，野岸沙崩樹半僵。邢邵文章悲斷碣②〔一〕，公孫樓櫓付斜陽。只留村酒雞豚社，香火年年賽藥

〔一〕《燕程日記》：雄縣古爲易縣，史：公孫瓚因童謡有曰「燕南垂，趙北際，中央不合大如礪，唯有此中可避世」，自謂易地當之，築京于此。故址在縣城南十里。

① 啼，士禮居本作「飛」，《家藏稿》本作「鳴」。
② 悲，士禮居本、《家藏稿》本作「埋」。

王。《燕程日記》：鄭州一里至藥王廟，扁鵲故里，有廟祀鵲。明萬曆間，慈聖太后出内帑增建神農、軒轅三皇之殿，以古今名醫配食。自是藥王之會彌加輻輳。康熙己未四月，廟燬，重修。《據梧齋塵談》：今人以藥王爲扁鵲，非也。考《續古神仙傳》：唐開元中，賜韋慈藏號藥王。慈藏西域天竺人，余見古藥王圖，皆繪慈藏像，紗巾毳袍，杖履而行，腰繫葫蘆數十，以黑犬自隨，知非扁鵲矣。

〔二〕［邢卲］《北史·邢卲傳》：字子才，文章典麗，既贍且速。《一統志》：邢巒，鄭人。卲，巒族弟。

過昌國

樂生去國罷登壇，長念昭王知己難。流涕伐燕辭趙將，忍教老死在邯鄲。

任丘《一統志》：任丘縣，在河間府北七十里。

回首鄉關亂客愁，滿身風雪宿任丘。忽聞石調邊兒曲〔一〕，不作征人也淚流。

〔一〕［石調］沈存中《筆談》：《霓裳》本謂之道調法曲，今《獻仙音》乃小石調耳。

途中遇雪即事言懷

雪來榆塞北，人去衛河西〔一〕。二句冒起。川隴方瀰漫，關山正慘悽。短衣吹帶直，矯帽壓簷低。漁臥舟膠浦，樵歸柳斷蹊。危灘沙路失，廢井草痕齊。塔迴埋榱桷，臺荒凍鼓鼙。上言雪，下言人遇雪。襆輕裝易發，書重笈難攜。久病人貽藥，長途友贈綈。横津船渡馬，野店屋棲雞。家訴兵來破，墻嫌客亂題。簣牀寧有席，葦壁半無泥。路遠人呼飯，廚空婦乞醯。白溲麶作餌，緑糝韭成虀。入筯非鮭菜，堆盤少棗梨。山薪土銼續，村釀瓦罌提。齕莝驢如怒，窺燈鼠似啼。旗亭人又起，草市路偏擠。遇淖前騶唱，衝風後騎嘶。輿肩幾步换，囊糒一夫齎。行子誰停轡，居人尚掩閨。漸逢農荷鍤，稍見叟扶藜。以上結住，賦途中遇雪。以下另提，始即事言懷。往事觀車轂，浮踪信馬蹄。世應嘲僕僕①，我亦歎栖栖。赤縣初移社，青門早灌畦。餘生隨雁鶩，壯志失虹蜺。築圃千條柳，耕田十具犁。昔賢長嘯傲②，吾道務提撕。得失書新語，行藏學古稽。詩才追短李〔二〕，畫癖近迂倪。室靜聞支枕，樓高懶上

---

① 嘲，底本原作「遭」，據士禮居本、《家藏稿》本改。
② 嘯，《家藏稿》本作「笑」。

梯。老宜稱漫士，窮喜備殘黎。此處頓挫，言始願如是，而今悼此志之不遂也。有道寧徵管，無才却薦嵇。北山休誚讓，東觀豈攀躋。令伯親垂白，中郎女及笄。離程波渺渺，别淚草萋萋。憶弟看雲遠，思親望樹迷。書來盤谷友，時侯朝宗方域有書貽公，阻其赴召。侯河南人，故曰盤谷友。夢向鹿門妻。蹭蹬吾衰矣，飄零歸去兮。蓴鱸三泖宅，花鳥五湖堤。著屐尋廬嶠，張帆入剡溪。江南春雨足，把酒聽黄鸝。結言歸志早定，以畢言懷之意。

〔一〕〔衛河〕《明史·河渠志》：衛河源出河南輝縣蘇門山百門泉，東北至臨清與會通河合。

〔二〕〔短李〕《唐詩紀事》：李紳字公垂，中書令敬玄曾孫，號短李。

雪中遇獵

北風雪花大如掌，河橋路斷流澌響。愁鴟饑雀語啁啾，健鶻奇鷹姿颯爽。將軍射獵城南隅，軟裘快馬紅氍毹。秋翎垂頭西鼠暖，《分甘餘話》：本朝所戴翎子，以暈之多寡别品級。雖侍衛大臣，非賜不得戴。劉仲達《鴻書》：《唐書》有鼧鼥鼠，今蒙古名答剌不花，生西番山澤間，皮爲裘甚暖，濕不能透。《本草》謂之土撥鼠。鴉青徑寸裝明珠。《大清會典》：四品帽頂上嵌藍寶石。《明史》：孟密有寶井。萬曆中，稅使楊榮開採致亂，凡採必先輸官，然後與商人貿易。每往五六百人。按寶石碧者，唐人謂之瑟瑟。紅者，宋人謂之靺鞨。今人以青藍色者爲鴉鶻石。詳見陶宗儀《輟耕録》。金鵝箭褶袍花濕〔一〕，挏酒駞羹馬前立。錦韉玉貌撥秦箏，瑟瑟鬟多好顔色。少年家住賀蘭山，磧裏擒生夜往還。鐵嶺草枯燒堠火〔二〕，黑河冰滿渡征鞍。張寅《西征記》：賀蘭國在賀蘭山後，其王本朝額駙也。《隨輦集》：賀蘭山在寧夏城西六十里，高出雲表，延亘六百餘里。山上多青白草，望如駁馬，夷人呼駁馬爲賀蘭，故名。有賀蘭各部落駐牧山後，其地甚廣，與青海西羌相接。又曰：可可腦兒、鐵柱泉在花馬池城西南，黑水、奢延水從東來，注入黄河。古夏州城在黑水南，有廢址，俗呼欣都城。十載功成過高柳〔三〕，閒却平生射雕手。漫唱千人勅勒歌，只傾萬斛屠蘇酒〔四〕。今朝仿佛李陵臺，《隨輦集》：奢延水一名無定河，源出朔方縣，即漢李陵失利處①。將軍喜甚圍場開。黄羊突過笑追射，鼻端出火聲如雷〔五〕。回去朱旗滿城闕，不信溝中凍死骨。猶有長征遠戍人②，哀哀萬里交河卒。笑我書生短褐温，蹇驢箬笠過前村。即今莫用梁園賦，扶杖歸來自閉門。

〔一〕〔金鵝〕韋端己詩：紫袍日照金鵝鬭。

〔二〕〔鐵嶺〕《一統志》：銀州故城，今鐵嶺縣治，在奉天府北一百三十里。

① 漢，據士禮居本補。

② 征，底本原作「途」，據士禮居本、《家藏稿》本改。

〔三〕［高柳］《一統志》：高柳故城，在大同府陽高縣西北。又高柳谷在克西克騰旗南四十里，蒙古名伊克布爾哈蘇台。

〔四〕［屠蘇酒］《荆楚歲時記》：正月一日，是三元之日。長幼以次拜賀，進屠蘇酒。

〔五〕［鼻端出火］《南史·曹景宗傳》。

偶見

挾彈打文鵝，翻身馬注坡。輕鞭過易水，大雪滿滹沱。錦帽垂青鼠，銀罌出紫駝。少時從出塞，十五便横戈。

將至京師寄當事諸老

柴門秋色草蕭蕭，幕府驚傳折簡招。敢向烟霞堅笑傲，却貪耕鑿久逍遥。同時諸公彈冠而起者，後先致通顯，咸疑公獨高節全名，故必欲强起之。不得不如此，先破其積見。楊彪病後稱遺老〔一〕，周黨歸來話聖朝〔二〕。自是璽書修盛舉，此身只合伴漁樵。

〔一〕［楊彪］《後漢書·楊彪傳》：魏文帝受禪，欲以彪爲太尉。彪曰：「耄年被病，豈可贊維新之朝?」遂固辭。

〔三〕〔周黨〕《後漢書·逸民傳》:建武中,徵爲議郎,以病去職。復被徵,乃着短布單衣,穀皮綃頭,待見尚書。

其二

莫嗟野老倦沉淪,領略青山未是貧。一自弓旌來退谷,苦將行李累衰親。田因買馬頻書券〔一〕,屋爲牽船少結鄰。今日巢由車下拜〔二〕,凄凉詩卷乞閒身。

〔一〕〔買馬〕《漢書·貢禹傳》:陛下過意徵臣,臣賣田百畝,以供車馬。

〔二〕〔巢由拜〕《宋史·鄭起傳》:趙普笑謂人曰:「今日甚榮,得巢、由拜于馬首。」

其三

匹馬天涯對落暉①,蕭條白髮悵誰依。北門待詔賓朋盛,東觀趨朝故舊稀。雪滿關河書未到,月斜宫闕雁還飛。赤松本是留侯志,早放商山四老歸。

---

① 涯,《家藏稿》本作「街」。

其四

平生踪跡儘蹊天，世事浮名總棄捐。不召豈能逃聖代，無官敢即傲高眠。匹夫志在何難奪，君相恩深自見憐。記送鐵崖詩句好①，白衣宣至白衣還。末句即宋濳溪贈楊鐵崖詩。

長安雜咏

玉泉秋散鼎湖龍，鼎湖，宫名也。李東陽《懷麓堂集》：西湖方十餘里，在山趾。左田右湖，入三里爲功德寺，乃有玉泉出于山下。世廟玄都閟御容。《野獲編》：西苑齋宫，獨大高玄殿以有三清像設，至今崇奉尊嚴，世宗修玄御容在焉，故得不廢。《蕪史》：殿之東北曰象一宫，供象一帝君，範金爲像，尺許，乃世廟玄修玉容也。《列朝詩集》：李蓑《嘉靖宫詞》：小車飛曳面玄都。注：玄都，殿名也。絳節久銷金竈火，青詞長護石壇松。《明史》：世宗自三十六年奉天等殿雷火災後，移居西苑，故齋壇醮宫皆在焉。運移梅福身難去，道向麻姑使未逢。重過竹宫聞夜祭，徐無仙客話乾封。此因逢夜祭而咏大高玄殿也。梅福難去、麻姑未逢，公自謂。

---

① 送，士禮居本作「取」。

其二

石門秋聳妙高臺，慈聖金輪寺榜開。大慈壽寺，慈聖孝定李太后建①。龍苑樹荒香界壞，鹿園花盡塔鈴哀。燈傳初地中峰變〔一〕，經過流沙萬里來。代有異人爲教出，鳩摩天付不凡材。此因異僧而咏大慈壽寺也，與前章興懷一致，故布格差同。《帶經堂集》：木陳忞公，世祖章皇帝賜號洪覺禪師，再傳爲天岸昇公。順治中，有旨住青州法慶寺。

〔一〕〔初地〕《法苑珠林·十地頌》：如竹破初節，餘節速能破。得初地真智，諸地疾當得。

其三

鼓角鳴鞘下建章〔二〕，平明獵火照咸陽。黃山走馬開新埒，青海求鷹出大荒。奉轡射生新宿衛，帶刀行炙舊名王。侍臣獻賦思遺事，指點先朝説豹房。此因行圍而咏豹房也。《明史》：武宗厭苦大內，弗居，始以豹房爲家，繼以宣府爲家。《武宗實録》：正德二年八月，蓋造豹房公廨、前後廳房并左右廂歇房。上朝夕處此，不復入大內矣。七年，添修豹房屋二百餘間，費銀二十四萬餘兩。

---

① 底本「李」前原有「王」字，據士禮居本删。

〔一〕〔鳴鞘〕《宋史·儀衛志》：鳴鞭，内侍二人執之，鞭鞘用紅絲而漬以蠟。有行幸，則前驅而鳴之。

其四

百戰關山馬槊高，恥將階級鬭蕭曹。兩河子弟能談劍〔一〕，一矢君王已賜袍。此日大家親較武，他時年少定分茅。功成老將無人識，看取征南帶血刀。此因較武而詠征南老將。

〔一〕〔兩河子弟〕《通鑑》：唐憲宗討蔡州兵有號山河子弟、山河十將。

贈家侍御雪航《甘肅通志》：巡茶御史吴達，江南無錫人。順治七年任。《常州府志》：吴達，崇禎三年庚午舉人，本朝累官通政使。

士生搶攘中，非氣莫能濟。勁節行胸懷，高談豁心智。吾家侍御公，平生藴風義。世難初横流，事定猶草昧。召見邯鄲宫〔一〕，軍中獲能吏。移牒拜諫官，創業更新制。長刀夾殿門，令下誰敢議。扣馬忽上陳，挺身艱難際。丈夫持國是，僵仆無所避。封事即留中，天語加褒異。受命巡山東，《會典》：順治元年，直隸各省差巡按御史各一員。蓋雪航曾以御史巡按山東也。恩威恤凋敝。會討泰山賊〔二〕，無辜輒連治。順治三年，高苑賊謝遷亂山東，陷新城縣，齊人皆避兵長白山中。破械使之歸〔三〕，父老皆流涕。征南甘侯軍〔四〕，豪奪武昌地。可憐黄陵廟〔五〕，鈔畧空村閉〔六〕。君來仗威名，雪航又曾巡按湖廣。一言釋猜忌。塢壁招殘民，郊原戢游騎。從此巴丘兵〔七〕，始識長沙尉。西望浚稽山〔八〕，黄河遶其背。青羌十七種〔九〕，驊騮飾文罽。自古于金城〔一〇〕，互市有深意〔一一〕。蜀賈蒙山茶〔一二〕，兵火苦莫致。將吏使之然，憂將玉關廢。奉詔清河湟〔一三〕，俾復商人利。此正巡按茶馬事。千車摘岷峩，五花散涇渭。至今青海頭，共刻黄龍誓〔一四〕。揭節還歸來〔一五〕，公私積勞勩。安卧無多談，循資躡高位。却拜極言疏，手板指朝貴。恩深因薄謫①，材大終難棄。古之賢豪人，深沉在晚歲。歛盡萬里心，日共殘編對。學以閲世深，官從讀書退。以之輕軒冕，蕭條自標置。我來客京師，一身似匏繫。老大慚知交，凄凉托兄弟。臨風或長歌，邀月非沉醉。論世追黄虞，删詩及曹魏。恐君故鄉思，失我窮途慰。家在五湖西，扁舟入夢寐。欲取石上泉，洗濯塵中累。群公方見推，雅志安得遂？朝罷看西山，千峰落濃翠。良友供盤桓②，清秋足游憩。待予同拂衣，徐理歸

① 因，底本原作「由」，據士禮居本、《家藏稿》本改。
② 供，士禮居本作「共」。

田計。

〔一〕〔邯鄲宫〕《一統志》：邯鄲宫，在邯鄲縣西北里許。光武破王郎，居邯鄲宫，即此。

〔二〕〔泰山賊〕《後漢書·桓帝紀》：泰山賊公孫舉等寇青、兗、徐三州，遣中郎將段熲討破斬之。

〔三〕〔破械〕《三國志·田豫傳》：一時破械遣之。

〔四〕〔甘侯〕《晉書·甘卓傳》：詔遷卓爲鎮南大將軍①。

〔五〕〔黄陵廟〕《一統志》：黄陵廟，在長沙府湘陰縣北四十里。《水經注》：大舜之陟方也，二妃從征，溺于湘江，民爲立祠于水側焉。

〔六〕〔鈔畧〕《後漢書·袁術傳》：鈔畧爲資，百姓患之。

〔七〕〔巴丘兵〕庾子山文：氣振巴丘之兵。《一統志》：巴丘故城，即今岳州府治。

〔八〕〔浚稽山〕《漢書·李陵傳》：出居延，北行三十日，至浚稽山。

〔九〕〔十七種〕《後漢書·西羌傳》：忍生九子，爲九種。舞生十七子，爲十七種。羌之興盛，從此起矣。

〔一〇〕〔金城〕《後漢書·地理志》：金城郡，昭帝置。《一統志》：金城故城，在臨洮府蘭州西南。

---

① 遷，底本原作「選」，據士禮居本改。

〔一一〕［互市］《後漢書·應邵傳》：鮮卑隔在漠北，唯至互市，乃來靡服。

〔一二〕［蒙山茶］《一統志》：蒙山，在雅州府雅安、名山、蘆山三縣界。《寰宇記》：蒙山，在名山縣西七十里。北連羅繩山，南接嚴道縣。山頂受全陽氣，其茶芳香。

〔一三〕［河湟］《一統志》：湟水在蘭州西，入黄河。

〔一四〕［黄龍誓］《後漢書·南蠻傳》：板楯蠻夷者，秦昭襄王嘉之，盟曰：「秦犯夷，輸黄龍一雙；夷犯秦，輸清酒一鍾。」

〔一五〕［揭節］《後漢書·馮衍傳》：揭節奉使。

讀史偶述一章爲一事，誦揚盛美，揜雅合頌，蔚乎國華。殆可儷經，非徒備史。

射得紅毛兔似拳，《鴻書》：今契丹及交河北境有跳兔，爪足似鼠，長尾，端有毛，亦曰紅毛兔。乳茶挏酒閣門前。相公堂饌銀盤美〔一〕，《扈從西巡日録》：五臺山林木葱鬱，盡在岩阿。有杉叢生，下視若薺，土人目爲落葉松。雨餘産菌如斗，其色乾黄，是謂天花。又有銀盤、猴頭，皆菌屬，味亦香美。按今銀盤菌五臺山喇嘛僧歲以供貢。熊白烹來正割鮮〔二〕。

〔一〕［堂饌］《唐書·張文瓘傳》：同列以堂饌豐餘，欲少損。

〔二〕［熊白］蘇子瞻詩：洗盞酌鵝黄，磨刀切熊白。

其二

雪消春水積成渠①，《燕都游覽志》：積水潭，在都城西北隅，東西亘二里餘，南北半之。《湧幢小品》：源出西山一畝、馬眼諸泉，繞出甕山後，紆迴向西南行數十里，繞都城，開水門，内注潭中。芻藁如山道不除。怪殺六街騶唱少，只今驄馬避柴車。

其三

新更小篆譯蟲魚，乙夜横經在玉除。訝道年來新政好②〔一〕，近前一卷是《尚書》。

其四

直廬西近御書房，黄景昉《國史唯疑》：翰林舊選學士六七人直内閣，掌誥勑，居閣之東，號東誥勑房。以閣西小房處中書能繕寫者，爲西制勑房。插架牙籤舊錦囊。燕寢不須龍鳳飾，沈懋孝《東湖先生集》：中秘書在文

---

① 雪，士禮居本作「雲」。

② 新，士禮居本、《家藏稿》本作「親」。

淵之署，閣凡五楹。中一楹當梁栱間，豎一金龍柱。天然臺几曲迴廊。

其五

閤門春帖點霜毫〔一〕，玉尺量身賜錦袍。聞道尚方裁製巧①，路人爭擁看枚皋。

〔一〕〔春帖〕史弱翁《舊京遺事》：禁中歲除，各宮門改易春聯，及安放絹畫鍾馗神像。

其六

龍媒剪拂上華茵，嚴助丹青拜詔新。明制：畫史亦待詔翰林。本朝則直武英殿。莫向天閑誇絶技，白頭韓幹竟何人。

其七②

新張錦幄間垂楊，四角觚稜八寶裝。《遼史》：皇帝牙帳以槍爲硬寨③，用毛繩連繫。每槍下黑氊傘一，以蔽

① 尚，底本原作「上」，據士禮居本、《家藏稿》本改。
② 《家藏稿》本次序爲八。
③ 硬，底本原作「梗」，據士禮居本改。

衛士風雪。槍外小氊帳一層，每帳五人，各執兵仗爲禁圍。周圍拒馬，外設鋪，傳鈴宿衛。藉地煖茵趺坐輭，茸茸春草是留香〔一〕。

〔一〕「留香草」《北史·長孫晟傳》：煬帝欲出塞外，先遣晟往喻旨。晟見牙中草穢，欲令染干親自除之，示諸部以明威重，乃指帳前草曰：「此根大香。」染干遽取嗅之，曰：「殊不香也。」曰：「國家法，天子行幸所在，諸侯並躬親灑掃耘除御路。今牙中蕪穢，謂是留香草耳。」染干乃拔佩刀親自芟草。

其八①

騰黄赭白總追風，八匹牽來禁苑中。毛骨不殊聲價好，但看騎上即真龍②。王貽上《池北偶談》：荷蘭國貢馬四，二青二赤，鳳膺鶴脛，日可千里。

---

① 《家藏稿》本次序爲九。
② 真，《家藏稿》本作「神」。

其九①

側坐翻身馬上輕，官家絶技羽林驚。左枝忽發鳴髇箭，仰視浮雲笑絶纓。

其十②

柳陰觀射試期門，撥去胡牀踞樹根。徙倚日斜纔御輦，天邊草木亦承恩。

其十一③

新語初成左右驚，一言萬歲盡歡聲。多應絳灌交歡久，馬上先行薦陸生。

---

①《家藏稿》本次序爲十。
②《家藏稿》本次序爲十一。
③《家藏稿》本次序爲十三。

其十二①

松林路轉御河行，寂寂空垣宿鳥驚。劉若愚《蕪史》：端門内，東曰闕左門。再東松林，會推處也。蔣德璟《慤書》：紫禁城外有護城河，河外即御溝。七載金縢歸掌握，百僚車馬會南城。《野獲編》：南内在禁垣之巽隅，亦有首門、二門以及兩掖門，所稱小南城者是也。

其十三②

西洋館宇逼城陰，巧歷通玄妙匠心〔一〕。異物每邀天一笑，自鳴鐘應自鳴琴。《帝京景物畧》：天主堂在北京宣武門東城隅。大西洋奉耶蘇教者利瑪竇自歐羅巴國航海九萬里，入中國。神宗命給廩，賜第此邸。其國俗工奇器，候鐘應時自擊有節；天琴鐵絲絃，隨所按，音調如譜。

〔一〕［通玄］《五代史·一行傳》：賜號通玄先生。

① 《家藏稿》本次序爲十六。
② 《家藏稿》本次序爲十八。

其十四①

迴龍觀裏海棠開，禁地無人閉緑苔。一自便門馳道啟，穿宫走馬看花來。《燕都遊覽志》：迴龍觀舊多海棠，旁有六角亭，每歲花發時，上臨幸焉。

其十五②

宣鑪廠盒内香燒，禁府圖書洞府簫。故國滿前君莫問，淒涼酒盞鬬成窑。《野獲編》：剔紅填漆，舊物自内廷闌出者尤爲精好。往時所索甚微，今其價十倍矣。窑器最貴成化，次則宣德。盃琖之屬，初不過數金，頃來京師成窑酒盃每對至博銀百金，宣銅香鑪亦畧如之。

其十六③

布棚攤子滿前門，《鴻一亭筆記》：北京正陽門前搭蓋棚房，居之爲肆，其來舊矣。舊物官窑無一存。《攄梧

---

① 《家藏稿》本次序爲十九。
② 《家藏稿》本次序爲二十。
③ 《家藏稿》本次序爲二十一。

齋麈談》：宋以白定有芒不堪用，命汝州造青窑器，以瑪瑙末爲油。南渡後，邵成章提舉後苑，號邵局，法效政和間京師舊製，各官窑進奉之物臣庶不敢用。王府近來新發出，剔紅香盒豆青盆。《帝京景物畧》：漆器，古有犀毗剔紅戧金攢犀螺鈿。國朝可傳則剔紅填漆。剔紅宋多金銀爲裏，國朝以錫木爲胎。永樂中，果園廠製也。

其十七①

大將祁連起北邙，黄腸不慮發丘郎〔一〕。平生賜物都燔盡，千里名駒衣火光〔二〕。蕭大亨《異俗志》：其死也，併其生平衣服甲胄之類俱埋于深僻莽蒼之野。死之日，盡殺其所愛僕妾良馬如殉葬之意。有盗所埋衣甲及冢外馬肉併一草一木者，即置之死。今喇嘛僧教以火葬之法，盡以焚之。

〔一〕〔黄腸〕《漢書·霍光傳》：賜便房、黄腸題凑各一具。注：以柏木黄心致累棺外，故曰黄腸。

〔二〕〔衣火光〕《史記·滑稽傳》：衣以火光。

其十八②

琉璃舊廠虎房西，《箕城雜綴》：京師琉璃廠，在永光寺南。虎坊橋，在廠東南。西有鐵門，前朝虎圈地也。廠燒

---

① 《家藏稿》本次序爲二十二。
② 《家藏稿》本次序爲二十三。

琉璃瓦，有營建專官督之。月斧修成五色泥。遍插御花安鳳吻，絳繩扶上廣寒梯。

其十九①

金魚池上定新巢，楊柳青青已放梢。《帝京景物畧》：金故有魚藻池，居人界池爲塘，植柳覆之。池陰一帶園亭甚多，南抵天壇，一望空闊。《燕都游覽志》：魚藻池，在崇文門外西南，俗呼金魚池。幾度平津高閣上，泰壇春望祀南郊。《堯峰文鈔》：俛魚藻池而面郊壇，灌木幽深。水鳧沙雁，游泳上下，爲都人士游觀之所也。

其二十②

紛紛茗酪闘如何〔一〕，點就茶經定不磨。移得江南來禁地③，迴龍小醆潑松蘿。《松陵集》注：江南洞庭茶常入貢。西山松蘿，穀雨前採焙，極細者販于市，爭先騰價，共以雨前爲貴。

〔一〕〔茗酪〕《洛陽伽藍記》：齊王肅歸魏，初不食羊肉及酪漿，常食鯽魚羹，渴飲茶汁。高帝曰：

① 《家藏稿》次序爲二十五。
② 《家藏稿》本次序爲二十六。
③ 禁地，底本原作「地禁」，據士禮居本、《家藏稿》本改。

「羊肉何如魚羹，茗飲何如酪漿？」肅曰：「羊陸産之最，魚水族之長。羊比齊魯大邦，魚比邾莒小國。惟茗飲不中與酪漿作奴。」

其二十一①

夜半齋壇唱步虛，玉皇新築絳霄居。吹笙盡是黄門侶，别勅西清注道書。《野獲編》：自西苑肇興，尋營永壽宫于其地。未幾而玄極、高玄等殿繼起。以玄極爲拜天之所，當正朝之奉天殿。以高玄爲内朝之所，當正朝之文華殿。又建清馥爲行香之所，每建金籙大醮壇，則上躬至焉。凡入撰青詞諸臣皆附麗其旁，即閣臣亦晝夜供事，不復至文淵閣。蓋君臣上下朝真醮斗幾三十年。

其二十二②

蘭池落日馬蹄驚，魚服揮鞭過柳城。十萬羽林空夜直，無人攬轡諫微行。

①《家藏稿》本次序爲二十七。
②《家藏稿》本次序爲三十。

其二十三①

七寶琉璃影百層，淪漪月色漾寒冰。《燕都游覽志》：燈市自正月初八日起，至十八日始罷。鬻燈者在市西南。有冰燈，細剪百綵，澆水成之。詞臣主客詩圖進，御帖親題萬壽燈②。《水部備考》：御用監成造卓天燈、萬壽燈、日月仙燈。

其二十四③

玉砌流泉繞碧渠，晚凉紈扇軟金輿。采蓮艓子江南弄〔一〕，太液池頭看打魚。《金鰲退食筆記》：太液池即南海子也，禁中呼爲瀛臺。南爲南海，其水亦自玉泉發源，入禁苑，由金鰲玉蝀橋折遶五龍亭南，歷椒園注池中。餘流由御溝溢入渾河，下直沽口。

〔一〕〔江南弄〕《古今樂録》：梁天監十一年，武帝製《江南上雲樂》十四曲，《江南弄》七曲。

---

① 《家藏稿》本次序爲三十一。

② 《家藏稿》原注：「燈成，命編翰製詩聯，敕賜燈名萬壽。」

③ 《家藏稿》本次序爲三十二。

其二十五①

龍文小印大如錢，别署齋名自記年。畫就烟雲填寶篆，欲將金粉護山川。

其二十六②

渭園千里送筤簹，嫩籜青青道正長。夜半火來知走馬，尚方藥物待新篁。《旌功録》：于謙素苦痰喘，一日大作，上遣太監興安以醫來，醫云：「竹瀝可愈。」安爲上言，上親幸萬歲山伐竹以賜。

其二十七③

新設椒園内道場，雲堂齋供自焚香。《金鰲退食筆記》：禁中呼瀛臺南爲南海，椒園爲中海，五龍亭爲北海。椒園一名蕉園。中元夜，諸喇嘛于此建盂蘭盆道場，放河燈，繞萬歲山、五龍亭而回。小内監置燈荷葉中，熒火數千，熠列兩岸，法螺梵唄，夜深而罷。大官别有伊蒲饌，親割鸞刀奉法王。

①《家藏稿》本次序爲三十三。
②《家藏稿》本次序爲三十四。
③《家藏稿》本次序爲三十五。

其二十八①

直廬起草擅能文，被詔含毫寫右軍。賜出黄驄銀鑿落，天街徐踏墨池雲。

其二十九②

霜落期門唤打圍，海青帽暖去如飛。《扈從東巡日録》：鷹犬各有專官主之。鷹以繡花錦帽蒙其目，擎者縮綠於手，見禽乃去帽放之。駕鵝信至纔游幸，不比和林避暑歸。邵遠平《續弘簡録》：和林在大漠之西，其地有哈喇和林河，故名。本唐回鶻毗伽可汗故城，自元太祖定河北，即建都于此，爲會同之所。成宗大德中，始立和林等行中書省，上都在桓州灤水北，每帝皆避暑于此。

其三十③

鵪鶉錦袋出懷中，玉粒交爭花毯紅。《苑西集》：京師十月鬬鵪鶉，以玉田、豐潤、永平諸處産者爲佳。柳筐

---

① 《家藏稿》本次序爲三十六。
② 《家藏稿》本次序爲三十七。
③ 《家藏稿》本次序爲三十八。

入市，日數千萬，識者按譜辨其臧否①。何似平章荒葛嶺，諸姬蟋蟀鬬金籠。

其三十一②

緑翅聰慧换新粧，比翼丹山小鳳皇。《桂海虞衡志》：烏烏鳳出桂海左右兩江峒中，大如喜鵲，紺碧色，項毛似雄雞，頭有冠，尾垂二弱骨，音聲清越如笙簫，能度小曲，合宫商。巧舌能言金鎖愛，賜緋姤殺雪衣娘③。此謂赤鸚鵡也。陳淏子《花鏡》：緑乃常色，紅者爲貴。近年關西曾獻黄鸚鵡于我朝④，尤難得之物也。

其三十二⑤

廣南異物進駝雞，錦背雙峰一寸齊。只道紫駝來絶塞，雞林原在大荒西。原注：雞高三尺，花冠翠羽，背有雙峰，似駝之肉鞍也。〇《方隅勝畧》：祖法兒國産駝雞，有肉鞍，可乘。

---

① 辨，士禮居本作「别」。
② 《家藏稿》本次序爲三十九。
③ 《家藏稿》原注：「廣東進朱鸚鵡，足有四距。」
④ 鵡，底本原作「哥」，據士禮居本改。
⑤ 《家藏稿》本次序爲四十。

思陵長公主輓詩

《明史·公主傳》：長平公主，年十六，帝選周世顯尚主①。將婚，以寇警暫停。城陷，帝入壽寧宫，主牽衣哭，帝曰：「汝何故生我家。」以劍揮斫之，斷左臂。又斫昭仁公主于昭仁殿。越五日，長平主復甦。順治二年，上書言九死臣妾跼蹐高天，願髡緇空門，以申罔極。詔不許。命顯復尚故主，土田邸第金錢車馬錫予有加。主涕泣，踰年病卒，賜葬廣寧門外。《春明夢餘録》：公主名徽娖。附松江張宸《長平公主誄序》②：長平公主者，明崇禎皇帝女，周皇后産也。甲申之歲，淑齡一十有五，皇帝命掌禮之官詔司儀之監妙選良家，議將降主。時有太僕公子都尉周君名世顯者，將築平陽以館之，開沁水以宅之。貳室天家，行有日矣。夫何蛾賊鴟張，逆臣不誡，天子志殉宗社，國母嬙嬪慷慨死焉。公主時在穉齡，御劍親揮，傷頰斷腕，頹然玉折，實矣蘭摧。賊以貴主既殞，授屍國戚，覆以錦茵，載歸椒里。越五宵旦，宛轉復生。泉途已宫，龍髯脱而劍遠；蘭薰罷殿，蕙性折而神枯。順治二年，上書今皇帝，九死臣妾，跼蹐高天，髡緇空門，庶申罔極。上不許，詔求元配，命我周君，故劍是合。土田第邸，金錢牛車，錫予有加，稱備物焉。嗟夫乘鵠扇引，定情于改朔之朝；金犢車來，降禮于故侯之第。人非鶴市，慨紫玉之重生；鏡異鸞臺，看樂昌之再合。金枝秀發，玉質含章，逢德曜于皇家，迓桓君於帝女。然而心戀宫帷，神傷輦路，重雲畢陌，無心金榜

① 選，底本原作「遷」，據士禮居本改。
② 松江，據士禮居本補。

之門；飛霜穀林，豈意玉簫之館。弱不勝悲，溘焉薨逝。當扶桑上仙之日，距穠李下嫁之年。星燧初周，芳華未歇。嗚呼悲哉，都尉君悼去鳳之不留，嗟沉珠之在殯。銀臺竊藥，想奔月以何年；金殿煎香，思返魂而無術。越明年三月，葬于彰義門之賜莊，禮也。小臣宸，薄遊京華，式睹遺容，京兆雖阡，誰披柘館；祁連象冢，祇叩松關。擬傷逝于子荊，朗香空設；代悼亡于潘令，遺掛猶存。敢冉拜，爲之誄云。

貴主徽音美，前朝典命光。鴻名垂遠近，哀誄著興亡。總冒大意。托體皁枝貴〔一〕，承休聖善祥。母儀惟謹肅，家法在矜莊。上苑穠桃李，瑶池小鳳皇。鸞音青繡屜〔二〕，魚笏皂羅囊〔三〕。沉燎薰爐細，流蘇寶蓋香。禊期陪祓水，藕館助絛桑〔四〕。緑綟芄蘭佩〔五〕，紅螭薤葉璋。錫封需大國，喚仗及迴廊。以上叙其貴也。受册威儀定，傳烽羽檄忙。司輿停鹵簿，掌瑞徹珩璜。婺宿明河澹，薇垣太白芒。《綏寇紀畧》：崇禎十七年正月，司天奏帝座下移。十月，紫微無光。十年春，太白晝見。六月，太白經天。十月，太白晝見，怒赤。至尊憂咄吒，仁壽涕彷徨。酈邑年方幼①〔六〕，瓊華齒正芳〔七〕。艱難愁付託，顛沛懼參商。文葆憐還戲，勝衣泣未遑。從容咨傅母，倥傯詢貂璫②。傳箭聞嚴鼓，投籤見拊牀〔八〕。內人縫使甲，中旨祟支粮。使者填平朔，將軍帶護羌。寧無一矢救，足慰兩宮望。言將降主，而寇亂宮禁，憂危如此也。盜賊狐篝火，關

① 方，士禮居本作「還」。
② 傯，士禮居本、《家藏稿》本作「急」。

山螘潰防。逍遥師逗撓，奔突寇披猖。牙纛看吹折，梯衝舞莫當。妖氛纏象闕，殺氣滿陳倉。天道真蒙昧，君心顧慨慷。割慈全國體，處變重宗潢。胄子除華紱〔九〕，家丞具急裝。勑須離禁闥①，手爲换衣裳。社稷仇宜報，君親語勿忘。遇人耑退讓，慎己舊行藏。四句隱括詔二王語。國母摩笄刺，宫娥掩袂傷②。他年標信史，同日見高皇。《明史》：都城陷，帝泣語后曰：「大事去矣。」后頓首，乃撫太子、二王慟哭，遣之出宫。帝令后自裁，后遂先帝崩。元主甘從殉，君王入未央。抽刀凌左闔，申脰就干將。啑血彤闈地，横尸紫籞汪。絶吭甦又咽，瞑睫倦微揚。褁褥移私第，霑胸進勺漿。誓肌封斷骨〔一〇〕，茹戚吮殘創。死早隨諸妹，生猶望二王。股肱羞魏相，肺腑恨周昌。《明史·公主傳》：莊烈帝六女。坤儀公主，周皇后生，追謚。長平公主。又昭仁主。餘三女皆早世無考。又《諸王傳》：定王慈炯，莊烈帝第三子。永王慈炤，莊烈帝第四子。賊陷京師，不知所終。按魏相指魏藻德，周昌指周奎也。賊遁仍函谷，兵來豈建康。《明史·流賊傳》：李自成四月二十九日僭號。是夕，焚宫殿及九門城樓。詰旦，挾太子、二王西走。西踰故關，入山西，歸西安，復遣賊陷漢中。六軍剺面慟，四海遏音喪。故國新原廟，群臣舊奉常。賵圭陳厭翟，題湊載輼輬③。隧逼賢妃冢，山疑望子岡。銜哀

① 離，士禮居本作「辭」。
② 袂，士禮居本作「袖」。
③ 湊，原本作「輳」，據士禮居本、《家藏稿》本改。

存父老，主祭失元良。吴陳琰《曠園雜志》：甲申三月廿五日，順天府僞官李紙票仰昌平州吏目趙一桂開田妃壙，合葬崇禎先帝及周皇后梓宮。時州庫如洗，一桂與好義生員孫繁祉、監生白紳等十人共捐錢三百四十千，時止值銀一百七十兩，僱夫頭楊文包攬開閉。四月初四日寅時，始開頭層門，又開二層門，通長殿九間，妃柩在焉。申後，帝后梓宮至，舉哀祭奠畢，先移田妃于牀右，次厝周后于牀左，然後即田妃椁居帝于中，點起萬年燈後，即掩坎。訣絶均抔土，飄零各異方。衣冠嬴博葬，風雨鶺鴒行。《明史》：賊獲太子，僞封宋王。及賊敗西走，太子不知所終。浩劫歸空壤，浮生寄渺茫。玉真圖下髮〔二〕，申伯勸承筐。沅浦餘堯女，營丘止孟姜。君臣今世代，甥舅即蒸嘗。湯沐鄉亭秩〔三〕，家門殿省郎。凄凉脂粉磑，零落綺羅箱。宅枕平津巷，街通少府墻。晝閒偕妯娌，曉坐向姑嫜。偶語追銅雀，無聊問柏梁。豫游催插柳①，勝蹟是梳裝。蔣一葵《堯山堂外記》：金章宗爲李宸妃建梳粧臺于都城東北隅，今禁中瓊花島粧臺本金故物也。目爲遼蕭后梳粧樓，誤。又張居正《太岳集》：皇城北苑中有廣寒殿，瓦甓已壞，榱桷猶存，相傳以爲遼蕭后梳粧樓。萬曆七年五月，忽自傾圮，其梁上有金錢百文，蓋鎮物也。上以四文賜臣，其文曰至元通寶。至元乃元世祖紀年，則殿創于元，非遼時物明矣。菡萏鴛鴦扇，陸容《菽園雜記》：奉天門常朝御座後，內官持一小扇，金黃絹包裹之。聞之故老，云非扇也，其名卓影辟邪，永樂間外國所進。茱萸鸚鵡觴。《金鼇退食筆記》：兔園山，一名小山子，一名賽蓬萊。甃石作九曲流觴，龍口出水，雕琢神巧。重九或幸萬歲山、或幸此登高。宮眷內臣皆服重陽景菊花補，喫迎霜

---

①催，士禮居本、《家藏稿》本作「推」。

兔、茱萸酒。《海録碎事》：鸚鵡螺質白而紫殼，取作杯。大庖南膳廠，《蕪史》：草場監之南向西者曰杅子房，曰北膳房，曰暖閣廠，曰南膳房。又南曰尚膳監、御馬監。向東者曰北花房。《光禄寺志》：精膳司元旦供年飯、素澆頭。立春供素捲餅、春藾卧饅餤之類。奇卉北花房。《金鰲退食筆記》：御花園在果園廠之西。冬日烘出牡丹、芍藥諸花，元夕陳乾清宮懋勤殿。暖閣葫蘆錦，《天啟宫詞》注：新樣葫蘆錦者，其文作雙菡萏，蘂内各出一人面。温泉荳蔻湯。高士奇《松亭行紀》：遵化湯泉，在四十福泉山下。戚繼光始甃石爲池，築堂曰九新。四壁碑刻唐順之、汪道昆、周天球詩。最後一石刻武宗宫人王氏絶句。雕薪獅首炭，《金鰲退食筆記》：惜薪司除夕進撑門炭，爲人形，彩箔飾甲胄，號炭將軍。甜食虎睛糖。《蕪史》：甜食房造絲窩、虎眼糖，松餅。王世貞《盛事述》：甜食房屬御用監，用中人提督。廖文英《正字通》：明制，冬至日賜諸臣甜食一盒。凡七種，一松子海哩嘩。鄭以偉曰：今不識爲何食。壯麗成焦土，榛蕪拱白楊。麋游鳷鵲觀，苔没鬭雞坊〔一三〕。荀灌心惆悵〔一四〕，秦休志激昂〔一五〕。崩城身竟殞，填海願難償。命也知奚憾，天乎數不臧。累欷牀笫語①，即窆寢園傍。半體先從父，遺骸始見孃。黄泉母子痛，白骨弟兄殤。「偶語」以下十六句，皆詳薨逝之由。夙昔銅駝泣，諸陵石馬荒。三年脩荇藻，一飯奠嵩邙。寒食重來路，新阡宿草長。溪田延黍稼，隴笛卧牛羊。朽壤穿螻蟻，驚沙起鴰鶬。病樗眠廢社，衰葦折寒塘。此叙其賜葬廣寧門。

① 欷，士禮居本、《家藏稿》本作「歔」。第，士禮居本、《家藏稿》本作「簀」。

列刹皇姑寺，王同軌《耳談》：宛平縣西黄村有勅賜保明寺，寺中尼吕氏，陝西人。正統間，駕出關，尼送駕，苦諫不聽。及還轅復辟，念之，乃賜額建寺，人稱皇姑寺。馱經内道場。侍鬟稱練行〔一六〕，小像刻沉香。玉座懸朱帳，金支渡法航。少兒添畫燭，保媪伴帷堂。露濕丹楓冷，星稀青鳥翔。幡旄晨隱隱，鈴鐸夜將將〔一七〕。控鶴攀龍馭，驂麟謁帝閶。靈妃歌縹緲，神女笑徜徉。以上叙公主留像皇姑寺。苦霧迷槐市，雌霓遶建章。歸鄰思五廟〔一八〕，涉漢淚三湘。柔福何慚宋〔一九〕，平陽可佐唐〔二〇〕。虞淵瞻反日，蒿里叫飛霜。自古遭兵燹，偏嗟擁樹妨〔二一〕。魯元馳孔亟，芊季負倉皇。漂泊悲臨海〔二二〕，包含恥溧陽〔二三〕。本朝端闔闕，設制勝巖疆。處順惇恭儉，時危植紀綱。英聲超北地①，雅操邁東鄉〔二四〕。新野墳松直〔二五〕，招祇祠柏蒼〔二六〕。薤歌雖慘淡，汗簡自輝煌。謚號千秋定，銘旌百禩彰。秦簫吹斷續，楚挽哭滄浪。

〔一〕〔皇枝〕《宋書·廬江王傳》：藉慶皇枝。

〔二〕〔繡屜〕《宋史·輿服志》：駕六青馬。馬有金面，插雕羽，鞶纓，攀胸鈴拂，青繡屜，錦包尾。按《字彙》：屜，鞍屜也。音替。

①超，底本原作「起」，據士禮居本、《家藏稿》本改。

〔三〕〔魚笏〕李長吉詩：公主遺秉魚須笏。
〔四〕〔繭館〕《漢書·元后傳》：春幸繭館，率皇后列侯夫人桑，遵霸水而祓除。
〔五〕〔緑綟〕《東觀漢記》：建武元年，復設諸侯王金璽綟綬。《釋名》：緑綟、紫綟，綵也。
〔六〕〔酈邑〕《後漢書·后紀》：皇女綬，建武二十一年封酈邑公主。
〔七〕〔瓊華〕《舊唐書·代宗獨孤后傳》：后生華陽公主。公主疾，上令宗師道教，名曰瓊華公主。
〔八〕〔投籤〕《陳書·世祖紀》：每雞人伺漏，傳于殿中，乃勑送者必投籤于階石之上，鎗然有聲。
〔九〕〔華紱〕《史記·秦始皇紀》：子嬰度次得嗣，冠玉冠，佩華紱。
〔一〇〕〔誓肌〕謝玄暉《辭子隆牋》：撫臆論報，早誓肌骨。
〔一一〕〔玉真〕《唐書·公主傳》：睿宗女金仙公主，太極元年與玉真公主皆爲道士。玉真公主字持盈，進號上清玄都大洞三景師。
〔一二〕〔鄉亭秩〕《後漢書·百官志》：承秦爵，二十等爲徹侯。功大者食縣，小者食鄉、亭。
〔一三〕〔鬪雞坊〕《東城父老傳》：明皇在藩邸時，樂民間清明節鬪雞戲。及即位，治雞坊于兩宮間。
〔一四〕〔荀灌〕《晉書·荀灌傳》：灌，荀崧小女，幼有奇節。崧爲襄城太守，爲杜曾所圍，灌時年十三，率勇士數十人突圍夜出，詣石覽乞師。
〔一五〕〔秦休〕李白《秦女休行》：手揮白楊刀，清晝殺讎家。
〔一六〕〔練行〕《禮記》疏：練，小祥也。小祥而著練冠。《廣韻》：行，次第也。

〔一七〕［幡旄鈴鑷］《西京雜記》：昭陽殿中設九金龍，皆銜九子金鈴，五色流蘇。以緑紫綬，金銀花鑷。每好風日，幡旄光影，照耀一殿；鈴鑷之聲，驚動左右。

〔一八〕［歸酅］《春秋》：莊公三年秋，紀季以酅入于齊。《公羊傳》：紀季者何？紀侯之弟也。何以不名？賢也。魯子曰：請後五廟以存姑姊妹。《春秋》：莊公十有二年，紀叔姬歸于酅。胡傳：歸者順辭，以宗廟在酅，歸奉其祀也。

〔一九〕［柔福］《宋史·公主傳》：徽宗女柔福帝姬。徽宗三十四帝姬，早亡者十四人，餘皆北遷。柔福在五國城適徐還而薨，薨在紹興十一年，從梓宫來者以其骨至，葬之，追封和國長公主。

〔二〇〕［平陽］《唐書·平陽公主傳》：下嫁柴紹。

〔二一〕［擁樹］《史記·夏侯嬰傳》注：蘇林曰：南陽人謂抱小兒爲擁樹。

〔二二〕［臨海］《晉中興書》：臨海公主，惠帝第四女。未出，值永嘉亂，賣長城民錢温。温以送女，女遇主酷甚，主自告吴興太守，適譙國曹統。

〔二三〕［溧陽］《南史·簡文帝紀》：初，侯景納帝女溧陽公主。主有美色，景惑之。

〔二四〕［東鄉］《宋書·謝弘微傳》：叔父混，以劉毅黨見誅。妻晉陵公主，詔與謝氏離絶。宋武受命，晉陵公主降封東鄉君，以混得罪前代，東鄉君節義可嘉，聽還謝氏。

〔二五〕［新野］《後漢書·鄧晨傳》：娶光武姊元。王莽末，漢兵敗小長安，追兵至，元及三女皆遇害。光武即位，謚元爲新野節義長公主，立廟于縣西。晨卒，遣中謁者備公主官屬禮儀，招迎新野主魂，與晨合葬于北邙。

〔二六〕［招祇］《拾遺記》：昭王時，東甌獻二女。今江漢之人立祠于江湄，猶見王與二女乘舟戲于水際。至暮春上巳禊集①，或以時鮮甘味，採蘭杜包裹，以沉水中，號曰招祇之祠。

退谷歌

原注：贈同年孫公北海。○孫北海名承澤，字耳伯，上林苑籍，山東益都人，崇禎辛未進士。順治五年，官大理寺，遷兵部右侍郎。八年，轉吏部。《青箱堂集·孫北海行狀》：先生年甫六十，藉重聽乞身，營退谷以見志。孫北海《春明夢餘録》：京西之山，爲太行第八陘，自西南蜿蜒而來，近京列爲香山諸峰，乃層層東北轉，至水源頭，一澗最深，退谷在焉。

我家乃在莫釐之下，具區之東。洞庭烟鬟七十二，天際杳杳聞霜鐘。豈無巢居子，長嘯呼赤松。後來高卧不可得，無乃此世非洪濛。元氣茫茫鬼神鑿，黄虞既没巢由窮。逆旅逢孫登，自稱北海翁，攜手共上徐無峰。仰天四顧指而笑，此下即是宜春宫〔一〕。若教天子廣苑囿，吾地應入甘泉中。丈夫踪跡貴狡獪，何必萬里游崆峒。蔣一揆《長安客話》：自洪光寺折而

① 春，底本原作「莫」，據士禮居本改。

東，取道松杉中，二里許，從槐徑入，一徑横之，跨以石梁，爲碧雲寺。折而東六七里，乃抵卧佛寺。丁煒《問山集》：卧佛寺旁即北海先生退谷。按此則退谷在香山、玉泉之間，地近靜明、暢春御苑。

君不見抱石沉，焚山死，被髮佯狂棄妻子。匡廬山①，成都市，欲逃名姓竟誰是。少微無光客星暗，四皓衣冠只如此。使我山不得高，水不得深，鳥不得飛，魚不得沉。武陵洞口聞野哭，蕭斧斫盡桃花林〔二〕。仙人得道古來宅，劫火到處相追尋。不如三輔内，此地依青門，非朝非市非沉淪。鄠杜豈關蕭相請，茂陵不厭相如貧。《青箱堂集》：北海自予告歸，閉門養重，擁書萬卷。予一時過之，深堂蘿徑之中，几榻蕭然，圖書在列。營退谷于西山。當松粒春新，柿林霜老，先生攝屐其間，輒經時月。飲君酒，就君宿，羨君逍遥之退谷。花好須從禁苑開②，泉清不讓温湯浴。《帝京景物略》：玉泉山根碎石泉湧，出山不數武，裂帛湖也。泉迸湖底，狀如裂帛，既澄以鮮，漾沙金色。中使敲門爲放鷹，羽林下馬因尋鹿。我生亦胡爲③，白頭苦碌碌。送君還山識君屋，庭草彷彿江南緑，客心歷亂登高目。噫嚱乎歸哉，我家乃在莫釐之下，具區之東。側身長望將安從！

---

① 山，士禮居本、《家藏稿》本作「峰」。
② 從，士禮居本、《家藏稿》本作「隨」。
③ 胡，士禮居本作「何」。

〔一〕〔宜春宫〕《漢書·元帝紀》：初元二年，罷宜春下苑，假與貧民。
〔三〕〔蕭斧〕桓譚《新論》：以强秦之勢伐弱韓，譬猶礫蕭斧以斫菌也。

得廬山願雲師書①

絶頂誅茅處，蒼崖怪瀑風。書來飛鳥上，僧出亂流中。世事千峰斷，鄉心半偈空。却將兄弟夢，烟雨問江東。

①《家藏稿》題下原注：「願師婁人，予同學友也。」

吴梅村詩集箋注卷第七

古近體詩 一百三首起甲午在京師作

恭紀聖駕幸南海子遇雪大獵

《畿輔通志》：南海子在外城永定門外，物産充牣，爲遊獵之地。元曰飛放泊，明永樂中擴其地，本朝因之，時命禁旅行圍，以肄武事。

君王羽獵近長安，龍雀刀鐶七寶鞍〔一〕。立馬山川千騎擁，賜錢父老萬人看。原注：賑飢。霜林白鹿開金彈，春酒黄羊進玉盤。不向回中逢大雪，無因知道外邊寒。

〔一〕〔龍雀刀鐶〕《史記·司馬相如傳》注：郭璞曰：「飛廉，龍雀也。」刀爲龍雀大鐶，號曰大夏龍雀。

〔七寶鞍〕《天寶遺事》：唐明皇在蜀，以七寶鞍賜張后，李泌請分賜將士。

聞撤織造志喜《文集》：部使者有徵令於吴中，有司上富人籍以典織作。朝廷自發金錢與服官，特以勞使民，而吏乾没，工惰窳，率出私財彌縫其闕，如是者五六年，始遇恩詔以免，而等輩大抵破家矣。

春日柔桑士女歌，東南杼軸待如何。千金織綺花成市，萬歲回文月滿梭〔一〕。恩詔只今憐赤子，貢船從此罷黄河。尚方玉帛年來盛，早見西川濯錦多。

〔一〕〔萬歲回文〕陳悰《天啟宫詞》注：新花樣有卍字回文，取萬歲意。

送無錫堵伊令之官歷城《常州府志》：順治丁亥進士堵廷棻，無錫人，歷城知縣。

吴峻《錫談》：伊令名廷棻，字棻木。陳其年選《今詞苑》，無錫五人，堵廷棻其一。

攬轡朱輪起壯圖，遺民喜得管夷吾。城荒户少三男子，名重人看五大夫〔一〕。畫就烟雲連泰岱，詩成書札滿江湖。茶經水傳平生事，第二泉如趵突無。

〔一〕〔五大夫〕許觀《東齋記事》：五大夫，蓋秦爵之第九級。如曹參賜爵七大夫，遷爲五大夫是也。

送天台何石湖之官臨晉兼簡蒲州道嚴方公

《一統志》：天台縣，在台州府西北九十里。臨晉縣，在蒲州府東北七十里。河東道駐蒲州府。《山西通志》：分守河東道嚴正矩，湖廣孝感人，進士，順治十年任。又臨晉縣知縣何紘度，台州臨海人，進士，順治十一年任。《湖廣通志》：正矩字方公，崇禎癸未進士，順治初授嘉興推官，歷户部左侍郎，致仕。

山色界諸盤〔一〕，河流天際看〔二〕。孤城當古渡，絶岸入王官〔三〕。社鼓堯祠近〔四〕，鄉書禹穴難。若逢嚴夫子，爲報故人安。

〔一〕〔諸盤〕《一統志》：八盤山，在蒲州府永濟縣南二十里。

〔二〕〔河流〕《山西通志》：臨晉縣，黄河在縣西三十里。

〔三〕〔王官〕《山西通志》：王官谷，在蒲州府虞鄉縣東南十里。

〔四〕〔堯祠〕《元和志》：堯廟，在平陽府臨汾縣東八里。

靳箋：方公，梅村丙子所取士也，而借用《漢書》「夫子」字，蓋此詩本爲石湖作地耳。

送紀伯紫往太原徐釚《本事詩》小序：紀映鍾字伯紫，一字檗子，號戇叟，自稱鍾山遺老。上元人，與方文、林古度齊名。

不識盧從事〔一〕，能添幕府雄。河穿高闕塞〔二〕，山壓晉陽宫〔三〕。霜磧三關樹〔四〕，秋原萬馬風。相依劉越石，清嘯戍樓中〔五〕。

〔一〕［盧從事］《晉書·盧諶傳》：劉琨以諶爲主簿，轉從事中郎。

〔二〕［高闕塞］《史記·匈奴傳》：趙武靈王自代并陰山，至高闕爲塞。《綱目質實》：高闕塞，在大同府城西北四百二十里。《水經》：河水東逕高闕南。注：陰山下有長城，長城之際，連山刺天，其山中斷，望若闕然，故有高闕之名也。

〔三〕［晉陽宫］《魏書·地形志》：武定初，齊獻武置晉陽宫。《元和郡縣志》：晉陽宫，在山西并州城南。

〔四〕［三關］《明統志》：倒馬、紫荆、偏頭爲三關。

〔五〕［清嘯］《晉書·劉琨傳》：字越石，在晉陽嘗爲胡騎所圍數重，城中窘迫無計，琨乃乘月登樓清嘯，賊聞之皆凄然長嘆。中夜奏胡笳，賊又流涕歔欷。向曉復吹之，賊並棄圍而走。

其二

羡殺狂書記，翩翩負令名。軍知長揖貴，客傲敝裘輕。酒肆傳呼醉，毬場倒屣迎。須看雁門守〔一〕，不及洛陽生。

〔一〕〔雁門守〕《後漢書·王符傳》：度遼將軍皇甫規解官歸安定，鄉人有貨得雁門太守者亦去職還家，書刺謁規，規卧不迎。既入而問：「卿前在郡食雁美乎？」有頃，又白王符在門，規遽起迎。時人爲之語曰：「徒見二千石，不如一縫掖。」按《符傳》安定臨涇人，而詩用洛陽，未詳。

其三

客舍同三子，春風去住愁。原注：三子，韓聖秋、胡彦遠及伯紫也。時彦遠已先行。○聖秋名詩，陝西人。彦遠名介，錢塘人。《文集》：彦遠于長安，每酒酣，詫客曰：吾家在武林之河渚，巒迴澗複，人跡罕至，烟汀霧樹，視之既盡，杳若萬里。吾父子葺茅屋以居，杜門著書，不見賓客，顧以貧故，無以贍老親，不得已走京師，從故人索河北一書。今將涉漳河，過邢臺，泝淮而南，歸吾所居河渚，誓不復出矣。按所謂河北一書，即其先行往太原也。那知爲此别，五月又并州。榆莢催征騎，榴花落御溝。知君分手意，端不爲封侯。

其四

佐府偏多暇，從容岸幘時。詩成千騎待，檄就百城知。從獵貪呼妓〔一〕，行邊快賭碁〔二〕。歸將出塞曲，唱與五陵兒。

〔一〕〔呼妓〕劉辰翁詞：曾錦鞍呼妓，金屋藏嬌。

〔二〕〔行邊〕《宋史·范育傳》：詔育行邊。

題蘇門高士圖贈孫徵君鍾元原注：容城人，孝廉。○《一統志》：孫奇逢字啟泰，保定府容城縣人。年十七舉于鄉，既乃屏棄不事，潛心濂洛諸儒之緒。湯孔伯《孫氏墓誌》：徵君孫先生，兩朝徵聘十一次，堅卧不起，故天下稱爲徵君。

蘇門山水天下殊，中有一人清且癯。龐眉扶杖白髭鬚，鷃冠野服談詩書。《瀨水集》：徵君隱于河南新鄉縣之夏峰村，水竹深茂，在蘇門山麓。定州城北滱水瀦，白沙村畔爲吾廬。《一統志》：唐河即滱水也，源出山西大同府靈丘縣，逕完縣西北、唐縣西南界，又東南過定州。白沙在容城。此蓋言其里居。少年蹀躞千金駒，獻策天子來皇都。按鍾元曾以鄉舉應公車。腰鞬三矢玉鹿盧，幽州臺上爲歡娛。日暮酒酣登徐無〔一〕，顧視同輩誰能如。湯孔伯《孫氏墓誌》：先生少時，慷慨有大志。天啟末，逆奄竊柄，左、魏、周三君子相繼逮繫，過白溝，緹騎森布。先生與同人張果中拮据調護，供其橐饘。其子弟僕從，廠衛嚴緝，莫敢舍者，先生與鹿太公爲寄頓。左嘗督學三輔，又屯田，有惠政，時誣坐熊經略贓，先生設匭建表于門曰：願輸金救左督學者聽。左既考死，則又按籍俵散。當獄急時，遣弟奇彥同鹿公子馳闕門，上書高陽相求援，公即上疏請陛見。都城喧傳公興晉陽之甲，奄夜繞御牀而泣。公抵通州，急降旨勒公回，而諸君子不可救矣。蓋正人爲國之元氣，非徒急友難也，事之不成則天也，而世但以節俠視之，過矣。十人五人居要樞，拖金横玉當朝趨。今我不第何爲乎①？有田一廛書百廚，雞泉馬水吾歸歟〔二〕！七徵不起乘柴車，當時猶是昇平餘。一朝鐵騎城南呼，長刀斫背將人驅②。里中大姓高門閭，鞭笞不得留須臾。叩頭莫敢爭膏腴〔三〕，乞爲佃隸租請輸。牽耶擔子立兩衢，問言不答但欷歔。言遭圈田，所以去容城之新鄉。《大清會典》：國初，因旗下人俱賴地土度日，每歲圈取民間地畝。順治間，奉旨：以後民間房地再不許圈取。康熙初，仍取民間房地撥給，或換給。七年七月，户部題定將退回每丁一晌之地，并總管内務府退回之地撥給。先生閉門出無驢，僵卧一榻絶朝餔。弟子二人舁籃輿。百泉書院今空虚，此中聞是孫登居③。太行秀色何盤紆，榿楠榛栗松杉櫧，風從中來十萬株。嘯臺遺址烟霞俱，流泉百道穿堦除。《一統志》：百門泉，在輝縣

① 何，士禮居本、《家藏稿》本作「胡」。
② 斫，《家藏稿》本作「砍」。
③ 是，士禮居本作「有」。

蘇門山上。山即孫登隱居處，今爲百泉書院。嘯臺亦在山上。幅巾短髮不用梳，彈琴横卷心安舒。微言妙旨如貫珠，考鐘擊磬吹笙竽。古文屋壁闡《禹謨》，異人手授《先天圖》〔四〕。談仁講義追堯夫，後來姚許開榛蕪〔五〕，斯文不墜須吾徒。魏石生《孫先生傳》：公慕蘇門百泉之勝，爲宋邵康節、元姚、許諸儒高尚講學之所，遂家焉。水部郎馬光裕贈夏峰田廬，闢兼山草堂，讀書其中，率子若孫，躬耕自給，門人日進。《青箱堂集》：孫鍾元《讀易隨筆》，發前人所未發，明白切實。信聖人教人盡性合天之學，原非奥妙，其有功于經傳，不在《啟蒙》《西銘》之下。誰傳此圖來江湖，使我一見心踟躕。即今絶學誰能扶，屈指耆舊堪嗟吁。蘇門山下有碩儒，中原學者多沾濡。湯《墓志》：先生幼當梁溪、吉水講學都門之日，與鹿忠節公交修默證，以聖賢相期許。忠節既殁，獨肩斯道四十載。按汪琬《識小録》叙：劉體仁公㦷棄刑部土事，入蘇門山，從孫徵君著隱者服。又《堯峰文鈔》：湯潛庵陞嶺北道參政，服闋，聞孫先生講學蘇門，賃驢往，受業門下，所得益邃，云云。則先生碩儒之目固不虚。又按先生講學之書有《四書近指》二十卷。百年文獻其存諸，我往從之歌黄虞。

〔一〕〔徐無〕《漢書・地理志》：右北平郡有徐無縣。《一統志》：徐無山，在遵化州西。

〔二〕〔雞泉馬水〕《一統志》：滿城縣西塘泊，其西南二里許有泉噴出，狀如雞距。又，馬溺水，在唐縣西。

〔三〕〔叩頭〕《後漢書・劉昆傳》：輒向火叩頭。

〔四〕〔先天圖〕《宋史・道學傳》：邵子字堯夫，事李之才，受《河圖》《洛書》、宓羲八卦六十四卦圖象，遂衍宓羲先天之旨。

〔五〕〔姚許〕《元史·姚樞傳》：字公茂。又《許衡傳》：字平仲，懷之河内人也。從柳城姚樞得伊洛程氏及新安朱氏書，益大有得。尋居蘇門，與樞及竇默相講習。

元夕

諸王花萼奉宸遊〔一〕，清路千門照夜騮〔二〕。長信玉杯簪戴勝〔三〕，昭陽銀燭擘箜篌。富麗，惜戴勝同俗用耳。傳柑曲裏啼鶯到〔四〕，爆竹光中戰馬收〔五〕。却憶征南人望月，金閨燈火別離愁。

〔一〕〔花萼〕《明皇十七事》：上性友。及即位，立樓于宫之西南垣，署曰華萼相輝。

〔二〕〔照夜〕《明皇雜録》：上所乘馬有玉花驄、照夜白。

〔三〕〔長信〕《漢書·百官表》：長信少府，以太后所居宫爲名也。

〔玉杯〕《漢書·文帝紀》：十六年秋，九月，得玉杯，刻曰「人主延壽」。

〔戴勝〕《山海經》：崑崙之丘，有人戴勝，名曰西王母。

〔四〕〔傳柑〕蘇東坡詩：歸來一盞殘燈在，猶有傳柑遺細君。注：侍飲樓上，則貴戚爭以黄柑遺近臣，謂之傳柑，聽攜以歸。蓋故事也。

〔五〕〔爆竹〕《荆楚歲時記》：正月一日，雞鳴而起，先于庭前爆竹，以辟山㺐惡鬼。

讀魏石生懷古詩①

《聲帨卮談》：魏石生名裔介，柏鄉人，順治丙戌進士。歷官至大學士，補謚文毅。有《兼濟堂集》。初宦京師時，嘗合近人詩選之，爲《觀始集》。

長安雪後客心孤，畫省論文折簡呼。家近叢臺推意氣，山開全趙見平蕪〔一〕。憂時危論書千卷，懷古高歌酒百壺。自是漢廷真諫議〔二〕，蕭王陌上賦東都〔三〕。

《兼濟堂年譜》：補工科給事，又補吏科，陞兵都，擢憲副。詩當在石生爲給諫時作也。

〔一〕〔全趙〕高達夫詩：全趙對平蕪。

〔二〕〔真諫議〕《唐書·蕭鈞傳》：永徽中，累遷諫議大夫。帝曰：「真諫議也。」

〔三〕〔蕭王陌〕《後漢書·光武帝紀》：更始二年五月，遣侍御史持節，立光武爲蕭王。建武元年，光武命有司設壇場于鄗南千秋亭之五成陌。注：其地在趙州柏鄉縣。

---

①《家藏稿》本「讀」後有「鄗城」二字。

送友人往真定《一統志》：真定府，在京師西南六百十里。

五月常山去，滹沱雨過清。賣漿無舊隱，挾瑟有新聲。曳履叢臺客，投戈熊耳兵〔一〕。如逢趙公子，須重魯連生。

〔一〕〔熊耳兵〕《後漢書·劉盆子傳》：樊崇乃將盆子肉袒降，積甲宜陽城西，與熊耳山齊。

送純祜兄浙江藩幕《婁東耆舊傳》：吴國傑，字純祜，號襄威。繼善之弟。崇禎丙子領鄉薦，癸未登進士第。入本朝始選浙江布政司照磨，尋陞永嘉縣令。

散吏仍爲客，輕帆好過家。但逢新種柳，莫話久看花。黄閣交須舊，青山道未賒。獨嗟兄弟遠，辛苦滯京華。

其二

一第添憔悴，似君遭遇稀。杜門先業廢，乞禄壯心違〔一〕。歌管移山棹，湖光上客衣。浪遊裝苟足，叩我故園扉。

〔二〕［乞禄］《晉陽秋》：羅友以家貧乞禄。

其三

亦有湖山興，棲遲減宦情。官非遷吏傲，客豈故侯輕。粉壁僧寮畫，烟堤妓舫聲。從容趨府罷，斗酒聽流鶯①。

其四

忽忽思陳事，全家客剡中。江山連暮雨，身世隔殘虹②。高館燃官燭，清猿叫曉風。一竿秋色裏，踪跡媿漁翁。

送永城吴令之任《一統志》：永城縣，在歸德府東南一百八十里。《河南通志》：永城知縣吴熠，江南宜興人，貢士，順治十一年任。

春風驛樹早聞鶯，馬過梁園候吏迎。山縣尹來三月雨，人家兵後十年耕。鵶啼粉堞河依

① 聽，士禮居本作「認」。
② 虹，士禮居本作「紅」。

岸〔一〕，草没旗亭路入城。曾見官軍收賊壘，時清今已重儒生。

〔一〕〔河依岸〕《一統志》：舊黄河在歸德府境者有三。一流入永城縣，東入碭山界。又小黄河，在永城縣北二十里。

送安慶朱司李之任錢箋：朱建寅，字夏朔，死于丁酉闈事。

到官春水畫橈輕，天柱峰高即郡城〔一〕。百里殘黎半商賈，十年同榜盡公卿。雞豚塢壁山中税，鼓角帆檣江上兵。亂後莫言無吏治，此方朱邑最知名〔二〕。

〔一〕〔天柱〕《安慶府志》：天柱山，在灊山縣，道書稱司玄洞天。漢武帝嘗登封于此山，以代南岳。

〔二〕〔朱邑〕《漢書·循吏傳》：字仲卿，廬江舒人也。少時爲舒桐鄉嗇夫，遷北海太守，以治行第一，入爲大司農。邑病且死，屬其子曰：「我故爲桐鄉吏，其民愛我，必葬我桐鄉。」《一統志》：朱邑墓，在安慶府桐城縣西二十里。《寰宇記》：朱邑祠堂，在桐城縣。

靳箋：夏朔與歷陽、合肥同癸酉舉人。十年同榜指此。

壽總憲龔公芝麓《一統志》：龔鼎孳，字孝升，合肥人。累遷左都御史，再謫再起，歷兵、刑、禮三部尚書。

丈夫四十致卿相，努力公孤方少壯。握手開樽話疇昔，故人一見稱無恙。當時海内苦風塵①，解褐才名便絶倫。官守蘄春家近楚〔一〕，賊窺江夏路通秦〔二〕。書生年少非輕敵，擐甲開門便迎擊。詩成横槊指黄巾，戰定摩崖看赤壁②〔三〕。《綏寇紀略》：崇禎十年，江夏賊吕瘦子等煽動齊安、興國、大冶山中亡命，遏絶行旅。臨藍之賊入湘鄉以窺衡州，黄州賊攻蘄水甚急，知縣事龔鼎孳設守有方略，不能陷。我同宋玉適來游，多士名賢共校讎。此地異才爲亂出，論文高話鎖廳秋〔四〕。《詩話》：丙子，余與宋九青使楚，而孝升分一經，最得士，相知爲深。別後相思隔江水，黑山鐵騎如風雨。聞道黄州數被兵〔五〕，讀書長嘯重圍裏。荏苒分飛十八年，我甘衰白老江邊。那知風雪嚴城鼓，重謁三公棨戟前。《詩話》：孝升後考選給事中，入國朝爲僕少，中間流離患難，幾不免。即君致身已鼎足，正色趨朝勤補牘。異書捫腹五千卷，美酒開顔三百斛。月明歌舞出簾櫳，刻燭分題揮灑中。談笑阮生青眼客，文章王掾黑頭公。汪琬《説鈴》：合肥龔先生作詩文，下筆數千言，可立就。詞

---

① 時，《家藏稿》本作「初」。

② 摩，《家藏稿》本作「磨」。

藻繽紛，都不點竄。爲孝陵所賞識，在禁中，嘆曰：「龔某真才子也。」却思少小經離亂，銅駝荆棘尋常見。側身天地竟何心，過眼風光有誰羡。芝麓《定山集·懷方密之詩叙》云：余以徵書至闕下，亡何，黨禍發，江北諸賢化爲秋籜。余以狂言忤執政，趣湯提烹，密之爲歌行唁余。既余蒙恩薄譴，得逃死，爲城旦春。甫及乎旅門，而都城難作，余以罪臣，名不掛朝籍，萬分一得脱，遂易姓名，雜小家傭保間。時密之與舒章、介子同戢身一破廟中，越二日，同哭先皇帝于午門。再越日，遂有僞署朝臣之事。余私念曰：事迫矣，然我有恃以解免，以我逐臣，可無及也。居停主人數爲危語相嚇，余即持是應之，乃唯唯退。至期，微聞諸公已于事而竣，方酌苦土牀，賀複壁之遇，則密之適來，倉卒數語，面無定色，跳而去。食有頃，户外白梃林立，讙譟入問誰何官者，余曰：是矣，吾受死。振衣而出，則密之又適來，遽曰：孝升，我與汝同死，今日君臣朋友夫婦之道俱盡矣，安用生爲？始知密之爲賊所得，迫令索余，計劃無之，强應耳。既抵賊所，怒張甚，問：若何爲者，不謁丞相選，乃亡匿爲？余持説如前，乃索金，余曰：死則死耳，一年貧諫官，忤宰相意，繫獄半年，安得金？賊益怒，箠楚俱下，繼以五木。時密之爲余婉轉解免曰：此官貧實甚。再逾日，追益急，賴門人某某及一二故舊捐金爲解，得緩死。密之亦以考掠久，不更厚得金，賊稍稍倦矣，憧而舍去。創小間，棄妻子，獨身南翔，間行得達。楚水吴山思不禁，朝衫欲脱主恩深。待看賀監歸來歲，勾漏丹砂本易尋。

〔一〕〔蘄春〕《一統志》：蘄州，在黄州府東一百八十里。漢置蘄春縣。大業初，改蘄州爲蘄春郡。

〔二〕〔江夏〕《一統志》：江夏城，在蘄州境，晋江夏王築。

〔三〕〔赤壁〕《一統志》：赤鼻山，在黄州府黄崗縣西北一里，一名赤壁山。

〔四〕〔鎖廳〕《宋史·選舉志》：凡命士應舉，謂之鏁廳試。

〔五〕〔黄州〕《一統志》：黄州府，在湖北布政司東北一百八十里。

題河渚圖送胡彦遠南歸《漁洋詩話》：胡介布衣食貧，而妻與女皆能詩。順治中游京師，送人南歸，云：帆檣楚國群烏晚，橘柚吴天一雁晴。《錢唐縣志》：河渚本名南漳河，又曰蒹葭深處，又曰渦水，俗稱河水。沙嶼縈迴，秋深則荻花如雪，又名秋雪。

讀書尚馬背，話江南，春山吾負汝。白雲能容人，猿鳥不我與。西泠有高士，結廬在河渚。感激平生慎推許。獨坐長微吟，清言出機杼。彦遠詩曰《旅堂集》。秋風忽乘興，千里長安旅。同好四五人，招尋忘出處。寄跡依琳宫，雙松得儔侣。琳宫，指慈仁寺。紀伯紫有《慈仁寺訪彦遠》詩。周青士《析津日記》：慈仁寺，俗呼報國寺。《六研齋筆記》：京師報國寺，古松二株，在佛殿前。雖入侯王門，不受公卿舉。登高見遺廟，頹垣竄鼯鼠。悲歌因卧病，歸心入春雨。從此謝姓名，問之了不語。我爲作此圖，彷彿梅花墅〔一〕。蒼然開南軒，飛泉落孤嶼。想見君山中，相思日延佇。

〔一〕〔梅花墅〕《西湖志》：上乘院，在西溪之東梅花塢中。

再送彦遠南還河渚①

匹馬春風返故林，松杉書屋晝陰陰。猿愁客倦晨投果，鶴喜人歸夜聽琴。我有田廬難共隱，君今朋友獨何心。《新西湖志》：胡介隱于河渚，蓬門蘿屋，與其妻翁氏笑傲溪山間。翁故武林巨族，能詩，有賢名。介死十餘年，淮東黄之翰爲刻其詩行世。《寫心集·嚴沆與吴薗次書》云：合肥夫子之待亡友胡彦遠也，生死之情，久而彌切。今彦遠尊公寄寓玉湖，秋風漸肅，老骨難支，伏望賜破格之恩，彦遠死且不朽矣。還家早便更名姓，只恐青山尚未深。

曹秋岳龔芝麓分韻贈趙友沂得江州書三字曹溶，字鑒躬，浙江秀水人。崇禎丁丑進士，官侍郎。趙而忭，字友沂，湖廣長沙人。官中書舍人，有詩集曰《中酒吟》。

策馬高原去，烟鴻仰視雙。疎鐘穿落木，殘日動寒江。浪跡愁偏劇，孤懷俠未降〔一〕。舊交相見罷，沽酒話南窗。

① 《家藏稿》本題作「送胡彦遠南還河渚」。

〔二〕〔俠未降〕韓昌黎詩：劉生俠氣老不除。

其二

誰識三公子，蕭條下澤車。友沂父洞門，官至工部尚書。高門輕仕宦①，才大狎樵漁。黄葉窮幽興，青山出異書。不須身貴早，千騎上頭居。

其三

已歸仍是客，不遇却難留。更作異鄉别，倍添游子愁。風霜違北土，兵甲阻西州。友沂隨父洞門寄籍江都。一雁低飛急，關河萬里秋。

病中别孚令弟時孚令省公京師，南歸言别。

昨歲衝寒别，蕭條北固樓。謂癸巳送公北行，至鎮江江樓賦别。關山重落木，風雪又歸舟。地僻城鴉亂，天長塞雁愁。客程良不易，何日到揚州。

① 高門，士禮居本、《家藏稿》本作「門高」。

其二

秋盡霜鐘急，歸帆畏改風。家貧殘雪裏，門閉亂山中。客睡愁難熟，鄉書喜漸通。長年沽市酒，宿火夜推篷。

其三

十日長安住，何曾把酒尊。病憐兄彊飯〔一〕，窮代女營婚〔二〕。別我還歸去，憐渠始出門。往來幾半載，辛苦不須論。

〔一〕〔彊飯〕《史記·外戚世家》：行矣，彊飯，勉之。

〔二〕〔營婚〕《南史·孝義傳》：吴翼之母丁氏，同里陳瓌孤單無親戚，丁收養之，爲營婚娶。

其四

消息憑誰寄，羈愁祇自哀。逾時游子信，到日老人開。久病吾猶在，長途汝却回。白頭驚起問，新喜出京來。

其五

早達成何濟，遭時信尠歡。客游三月病，世路一生難。憂患中年集，形容老輩看。相逢俱壯盛，五十未爲官。

其六

此意無人識，惟應父子知。老猶經世亂，健反覺兒衰。萬事愁何益，浮名悔已遲。北來三十口，盡室更依誰。

其七

似我真成誤，歸從汝仲兄。教兒勤識字，事母學躬耕。州郡羞干謁①，門庭簡送迎。古人親在日，絶意在虚名。

① 謁，士禮居本、《家藏稿》本作「請」。

其八

老母營齋誦，家貧只此心。飯僧餘白氎〔一〕，裝佛少黄金。《文集》：吾母朱淑人精心事佛，嘗於鄧尉山中創構傑閣，虔奉一大藏教，信施重疊，像設莊嚴，俾願力克有所成就。骨肉情難盡，關山思不禁。楞嚴經讀罷〔二〕，無語淚痕深。

〔一〕〔白氎〕《梁書·高昌國傳》：草實如繭，繭中絲如細纑①，名爲白氎子。國人多取，織以爲布。

〔二〕〔楞嚴〕《宋史·藝文志》：《首楞嚴經》十卷。

其九

寡妹無家苦，拋離又一年。老親頻念此，别語淚潸然②。《行狀》：先生父封嘉議公，有幼女，先生爲嫁。性弱孤難立，門衰産易捐。獨留兄弟在，中外幾人憐〔一〕。

---

① 細，底本原作「絲」，據士禮居本改。

② 淚，士禮居本、《家藏稿》本作「倍」。

〔一〕〔中外〕《世説》：謝胡兒作《王堪傳》，不識堪何似人，咨謝公，謝公答曰：堪，烈之子，阮千里姨弟兄，潘安仁中外。安仁詩所謂「子親伊姑，我父惟舅」。

其十

穉子稱奇俊，迎門笑語忙。挽鬚憐尚幼，摩頂喜堪狂。小輩推能慧，新年料已長。吾家三萬卷，付託在兒郎。按公生萬曆己酉，至是年甲午，年四十六。而舉西齋給諫，則已五十四矣。此詩所指，或不永年，或謂乎今之子。

再寄三弟

拙宦真無計，歸謀數口資。海田人戰後，山稻雨來時〔一〕。官税催應早，鄉租送易遲。荷鋤西舍叟，憐我問歸期。

〔一〕〔山稻〕見《史記·大宛傳》。

其二

五畝山園勝，春來客喚茶。籬荒謀補竹，溪冷課栽花。石迸墻根動，松欹屋脚斜。東莊租苟足，修葺好歸家。

送王玄照還山①原注：王善畫，弇州先生曾孫，偶來京師，舊廉州太守也。

青山補屋愛流泉，畫裏移家就輞川。添得一舟乘興上，烟波隨處小游仙。《婁東耆舊傳》：鳳州公構弇園，歷歲久，且轉售人，至玄照時，一拳石、一簣土皆零鬻之矣。唯弇山堂轉施南廣寺，爲天王殿。乃於弇園故址築室曰染香，日臨摹其中。

其二

始興公子舊諸侯，丹荔紅蕉嶺外游。《廣志》：枇杷無核者名蕉子。席帽京塵渾忘却，被人强唤作廉州。《婁東耆舊傳》：同里王弘導贈之詩曰：金谷此時忘讌集，珠厓昔日罷徵求。畫推北苑仍宗伯，家寄東林是故侯。深以爲知己。所云罷徵求者，謂與稅使爭執採珠池也。弘導詩固稱絶唱，此亦令人黯然矣。

---

①《家藏稿》本無「還山」二字。

其三

報國松根廟市開①，《帝京景物畧》：報國寺内二偃松，高不過簷甃，旁引數丈，復却而折，朱柱支其肘。《燕都游覽志》：廟市者，以市于城西之都城隍廟而名也。公侯車馬鬬如雷。謝肇淛《五雜俎》：京師廟市，郎曹入直之暇，下馬巡行，冠履相錯，不禁也。疲驢一笑且歸去，刑部街前曾看來。原注：刑部街，舊廟市開處也。〇彭韶惠安公《集》：國初，百務草創，率皆權寓涖事。今城隍廟西惜薪司，俗呼舊刑部街是也。

其四

内府圖書不計錢，漢家珠玉散雲烟。《韻石齋筆談》：内府秘閣所藏書甚寥寥，然宋人諸集十九皆宋板也。書皆倒摺，四周外向，故雖遭魚鼠齧而未損。但文淵閣制既庳狹，而牖復暗黑，抽閱者必秉炬以登。内閣輔臣無暇留心及此，而翰苑諸君世所稱讀中秘者，曾未得窺東觀之藏。至李自成入都，付之一炬，良可嘆也。而今零落無收處，故國興亡已十年。

① 市，底本原作「寺」，據下文及《家藏稿》本改。

其五

布衣懶自入侯門，手跡留傳姓氏存。聞道相公談翰墨，向人欲訪趙王孫。

其六

朔風歸思滿蕭關，筆墨荒寒點染間。何似大癡三丈卷，萬松殘雪富春山。黄子久有《萬松殘雪圖》。《輟耕録》：子久居富春，領畧江山釣灘之槩，九十而貌童顔，蓋畫中烟雲供養也。《韻石齋筆談》：黄子久畫，菁華之韻，溢于毫素，允爲士氣建幢。

其七

河北三公一紙書，浪游何處曳長裾。歸田舊業春山盡，華子岡頭自釣魚。《弇山園記》：縮奇臺下數仞，有石傍水出，可以釣，曰忘魚磯。

其八

五馬南來韋使君，故人相見共論文。酒闌面乞黄堂俸，明日西山買白雲。

再送王玄照

行止頻難定，裝輕忽戒塗。望人離樹立，征棹入雲呼。野色平沙雁，朝光斷岸蘆。此中蕭瑟意，非爾不能圖。

送沈繹堂太史之官大梁

《一統志》：沈荃，字貞蕤，華亭人。順治壬辰廷對第三人，授編修。十三年，出爲河南按察司副使，分巡大梁道。歷官禮部侍郎，謚文恪。

雲間學士推二沈，布衣召見登華省。多少金閨榜墨新，科名埋没聲華冷。青史流傳有弟兄，衣白山人披賜錦。一代才名並玉珂，百年絹素垂金粉。原注：宣廟時，雲間有大小沈學士，以布衣善書，入翰林，皆著名跡。大學士名度，小學士名粲。繹堂爲壬辰第三人，官編修，擢授大梁道，亦有書名，小學士後也。○《明史·文苑傳》：沈度字民則，弟粲字民望，華亭人。兄弟皆善書，度以婉麗勝，粲以遒逸勝。度博涉經史，爲文章絶去浮靡。洪武中，舉文學，弗就。坐累謫雲南，岷王具禮聘之，數進諫，未幾辭去。都督瞿能與偕入京師。成祖初即位，詔簡能書者入翰林，給廩禄，度最爲帝所賞，名出朝士右，日侍便殿。凡金版玉册，用之朝廷，藏秘府，頒屬國，必命之書。遂由翰林典籍擢檢討，歷修撰，遷侍講學士。粲自翰林待詔遷中書舍人，擢侍讀，進階大理少卿。兄弟並賜織金衣，鏤姓名于象簡，泥之以金，贈父母如其官，乘傳歸告于墓，號大小學士。《小史》：帝最喜二沈書，稱爲我朝羲之，命中書舍人習其體。知君門胄本能文，易世遭逢更絶倫。射策紫裘臚唱出，馬蹄不動六街塵。曲江李杜無遺恨，留取花枝待後人。按繹堂子宗敬，字南季，擢進士，官太史。才藝弘博，詩、文、書法有父風。此語亦可謂善禱矣。沆按，此二句似謂二沈以科第待繹堂也。即今藝苑多供奉，八分草隸清曹重。署額新宫十丈懸，韋郎體勢看飛動。其餘作者何紛紛①，爭來待詔鴻都門。圍棋賭墅王長史，丹青畫馬曹將軍。王鏊《震澤長語》：翰林衙門，百藝皆可入。故琴工畫史及善奕者，皆得待詔其中。于慎行《穀城山房筆麈》：宋徽宗立書畫學。書學即今文華殿直殿中書②，畫學即今武英殿待詔諸臣。然彼有考校，今秪以中官領之，故遠不及古。按王長史謂王積薪也。君也讀書致上第〔一〕，傳家翰墨閒游戲。迸落長空筆陣奇，縱橫妙得先人意。頓挫沉雄類壯夫，雙瞳剪水清癯異。卧疾蕭齋好苦吟，平生雅不爲身計〔二〕。《青箱堂集》：繹堂昔以明經廷對，兒熙適與較閲，讀其文而拔之。追讀其詩，復秀麗瞻逸③。唯留詩句滿長安④，清切長宜禁近官〔三〕。秋雨直廬分手處，忽攜書卷看嵩山。嗚呼男兒不入即當出，生世諧爲二千石〔四〕。黄紙初除左馮翊，腰間兩綬開顔色。君不見沈侍中，圖書秘閣存家風，匹夫徒步拜侍從！況今淋漓御墨宫袍紅，一麾

① 作者，底本原作「者作」，據士禮居本、《家藏稿》本改。
② 學，據士禮居本補。
③ 復，據士禮居本補。
④ 句，士禮居本作「卷」。

去聽梁園鐘。軒車路出繁臺東，杯酒意氣何雍容。簿領豈足羞英雄。安能低眉折腰事鉛槧，蹉跎白髮從雕蟲①。《青箱堂集》：繹堂今奉天子命治兵中州，行將渡黄河，涉大梁，攬山川之勝，述游觀之美，弔古採風，繼響三百，亦時使之然耳②。

〔一〕〔上第〕《唐書·選舉志》：每問經十條，對策三道，皆通爲上第。

〔二〕〔爲身計〕《南史·蕭引傳》：亦宜少爲身計。

〔三〕〔清切〕《宋書·殷淳傳》：淳居黄門爲清切。

〔禁近〕《唐書·柳宗元傳》：引内禁近與計事。

〔四〕〔二千石〕《南史·羊欣傳》：人生仕宦至二千石，斯可矣。

送顧脩來典試東粤

《蘇州府志》：吴縣顧贄脩來，順治六年己丑進士。《文集》：脩來舉進士，年才二十餘。起家廷評，取士于嶺表五管，號稱得人。補吏部考功郎，用請急歸，坐公事免。又曰：脩來姿容瓌偉，涉獵傳記，辨智縱横。自以贈君貲産中微，受

① 髮，士禮居本、《家藏稿》本作「首」。
② 之，據士禮居本補。

人侵侮，得志之後，雅自發舒，不欲敝車羸馬，爲里兒之所簡易。約結英俊，知名當世。

客路梅花嶺外飄，江山才調屬車招。石成文字兵須定〔一〕，《觚賸》：粵東兵將于粵秀山築壘浚濠，得石刻云：挖破老龍傷粵秀，八風吹箭入佗城。種柳昔年曾有恨，看花今日豈無情。殘花已自知零落，折柳何須問廢興。可憐野鬼黄砂磧，直待劉終班馬鳴。似詩似讖，未有能解之者。按詩蓋指此，非泛用廣州石文事。珠出風雷瘴自消。使者干旌開五管〔二〕，諸生禮樂化三苗〔三〕。憑君寄語征南將，誰勒炎天銅柱標。按順治七年，大兵破廣州。八年，取肇慶。九年，取瓊州。是時征南者平南王尚可喜及嗣靖南王耿繼茂也。

〔一〕〔石成文字〕吳處厚《青箱雜記》：廣南劉龔初開國，營構宮室，得石讖①，有古篆十六。其文「人人有一山山值牛兔絲呑骨蓋海承劉」。

〔二〕〔五管〕《舊唐書·地理志》：嶺南道五管。廣州中都督府，桂州下都督府，邕州下都督府，容州下都督府，安南都督府也。

---

① 讖，底本原作「纖」，據士禮居本改。

〔三〕〔三苗〕《史記・吳起傳》：三苗氏左洞庭，右彭蠡。《一統志》：湖南岳州府①，古爲三苗國地，秦爲長沙郡。《通典》：長沙、衡陽皆古三苗國。按湖南與廣東接壤，故此詩用之耳。

送李書雲蔡閬培典試西川

《揚州府志》：李宗孔字書雲，江都人。順治丁亥進士。由部郎授御史，改給事中，晉大理少卿。按蔡閬培名瓊枝，丁亥進士。

柳陌征衫錦帶鈎，詔書西去馬卿游。棧縈秦嶺千盤細〔一〕，木落巴江萬里流②〔二〕。王貽上《蜀道驛程記》：閣王碥奇石插天，飛湍箭激，凝爲深淵，其色黝黑，雲棧首險。近陝撫賈漢復煆石開道，自此迄寶雞九百三十八丈。兵火才人羈旅合，山川奇字亂離搜。莫愁沃野猶難問，取得揚雄勝益州。時蜀西亂猶未寧，故云。

〔一〕〔秦嶺〕《一統志》：秦嶺，在咸寧、藍田二縣南。

〔二〕〔巴江〕《一統志》：巴江，源出陝西南鄭縣南之大巴嶺，南流入四川保寧府界。

靳价人曰：《簪雲樓雜記》：蜀試始辛卯，主司駐保寧。時士子二百餘，適有亭溪之警，當路急欲竣事，一二三場并日而就，解額七十二人。按順治八年，梅村尚未入都，即汪鈍翁《郝公墓誌》所謂監

---

① 湖，底本原作「河」，據士禮居本改。

② 木，士禮居本、《家藏稿》本作「水」。

省試于保寧者也。此首在梅村官本朝時，當爲順治十一年甲午，時全蜀尚有未靖，而劉文秀等大亂之後，應試不皆土著之人，後四句可謂語妙。

送山東耿中丞青藜①《山東通志》：巡撫都御史耿焞，奉天人。順治十一年，由本省布政使陞任。

三經持節領諸侯〔一〕，好時家風指顧收〔二〕。岱頂磨厓看出日，海邊吹角對清秋。幕中壯士爭超距〔三〕，稷下高賢共唱酬。北道主人東郡守〔四〕，丹青剖策本營丘。多從山東着筆。

〔一〕［三持節］杜子美詩：主恩前後三持節。

〔二〕［好時］《後漢書·耿弇傳》：建武二年，更封好時侯。

〔三〕［超距］《新序》：楚丘先生年七十，見孟嘗君：「將使我投石而超距乎？臣已老矣。使吾止出辭以當諸侯，吾始壯也。」

〔四〕［北道主人］《耿弇傳》：光武指弇曰：「是我北道主人也。」

① 藜，底本原作「黎」，據土禮居本改。

送友人之淮安管餉

高牙鼓角雁飛天，估舶千帆落照懸。使者自徵滄海粟，將軍輒費水衡錢〔一〕。中原河患魚龍窟，江左官租杭稻年。聞道故鄉烽火急，淮南幾日下樓船。

〔一〕〔水衡〕《漢書》注：水衡，天子私藏。

送隴右道吴贊皇之任《甘肅通志》：隴右道吴臣輔，直隸蠡縣人。順治十二年任。《畿輔通志》：崇禎癸未進士吴臣輔，副使。

笳鼓千人度隴頭，使君斜控紫驊騮。城高赤坂魚鹽塞〔一〕，日落黄河鳥鼠秋。移檄北庭收屬國，閱兵西海取封侯。請傾百斛葡萄酒①，玉笛關山緩帶游。《清吟堂集》：今闊窩圖地多鳥鼠同穴。入地三四尺，鼠在内，鳥在外。人以水灌其穴，則出。又生隴西首陽縣。其鳥獨于夜啼，聲細可聽。

① 傾，士禮居本作「倒」。

〔一〕〔赤坂〕《一統志》：慶山，在漢中府城固縣北三十五里，峰頂有烽堠遺址。西南三里有赤土坡，其土色赭，周圍十五里，亦名赤坂。

〔魚鹽塞〕《延綏志》：有碎金驛馬湖峪鹽，在魚河堡。其鹽以人力煎熬而成。又大鹽池在衛西，接寧夏界。又有長鹽池、紅鹽池、西紅鹽池、鍋底池、狗池。

王郎曲

原注：王郎名稼，字紫稼。於勿齋徐先生二株園中見之，髫而皙，明慧善歌。今秋遇于京師，相去已十六七載，風流儇巧，猶承平時故習。酒酣，一出其伎①，坐上爲之傾靡。余此曲成，合肥龔公芝麓口占贈之曰：薊苑霜高舞柘枝，當年楊柳尚如絲。酒闌却唱梅村曲，腸斷王郎十五時。〇《蘇州府志》：徐文靖公汧宅，在周五郎巷。宅後有二株園，一名尹氏園。

王郎十五吴趨坊，覆額青絲白皙長。孝穆園亭常置酒，風流前輩醉人狂。同伴李生柘枝鼓，結束新翻善才舞。顧景星有《閱梅村王郎曲雜書絶句》詩云：西京舊日知名者，籍隸中山供奉臣。一自龜年零落後，岐王第宅屬何人。自注：李小大善歌。或同伴李生即李小大乎？ 鎖骨觀音變現身〔一〕，反腰貼地

① 一，底本作「之」，據士禮居本改。

蓮花吐〔二〕。蓮花婀娜不禁風，一斛珠傾宛轉中①。此際可憐明月夜，此時脆管出簾櫳。王郎水調歌緩緩，新鶯嘹嚦花枝煖〔三〕。慣抛斜袖卸長肩，眼看欲化愁應懶。摧藏掩抑未分明，拍數移來發曼聲。最是轉喉偷入破〔四〕，殢人腸斷臉波橫〔五〕。十年芳草長洲緑，主人池館唯喬木。《東林列傳》：徐汧授編修，召對平臺，説書便殿，上器之。告假歸，爲園于廬旁。中有垂柳二株，遂以陸慧曉事名二株園，與門生子弟講課文藝。王郎三十長安城，老大傷心故園曲。誰知顔色更美好，瞳神剪水清如玉。五陵俠少豪華子，甘心欲爲王郎死。寧失尚書期〔六〕，恐見王郎遲。寧犯金吾夜，難得王郎暇。坐中莫禁狂呼客，王郎一聲聲頓息〔七〕。移牀欹坐看王郎，都似與郎不相識。往昔京師推小宋，小宋名玉郎，陝西人。崇禎甲戌至京師。見《觚賸》。外戚田家舊供奉。只今重聽王郎歌，不須再把昭文痛。時世工彈白翎雀，《輟耕録》：白翎雀者，國朝教坊大曲也。始甚雍容和緩，終則急躁煩促，殊無有餘不盡之意。又曰：白翎雀生于烏桓朔漠之地，雌雄和鳴，自得其樂，世皇因命伶人碩德閭製曲以名之。婆羅門舞龜兹樂。《酉陽雜俎》：婆羅門遮國並服狗頭猴面，男女無晝夜歌舞。八月十五日，行像及透索爲戲。梨園子弟愛傳頭，請事王郎教弦索。恥向王門作伎兒〔八〕，博徒酒伴貪歡謔。君不見康崑崙、黄幡綽，承恩白首華清閣。古來絶藝當通都，盛名肯放優閒多。王郎王

---

① 珠傾，士禮居本作「明珠」。

郎可奈何！按王郎爲勿齋家僮，他書俱作名子玠。《堅瓠集》：優人王子玠，昇平初名噪一時。辛卯入都，錢尚書輩贈之詩歌，遂游公卿間。陳溧陽、龔合肥輩置之座上，或以優賤爲言，陳云愛聽高柳新蟬，當不計其轉丸時也。後歸里門，益驕奢淫縱。巡方東萊李公森先廉得其狀，捕而杖之，與僧三遮立枷斃于閶門。合肥聞之，作輓歌五首，極其哀悼①。

〔一〕［鎖骨觀音］《傳燈録》：延州有婦人甚有姿色，少年子悉與狎。數歲而没，葬之道左。大曆中，有胡僧敬禮其墓，曰：「此乃鎖骨菩薩。」開墓視其骨，鈎結皆如鎖狀。

〔二〕反腰貼地：《釵小志》：梁羊侃妾孫荆玉，能反腰貼地，銜席上玉簪，謂之弓腰。

〔三〕花枝熌：元稹詩：紅粧逼坐花枝熌。

〔四〕入破：郭茂倩《樂府》：水調凡十一疊。前六疊爲歌，後五疊爲入破。

〔五〕臉波横：韋端己詩：臨岐無限臉波横。

〔六〕尚書期：應德璉《與滿公琰書》：孟公不顧尚書之期。

〔七〕聲頓息：《太平樂府》：開元中，大酺于勤政樓。觀者喧聚，莫得魚龍百戲之音。高力士請命永新出歌，可以止喧。永新出奏曼聲，至是廣場寂寂，若無一人。

〔八〕仗兒：《南齊書·沈文季傳》：沈文季不能作仗兒。

---

① 極其哀悼，士禮居本作「極哀憐之」。

蕭史青門曲

按《明史·公主傳》但云寧德公主光宗女，下嫁劉有福，並無薨卒月日，亦無事實。意有福當國變後，必有不可問者，故削而不書。此詩真堪補史。駙馬都尉故侯家也，故曰蕭史青門。

蕭史青門望明月，碧鸞尾掃銀河闊。好畤池臺白草荒，扶風邸舍黃塵没〔一〕。當年故后婕好家，槐市無人噪晚鴉。却憶沁園公主第①〔二〕，春鶯啼殺上陽花。嗚呼先皇寡兄弟，天家貴主稱同氣。奉車都尉誰最賢，鞏公才地如王濟〔三〕。《明史·公主傳》：光宗女樂安公主，下嫁鞏永固。永固字鴻圖，宛平人。好讀書，負才氣。被服依然儒者風，讀書妙得公卿譽。大内傾宫嫁樂安，光宗少女宜加意。正值官家從代來，王姬禮數從優異。先是朝廷啟未央，天人寧德降劉郎②。道路爭傳長公主，夫壻豪華勢莫當。百兩車來填紫陌，千金榼送出雕房〔四〕。紅窗小院調鸚鵡，翠館繁箏叫鳳凰。白首傅璣阿母飾，綠韝大袖騎奴裝〔五〕。灼灼夭桃共穠李，兩家姊妹驕紈綺。兩家謂鞏與劉。九子鸞鶵鬭玉釵〔六〕，釵工百萬恣求取。屋裏熏鑪滃若雲，

---

① 公，底本原作「宫」，據士禮居本、《家藏稿》本改。
② 降，士禮居本作「嫁」。

門前鈿轂流如水①。外家肺腑數尊親，神廟榮昌主尚存。《公主傳》：神宗女榮昌公主，萬曆二十四年下嫁楊春元。四十四年，春元卒。久之，主薨。話到孝純能識面，抱來太子輒呼名。六宫都講家人禮，四節頻加戚里恩。同謝面脂龍德殿〔七〕，共乘油壁月華門。《日下舊聞》引《蕪史》：皇史宬之西，過觀心殿射箭處稍南，則嘉樂館也。其北曰丹鳳門，内有正殿曰龍德。《春明夢餘録》：東暖閣曰昭仁殿，西暖閣曰弘德殿。左曰日精門，右曰月華門。萬事榮華有消歇，樂安一病音容没。莞蒻桃笙朝露空，温明秘器虚堂設②〔八〕。玉房珍玩宫中賜，遺言上獻依常制。却添駙馬不勝情，至尊覽表爲流涕。金册珠衣進太妃，鏡奩鈿合還夫壻。此時同産更無人，寧德來朝笑語真。憂及四方宵旰甚，自家兄妹話艱辛。明年鐵騎燒宫闕，君后倉皇相訣絶。仙人樓上看飛灰③，織女橋邊聽流血。慷慨難從鞏公死，《公主傳》：都城陷，永固以黄繩縛子女五人繫柩旁，曰：此帝甥也，不可汙賊手。舉劍自刎，闔室自焚死。亂離怕與劉郎别。扶攜夫婦出兵間，改朔移朝至今活〔九〕。粉碓脂田縣吏收〔一〇〕，粧樓舞閣豪家奪。曾見天街羨璧人，今朝破帽迎風雪。賣珠易米返柴門〔一一〕，貴主淒涼向誰説。苦憶先皇涕淚漣，長平嬌小最堪憐。青萍血碧他生果〔一二〕，紫玉魂歸異代

① 流如水，士禮居本作「如流水」。
② 虚，士禮居本、《家藏稿》本作「空」。
③ 飛灰，士禮居本、《家藏稿》本作「灰飛」。

緣〔一三〕。盡嘆周郎曾入選，俄驚秦女遽登仙。青青寒食東風柳，彰義門邊冷墓田。此謂長平公主始末，詳見前思陵長公主輓詩。昨夜西窗仍夢見①，樂安小妹重歡讌。先后傳呼喚捲簾，貴妃笑折櫻桃倦。玉堦露冷出宫門，御溝春水流花片。花落回頭往事非，更殘燈炧淚沾衣。休言傅粉何平叔，莫見焚香衛少兒〔一四〕。何處笙歌臨大道，誰家陵墓對斜暉。只看天上瓊樓夜，烏鵲年年他自飛。

〔一〕〔好畤扶風〕《後漢書·耿弇傳》：扶風茂陵人也。建武二年，封好畤侯。子忠嗣。忠卒，子馮嗣。馮卒，子良嗣。延光中，尚安帝妹濮陽長公主。又，耿援尚桓帝妹長社公主。耿襲尚顯宗女隆慮公主。又《竇融傳》：扶風平陵人也。長子穆，尚内黄公主。穆子勳，尚東海王彊女沘陽公主。友子固，亦尚光武女涅陽公主。按好畤池臺、扶風邸舍皆用尚主事。

〔邸舍〕《南史·蔡興宗傳》：興宗以王公妃主多，立邸舍。

〔二〕〔沁園〕《後漢書·竇憲傳》：遂以賤直奪沁水公主園田。

〔三〕〔王濟〕《晉書·王濟傳》：字武子，少有逸才，風姿颯爽。尚常山公主。

〔四〕〔雕房〕《西京雜記》：八月四日，出雕房北户，竹下圍棋。

---

①仍，士禮居本作「曾」。

〔五〕［緑韝］《漢書·東方朔傳》：董君緑幘傅韝。

［騎奴］《史記·田叔傳》：任安、田仁居門下，衛將軍過平陽公主，主家令兩人與騎奴同席。

〔六〕［九子鸞鶵］《杜陽編》：同昌公主九玉釵，上刻九鸞，其上有字曰「玉兒」。

〔七〕［面脂］王仲初詩：公主家人謝面脂①。《太平御覽》：《盧公家範》：「臘日上澡豆及頭膏、面脂、口脂。」

〔八〕［温明秘器］《後漢書·鄧后紀》：新野君薨，贈以長公主赤綬、東園秘器。《南齊書·竟陵王子良傳》：及薨，詔給東園温明秘器。

〔九〕［改朔移朝］《漢書·江表傳》：孫皓將敗，曰：「莫以移朝改朔，用損厥志。」

〔一〇〕［粉碓］按碓應作磑。《舊唐書·郭子儀傳》：曖尚昇平公主②。大曆十三年，有詔毁除白渠水支流碾磑，昇平有脂粉磑兩輪、郭子儀私磑兩輪，所司未敢毁撤。公主見代宗訴之，帝謂公主曰：「吾此詔蓋爲蒼生爾，豈不識我意耶？可爲衆率先。」公主即日命毁。

［脂田］《晉書·安帝紀》：罷臨沂、湖熟皇后脂澤田。

〔一一〕［賣珠易米］杜少陵詩：侍婢賣珠回。《晉書·陶璜傳》：商賈去來，以珠貨米。

〔一二〕［青萍］陳孔璋《與臨淄王牋》：秉青萍干將之器。

---

① 公，底本原作「云」，據士禮居本改。

② 曖，底本原作「暖」，據士禮居本改。

〔血碧〕《莊子》：萇弘死于蜀，藏其血，三年化爲碧。

〔三〕〔紫玉〕《搜神記》：吴王夫差女名紫玉，以未得童子韓重而死。後魂歸省母，母抱之，成烟而散。

〔四〕〔衛少兒〕《史記》：衛媪長女衛孺，次女少兒。

送孫令修游真定

窮達非吾事，霜林萬象凋。北風吹大道，别酒置河橋。急雪回征雁，低雲壓怒鵰。曾爲燕趙客，寥落在今朝。令修曾任長垣縣知縣，故云。

送周子俶張青琱往河南學使者幕

《堯峰文鈔》：青琱起家中翰，洊登曹郎，駸駸乎向用。凡見聞所經，興會所觸，無不寓之于詩。大章短什，傳誦士大夫之口。然而官不越郎署，轗軻困頓以没。其女夫金生名定者，爲葺遺稿若干卷。

不第仍難去，棲遲幕府游。幾人推記室，自古在中州。置酒龍門夜〔一〕，論文虎觀秋。得依張壯武〔二〕，揮麈盡風流。按公詞有《送張編修督學河南》，張壯武殆指其人。

〔一〕〔龍門〕《聞見録》：謝希深、歐陽永叔官洛陽時，同游嵩山。自潁陽歸，暮抵龍門香山。雪作，忽于烟靄中有策馬渡伊水來者。既至，乃錢相送廚傳歌妓至。吏傳公言：「山行良勞，當少留龍門賞雪。府事簡，無遽歸也。」

〔三〕〔張壯武〕《晉書·張華傳》：進封壯武郡公。

其二

少室多奇士，君尋到幾峰。山深唯杖策，雲盡却聞鐘。文字真詮近，鬚眉道氣濃。相貽書一卷，歸敕葛陂龍。原注：子俶好道。

其三

二陸來江左，三張入雒中。賦誇梁苑雪，歌起鄴臺風。傖父休輕笑，吴儂雅自雄〔一〕。短衣頻貰酒，射獵過城東。

〔一〕〔吴儂〕蘇子瞻詩：語音猶是帶吴儂。

其四

誰失中原計，經過廢壘高。秋風向廣武，夜雨宿成皋。此地關河險，曾傳將士勞。當時軍祭酒，何不用吾曹。廣武，今河陰縣。成皋，今汜水縣。《綏寇紀畧》：崇禎癸酉，賊三十六家詭辭乞撫，道臣常道立信之，因太監楊進朝以請。會天寒，河冰合①，賊從毛家寨策馬徑渡。是爲澠池縣之馬蹄窩。又曰：三晉地形險阻，畿南河北山川犬牙相錯②。神京扼之于前，黄河繞之于後。飛走路絶，形屈勢窮，乃從使渡河，魚爛土崩，不可復救。當事知塞太行之口，而不斷黄河之津。此中原之所以潰，而國家之所以亡也。

其五

極目銅駝陌，宫墻噪晚鴉。北邙空有國③，南渡更無家。青史憐如意，蒼生遇永嘉。傷心談往事，愁見雒陽花。按第三句、五句福王常洵，第四句、六句世子由崧也。

其六

河流天地盡，白日待銷沉。不謂斯文喪，終存萬古心。典墳留太學，鐘鼓起華林。清雒安瀾後，遺編定可尋。《綏寇紀畧》：周自定王敞止憲，守其恭德，而加之以文。自大内秘本所未有者，西亭竹居，悉

---

① 河冰，底本原作「冰河」，據士禮居本改。
② 北，據士禮居本補。
③ 國，士禮居本、《家藏稿》本作「骨」。

丹鉛讎勘。十五年三月，賊復進圍，食盡，人相食。九月十五日，河流驟決，士女化爲沙蟲，廟社淪于陷阱。十王之典章物采，故家之禮樂詩書，無不昏墊洪流，堙沉息壤。按斯文喪蓋指此，故以尋遺編結之。

送湘陰沈旭輪謫判深州

《深州志》：沈以曦，岳州府臨湘縣人。前庚辰進士。順治十一年，由蘇州府推官謫任深州州判。陞博興知縣。按旭輪，公丙子所取士也。

謫宦經年待，蹉跎忝此州。猶然領從事〔一〕，未得比諸侯。旅食沾微禄，官塗托浪游。却嫌持手板，廳壁姓名留〔二〕。

〔一〕［從事］王摩詰詩：若見州從事，無嫌手板迎。

〔二〕［廳壁］獨孤至之《江州刺史廳壁記》：秦以後，國化爲郡，史官廢職，簡牘之制寖滅，記事者但用名氏歲月書于公堂。而《春秋》《檮杌》存乎屋壁，其來舊矣。

其二

月出瀟湘水，思家正渺然。不知西去信，可上北來船。故舊憐除目〔一〕，妻孥笑俸錢。免教烽火隔，飄泊楚江邊。

〔一〕〔除目〕姚合詩：一日看除目。

其三

此亦堪爲政，無因笑傲輕。爾能高治行，世止薄科名。烟井流移復，春苗斥鹵耕。古來稱一尉〔一〕，何必尚專城。

〔一〕〔一尉〕《舊唐書·員半千傳》：授武陟尉。發倉粟以給饑人，懷州刺史郭齊宗大驚而按之。時黄門侍郎薛元超爲河北道存撫使，謂齊宗曰：「公百姓不能救之，使惠歸一尉，豈不愧也？」

其四

豈不貪高卧，其如世路非。故園先業在，多難幾時歸。遇事愁官長〔一〕，逢人羨布衣。君看洞庭雁，日夜向南飛。

〔一〕〔官長〕杜子美詩：醉則騎馬歸，頗遭官長駡。

送王子彥南歸

得失歸時輩，如君總不然。共知三徑志，早定十年前。身業先疇廢，家風素德傳。蕭條書一卷，重上故鄉船。周裳元《覽閣集·王氏萬卷樓記》：萬卷樓者，王敬美奉常所建也，在其第之東。其孫子彥孝廉葺而理之，復其舊而制度有加焉。中置曲木橱，凡十有四，周而列之，藏書凡以帙記者數千計。書分四部，部之餘別爲類，併其家集，以至晉唐而下法書名帖，凡爲書之觀者，無不具也。惟時與兩公頡頏者，于鱗建白雪樓，下瞰華不注。嘗有客自北來，詢其樓，則棟椽不存，而萬卷之在此者無恙。

〔一〕〔素德〕《晉書·王承傳》：素德清規，足傳于汗簡矣。

其二

一第雖無意，名場技有餘。解頤匡鼎説，運腕率更書。《確菴文稿》：書城孝廉原本祖德，鏃礪名行，著作之盛，充棟滿家。近究心文字之學，著《字學正譌》一書，中分正體、正音二部，部各四條，釐爲十卷。使學者讀之而知道有源流、學有雅俗，由此而進乎六書之學，于以窺見古人制字之精。材已遭時棄，官猶辱詔除。白頭纔一命，需次復何如〔一〕。原注：子彥已謁選得官，需次未授。

〔一〕〔需次〕朱子《答方耕道書》：今兹需次，暫得閒日。

其三

錯受塵途誤〔一〕，栖栖早半生。中年存舊業，雅志畢躬耕。憂患妨高卧，衰遲累遠行。與君嗟失路，不獨爲無成。

〔一〕〔塵途〕荀仲豫《申鑒》：衣裳服者，不昧于塵途，愛也。

其四

客裏逢中表，登臨酒一杯。好將身計拙，留使後人材。燈火鄉園近，風塵笑語開。相攜孫入抱，解唤阿翁來。原注：子彦近得孫，余之外孫也。

恭遇聖節次安丘劉相國韻

劉正宗，字憲石，大學士兼吏部尚書，以奸罪伏誅。《分甘餘話》：濰縣老儒楊青藜《答正宗書》曰：閣下所行，知存而不知亡。某伏處草澤，稍有異聞。如龔芝麓之鐫十三級，以蜀洛分黨也。趙韞退之坎壈終身，以避馬未遠也。周櫟園之擬立斬，以報復睚眦也。陳百史之無辜伏法，以爭權競進也。其他訛傳尚多，有傷國體，有干名教，即此數端，已足以招悔尤而犯清議矣。未幾，劉被禍甚烈。楊亦霍氏之徐福云。

興慶樓前捧玉觴，金張岐薛儼分行。龍生大漠雲方起，河出崑崙日正長。節過放燈開禁苑〔一〕，春將射柳幸平陽〔二〕。燕公上壽天顔喜，親定甘泉賜宴章。

〔一〕〔放燈〕《宋史·禮志》：政和三年正月，詔放燈五日。

〔二〕〔射柳〕《金史·禮志》：金因遼舊俗，以重五日行射柳擊毬之戲。

〔平陽〕《史記·外戚世家》：王太后長女號曰平陽公主。武帝祓霸上，還過主。

李退菴侍御奉使湖南從兵間探衡山洞壑諸勝歸省還吴詩以送之

李敬字聖一，一字退菴。江南六合人。順治丁亥進士，官刑部侍郎。按《一統志》：聖一授行人，擢御史，出按湖廣，請免租税，改折黄絹犒師。此云侍御奉使湖南，蓋正當以御史按湖廣之時，而身至行間犒師，故云從兵間探勝也。《漁洋詩話》：李退菴侍郎有《讀水經注憶洞庭》一篇極佳，一時和者甚衆。詩蓋紀是游也。

一官之楚復游燕，歸去還乘笠澤船。戎馬千山尋洞壑，鶯花三月羡神仙。路穿江底聞雞犬，謂衡山朱陵洞也。家在吴中接水天①。原注：侍御吾吴洞庭人。按聖一六合人，而此云洞庭人者，以别于湖南之洞庭，而非以爲吴縣人也。不似少陵長作客，祝融峰下住年年〔一〕。

〔一〕〔祝融峰〕《一統志》：祝融峰，在衡山縣西北，距嶽廟三十里，乃七十二峰最高者。

代州

萬里無征戍，三關却晏然。河來非漢境，雪積自堯年〔一〕。將老空屯卧，僧高絶漠還。謂五臺山。中原偏戰鬭，此地不爲邊。

〔一〕〔雪積〕《一統志》：五臺山，在代州五臺縣東南，爲靈鷲峰，今名菩薩頂。東麓有萬年冰，九夏不消，桃李生冰隙。

送趙友沂下第南歸

秋風匹馬試登臨，此日能無感慨心。趙氏只應完白璧，燕臺今已重黄金。鄉關兵火傷王

① 吴，士禮居本、《家藏稿》本作「湖」。

粲，京國才名識杜欽〔一〕。最是淮南遇摇落，相思千里暮雲深。

〔一〕〔杜欽〕《漢書·杜延年傳》：子緩嗣，緩六弟，惟中弟欽官不至，而最知名。

松山哀

《御撰通鑑綱目三編》：崇禎十五年春二月，我大清兵克松山，洪承疇降，遂下錦州。《一統志》：松山，在錦州府錦縣南十八里。舊松山所城在其西。《明史·丘民仰傳》：崇禎十三年五月，大清兵圍祖大壽于錦州。告急，敕徵宣府總兵楊國柱、大同總兵王樸、密雲總兵唐通赴援。以十四年三月偕東協總兵曹變蛟、山海總兵馬科、援勦總兵白廣恩先後出關，合寧遠總兵吴三桂、遼東總兵王廷臣，凡八大將、兵十三萬、馬四萬並駐寧遠。總督洪承疇主持重，而朝議以兵多餉艱，職方郎張若騏趣戰。承疇念大壽被圍久，乃議急救錦州。七月二十八日，諸軍次松山，營西北岡。數戰，圍不解。八月，國柱戰没，以山西總兵李輔明代之。承疇命變蛟營松山之北、乳峰山之西，兩山間列七營，環以長壕。俄聞太宗文皇帝親臨督陣，諸將大懼。及出戰連敗，餉道又絶。樸先夜遁，通、科、三桂、廣恩、輔明相繼去。自杏山迤南沿海，東至塔山，爲大清兵邀擊，溺海死者無算。變蛟、廷臣聞敗，馳至松，與承疇固守，三桂、樸奔據杏山。越數日，欲走還寧遠，至高橋遇伏，大敗，僅以身免。先後喪士卒五萬三千七百餘人。自是錦州圍益急，而松山亦被圍，應援俱絶矣。九月，承疇、變蛟等盡出城中馬步兵欲突圍出，敗還。守半年，至明年二月，副將夏成德爲内應，松山遂破。承疇、變蛟、廷臣及巡撫丘民仰，故總兵祖大樂，兵備道張斗、姚恭、王之楨，副將江翥、饒勳、朱文德，參將以下百餘人皆被執見殺，獨承疇與大樂獲免。三月，大壽遂以錦州降。杏山、塔山連失，京師大震。詔賜諸臣祭葬，設壇都城，承疇十六，民仰六，賜祭盡哀。贈民仰右副都御史，官爲營葬，録其一子。尋命建祠都城外，與承疇並列，帝將親臨祭焉。聞承疇降，乃止是役也。寧遠、關門勁旅盡喪，若騏跳，從海上蕩漁舟而還。

拔劍倚柱悲無端，爲君慷慨歌松山。盧龍蜿蜒東走欲入海〔一〕，屹然搘拄當雄關。連城列障去不息，兹山突兀烟峰攢。中有壘石之軍盤，白骨撐距凌巑岏①。十三萬兵同日死②，渾河流血增奔湍〔二〕。《扈從東巡日記》：明兵十三萬，營于松山城、乳峰山之上。文皇帝先遣貝勒大臣各以精兵伏于杏山、連山、塔山及沿海諸要路，親率數騎相視情形，立馬黄蓋下。明將士望見，悉戰慄喪膽，夜遁，伏發，破之呂翁山下。山去松山三四里許，陸地殺敵五萬有餘。自杏山迤南沿海，赴海死者以數萬計，浮屍水面，如乘潮雁鶩，與波上下。我兵止傷八人，及廝卒二人耳。豈無遭際異，變化須臾間。出身憂勞致將相，征蠻建節重登壇。還憶往時舊部曲，喟然嘆息摧心肝。《八旗通志》：洪承疇，漢軍鑲黄旗人，世居福建漳州府。初仕明，累官至經略。崇禎六年，率兵十三萬援錦州，遂回松山。七年二月，松山副將夏成德約降，爲内應，遂克之，城中文武各官俱被擒，特諭洪承疇及總兵祖大樂隸旗籍。順治二年，以大學士總督軍務，招撫江南各省地方。十年，出爲湖廣等處五省

---

① 撐，底本原作「掌」，據《家藏稿》本改。

② 兵，士禮居本作「軍」。

經略。十五年，克取貴州。十六年三月，我兵追勦僞桂王，破騰越州，至南甸，從三宣六慰路遁去。十八年，追叙前功，授三等阿達哈哈番世職。康熙四年，病卒，謚文襄。嗚呼玄菟城頭夜吹角〔三〕，殺氣軍聲振寥廓。一旦功成盡入關，錦裘跨馬征夫樂。天山回首長蓬蒿〔四〕，烟火蕭條少耕作。廢壘斜陽不見人，獨留萬鬼填寂寞。《扈從東巡日録》：杏山閭陽驛，遼之乾州，驛舍荒凉，居民鮮少。又曰：廣寧，遼顯州，城南廬舍略存，城北皆瓦礫。若使江山如此閒①，不知何事爭强弱。聞道朝廷念舊京，詔書招募起春耕。兩河少壯丁男盡，三輔流移故土輕。牛背農夫分部送，雞鳴關吏點行頻。《扈從東巡日録》：國初，移寧古塔將軍并徙直隸各省流人數千户居烏喇雞林。又曰：塞木肯河新增驛道，徙奉天流人居此。早知今日勞生聚，可惜中原耕戰人。

〔一〕〔盧龍〕《一統志》：永平府盧龍縣，附郭。渤海在府南一百六十里。歷山海關，接寧遠州界。

〔二〕〔渾河〕《一統志》：渾河，源出長嶺子納緑窩集，曰納緑河，西流入英額邊門，會噶桑阿河爲渾河。

〔三〕〔玄菟〕《一統志》：漢時所置遼東、樂浪、玄菟三郡②，多屬今奉天府治之東南及朝鮮界地。

① 江山，士禮居本、《家藏稿》本作「山川」。

② 置，底本原作「屬」，據士禮居本改。

〔四〕〔天山〕《一統志》：天山，在哈密城北一百二十餘里，一名白山。自哈密東北境綿亘而西，經舊土魯番，又西入準噶爾界，殆三千餘里。又西南與葱嶺相接。

題沈石田畫芭蕉①

一葉芳心任卷舒，客愁鄉夢待何如。平生枉用藤溪紙，緑玉窗前好寫書。

其二

不妨脩竹共檀欒，長對蕭蕭夜雨寒。却笑休文强多事，後人仍作畫圖看。沈休文有《修竹彈芭蕉文》。

題帖

孝經圖像畫來工，字格森嚴自魯公。第一丹青天子孝，累朝家法賜東宫。原注：禁本有《孝經圖》，周昉畫，顏魯公書。神廟時曾發内閣重裱，今在吏部侍郎孫公處。

---

①《家藏稿》本無「沈」字。

其二

金元圖籍到如今，半自宣和出禁林。封記中山王印在①，一般烽火竟銷沉。原注：甲申後，質慎庫圖書百萬卷，皆宣和所藏，金自汴梁輦入燕者，歷元迄明初無恙，徐中山下大都時封記尚在，今皆散失不存。〇質慎庫，又名内承運庫。《酌中志》：庫藏歷代帝王名賢圖像及書籍。每夏出曝，如皇史宬。《日下舊聞》：文淵閣藏書，乃合宋金元所儲而匯于一，益以明永樂間南都所運百櫃，縹緗之富，古所未有。其後典守不嚴，歲久被竊。萬曆三十三年，奉閣諭校理，纂輯書目，則并累朝續添書籍入焉，大半殘缺，較之正統目録②，十僅二三。崇禎甲申之變，散佚轉多，秘本罕得，欲復香廚四庫之盛，戛戛其難矣。

送何蓉菴出守贛州 錢箋：桐城相國芝嶽諱如寵之子，太史省齋諱采字次德之父也。

名應璜，字宗玉，以官生任贛州知府。

想見征途便，還家正早秋。江聲連賜第，芝嶽第在金陵。帆影上浮丘。楊爾曾《浮山圖説》：浮山在桐城縣東九十里，週迴五里，高三里餘。自江視之如浮，不峻不麗。其巖三百五十，最著者三十有六，其峰七十有二。

---

① 王，士禮居本、《家藏稿》本作「玉」。

② 目，底本原作「日」，據士禮居本改。

兒女貪成長，親朋感去留。無將故鄉夢，不及石城頭。

其二

郡閣登臨迴〔一〕，江湖已解兵。《三藩記事》：順治三年三月，我兵圍贛州。十月，大霧雨雪，乘夜上城。城破，萬吉元率士巷戰，奪門出，至東關，投貢江而死。楊廷麟死于清水塘。贛州平。百灘爭二水，《一統志》：贛州府城北，章貢二水所合，抵萬安縣界，有十八灘，惶恐其一也。中多怪石，最險。《水經注》：劉登之曰：贛縣治，章、貢二水之間，因以名焉。一嶺背孤城。《一統志》：賀蘭山，在贛州府治西南隅，舊名文筆山，頂即鬱孤臺，其左綿亘爲白家嶺。石落蛟還鬬，順治五年，提督金聲桓、副將王得仁反攻，圍贛州。語似指此。天清雁自横。金聲桓圍贛，巡撫劉武元與分巡嶺北道張鳳儀、總兵胡有陞竭力守禦，一郡獲全。語似指此。新來賢太守，官柳戰場生。

〔一〕〔郡閣〕《一統志》：八境臺，在贛州府東北城上。《贛州府志》：宣明樓，在鬱孤臺左。宋嘉定丁丑，建于甕城。按贛有奎文閣，在舊府學，内藏宋高宗御書者，而詩意似用八境臺耳。

其三

三載爲郎久，棲遲共一貧。師恩衰境負，芝嶽崇禎辛未總裁會試，爲公座主。友道客途真。世德推醇謹，《明史》本傳：如寵性孝友，母年九十，色養不衰。操行恬雅，與物無競，難進易退，世尤高之。鄉心入隱淪。蕭條何水部，未肯受風塵。

其四

弱息憐還幼，扶持有大家〔一〕。高門雖宦跡，遠嫁況天涯〔二〕。公女適蓉菴子。小字裁魚素，長亭響鹿車。白頭雙淚在，相送日將斜。

〔一〕〔大家〕古詩：汝是大家子。

〔二〕〔遠嫁〕《漢書·張禹傳》：愛女甚于男，遠嫁爲張掖太守蕭咸妻，不勝父子私情。

得蒲州道嚴方公信却寄

西風對酒夢魂勞，聞道蒲津着錦袍〔一〕。山繞塞垣長坂峻〔二〕，河分天地斷厓高。登樓楚客看雲樹，隔岸秦人拜節旄。方公由陝西知府遷任。回首舊游飛雁遠，書來嚴助問枚皋。

〔一〕〔蒲津〕《一統志》：蒲津關，在永濟，黄河西岸。

〔三〕〔長坂〕《一統志》：蒲坂故城，在蒲州府城東南。

送曹秋岳以少司農遷廣東左轄《廣東通志》：布政司左布政使曹溶，順治十三年任。

江東才子漢平陽，身歷三臺拜侍郎。五管清秋懸使節，百蠻風靜據胡牀。珠官作貢通滄海〔一〕，象郡休兵奉朔方。早晚鄭侯能薦達，鋒車好促舍人裝。

〔一〕〔珠官〕《一統志》：珠官，廢縣，在廉州府合浦縣南。

其二

秋風匹馬尉陀城，銅鼓西來正苦兵。萬里虞翻空遠宦，十年楊僕自專征。謂尚可喜。山連鳥道天應盡，日落蠻江浪未平。此去好看宣室召，漢皇前席問蒼生。

其三

銅柱天南起暮笳，蒼山不斷火雲遮。羅浮客到花爲夢，庾嶺書來雁是家。五月蠻村供白越〔一〕，千年仙竇訪丹砂。炎州百口堪同住〔二〕，莫遣閒愁感鬢華。

〔一〕〔白越〕《後漢書·馬后紀》注：白越，越布①。

〔二〕〔炎州百口〕劉文房詩：炎州百口住。

其四

懸瀑丹崖萬仞流，顧微《廣州記》：南海增城縣白水山有瀑布，懸注百許丈，西有佛蹟岩，其東湯泉出焉。越王臺上月輪秋。江湖家在堪回首，京國人多獨倚樓。按《定山集》云：是役也，以候議淹留五十餘日。故有此二語。海外文章龍變化，日南風俗鳥軥輈②。知君此地登臨罷，追憶平生話少游。

送穆苑先南還苑先時省公於京師。

遍欲商身計，相逢話始真。幸留殘歲伴，忍作獨歸人。年逼愁中老，家安夢裏貧。與君謀共隱，爲報故園春。《文集》：君爲先大夫執經弟子③，余兄弟三人，君所以爲之者無所不至。余雖交滿天下，其相知莫如君，君之愛我念我，嘗恐其顛連磨耗，一旦不能久存。

---

① 布，底本原作「帝」，據士禮居本改。
② 軥，底本原作「鉤」，據士禮居本改。
③ 夫，士禮居本作「父」。

其二

驟見疑還喜，堪當我半歸。路從今日近，信果向來稀。同事交方散，殘編道已非。老親看慰甚，坐久更沾衣。起句入神。驟見即就老親説。

其三

舍弟今年別，臨分恰杪秋。見上。苦將前日淚，重向故人流。海國愁安枕，鄉田喜薄收①。相期裁數紙〔一〕，春雨便歸舟。

〔一〕〔數紙〕杜子美詩：老妻書數紙，應悉未歸情。

其四

庭樹書來長，空階落葉黄。酒乘今夜月，夢遶一林霜。客過探松塢，童饑偃石牀。因君謝

---

① 田，士禮居本作「村」。

猿鶴，開我北山堂。

懷王奉常烟客

把君詩卷問南鴻，憔悴看成六十翁。老去祇應添髩雪，愁來那得愈頭風。田園蕪没支笻懶，書畫蕭條隱几空。猶喜梅花開遶屋，臘醅初熟草堂中。

送友人從軍閩中《三藩紀事本末》：順治十一年，世祖遣人入海招撫，鄭芝豹就撫入京。鄭成功不順命，乘機登岸措餉，大擾福州、興化等郡，乃置芝龍于高俎，芝豹于寧固塔。十二月，漳州守將皇甫軒降于成功，十邑皆下，遂署泉州。十二年，寇仙遊，破舟山，招降台鎮馬信、寧波鎮張弘德。六月，破安平鎮及惠安、同安、南安三邑。十一月，我定遠大將軍庶子王至閩，成功遁回島中。詩正作于其時也。

客中書劍愴離群，貰酒新豐一送君。絶嶠烽烟看草檄，高齋風雨記論文。中宵清角猿啼月，百道飛泉馬入雲。詔諭諸侯同伐越，可知勞苦有終軍。

其二

平生不識李輕車，時總督爲李率泰。被詔揮鞭白鼻騧。簫鼓濟江催落木，旌旗衝雪冷梅花。胡牀對客招虞寄〔一〕，羽扇揮軍逐吕嘉〔二〕。姚啟聖開第于漳州，曰修來館，以官爵、銀幣餌來歸者，漳、泉間人率稱啟聖能懷遠，故曰招虞寄。成功始遁兩島，繼取臺灣爲巢穴，故曰逐吕嘉。自是風流新制府，王孫何事苦思家。

〔一〕〔虞寄〕《南史·虞寄傳》：字次安，會稽餘姚人也。陳寶應據有閩中，得寄，甚喜。及寶應有逆謀，寄每陳逆順之理。寶應既擒，唯寄以先識免禍，除東中郎、建安王諮議，加戎昭將軍。

〔二〕〔吕嘉〕《晉書·地理志》：漢武帝元鼎六年，討平吕嘉，以其地爲南海、蒼梧、鬱林、合浦、日南、九真、交阯七郡。

贈馮訥生進士教授雲中

訥生父如京，字秋水，山西代州人。崇禎戊辰恩貢，歷官廣東布政使。訥生名雲驤，順治乙未進士，由應州教授陞主事，歷四川提學僉事，公門人也。弟雲驌，字懿生，康熙丙辰進士，亦能詩。

并州馮郎長吴越，桐江風雪秦淮月。不烹羊酪敵蓴羹，肯拈蘆管吹桃葉〔一〕。才同顧陸與温邢，俠少風流擅絶倫。名士有誰甘作諾〔二〕，丈夫何必尚專城。乞得一氊還故土，欲化邊人作鄒魯①。余笑謂君且歸去，不信廣文今廣武〔三〕。絳帳懸弓設豹侯，講堂割肉摻鼉鼓。擊磬新調塞上歌，宋犖《筠廊偶筆》：訥生有《登應州木塔》詩一帙，序略曰：登塔，見河水一杯，孤城如彈也。投壺却奏軍中舞。文籍先生上谷儒〔四〕，游間公子河東賈②〔五〕。亂定初聞闕里鐘，時清不用平城弩。雁門太守解將迎，馬邑名豪通訓詁〔六〕。應州，秦陰館地，唐爲金城，與雁門、馬邑同屬大同府。烏桓年少挾雕弧，射得黄羊供束脯。男兒作健羞裙屐，拂雲堆上吹横笛〔七〕。低頭博士爲萬卷，撫掌封侯空四壁。憶昔扁舟醉石頭，别來幾夢南徐客〔八〕。謂訥生入南太學時也。按《明史·志》：每歲天下按察使選生員二十以上厚重端秀者送監。蓋崇禎時猶行此制，無分于南北也。隱囊麈尾燒却盡，長鋏純鈎看自惜③。學就吴趨恐未工④，注成《晉問》無人識〔九〕。嗚呼五湖烟水憶鱸

① 人，士禮居本作「城」。
② 間，士禮居本、《家藏稿》本作「閒」。
③ 鋏，士禮居本作「劍」。
④ 恐，士禮居本作「苦」。

魚，落木天高好寄書。塞雁不歸花又發①，故人消息待何如。結四語，公自謂也。

〔一〕〔蘆管〕王叔齋《籟記》：邊笳者，胡人捲蘆葉吹之作聲也。

〔二〕〔作諾〕《南史·張緒傳》：嘗私謂人曰：「一生不解作諾。」有以告袁粲、褚彦回者，由是出爲吴郡太守。

〔三〕〔廣武〕《一統志》：廣武故城，在代州西一十五里。

〔四〕〔文籍先生〕《晉書·王沈傳》：號沈爲文籍先生。

〔五〕〔河東賈〕《北史·魏宗室傳贊》：河東俗多商賈。

〔六〕〔馬邑〕《通鑑綱目》：漢武元光二年，馬邑豪聶壹。《史記》作聶翁壹。

〔七〕〔拂雲堆〕杜牧之詩：拂雲堆上祝明妃。《一統志》：拂雲堆，在吴喇忒旗西北一百九十里。蒙古名烏朱爾插漢。

〔八〕〔南徐〕《綱目摭實》：晉于淮南僑立徐州，又分淮北爲北徐州。劉宋改北徐州爲徐州，而加淮南徐州爲南徐州。

〔九〕〔晉問〕柳子厚有《晉問》。

① 雁，底本原作「燕」，據士禮居本、《家藏稿》本改。

偶見

新更梳裹簇雙蛾，窣地長衣抹錦靴①。總把珍珠渾裝却，奈他明鏡淚痕多。此咏閨裝，蓋新更髻履時也。

其二

惜解雙纏只爲君，豐趺羞澀出羅裙。可憐鴉色新盤髻，抹作巫山兩道雲。國初，禁民間女子裹足，御史王熙條奏，始除其令。首二語指此②。

口占

欲買溪山不用錢，倦來高枕白雲邊③。吾生此外無他願，飲谷棲丘二十年〔一〕。

---

① 窣，《家藏稿》本作「窄」。
② 語，士禮居本作「句」。
③ 邊，《家藏稿》本作「眠」。

〔二〕〔飲谷棲丘〕《宋書・宗炳傳》：棲丘飲谷，三十餘年。

無爲州雙烈詩

原注：爲嘉定學博沈陶軒賦。○陸世儀《桴亭集》：濡須沈氏女琇娘，嫁陸氏，陸有女名蟾姑，甚相得。壬午，流寇陷濡須，陸氏舉家竄，琇娘與蟾姑以巾連屬手臂，相率投眢井死。每至昏暮，有二白鷺飛翔井上，人以爲二女之精靈。

濡須城下起干戈〔一〕，二女芳魂葬汨羅。安得米顛書大字，井邊刻石比曹娥。米芾知無爲軍，妙于翰墨。

〔一〕〔濡須〕胡三省《通鑑注》：濡須出巢湖，在今無爲軍北廿五里。

爲李灌谿侍御題高澹游畫

《婁東耆舊傳》：李灌谿名模，字子木。父吳滋，字伯可，萬曆己未進士，崇安知縣，歷任湖廣副使。子木天啟乙丑進士，東莞知縣，陞御史。弟楷，字仲木，詳前送李仲木詩。《聲悅巵談》：高簡字澹游，蘇州人。國初有畫名，畫多出新意，不循舊法。

烟雨扁舟放五湖，自甘生計老菰蒲。誰將白馬西臺客，寫作青牛道士圖。

題釣隱圖原注：贈陳鴻文。○鴻文名鴻，常熟人。

緑波春水釣魚槎，縮項雙鯿付酒家。忘却承明曾待詔，武陵溪上醉桃花。

題畫

亂瀑界蒼崖，松風吹雨急。石廊虚無人，高寒不能立。

銀泉山誌鄭貴妃墓也。他書俱作銀錢山。顧炎武《昌平山水記》：《會典》言長陵十六妃從葬，位號不具，其曰井者，蓋不隧道而直下也。自英宗止宫人從葬，而妃墓始名。其在陵山内者，昭陵之左、九龍池南爲銀錢山，有鄭貴妃暨二李、劉、周四妃之墓，南向，皆神宗妃也。

銀泉山下行人稀，青楓月落漁燈微。道旁翁仲忽聞語，火入空壙燒寶衣。五陵小兒若狐兔，夜穴紅墻縣官捕。《昌平山水記》：凡陵及妃嬪、諸王之葬，及上所御殿，其外垣皆塗以紅土。玉枕珠襦散草間①，云是先朝鄭妃墓。《明史·后妃傳》：鄭貴妃，大興人，父成憲累官至都督同知。妃萬曆十四年皇第

---

① 枕，士禮居本、《家藏稿》本作「椀」。

三子生，即福王常洵也，進封皇貴妃。崇禎三年七月薨，謚恭恪惠榮和靖皇貴妃，葬銀錢山。覆雨翻雲四十年，專房共輦承恩顧。禮數由來母后殊，至尊錯把旁人怒。承直中宫侍宴迴，血裹銀鐶不知數。《明史·于玉立傳》：陛下寵幸貴妃，宴逸無度，恣行威怒，鞭笞群下，宫人、奄竪無辜死者千人。豈有言辭忤大家，蛾眉薄命將身誤。宫人斜畔伯勞啼，《長安客話》：慈慧寺後不二里有静樂堂，其墻陰皆宫人葬處，所謂宫人斜也。聲聲爲怨驪姬訴。盡道昭儀殉夜臺，萬歲千秋共朝暮。宫車一去不相隨，當時枉信南山錮。只今雲母似平生，昔人言雲母壅尸，亡人不朽。盗發馮貴人塚，形貌如生，有雲母壅之故也。皓齒明眸向誰妬。選侍陵園亦已荒，移宫事蹟更茫茫。《明史·楊漣傳》：鄭貴妃據乾清宫，與帝所寵李選侍相結。貴妃爲選侍請皇后封，選侍亦請封貴妃爲皇太后。漣與左光斗乃倡言于朝，抗疏言選侍陽托保護之名，陰圖專擅之實，宫必不可不移。其日，選侍遂移宫，居仁壽殿。明日庚辰，熹宗即位。自光宗崩至是凡六日，漣與劉一璟、周嘉謨定宫府危疑，言官惟光斗助之，餘悉聽漣指，漣鬚髮盡白，帝亦數稱忠臣。兩朝臺諫孤忠在，一月昭陽舊恨長。《光宗紀》：九月乙亥朔，崩于乾清宫。在位一月，故云。總爲是非留信史，却憐恩寵異前王。路人尚説東西李，原注：二李寢園亦在山下。指點飛花入壞墻。《天啟宫詞》注：光廟妃李姓者二，其一即光廟彌留時固邀封后、後封康妃者也，宫中稱西李娘娘。其一爲莊妃，烈皇帝嬰年失恃，奉神廟旨托命保護，同居勖勤宫者也，宫中稱東李娘娘，位列西宫右，而寵眷不逮。

哭蒼雪法師蒼雪示寂在順治十三年閏五月二十二日。

憶昔穿雲到上方，飛泉夾路筍輿忙。孤峰半榻霜顛白，清磬一聲山葉黄。得道好窮詩正變，《詩話》：蒼公年老，有肺疾，然好談詩。壬辰臘月過草堂，爲我誦之，語音傖重，撼動四壁，疾動，喉間咯咯有聲。已，呼茶復話，得數十篇，視堦下雨深二尺。觀心難遣世興亡。汰公塔在今同傳，無着天親共影堂。原注：汰如住華山，與師爲法侶，最相得，滅度已十六載矣。

其二

説法中峰語句真，滄桑閲盡剩閒身。宗風實處都成教，慧業通來不礙塵。《堯峰文鈔》：崇禎中，徹公次補潤公講席，來住中峰，其同門友汰如河公住華山。兩山對峙，鐘唄之聲，相應日夜。弘法闡義，傾動四方。二師繼没，華山竟屬退翁，爲靈岩子院，而中峰亦漸廢。白社老應空世相，青山我自哭詩人。縱教墮落江南夢①，萬樹梅花孰比鄰。

---

① 縱，《家藏稿》本作「總」。墮落，士禮居本、《家藏稿》本作「落得」。

中國古典文學基本叢書

吴梅村詩集箋注

下册

〔清〕吴偉業 撰
〔清〕程穆衡 原箋
〔清〕楊學沆 補注
张 耕 點校

中華書局

吴梅村詩集箋注卷第八

古近體詩六十五首起在京師，盡丙申歸途作。

宣宗御用戧金蟋蟀盆歌《丹鉛録》：《唐六典》十四種金有戧金。《鞶帨卮談》：戧即創字。今人乃以鍐金爲戧金。

宣宗在御昇平初，便殿進覽豳風圖〔一〕。煖閣才人籠蟋蟀〔二〕，晝長無事爲歡娱。王世貞《國朝叢記》：宣德九年七月，敕蘇州知府况鍾：比者内官安兒吉祥採取促織，今他所進數少，又多有細小不堪的，已敕他末後運自要一千箇。敕至，爾可協同他幹辦，不要誤了。《故敕小史》：宣帝酷好促織之戲，遣取之江南，價貴至十數金①。楓橋一粮長，以郡督遣，覓得一最良者，用所乘駿馬易之。妻謂駿馬易蟲②，必有異，竊視之，蟲躍出，爲雞啄食，懼，自縊

① 十數，士禮居本作「數十」。
② 蟲，士禮居本作「之」。

死。夫歸①，傷其妻，且畏法，亦自經焉。定州花甆賜湯沐〔三〕，玉粒瓊漿供飲啄。戧金鬆漆隱雙龍，果廠雕盆錦香褥。《金鰲退食筆記》：果園廠，在欞星門，製漆器。周夢暘《水部備考》：御用監成造五色雕填剔漆龍牀、頂架、袍匣、服廚、寶箱。欲飛着翅逞腰身〔四〕，玉砌軒鬐試一鳴。性不近人須耿介，才堪却敵在慓輕。君王暇豫留深意，棘門灞上皆兒戲。鬬雞走狗謾成功，今日親觀戰場利。坦額長身張兩翼，鋸牙植股鬚如戟。《帝京景物略》：凡促織，首項肥、腿脛長、背身闊，上也。不及斯，次也。反斯，下也。漢家十二羽林郎，蟲達封侯功第一〔五〕。臨淮真龍起風雲，二豪螟蛉張與陳〔六〕。草間竊伏竟何用，竈下廝養非吾群〔七〕。大將中山獨持重，却月城開立不動。兩目相當振臂呼，先聲作勢多操縱。應機變化若有神，慓突彷彿常開平。黄鬚鮮卑見股栗〔八〕，垂頭折足亡精魂。獨身跳免追且急，拉折攀翻只一擲。蠮螉塞外蠕蠕走〔九〕，使氣窮搜更深入。《帝京景物略》：蟲鬬口者②，勇也。鬬間者，智也。鬬間者俄而鬬口，敵蟲弱也。鬬口者俄而鬬間，敵蟲强也。當前拔柵賭先登③〔一〇〕，奪彩爭籌爲主人。自分一身甘瓦注〔一一〕，不知重賞用黄金。《帝京景物略》：初鬬，主者各納蟲乎比籠，身等色等而納乎鬬盆。蟲勝主勝，蟲負主負。勝者翹然長鳴，以報其主，然必無負而僞

---

① 歸，底本作「婦」，據士禮居本改。

② 鬬，底本作「對」，據下文及士禮居本改。

③ 前，士禮居本作「先」。

嗚與未鬭而已負走者。君王笑謂當如此，楚漢雌雄何足齒①〔一二〕。莫嗤超距浪輕生，横草功名須致死。二百年來無英雄，故宫瓦礫吟秋風。一寸山河鬭蠻觸〔一三〕，五千甲士化沙蟲〔一四〕。灌莽微軀亦何有，捉生誤落兒童手〔一五〕。蟻賊穿墉負敗胔，戰骨雖香嗟速朽。凉秋九月長安城，黑鷹指爪愁雙睛。錦韝玉縧競馳逐，頭鵝宴上爭輸贏〔一六〕。鬭鴨欄空舞馬死，開元萬事堪傷心。秘閣圖書遇兵火，廠盒宣窑賤如土。名都百戲少人傳②，貴戚千金向誰賭。《帝京景物略》：凡都人鬭蟋蟀之俗，貴游至曠厥事，豪右以銷其貲，士荒其業。今漸衰止。樂安孫郎好古癖，益都孫承澤也。剔紅填漆收藏得。《金鰲退食筆記》：漆器有剔紅、填漆二種。剔紅合有蔗段、蒸餅、河西三撞兩撞等式。其法：朱漆三十六次，鏤似細錦，底漆黑光。比元時張成、楊茂劍環、香草之式似爲過之。填漆，刻成花鳥，填彩稠漆，磨平如畫，久而愈新。我來山館見雕盆，蟋蟀秋聲增嘆息。嗚呼漆城蕩蕩空無人〔一七〕，哀蛩切切啼王孫〔一八〕。貧士征夫盡流涕，惜哉不遇飛將軍。

〔一一〕［豳風圖］《書畫史》：宋濂侍經于青宫十餘年，凡所藏圖書頗獲見之。中有趙魏公孟頫畫《豳風》，前書《七月》之詩，圖繼其後。皇太子覽而善之。

① 雌，底本原作「爭」，據注文及士禮居本改。

② 戲，《家藏稿》本作「歲」。

瑪竇始泛海九萬里抵廣州之香山澳，其教遂沾染中土。京師公卿誰舊識，與君異國同周行。九州喪亂朋友盡，此道不絕留扶桑。牀頭示我龍腹竹，夜半風雨疑騰驤。尾燒鱗蛻飛不得，蒼皮倔强膺微張。此中空洞亦何有，得無頷下驪珠藏。漢家使臣通大夏①〔二〕，仍來邛蜀搜篔簹。更踰葱嶺訪異種，攜歸上苑棲鸞皇。我欲裁之作龍笛，水底老蛟吟不得。縱使長房投葛陂〔三〕，此龍僵卧難扶策。可是天教産竹郎〔四〕，八荒奇事誰能識。一從海上西南來，中原篠簜多良材。淇園已竭蒼生痛，會稽正採征夫哀。天留異質在無用，任將拋擲生塵埃。時正河決荆隆口②，大軍進討閩、粤二逆也。若有人兮在空谷，束素娟娟不盈匊。盡道腰肢瘦勝肥，此君毋乃非其族。雪壓霜欺直幹難，輪囷偃蹇忘榮辱。邴君豈出子魚下〔五〕，高人磊砢遭題目〔六〕。玉筍新抽漸拂雲，摩挲自倚東墻曲。苦節長同處士饑，寬心好耐湘妃哭。按戴凱之《竹譜》有雞頸竹，如常竹而兩端微細，中如雞頸。則知此竹中土自有，並不名龍腹，亦非來自西洋也。西人好奇而善譎類此，故詩明破之。吁嗟乎崑崙以外流沙西，當年老子驅青犢〔七〕。手中竹杖插成林，殺青堪寫遺經讀。君不見猶龍道德五千字，要言無過寧爲腹〔八〕。何可一日無此竹！

① 臣，士禮居本、《家藏稿》本均作「者」。
② 隆，士禮居本作「龍」。

〔一〕〔碧矑〕范致能詩：碧矑大士何所主。

〔二〕〔大夏〕《漢書·張騫傳》：臣在大夏時，見邛竹杖、蜀布。問安得此，大夏國人曰：吾賈人往市之身毒國。

〔三〕〔投葛陂〕《後漢書·方術傳》：費長房者，汝南人也。市中有老翁，長房欲求道，從入深山。長房辭歸，翁與一竹杖，曰：「騎此則自至矣。既至，可以杖投葛陂中。」長房乘杖，須臾來歸，即以杖投陂，顧視則龍也。

〔四〕〔竹郎〕《後漢書·西南夷傳》：夜郎者，初有女子浣于遯水，有三節大竹流入足間，聞其中有號聲，剖竹視，得一男兒，歸而養之。及長，有才武，自立爲夜郎侯，以竹爲姓。

〔五〕〔邴君〕《魏略》：華歆與北海邴原、管寧俱游學，三人相善，時人號三人爲龍①，歆爲龍頭，原爲龍腹，寧爲龍尾。

〔六〕〔題目〕《晉書·山濤傳》：各爲題目。

〔七〕〔老子〕《列仙傳》：老子乘青牛車去，入大秦，過西關，關令尹喜待而迎之，與老子俱至流沙之西，服巨勝實，莫知所終。

〔八〕〔爲腹〕《老子》：聖人爲腹不爲目。

---

① 龍，底本無，據文意補。

送汪均萬南歸均萬名希汲，蘇州府人。

扁舟春草五湖寬，歸去荼蘼架未殘。撥剌錦鱗初上筯，團枝珠實已堆盤〔一〕。瘿瓢量水僧燒筍，拳石分泥客買蘭。四月山塘風景好，知君端不憶長安。

〔一〕〔珠實〕《北户録》：古度樹實從木皮中出，如綴珠實。大如櫻桃，紅即可食。

壽座師李太虚先生

放懷天地總浮鷗①，客裏風光爛漫收。一斗濁醪還太白，二分明月屬揚州。錦筝士女觴飛夜，鐵笛關山劍舞秋。猶有壯心消未得，欲從何處訪丹丘。《文集》：先生興酣耳熱，朝章國故，慷慨極論。

其二

好客從無二頃田，勝游隨地記平泉。解衣白日消棊局，岸幘青山入釣船。故國風塵驚晚

① 總，士禮居本作「絶」。

歲，天涯歌舞惜流年。篋中別有龍沙記，不許傍人喚謫仙。謂著述之富，見前《閬園》詩。

其三

讀《易》看山愛息機，閉門芳草雁還飛。江湖有夢爭南幸，按明睿之倡議南遷也，始與李邦華議，以爲太子少不更事，稟命則不威，專命則不敬，不如皇上親行爲便。於召對後，即繼以疏，大畧謂今日所最急者無如親征，累數百言，上深許之。而光時亨首參爲邪說，明睿又上言就使皇上發策南遷，亦救時急着，上簡閱默然，即召責時亨，而議遂寢矣。時亨尋即降賊，後伏誅南都。滄海無家記北歸。按攝政王入都，首用明睿，雖力辭免，不知何緣得泛海入琉球。烟水一竿思舊隱，兵戈十口出重圍。《文集》：先生流離嶮岨，浮海南還，家園烽火，禍亂再作，僅以其身漂泊于江山風月之間。杜陵豈少安危志，老大飄零感布衣。

其四

廬頂談經破碧苔，十年不到首重回。風清鐘鼓吴山出，雲黑帆檣楚雨來①。痛飲長江看自注，異書絕壁訪應開。芒鞋歸去身差健，白鹿諸生掃講臺。講授白鹿洞，見五律。《據梧齋麈談》：

---

① 帆檣，士禮居本作「檣帆」。

李渤名講學處爲白鹿洞，余初不曉其義①，後讀《三輔決録》，辛繕字公文，少治《春秋》《詩》《易》，隱居弘農華陰，弟子受業者六百餘人，所居旁有白鹿甚馴，不畏人，云云。乃知渤蓋取此名之。

送詹司李之官濟南原注：詹楚人，余所得士。○詹謹之字仲庸，湖廣黄崗人。丙子鄉試第二，官濟南府推官。

匹馬指營丘，風清肅爽鳩。齊言盈萬户，楚客長諸侯。梅發江關信，松高日觀秋〔一〕。故人慚鮑叔，相送話東游。

〔一〕〔日觀〕《一統志》：泰山，在泰安府北五里。東山名日觀，日觀者，雞一鳴時見日始欲出。小天門有秦五大夫松。

上駐蹕南苑閲武行蒐禮召廷臣恭視賜宴行宫賦五七言律詩五七言絶句每體一首應制②《青箱堂集》：丙申二月春蒐，召赴南苑，恭賦四體應制詩。是年午日，復賜宴瀛臺龍舟。

---

① 義，據士禮居本補。

② 《家藏稿》本題作「南苑春蒐應制」。

詔閲期門旅，鐃歌起上林。《據梧齋塵談》：國初立八旗，曰鑲黄、正黄、正白、正紅、鑲白、鑲紅、正藍、鑲藍。分爲兩翼，左翼則鑲黄、正白、鑲白、正藍；右翼則正黄、正紅、鑲紅、鑲藍。其鑲黄、正黄、正白爲上三旗，餘五旗各以王、貝勒等統之。風雲開步伍，草木壯登臨。天子三驅禮，將軍百戰心。割鮮視讌罷①，告語主恩深。

露臺吹角九天聞，《扈從東巡日録》：行圍，旌門鐃吹奏海東青捉天鵝曲。射獵黄山散馬群。練甲曉懸千鏡日，翠旗晴轉一鞭雲。《扈從東巡日録》：圍場惟視藍旗所向以爲分合。奇鷹出架雕弓動，新兔登盤玉饌分。最是小臣慚獻賦，屬車叨奉羽林軍。

熊館發雲旍〔一〕，春蒐告禮成。東風吹紫陌，千騎暮歸營。

〔一〕［雲旍］《宋書·謝晦傳》：雲旍首路，組甲曜川。

① 視，士禮居本、《家藏稿》本均作「親」。

緑楊春繞柏梁臺，羽蓋梢雲甲帳開〔一〕。知是至尊親講武，日邊萬馬射生來〔二〕。

〔一〕［甲帳］《漢書・西域傳贊》：孝武之世，興造甲乙之帳。

〔二〕［射生］《唐書・郭子儀傳》：敕射生五百騎執戟寵衛。

紀事南海子回鑾，觀書御園也。

鄠杜山南起直廬，《帶經堂集》：玉泉山，今爲静明御園。繚垣周其址，泉出其腹，萬派競發，細者如珠，大者如車輪，至青龍橋西匯爲潭，膏渟黛畜，清不掩鱗。自暢春御苑西行，隄直如絃，高柳脇之，罨藹冥濛，不漏曦景。張照《得天居士集》：暢春園直房對雙老柳夾徑立，從柳下徑轉入即有内家，雖諸王亦不得過此，名雙柳灣。從禽載筆有相如。秋風講武臨熊館，乙夜横經勝石渠。七萃車徒堪討習〔一〕，百家圖史可畋漁。上林獸簿何曾問，叩馬無煩諫獵書。

〔一〕［七萃］《穆天子傳》：七萃之士生捕虎，天子畜之。

即事十章皆敷揚新政，風切舊人。既策民生，亦綜國是。沉雄博麗，抗行少陵。

夾城朝日漸臺風，夾城，見《唐六典》。漸臺，見《王莽傳》。本平聲，音尖，此從本音讀。玉樹青葱起桂宫。

原注：時乾清宫成。○《世祖實録》：順治十年，乾清宫告成，工部官督營繕者皆有文綺名馬之賜。十四年，又建奉先殿乾清宫左，刻期告成，群臣入賀。謁者北衙新掌節〔一〕，原注：初設内監。○《箕城雜綴》：本朝奄豎無權，蓋深以前明爲殷鑑。平時既嚴禁自宫，而挑取太監，時年三四十以上者必究所由來。始入宫，則在掌儀司當差，其上有首領太監，又其上有總管太監。總管給與木棍，始得穿宫行走，稍有過即發内務府訊鞫，交宫殿監督領侍處行法，或發往公瓦山鍘草。郎官西府舊乘驄。原注：新選部郎爲巡方。○韓詩《敉菴奏疏叙》：乙未秋九月，上御内苑，親擇亞卿而下、臺諫以上賢而才者，出爲方岳憲長等官，凡四十許人。叔孫禮在終應復，蕭相功成固不同。百戰可憐諸將帥①，幾人高會未央中。此章言朝政一新，功成偃武。

〔一〕［北衙］《唐書·兵志》：南衙，諸衛兵是也。北衙，禁軍也。

其二

六龍初幸晾鷹臺，《扈從西巡日録》：至大元年，築呼鷹臺于瀊州澤中，或作按鷹臺，今曰晾鷹臺。千騎從官帳殿開。南苑車聲穿碧柳，西山馳道夾青槐。繙書夜半移燈召，教射樓頭走馬來。聞道上

---

① 帥，士禮居本作「相」。

林新試士①，即今誰是長卿才。此章言大蒐南苑，儒臣應制。

其三

元僚白髮領槐廳〔一〕，風度須看似九齡。疏乞江湖陳老病②，詔傳容貌寫丹青。原注：曹村相公乞休，不允，畫其像賜之。○金之俊字豈凡，世居吴縣之曹村，因以爲號。萬曆己未進士，順治十五年爲中和殿大學士，歷加太傅，改内秘書院大學士。康熙元年致仕。從游西苑花初放〔二〕，侍宴南臺酒半醒〔三〕。最是御書房下過，賜茶清燕共談經。此章獨叙金文通之眷遇。

〔一〕〔槐廳〕《續翰林志》：學士院第三廳有一巨槐樹，素號槐廳，居此閣者往往入相。

〔二〕〔西苑〕《一統志》：明初，燕王府建于元之皇城舊址，即今之西苑也。瓊華島在西苑太液池上，太液池在西苑中。

〔三〕〔南臺〕《金鰲退食筆記》：瀛臺舊爲南臺，明李文達賢《賜游西苑記》云：南臺林木陰森，過橋而南，有殿曰昭和，門外有亭臨岸，沙鷗水禽，如在鏡中。

---

① 新，士禮居本、《家藏稿》本作「親」。

② 江湖，底本作「湖江」，據士禮居本、《家藏稿》本改。

其四

列卿嚴譴赴三韓，貰酒悲歌行路難。妻子幾隨關外去，都人爭擁路旁看。樂浪有吏崔亭伯〔一〕，遼海無家管幼安。按順治中大臣獲罪流徙盛京者如陳之遴輩而外，又有御史郝浴、季開生、詞臣李呈祥等各以陳言蒙譴，後或死或遇赦歸。盡説日南多瘴癘〔二〕，如君絶域是流官。此章嘆謫徙奉天諸臣。

〔一〕〔樂浪〕《一統志》：漢時所置遼東、樂浪、玄菟三郡，多屬今奉天府治之，東及朝鮮界内地。《後漢書·崔駰傳》：字亭伯，竇憲出擊匈奴，駰爲主簿，憲不能容，出爲長岑長，遂不之官而歸。《漢書·地理志》：樂浪郡縣長岑。

〔二〕〔日南〕《後漢書·公孫瓚傳》：日南多瘴氣。

其五

黄河東注出潼關，本濟漕渠竟北還。淮水獨流空到海，原注：淮水爲黄河所逼，始于清口濟漕，河去則淮竟入海，此清江閘所以涸也。○《日知録》：徐有貞治河，猶疏分水之渠于濮、汜之間，不使之并趨一道。自弘治六年築黄陵岡以絶其北來之路，而河流總于曹、單之間，乃猶于蘭陽、儀封各開一口而洩之于南，今復塞矣。河在今日欲北不得，欲南不得，唯以一道入淮，淮狹而不能容，又高而不利下，則頻歲決于邳、宿以下，以病民而妨運。而邳、宿以下左

其九

秋盡黄陵對落暉，長沙西去不能歸。甘寧舊壘潮初落，陶侃新營樹幾圍〔一〕。五嶺風烟城郭改①，三湘征調吏人稀。老臣裹革平生志，往事傷心尚鐵衣。此章言洪承疇視師長沙事也。《湖廣通志》：洪承疇順治癸巳督師，經略五省，駐長沙，便宜行事。

〔一〕〔陶侃新營〕《晉書·陶侃傳》：鎮武昌，嘗課諸營種柳。

其十

巴山千丈辟雲根，節使征西入劍門。蜀相軍營猶石壁②，漢高原廟自江村。原注：駐兵南鄭，分闐閬州，兩地皆有高祖廟。○《堯峰文鈔》：順治中，吴三桂等入川，奉詔統東西兩路大兵駐劄川南，以圖進討。全家故國空從難，謂三桂父襄。異姓真王獨拜恩。封平西王。回首十年成敗事，笛聲哀怨起黄昏。此章言吴逆入蜀之事。

① 風，士禮居本、《家藏稿》本作「烽」。
② 壁，底本原作「璧」，據士禮居本、《家藏稿》本改。

朝日壇次韻。

《畿輔通志》：朝日壇在朝陽門外，西向，每年春分祭，遇甲丙戊庚壬年親祭，餘年遣大臣攝祭。《長安客話》：東嶽南數百武即朝日壇，壇外古松萬株，森沉蔽日，都人所謂黑松林也。《春明夢餘録》：壇方廣五丈，高五尺九寸，壇南用紅琉璃，階九級，俱白石，欞星門西門外爲燎爐瘞地，西南爲具服殿，護壇地一百畝。

曉日曈曨萬象鋪，六龍銜燭下平蕪。石壇爟火燔玄牡，露掌華漿注渴烏〔一〕。不夜城傳宣夜漏〔二〕，王宫朝奉竹宫符〔三〕。即今東汜西崑處，盡入銅壺倒影殊。《明史》：嘉靖中，朝日壇用紅黄玉，求不得，購之陝西邊境，使覓于阿丹，去土魯番西南二千里。結句寄托典重。

〔一〕［渴烏］《後漢書・張讓傳》：作翻車渴烏，用灑南北郊路，以省百姓灑道之費。注：渴烏爲曲筒，以氣飲水上也。

〔二〕［宣夜］《晉書・天文志》：古之談天者三家，蔡邕言宣夜無師法。

〔三〕［王宫］《禮記》注：祭日壇曰王宫。

雕橋莊歌并序

高邑趙忠毅公爲《雕橋莊記》曰：「吾郡梁太宰有雕橋莊，在郡西十五里，大茂諸山之東。前臨滹沱、西韓二水，東爲大門，表之曰尚書里。有樓曰蓮渚仙居，有堂曰壽槐。槐可四十圍，相傳數百年物。太宰功成身退，徜徉于此者二十年。」今其孫慎可讀書其中，自號爲西韓生，云此忠毅家居時所作也。《畿輔通志》：雕橋，在正定縣城西十五里韓河上。《名勝志》：橋下有穴十數，狀似雕鑿，泉湧不息，環流于城，故名。《明史·趙南星傳》：字夢白，高邑人，代張問達爲吏部尚書。魏忠賢矯旨責南星等朋謀結黨，南星求去，復矯旨切責放歸。尋以汪文言獄詞連及，戍南星代州。莊烈帝登極，有詔赦還，巡撫牟志夔，忠賢黨也，故遲遣之，竟卒于戍所。崇禎初，贈太保，謚忠毅。又《梁夢龍傳》：字乾吉，真定人，嘉靖進士。神宗十年六月，吏部尚書王國光劾罷，夢龍代其位。致仕，家居十九年卒。天啟初，趙南星頌其邊功，贈少保。崇禎末，追謚貞敏。《一統志》：大茂山，在正定府阜平縣東北七十里。《畿輔通志》：西韓河，在正定縣西二十里，源出大鳴泉，西南流入滹沱。《文集·西韓墓志》：諱維樞，字慎可，號西韓生，正定人。其先自蔚州，七世至太宰貞敏公始大。公後拜吏部尚書，視梁公以同郡爲後繼，竟因黨禍戍代州死。慎可以孝廉入中翰，余始識之，知其爲趙公交。尋以齟齬去，相別十餘年。今起官水部，家門蟬冕，當代莫與比焉。余以其名山别墅，亂後獨全①，高門遺老，晚節最勝。雕橋盛事，自太宰以來百餘年于此矣，是可歌也，爲作雕橋莊歌。《西韓墓志》：貞敏第四子志，生維樞，天啟乙卯舉人，以保舉用吏部銓考，授内閣撰文中書舍人，晉尚寶司丞副，

---

① 原作「後亂」，據士禮居本乙正。

掌典籍事，坐同事者中蜚語連罷，起家擢工部主事。皇清定鼎，即舊官録用，補營繕郎。乾清宫告成，得文綺名馬之賜，陞山東按察司僉事，整飭武德兵備。會入賀，遂乞致仕。後五年，卒。子六人，長清遠，吏部侍郎。《池北偶談》：真定梁公清寬、清遠、清標兄弟相繼爲吏部侍郎，清標歷户、禮、兵、刑四部尚書，大拜。清寬、清標皆給事中維本子；清遠，山東僉事維樞子，皆前吏部尚書夢龍曾孫。

常山古槐千尺起〔一〕，雕橋西畔尚書里。偃蓋青披大茂雲，扶疏響拂韓河水。水部山莊遶碧渠，彈琴長嘯修篁裏。今年相見在長安，據鞍却笑吾衰矣。盡道新枝任棟梁，不知老榦經風雨。自言年少西韓生，幽并豪俠皆知名。酒酣箕踞聽鼓瑟，射麋擊兔邯鄲城。天生奇質難自棄，一朝折節傾公卿。《西韓墓志》：余與公定交于先朝，比去京師十五年，宿素已盡，惟公迎閤握手，高談盡日。余疲荼不任趨拜，而公善飲噉，據鞍躍馬，能勤于其官。間爲余言，年少時射麋擊兔于茂山之下、韓河之濱，極望平蕪，登高長嘯，慕袁絲、鄭莊之爲人。當時海内推高邑，趙公簡重稱相得。才地能交大父行〔二〕，襟期雅負公卿識①。《墓志》：趙忠毅公以小選家居講道，指授生徒，公執經往侍，遂爲入室弟子。每著書，必命校讎丹黄。公曾過我讀書處，笑倚南樓指庭樹。歸田太宰昔同游，廿載林泉共來去。此是君恩優老臣，後來吾輩應難遇。每思此語輒泫然，知己投荒絶塞天。同是冢臣恩數

① 公卿，士禮居本、《家藏稿》本作「名賢」。

異，傷心無復定陵年①。黄巾從此成貽禍，青史誰來問斷編。鈎黨幾家傳舊業，干戈何地着平泉〔三〕。我有山莊幸如故，老樹吟風自朝暮。磐石寧容螻蟻穿②，斧斤不受樵蘇誤。鈴索高齋擁賜書，名花異果雕欄護。緑葯紅蕖水面開，門前即是鳴騶路。子弟傳呼千騎歸，不教鞍馬驚鷗鷺。年年細柳與新蒲，粧點溪山入畫圖。四海烽烟喬木在，一窗燈火故人無。相逢只有江南客，頭白尊前伴老夫。

〔一〕〔常山〕《綱目質實》：常與恒同山，在正定府曲陽縣西北一百四十里。

〔二〕〔大父行〕《史記・鄭當時傳》：其游知交皆其大父行，天下有名之士也。

〔三〕〔平泉〕《一統志》：平泉莊，在正定府贊皇縣西北張楞村。唐李德裕游息之所，今爲玉泉寺。

海户曲原注：南海子周環一百六十里，有海户千人。

大紅門前逢海户〔一〕，衣食年年守環堵。收藁腰鎌拜嗇夫，築場貰酒從樵父。不知占籍始何年，家近龍池海眼穿〔二〕。七十二泉長不竭，御溝春暖自涓涓。平疇如掌催東作，水田漠

① 無，士禮居本、《家藏稿》本作「非」。

② 螻，士禮居本作「蟲」。

漠江南樂。《燕都游覽志》：三聖菴後築觀稻亭，爲内官監地，南人於此藝水田，秔秫分塍，夏日桔槔聲不減江南。鴐鵝鶬鴰滿烟汀，不枉人呼飛放泊。原注：南海子有水泉七十二處，元之飛放泊也。○虞集《經世大典叙録》：國制，自御位及諸王皆有昔寶赤，蓋鷹人也。及一天下，俾致鮮食，以薦宗廟，供天庖，齒革羽毛以備用，而立制加詳。地有禁，取有時，違者罪之。冬春之交，天子或親幸近郊，縱擊鷹隼，以爲遊豫之度，曰飛放。仁廟以穀不熟民困，曰：「朕不飛放。」且敕諸王位昔寶赤皆不聽出。後湖相望築三山，兩地神洲咫尺間。原注：以西苑後湖名海子，故此云南①。遂使相如誇陸海，肯教王母笑桑田。蓬萊樓閣雲霞變，晾鷹臺上何王殿。原注：晾鷹臺，元之仁虞院也，常使大學士提調之。鷹墜皆用先朝舊璽改作。傳説新羅玉海青〔三〕，星眸雪爪飛如練。原注：玉海青，即白鷹也。○《元史》本傳：帝宴大臣于延春閣，特賜答里麻白鷹，以表其貞廉。周憲王《元宮詞》：年年正旦將朝散，大内先觀玉海青。詐馬筵開挏酒香〔四〕，原注：元有詐馬宴。○楊和吉詩自注云：每年六月三日詐馬筵席，盛陳奇獸。割鮮夜飲仁虞院。《元史·武宗紀》：至大元年二月初，立鷹坊，爲仁虞院。《仁宗紀》：至大四年二月，罷仁虞院，改置鷹坊總管府。陶宗儀《輟耕録》：西華門西有鷹房。二百年來話大都，平生有眼何曾見。《一統志》：元太祖十年，置燕京路，總管大興府。至元九年，改曰大都。頭白經過是舊朝，春深慣鎖黄山苑〔五〕。叶。典守唯聞中使來，樵蘇輒假貧民便。芳林别館百花殘，廿四

① 南，士禮居本、《家藏稿》本作「兩」。

園中爛熳看。原注：南海子有二十四園，係明時制。記得尚方初薦品，東風鈴索護雕闌。葡萄滿摘傾筠籠，蘋果新嘗捧玉盤。賜出宫中公主謝，分遺闕下侍臣餐。《扈從西巡日録》：明永樂年，增廣其地，繚以周垣百六十里，育養禽獸。又設二十四園，以供花果。一朝剪伐生荆杞，五柞長楊悵已矣。野火風吹螞蟻墳，原注：海子東南有螞蟻墳，每清明日，數萬皆聚于此。枯楊月落蝦蟇水。原注：玉泉一名蝦蟇泉，流入南海子①。盡道千年苑囿非，忽驚萬乘車塵起。雄圖開國馬蹄勞，將相風雲劍槊高。帳殿行城三十里，旌旗獵獵響鳴鞘。《扈從東巡日録》：我朝行圍，隨駕軍密布四圍，旗色分八部，各以章京主之，分左右翼馳山谷間，逾高降深，名曰圍場，惟視藍旗所向以爲分合，有斷續不整者，即以軍法從事，章京服色亦隨本旗，惟御前侍衛及内大臣得穿黄褶。行圍之法，以鑲黄旗大纛居中爲首，聖駕在大纛之前按轡徐行②，兩翼門纛相遇則立而不動，以俟後隊漸次逼近，謂之合圍。緹騎環山，旌旗焰野，亭午就山陽張黄幄尚食。一日凡兩合圍，約行八九十里。朝鮮使者奇毛進，白鷹刷羽霜天勁。舊跡凌歊好放雕〔六〕，荒臺百尺登臨勝。俊鶻重經此地飛，黑河講武當年盛。弔古難忘百戰心，掃空雉兔江山淨。新豐野老驚心目，縛落編籬守麋鹿。兵火摧殘淚滿衣，昇平再覩修茅屋。衰草今成御宿園〔七〕，豫游只少千章木。上林丞尉已連催，灑掃離宫補花竹。《扈從西巡日録》：我朝于南海子建新舊二宫，東西對峙，相去二十里。

---

① 士禮居本、《家藏稿》本無「南」字。

② 按，底本原作「鞍」，據士禮居本改。

又有德壽寺、玄靈宮，釋道居之。仍設海户一千八百人守視，人給地二十四畝，自食其力。春蒐冬狩，巡幸以時，講武事也。人生陵谷不須哀，蘆葦陂塘雁影來。君不見鄠杜西風蕭瑟裏，丹青早起濯龍臺。

〔一〕［大紅門］《昌平州志》：紅門在州城北七里。

〔二〕［海眼］杜子美詩：古老相傳是海眼。

〔三〕［新羅］《南史·新羅國傳》：新羅，在百濟東南五十餘里。柯敬忠《宫詞》：元戎承命獵郊坰，敕賜新羅玉海青。

〔四〕［挏酒］《漢書·禮樂志》：給大官挏馬酒。注：以馬乳爲酒，撞挏乃成也。

〔五〕［黄山苑］《漢書·霍光傳》：張圍獵黄山苑中。

〔六〕［凌歊］《廣輿記》：凌歊臺，在太平府黄山巔。此只借用。

〔七〕［御宿園］梁元帝詩：交柯御宿園。亦借用。

送友人出塞①

錢箋：爲季天中作。天中名開生，江南泰興人。順治己丑進士，官給事中，著有《出關草》。

---

①《家藏稿》題下注：門人杜登春曰：「此詩送泰興季掌科作也。季名開生，字天中，以言事觸先帝怒，徙尚陽。言官之遣始此。」

上書有意不忘君，竄逐還將諫草焚。聖主起居當日慎，小臣忠愛本風聞。天中諫疏雖不傳，然汪苕文《祭季給事文》曰：事關宮闈，侃侃端笏，雖涉風聞，敢忘獻納？先皇聖明，姑示薄謫，螭魅與隣，捐身沙磧。懸棺藁殯，有同棄擲。招魂而南，僅歸胔骼。考此則可以知其諫草之所指矣。玉關信斷機中錦，金谷園空畫裏雲。張綱孫《觀女樂記》：泰興季氏稱世族，其園池臺榭古器書畫，固宇内絶無；女樂數部，皆便娟妙麗，極一時之選。塞馬一聲親舊哭，焉支少婦欲從軍。

即事

擊鼓迎神太乙壇，越巫吐火舞珊珊〔一〕。露臺月上調絲管，禁苑霜凋挾彈丸。赤驥似龍徠萬里，白鷹如雪致三韓①。按順治十八年罷高麗貢鷹，則前此固嘗貢矣。柏梁焚後宜春起，只有西山作舊看。

〔一〕［越巫］《史記·封禪書》：乃令越巫立越祝祠。

［吐火］《晉書·夏統傳》：從父敬寧祠先人，迎女巫章丹、陳珠二人。甲夜之初，撞鐘擊鼓，間

① 致，底本原作「到」，據士禮居本、《家藏稿》本改。

以絲竹，丹、珠乃拔刀破舌，吞刀吐火。

送同官出牧①

露掌明河玉漏寒，侍中出宰據征鞍。君王此日親除吏，臣子何心道換官。壯士驪山秋送戍，豪家渭曲夜探丸。扶風馮翊皆難治〔一〕，努力諸公奏最看。《堯峰文鈔》：陝西自李賊之亂，創夷未復，諸劫帥群聚蜂起，推北山郭君振、耀州黃騎虎、府谷王永强最劇。次第就擒，三秦始大定。

〔一〕〔扶風馮翊〕《一統志》：陝西表乾州、鳳翔府、隴州、邠州，漢左馮翊。同州府、耀州、商州，漢右扶風。

田家鐵獅歌

詠田弘遇家門獅也。陳奮永《寄齋集·鐵獅子記》：禁城後之交衢，有鐵獅焉，巷即以名，爲明戚里田氏物。自田怙寵，時卿大夫之車馬日盤桓其間。明亡，田氏死，垂二十年無過者。

---

①《家藏稿》題下注：門人杜登春曰：「乙未之秋，先帝出朝臣四十有一人爲外任，翰林讀學楊猶龍以下皆忤安丘，故有是命。」

田家鐵獅屹相向，舑毯蹲夷信殊狀〔一〕。良工朱火初寫成〔二〕，四顧咨嗟覺神王。先朝異物徠西極，上林金鎖攀檻出。玉關罷獻獸圈空，刻畫丹青似爭力〔三〕。《小史》：成化辛丑，西胡撒馬兒罕進二獅子。其狀如黃狗，但頭大尾長，頭尾各有鬚耳。初無大異，每一獅日食活羊一羫，醋醴蜜酪各一瓶。養獅子人俱授以官，光禄寺日給飯酒，所費無算。武安戚里起高門，欲表君恩示子孫。鑄就銘詞鐫日月，天貽神獸守重閽。第令監奴睛閃爍〔四〕，老熊當路將人攫。不堪此子更當關，鈎爪張眸吐齦齶。《東林列傳》：王應熊與田戚畹通，降中旨，入閣不由廷推，廷臣莫敢言。禮科章正宸疏諫，下詔獄。詞臣馬世奇爲解于應熊，應熊遽起離座，擲茗椀去，曰：「不殺正宸，無以破門户之固。」會科臣力疏救，得革職。故此改《王羆傳》老羆爲老熊，蓋隱寓應熊名焉。七寶香猊玉辟邪〔五〕，嬉游牽伴入侯家。圉人新進天閑馬，御賜仍名獅子花。假面羌胡裝雜伎，狻猊突出拳毛異。跳擲聲聲畫鼓催，條支海上何由致〔六〕。異材逸獸信超群，其氣無乃如將軍。將軍豈是批熊手，瞋目哮呼天下聞。《綏寇紀畧》：田貴妃擅寵幸，其父弘遇數犯法，交結朝臣，謀傾中宫，漸有萌芽。省中忽唱田蚡死，青犢明年食龍子〔七〕。蝦蟇血灑上陽門〔八〕，三十六宫土花紫。此時鐵獅絶可憐，兒童牽挽誰能前。槖駝磨肩牛礪角，霜摧雨蝕枯藤纏。主人已去朱扉改，眼鼻塵沙經幾載①。鎖鑰無能護北門，畫圖何處歸西

① 幾載，底本原作「載幾」，據土禮居本、《家藏稿》本乙正。

海。《綏寇紀畧》：賊破京城，劉宗敏居田弘遇第。吾聞滄州鐵獅高數丈，千年猛氣難凋喪。風雷夜半戲人間，柴皇戰伐英靈壯。《一統志》：開元寺，在舊滄州城内，有鐵獅子，高一丈七尺，長一丈六尺，相傳周世宗時有罪人鑄以贖罪。盧溝城雉對西山①，橋上征人去不還②。柱刻蹲獅七十二，桑乾流水自潺潺。《帝京景物略》：盧溝，即渾河，古桑乾水也。發源桑乾山。橋長二百步，石欄列柱，柱頭獅母乳顧抱負贅，態色相得，數之輒不盡，俗云魯公輸班神勒也。秋風吹盡連雲宅，鐵鳳銅烏飛不得。却羨如來有化城，香林獅象空王力。扶雀犛牛見太平，月支使者貢西京〔九〕。并州精鐵終南冶，好鑄江山莫鑄兵。

〔一〕〔舑舕〕王文考《魯靈光殿》：元熊舑舕以齗齗。

〔二〕〔寫成〕《越語》：王令工以良金寫范蠡之狀。

〔三〕〔爭力〕《荀子》：君子力如牛，不與牛爭力。

〔四〕〔第令監奴〕《南史·王偃傳》：第令必凡庸下才，監子皆葭萌愚豎。

〔五〕〔香猊〕《香譜》：香獸，以塗金爲狻猊，空中以然香，使烟自口中出，以爲玩好。

---

① 雉，士禮居本、《家藏稿》本作「堞」。

② 去，士禮居本、《家藏稿》本作「竟」。

［辟邪］《居易録》：天禄、辟邪皆獸名。一角曰天禄，兩角曰辟邪。總謂之桃拔。

〔六〕［條支］《漢書·西域傳》：條支臨海，而有桃拔、獅子、犀牛。

〔七〕［青犢］《後漢書·光武帝紀》：别號諸賊青犢等，各領部曲。

［食龍子］《晉書·五行志》：海西公初生皇子，百姓歌曰：「鳳凰生一雛，天下莫不喜。本言是馬駒，今定成龍子。」《南齊書》：太子長懋一日卧小殿中，夢見金翅鳥飛下，搏食小龍無數。後蕭鸞篡位，太子子孫無遺焉。

〔八〕［蝦蟇］《史記》：月爲刑而相佐，見蝕于蝦蟇。月比后，故以蝦蟇比妃也。此句謂妃薨。武后廢居上陽宫。

〔九〕［月支使］《後漢書·章帝紀》：章和元年，月支國遣使來中國，獻扶拔、獅子。

題崔青蚓洗象圖

朱彝尊《崔子忠傳》：崔子忠字開予，一名丹，字道母，别字青蚓①。先世萊陽人，居京師，補順天府學生員。通五經，能詩，尤善畫，華亭董尚書其昌異之，謂非近代所有。子忠益自重，有以金帛請者，概不應也。李自成陷京師，子忠出奔，鬱鬱不自得，會人有觸其意者，走入土室中，匿不出，遂餓而死。

---

① 字，士禮居本作「號」。

嗚呼顧陸不可作〔一〕，世間景物多蕭索①。雲臺冠劍半無存，維摩寺壁全凋落〔二〕。開元名手空想像，昭陵御馬通泉鶴〔三〕。燕山崔生何好奇，書畫不肯求人知。仙靈雲氣追恍惚，宓妃雒女乘龍螭。《青箱堂集》：青蚓工圖繪，爲絶伎。人有欲得其畫者，强之不可得，山齋、佛壁則往往有焉。平生得意圖洗象，興來掃壁開屏障。赤罽如披洱海裝，白牙似立含元仗。《長安客話》：象房，在宣武門西城墻北。每歲六月初伏，官校用旗鼓迎衆象出宣武門，城濠内洗濯。當時駕幸承天門，鑾旗日月陳金根。雞鳴鐘動雙闕下，巍然不動如崑崙。姚旅《露書》：朝廷午門外立仗，及乘輿鹵簿，皆用象。以先後爲序，皆有位號，食幾品料。每朝則立午門之左右，駕未出時，從游齕草。及鐘鳴鞭響，則肅然翼侍②。百官入畢，則以鼻相交而立。崔生布衣懷紙筆，道衝騶哄金吾卒。仰見天街馴象來③，歸去沉吟思十日。眼前突兀加摩挲，非山非屋非陂陀。昔聞阿難騎香象〔四〕，旃檀林内頻經過〔五〕。我之此圖無乃是，貝多羅樹金沙河。十丈黃塵向天闕，霜天夜踏宮墻月。芻豆支來三品料，鞭梢趨就千官謁。材大寧堪世人用，徒使低頭受羈紲。《野獲編》：象初至京，先于射所演習，故謂之演象所，而錦衣衛自有馴象所，專管象奴及象隻，特命錦衣指揮一員提督之。凡大朝會，役象甚多，駕輦、馱寶皆用之，若常朝則止用六

---

① 多，《家藏稿》作「都」。
② 翼，底本原作「翌」，據士禮居本改。
③ 街，士禮居本作「家」。

隻。所受禄秩，俱視武弁，有差等。京師風俗看洗象，玉河春水涓流潔。赤脚烏蠻縛雙帚，六街士女車填咽。叩鼻殷成北闕雷，怒蹄捲起西山雪。朱茂曙《兩京求舊録》、程于周《客滇偶筆》，言象必擇人跡不到處交感。酈露《赤雅》則言象交于水，卷樹葉蓋之，見人則羞，必起逐之。今京師洗象，觀者且千人，相傳洗時必交于水，殆不然也。圖成懸在長安市，道旁觀者呼奇絶。性癖難供勢要求，價高一任名豪奪。十餘年來人事變，碧雞金馬爭傳箭①。越人善象教象兵，扶南身毒來酣戰〔六〕。羅謙《紀事》：李定國用象後脖排桂林城城門，陷之，遂殺定南王孔有德。惜哉崔生不復見，畫圖未得開生面。若使從軍使趙佗，蒼梧城下看如練②。更作昆明象戰圖③，止須一疋鵝溪絹。郭若虛《圖畫見聞志》：涿郡高益有《南國鬭象圖》傳于世。嗟嗟崔生餓死長安陌，亂離荒草埋殘骨。一生心力付兵火，此卷猶存堪愛惜④。《青箱堂集》：子忠詩歌古文詞人鮮知者，徒知其畫耳。年五十，病幾廢。亡何，遭寇亂，潛避窮巷，無以給朝夕。有憐之而不以禮者，去而不就，遂夫婦先後死。君不見武宗供奉徐髯仙，豹房夜直從游畋，

① 碧鷄金馬，底本原作「碧金鷄馬」，據士禮居本、《家藏稿》本改。
② 城，士禮居本作「山」。
③ 象戰，士禮居本作「戰象」。
④ 存，《家藏稿》本作「在」。

青熊蒼兕寫奇特，至尊催賜黃金錢，只今零落同雲烟。《弇州四部稿》：徐髯仙名霖，字子仁①，號九峰，金陵人。所爲樂府不能如陳大聲穩協②，而才氣過之，青樓俠少推爲渠帥。正德末，上南征，嬖伶臧賢薦于上，填新曲，絶愛幸之，令提調六院事。霖惶恐甚，然不敢辭，後回鑾，得解去。又曰，子仁好堆墨書，濃肥而有骨，端重而不乏態，行書最少，宜寶愛之。 古來畫家致身或將相，丹青慘澹誰千年。

〔一〕〔顧陸〕謝赫論江左畫，陸探微、顧長康皆爲上品。

〔二〕〔維摩壁〕唐瓦官寺《維摩詰畫像碑》：瓦官寺變相，乃晉虎頭將軍顧愷之所畫。

〔三〕〔昭陵馬〕《唐會要》：高宗欲闡揚先帝徽烈，乃刻石爲常所乘破敵馬六匹于昭陵闕下。

〔通泉鶴〕杜有《通泉縣署壁後薛少保畫鶴》詩。

〔四〕〔香象〕《内典》：譬兔馬象三獸渡河，惟大香象徹底截流。

〔五〕〔旃檀〕《晉書・穆帝紀》：升平元年，扶南、天竺、旃檀獻馴象。

〔六〕〔扶南〕《唐書・扶南傳》：王出乘象。

〔身毒〕《史記・大宛傳》：身毒，在大夏東南可數千里，其人民乘象以戰。

---

① 仁，底本原作「仙」，據士禮居本改。

② 協，士禮居本作「洽」。

寄周子俶中州

聞道周郎數酒悲〔一〕，中原極目更依誰。雲遮二室關山在，河奪三門風雨移〔二〕。銅狄紀年何代恨，石經傳字幾人知。狂歌落日登臨罷，殘醉歸來信馬遲。

〔一〕〔酒悲〕白居易詩：誰料平生酒狂客，如今變作酒悲人。

〔二〕〔三門〕《陝西志》：黄河中流有砥柱山，一名三門山，山有三門，禹鑿以通河。南曰鬼門，中曰神門，北曰人門。舟楫不通，惟人門僅可通筏木。

懷古兼弔侯朝宗

朝宗名方域，歸德人，兵部尚書恂子。《文集》：往余在京師，從大司馬歸德侯公，以盡交宋中諸賢。諸賢以雪園文社相推許，公仲子朝宗遇余特厚。無何，寇事作，朝宗以其家南下，一再見于金陵、于吴門，出其文，余爲唏嘘太息，不忍竟讀。

河洛風烟萬里昏①，百年心事向夷門。氣傾市俠收奇用，策動宫娥報舊恩。多見攝衣稱上

① 風，《家藏稿》本作「烽」。

客，幾人刎頸送王孫。死生總負侯嬴諾，欲滴椒漿淚滿樽。原注：朝宗貽書，約終隱不出，余爲世所逼，有負宿諾，故及之。

送田髴淵孝廉南還髴淵名茂遇，松江華亭人。《文集》：田子試南宫，既不第，有勸之歸者，田子曰：居鄉里抑鬱無所得，姑留邸中一交天下長者。于是宛平王公、柏鄉魏公、真定梁公、合肥龔公皆與之游，一時三四公之門無出田子右者。

客路論投分，三年便已深。公自甲午至京師，歷丙申，故云三年。每尋蕭寺約，共話故園心。遠水明浮棹，踈村響急砧。灞亭橋畔柳，恰爲兩人陰。

其二

拂袖非長策，蹉跎慰老親①。還家仍作客，不仕却依人。合下章觀之，其南還殆入學使者幕中。勝識酬知己，奇懷荅鬼神。鏡湖千丈月，莫染雒陽塵②。

① 慰，士禮居本、《家藏稿》本作「爲」。
② 塵，底本原作「城」，據《家藏稿》本改。

其三

窮老無相識，如君得數過。衹貪懷抱盡，其奈别離多。晝靜堪攤卷，江寬足放歌。勝游佳絶處，回首隔關河。此章原編作其二。

其四

浪跡存吾道，風流獨有君。群公雖走幣，狂客自掄文①。樽酒堪呼月，雙峰看出雲。鏡湖雙峯，蓋游浙幕。可憐滄海上，宋玉正參軍。此謂宋讓木。《青箱堂集》：予友宋讓木謂予曰：田子鬅淵之詩皆自得于性情，蓋其人淡以遠，其風疎以朗，其胸次固高出世俗之表云云。詩因兩人相得②，故追懷及之。

送舊總憲龔孝升以上林苑監出使廣東《大清會典》：順治元年，置上林苑監，正七品衙門。

與君對酒庾樓月〔二〕，君逼干戈我離别。與君藉地燕山草，君作公孤我潦倒。亦知窮老應

① 掄，士禮居本作「論」。
② 因，士禮居本作「回」。

自疎，識君意氣真吾徒。門前車馬多豪俊，攝衣上座容衰髩。我持半勺君一斗，我吟一篇君百首。《文集》：先生之潛搜冥索，出政事鞅掌之餘；高詠長吟，在賓客填咽之際。嘗爲余張樂置飲①，授簡各賦一章。歌舞詼笑方雜沓于前，而先生涉筆已得數紙。每逢高會輒盡歡，把吾新詩不容口。《詩話》：庚寅秋，孝升于臨清舟中報余書曰：往在燕邸，與秋岳、舒章諸子各有抒寫，篇軸遂繁。近年以來，蓬轉江湖，仲宣登樓，襟情難忍②；嗣宗懷抱，歌哭無端。未極斐然，不無驅染，然前則魂魄初召，瑟既苦而難調；繼乃離索寡群，刀雖操而未善。亟思大雅，提振小巫，九合葵丘，舍公誰屬？先生著作，雷霆天壤，氣象名山，其亦肯示雌霓于王筠，授《論衡》于中郎否耶？今日他鄉再送君，地角天涯復何有。山川有靈交有命，延津會合真難定。如君共事曹侍郎，指秋岳。百僚彈壓風裁正。握手論文海内推，交游京雒聲華盛。秋風吹向越王臺，後先踪跡誰能信。秋岳視學畿輔，最稱得士，而馴致口語外遷。芝麓數言之，故篇中述此。不見蘭臺連柏府，却過劍浦來珠郡。相贈雖無陸賈金，相看何必周昌印。言秋岳方爲粤藩，孝升繼往。周昌印謂御史大夫，指舊總憲也。丈夫豁達開心期，悠悠世上無人知③。三仕三已總莫問，一貴一賤將奚爲。别君勸君休失意，碧水丹山暫游戲。客路扁舟好著書，故園九日堪沉醉。烏桕霜紅

① 飲，士禮居本作「酒」。
② 情，士禮居本作「懷」。
③ 無，底本原作「謂」，據士禮居本、《家藏稿》本改。

少婦樓，《板橋雜記》：芝麓顧夫人，即金陵舊院中所稱眉樓顧媚者也。字眉生，因以名樓，後歸龔。喜畜貓，能畫蘭，欵稱横波夫人。丁酉，龔挈之重游金陵。後受誥封，改姓徐。龔作《白門柳傳奇》行世，公詩此句殆于虐謔。桄榔月黑行人騎①。獨有飄零老伏生，不堪衰白困將迎。祇因舊識當途少，坐使新知吾輩輕。花發羅浮夢君處，躑躅悲歌不能去。

〔一〕〔庾樓〕《世説》：庾太尉在武昌，登南樓，與諸君詠謔。

送宛陵施愚山提學山東《綱目質實》：宛陵，漢之縣名，爲丹陽郡治所。東漢置宣城縣。按愚山名閏章，字尚白，順治己丑進士，十三年任山東提學僉事。施閏章《夢愚堂銘》：施子反自粵西，一夕，宿青州官舍，夢人持半刺，署愚山道人四字，乙未三月望日也。至京師，以告學士方先生，答曰：「嘻，殆子之前身也。」因呼余曰愚山子。其明年，督學山東，駐青州，開帙視郡志，地故有愚公谷，乃失笑曰：「向所夢者，其斯人耶？」

秦皇昔東巡，作歌示來裔。李斯留篆刻，足共神仙配②。胡爲泰岱巔，蒼碑獨無字？《日知

① 月，士禮居本、《家藏稿》本作「雨」。
② 共，士禮居本作「供」。

録》：嶽頂無字碑，世傳爲秦始皇立。按秦碑在玉女池上，李斯篆書，高不過五尺，而銘文并二世詔書咸具，不當又立此大碑也。考之宋以前，亦無此説，因取《史記》反覆讀之，知爲漢武帝所立也。持此謝六經，免滋後賢議。至今倉頡臺，行人尚流涕。《一統志》：倉頡墓，在壽光縣，有造字臺。君今懷古跡，斯文起凋敝。蟲魚雖改竄，扶桑自天際。千載靈光宮，丹書閉房記。《舊唐書·王世充傳》：世充將謀簒位，有道士桓法嗣者上《孔子閉房記》，畫作丈夫持一竿以驅羊。按此乃圖讖之學，故曰丹書。兵火獨搜揚，重見鍾離意〔一〕。

〔一〕［鍾離意］《後漢書·鍾離意傳》：字子阿，會稽山陰人也。顯宗時爲魯相，出私錢萬三千文，修夫子車。身入廟，拂几席劍履。

其二

魯儒好逢掖，傴僂循墻恭。長劍忽拄頤〔一〕，掉舌談天雄。諸侯走書幣，擁篲梧丘宮。孟嘗一公子，珠履傾關東。後來北海相，坐上猶遺風。君愁吴越士，名在甘陵中〔二〕。無使稷下徒，車馬矜雍容。華士苟不戮〔三〕，横議將安窮。古道誠可作，千里尊龜蒙。言浙黨之禍始于齊人亓詩教、張至發輩，而言不嫌過激。《明史·方從哲傳》：齊、楚、浙三黨鼎立，務搏擊清流。齊人亓詩教，從哲門生，勢尤張。又《張至發傳》：齊、楚、浙三黨方熾。至發，齊黨也。

〔一〕［長劍拄頤］《戰國策》：齊嬰兒謡曰：「大冠若箕，修劍拄頤。」

〔二〕［甘陵］《後漢書·黨錮傳》：初，桓帝爲蠡吾侯，受學于甘陵周福。及帝即位，擢福爲尚書。時同郡河南尹房植有名當朝，鄉人爲之謡曰：「天下規矩房伯武，因師獲印周仲進。」由是甘陵有南北部，黨人之議自此進矣。

〔三〕［華士］《新論》：齊之華士，而太公誅之。

其三

伊昔嘉隆時，文章尚丹雘。矯矯濟南生，突過黄初作。百年少知己，褒譏互參錯。風習使之然，詩書徇然諾。凄凉白雲署，前賢遂寥廓。《明史·文苑傳》：李攀龍字于鱗，歷城人。《四部稿·李于鱗傳》：于鱗既以古文辭創起齊魯間，操觚之士不盡見古作者語，謂于鱗師心而務求高，以陰操其勝于人耳目之外而駭之，其駭與尊賞者相半，而至于有韻之文，則心服靡間言。葉廷珪《海録碎事》：黄帝以雲紀官。秋官爲白雲。孫逖《授裴敦復刑部尚書制》云：俾踐白雲之司。《客燕雜記》：嘉靖間，李攀龍、王世貞、徐中行輩俱官西曹，相與論詩，建白雲樓于四川司中。君初領法曹，追踪好棲託。此行過歷下，高風緬如昨。太白游山東，後來訪廬霍。獨愛宣州城，江山足吟謔。讀君官舍詩，鄉心戀巖壑。湯孔伯《施愚山墓誌》：分守江西道，因遞歷崇山廣谷，間作《彈子嶺》《大阬嘆》《竹源阬》諸篇。目斷敬亭雲，口銜竹溪酌。借問謫仙人，何如謝康樂。

李、施曠世相感處。

附《艮齋雜説》：施愚山視學濟南，拜李滄溟墓下，重爲立石，而梅村此詩亦以濟南生爲重，想見

送程太史翼蒼謫姑蘇學博

翼蒼名邑，字幼洪，上元人。順治壬辰進士，選庶吉士。十三年，出爲蘇州府教授，陞國子助教。《文集》：新安程翼蒼館丈以道尊于吾吴，爲士子師，其所爲詩和平温厚，歸于爾雅，而侘傺怨誹之音不作。

道重何妨謫，官輕却便歸。程門晴雪迴，吴市暮山微。舊俗弦歌在，前賢文字非。即今崇政殿〔一〕，寥落侍臣衣。

〔一〕［崇政殿］《宋史·道學傳》：程子字正叔，召爲秘書省校書郎。既入見，擢崇政殿説書。

送楊猶龍學士按察山西

楊猶龍名思聖，北直鉅鹿人，順治丙戌進士。後陞四川布政使。按以後諸人，皆乙未年上特簡廷臣試外任者。

碧山學士起嚴裝，新把牙旌下太行。玉麈開尊從將吏，銀毫判牒喜文章。三關日落凝笳吹，千騎風流出射堂。憶賜錦袍天上暖，西游早拂雁門霜。

其二

一天凉影散鳴珂，落木平沙雁渡河。北地詩名三輔少，鉅鹿自侯芭而下代有文人，近稍希闊矣。西風客思五原多〔一〕。雲中、五原爲山西被邊處。紫貂被酒雲中火，鐵笛迎秋塞上歌①。回首禁城從獵處，千山殘雪滿滹沱。

〔一〕〔五原〕《漢武帝紀》：元朔二年，置五原郡。《一統志》：外藩蒙古九原故城，在吴喇忒旗北，漢朔方之東北，雲中之西。今套北黄河東流處也。五原故城，在故九原城西。

送王藉茅學士按察浙江王藉茅名无咎，河南孟津人，大學士鐸子，順治丙戌會魁。後陞任江南右布政使。

始興門第故人稀，才子傳家典北扉〔一〕。晝省日移花更發，御溝春過柳成圍。江湖宦跡飄蓬轉，嵩少鄉心旅雁飛。重到冶城開戟地，豈堪還問舊烏衣。

① 迎，《家藏稿》本作「吟」。

〔一〕〔北扉〕《夢溪筆談》：學士院北扉者，爲其在浴堂之南，便於應召。

其二

訟堂閒嘯聽流鶯①，十載東南憶避兵。江左湖山多故吏，王家書畫豈虛名。從容簿領詩還就，料理烟霞政自成。欲過會稽尋禊事，斷碑春草曲池平。

送當湖馬覲揚備兵岢嵐《山西通志》：岢嵐兵備道馬爗曾，浙江平湖人，進士，順治十三年任。

絶塞驅車出定羌〔一〕，洗兵空磧散牛羊。黄河盡處無征戰，紫燕飛時敢望鄉。《中州集》：金尚書蕭貢《岢嵐州》詩：岢嵐地勢横三汊，河朔城墉掛一箕。紫塞高連寒日短，黄榆落盡長年悲。其地勢可想見。獨客登臨傷廢壘，前人心力困危疆。君恩不遣邊臣苦，高卧荒城對夕陽。

〔一〕〔定羌〕《一統志》：定羌廢縣，在河州東南。宋熙寧七年，改河諾城爲定羌城。元升爲縣，元末廢。

① 訟，士禮居本作「溪」。

送王孝源備兵山西《山西通志》：雁平兵備道王天眷，山東濟寧州人。進士，順治十三年任。

秋盡黄河氣欲收，千山雪色照并州。雕盤落木蒼厓壯，馬蹴層冰斷澗流。父老壺關迎節使，將軍廣武恥封侯。雍容賓佐資譚笑，吹笛城南月夜樓。

送同年江右朱遂初憲副固原《江西通志》：崇禎四年辛未進士朱徽，進賢人。入國朝官吏科給事中，數有陳奏，聲著諫垣。出爲固原副使。

銜杯落日指雕鞍，渭北燕南兩地看。士馬河湟征戰罷，弟兄關塞别離難。荒祠黑水龍湫暗〔一〕，絶坂丹崖鳥道盤。錯認故京還咫尺，幾人遷客近長安。

〔一〕〔荒祠黑水〕《一統志》：黑水，在固原州北。朝那湫，在固原州西南。《明統志》：湫有二。一在縣東十五里，一在縣西北三十里。土人謂之東海、西海。《固原州志》：西海北岸有廟，舊祀龍神潤澤侯處。東海東岸有廟。

其二

清秋柳陌響朱輪，帳下班聲到近臣。萬里河源通大夏〔一〕，《清吟堂集》：黄河在寧夏東南四十里，繞城爲漢延渠，有官橋覆之。西南爲康渠，賀蘭橋覆之。又南有新渠、紅花渠、漢伯渠，俱分河水，溉田數萬餘頃，故有塞北江南之號。七盤山勢控三秦。按七應作六，《通志》：大六盤山，在固原州西南七十里。山路險仄，曲折峻阻，盤旋而上，古謂之絡盤道。按若七盤山在西安府藍田縣南，七盤嶺在四川保寧府廣元縣與陝西寧羌州接界，去固原差遠矣。北庭將在黄驄老，西海僧來白象馴。最喜安邊真節使，君恩深處少風塵。

〔一〕〔河源〕《史記·大宛傳》：張騫從月氏至大夏。鹽澤潛行地下，其南則河源出焉。

其三

白草原頭驛路微〔一〕，十年蹤跡是耶非。熊文舉《雪堂集》：朱遂初子堯民，戊子死于寧夏兵難。按戊子兵難，馬德之亂也。何朝京《西凉雜志》：順治五年五月，馬德殺焦撫院，巨寇李彩相繼作亂。官兵直入寧夏，乘勢勦捕，戰于預望城，馬德走，再戰河兒坪，擒斬馬德。尋李彩就縛，寧夏平。月明函谷朝雞遠，木落蕭關塞馬肥。便道江城鄉思急，故人京洛諫書稀。一官漂泊知何恨，老大匡山未拂衣。

〔一〕〔白草原〕《一統志》：白草原，在臨洮府金縣南二十里。

其四

長將詩句付奚囊，此去征途被急裝。苜蓿金鞍調白馬，梅花鐵笛奏青羌。凉州水草軍營盛，漢代亭臺獵火荒。胡元瑞《甲乙剩言》：固原都御史行臺後有園池，池北有堂，池上有亭。堂之顔曰天光雲影，亭之顔曰半畝方塘。綽楔之前曰源頭活水，後曰清如許。凡歷四中丞，所題僅朱晦翁一絶句。往事功名歸衛霍，書生垂老玉門霜。

送何省齋《安慶府志》：何采字敬輿，號省齋，相國文端孫。文端予告後居秦淮，采遂以江寧籍試，順治戊子、己丑聯捷，由庶常歷遷侍讀。氣節高峻，不諧于時，甫三十即棄官歸。按省齋即贛州守應璜號蓉菴子也。

哲人尚休官，取志不在歲〔一〕。賢達恃少年，輕心撥名勢。神仙與酒色，皆足供蟬蜕①。在己本歡娱，富貴應難累。婆娑彼頽老，匪止妻孥計。棲棲守腐鼠，自信無餘技。嗟我豈其然，今也跡相類。同事有何郎，英懷託深契。三十拜侍中，向人發長喟。拂袖歸去來，故

---

① 足，《家藏稿》本作「是」。

園有松桂。世網敢自由，鄉心偶然遂。樗散却見留，送之以流涕。我昔少壯時，聲華振儕輩。講舍雞籠巔，賓朋屢高會。總角能清談，君家好兄弟。《安慶府志》：何亮功字次德，號辨齋。順治丁酉舉人。按辨齋亦蓉菴子而采之兄也，此句蓋謂省齋兄弟皆入南太學也。緩帶天地寬，健筆江山麗。《文集》：余在南太學，頗欲按經術考求天下士，同時有南中何次德、同里周子俶皆與余世講。憑闌見溢口〔二〕，傳烽響笳吹。海宇方紛紜，虛名束心意。《綏寇紀畧》：崇禎辛巳二月①，獻賊合革左破舒城，取其郊保蓮花寨之民以益其軍，屯舒城之七里河汪家灘，陷廬州。六月，陷無爲州，還屯舒城之白馬金牛洞，習水師于巢湖。七月，陷六安州。盧九德以黃得功、劉良佐之兵救之，營于夾山，再戰敗績，江南大振。夜半話掛冠，明日扁舟繫。問余當時年，三十甫過二。採藥尋名山，筋力正彊濟。濯足滄浪流，白雲養身世。長放萬里心，拔脚風塵際。《行狀》：乙酉，南中召拜少詹事。越兩月，先生知天下之事不可爲，又與馬士英、阮大鋮不合，遂拂衣歸故鄉。昔爲雲中鶴②，翩翩九臯唳③。今爲轅下駒，局促長楸轡。梗柟盤枯根，天陰蟲蟻萃。縱抱凌霄姿，蕭條斧斤畏。時命苟弗諧，貧賤安可冀？過盡九折艱，咫尺俄失墜。凄涼游子裝，訣絶衰親淚。關山車馬煩，雨雪衣裘敝。謂以薦起赴補官。長安十二衢，畫戟朱

① 二，士禮居本作「三」。
② 鶴，《家藏稿》本作「鵠」。
③ 翩翩，士禮居本作「翩翻」。

扉衛。冠蓋起雞鳴，蹀躞名豪騎。通籍平生交，於今悉凋替。磬折當塗前①，問語不敢對。衰白齒坐愁，逡巡與之避。禁掖無立談，獨行心且悸。《文集》：余去京師比十五年，宿素已盡，疲薾不任趨拜。邂逅君登朝，讀書入中秘。父子被詔除，一堂共昆季。《青箱堂集》：余昔流寓金陵，讀次德過江諸詩，思見其人而未得，迨與濮源太史聚首長安，探其家學淵源，流風標舉，欣慕久之。按省齋一字濮源。呼兒爭出拜，索果牽衣戲。回首十六年，自崇禎辛巳至是年丙申。踪跡猶堪記。荏苒曾幾何，萬事經興廢。停觴共剪燭②，相對加嘘唏。我行感衰疾，腰脚增疲曳〔三〕。可憐扶杖走，尚逐名賢隊。薄祿貪負閒，憂責仍不細。扈從游甘泉，淅淅驚沙厲。藉草貧無氈，僕夫枕以塊。霜風帽帶斜，頭寒縮如蝟。入門問妻孥，呻吟在牀被。幼女掩面啼，燈青照殘穗。白楊何蕭蕭，衝泥送歸櫬。爾死顧得還，我留復誰爲？旁有親識人，通都走聲利。厚意解羈愁，盛言推名位。不悟聽者心，怛若芒在背〔四〕。忽接山中書，又責以宜退。按爾時崑山葛芝及公門人朱汝礪輩皆嘗致書規勸。卿言誠復佳〔五〕，我命有所制。總未涉世深，止知乞身易。閲即君過存，高談豁蒙蔽。苦樂來無方，窮達總一致。同是集蓼人③，以此識其味。人生厭束縛，擺

---

① 磬，底本原作「罄」，據士禮居本、《家藏稿》本改。
② 共，士禮居本、《家藏稿》本作「重」。
③ 人，士禮居本、《家藏稿》本作「蟲」。

落須才氣。君初丞相家，祖德簪纓繼。《明史·傳》：何如寵字康侯，桐城人，萬曆二十六年進士。崇禎二年十二月，命與周延儒、錢象坤俱以本官兼東閣大學士，入閣輔政。累加少保、户部尚書、武英殿大學士。四年春，副延儒總裁會試，事竣即乞休，九上乃允。兄如申，同年舉進士。吐納既風流，姿容更瑰異。披史妙縱横，論詩富裁製。激昂承明廷，面折公卿議。文士寡先容，疎通得交臂。騶哄訪當關〔六〕，休沐杉齋閉①〔七〕。良工鑄干將，出匣蛟龍忌。趣駕度太行，躊躇棄騏驥。矯矯朗陵公，竟下考功第〔八〕。晉何曾封朗陵侯，故以稱省齋。老夫迫枯朽，抱膝端居睡。雖稱茂陵病，終乏鴟夷智。遜子十倍才〔九〕，焉能一官棄。早貴生道心，中年負名義。蹉跎甘皓首，此則予所媿。君今謝塵鞅，輕裝去如駛。雙槳石頭城，木落征驂憩。過我儒林館〔一〇〕，寒鴉噪平地。函丈無復存②，依舊晴嵐翠。芝嶽相僑居金陵，今府第猶在，故言過雞籠而見南太學之廢也。明年春水滿，客興烟波趣。鶯啼笠澤船，花發龍沙醉。高堂剖符竹，盡室千山内。郡閣遶鳴灘，日晡散人吏。無書悼遷斥，有夢傷迢遞。嶺雁時獨飛，楚天樹如薺。雙眼渺荒江，片帆忽而至。家人迎棹立，愛子趨庭慰。誰云謫宦愁，老覺君恩最。共上鬱孤臺〔一一〕，側身望燕魏。惆悵念故

① 杉，底本原作「山」，據士禮居本、《家藏稿》本及注文改。

② 存，《家藏稿》本作「在」。

人，沉吟不能置。此言明年省齋省親贛州，慰其父望當如此。故人，公自謂也。三載客他鄉①，甲午至丙申。一朝遽分袂。勞生任潦倒，失志同飄寄。少壯今逍遥，老大偏濡滯。舉世縱相識，出門竟誰詣？太息行路難，殷勤進規誨。後會良可希，尺書到猶未。相去各一方，天涯隔憔悴。開篋視此詩，怳怳不能寐。

〔一〕〔取志〕張景陽詩：取志於陵子。

〔二〕〔湓口〕何平叔《九江志》：青湓山有井，形如盆，因號湓水城，浦曰湓浦。

〔三〕〔腰脚〕《魏書·李順傳》：腰脚不隨。

〔四〕〔芒在背〕《漢書·霍光傳》：上内嚴憚之，若有芒刺在背。

〔五〕〔誠復佳〕《司馬徽别傳》：有以人物問者，初不辨其高下，每輒言其佳。其婦諫曰：「人質所疑，君一皆言佳，豈諮君之意乎？」徽曰：「如君所言，亦復佳。」

〔六〕〔騶哄〕《唐書·崔琳傳》：自興寧里謁大明宫，冠蓋騶哄相望。

〔七〕〔杉齋〕《南史·茹法亮傳》：廣開宅宇，杉齋光麗。

〔八〕〔考功第〕杜子美詩：忤下考功第，獨辭京兆堂。

① 客他鄉，士禮居本作「他鄉客」。

〔九〕〔十倍才〕《三國志·諸葛亮傳》：君才十倍曹丕。

〔一〇〕〔儒林館〕《晉書·華軼傳》：置儒林祭酒，以弘道訓。《鄭康成別傳》：北海有康成儒林講堂。

按《一統志》：士林館，在上元縣舊臺城西。

〔一一〕〔鬱孤臺〕《一統志》：鬱孤臺，在贛州府治西南。

送純祐兄之官確山

《婁東耆舊傳》：純祐自永嘉令罷歸，以薦起知確山縣。

五十猶卑宦，栖栖在此行。官從鵝炙貴〔一〕，客向馬蹄輕。風俗高持論，山川喜罷兵。清時人物重，縣小足知名〔二〕。

〔一〕〔鵝炙〕《南史·庾悅傳》：劉毅家在京口，酷貧，曰：身今年未得子鵝，豈能以殘炙見惠？

〔二〕〔縣小〕《漢書·薛宣傳》：粟邑縣小，僻在山中。

其二

絶有明湖勝，青山屬蔡州。曾爲釣臺客，今作朗陵侯。《一統志》：汝寧府，唐曰蔡州，西湖在府城西，上有翠光亭、待月臺。朗陵山在確山縣，下有朗陵城。按釣臺客指爲浙中藩幕也。定訪袁安卧，須從叔度游。

二人皆汝南人。政閒人吏散，廳壁掃丹丘。

其三

懸瓠城西路，關山雪夜刀。《一統志》：懸瓠池，在府城北。李愬討吴元濟，雪夜擊鵝鴨以亂軍聲，即此地。至今勞戰伐，何日剪蓬蒿。《婁東耆舊傳》：確山當流寇時，數中寇禍。舞陽賊楊四據九曲，而泌陽人郭三海據平頭垛，在遂平、確山交境。泌陽知縣李蕃長合確山、遂平、汝陽之兵圍秦至剛于槎枒山，至剛降，三海乃歸命；大梁道中軍尹先民説楊四殺賊自贖。自後兵燹屢經，純祐至，荆榛滿目，遺民無幾，山賊時來竊掠，撫綏日不暇給。地瘠軍租少，官輕客將豪。相逢蔡父老，閒説漢功曹。按《後漢書》袁安、范滂、許劭皆爲功曹，三人皆汝南人也。

其四

落日龍陂望，《一統志》：葛陂，在汝寧府城西南，即費長房投杖處。西風動黍禾。歸人淮右近，名士汝南多。河上孤城迥，《一統志》：溱水源出南陽府桐柏山，流入確山縣境。一名沙河。流至汝陽縣東南，入汝水。天中萬馬過。《一統志》：天中山，在汝陽縣北三里。一官凋瘵後，兄弟意如何。

送郭宫贊次菴謫宦山西《山西通志》：陽和兵備道郭鶚，河南洛陽人，進士，順治十三年任。按次菴順治己丑進士，後陞廣東布政司使。

薄宦知何恨，秋風刷羽毛。因沾太行雪，憶賜未央袍。問俗壺關老〔一〕，籌邊馬邑豪。爭傳郭有道，名姓壓詞曹。

〔一〕［壺關老］《漢書·戾太子傳》：壺關三老茂上書。師古曰：壺關，上黨之縣也。荀悦《漢紀》云：令狐茂。

和楊鐵崖天寶遺事詩《續弘簡録》：楊維楨字廉夫，諸暨人，泰定進士。氣度高曠，喜戴華陽巾，周遊山水間，以聲樂自隨。早歲屏居吴山鐵冶嶺，築萬卷樓，轆轤傳食，讀書其上五年，故以鐵崖自號。按《天寶遺事詩》見鐵崖集。又《堯山堂》載越中詩社，有楊鐵崖題楊妃遺事詩。

漢主秋宵宴上林，延年供奉漏沉沉。給來妙服裁文錦，賞就新聲賜餅金。古時銀皆煎作鉼①。

① 時，底本原作「詩」，據士禮居本改。

鉼即餠。韓致光詩：不知侍女簾幕外，賸取君王幾鉼金。鳷鵲風微清笛迴，蒲萄月落畫弦深。明朝曼倩思言事，日午君王駕未臨。

其二

複道笙歌幾處通，博山香裊綺疏中。檀槽豈出龜兹伎，玉笛非關于闐工。浩唱扇低槐市月，緩聲衫動石頭風。霓裳本是人間曲，天上吹來便不同。題曰天寶遺事，乃前章並無唐事，此章檀槽、玉笛、霓裳皆翻用，故知意有所諷，題特寓言耳。

送少司空傅夢禎還嵩山《河南府志》：傅景星，登封人，崇禎丁丑進士。歷任都察院左副都御史。按《府志》不言曾任工部侍郎，佚之也。

高卧千峰鎖暮霞，洛城春盡自飛花。銅仙露冷宫門草，玉女臺荒洞口沙〔一〕。被褐盧鴻仍拜詔〔二〕，賜金疏受早還家。西巡擬上登封頌，抱犢山莊候翠華〔三〕。

〔一〕〔玉女臺〕《嵩高山記》：山北有玉女三臺，漢武于此見三仙女，故名。

〔二〕〔盧鴻〕《唐書·盧鴻傳》：字顥然，廬嵩山。開元初，徵諫議大夫，固辭還山，賜隱居服。

〔三〕〔抱犢山〕《一統志》：抱犢山，在盧氏縣，極高峻，昔人避兵于此。

偶成

關河蕭索暮雲酣，流落鄉心太不堪。書劍尚存君且住，世間何物是江南。

夜宿蒙陰《一統志》：蒙陰縣，在沂州府西北二百里。

客行杖策魯城邊，訪俗春風百里天。蒙嶺出泉茶辨性，《燕程日記》：蒙陰，古顓臾國，保德河即在縣城。蒙山在縣南境，泉瀉于河。《一統志》：蒙頂茶，出費縣蒙山巔，其花如茶狀，土人取而製之。其味清香，異他茶。龜田加火穀占年。《一統志》：蒙山高峰數處，俗以在西者爲龜蒙，中央者爲雲蒙，在東者爲東蒙，其實一山，未嘗中斷。龜山在新泰縣境，其北有沃壤，所謂龜陰之田也。野蠶養就都成繭①，村酒沽來不費錢。我亦山東狂李白〔一〕，倦游好覓主家眠。

〔一〕［山東李白］《舊唐書》：李白，山東人。父爲任城尉，因家焉。

① 都成，底本原作「成都」，據士禮居本、《家藏稿》本乙正。

郯城曉發《燕程日記》：郯城，古曰羽山，小而陋。從城外過十里舖，有傾蓋亭，孔子遇程子于此。

匹馬孤城望眼愁，雞聲喔喔曉烟收。張大受《匠門書屋文集》：郯城縣之蒼烟村當道衝，居人數十家，皆徐姓。魯山將斷雲不斷〔一〕，沂水欲流沙未流〔二〕。野戍淒涼經喪亂，殘民零落困誅求。他鄉已過故鄉遠，屈指歸期二月頭。

〔一〕〔魯山〕《一統志》：魯山，在蒙陰縣北。

〔二〕〔沂水〕《一統志》：沂水，源出蒙陰縣北，南流，經沂水縣西。

爲楊仲延題畫册此仲延官和州時作。許旭《秋水集》：楊仲延刺史招集和陽郡樓，眺望天門、雞籠諸勝，時郡樓初成，把酒屬余，大書其額曰懷抱江山，因繪爲圖册。

歷陽山下訪潛夫〔一〕，指點雲峰入畫圖。爲讀劉郎廳壁記，過江烟雨作姑蘇。《一統志》：劉禹錫貶連州，累徙知和州，有廳壁記。《明史》：和州城久廢，太祖命郭景祥相度，即故址城之，九旬而畢。景祥益治城隍樓櫓，廣屯田，練士卒，和遂爲重鎮。時有劉驥者爲行省左司郎中，記其事。按此則非獨用劉禹錫舊事也。

〔一〕〔歷陽山〕《一統志》：歷陽山，在和州西北四十里。

吴梅村詩集箋注卷第九

古近體詩八十六首起丁酉還家後至吴郡之作

曇陽觀訪文學博介石兼讀蒼雪師舊跡有感

《州乘備採》：曇陽觀，在城西南隅，太原王氏建以祀曇陽子。《野獲編》：王太倉以侍郎忤江陵，予告歸，其仲女曇陽子者得道化去。又，初，曇陽化去，弇州與相公俱入道，退居曇陽觀中，屏葷血，斷筆硯，與家庭絶。

先生頭白髮垂耳，博士無官家萬里。講席飄零笠澤雲，鄉心斷絶昆明水。黄向堅《尋親紀程》：雲省之東有縣呈貢，係太倉文學博祖堯之故里。邑侯夏祖訓，嘉興人，樹兵拒敵。城破，不屈慘死，全城皆屠，止存文公一家，亦異事。公子昆仲探予至，來寓，詢公起居。告以在蘇屢會，今尚健，昆仲悲喜。南來道者爲蒼公，説經如虎詩如龍[一]。大渡河頭洗白足[二]，一枝榔栗棲中峰。與君相見砉然笑，石牀對語羈愁空。《文集》：兵至，先生將行，弟子請留，不可，即請從，先生曰：「諸君有親在，不可以吾故累。吾將從蒼公游。」先是，蒼公講《法華》于婁之海印菴，先生以同里而異術，暨義相論難。故園西境接身毒，雪山照耀流沙通。陸深《蜀都雜抄》：宿峨嵋絶頂，當寺雞三號，殘月猶在，遠見西極荒陲一點尖明若火光，此天竺雪山爲初日所照也。頃之日出，此山隱隱，炫耀天際。已而日色徧滿大千，則山光不復明，但見如一粉堆耳。神僧大儒却並出，雕題久矣漸華風。嗚呼，銅鼓鳴，莊蹻起。青草湖邊築營壘，金馬碧雞悵已矣。人言堯幽囚，或言舜野死，目斷蒼梧淚不止。言陵谷變遷，昆明非昔。獻賊餘黨叛服不常，而諸監國者俱灰飛烟滅也。吾州城南祠仙子，窈窕丹青映圖史。玉棺上天人不見，遺骨千年蜕于此。王衡《緱山集·先母朱氏行實》：女三，次即守貞，仙化，世所稱曇陽子者也。王世貞《曇陽大師傳略》：年十七，將嫁，會壻徐景韶病死，縞服草屨，別築一室居之。夜夢至上真所，香烟成篆，書善字，有朱真君令吸之，命名燾真，號曇陽。醒，即却食，唯進桃杏汁，首綰雙髻。已而丹成，并不復進諸果。閲五年道成，請謁徐郎墓，酹畢，遂于享室東隅以一氈據地而坐，亦不令有所蓋覆。九月二日，問父龕成否，重九吾期也。龕至，即氈所爲高坐，袖刀割右髻于几，曰：吾以上真度，不獲死，遺蜕未即朽，不獲葬，此髻爲吾啟徐郎窆而祔之。復命四僮傳語，吾曇鸞菩薩化身也。立而瞑。先生結茅居其旁，歸不歸兮思故鄉。《文集》：亂定，滇道未通，有以私舍設都講①，布函丈請者，先生放杖而笑，自理其鬚髯，曰：「我已僧服

① 設，士禮居本作「立」。

矣。」乃即城南精藍中置木榻，命一童子支鼎爨，盡謝其生徒，杜門不交人事。盡道長沙軍，已得滇池王，伏波南下開夜郎。是時洪承疇由長沙入雲、貴，由榔遁入緬甸，爲緬人獻出。烏爨孤城猶屈强，青蛉絶塞終微茫〔三〕。《三藩紀事本末》：李定國聞阿瓦消息，遣人入車遅、暹羅諸國乞兵圖興復。黄元治《黔中雜記》：平遠爲水西安氏比喇地，自吴三桂破水西，安坤誅滅，奄有其地，遂建置府治，與大定、黔西、威寧並稱新疆。忽得山中書，蒼公早化去①。支遁經臺樹隕花〔四〕，文翁書屋風飄絮。噫嘻乎悲哉，香象歸何處，杜宇啼偏哀，月明夢落桄榔臺。丈夫行年已七十，天涯戎馬知何日。點蒼青，洱海白，道路雖開亦無及。

〔一〕［如虎如龍］《北史·婁后傳》：汝父如龍，汝兄如虎。

〔二〕［大渡河］《一統志》：大渡河，在越嶲衛北，源出吐番。

［白足］《魏書·釋老志》：沙門惠始，雖泥塵，初不污足，色愈鮮白，世號之曰白脚師。

〔三〕［青蛉］《漢書·地理志》：越嶲郡青蛉。《一統志》：青蛉，廢縣，今姚安府大姚縣治。

〔四〕［支遁經臺］《一統志》：晉支遁字道林，天竺沙門。嘗從金陵乘船至姑蘇，訪瞿硎先生于梅里。清夜露坐論道，見東南一舍外有氣五色。詰旦，于南沙盡界斲地得石函。函啟，二龜化鳳翔

① 早，士禮居本作「已」。

逝。遁因卓錫開山。咸和六年，賜名法輪寺。

過王菴看梅感興有序

練川城南三十里爲王菴，學憲王先生著書地也。有梅萬株，不減鄧尉。余以春日過其廢圃，學憲所著數種，其版籍尚存。趙昕《嘉定縣志》：王圻字元翰，嘉定人，由上海籍中嘉靖癸丑進士。授江西清江知縣，歷雲南道監察御史，湖廣提學僉事，終陝西布政司參議。園中有歲寒亭，是其著書處。朱彝尊《靜志居詩話》：洪州拜分陝之命，即請告終養。既歸松江之濱，種梅萬樹，目曰梅花源。仰屋著書，門㘵皆安硯席。

地僻幽人賞，名高拙宦居。客來唯老樹，花發爲殘書。斜日空林鳥，微風曲沼魚。平生貪著述，零落意何如。學憲著書，以《續文獻通考》爲第一。

獨往王菴看梅沈雨公攜尊道值余已遄反賦此爲笑

屢負尋山約，偶然來此間。多君攜酒至，愧我放船還。雙屐成孤往，千林就一閒。誰知種花叟，鎮日不開關。

春日小園即席次白林九明府韻《州乘備採》：白登明字林九，順治丁亥鑲白旗漢軍貢士。癸巳年，來任太倉州知州，六載報政，陞去。侯曉習文法，吐決如流，開張施設，當機立辦，然仁心爲質，勸耕桑，修水利，恤災荒，不專以擊斷爲能。子浩，歲貢生。浩子焕壁①、焕樞。焕樞，甲午武舉，平魯山海衛掌印守備。子焜。次炯，歲貢生。次炳，雍正壬子舉人。

小築疎籬占緑灣，釣竿斜出草堂閒②。柳因見日頻舒眼，花爲迎風早破顔。地是廉泉連讓水，人如退谷遇香山。新詩片石留題在，採蕨烹葵數往還。

山居即事示王維夏郁計登諸子

灌木清漳五畝居，山菘簷果釣竿魚。金龜典後頻賒酒〔一〕，麈尾燒來爲著書。對客好穿高齒屐，出門常駕短轅車。陸倕張率呼同載〔二〕，三月江南正祓除。

① 壁，底本原作「璧」，據士禮居本改。
② 閒，士禮居本、《家藏稿》本作「間」。

〔一〕〔金龜〕太白《對酒憶賀監》詩序：太子賓客賀監于長安紫極宫，一見呼余爲謫仙人。因解金龜换酒爲樂。

〔三〕〔陸倕張率〕《南史·張率傳》：字士簡，與同郡陸倕、陸厥幼相狎。嘗同詣左衛將軍沈約，遇任昉在焉，約謂昉曰：「此二子後進才秀，皆南金也。卿可識之。」由此與昉友。

送致言上人《明詩綜》：弘句字致言，歙人，雪嶠弟子。

獨下千峰去，蒼溪出樹腰。雲生穿磴屐，月滿過江瓢。一飯從村寺，前身夢石橋。經行無定着〔一〕，惆悵故山遥。

〔一〕〔經行〕楊炯《盂蘭盆賦》：山中禪定，樹下經行。

題畫

芍藥

花到春深爛漫紅，香來士女踏歌中。風知相謔吹芳蒂，露恨將離浥粉叢。漬酒總教顔色異①〔一〕，調羹誤許姓名同〔二〕。内家彩筆新成頌〔三〕，肯讓玄暉句自工②〔四〕。

〔一〕［漬酒］《群芳譜》：芍藥渥以黄酒，淡紅者悉成深紅。

〔二〕［調羹］司馬長卿《子虚賦》：芍藥之和具，而後御之。注：芍藥音酌畧，調和也。

〔三〕［成頌］晉傅統妻有《芍藥頌》。

〔四〕［玄暉］謝玄暉詩：紅藥當階翻。

石榴

碧雲剪剪月鈎鈎，狼藉珊瑚露未收〔一〕。絳樹憑闌看獨笑，緑衣傳火照梳頭。深房莫倚含苞固，多子還憐齵齒羞〔二〕。種得菖蒲堪漬酒〔三〕，劉郎花底拜紅侯。按《前漢書》紅侯名富，楚元王之後，向、歆之先也。此取榴、劉同音，而榴花多紅，故假借用之。

〔一〕［珊瑚］潘安仁《河陽庭前安石榴賦》：若珊瑚之映緑水。

---

① 總，士禮居本、《家藏稿》本作「穩」。

② 自，士禮居本作「未」。

〔二〕〔多子〕《北史·魏收傳》：齊安德王延宗納李祖收女爲妃，妃母宋氏薦二石榴于帝，收曰：「以石榴房多子，母欲子孫衆多也。」

〔三〕〔菖蒲酒〕《齊民月令》：于五月五日以菖蒲屑和酒飲之。按此蓋以五月爲榴花盛時，故以菖蒲紀之。

洛陽花《花鏡》：即瞿麥，葉似石竹，叢生，有節，高一二尺。花出枝杪，本柔而繁，五色俱備。

緑窗昨夜長輕莎，玉作欄杆錦覆窠。丹纈好描秦氏粉〔一〕，墨痕重點石家螺。此聯點出畫意。剪同翠羽來金谷，織並紅羅出絳河。千種洛陽名卉在，不知須讓此花多。

〔一〕〔秦氏粉〕《古今注》：蕭史與秦穆公鍊飛雪丹，第一轉，與弄玉塗之，今水銀膩粉是也。

茉莉楊升菴《丹鉛録》：《晉書》「都人簪柰花」①，即今末利花也。

剪雪裁冰莫浪猜，玉人纖手摘將來。新泉浸後香恒滿〔一〕，細縷穿成蕊半開②。愛玩晚凉

① 柰，底本原作「奈」，據士禮居本改。
② 半，士禮居本作「未」。

宜小立，護持隔歲爲親栽〔二〕。一枝點染東風裏①，好與新粧報鏡臺。結句見是畫。

〔一〕〔新泉浸〕《群芳譜》：每晚採茉莉花，取井水半杯，用物架花其上，離水一二分，厚紙密封，次日，花既可簪。以水點茶，清香撲鼻，甚妙。

〔二〕〔護持隔歲〕《群芳譜·收藏茉莉》：霜時移北房簷下，見日不見霜，大寒移入暖處，圍以草薦。十月入窖中，枝頭入地尺許，封蓋嚴密，不透風氣爲佳。春分，朝南開一孔通氣，立夏後，方可出窖。

芙蓉

細雨橫塘白鷺拳，竊淺同。紅婀娜向風前。千絲衣薄荷同製，三醉顔酡柳共眠〔一〕。水殿曉涼粧徙倚，玉河春淺共遷延。涉江好把芳名認，錯讀陳王賦一篇。

〔一〕〔三醉〕《群芳譜》：王敬美曰：芙蓉特宜水際。有曰三醉者，一日間凡三换色。

① 染，《家藏稿》本作「就」。

菊花

夜深銀燭最分明，翠葉金鈿認小名。故着黄絁貪入道，却翹紫袖擅傾城。生來豔質何消瘦，移近高人恰老成①。幾度看花花耐久，可知花亦是多情。

礬清湖并序

礬清湖者，西連陳湖，南接陳墓，《姑蘇志》：陳墓去長洲縣東南五十五里，世傳宋光宗妃陳氏葬此，因名其地。東連崑山，南近澱山諸湖。其先褚氏之所居也。礬清者，土人以水清，疑其下有礬石，故名；或曰范蠡去越，取道于此湖，名范遷，以音近而訛，世遠莫得而考也。太湖居吾郡之北，有大山衝擊，風濤湍悍，而陳湖諸水渟泓演迤，居人狎而安焉。烟村水市，若鳧雁之着波面，千百于其中。土沃以厚，畝收二鍾，有魚蝦菱芡之利，資船以出入，科徭視他境差緩，故其民日以饒，不爲盗。吾宗之繇倩、青房、公益兄弟居於此

---

① 恰，土禮居本作「却」。

四世矣，余以乙酉五月聞亂，倉猝攜百口投之①。中流風雨大作，扁舟掀簸，榜人不辨水門故處，久之始達。主人開門延宿，雞黍酒漿，將迎灑掃。其居前棨後寢，葭蘆掩映，榆柳蕭疏，月出柴門，漁歌四起，杳然不知有人世事矣。是時姑蘇送欵，兵至不戮一人，消息流傳，緩急互異，湖中烟火晏然。予將卜築買田，耦耕終老，居二月而陳墓之變作②。《堅瓠集》：順治乙酉五月，王師下江南，吾蘇帖然順從。六月十三日，忽有湖賊揭竿，殺安撫黄家鼒，城中鼎沸，賴大兵繼至，得寧。於是流離轉徙，僅而後免。事定，將踐前約，尋以世故牽挽，流涕登車，疾病顛連，關河阻隔。比三載得歸，而青房過訪草堂，見予髮白齒落，深怪早衰，又以其窮愁煢獨，妻孥相繼下世③，因話昔年湖山兵火，奔走提攜，心力枉枯，骨肉安在？太息者久之。青房亦以毁家紓役，舊業蕩然，水鳥樹林，依稀如故，而居停數椽，斷甎零甓，罔有存者。人世盛衰聚散之故，豈可問耶？撫今追往，詮次爲五言長詩，用識吾愧④，且以明舊德於不忘也。

① 猝，士禮居本作「皇」，《家藏稿》本作「黄」。
② 二，士禮居本、《家藏稿》本作「兩」。
③ 孥，士禮居本、《家藏稿》本作「妾」。
④ 愧，士禮居本、《家藏稿》本作「慨」。

吾宗老孫子，住在礬清湖。湖水清且漣，其地皆膏腴。堤栽百株柳，池種千石魚。教僮數鵝鴨，遶屋開芙蕖。有書足以讀，有酒易以沽。終老寡送迎，頭髮可不梳。相傳范少伯，三徙由中吴。一舸從此去，在理或不誣。嗟予遇兵火，百口如飛鳧。避地何所投，扁舟指菰蒲。北風晚更急①，烟港生模糊。船小吹雨來，衣薄無朝餔。前村似將近，路轉忽又無。倉皇值漁火，欲問心已孤。俄見葭菼邊，主人出門呼。開栅引我船，掃室容我徒。我家兩衰親，上奉高堂姑。艱難頭總白②，動止需人扶。妻妾病伶仃，嘔吐當中途。長女僅九齡，餘泣猶呱呱③。入君所居室，燈火映窗疏。寬閒分數寢，嬉笑喧諸雛。縛帚東西廂〔一〕，行李安從奴。前窗張罜網，後壁掛耒鋤。苦辭村地僻，客舍無精麤。剪韭烹伏雌，斫鱠炊彫胡〔二〕。牀頭出濁醪，人倦消幾壺。睡起日已高，曉色開烟蕪。漁灣一兩家，點染江村圖。沙嘴何人舟，消息傳姑蘇。或云江州下，不比揚州屠。早晚安集掾〔三〕，鞍馬來南都。或云移民房，插箭下嚴符。囊橐歸他人，婦女充軍俘。里老獨晏然，催辦今年租。餘耕看賽社，釀飲聽呼盧。軍馬總不來，里巷相爲娛。《吴江縣志》：順治二年五月二十日後，傳大兵渡江南下，蘇

---

① 更，士禮居本、《家藏稿》本作「正」。
② 頭總白，士禮居本作「總白頭」，《家藏稿》本作「總頭白」。
③ 餘，士禮居本作「飲」。

州巡撫霍達及各屬官皆逸去，吳江知縣林嵋亦去。六月初九日，貝勒王統兵入浙過溪①，溪之耆老攜茶盒迎饋貝勒，王受之。八月，鄉人每村立一大旗于樹上，云「剃髮順民」，兵始封刀不殺人。而我游其間，坦腹行徐徐。見人盡恭敬，不識誰賢愚。魚蝦盈小市，梟雁充中廚。月出浮溪光，萬象疑沾濡。放楫淩滄浪，笑弄驪龍珠。夷猶發浩唱，禮法胡能拘？東南雖板蕩，此地其黃虞。世事有反覆，變亂興須臾。草草十數人，盟歃起里閭。兔園一老生〔四〕，自詭讀穰苴。漁翁爭坐席，有力爲專諸。舴艋飾餘皇②，蓑笠裝犀渠。大笑擲釣竿，赤手搏於菟。欲奪夫差宮，坐擁專城居。《明史》：蘇州既降，諸生陸世鑰聚衆焚城樓。按世鑰字兆魚，陳墓人，家素饒。生時，父夢人送大鯉至，故字之。乙酉春，夢神語云「萬曆十三年，當破家」。及展曆，見是年即乙酉，倉中米忽脹，屋盡裂，又天雨，宅池見鯉躍，益自信家必破。閏六月，薙髮令下，散家粟，與諸生戴之儁等招集勇士，聯絡雲間，堵截要口，鑿四大井，誡家人曰：「事敗，當全家盡此。」比師散，削髮爲僧，遁山寺。丙戌夏，之儁同吳勝兆舉兵，跡世鑰所在，令妻子挽之，倉卒一見即逸去。戊子，病將革，曰：「我當死于墓。」舁至丙舍死。予又出子門，十步九崎嶇。脱身白刃間，性命輕錙銖③。我去子亦行，後各還其廬。官軍雖屢到，尚未成丘墟。生涯免溝壑，身計謀樵漁。買得百畝

---

① 統，士禮居本作「領」。
② 餘，士禮居本、《家藏稿》本作「於」。
③ 命，底本原作「情」，據士禮居本、《家藏稿》本改。

田，從子學長沮①。天意不我從，世網將人驅。親朋盡追送，涕泣登征車。吾生罹干戈，猶與骨肉俱。一官受逼迫，萬事堪欷歔。倦策既歸來，入室翻次且。念我平生人，慘淡留羅襦。公原配郁淑人，先公十五年卒，當在丙申。秋雨君叩門，一見驚清癯。我苦不必言，但坐觀髭鬚。歲月曾幾何，筋力遠不如。遭亂若此衰，豈得勝奔趨？十年顧妻子，心力都成虛。分離有定分，久暫理不殊。翻笑危急時，奔走徒區區。君時聽吾語，顔色慘不舒。亂世畏盛名，薄俗容小儒。生來遠朝市，謂足逃沮洳。長官誅求急，姓氏屬里胥。夜半聞叩門，瓶盎少所儲。豈不惜堂構，其奈愁征輸。庭樹好追凉，剪伐存枯株。池荷久不開，歲久填泥淤。廢宅鋤爲田，薺麥生階除。當時棲息地，零落今無餘。生還愛節物，高會逢茱萸。好採籬下菊，且讀囊中書。中懷苟自得，外物非吾須。君覯鴟夷子，眷戀傾城姝。千金亦偶然，奚足稱陶朱。仍收歸范遷湖。不如棄家去，漁釣山之隅。江湖至廣大，何惜安微軀。揮手謝時輩，慎勿空躊躇。

〔一〕〔縛帚〕王子淵《僮約》：居當穿臼縛帚裁盂。《雲仙雜記》：王維使兩僮專掌縛帚。

① 學，《家藏稿》本作「游」。

〔二〕〔斫鱠〕《春渚紀聞》：吴興郡人會集，必斫鱠爲勸，其操刀者名鱠匠。

〔三〕〔安集掾〕《後漢書·陳俊傳》：光武以爲安集掾。

〔四〕〔兔園〕《五代史·劉岳傳》：兔園册者，鄉校俚儒教田夫牧子之所誦也。

物幻詩

物幻詩格，實創于此，非惟工麗，兼之每首俱有寓意。

繭虎

《荆楚歲時記》：五月五日，以艾爲虎形，或剪綵爲小虎，帖以艾葉，内人爭相戴之。

南山五日鏡匳開〔一〕，綵索春葱縛軟材。奇物巧從蠶館製，内家親見豹房來。越巫辟惡鏤金勝〔二〕，漢將擒生畫玉臺。最是繭絲添虎翼，難將續命訴牛哀〔三〕。

〔一〕〔南山〕《集異記》：周處誅南山之虎。

〔二〕〔金勝〕《宋書·符瑞志》：晉永和九年春，民得金勝一，長五寸，狀如織勝。

〔三〕〔續命〕《風土記》：午日，造百索繫臂，一名續命縷。

〔牛哀〕《淮南子》：牛哀病七日，化爲虎，其兄啟户，虎搏而殺之。

茄牛

擊鼓喧闐笑未休，泥車瓦狗出同游。按《潛夫論·浮侈篇》：泥車、瓦狗、馬騎、俳倡，諸戲弄小兒之具。此泥車、瓦狗所出。生成豈比東鄰犢，觳觫何來孺子牛。老圃盤餐誇特殺，太牢滋味入常羞。看他諸葛貪游戲，苦鬭兒曹巧運籌。

鶱鶴

丁令歸來寄素書，羽毛零落待何如。雲霄豈有餔糟計，飲啄寧關逐臭餘。雪比撒鹽堆勁翮，蟻旋封垤附專車。秦皇跨鶴思仙去，死骨何因葬鮑魚。

蟬猴

仙蛻誰傳不死方，最高枝處憶同行。移將吸露吟風意①，駱賓王《詠蟬》序：吟喬樹之微風，韻資天縱；飲高秋之墜露，清畏人知。做就輕軀細骨粧。王延壽《王孫賦》：顏壯類乎老公，軀輕似乎小兒。薄鬢影

---

① 吟，士禮居本、《家藏稿》本作「迎」。

如逢越女，《古今注》：魏文帝宫人莫瓊樹始製爲蟬鬢，挈之縹緲如蟬翼。按越女蓋用《吴越春秋》處女袁公事。斷腸聲豈怨齊王。《世説》：桓温入蜀，至三峽中，部伍有得猿子者，其母緣岸哀號，行百餘里不去。視其腹中，腸皆寸斷。《古今注》：齊王之后怨王而死，屍變爲蟬，登庭樹嘒唳而鳴，故曰齊女。內家近作通侯相，賜出貂蟬傲粉郎。

蘆筆

採箬編蒲課筆耕，織簾居士擅書名。掃來魯壁枯難用，焚就秦灰煮不成。蘇子瞻詩：饑來據空案，一字不堪煮。飛白夜窗花入夢〔一〕，草玄秋閣雁銜横。中山本是盧郎宅，錯認移封號管城。

〔一〕〔飛白〕《書斷》：飛白者，中郎蔡邕所作也。王僧虔曰：「飛白，八分之輕者。」

橘燈

掩映蘭膏葉底尋，玉盤纖手出無心。花開槐市枝枝火，霜滿江潭樹樹金。繡佛傳燈珠錯落，洞仙爭奕漏深沉。《幽怪録》：巴邛人家有橘園，霜後橘盡收斂，有大橘如三斗盎。巴人異之，剖開，中有二叟鬚眉皤然，膚體紅潤，相對象戲，談笑自若。一叟曰：「橘中之樂，不減商山，但不得深根固蔕，爲愚人摘下耳。」語畢，忽不見。饒他丁緩施工巧，不及生成在上林。

桃核船

漢家水戰習昆明，曼倩偷來下瀨横。三士漫成齊相計〔一〕，五湖好載越姝行。桑田核種千年久①，河渚槎浮一葉輕。從此武陵漁問渡，胡麻飯裏棹歌聲。

〔一〕〔三士〕見《晏子春秋》。

附録魏學洢子敬《核舟記》：明有奇巧人曰王叔遠，嘗貽余核舟一，蓋大蘇泛赤壁云。舟首尾長約八分有奇，高可二黍許，通計一舟，爲人五，爲窗八，爲篛篷，爲楫，爲爐，爲壺，爲手卷，爲念珠各一。對聯、題名、丹篆文爲字三十有四，而其長曾不盈寸，蓋簡桃核修狹者爲之。按叔遠虞山人。又鈕玉樵《桃核舫記》言康熙中姑蘇金老所作。

---

① 桑，底本原作「青」，據士禮居本、《家藏稿》本改。

蓮蓬人程迓亭曰：聞諸前輩，此章公自謂也。

獨立平生重此翁，裴俠稱獨立翁①。反裘雙袖倚東風。殘身顛倒憑誰戲，亂服巃䆗恥便工。共結苦心諸子散，早拈香粉美人空。莫嫌到老絲難斷，總在污泥不染中。

戲詠不倒翁

掉首浮生半紙輕，一丸封就任縱横。何妨失足貪游戲，不耐安眠欠老成。儘受推排偏倔强，敢煩扶策自支撑。却遭桃梗妍皮誚〔一〕，此内空空浪得名。

〔一〕［桃梗］《戰國策》：土偶人與桃梗相與語，桃梗謂土偶曰：「子西岸之土也，淄水至，則汝殘矣。」［妍皮］古諺：妍皮不裹痴骨。

幼女

抱去纔周晬，應難記別時。信來偏早慧，似解識京師。書到遲回問，人前含吐詞。可憐汝

① 翁，底本原作「君」，據士禮居本改。

母病，臨絶話相思。郁淑人殁于丙申，詳詩意，以幼撫于他家，未携入京。

贈陸生

錢箋：華亭陸子元慶曾，爲余丁酉北榜同年。《鞶帨卮談》：同時如吴江吴漢槎兆騫、常熟孫赤崖暘、長洲潘逸民隱如、桐城方與三育盛皆有高才盛名，同以科場事貸死戍邊。子元以機、雲家世，與彝仲、大樽爲輩行，轗軻三十年，至垂老乃博一舉，復遭誣，以白首禦窮邊而死。一妾挈幼子牽衣袂，行路盡爲流涕。

陸生得名三十年，布衣好客囊無錢。尚書墓道千章樹，處士江村二頃田。尚書墓道謂禮部尚書陸樹聲，處士江村謂機，山下平原村爲機、雲讀書處，皆子元之先也。按《三岡識畧》：陸文定公孫慶曾素負才名，丙舍之居，頗擅園亭之勝。以序貢入都中式，事發，遣戍遼左。先是，陸氏墓木悉枯，栖鳥數日内皆徙巢。又慶曾至杭，祈夢於于公祠，夢公授紙一幅，展視，乃瀋陽圖也。京華浪跡非長計，賣藥求名總游戲。習俗誰容我棄捐，才名苦受人招致〔一〕。古來權要嗜奔走，巧借高賢謝多口。古來貧賤難自持，一殞誤喪生平守。陸生落落真吾流，行年五十今何求。好將輕俠藏亡命，恥把文章謁貴游。丈夫肯用他途進〔二〕，相逢誤喜知名姓。狡獪原來達士心，棲遲不免文人病。黄金白璧誰家子，見人盡道當如此。銅山一旦拉然崩，却笑黔婁此中死。《堯峰文鈔》：壬辰，權貴人與考官有隙，謀因事中之，於是科場之議起，指摘進士，首名程周量經義被黜。科場之議日以益熾，其端發于是科，而其禍極于丁酉，士大夫糜爛潰裂者不可勝計。嗟君時命劇可憐，蜚語牽連竟配邊。木葉山頭悲夜夜，春申浦上望年年。江花江月歸何處，燕子鶯兒等飄絮。紅豆啼殘曲裏聲，白楊哭斷齋前樹。屈指鄉園筍蕨肥，南烹置酒夢依稀〔三〕。蓴鱸正美書堪寄，燈火將殘淚獨揮。君不見鴻都買第歸來客〔四〕，駟馬軒車胡辟易。西園論價喜誰知〔五〕，東觀掄文矜莫及。從他羅隱與方干〔六〕，不比如君行路難。只有一篇思舊賦，江關蕭瑟幾人看。

〔一〕〔招致〕《宋史·梁師成傳》：日訪儁秀名士，必招致門下，往往遭點污。

〔二〕〔他途進〕《宋史·蘇軾傳》：臣雖無狀，不敢自他途以進。

〔三〕〔南烹〕韓退之詩：自宜味南烹。

〔四〕〔鴻都〕《後漢書·崔寔傳》：靈帝時，開鴻都門榜賣官爵。

〔買第〕《南史·袁憲傳》：我豈能用錢爲兒買第耶？

〔五〕〔西園〕《山陽公載記》：賣官于西園，立庫以貯之。

〔六〕〔方干〕《方干傳》：宰臣張文蔚奏文人不第者十五人，干預其數，追賜及第。

吾谷行

哀常熟孫赤崖暘也。《聲帨巵談》：陶隱居《真誥》：會稽淳于斟入烏目山中，遇仙人慧車子，授以《虹景丹經》，修行得道。烏目山者，虞山别名。孫氏世居山西岩円吾谷，霜染丹楓，最宜秋望，故《梅村集》詠孫暘事，托興吾谷。孫暘少豪爽，十五即擅文譽。丁酉魁選，遭謗見收，下刑部獄榜掠，適其兄承恩狀元及第，走馬入西曹，暘拳鈦卧堦下，相抱哭失聲。後得貸死戍邊，故曰雙株向背生也。暘後于康熙丙子九月年正七十得援例贖罪歸。

吾谷千章萬章木，插石緣溪秀林麓。中有雙株向背生，並幹交柯互蟠曲。一株夭矯面東風，上拂青雲宿黄鵠。黄鵠引吭鳴一聲，響入瑶花飛簌簌。一株偃蹇踞陰崖，半死半生遭屈辱。雷劈燒痕翠鬣焦，雨垂漏滴蒼皮縮。泥崩石斷迸枯根，鼠竄蟲穿隱空腹。行人過此盡彷徨，日暮驅車不能速。前山路轉相公墳，宰木參差亂入雲。《昭文縣志》：吾谷宰樹四合，緑陰寒夏，丹楓染秋。里許至高道山居，林徑窅窊，翠屏回合①。山居之西一里，抵錦峰嚴相公祠。枝上子規啼碧血，道旁少婦泣羅裙。羅裙碧血招魂哭，寡鵠羈雌不忍聞。同伴幾家逢下淚，羨他夫壻尚

---

① 回，士禮居本作「圍」。

從軍。相公墳，謂嘉靖大學士嚴文靖公訥之墓也。按《壬夏雜抄》：陸貽吉本姓嚴，字子六，明文靖公裔孫，癸未進士。官給事中，爲舉子居間，事發，立收繫，腰斬于市，家産籍没，妻子流尚陽堡。子方四五歲，間關萬里，見者酸心。可憐吾谷天邊樹，猶有相逢斷腸處。得免倉皇剪伐愁，敢辭飄泊風霜懼？木葉山頭雪正飛〔一〕，行人十月遼陽戍。《壬夏雜抄》：孫暘被囚拷訊，幾罹大戮，其兄狀元公承恩刺血寫奏，跪伏號泣宫門外。一夜，漏盡門啟，内豎引入，匍匐過前殿，偵駕宿金水河亭，復跪泣橋側，聲徹睿聽，命小豎接本省覽。次日，暘與同事數人下刑部，各杖四十，流尚陽堡。兄在長安弟玉關，摘葉攀條不能去。《昭文縣志》：孫承恩初名曙，字扶桑，爲諸生，負才揚己，標望絶人。以選牘文體不正，被參除名。由貢監領順天鄉薦，戊戌魁南宫，殿試第一人，授修撰。數被顧問，寵遇日隆。從幸南海子，賜騎御閑名馬，適大風揚沙，日暝，馬疾馳，中寒疾，卒，賜金歸葬。按故老相傳承恩被擠墜馬蹂死，時恐上知有譴①，故諱云中寒猝死。昨宵有客大都來，傳道君王幸漸臺。便殿含毫題詔濕，閤門走馬報花開。宫槐聽取從官詠，御柳催成應制才。《蘇州府志》：暘戍尚陽堡，聖祖東巡，獻頌萬餘言。召至幄前，賦東巡詩，試以書法，上嘆惜其才。大學士宋德宜疏薦，不果用，久之，還里。所著有《蔗菴集》。定有春風到吾谷，故園不用憂樵牧。雖遇彫枯墜葉黄，恰逢滋茂攢條緑。由來榮落總何常，莫向千門羨棟梁。君不見庾信傷心枯樹賦，縱吟風月是他鄉。

---

① 有，士禮居本作「受」。

〔一〕〔木葉山〕《一統志》：木葉山，在外藩蒙古潢河與土河合處。

悲歌行贈吴季子原注：松陵人，字漢槎。○《聱帨卮談》：漢槎名兆騫，與群從弘人、聞夏、顯令皆有盛藻高名。鼎革後，吴下諸孤子如侯武功檠，廣成先生孫；楊俊三焯，維斗先生子，咸相親善。侯、楊早世，漢槎以丁酉科場飛語配甯固塔，著《秋笳集》。其寄懷故人有曰：却悔平原輕赴洛，悲壯踰于古從軍。出塞後，徐健菴陞總憲，爲捐鍰贖歸。

人生千里與萬里，黯然銷魂别而已。君獨何爲至於此？山非山兮水非水，生非生兮死非死。十三學經并學史，生在江南長紈綺。詞賦翩翩衆莫比，白璧青蠅見排抵。一朝束縛去，上書難自理，絶塞千山斷行李。千山，在遼陽城外。《扈從東巡日録》：遼左諸山土多石少，此獨積石磊砢，峯巒叢疊，以千數計，山之所由名也。送吏淚不止〔一〕，流人復何倚。彼尚愁不歸，我行定已矣。八月龍沙雪花起，吴兆騫《天東小紀》：沙林東八十里爲寧古塔，臨江而居，以木爲城。地極寒，八月即雪，清明冰乃解。橐駞垂腰馬没耳。白骨皚皚經戰壘，黑河無船渡者幾。《扈從東巡日録》：夜黑兒河，在烏喇雞林西。有夜黑城，在北山之隈。前有猛虎後蒼兕①〔二〕，土穴偷生若螻蟻。周煇《南燼紀聞》：北土極寒，

① 有，《家藏稿》本作「憂」。

必掘地作穴以居。深五七尺，晝夜伏其中。大魚如山不見尾，張鬐爲風沫爲雨。黄衷《海語》：海鰌長者亘百餘里，船猝遇之，如當其首，輒震以銃砲，鰌驚，徐徐而没，猶漩渦數里，船顛頓久之乃定。日月倒行入海底，白晝相逢半人鬼。噫嘻乎悲哉，生男聰明慎勿喜，倉頡夜哭良有以。受患祇從讀書始〔三〕，君不見吴季子！

〔一〕［送吏］《後漢書·第五種傳》：遮險格殺送吏。

〔二〕［蒼兕］《論衡》：夫蒼兕，水中獸也，善覆人船。

〔三〕［受患］蘇子瞻詩：人生識字憂患始。

送友人出塞

原注：吴茲受，松陵人。〇《明詩綜》：吴晉錫，字茲受，崇禎庚辰進士。除永州推官。《蘇州府志》：茲受，武昌推官。按茲受，漢槎之父。漢槎配寧古塔，茲受或出省之，或自緣事配邊，二者俟考。

魚海蕭條萬里霜〔一〕，西風一哭斷人腸。勸君休望零支塞〔二〕，木葉山頭是故鄉。

〔一〕［魚海］《唐書·李光弼附傳》：李國臣以折衝從收魚海五城。《明史·藍玉傳》：帥師出大寧，至慶州，諜知元主在捕魚兒海。

〔二〕〔零支〕《一統志》：零支故城，在永平府遷安縣西。

其二

此去流人路幾千，長虹亭外草連天。《一統志》：垂虹亭，在吴江縣長橋邊。不知黑水西風雪，可有江南問渡船。按兹受女適楊維斗子焯，英才早慧而殀。

贈遼左故人爲海寧陳彦升相公之遴作也。《文集》：相國初在翰林，與予同官，其牛子女也同歲。相國之父中丞公以婚請，女歸相國子孝廉容永字直方。時相國守司農卿，而直方北闈得舉。司農再相未一歲，用言者謫居瀋陽，已而召入京爲宿衛，視舊人，在諸子法當從。會再以他事下請室，家人咸被縶獄，旬月而後讞，全家徙遼左，用流人法，不得爲前日比。

詔書切責罷三公，千里驅車向大東。曾募流移耕塞下，豈還豪傑實關中。桑麻亭障行人斷，松杏山河戰骨空。此去纍臣聞鬼哭，可無杯酒酹西風。

其二

短轅一哭暮雲低，雪窖冰天路慘悽。青史幾年朝玉馬，白頭何日放金雞。燕支塞遠春難到，木葉山高鳥亂啼。百口總行君莫嘆，免教少婦憶遼西。《林下詞選》：陳相國夫人徐燦，字湘蘋，吴縣人。善屬文，精書翰。畫法、詩餘得北宋風格，絶去纖佻之習，冠冕處雖易安亦當避席。

其三①

潦倒南冠顧影慚，殘生得失懺瞿曇〔一〕。君恩未許誇前席，世路誰能脱左驂。雁去雁來空塞北，花開花落自江南。可憐庾信多才思，關隴鄉心已不堪。

〔一〕［瞿曇］《釋迦方志》：淨飯遠祖捨國修行，受瞿曇姓，故佛號瞿曇。

其四②

浮生踪跡總茫然，兩拜中書再徙邊。儘有温湯堪療疾，《扈從東巡日録》：遼陽城外千山有温泉，祖樾寺在谷口，入山數里爲龍泉寺。恰逢靈藥可延年。垂來文鼠裝綿暖，射得寒魚入饌鮮。《扈從東巡日録》：大烏喇虞村，土産人蓡，水出北珠，江有鱏魚，禽有鷹鷂、海東青之類，獸有麞、鹿、熊、豕、青鼠、貂鼠。居人二千餘

① 《家藏稿》本次序爲四。
② 《家藏稿》本次序爲六。

户，皆八旗壯丁。夏取珠，秋取蔆，冬取貂皮，以給公家及王府之用。男女耕作，終歲勤動，亦有充水手挐舟、漁户捕魚，或入山採樺皮、松子者。只少江南好春色，孤山梅樹罨溪船。

其五①

路出河西望八城②，遼河，又名高句麗河，河西爲遼西，河東爲遼東。八城謂奉天八城。保宫老母淚縱横〔一〕。重圍屢困孤身在，相國父祖苞，崇禎中巡撫大同，以失事被法。《頌天臚筆》：丙寅春，寧遠被圍，烽火燭天，將吏爭遣其孥歸之，遴父與母吴氏慷慨誓殉，出入手短刃，每指關城語諸將曰：「吾受命典此關，與共存亡。百口俱在，不令諸君獨死也。」日夜露立關門，捕逃卒數十百人，寘之理，東寧士卒始無退志。垂死翻悲絶塞行。盡室可憐逢將吏，生兒真悔作公卿。蕭蕭夜半玄菟月，鶴唳歸來夢不成。

〔一〕〔保宫〕《漢書·蘇武傳》：加以老母繫保宫。師古曰：《百官公卿表》云少府屬官有居室，太元初年更名保宫。

---

①《家藏稿》本次序爲七。

② 河西，底本原作「西河」，據《家藏稿》本改。

其六①

齊女門前萬里臺，傷心砧杵北風哀。一官悞汝高門累，半子憐渠快壻才〔二〕。失母況經關塞別，從夫只好夢魂來。摩挲老眼千行淚，望斷寒雲凍不開。此公痛其亡女也。《文集》：相國全家徙遼左，獨子婦不在遣中。相國命將幼穉歸②，寓書余曰：吾子女不少，患難苦辛，惟有容兒夫婦耳。女積憂勞，病，咯血卒，卒前二十四日，而直方在京師見遣云。

〔二〕〔半子〕《唐書·回鶻傳》：今壻，半子也。〔快壻〕《北史·劉延明傳》：吾有一女，欲覓一快女壻。

遥别故友亦爲陳相國作。

絶域重分路，知君萬里餘。馬頭辭主淚，雁足覆巢書。草没還家夢，霜飛過磧車。齊諧他日事，應記北溟魚。

①《家藏稿》本次序爲八。
②相國，底本原作「國相」，據士禮居本改。

其二

雪深難見日，海盡再逢關。野鼠多同穴，神魚斷似山。只應呼草地，都不類人間。勉謝從行者，他年有夢還①。

蕩子失意行贈李雲田李以篤字雲田，别號老蕩子，湖廣漢陽人。有《菜根堂集》。徐釚《續本事詩》：以篤才高淪落，好游狎邪，嘗眷延平蕭伎，欲娶，已又聘廬江女羅弱，其副室周寶鐙尼之，不果。按詩殆緣此而作。

君家楚山下，門前溪水流。頗識賢與豪，不羡公與侯。動足有萬里，妻子何能留。丈夫重意氣，耻爲兒女柔。中夜理瑶瑟，思婦當高樓。鶯花二三月，送君下揚州。小孤白浪惡〔一〕，腸斷征帆收。長干嬌麗地，一顧嘶驊騮。菡萏亦已落，蘭杜方經秋。十月嚴風寒，剪燭紉衣裘。太行車輪摧，落葉填霜溝。君又自兹去，匹馬將誰投。歷數其游，自江右而廣陵，而金陵，而晉中也。趙女顔如花，窈窕迴明眸。皎皎雙行躧〔二〕，巧笑褰羅幬。男兒重紅粉，妾夢

① 夢，士禮居本作「箇」。

輕浮漚。陳維崧《婦人集》：周炤字寶鐙，江夏女子，湘楚中人傳其丰神纖媚，姣好如佚女，性敏給，知書，歸漢陽李生。生家先有大婦，炤眉黛間恒有楚色。李又愛客遊，嘗攜炤殘箋數幅以示友人，人無不色飛者。生篋中藏炤自寫《坐月浣花圖》，雙髻如霧，烘染欲絶，圖尾有小篆二①，一曰絡隱，或云炤又字絡隱云②。今年附書至，慰訊猶綢繆。空囊無長物③，旅病纔新瘳。途窮狗知己，進止詎自由。狂走三十年，布褐空蒙頭。不如歸去來，漁釣滄浪謳。大兒誦文史，小婦彈箜篌。南村沽社酒，西舍牽耕牛。人生一蘧廬，漂泊如飛鷗。得意匪爲樂，失意寧關愁④。居爲段干隱，出作盧敖游〔三〕。我欲竟此曲，君笑登扁舟。碧天浩無際，極目徒悠悠。按曹秋岳《與金夢蜚書》云：漢陽諸生李雲田，弟之至友。其才名甲于楚地，并乞時時虚左待之。其爲名公引重如此，可以知其人矣。

〔一〕〔小孤〕《一統志》：小孤山，在安慶府宿松縣東南一百二十里。江流經此，湍急如沸。

〔二〕〔雙行躔〕《古樂府·雙行躔曲》：新羅繡行躔，足趺如春妍。

〔三〕〔盧敖〕《淮南子》：盧敖游乎北海，經乎太陰，入乎玄闕。

① 篆，底本原作「傳」，據士禮居本改。

② 又，士禮居本作「小」。

③ 空囊，士禮居本作「客貧」，《家藏稿》本作「客囊」。

④ 意，士禮居本作「路」。

過中峰禮蒼公塔錢箋：華山過塢後爲吾師蘗菴卓錫處，下有蒼雪卯塔。

下馬支公塔，經聲萬壑松。影留吟處石，智出定時鐘。尚記山中約，誰傳海外逢。按上句暗用《甘澤謡》僧圓觀與李諫議南浦山下約託生後再見事，下句用《傳燈録》魏宋雲遇達摩于葱嶺事。平生詩力健，翹足在何峰〔一〕。《詩話》：蒼公詩清深蒼老，沉著痛快，當爲詩中第一，不獨詩僧中第一也。當其得意，軒眉抵掌，忼慷擊案，自謂生平于此證入不二法門，禪門詩學，總一參悟。

〔一〕〔翹足〕《傳燈録》：長鬚禪師參石頭，石頭乃翹一足，師便爲禮拜。

其二

明月心常湛，寒泉性不枯。鳥啼香積散，花落影堂孤。道在寧來去，名高定有無。淒涼看筆冢，蒼雪《焚筆》詩：土冢不封毛盡秃，鐵門斷限字原無。欲來風雨千章掃，望去蒼茫一管枯。絶唱也。遺墨滿江湖。

其三

慧業誰能繼，宗風絶可哀。昔人存馬癖〔一〕，近代薄詩才。鹿走談經苑，鴉飛説法臺。空懸竹如意〔二〕，落日講堂開。

〔一〕［馬癖］《晉書·杜預傳》：預常稱王濟有馬癖。《世説》：支遁好養馬，曰：「貧道重其神駿。」

按詩蓋合用二事。

〔二〕［竹如意］《太平廣記》：明皇幸功德院，忽苦背癢，羅公遠折竹枝化七寶如意以進。

其四

故國流沙近，黄金窣堵坡〔一〕。胡僧眉拄地，梵夾口懸河。原注：蒼公滇人。許纘曾《優曇花記》：大理負山臨海，山爲靈鷲，水爲西洱，昔阿育王所封之地。以故釋迦説法，大士化身，靈跡詭異，莫可殫述。傳法青蓮湧，還家白馬馱。他年乘願到〔二〕，應認舊山阿①。《詩話》：師雖方外，于興亡之際感慨泣下，每見之詩

① 阿，士禮居本作「河」。《家藏稿》本「阿」下原注「蒼公滇人。」

歌。嘗自詠云：剪尺杖頭挑寶誌，山河掌上見圖澄。休將白帽街頭賣，道衍終爲未了僧。

〔一〕〔窣堵坡〕《翻譯名義》：窣堵坡，亦云墳，又名塔。

〔二〕〔乘願〕王夏卿《大證禪寺碑》：或宿植德本，乘願復來；或意生人間，用弘開示。

贈荆州守袁大韞玉有叙

袁爲吴郡佳公子，風流才調，詞曲擅名。遭亂北都，佐簮西楚，尋以失職，空囊僑寓白下，扁舟歸里。惆悵無家，爲作此詩贈之。《蘇州府志》：袁于令字令昭，號籜菴。《堯峰文鈔》：卧雪公袁褒生子年，萬曆丁丑進士，歷官陝西按察使。孫堪，萬曆庚子舉人，歷官肇慶府同知。坊，歷官絳州州同。曾孫于令，歷官荆州府知府。于令字韞玉。《艮齋雜説》：籜菴守荆州，一日，謁某道，卒然問曰：「聞貴府有三聲，謂圍棊聲、鬬牌聲、唱曲聲也。」袁徐應曰：「下官聞公亦有三聲。」道詰之，曰：「算盤聲、天平聲、板子聲。」袁竟以此罷官。

曉日珠簾半上鈎，少年走馬過紅樓。五陵烽火窮途恨，三峽雲山遠地愁。盧女門前烏桕樹〔一〕，昭君村畔木蘭舟〔二〕。相逢莫唱思歸引，故國傷心恐淚流。

〔一〕〔盧女〕古樂府《莫愁歌》：莫愁在何處，莫愁石城西。《容齋隨筆》云：莫愁，郢州石城人。又

《石城女子莫愁曲》：聞歡下揚州，相送楚山頭。按《武帝歌》：洛陽女兒名莫愁，十五嫁爲盧家婦。與此自是兩地兩人，後人多混用，謂爲盧莫愁。此詩就西楚説，亦沿用盧莫愁耳。又晉《西洲曲》：西洲在何處，兩槳橋頭渡。日暮伯勞飛，風吹烏桕樹。樹下即門前，門中露翠鈿。按《莫愁歌》：莫愁在何處，莫愁石城西。艇子打兩槳，催送莫愁來。二詩俱用兩槳，可見西洲即石城西，而門前烏桕樹，即用盧女事，切西楚説也。

〔二〕［昭君村］仇注杜詩：昭君村，在荆州府屬歸州東北四十里。

其二

霓裳三疊遍天涯，浪跡巴丘度歲華。賴有狂名堪作客，誰知拙宦已無家。按順治十年三月，湖廣撫臣題參袁于令等官十五員侵盗錢糧，時布政使林德馨已陞左副都御史，工科給事張王治并劾德馨。此語及「歸來唯四壁」句爲籜菴辨誣。西州士女章臺柳，南國江山玉樹花。正遇秋風蕭索甚，凄凉賀老撥琵琶。鄒祗謨《倚聲集》：袁籜菴以樂府擅名，填詞獨爾闃然，紅橋唱和小令，乃猶不減風流，正不必賀老琵琶爲寫照也。

其三

詞客開元擅盛名，蕭條鶴髮可憐生。劉郎浦口潮初長〔一〕，伍相祠邊月正明〔二〕。擊筑悲歌燕市恨，彈絲法曲楚江情。原注：袁《西樓》樂府中有《楚江情》一齣。○宋犖《筠廊偶筆》：袁籜菴以《西樓》

傳奇得盛名，與人談及，輒有喜色。一日，出飲歸，月下肩輿過一大姓門①，其家方燕賓，演霸王夜宴，輿人云：如此良夜，何不唱「繡户傳嬌語」，乃演《千金記》耶？籜菴狂喜，幾墮輿。善才已死秋娘老，濕盡青衫調不成。

〔二〕〔劉郎浦〕《一統志》：劉郎浦，在荆州府石首縣西北。胡身之《通鑑注》：石首縣沙步有劉郎浦，蜀先主納吴女處。

〔三〕〔伍相祠〕《一統志》：伍相國廟，在歸州東十五里，祀楚人伍員。

其四

湘山木落洞庭波，杜宇聲聲唤奈何。千騎油幢持虎節，扁舟鐵笛换漁簑。使君灘急風濤阻②，神女臺荒雲雨多。《一統志》：使君灘，在寶慶城北，五十三灘之一。陽臺山，在漢川縣，上有神女廟。按籜菴佐藩幕在岳州，而此并上章云劉郎浦、伍相祠者，前云浪跡，則所遊固非一處。楚相歸來唯四壁，《堅瓠集》：袁籜菴失職後題寓所一聯曰：佛言不可説不可説，子曰如之何如之何。故人優孟早高歌。

---

① 底本「月下」後衍「月」字，據士禮居本删。

② 阻，士禮居本作「壯」。

臨頓兒

陸廣微《吴地記》：臨頓爲吴八館之一。《姑蘇志》：吴王征夷，嘗置頓，憩宴軍士，故名。後于此置橋。《據梧齋塵談》：臨頓橋，在今府城内東北隅。唐陸龜蒙嘗居于此。然臨頓乃縣名，自漢以來屬潁川郡，晉以後其地數陷于北，意吴之有臨頓里，或因南北朝時流人聚居得名歟？《志》言尚可疑。

臨頓誰家兒，生小矜白晳。阿爺負官錢，棄置何倉猝。紿我適誰家，朱門臨廣陌。囑儂且好住，跳弄無知識。獨怪臨去時，摩首如憐惜。三年教歌舞，萬里離親戚。絶伎逢侯王，寵異施恩澤。高堂紅氍毹，華燈布瑶席。授以紫檀槽，吹以白玉笛。文錦縫我衣，珍珠裝我額。瑟瑟珊瑚枝，曲罷恣狼藉。我本貧家子，邂逅遭抛擲。一身被驅使，兩口無消息。縱賞千黄金，莫救飢死骨①。歡樂居他鄉，骨肉誠何益。此等詩純似弇州樂府變格②，最得漢魏之遺。

① 飢，士禮居本、《家藏稿》本作「餓」。
② 「格」字據士禮居本補。

畫蘭曲爲卞玉京妹卞敏作也。

畫蘭女子年十五，生小琵琶怨春雨。記得粧成一見時，手撥簾帷便爾汝。蜀紙當窗寫畹蘭，口脂香動入毫端。腕輕染黛添芽易，釧重舒梢放葉難①。似能不能得花意，花亦如人吐猶未。珍惜沉吟取格時，看人只道儂家媚。横披側出影重重，取次腰肢向背同。昨日一枝芳砌上，折來雙鬢鏡臺中。玉指纔停弄絃索，漫撚輕調似花弱②。殷勤彈到別離聲，雨雨風風聽花落。《板橋雜記》：卞敏頎而白，風情綽約。亦善畫蘭鼓琴，對客爲鼓一再行，即推琴斂手，面發赬。乞畫蘭，亦止寫篠竹蘭草二三朵，不似玉京縱横枝葉淋漓墨瀋也。然一以多見長，一以少爲貴，能各極其妙。花落亭皐白露漙，舊根易土護新寒。可憐明月河邊種〔一〕，移入東風碧玉欄③。聞道羅幃怨離索，麝煤鵝絹間嘗作④。又云憔悴非昔時，筆牀翡翠多零落〔二〕。今年掛檝洞庭舟，柳暗桑濃罨綺樓。度曲佳人遮鈿扇，知書侍女下瓊鈎。主人邀我圖山色，宣索傳來畫蘭筆。輕移

---

① 梢，士禮居本、《家藏稿》本作「衫」。
② 撚，《家藏稿》本作「攏」。
③ 碧，士禮居本作「白」。
④ 煤，底本原作「媒」，據士禮居本、《家藏稿》本改。間，士禮居本、《家藏稿》本作「閒」。

牙尺見匀㡧〔三〕，側偃銀毫憐吮墨。《板橋雜記》：卞敏後歸申進士維久。維久宰相孫，性豪舉，詩文名海内，得敏益自喜。亡何，維久病歿，家中替嫁一貴官潁川氏，三年病死。按此詩「花落亭皋」以下四句謂敏歸維久也。「聞道羅幃」以下謂歸維久不得志也。「今年掛檝」以下謂與敏重見，所稱主人即維久也。敏既舊院中人，而維久又公門人，故相見無嫌。又維久吴縣人，故於游洞庭時遇之，時游洞庭爲己亥春，故有「柳暗桑濃」句也。席上回眸惜雁箏，醉中適口認魚羹〔四〕。茶香黯淡知吾性，車馬雍容是故情。常時對面憂吾瘦，淺立斜窺訝應舊①。好將獨語過黄昏，誰堪幽夢牽羅袖。歸來閞篋簡啼痕，腸斷生綃點染真。何似杜陵春禊飲，樂遊原上采蘭人〔五〕。

〔一〕〔明月河〕《一統志》：明月灣，在太湖石公山西二里。

〔二〕〔筆牀翡翠〕《玉臺新詠》序：翡翠筆牀，無時離手。

〔三〕〔牙尺〕盧延遜詩：細想儀型執牙尺。

〔四〕〔魚羹〕《西湖志餘》：宋五嫂者，汴酒家婦，善作魚羹。

〔五〕〔樂遊原〕《三輔黄圖》：樂遊原，在杜陵西北。《西京記》：樂遊原，漢宣帝所立。唐長安中，

---

① 應，士禮居本、《家藏稿》本作「依」。

太平公主于原上置亭游賞。每三月上巳、九月重陽，士女戲遊①，就此祓禊、登高。

湖中懷友

渺渺晴波晚②，青青芳草時。遠帆看似定，獨樹去何遲。花落劉根廟，雲生柳毅祠。香尊正可擷，欲寄起相思。《聱敓巵談》：或言近人琢句致乏天趣，余謂此關悟力，非假冥搜。即如「遠帆看似定」豈非景在目前，何人不知，却何人能道？

宿沈文長山館

一徑草堂偏，湖光四壁天。焙茶松竈火，浴繭竹籬泉。玉鼠仙人洞〔一〕，銀鱸釣客船。前村呼種樹，偶語石橋邊。

〔一〕〔玉鼠〕太白詩序：荆州玉泉寺山洞，白蝙蝠大如鴉，名仙鼠。千歲後，體白如雪。高季迪詩：烟霞閉深洞，絶壁飛玉鼠。

---

① 遊，據士禮居本補。
② 晚，士禮居本作「曉」。

其二

遇山思便住，此地信堪留。謀食因溪碓，齋心在石樓。漁舟帆六面，橘井樹千頭〔一〕。長共鴟夷子，翩然結伴遊。

〔一〕〔橘井〕《桂陽列仙傳》：蘇耽，漢時人，事母以孝聞。一日，啟母曰：「耽當仙去。今年疫癘，取庭前井水、橘葉救之，可得無恙。賣此水，過于供養也。」

福源寺原注：去毛公壇三里爲攢雲嶺，有福源泉，寺以泉名。羅漢松係梁朝舊物。○《姑蘇志》：福源寺，梁大同二年吳縣令黄禎舍山園建，僧普國開山。《吳郡志》：毛公壇，漢劉根得道處也。根既仙，身生緑毛，人或見之，故名毛公。今有石壇在觀旁，猶漢物也。

千尺攢雲嶺，金銀佛寺開〔一〕。鹿仙吹笛過〔二〕，龍女换珠來。泉繞談經苑，松依説法臺。蕭梁留古樹，風雨不凡材。

〔一〕〔金銀佛寺開〕用杜句。按洪覺範曰：佛地有金色世界、銀色世界。

〔三〕〔鹿仙〕顧逋翁《虎丘藏經碑》：鹿仙長者得釋迦如來授記。

石公山葛芝《包山游記》：由明月灣而上，舍舟從陸。人行山上，如履橘柚之杪，蒼翠中時見湖光渺然。約三四里，乃至石公。《蘇州府志》：林屋洞之外，一峰斗入湖中，爲石公山。相傳花石綱之役，朱勔伐石于此，山前二石對峙水中，謂之石公、石姥。

真宰劚雲根①，奇物思所置。養之以天池，盆盎插靈異。初爲仙家囷〔一〕，百仞千倉閉。釜鬲炊雲中，杵臼鳴天際。忽而遇嚴城，猿猱不能縋。遠窺樓櫓堅，逼視戈矛利。一關當其中，飛鳥爲之避。仰睇微有光，投足疑無地。循級涉層巔②，天風豁蒼翠。疲喘千犀牛，落落誰能制。傴僂一老人，獨立拊其背。既若拱而揖，又疑隱而睡。此乃爲石公，三問不吾對。《包山游記》：朱勔花石綱曾採于此，石已入舟，復墮水，挽之不動，乃棄去。

〔一〕〔仙家囷〕《晉書·劉驎之傳》：嘗採藥至衡山，深入忘返，見有一澗水，水南有二石囷，一囷閉，一囷開，水深廣，不得過。欲還，失道。或説囷中皆仙靈方藥諸雜物，驎之欲更尋索，終不復

① 劚，《家藏稿》本作「斸」。
② 涉，土禮居本、《家藏稿》本作「登」。

知處。

包山寺贈古如和尚潘耒《遂初堂集》：包山寺及毛公壇皆在林壑深處，四山圍合，重重包裹，故名。入寺門，有清泉佳樹，景趣幽絶。石幢對峙，有唐人書《尊勝陀羅尼》，亦無拓者。

古木包山寺，蒼然曉氣平。石毛仙蜕冷，原注：近毛公壇。雲影佛衣輕。咒鉢鮫人聽，彈碁鶴子驚。相逢茶早熟，匡坐説無生。

縹緲峰《包山游記》：山群峰以十數，登之輒有所障，惟登縹緲則諸峰盡偃伏。五湖蒼茫浸灌，莫可端倪，登望遂窮四際。苕溪、陽羨諸山遼遠，色若青碧。岸湖平陸，草樹村落，隱隱可見。微水界之，縱横如溝澮，度皆名川巨澤也①。湖中小山如流，橛株如聚積灰。萬斛之舟，風檣往來，如群鷗之浮水上。大哉觀乎！

兹峰非云高，高與衆山别。其下多嵌空，天風吹不折。插根虚無際，縹緲爲險絶。細徑緣山腰，人聲來木末。籃輿雜徒步，佳處欣屢歇。躋嶺路倍艱，往往攬垂葛。灝氣凌泬寥，

---

① 名川巨澤，底本原作「名巨川澤」，據士禮居本改。又，澤，士禮居本作「浸」。

一身若冰雪。輕心出天地，羽翮生髣髴。杖底撥殘雲，了了見吴越。曜靈燭滄浪，滉瀁金光發。陰霞俄已變，慘淡玄雲結。歸笻破暝靄，半嶺值虹蜺。始知清境杳，跡共人鳥滅。丹砂定可求，苦爲妻子奪。看君衣上雲，飛過松間月。

登縹緲峰

絶頂江湖放眼明，飄然如欲御風行。最高尚有魚龍氣，半嶺全無鳥雀聲。芳草青蕪迷遠近①，夕陽金碧變陰晴。夫差霸業銷沉盡，楓葉蘆花釣艇横。

歸雲洞《包山游記》：歸雲洞其石皆突兀，最高中曠，外周欄楯，可坐眺。

歸雲何孱顔〔一〕，雕琢自太古②。千松互盤結，托根無一土。呀然丹崖開，蒼茫百靈斧。萬載長欹危，撑拄良亦苦。古佛自爲相，一身雜仰俯〔二〕。依稀莓苔中，葉葉青蓮吐。若以庋真詮，足號藏書府。仙翁刺船來，坐擘麒麟脯。鐵笛起中流，進酒虬龍舞。晚向洞中眠，

① 遠近，士禮居本、《家藏稿》本作「近遠」。
② 琢，士禮居本、《家藏稿》本作「斲」。

叱石開百武。牀几與棋局，一一陳廊廡。翩然自兹去，黄鵠瀟湘浦。恐使吾徒窺，還將白雲補。《遂初堂集》：歸雲洞故有奇石當洞口，如雲之將入，今爲俗子鑿去，以廣其洞，頓失舊觀。

〔一〕［孱顔］司馬相如《大人賦》：放散畔岸，驤以孱顔。索隱曰：馬仰頭，其口開，正孱顔也。

〔二〕［仰俯］蘇子瞻詩：萬世一仰俯。

林屋洞

《蘇州府志》：林屋洞一名左神幽虚之天。洞有三門，同會一穴内，以石門爲隔。中有石室、銀房、金庭、玉柱。《包山游記》：蛇行而入，可一二里，至「隔凡」二字止。水潦降，不能行，入數丈即止，見石乳垂垂若筍，蝙蝠撲人，水聲悲激。上曲巖奇石林立，蹲踞俯仰，不名一狀，無深松茂柏。遠望湖水如練，漁舟縹忽，輕鳥飛翻，眺望之美，於此畧備。石壁題名殆徧，中有紹興、紹熙年號，漫滅不盡可讀，詳視知爲李彌大園。彌大者，宋參知政事也。

震澤初未定，水石爭相攻。神龍排杳冥，盪激沉虚空①。仙人資禹力，洞府開洪濛。惜哉石函書，不救夫差窮。大道既已洩，國祚於焉終。《元和郡國志》：闔閭使靈威丈人入洞，秉燭晝

---

① 激，《家藏稿》本作「繫」。空，士禮居本、《家藏稿》本作「宫」。

夜行七十日不窮，乃反。曰：初入，洞口甚隘，傴僂而入，約數里，忽遇一石室，高可二丈，上垂津液，内有石牀、枕、硯，石几上有素書三卷。上於闔閭，不識，使人上于孔子，孔子曰：此禹石函文也。闔閭復令入，經兩旬，却反，云：不似前也，唯上聞風浪聲。又有異蟲撲人，撩火，石燕、蝙蝠大如烏，前去不得。穴中高處，照不見巔，左右多人馬跡也。我行訪遺蹟，興極探虚空。絶徑不可窺①，自視尤枯筇②。山神愛傴僂，直立憂微躬。以之生退怯，匍匐羞兒童。李維楨《大泌山房集·游洞庭記》：數十人束炬前，露紒，着蒯屨，衣短後衣。行百步，水愈深，手足俱旋淖，且作牛飲，遂反。傳聞過險澀③，谽谺來天風。松炬厭明滅，乳竇驚青紅。洪厓應常來④，牀几陳從容。何不迴真馭，日月行其中。銀房閉幽異，勿使吾徒同。終當齎餱糧，鍊骨如飛鴻。路穿三江底，境與諸天通。南浮瀟湘水，西上峨嵋峰。《元和郡國志》：洞有五門，西達峨嵋，南接巴陵、羅浮，北連岱嶽。東有石樓，樓下兩石，扣之清越，所謂神鉦。歸來詫里人，足比靈威翁。

---

① 窺，士禮居本、《家藏稿》本作「肥」。
② 尤，士禮居本、《家藏稿》本作「猶」。
③ 過，《家藏稿》本作「道」。
④ 洪，底本原作「⿰糸共」，據士禮居本、《家藏稿》本改。

過圻村

萬壑響鳴蟬，湖光樹杪懸。雲鬟神女廟〔一〕，雪乳隱君泉〔二〕。《大泌山房集》：游洞庭石磨山下，取道圻村，得烏砂泉，泉在井中，大柳蔭之。距湖高若遠皆可丈許，每汲，必有烏砂沉盞底。山籠櫻桃重，溪船菱芡鮮。相攜從此住，松老不知年。

〔一〕〔神女廟〕《蘇州府志》：縹緲之東，山勢分爲二。其一邐迤而北，爲石馬，爲鴻鶴。山有神女祠，亦名神姑山。

〔二〕〔隱君泉〕《蘇州府志》：龍山下曰烏砂泉。徐聖塢曰：黄公泉，即夏黄公隱處。

過席允來山居

過席允來山居《文集》：允來名元泰，世居莫釐峰下。繚垣三楹，牀茵几杖，位置皆得其處。蘭蕙數盆，怒芽競茁。墻頭有木瓜、朱櫞一二株，垂實累累向人。窗前置拳石，面勢膚理似長與人同卧起者。其下嫩草雜卉，疎密可數，而牡丹數十本尤絶出①。余每過湖，君開門煮茗清談促坐，别則落其簷果餉余。余彳亍傍徨不忍去。

---

① 出，底本文字殘，據士禮居本補。

碧梧門巷亂山邊，灑掃雖頻得自然。石筍一林雲活活，藥欄千品雨娟娟。養花性爲先人好，《文集》：父震湖，名棨，有茶癖，善種花，得養性術，年九十五而終。允來孝友似其父，養花尤擅家風。種樹經從伯氏傳。社酒已濃茶已熟，客來長繫五湖船。

送周子俶

五載寄幽燕，歸來問家室。入門四壁在，小婦當窗織。恐其話饑寒，且呼治酒食。妻子識君心，低頭唯默默〔一〕。嗟余忝鄰里，欲語弗遑及。聞君又行邁，君歸曾幾日？睠此父母邦，過若遠鄉客。丈夫志四海，行矣須努力。

〔一〕〔低頭默默〕《漢書·梁鴻傳》：妻孟光曰：「今何爲默默，無乃低頭就之乎？」

其二

努力贏餱糧，秋風即長路。京口正用兵，倉皇過瓜步。扁舟戒行李，六月黄河怒〔一〕。脱身萬仞淵，此險何足數。慷慨輕波濤，長年豈知故。謂丁酉科場事。中道感舊交，良爲詩書誤。餘生嬰世綱，重來獻詞賦。登高望烽火，躊躇屢迴顧。

〔二〕〔六月黄河〕《宋史·河渠志》：黄河六月名礬山水。

其三

迴顧去鄉遠，進及長安城①。禁門十二戟，策馬聞雞鳴。解褐初登朝，日出趨承明。慶雲生階墀，天樂和且平。立談計誠用，萬里無專征。忘形樂簡易，任氣高縱横。常恐斗酒後，脱略驚公卿。一官了婚嫁，可以謀歸耕。子俶此行當是應戊戌會試，故既稱願之，復丁寧之。

其四

歸耕東岡陂，《州乘備採》：州地有上下岡身路，故子俶用後漢周燮語，自號東岡。清流貫群木。月明夜方静，高話溪堂宿。破産求神仙，丹砂徇微禄。玉書晚應悟，至道亡情欲。《婁東耆舊傳》：子俶喜黄白之術，頗以之匱乏。一飯輒萬錢，并日恒不足。知交雖云厚，詎可先骨肉。《婁東耆舊傳》：子俶少嗣于叔祖，有同産五人，因五析其嗣産。閲世經艱難，息心謝榮辱。平生著述事，尚有殘編讀②。

---

① 進，《家藏稿》本作「近」。
② 讀，士禮居本作「續」。

海虞孫孝維三十贈言孝維名藩，孝若之弟也。《文集》：孝維父朝肅没，官粤東布政，時金氏妾出孝維，方數齡。迨丱歲，即從余學。《昭文縣志》：藩一字燕玉，好圖史古玩，稱翩翩佳公子。

法護僧彌並絶倫，聽經蕭寺紫綸巾。高齋點筆依紅樹，畫檝徵歌轉緑蘋。一榻茶香專供佛，五湖蝦菜待留賓。丈夫早歲輕名宦〔一〕，鄧禹無爲苦笑人〔二〕。

〔一〕〔名宦〕《劇談録》：九霞曰：「某山野之人，早修真道①，無意于名宦金玉。」

〔二〕〔鄧禹笑人〕《南史·王融傳》：三十内望爲公輔，及爲中書郎，嘗撫案嘆曰：「爲爾寂寂鄧禹笑人。」

其二

招真臺下讀書莊，梁昭明太子《招真治記》：道士沛郡張君道裕至虞山，忽夢見聖祖云：「峰下之地宜立館宇。」裕

---

① 真，底本原作「直」，據士禮居本改。

師潘珙隱四明山，有人耳長髮短，云從虞山招真治來。忽不見。潘馳信報君，君因以夢中所指地爲治，故號招真。總角知名已老蒼。何氏三高推小隱〔一〕，荀家群從重中郎〔二〕。鬭茶客話千山雨，寄橘人歸百顆霜〔三〕。原注：太末理官孝若，其兄也，地産橘最佳。麈尾執來思豎義，旻公同飯贊公房〔四〕。

〔一〕〔何氏〕《南史·何胤傳》：初，胤二兄求、點并棲遁。至是，胤又隱。世謂何氏三高。

〔二〕〔荀家〕《後漢書·荀爽傳》：字慈明，潁川爲之語曰：「荀氏八龍，慈明無雙。」後公車徵爲大將軍何進從事中郎。《南史·謝澹傳》：昔荀中郎年二十九爲北府都督。

〔三〕〔寄橘〕王逸少帖：奉橘三百枚，霜未降，未可多得。

〔四〕〔旻公贊公〕杜《因許八寄江寧旻上人》詩：不見旻公三十年。又有《大雲寺贊公房》四首，《宿贊公房》一首。

其三

始立何容減宦情〔一〕，法曹有弟尚諸生。爲孝若弟。松窗映火茗芽熟，貝葉研朱梵夾成①。金

① 研，士禮居本作「妍」。成，士禮居本作「城」。

谷酒空消治習，曲江花落悟浮名①。原注：花落者，爲扶桑志感也。年來恥學王懷祖〔二〕，初辟中兵捧檄行。

〔一〕［始立］《南史·王僧虔傳》：誡子曰：「汝年入立境，方應從宦。」

〔二〕［王懷祖］《晉書·王述傳》：字懷祖，年三十尚未知名。王導以門第辟爲中兵屬，曰：「懷祖清貞簡貴，不減祖父。」

其四

高柳長風六月天，青鞋布襪尚湖邊②。輕舟掠過破山寺，横笛邀來大石仙。原注：孫氏之先遇仙于烏目山之大石。○《昭文縣志》：大石山房，即慧車子授經處，今孫氏祠堂在焉。其石孫西川名艾重鑿，中有瞉茶泉。王儉拜公猶昨歲〔一〕，張充學《易》在今年〔二〕。種松記取合圍後，樹下著書堪醉眠。

〔一〕［王儉］《南史·王儉傳》：領吏部，時年二十八。高帝踐祚，建元元年，封南昌郡公。

① 悟，士禮居本作「誤」。
② 布，《家藏稿》本作「白」。

〔二〕〔張充〕《南史·張充傳》：字延符，少好逸遊，左臂鷹，右牽狗，曰：「充聞三十而立，今充二十九年矣，請至來歲。」及明年，便修改，多所該通，尤明《老》《易》。

送杜大于皇從婁東往武林兼簡曹司農秋岳范僉事正

《漁洋詩話》：杜茶村濬，初名詔先，黄岡人，僑居金陵。貧甚，屢客廣陵。按范正名印心，其人一字爲字。

五月江村客行曉，僮無朝餔馬無草。路穿槐柳到柴門，滿架藤花屋灑掃。與君相別定何年，一見嗟余頭白早。杜濬《變雅堂集·六十自叙》：願以一年努力北走燕市，投知己故人爲椀飯，粗足息肩養恥之計，然後歸而閉户，究經史未竟之緒。東鄰濁酒賒未到，盤格粗疎具梨棗。莫怪貧家一飯難，主人長饑客不飽。解囊示我金焦詩，四壁波濤驚欲倒。一氣元音接混茫，想落千峰入飛鳥。《變雅堂集》：杜子寓齋在雞鳴山尾之右，所謂十廟西門者，京城近日之極遠僻處也。杜子寓此者，亦陰利客之不至焉耳。按茶村久寓金陵，故游踪多在金、焦。今僧寮壁多刻其詩。又嘗自刻其京口詩，凡所歷者皆在。近來此地擅時譽，粉飾開元與天寶。我把耒鋤倦唱酬，恥畫蛾眉鬭工巧。看君爽氣出江山，始悔從前作詩少。海内悠悠識者誰，汝有平生故人好。副相猶然卧茂陵，侍郎已是歸嶺表。時秋岳自廣東布政歸。副相者，以曹參爲比也。況逢少伯共登臨，西子湖頭月皎皎。人生貧賤何足悲，縱酒高歌白雲杳。勝絶留容我輩狂①，劫灰燒盡雷峰小〔二〕。落落窮途感快游，愧我菰蘆色枯槁。佳句流傳遍世間，寄書早慰江潭老。按茶村有爲亡兒世農募義文云：讀殘書，彈罷劍，盡易參苓。寡婦嘆，孤兒行，竟無飦粥。六旬之父，方同乞食之陶潛；八口之家，誰爲裹飯之桑户。其貧甚矣，詩故慰之之意居多。

〔二〕［雷峰］《西湖志》：慈淨寺北有山，爲南屏之支脈，昔郡人雷就居之，因名雷峰。吴越王妃建塔于峰頂，塔上向有重檐飛棟，窗户洞達，後燬于火，孤塔獨存，磚皆赤色。日光西照，亭臺金碧，與山光倒映，如金鏡初開，火珠將墜，雖赤城栖霞，不是過也。

送楊懷湄擢臨安令

原注：令成都人，臨安乃錢鏐衣錦城也。〇《鳥吟集·小傳》：楊琳字懷湄，成都人。十餘歲獻賊入蜀，愛其慓悍，給李定國爲養子。定國後歸明，乃與孫可望、白文選連兵，屠城陷陣，懷湄嘗爲軍鋒。定國死于粤滇，亡來降，前所積武資已高，隨例换文階，得太倉管糧通判。忤州紳，巡撫某劾去之。尋請從軍，導王師南討有功，授杭之臨安令。又移梧之岑溪令。復削職，遂家太倉州。二子皆有文，後補州諸生。

① 勝絶：士禮居本作「絶勝」。容，士禮居本作「賓」。

聽松鈴閣放衙陰，飛瀑穿堦石室琴①。許掾仙居丹井在，謝公游策碧雲深。《武林舊事》：臨安有東西二山，西山許邁嘗採芝于此，東山即謝安高卧處。安嘗坐石室，臨濬谷，悠然嘆曰：此與伯夷何遠？山農虎善樵微徑，溪女蠶忙採遠林。此地何王誇衣錦，錦城人起故鄉心。《嘉靖臨安縣志》：錢武肅王衣錦還鄉，盛燕父老，山林皆覆以錦，故名臨安爲十錦：衣錦營、衣錦山、衣錦南鄉、衣錦北鄉、錦溪、錦橋、晝錦堂、晝錦坊、保錦坊、衣錦將軍樹。

追悼 郁淑人先公十五年卒，爲丙申，詩當在戊戌乙亥間②。

秋風蕭索響空幃，酒醒更殘淚滿衣。辛苦共嘗偏早去，亂離知否得同歸。君親有媿吾還在，生死無端事總非。最是傷心看穉女，一窗燈火照鳴機。郁淑人生四女，無子。

喜願雲師從廬山歸并序

願雲居雲居十年③，《一統志》：雲居山，在江西建昌縣，峰巒峻極，上多雲霧。一名歐山，世傳歐岌先

---

① 石，《家藏稿》本作「入」。
② 乙，士禮居本作「己」。
③ 願雲居雲居，《家藏稿》本作「願師住雲居」。

生得道處。歸而出其匡廬詩①，道五老、石門、九奇、三疊諸勝。遠法師《廬山記》：西南有石門山，其狀似雙闕，壁立千仞，而瀑布流焉。棲賢寺東北有五老峰，廬山之勝此爲最。《一統志》：三疊泉，在石老峰後。飛泉怪瀑，不可思議，而尤以御碑亭雲海爲第一觀，《一統志》：白鹿昇仙臺，在廬山天池寺，明洪武二十二年御製周顛仙傳，建碑亭于臺上。竟似住鏡光、白銀二種世界，不知滄桑浮塵爲何等事矣②。顧公贈余《五十初度》詩，其落句曰：「半百定將前諾踐，敢期對坐聽松聲。」蓋責余前約，會時方喪亂，衰病無家，顧以高堂垂白，不能隨師以去也。乃爲此詩答之。

勝絶觀心處，天風萬壑聲。石門千鏡入，雲海一身輕。出世悲時事，忘情念友生。亂離兄弟恨，辜負十年盟。

虎丘中秋新霽

萬籟廣場合，道人心地平。天留今夜月，雨洗去年兵。歌管星河動，禪燈風露清。凄凉闔閭墓，斷壑起松聲。

---

① 歸而，士禮居本、《家藏稿》本作「而歸」。
② 桑，士禮居本作「海」。

靈巖繼起和尚應曹村金相國請住虎丘祖席繼起名儲，號退翁。釋紀蔭《宙亭語録》：靈巖孤秀，迥絶東南。智積開山，唐宋盛代。迨我退翁儲祖，集大成而開生面，説大法以整頹綱。預鑪鞲者皆龍蟠鳳逸之儔，厠巾瓶者咸玉潤蘭熏之侣。又，漢月十二弟子，莫著于具德禮、繼起儲。檗菴，嗣法于繼起者也。碩揆，嗣法于具德者也。

應物心無繫①，觀空老辯才〔一〕。道隨諸佛住，山是相公開。日出嚴齋鼓，天清護講臺。居然歌舞地，人爲放參來〔二〕。

〔一〕〔觀空〕沈休文《郊居賦》：猶觀空以表號。〔辯才〕王元禮《約法師碑》：辯才無閡，游戲神通。

〔二〕〔放參〕《諸藏·百丈清規》：僧堂止靜謂坐禪，開靜謂放參也。

靈巖觀設戒

湖山留霸跡，花鳥供經臺。不信黄池會，今看白社開。枯潭龍洗出，《姑蘇志》：山頂别有石池，

① 物，《家藏稿》本作「佛」。

相傳生蒓葵，今不復見。妙塔雁歸來。《姑蘇志》：靈巖寺近燬，惟一塔存耳。此地關興廢，須資法將才〔一〕。

〔一〕［法將］黄魯直詩：不負法昌老禪將。

靈巖山寺放生雞①四首頗有寓意。

芥羽狸膏早擅場〔一〕，爭雄身屬鬭雞坊。從今喚醒夫差夢，粉蝶低飛過講堂。

〔一〕［芥羽］《左傳》：季、郈之雞鬭。季氏芥其雞，郈氏爲之金距。［狸膏］《莊子》：羊溝之雞，三年爲株，相者視之，則非良雞也。然數以勝人者，以狸膏塗其頭。曹植《鬭雞篇》：願蒙狸膏助，終得擅此場。

其二

縛栅開籠敢自專，雲中誰許作神仙。如來爲放金雞赦，飲啄浮生又幾年。

①《家藏稿》本題無「山」字。

其三

敢效山雞惜羽毛，卑棲風雨自三號。湯泉夜半蓮花湧〔一〕，佛號鐘聲日未高。

〔一〕〔蓮花湧〕《蓮社高賢傳》：釋惠安患山中無刻漏，乃于水上立十二葉芙蓉，因波隨轉，分定晝夜，以爲行道之節，謂之蓮花漏。

其四

雞足峰頭夜雨青，花冠錦臆影亭亭。老莊談罷疎窗冷，閒向山僧學聽經。

過韓蘄王墓在靈巖山西。

訪古思天塹，江聲戰鼓中。全家知轉鬭，健婦笑臨戎。《宋史·韓世忠傳》：上元節，就秀州張燈高會，忽引兵趨鎮江。及金兵至，則世忠已屯焦山寺。兀朮遣使通問，約日大戰，許之。梁夫人親執桴鼓，金兵終不得渡。世忠與二酋相持四十八日，兀朮窮蹙，求會語，祈請甚哀。《鶴林玉露》：蘄王夫人，京口娼也。嘗五更入府，伺候賀朔，忽于廊柱下見一虎蹲卧，鼻息齁齁，驚駭走出。已而人至者衆，復往視之，乃一卒，因蹴之起，問其姓名，密告其母。召至家，具酒食，資以金帛，遂結爲夫婦。汗馬歸諸將，疲驢念兩宫。田汝成《西湖志》：韓王解樞柄就第，絶口不言兵。常頂一字巾，跨小驢，放浪西湖泉石間，自號清涼居士。好事者遂繪《韓王湖上騎驢圖》。淒涼岳少保，宿草起秋風。本傳《論》：暮年退居行都，部曲舊將，不與相見，蓋懲岳飛之事也。

其二

行在倉皇日，提兵過故鄉。傳聞同父老，流涕説君王。石馬心猶壯〔一〕，雲臺跡已荒。一抔堪漬酒，殘日下平岡。

靳价人曰：世忠延安人，此詩故鄉俟考。又曰：張如哉曰：行在倉皇日，謂建炎三年高宗由鎮江幸錢塘，苗、劉謀反，逼使避位也。提兵過故鄉，謂世忠由海道赴行在之秀州勤王之師也。傳聞二句，謂世忠得張浚書，大慟。至平江，舉酒酹神，誓不與賊共天，士卒皆奮也。故鄉即指行在所也。時世忠妻子爲苗傅所質，朱勝非紿傅白太后，遣慰世忠，召梁氏，俾迓世忠，速其勤王。梁氏疾馳一日夜，會世忠于秀州。君父、妻子所在，故可言故鄉也。高宗復辟，苗、劉就擒，寔由世忠之力戰，帝手書「忠勇」二字揭旗以賜。事具本傳，詩特寫得激昂盡致。

〔一〕〔石馬〕《唐書·秦瓊傳》：太宗詔有司琢石爲人馬，立墓前，以旌戰功。

其三

詔起祁連冢，豐碑有賜亭。《姑蘇志》：紹興二十一年，王薨。賻祭極優厚，敕使徐伸護葬，縣令執役，御題神道云「中興佐命定國元勳之碑」。碑高十餘丈，敕趙雄爲文萬餘言。初勒文而未立，龜趺留木瀆。嘉定間敕葬趙師羼，有司磨韓碑應用，後始豎此碑，爲樓三層覆之。今碑尚存，而額在百步外，鄉人以爲龍陣過，揭去之也。掛弓關塞月，埋劍羽林星〔一〕。百戰黄龍艦〔二〕，三江白石銘〔三〕。趙家金椀出，山鬼哭冬青。《冬青行》，記詳《輟耕録》，道楊璉真珈發宋諸陵事始末也。

〔一〕〔羽林〕應劭曰：天有羽林，乃大將軍之星也。

〔二〕〔黄龍艦〕《隋書·楊素傳》：造大艦名五牙，容戰士八百人。次曰黄龍，置兵百人。陳將戚欣以青龍百餘艘守狼尾灘，素親率黄龍數千艘銜枚而下，悉擄其衆。

〔三〕〔白石銘〕《水經注》：漢廣野君酈食其廟有兩石人對倚。北石人胸前銘云門亭長。

其四

丘壟今蕪没，江山竟寂寥。松風吹北固，碑雨洗南朝。細路牛羊上①，荒岡草木凋。肯容樵豎擾，遺恨在金焦。按《世忠傳》，世忠軍已先屯焦山寺，謂敵至必登金山廟觀我虚實，乃遣兵百人伏廟中，百人伏岸滸，約聞鼓聲岸兵先入，廟兵合擊之。金人果五騎闖入，廟兵喜，先鼓而出，僅得二人，逸其三，中有絳袍玉帶，既墜而復馳者，詰之，乃兀朮也。向令廟兵如計而行，則兀朮就擒，金人膽落矣。此則蘄王之遺恨與？

宿徐元歎落木菴

原注：元歎棄家住故鄣山中，亂後歸天池。丙舍落木菴，竟陵譚友夏所題也。〇元歎名波，江南吴縣人。《一統志》：故鄣故城，在湖州府安吉州西北。《池北偶談》：徐元歎，康熙初，年七十餘，尚在。自撰《落木菴記》云：崇禎癸酉，與竟陵譚友夏在其弟服膺署中。曉起盥漱，見余白髮盈梳，曰：子從此别，計必住山，請擇嘉名以名其居。服膺出幅紙，請作擘窠大書，友夏爲書「落木菴」。今以三字揭諸菴門，松栝數株，撐風蔽日，玄冬霜夜，蕭蕭而下，雙童縛帚掃除不給。齋廚爨烟，皆從此出，事之前定如此。按元歎《亂後寄楚僧寒碧》詩：楚鬼微吟上峽謡，中元法食可相招。憑師爲譬興亡恨，雨打秋墳骨

---

① 上，士禮居本作「繞」。

亦銷。此爲鍾、譚作也。末客授虞山尚書所，尚書贈詩云：皇天老眼慰蹉跎，七十年華小劫過。天寶貞元詞客盡，江南留得一徐波。

落木萬山心，蕭條無古今。棄家歸去晚，别業住來深。按《蘇州府志》：毛都憲祠，在華山天池。則天池亦吴縣地也。客過松間飯，陳鑑《茶經注補》：鍾伯敬與徐元歎有《虎丘茶訊》，謂兩人交情數千里，以賣茶爲名，一年通一信，遂成故事。伯敬築室竟陵，遠遊無期，呼元歎賈餘力一往。元歎有《答茶訊詩》，又有《奠茶文》。譚友夏《冬夜拜伯敬墓》詩：姑蘇徐逸士，香雨祭茶時。又有詩寄元歎云：河上花繁多有淚，吴天茶老久無香。僧留石上琴。早成茅屋計，枉向白雲尋。

支硎山齋聽雨明日早晴更宿法螺精舍《姑蘇志》：支硎山，在龍池山東北，以晉支遁嘗居此，而山多平石，故名。按《玉篇》：吴有臨硎。《吴都賦》亦云「右號臨硎」。又《續圖經》：支硎一名報恩山，以昔有報恩寺也。法螺精舍，趙宧光寒山丙舍也。

秋山所宿處，指點白雲生。故作中宵雨，倍添今日晴。一峰當止觀〔一〕，萬象逼孤清。更上上方去，松風吹玉笙。

〔一〕［止觀］《金陵語録》：定慧爲菩薩，止觀爲佛。

憇趙凡夫所鑿石

王衡《緱山集》：吾州有趙凡夫者，居天平亂山間。於灌木叢篁中建藏書閣，足跡不入城。其配陸善詩古文，風氣遒上，的的漢魏。余嘗過凡夫，爚藕漿，飯青精，讀陸夫人詩。時薄日穿松，輕颸戛竹，蕭然有遺世之想。按凡夫名宧光，州之潢涇人①。博古，精篆籀。見趙氏《世藝録》。陸夫人字卿子，多才藻，工書，精繪事。尚寶少卿陸師道女。載《明史》。

石骨何年斲，蒼然萬態收。隨石像名鑿字以記，山徑皆然。直從文字變，豈止斧斤搜。亂瀑垂痕古，枯松結體遒。許旭《秋水集》：由天平范園至華山地有喬松二株，相傳爲晉代物。居人將伐以充爨，趙凡夫出數金與之，得免。今不二十年，趙氏已亡，松亦不知何處矣。即今苔蘚剥，一一類銀鈎。

附録《艮齋雜説》：吴人語云：「天下歇家王百穀，山中驛吏趙凡夫。」相傳百穀家居，申少師予告歸里，車騎闐門，賓客墻進，兩家巷陌各不相下。凡夫卜築寒山，搜剔泉石，又得卿子爲妻，靈均爲子，貴遊麇至，幾同朝市。兩君可稱處士之特矣。然題之曰歇家曰驛吏，豈非《春秋》之筆乎？

① 潢，士禮居作「横」。

趙凡夫山居爲祠堂今改爲報恩寺《蘇州府志》：宧光子名均，歿無後，其宅改爲僧廬，人猶稱趙墳，亦曰報恩寺。有老梅二株頗奇古。

高人心力盡，石在道長存。古佛同居住，名山即子孫。飛泉穿樹腹，奇字入雲根。夜半藤蘿月，鐘聲冷墓門。沈寓《白華莊稿·三高祠論》：三高者，實無一高。惟華山麓亦有三高祠，祀趙宧光凡夫、王在公孟夙、朱鷺白民。一著書，一廉潔，一孝行，皆吴人可爲世法者。

吴梅村詩集箋注卷第十

古近體詩九十八首起己亥至游虞山之作

詠拙政園山茶花并引

拙政園，故大弘寺基也。其地林木絶勝，有御史王某者侵之以廣其居，《秋水集》：拙政園者，先朝御史王君來按吾吴，愛其風土，罷官後卜居婁門而築也。地廣十餘頃，堂宇亭榭橋池花木之盛甲于茂苑。後歸徐氏最久。兵興，爲鎮將所據，爲駐防將軍府。已而海昌陳相國得之。謂陳彦升之遴也。内有寶珠山茶三四株，交柯合理，得勢争高。每花時，鉅麗鮮妍，紛披照矚，爲江南所僅見。相國自買此園，在政地十年不歸，再經譴謫遼海，此花從未寓目。余偶過太息，爲作此詩，他日午橋獨樂，定有酬唱以示看花君子也。徐原一《拙政園記》：始虞山尚書嘗構曲房其中，以娱所嬖河東君，而海寧相國繼之，門施行馬。海寧得禍入官，駐防將軍以開幕府。禁旅既旋，則有鎮將某某迭館焉。亡何，而前備兵使者安公以爲治所，未暇有所改作，既而歸于王永寧。凡前此數人居之者皆仍拙政之舊，自永寧始易置丘壑，益以崇高雕鏤，非復圖記詩賦之云矣。滇黔作逆，永寧與凶渠有連，既先事死，而園屋猶以藩本入官。其最侈僭則楠木廳，柱礎皆刻升龍，今已撤而輦至京師供將作矣。又《秋水集》：園百餘年來，自尚書、政府、將軍、觀察、備兵使者迭居其地，凡數易主。王永寧卜第于吴，廓而新之，動心駴目，輝天炫地，雖河陽别業、萬年新墅不是過也。予以辛亥上巳來游，感人事之靡常，繁華之罕覯，作詩以志之。

拙政園内山茶花，一株兩株枝交加。豔如天孫織雲錦，赬如姹女燒丹砂。吐如珊瑚綴火齊，映如蠕蝀凌朝霞。百年前是空王宅，寶珠色相生光華〔一〕。長養端資鬼神力，優曇湧現西流沙〔二〕。《姑蘇志》：大弘寺，在城東北隅，元大德間，僧判僉友蘭建，淨法師開山。延祐間，奏賜今額，僧餘澤居此，别創東齋。寺燬于火，見紅衣沙門烟焰上，久之乃没，齋獨存。歌臺舞榭從何起，當日豪家擅閭里。苦奪精藍爲玩花，旋拋先業隨流水。兒郎縱博賭名園，一擲留傳猶在耳。《新蘇州府志》：拙政園在婁、齊二門之間。嘉靖中，王御史獻臣因大弘寺廢地營别墅，文待詔徵明記。其子以樗蒲負，失之。後人脩築改池臺，石梁路轉蒼苔履。曲檻奇花拂畫樓，樓上朱顔嬌莫比。隱謂柳如是。千條絳蠟照鉛華，十丈紅墻飾羅綺。鬭盡風流富管絃，更誰瞥眼問桃李①。齊女門邊戰鼓聲，入門便作將軍壘。荆棘從填馬矢高，斧斤勿剪鶯簧喜。近年此地歸相公，相公勞苦承明宫。真宰

① 問，《家藏稿》本作「間」。

陽和暗迴斡，長安日日披熏風。花留金谷遲難落，花到朱門分外紅。獨有君恩歸未得，百花深鎖月明中。灌花老人向前説，園中昨夜零霜雪。黄沙淅淅動人愁，碧樹垂垂爲誰發。可憐塞上燕支山，染花不就花枝殷。江城作花顔色好，杜鵑啼血何斑斑。花開連理古來少，並蒂同心不相保。名花珍異惜如珠，滿地飄殘胡不掃。楊柳絲絲二月天，玉門關外無芳草。縱費東君着意吹，忍經摧折春光老。陳其年《拙政園連理山茶歌》：「此地多年没縣官，我因官去暫盤桓。堆來馬矢齊粧閣，學得驢鳴倚畫欄。遼陽小吏前時遇，曾説經過相公墓。已知人去不如花，那得花開尚如故。」觀此知序所云「午橋獨樂」徒虚願矣。看花不語淚沾衣，惆悵花間燕子飛。折取一枝還供佛，征人消息幾時歸。此詩雖爲海寧太息，兼亦爲其仲女詠，故用「花開連理」「並蒂同心」「摧折春光」「看花不語」等句，皆兒女子語也。《女厝志》云：女甥四五歲，頗慧黠，教之禮佛，祈直方早歸，女凝視長吁。末二語隱指其事。

〔一〕［寶珠］《佛國記》：僧泥羅國王以金等身鑄佛象，髻裝寶珠。

〔二〕［優曇］《法華經》：如是妙法，諸佛如來，時乃説之。如優曇華，時一現爾。

附《新蘇州府志》：王永寧没官後，康熙十八年，改蘇松常道新署。道缺裁，後遂散爲民居。今歸蔣氏，名復園。

江上《世祖實録》：十六年六月壬子，海寇陷鎮江府。七月丙子，犯江寧省城。江督郎廷佐奏逆渠鄭成功親擁戰艦數千艘、賊衆十餘萬攻犯江寧，又於上江、下江分布賊艘阻截要路。臣同駐防將軍哈哈木、貴州凱旋梅勒章京噶褚哈、馬爾賽等固守。蘇松總兵梁化鳳、固山大牙他里等俱抵江寧，水陸並進，賊敗遁，荆州將軍安達里等赴援，至楊子江港口遇賊，迎擊敗之。復犯崇明，游擊劉國玉擊敗之，賊復南逸。按江寧破賊化鳳功第一。化鳳字翀天，子鼐亦爲崇明總兵。其家在西安府，屏繪《金陵破賊圖》今尚存。

鐵馬新林戰鼓休，十年軍府笑諮謀。但虞莊蹻爭南郡，時孫可望、李定國、白文選等亂雲南，可望敗，來降，封義王。不信孫恩到蔡州〔一〕。江過濡須誰築壘，潮通滬瀆總安流〔二〕。原注：滬瀆在今上海。○此二語言建業上流及海口皆無巡防，故賊得突入也。蘆花一夜西風起，兩點金焦萬里愁。鎮江之陷，知府戴可進等六員、副將高謙等十四員皆從逆在籍。原任吏部郎中張九徵、御史笪重光以可進定謀迎賊，慟哭力爭不得，及城破，乃遁。

〔一〕〔蔡州〕州當作洲。《廣輿記》：蔡洲，在江寧府西江中。劉宋高祖破盧循處。

〔二〕〔滬瀆〕《晉書·孫恩傳》：袁山松築滬瀆壘，沿海備恩。明年，恩轉寇滬瀆，害袁山松，仍浮海向京口，陷廣陵，復沿海還南。劉裕亦尋海邀截，大破恩于滬瀆。

七夕感事

南飛烏鵲夜，北顧鸛鵝軍。圍壁鉦傳火，巢車劍拄雲。江從嚴鼓斷，風向祭牙分。眼見孫曹事，他年著異聞。

中秋看月有感

今年京口月，猶得杖藜看。暫息干戈易，重逢少壯難①。江聲連戍鼓，人影出漁竿。晚悟盈虧理②，愁君白玉盤。《三藩紀事本末》：賊八月至觀音門，以黄安總督水師守三汊河口，成功率諸將出儀鳳門登陸，屯岳廟山。甘輝以守禦既固，恐難猝拔爲諫，不聽。大軍以千騎來薄，僞前鋒鎮余新擊敗之。遂不設備，軍士捕魚飲博爲樂。我副將梁化鳳偵知之，由儀鳳門穴城出，軍皆銜枚疾走，薄新營，新不及甲，遂就擒。成功急令翁天祐馳援，已無及。大兵既敗余新，遂以步卒數千直擣中堅，而以騎兵數萬繞山後出其背，前後夾擊，成功大敗。諸僞將各潰走不相顧，成功揮軍急退，甘輝且戰且走，至江，騎能屬者三十人，被執殺。九月，成功還師。此詩殆已聞捷音作，故有暫息干戈等語。

---

① 逢，士禮居本、《家藏稿》本作「經」。

② 盈虧，士禮居本作「虧盈」。

寄房師周芮公先生并序

偉業以庚午受知于晉江周芮公師，進謁潤州官舍。《南國賢書》：崇禎三年，考試官姜曰廣，江西人，己未進士。陳演，四川人，壬戌進士。《春秋》同考周廷鑨，鎮江府推官。《福建通志》：周廷鑨字芮公，晉江人。天啟乙丑進士，鎮江推官，擢吏部考功稽勳、文選司員外，謫外歸。維時上流無恙，京口晏然。吾師以陸生入洛之年，弟子亦終軍棄繻之歲。南徐月夜，北固江聲，揮麈論文，登樓置酒，笑譚甚適，賓從皆賢。《今世説》：芮公癖躭吟詠，尤好騷人衲客，相與酬唱。沖懷貞淡，與之晤對，如揖廣成，如瞻水鏡。已而入主銓衡，地當清切，周旋禁近，提挈聲華。拜别河梁，十有八載。滄桑兵火，萬事都非。偉業負耒躬耕，誓終没齒，不謂推遷塵事①，潦倒浮生，病苦窮愁，羈縻煎迫；師以同徵，獨得不至。方推周黨，共羨管寧，而家居窮海，身受重圍，順治三年，福州破，以後鄭成功數擾福州、興化等郡。羽檄時聞，音塵莫及。雖然，江南近信，已泊樓船；京峴舊游②，皆非樂土。指鎮江之陷。何必無諸臺上，始接烽烟；歐冶池邊，纔開壁壘也。《一統志》：無諸臺，在福州府城南。又，歐冶池，在福州布政司後，周數里。每風雨大作，

① 塵，士禮居本作「人」。
② 峴，士禮居本作「口」。

則烟波晦冥。既知援師南下，山郡依然。庚子五月，將軍達素①、總督李率泰率兵大搜兩島，令大船出漳州，小船出同安。鄭樵居第，可保圖書；楊僕軍營，惟聞笳吹。欣故人之杖屨，致遠道之郵筒。爰作短章，聊存微尚。抒平生於慷慨，寫盡日之羈愁。庶幾同經喪亂，識此襟情，雖隔山川，無殊會面云爾。

惆悵平生負所知，尺書難到雁來遲。桄榔月暗嚴城閉，鵯鵊風高畫角悲。湖裏逢仙占昔夢〔一〕，洞中遇叟看殘碁〔二〕。脱身衰白干戈際，筍屐尋山話後期。此章言晉江圍解，幸免兵燹。

〔一〕〔湖裏逢仙〕《一統志》：九鯉湖，在興化府仙遊縣東北。漢元狩間，何氏兄弟九人煉丹于此。丹成，各乘一鯉仙去。

〔二〕〔洞中遇叟〕《廣輿記》：高蓋山，在福州府永福縣，道書第七福地。石門插天，有牧兒徐氏飯牛山椒，遇二人奕，遺徐一碁子，叱令歸。遂精手談，往往與二人遇，得修煉訣。一日仙去。

① 素，士禮居本作「索」。

其二

北府風流坐嘯清，蕭郎白帢愛將迎①〔一〕。蒜山望斷江干月，茘浦愁看海上城。劉楨《京口記》：蒜山無峰，嶺北懸臨江中。此同北府句俱言在南徐事，而茘浦在平樂府，則指瞿稼軒殉粤時也。劉寄闗河雖險塞，盧循樓艦正縱横〔二〕。莫嫌戰鼓鄉園急，瓜步年來已用兵。此章言京口舊游烽烟正逼。原注：晉江黄東厓先生和予此詩中一聯曰：徵書鄭重眠飡損，法曲凄凉涕淚横。知己之言，讀之感嘆。《文集》：余早歲受知于温陵周芮公先生。先生以吏部郎典選，相國東崖黄公時在左坊。兩公者，同里同籍，有詩名。余由及門後進唱酬切劘於其間四五年，而後别去。比亂離分隔，余爲詩以郵寄先生于閩中，先生偕相國和之，海内追數其交游而相與爲傳誦。按東崖名景昉，天啟進士。入相，乞假歸，家居十數年，卒。

〔一〕〔蕭郎〕《梁書·武帝紀》：王儉謂何憲曰：「此蕭郎三十内當作侍中。」蓋以蕭郎比芮公之年。

〔二〕〔盧循〕《晉書·盧循傳》：娶孫恩妹，恩亡，餘衆推循爲主。劉裕討循至晉安，循窘急泛海，舉衆寇南康、廬陵、豫章諸郡，戎卒十萬，舳艫千計，逕至江寧。

---

① 帢，士禮居本作「袷」。

其三

但若盤桓便見收，詔書趣迫敢淹留①。始知處士青門里，須傍仙人白石樓。晉室衣冠依嶺嶠，陳懋仁《泉南雜志》：泉州有浯江，郡志云晉南渡時衣冠士族避地于此，故又名晉江。越王刀劍閉林丘。福州歐冶池、松溪湛盧山皆越王鑄劍處。少微却照南天遠〔一〕，榕樹峰高隱故侯〔二〕。此章自述迫于徵書，羨周之獨得免。

〔一〕［少微］《漢書·李尋傳》注：少微四星，在太微西，主處士儒學之官。

〔二〕［榕樹］《榕城隨筆》：閩中多榕樹，榦既生枝，枝又生根，垂垂如流蘇。或本榦自相依附，若七八樹叢生者，多至數十百條，合並爲一。

其四

白鶴青猿叫晚風，苦將身世訴飄蓬。千灘水惡盤渦險，九曲雲迷絶磴空。廣武登臨狂阮籍，承明寂寞老揚雄。巨源舊日稱知己，誤玷名賢啟事中。此章乃及寄詩，末嘆薦者之非知己。

---

① 趣，士禮居本、《家藏稿》本作「趨」。

儒將

河朔功名指顧收〔一〕，身兼使相領諸侯〔二〕。按兵白道調神鶻〔三〕，挾妓青山駕快牛〔四〕。論敵肯輸楊大眼〔五〕，知書不減范長頭〔六〕。他年信史推儒將，馬矟清談第一流。

〔一〕［河朔］《晉書·温嶠傳》：劉琨曰：「吾欲立功河朔。」

〔二〕［使相］《宋史·曹彬傳》：上謂曰：「本授卿使相，然劉繼元未下，姑少待之。」

〔三〕［白道］《遼史·地理志》：西京大同府，統州二。弘州有桑乾河、白道泉，德州有白道坂。《一統志》：白道，在歸化城北。

〔四〕［快牛］《世説》：王愷有牛名八百里駮。又，石崇牛數步後迅若飛禽。

〔五〕［楊大眼］《北史·楊大眼傳》：武都氐難當之孫，當世推其驍果，以爲關、張弗之過也。

〔六〕［范長頭］《南史·范岫傳》：范雲謂人曰：「諸君進止威儀，當問范長頭。」以岫多識前代舊事也。

俠少

寶刀千直氣凌雲，俠少新參龍武軍。柳市博徒珠勒馬〔一〕，柏堂箏妓石華裙〔二〕。招權夜結金安上〔三〕，挾策朝干王長君〔四〕。堪笑年年秘書客，白頭空守太玄文。

〔一〕［柳市］《漢書·萬章傳》：長安熾盛，街閭各有豪俠，章在城西柳市。

〔二〕［柏堂］《洛陽伽藍記》：河間王琛最爲豪首，常與高陽爭衡。造文柏堂，置玉井金罐，以五色絲續爲繩。妓女三百，盡皆國色。

〔三〕［金安上］《漢書·金日磾傳》：倫子安上始貴顯，封侯。

〔四〕［王長君］《漢書·鄒陽傳》：梁孝王令人刺殺袁盎，上疑梁殺之，孝王恐誅，令陽求方略解罪于上者。陽至長安，因客見王長君。長君，王美人兄也，後封爲蓋侯。鄒陽乘間請曰：「長君誠能精爲上言之，得毋竟梁事，長君必固自結于太后。太后厚德長君，入于骨髓，而長君之弟幸于兩宮，金城之固也。」長君曰：「諾。」乘間入言之。事果得不治。

滇池鐃吹

《雲南通志》：順治十五年，命安遠靖寇大將軍信郡王鐸尼由湖南；征南將軍固山趙布太由廣西；平西王吳三桂，定西侯墨爾根都統李國翰由四川，三路取滇。十六年二月，由榔入緬甸。六月，命洪承疇至滇南議進緬機宜。十八年五月，定西將軍愛星阿至滇，大兵凱還①。按此詩蓋是時作也。

① 還，士禮居本作「旋」。

碧雞臺榭亂雲中①，《一統志》：碧雞山，在雲南府城西，峰巒秀拔，爲諸山長。俯瞰滇池，一碧萬頃。北麓有碧雞關。舊是梁王避暑宫。《雲南通志》：梁王宫，在雲南府城中。元把匝剌瓦爾密建，明初爲岷王府，今廢。《元史》本傳：梁王把匝剌瓦爾密，元世祖第五子雲南王忽哥赤之裔，封梁王。銅柱雨來千嶂洗，《一統志》：銅柱在白厓城。鐵橋風定百蠻通。《一統志》：鐵橋在巨津州，跨金沙江，韋臯破吐蕃，斷之。朱鳶縣小輸賨布，《漢書·地理志》：交趾郡朱鳶縣。《後漢書·南蠻傳》：秦始置黔中郡，漢興，改爲武陵。歲令大人輸布一疋，小口二丈，是爲賨布。白象營高掛柘弓。誰唱太平滇海曲，檳榔花發去年紅。《一統志》：元江府土産檳榔，一名仁頻樹。

其二

苴蘭城闕鬱岧嶢，《華陽國志》：楚頃襄王時，遣莊蹻伐夜郎，軍至苴蘭，椓船于岸而步戰。既滅夜郎，以苴蘭有椓船牂柯處，乃改其名爲牂柯。《雲南通志》：苴蘭城一名穀昌，在昆明城北十餘里。貝葉金書使者朝。海内徵輸歸六詔，天邊勳伐定三苗。魚龍異樂軍中舞，風月蠻姬馬上簫。莫向昆明話疏鑿，道人知已劫灰消〔一〕。

① 樹，士禮居本作「榭」。

〔一〕〔劫灰〕曹毗《志怪》：漢武鑿昆明池，極深，悉見灰墨，無復土。至明帝時，外國道人入洛，問之，胡人曰：經云天地大劫將盡，則劫燒。此劫燒之餘。

其三

靄翠奢香祠總荒，田汝成《炎徼紀聞》：靄翠，元酋阿畫之後，即安邦彦之祖。翠死，妻奢香代領其衆。洪武初歸附。奢氏即奢崇明之祖。靄翠初歸附時，明太祖授懷遠將軍，世襲宣慰使。蘆笙吹徹瘴雲黄。縱擒有策新疆定，叛服何常舊史亡。鬼國三年勞薄伐，王師五月下殊方。瀾滄肯爲他人渡，《一統志》：瀾滄江源出金齒，即黑水也，本名鹿滄，經沅江府城，至順寧府。不許窺人有夜郎。

其四

盤江西遶七星關，可渡河邊萬仞山。隴上舊傳收白帝，南中今喜定烏蠻。《一統志》：盤江經烏撒府，七星關在府城東南，頂有七峯，置防禦所，府城之南即可渡河。舊名巴凡兀姑，後名巴的甸，自昔烏蠻居之。宋時烏些後據其地，號烏撒部。按此四句謂王師先收川，次入滇也。龍坑壯馬看馳驟，《一統志》：養龍坑，在貴州長官司兩山之中，泓渟淵深，蛟龍實藏其下。當春始和，夷人立坑畔，擇牝馬之貞者縶之，已而雲霧晦冥，類有物蜿蜒跨馬腹上，迨開霽，視馬旁之沙有龍跡者，必産龍駒。雞足高僧任往還。《釋藏》：雞足山，在鄧川州。釋迦佛大弟子迦葉藏修于此，二十八傳而至達摩，乃持迦葉衣鉢入中國。辛苦武侯持節處①，《一統志》：在定遠縣，即諸葛營也。夷人稱望子洞。殘碑零落草斑斑②。

圓圓曲

圓圓，陳姓，史作陳沅。《明史》：李自成劫吳襄，作書招三桂，三桂至灤州，欲降，聞愛姬陳沅被劉宗敏掠去，憤甚，疾歸山海關，襲破賊將。自成怒，親率部賊十餘萬③，執襄于軍，東攻山海關，以別將從一片石越關外。三桂懼，乞降于我大清。四月二十二日，我兵破賊關內，自成奔永平，殺襄還京。《觚賸》：延陵將軍美丰姿，善騎射，軀幹不甚偉碩，而勇力絶人，沉鷙有謀，頗以風流自賞。嘗讀《漢紀》，至「仕宦當作執金吾，娶妻當得陰麗華」，喟然嘆曰：我亦遂此願足矣。雖一時寄情之語，而妄覬非分意肇于此。崇禎末，流氛日熾，秦、豫之間關城失守，燕都震動，而大江以南阻于天塹，民物晏如，極聲色之娱，吳門尤甚。有名妓陳圓圓者，容辭閒雅，額秀頤豐，年十八，籍隸梨園，每一登場，花明雪艷，獨出冠時。維時田妃擅寵，兩宮不協，烽火羽書，相望于道，宸居爲之憔悴。外戚周嘉定伯以營葬歸蘇，將求色藝兼絶之女，由母后進之，以紓宵旰憂，且分西宮之寵。因出重貲購圓圓，載以北，納于椒庭。一日，侍后側，上見

---

① 持，《家藏稿》本作「停」。

② 斑，士禮居本、《家藏稿》本作「班」。

③ 率，據士禮居本補。

之，問所從來，后對左右供御鮮同里順意者，兹女吴人，且嫺崑伎，令侍盥櫛耳。上念國事，不甚顧，遂命遣還，故圓圓仍入周邸。延陵方爲上倚重，奉詔出鎮山海，祖道者綿亘青門外，嘉定伯首置綺筵餞之甲第，出女樂佐觴，圓圓亦在擁紈之列。輕鬢纖履，綽約凌雲，每至遲聲，則歌珠累累，與蘭馨併發。延陵停巵流盼，深屬意焉。詰朝，使人道情于周，有紫雲見惠之請，周許諾。延陵陛辭，上賜三千金，分千金爲聘，限迫即行，未及娶也。嘉定伯盛具奩媵，擇吉送其父襄家。未幾，闖賊攻陷京師，宫闈殲蕩，貴臣巨室，悉加纍繫。初索金帛，次録人産，襄亦與焉。闖擁重兵，挾襄以招其子，許以通侯之賞。家人潛至帳前約降，忽問陳娘何在，使不能隱，以籍入告，延陵遂大怒，按劍曰：嗟乎，大丈夫不能自保其室，何以生爲！即作書與襄訣，勒軍入關，縞素發喪，隨天旅西下，殄賊過半。賊憤襄，殺之，懸其首于竿。襄家三十八口，俱遭慘屠。蓋延陵已有正室，亦遇害，而圓圓翻以籍入，得無恙。闖棄京出走，十八營解散，各委其輜重婦女于途。延陵追度故關，至山西，晝夜不息，尚未知圓圓之存亡也。其部將已于都城搜訪得之，飛騎傳送，延陵方駐師絳州，將渡河，聞之大喜，遂于玉帳結五綵樓，備翟茀之服，從以香輦，列旌旂簫鼓三十里，親往迎迓。自此由秦入蜀，迄于秉鉞滇雲，垂旒洱海，人臣之位，于斯已極。圓圓皈依上將，匹合大藩，迴憶當年牽蘿幽谷，挾瑟勾闌時，豈復思有此日？是以鶴市蓮塘採香舊侶，豔此奇逢，咸有咳吐九天之羡。皇朝順治中，延陵進爵爲王，圓圓將正妃位，辭曰：妾以章臺陋質，謬污瓊寢，始于一顧之恩，繼以千金之聘，流離契闊，幸保殘軀，獲與奉匜之役。珠服玉饌，依享殊榮，分已過矣。今我王析圭胙土，威鎮南天，正宜續鸞戚里，諧鳳侯門，上則立體朝廷，下則垂型裨屬。稽之大典，斯曰德齊。若欲韋弱絮于繡裀，培輕塵于玉几，既蹈非偶之嫌，必貽無儀之刺，是重妾之罪也。其何敢承命？延陵不得已，乃別娶中閫。而後婦悍妬絶倫，羣姬之豔而進幸者輒殺之。圓圓能順適其意，屏謝鉛華，獨居別院，雖貴寵相等而不相排軋，親若娣姒。圓圓之養姥曰：陳故幼從陳姓，本出于邢。至是，府中皆稱邢太太。居久之，延陵潛蓄異謀，邢窺其微，以齒暮請爲女道士。霞帔星冠，日以藥罏經卷自隨。延陵訓練之暇，每至其處，清談竟晷而還。癸丑歲，延陵造逆。丁巳，病歿。戊午，滇南平，籍其家。舞衫歌扇，穉蕙嬌鶯，聯艫接軫，俱入禁掖。邢之名氏獨不見于籍，其玄機之禪化耶，其紅線之仙隱耶，其盼盼之終于燕子樓耶？已不可知。然遇亂能全，捐棄不御，皈心淨域，晚節克終。使延陵遇于九原，其負愧何如矣。

鼎湖當日棄人間，破敵收京下玉關。慟哭六軍俱縞素，衝冠一怒爲紅顏。紅顏流落非吾戀，逆賊天亡自荒讌。電埽黄巾定黑山，哭罷君親再相見。相見初經田竇家，侯門鼓舞出如花①。許將戚里箜篌伎，等取將軍油壁車。家本姑蘇浣花里，圓圓小字嬌羅綺。錢箋：本常州奔牛里人。夢向夫差苑裏游，宮娥擁入君王起。前身合是採蓮人，門前一片横塘水。横塘雙槳去如飛，何處豪家强載歸。此際豈知非薄命，此時只有淚沾衣。薰天意氣連宮掖，明眸皓齒無人惜。奪歸永巷閉良家，教就新聲傾坐客。坐客飛觴紅日暮，一曲哀絃向誰訴？白晳通侯最少年，揀取花枝屢回顧。早攜嬌鳥出樊籠，待得銀河幾時渡。恨殺軍書底死催，苦留後約將人誤。相約恩深相見難，一朝蟻賊滿長安。可憐思婦樓頭柳，認作天

---

① 鼓，士禮居本、《家藏稿》本作「歌」。

邊粉絮看①。遍索緑珠圍内第，强呼絳樹出雕闌。若非壯士全師勝，爭得蛾眉匹馬還？蛾眉馬上傳呼進，雲鬟不整驚魂定。蠟炬迎來在戰場，啼粧滿面殘紅印。專征簫鼓向秦川，金牛道上車千乘。斜谷雲深起畫樓，散關月落開粧鏡。傳來消息滿江鄉，烏桕紅經十度霜。教曲妓師憐尚在，浣紗女伴憶同行。舊巢共是銜泥燕，飛上枝頭變鳳凰。長向尊前悲老大，有人夫壻擅侯王。當時秖受聲名累，貴戚名豪競延致。一斛明珠萬斛愁，關山漂泊腰肢細。錯怨狂風颺落花，無邊春色來天地。《愚谷集》：清華鎮飄花題壁曰：妾香閨弱質，二八從軍，身辱行虧，不敢以家氏姓名污人耳目，自命飄花，一以自恨，一以自憐。三年歷盡艱辛，于今兩過兹鎮，重經生感，有興成詩，奈爲癡奴所逼，不能成韻，留待後人代成余意。按此正同時事，知錯怨句蓋有所指也。嘗聞傾國與傾城，翻使周郎受重名。妻子豈應關大計，英雄無奈是多情。全家白骨成灰土，一代紅妝照汗青②。君不見館娃初起鴛鴦宿，越女如花看不足。香逕塵生烏自啼③，屧廊人去苔空緑。換羽移宮萬里愁，珠歌翠舞古梁州。爲君別唱吴宮曲，漢水東南日夜流。按其時三桂有女嫁王永寧，方居蘇州拙政園，故云別唱吴宮曲也。

---

① 粉，士禮居本作「飛」。
② 妝，士禮居本作「顔」。
③ 烏，士禮居本作「鳥」。

秋夜不寐

秋多入衆音，不寐夜沉沉。浩劫安危計，浮生久暫心。鄰雞殘夢斷，窗雨一燈深。薄冷披衣起，晨烏已滿林。

贈武林李笠翁

原注：笠翁名漁，能爲唐人小説，兼以金元詞曲知名。○《本事詩》注：尤悔菴詩云：十郎才調福無雙，雙燕雙鶯語小窗。送客留髡休滅燭，要看花睡照銀釭。于是北里南曲中無不知有李十郎者①。

家近西陵住薜蘿，十郎才調歲蹉跎。江湖笑傲誇齊贅，雲雨荒唐憶楚娥。海外九州書志怪，坐中三疊舞回波。前身合是玄真子，一笠滄浪自放歌。

① 曲，士禮居本作「里」。

贈崑山令王莘雲尊人杏翁原注：永平人。○《蘇州府志》：崑山縣知縣王簡，字莘雲，撫寧人，拔貢。順治十六年九月任，十七年八月劾去。

半載江南客未深，玉山秋靜夜沉吟。九邊田牧思班壹〔二〕，三輔交游識季心。快馬柳城常命酒〔三〕，軟輿花縣暫聞琴。白頭閒説西京事，曾記循良久賜金。原注：莘雲有能名，未半載，以錢糧報罷。

〔一〕〔九邊〕《廣輿記》：明初，設遼東、宣府、大同、延綏四鎮，繼設寧夏、甘肅、薊州三鎮，又山西偏頭三關、陝西固原亦稱二鎮，是爲九邊。

〔班壹〕《氏族志》：班壹秦末避地樓煩，以財雄邊，故北方多以班爲字者。

〔二〕〔柳城〕《一統志》：柳城廢軍，在永平府昌黎縣西南。

贈錢受明受明名鏄，由太倉州庠生入太學。

獨喜黌時譽，疎通邁等倫。地從諸父重，性似外家貧。裘馬無他好，詩書别有神。古來傳孝謹，非必守前人。

受明得子柬賀《文集》：錢臣㞘之長兄都諫曼修，與余同舉進士。余兄弟三人，都諫兄弟七人。孚令少于余十歲，臣㞘少于都諫十二歲。孚令以女女臣㞘之子受明。按臣㞘名陛，號訥齋，以子晉錫貴封通政使。曼修名增，字褒卿，由行人陞吏科給事。

長因故人子，往事憶流連。曾忝充閭會，指受明生時。俄逢拜袞年。諸甥今甫爾，入抱却依然。吾老猶堪待，公卿只眼前。

客談雲間帥坐中事此當亦爲松江提督馬逢知作也。

五茸絲管妓堂秋，奪得蛾眉付主謳。豈是絶纓諸將會，偶因行酒故人留。青尊有恨攀他手〔一〕，白削無情笑著頭①〔二〕。若遇季倫西市日，可宜還墮緑珠樓。

〔一〕〔攀他手〕《本事詩》：也應攀折他人手。按詩意，是反用《史記·滑稽傳》「握手無罰，目眙不禁」也。

〔二〕〔白削〕《三國志·甘寧傳》：寧因白削置膝上，呵謂都督曰：「寧尚不惜死，卿何以獨惜死乎？」

① 著，士禮居本、《家藏稿》本作「者」。

送王子維夏以牽染北行

《婁東耆舊傳》：王昊字維夏，號碩園。穎異博學，克繼鳳、麟二洲後，鞭鐸詩文。四方名士，飈會景附。奏銷後己未，舉博學宏詞科，授内閣中書舍人。不及拜命而卒。此云牽染北行者，以奏銷案絓名欠籍，逮赴部訊也。《堅瓠集》：江南奏銷之獄，起于巡撫朱國治欲陷考功員外郎顧予咸，株連一省人士，無脱者。《新蘇州府志》：庚子十二月，吴縣令任維初，山西石樓人，以貢生來任。虐刑婪賄，逼倉吏吴行之糶糧七百石。明年二月，章皇帝遺詔下，哭臨之。第三日，諸生倪用賓等列訟之巡撫朱國治，畀蘇松常道王紀訊之①。逮行之勘，供諸生，發知府余廉徵羈候，而維初仍回任。次日，諸生金人瑞、丁瀾等因哭文廟，教授程邑申報，朱始摘維初印，拘土地祠。維初大言巡撫索賄，故我糶糧。朱遂以諸生驚擾哭臨，意在謀叛疏聞，銜在籍吏部郎顧予咸，株連之。適差滿大臣至江寧審金壇叛招，并訊題覆。部議覆准：倪用賓、沈玥、顧偉業、薛爾張、姚剛、丁瀾、金人瑞、王重儒八人典刑，家産入官，妻孥流徙。張韓、來獻祺、丁觀生、朱時若、朱章培、周江、徐玠、葉琪、唐堯治、馮郅十人本身典刑。其顧予咸，疏中有諸生送揭，予咸擲地不觀之語，擬革職籍没，罪絞，奉旨俱免。維初復任，後因白糧經費遲延，部議降調。貪敗勘實，絞決于省城。

晚歲論時輩，空群汝擅能。祇疑櫟陽逮，猶是濟南徵[一]。名字供人借，文章召鬼憎。阿戎

① 松，據士禮居本補。

才地在〔二〕，到此亦何憑。

〔一〕〔濟南徵〕《周書·蕭大圜傳》：如蒙北叟之放，實勝濟南之徵。

〔二〕〔阿戎〕《宋書》：謝惠連初不爲父所知，族兄靈運曰：「阿戎才地如此，而可作常兒遇之？」

其二

二十輕當世，愁君門户難〔一〕。比來狂大減①，翻致禍無端。落木鄉關遠，疲驢道路寒。敝衣王謝物，請勿笑南冠。

〔一〕〔門户〕稽叔夜《與吕長悌書》：惜足下門户，欲令彼此無恙也。

其三

客睡愁頻起，霜天貫索明〔一〕。此中多將相，何事一書生。末俗高門賤，清時頌繫輕〔二〕。

① 大，底本原作「太」，據士禮居本、《家藏稿》本改。

爲文投獄吏，歸去事躬耕①。

〔一〕［貫索］《隋書·天文志》：貫索九星，賤人之牢也。九星皆明，天下獄煩。

〔二〕［頌繫］《漢書·刑法志》：詔曰：年八十以上、八歲以下，及孕者、未乳、師、朱儒，當鞠繫者，頌繫之。注：頌讀曰容，寬容之，不桎梏。

其四

但可寬幽縶，從教察孝廉。昔人能薦達，名士出髡鉗。世局胥靡夢，生涯季主占。定聞收杜篤〔一〕，寧止放江淹〔二〕。

〔一〕［杜篤］《後漢書·文苑傳》：杜篤字季雅，京兆杜陵人也。會大司馬吴漢薨，光武詔諸儒誄之，篤于獄中爲誄，辭最高，帝美之，賜帛免刑。

〔二〕［江淹］《南史·江淹傳》：字文通，濟南考城人也。被繫獄，自獄中上書，即日出之。

① 事，士禮居本、《家藏稿》本作「就」。

別維夏

惆悵書生萬事非，赭衣今抵舊烏衣。六朝門第鴉啼遶，九月關河木葉飛。庾嶺故人猶未別，原注：維夏叔，增城公子彦。燕山游子早應歸。正逢漉酒登高會，執手西風嘆落暉。

哭亡女

喪亂才生汝，全家竄道邊。畏啼思便棄，得免意加憐。兒女關餘劫，干戈逼小年〔一〕。興亡天下事，追感倍悽然。

〔一〕〔小年〕《莊子》：小年不及大年。

其二

一慟憐渠幼，他鄉失母時。止因身未隕，每恨見無期。白骨投懷抱，黄泉訴别離。相依三尺土，腸斷孝娥碑〔一〕。

〔二〕〔孝娥碑〕《後漢書·列女傳》：孝女曹娥者，會稽上虞人也。父盱溺死，不得屍骸，娥年十四，乃沿江號哭，晝夜不絶聲。旬有七日，遂投江而死。至元嘉元年，縣長度尚改葬娥于江南道傍，爲立碑焉。

其三

扶病常聞亂，漂零實可憂。危時難共濟，短算亦良謀。訣絶頻攜手，傷心但舉頭。昨宵還勸我，不必淚長流。

王增城子彦罷官哭子留滯不歸近傳口信不得一字詩以歎之

老狗妻孥意，辭家苦萬端。關心惟少子，失計在微官。客夢烏衣巷，鄉愁白石灘。可憐消息到，猶作兩人看。

其二

庾嶺應逢雁，章江莫寄魚。遥知雙淚盡，不遣一行書。家在無歸趣，途窮失所如。故鄉宜早去，臨發乃長吁。

送張玉甲憲長之官邛雅玉甲名能鱗，順天大興人。順治丁亥進士。乙未，提學江南。順治十八年，分巡上南道，駐劄嘉定州。陳周侯《筆記》：能鱗以御史繼石申任學政，笇牘更甚于申。新生四十人，皆阿堵也，士氣爲之沮喪。

秋水連天棹五湖，勞勞亭畔客心孤。飄蓬宦跡空迢遰，浩刼山川尚有無。石鏡開花唯自照〔一〕，郫筒憶酒向誰沽。蕭條大散關頭路，匹馬西風入畫圖。

〔一〕［石鏡］揚雄《蜀本紀》：武都有丈夫化爲女子，蜀王納以爲妃。未幾物故，王發卒之武都，擔土葬于成都郭中，號曰武擔，以石鏡一枚表其墓。

其二

劍外新傳一道通，十年群盜漫稱雄。横刀割取青神渡〔一〕，烈火燒殘白帝宫〔二〕。徐岳《見聞録》：曾公子，不知何許人，張獻忠入川，曾聚衆數十萬，假其號擾于川。部有女將董瓊英，年十八九，亦聚衆入黨，從者萬人。攻刼郡邑，無不與焉。一日，俘射洪崔秀才，嫁之，但置帳中，軍令不及也。及曾敗死，收其衆至十餘萬，擾夔、巫間。又數年，董以産子死，崔帥其衆降于楚帥。豈有山川歸李特〔三〕，猶能車馬識文翁。誰將牛斗龍泉氣，移在天彭井絡中〔四〕。原注：張從江南學使者遷是職。

〔一〕［青神渡］《一統志》：青神縣，在眉州南八十里。五渡山，在青神縣東十里。《水經》：山下繞流屈曲，渡處凡五，因名。

〔二〕［白帝宮］《一統志》：白帝故城，在夔州府奉節縣東。

〔三〕［李特］《晉書·李特載記》：元康中，氐齊萬年反，關西擾亂，特隨流人將入蜀。至劍閣，箕踞太息，顧盼險阻，曰：「劉禪有如此之地，而面縛于人，豈非庸才耶？」

〔四〕［天彭］《一統志》：彭門山，在彭縣西北。《明統志》：在縣北三十里。兩峰對立如闕，名天彭門，亦曰天彭闕。

［井絡］《河圖括地象》：岷山之精，上爲井絡。

其三

岷峨悽愴百蠻秋，路折邛崍九坂愁。城裏白雲從地出〔一〕，馬前黑水向人流。《蜀道驛程記》：青羊水西南至武關北，褒水從東來注之，俗曰黑龍江，下嶺即古陳倉道。松潘將在看高卧〔二〕，雪嶺僧歸話遠游〔三〕。欲問辟支諸佛土〔四〕，貝多羅樹即關頭〔五〕。原注：雅州關外即烏思藏〔六〕。

〔一〕［白雲］《一統志》：白雲泉，在雅州府黎州宅東。從白塔谷前取水，穴城東以入，始以木槽承之，分爲四大井。

〔二〕［松潘］《一統志》：松潘衛，在龍安府西少北三百里。

〔三〕［雪嶺］《一統志》：雪山，在龍安松潘衛。

〔四〕［辟支］《酉陽雜俎》：于闐國贊摩寺有辟支佛鞾。

〔五〕［貝多樹］《酉陽雜俎》：貝多樹出摩伽佗國西土，用以寫經。

〔六〕［烏思藏］《一統志》：打箭爐，在大渡河外，直黎、雅之西，自古爲荒服地。雍正七年，設雅州府同知，分駐其地，兼轄番漢。自裏塘、巴塘以西，直抵西藏，延袤數千里，悉入版圖，而打箭爐實爲諸番朝貢互市之要口云。西藏歷周及隋猶未通中國，唐貞觀八年，有吐蕃弄贊者始遣使者來朝。元世祖時，置烏思藏郡縣，其地以吐蕃僧八思巴爲大寶法王帝師領之。明置烏斯藏、朵甘二指揮司，及宣慰司、招討司、萬户府、千户所。順治九年來朝。其地有四，曰衛，曰藏，曰喀木，曰阿里。衛在四川打箭爐西北三千里，即烏斯藏也。

其四

錦官春色故依然，料理蠶叢半壁天。葛相祠堂尋有蹟〔一〕，譙玄門户訪誰傳〔二〕。還家杜宇三更夢，寄遠菖蒲十様箋〔三〕。此去壯游何所恨，思君長問楚江船。

〔一〕［葛相］賈島詩：葛相行師自渡瀘。

〔二〕［譙玄］《一統志》：譙玄字君黄，閬中人。能説《易》《春秋》。成帝時，對策高第，拜議郎，遷中散大夫。公孫述僭號，徵之不起。子瑛，善説《易》。

〔三〕［菖蒲］元微之《薛濤寄花牋百餘幅題詩寄贈》：别後相思隔烟水，菖蒲花發五雲高。

寄懷陳直方

直方名容永，順天甲午舉人，相國之遴子，公壻也。《文集》：相國謫瀋陽，取最少子從，其二在南，獨留直方京師，饋醫藥，通音問。相國疽發背，直方孱然少年，從一醫一童子出關，跰千里絶跡無人地，以省其父。已而相國召入，再以他事下請室，直方在外舍未就執，得以其身變服省視，塗炭奔走，見者殆不復識。獄讞，全家徙遼左，直方右目眇①，于律得贖，乃株送者盡室在南，部檄屢催不前。居兩月，有後命，直方與諸兄弟同遣焉。

漢法三冬繫②，秦關萬里流。可憐諸子壯，不料闔門收。要路冤誰救，寬恩病獨留。羈栖騎瘦馬，風雪阻他州。

① 右，士禮居本作「左」。
② 冬，士禮居本作「年」。

其二

百口風波大，三生夢寐真。膏粱虚早歲，辛苦得前身。《見聞録》：陳容永與閩汀黎媿曾北場甲午同門。一日，謂媿曾曰：吾恐不能數面子。媿曾駭問之，曰：予知四世事。初爲蜀通判子，再世爲王孫，三世爲京師竹林寺僧。一日放參，有婦女群過，偶一目之，遂墮落至此。雖爲宰相子，數當早死，否則必罹兵厄。未幾，果戍死。索米芒鞋雪，傭書破帽塵①。不知公府掾，可識路旁人。

其三

萬事偶相值，愁中且遣家〔一〕。江山俄轉戰，妻子又天涯。客酒消殘漏，軍書過落花。出門翻自笑，安穩只龍沙。

〔一〕〔遣家〕出《魏志·程昱傳》。

① 破，士禮居本、《家藏稿》本作「布」。

其四

時世高門懼，似君誠又稀。何辜憂并坐，即免忍先歸。苦語思持滿，勞生羡息機。向來兄弟輩，裘馬自輕肥。《文集》：陳氏子弟皆厚自封殖，直方無私財。

織婦詞

黄繭繰絲不成匹，停梭倚杜空太息。少時織綺貢尚方，官家曾給千金直。孔雀蒲桃新樣改，異繡奇文不違識〔一〕。《盧氏雜説》：盧氏子逆旅逢一人，世織綾錦，云如今花樣，與前不同。伎倆兒以文綵求售者，不重于世，且東歸去。桑枝漸枯蠶已老，中使南來催作早。齊紈魯縞車班班〔二〕，西出玉關賤如草。黄龍袱子紫橐駝，千箱萬疊奈爾何。

〔一〕〔異繡〕《西京雜記》：五絲爲繡，倍繡爲升。

〔二〕〔齊紈魯縞車班班〕用杜。

哭中書趙友沂兼柬其尊甫洞門都憲《江南通志》：趙開心字洞門，長沙人，寄籍江都。崇禎甲戌進士，三爲御史大夫，敢言直諫，屢黜不顧，仕至工部尚書。子而忭伉爽負才，官内閣中書。

長沙才子九江船，御史臺西月正圓。兩省親朋歡笑日，一官詩酒亂離年。朱樓有淚看楊柳，白髮無家聽杜鵑。太息賈生歸未得，湘花湘草夕陽邊。

附《今世説》：洞門爲御史大夫，車馬輻輳。及罷歸出國門，送者纔三數人①。尋召還，前去者復來，獨吴園次不以欣戚改觀。友沂早世，洞門以痛子没于客邸，兩孤孫孑立。園次哀而賑之，撫其幼者，字以愛女焉。

假寐得月

滅燭貪涼夜，窗陰夢不成。雲從閉目過，月向舉頭生。樹黑添深影，溪長耐獨行。故人多萬里，相望秖盈盈。

① 數，底本原作「教」，據士禮居本改。

贈學易友人吴燕餘燕餘，常熟人。許旭《秋水集》：燕餘杜門注《易》，捃拾自資，今日之承宫也。爲墨吏所辱，抱恨而死，時年六十四。按墨吏指常熟令瞿四達，後爲巡按秦公世楨參治，下獄死。

風雨菰蘆宿火紅，胥靡憔悴過墻東。吞爻夢逐虞生放〔一〕，端策占成屈子窮。縱絶三編身世外，横添一畫是非中。道人莫訝姚平笑〔二〕，六十應稱未濟翁〔三〕。

〔一〕［吞爻］《虞翻别傳》：臣郡吏陳桃夢臣與道士相遇，放髮，被鹿裘，布《易》六爻，撓其三，以飲臣。臣乞盡吞之，道士言《易》道在天，三爻足矣。豈臣受命，應當知經？《吴志·虞翻傳》：孫權積怒非一，徙翻交州。雖處罪放，而講學不倦。

〔二〕［姚平笑］《漢書·京房傳》：治《易》，以孝廉爲郎。元帝以房爲魏郡太守，去至新豐，因郵上封事曰：臣前六月中言《遯卦》不效，法曰：「道人始去，寒，湧水爲災。」至其七月，湧水出。臣弟子姚平謂臣曰：房可謂知道，未可謂信道也。房言災異，未嘗不中，今湧水已出，道人當逐死，尚復何言？臣曰：陛下至仁，于臣尤厚，雖言而死，臣猶言也。平又曰：房可謂小忠，未可謂大忠也。昔秦時趙高用事，有正先者，非刺高而死，高威自此成，故秦之亂，正先趣之。今臣得出守郡，自詭效功，恐未效而死。惟陛下毋使臣塞湧水之異，當正先之死，爲姚平所笑。

〔三〕［未濟翁］《丹鉛録》：程子遇青城箍桶翁，乃知《未濟》。三陽失位，爲男窮之義。

其二

注就《梁丘》早十年，石壕呼怒葦門前。范升免後成何用〔一〕，甯越鞭來絶可憐〔二〕。人世催科逢此地，吾生憂患在先天。從今郭上田休種，簾肆無家取百錢。

〔一〕［范升］《後漢書·范升傳》：字辯卿，代郡人也。習《梁丘易》。光武徵詣懷宫，拜議郎，遷博士。後爲出妻所告，坐繫得出，還鄉里。永平中，爲聊城令，坐事免，卒于家。

〔二〕［甯越］《晉書·王承傳》：遷東海太守。有犯夜者，爲吏所拘，承問其故，曰：「從師受書，不覺日暮。」承曰：「鞭撻甯越以立威名，非政化之本。」使吏送令歸家。

苦雨《齊民月令》：白露後雨，謂之苦雨。

響苦滴殘更，愁中耳倍明。生涯貪舊業，天意誤躬耕。乞火泥連屋，輸租潦滿城。誰家歌舞宴，徹曉不聞聲。

遣悶

秋風泠泠蛩唧唧，中夜起坐長太息。我初避兵去城邑，田野相逢半親識①。扁舟遇雨烟村出，白版溪門主人立。雞黍開樽笑延入，手持釣竿前拜揖。十載鄉園變蕭瑟，父老誅求窮到骨。一朝戎馬生倉卒，婦人抱子草間匿。津亭無船渡不得，「一朝戎馬」以下，謂順治十六年海上之變，州人惶遽避亂，莫知所托。故追思前者遠適馨清湖之事也。仰視烏鵲營其巢。天邊矰繳猶能逃，我獨何爲委蓬蒿？搔首回望明星高。

其二

雞既鳴矣升高堂，問我消息來何方，欲語不語心彷徨。當年奔走雖茫茫，兩親筋力支風霜。上有王母方安康，下有新婦相扶將。小妹中夜縫衣裳，百口共到南湖莊。只今零落將誰望，出門一步紛蜩螗，十人五人委道旁。去鄉五載重相見，江湖到處逢征戰。一家未遂昇平願，百年那得長貧賤。

---

① 野，士禮居本作「中」。

其三

人生豈不由時命，萬事憂愁感雙鬢。兄弟三人我衰病，齒牙落盡誰能信？疇昔文章傾萬乘①，道旁爭欲知名姓。《復社紀畧》：辛未，公得會元，温體仁搆飛語傾之，周宜興急以元卷進呈，烈皇帝手批「正大博雅，足式詭靡」八字，體仁讒始不行。中年讀《易》甘肥遯，歸來擬展雲山興。赤城黄海東南勝，故園烽火憂三徑。京江戰骨無人問，愁吟獨向南樓凭。風塵咫尺何時定。故人往日燔妻子，我因親在何敢死。憔悴而今困于此，欲往從之媿青史。

其四

生男歡喜生女憐，嗟我無子誰尤天。傷心七女盡亡母，啾啾乳燕枝難安。先生九女，時尚止七。一女血淚啼闌干，舅姑嶺表無書傳。一女家破歸間關，良人在北愁戍邊。更有一女憂烽烟，圍城六月江風寒②，此所云三壻。一爲王天植，增城知縣瑞國子。瑞國罷官不歸。一爲陳直方，相國之遴子。

① 傾，士禮居本作「輕」。
② 風，士禮居本作「楓」。

相國全家配邊。更有一女，謂歸桐城何氏者也。時贛州雖平，而金聲桓、王得仁亂江右，攻戰未息，故云憂烽烟也。使我念此增辛酸①。其餘燈下行差肩，見人悲嘆殊無端，携手游戲盈牀前。相思夜闌更剪燭，嚴城鼓聲震林木②。衆雛怖向牀頭伏，摇手禁之不敢哭。

其五

舍南春水成清渠，其上高柳三五株，草閣窈窕花扶疎。園有菜茹池有魚，蓬頭奴子推鹿車。藝瓜既熟分里閈，忽聞兵馬來城隅。南翁北叟當窗趨，我把耒鋤心躊躕，問言不答將無愚。老大無成灌蔬壤，暫息干戈竊偃仰。舍之出門更何往？手種松杉已成長。

其六

白頭儒生良自苦，獨抱陳編住環堵。身歷燕南遍齊魯，摩挲漆經觀石鼓。上探商周過三五，矻矻窮年竟奚補？岣嶁山頭祝融火，百王遺文棄如土，馬矢高於矍相圃。箋釋蟲魚

---

① 辛，士禮居本作「心」。
② 震，士禮居本、《家藏稿》本作「振」。

付榛莽，寓言何必齊莊周，屬辭何必通春秋？一字不向人間留，亂離已矣吾無憂。

壽繼起和尚

故山東望路微茫，講樹秋風老着霜。不羡紫衣誇妙相〔一〕，惟憑白足遍諸方。隨雲舒卷身兼杖，與月空明詩一囊。台頂最高三萬丈，道人心在赤城梁。

〔一〕〔紫衣〕高承《事物紀原》：則天朝，僧法朗等賜袈裟。僧之賜紫，自天后始。鄭守愚詩：愛僧不愛紫衣僧。

過三峰蘗公話舊《昭文縣志》：三峰清凉禪寺額爲聖祖御書，重岩複嶺，嶔崟相屬。草木芳馨，不變貞萋。其寺未詳所始，萬曆時，高僧漢月改闢，遂爲禪教祖庭。

霜落千峰曳杖尋，筍輿衝雨過高林。埋書草没松根史，洗鉢泉流石磴琴。《昭文志》：興福寺臨破龍澗，松餘六朝，鐘賜唐代，氣象雄尊，結構古穆，諸寺之冠也。萬事幾經黄葉夢，三生難負碧潭心。《昭文志》：破山有空心潭，以常建詩得名。山童不省團圞話，《高僧語録》：大家團圞頭，共説無生話①。催打溪鐘夜未深。

三峰秋曉

曉色近諸天，霜空萬象懸。雞鳴松頂日，僧語石房烟。清磬秀群木，幽花香一泉。欲參黄蘗義〔一〕，便向此中傳。

〔一〕〔黄蘗義〕趙子昂《臨濟正宗之碑》：遊學江左，事黄蘗。黄蘗種松，劚地有聲，師聞之豁然大悟，歸鎮州，築室滹沱河之上，今臨濟院是也。因號臨濟大師。

題華山檗菴和尚畫像

《明史》本傳：熊開元字魚山，嘉魚人。天啟五年進士，知崇明縣，調吴江。崇禎四年，徵授吏科給事中。中官王應期監視關寧軍馬，疏爭，不納。論王化貞久繫不決，化貞卒正法。尋貶秩。十三年，遷行人司副。會帝求言，開元請見德政殿，欲發輔臣周延儒罪，以其在側不敢言，且補牘。兵部侍郎馮元飈責開

---

① 共，底本原作「聽」，據士禮居本改。

元：「首輔多引賢者。首輔退，賢者且盡逐。」開元意動。禮部郎中吴昌時，開元知吴江時所拔士也，復致書言之。開元乃止述奏辭，不及延儒他事。帝得奏大怒，令錦衣衛逮治。衛帥駱養性，開元鄉人也，次日即以獄上。帝益怒，命嚴訊，開元因盡發延儒之私，養性具以聞。帝乃廷杖開元，繫獄。十六年六月，延儒罷，言官多救開元者。明年，遣戍杭州。未幾，京師陷。福王召起吏科給事中，母艱不赴。唐王立，起工科左給事中。連擢太常卿、左僉都御史，進隨征東閣大學士。乞假歸。汀州破，棄家爲僧，隱蘇州之靈岩以終。按蘗菴僧名正志。

清如黄鵠矯如龍，浩劫長揩不壞松。四國雞壇趨北面，千年雪嶺啟南宗。原注：西銘復社、漢月禪燈，皆師令吴江時身所興起。○西銘復社，謂天如初爲尹山大會，魚山實爲社主也。《文集》：法藏字漢月，無錫蘇氏子。自謂得心于高峰，得法于覺範，得源流于金粟悟和尚，而其始終加護者，則在覺範之綱宗。綱宗者，全提五家宗旨。而于臨濟，則一句分明之中，有玄有要，賓主歷然。因著《五宗原》。世所稱三峰禪者也。江湖夙世歸梅福，經卷殘生繼戴顒。諍論總銷隨諫草，故人已隱祝融峰。原注：繼公隱南嶽，蘗公本師也。

其二

西南天地嘆無歸，漂泊干戈愛息機。黄蘗禪心清磬冷，白雲鄉樹遠帆微。《現果隨録》：撫州疎山白雲寺爲匡仁祖師道場，寺中異事甚衆。全生詔獄同官在，原注：指姜如農。乞食江城故老稀。原注：松陵。布衲綻來還自笑，篋中血裏舊朝衣。

偕顧伊人晚從維摩踰嶺宿破山寺《常熟縣志》：維摩禪寺，在虞山上。宋隆興元年，僧法運建。舊名石室維摩菴，有石井名湧泉。淳熙三年，丞相曾懷請爲功德院，賜額顯親資福禪院。洪武中，僧壽松重建，賜今額。

樹老不言處，秋深無事中。雲根僧過白，霜信客來紅〔一〕。樵語隔林火①，茶烟小院風。杳然松下路，人影石橋東。

〔一〕［霜信］《筆談》：北方白雁似雁而小，至則霜降，謂之霜信。

維摩楓林絶勝則公獨閉關結足出新詩見示②《州乘備採》：則公名華通，太倉人。出家靈隱寺，爲具德和尚弟子，曾主席雙鳳鎮之法輪寺。

遇賞只枯坐，秋林自着霜。道心黄葉澹，勝事白雲忘。澗水通茶竈，山花對石牀。静中幽

---

① 隔，《家藏稿》本作「歸」。

② 林，士禮居本作「嶺」。

思足，爲我出詩囊。

夜發破山寺别鶴如上人

得來松下宿，初月澹相親。山近住難定①，僧高别更真。暗泉隨去馬，急葉捲歸人②。過盡碧雲處，我心慚隱淪。

高凉司馬行原注：贈孫孝若。○《昭文縣志》：孫魯字孝若，號沂水，朝肅子。順治壬辰進士，授衢州司李，量移高州同知。缺裁，補紹興，陞知大同府。地邊徼，俗樸僿，以禮讓化之。值三藩叛逆，邊鎖告嚴，魯慎固封守，兵民安堵。母老，請終養，歸。按此蓋送其同知高州耳。《一統志》：高州，古越地，秦屬南海郡，漢曰高凉，三國吴曰高興。《據梧齋麈談》：俗以同知爲司馬，本沿唐人刺史、司馬之稱耳。然唐人知其不典，時以隱語别之。《耳目記》：唐武宗時，真定縣宰李尚以守梨樹不謹，曾風折一枝，降爲冀州典午。

高凉司馬才如龍，眼看變化疇人中。豪華公子作能吏③，刻苦不與尋常同。十年太末聲名

① 近，士禮居本作「静」。
② 葉，《家藏稿》本作「月」。捲，士禮居本作「倦」。
③ 作能，士禮居本作「能作」。

好，《一統志》：太末故城，今衢州府龍游縣治。隨牒單車向嶺表〔一〕。猿嘯天邊雁北飛①，相思不斷如春草。官清喜得鄉園近，載米嘗聞上山郡〔二〕。此去雖持合浦珠，炎州何處沽佳醖？君今萬事隨雙屐②，浮踪豈必嗟行役。婚嫁初完身計空③，掉頭且作天涯客。江南賦税愁連天，笑余賣盡江南田。京華權貴書盈寸，笑余不作京華信。平生聲伎羅滿前，襆被獨上孤篷船。到日蘭芽開百本，飽啖荔枝寧論錢。故舊三人腸幾轉，白頭老輩攤吟卷。王宰丹青價自高④，周郎酒興愁來減。王謂王石谷翬，周謂周孝逸雲驤也。《文集》：余贈孫孝維詩有「曲江花落悟浮名」句，蓋指扶桑也。吾友周孝逸歸自尚湖，攜諸子倡和之作，感舊論心，纏綿悱惻。《確菴文稿》：孝逸所居逸園，故瑯琊舊宅。日焚香灑掃，讀書其中。爲人原本忠孝，不畏强禦，所著古文辭激昂慷慨，有龍泉、太阿斷蛟刺犀之概。三衢橘柚廣州柑，夢遶江南與海南。吾谷霜楓回首處⑤，錯認桄榔是鄉樹。

〔一〕〔隨牒〕《漢書·匡衡傳》：但以無階朝廷，故隨牒在遠方。注：謂隨選補之常牒。

① 飛，士禮居本作「風」。
② 今，士禮居本、《家藏稿》本作「言」。
③ 初，士禮居本、《家藏稿》本作「粗」。
④ 價，士禮居本作「氣」。
⑤ 霜楓，士禮居本作「風霜」。

〔三〕〔載米〕《晉書·鄧攸傳》：吴郡闕守，帝以授攸。攸載米之郡，惟飲吴水而已。

贈張以韜來鶴詩

《昭文縣志》：張文鉞字以韜，新安人，好聚書畫。有白鶴下庭不去，因顔其堂曰來鶴，名人題詠。子道浚字廷先，學晉人書，鼓琴畫竹，翛然修潔之士。

草聖傳家久著聞，斗看孤鶴下層雲。路從蓬島三山遠，影落琴川七水分。自是昂藏矜鳳侶，休教嫉妬報雞群。春風一樹梅花發，耐守寒香孰似君。以韜僑寓常熟。

題畫

澤潞千山遶訟堂①，江程到日海城荒。王郎妙手驅名勝，廳壁雲生見太行。

其二

八詠樓頭翠萬重，使君家傍洞門松。不知尺許蒼茫裏，誰是雙溪第一峰。

---

① 潞，《家藏稿》本作「路」。

其三

臺池蕭瑟故園秋，庾嶺朱輪感昔游。文采尚存先業廢，紙窗風雨寫滄州。

其四

太守囊惟賣畫錢，琴書長在釣魚船。長官近欲知名姓，築屋江村擬種田。

題海虞孫子長七十壽圖

《昭文縣志》：孫永祚字子長，號雪屋。崇禎乙亥拔貢，授推官，弗赴，隱居教授，從學者傾郡縣。每語弟子曰：文章事業不從五倫中出者，猶爲無本之學。身長八尺，鬚眉如畫，雖居閒處獨，氣體肅然。品行端潔，穿貫經史，著古文詩賦甚富。有《夜氣箴》《雪屋集》。

《春秋》注就授生徒，虞仲祠前一老夫。烏几看雲吟箇閣〔一〕，布帆衝雨醉菱湖〔二〕。空山撫操彈三峽，故國興懷賦《兩都》。同輩半非身健在，爲誰寫入煉丹圖。原注：虞有徐神翁煉丹處。

〔一〕〔箘閣〕謝玄暉詩：隨山望箘閣。

〔二〕〔菱湖〕《一統志》：龐山湖，在吴江縣東三里，下流即爲菱湖。

觀蜀鵑啼劇有感並序。○此詩贈嶼雪，時多題跋，《西堂雜俎》所載其一也，兹不具録。

蜀鵑啼者，丘子嶼雪爲吾兄成都令志衍作也。《昭文縣志》：丘嶼雪名園，常熟人，東海侯岳之後。隱居塢丘，跌宕不羈，縱浪詩酒，善度曲，被新聲，《蜀鵑啼》外又有《歲寒松》諸樂府，皆有元人之遺。志衍一官遠宦，萬里嚴裝，愛弟從行，故人送别。上游梗塞，盡室扶攜。既舍水而登山，甫自滇而入蜀。北都覆没，西土淪亡，身殉封疆，家罹鋒鏑。嗚呼，三十六口，痛碧血之何存；一百八盤，招游魂而莫返。無兒可托，有弟言歸。竄身荆棘之林，乞食猓猔之族。望蠻烟而奔走，脱賊刃以崎嶇。恥趙禮之獨全，赤眉何酷；恨童烏之不免，黄口奚辜。《婁東耆舊傳》：述善字事衍，年甫冠，從兄宦成都。志衍知不可守，謀寄孥雅州，以長子孫慈爲托。雅州守王國臣素與賊通，凡王府薦紳眷屬在境中者，盡報賊，囚送成都。公家三十六口悉在行中。事衍踰垣得脱，匿一祠中，少定，乃緩步而前，人以其無遽色不致詰。藏伍百裘姓家，既廉知舉家被難狀，唯不見孫慈，冀萬一得全。賊虐甚毒，乃他竄，宵行晝伏，齧草飲泉，雖隆冬無寸綿蔽體，手足瘃裂。變姓名爲傭，賣屨自給，萬死間關得還桑梓。爰將委巷之謳①，展作巴渝之舞。庚子山之賦傷心，時方板蕩；袁山松之歌行路，聞且欷歔。余也老逐歡游，間逢浩唱②，在中年早傷於哀樂，况昔夢重感乎交朋？豈獨伍相窮來，憐者有同聲之嘆；遂使雍門曲罷，泫然如亡邑之人③。瞻望兄兮猶來，思悲翁而不見。蘭堂客散④，金谷詩成。非關聽伎之吟，聊當懷人之什爾。

花發春江望眼空，杜鵑聲切畫簾通。親朋形影燈前月，家國音書笛裏風。百口悔教從鳥道，一官催去墮蠶叢。雪山盜賊今何處，腸斷箜篌曲未終。

其二

江關蕭瑟片帆留，策馬俄成萬里游。失計未能全愛子，端居何用覓封侯。雲山已斷中宵夢，絃管猶開舊日樓。二月東風歌水調⑤，鶺鴒原上使人愁。《婁東耆舊傳》：事衍于乙酉春夏間南

---

①謳，士禮居本作「歌」。
②間，士禮居本、《家藏稿》本作「閒」。
③然，《家藏稿》本作「焉」。
④堂，士禮居本作「臺」。
⑤歌，《家藏稿》本作「吹」。

走汭津，北奔劍閣。時往來成都，冀遇孫慈。後得郫縣傳某信，云初爲僞相汪某、僞將王某所匿。兩人見年幼，憐之，欲養爲子。後慮事泄，告獻賊，并殺之。

其三

平生兄弟劇流連，高會南樓盡少年。《確菴文稿》：其入蜀也，置酒張樂。伶工奏《精忠》樂府，音節悲壯，座客人人泣下。往事酒杯來夢裏，新聲歌板出花前。青城道士看游戲，白髮衰翁漫放顛。雙淚正垂俄一笑，認君真已作神仙。原注：劇中志衍兵解仙去。

其四

過盡蠻江與瘴河，還家有弟脱兵戈。《婁東耆舊傳》：事衍圖東歸，而語雜吴、蜀，頻遭詰，且土盜侵掠，不能出境，復逃入卬州孫孝廉家。孝廉號飛谷，前江南督學孫六老子，有北海賓石之風，匿之别室。後偕逃入天全六番，得以不死。顛沛共四年，扶服萬里，趼足而歸。狂從劇孟千場博，老愛優旃一曲歌。紅豆花開聲宛轉，緑楊枝動舞婆娑。不堪唱出關山調①，血涴游魂可奈何②。《婁東耆舊傳》：事衍仿蕭氏亂離之志，叙蒙

① 出，士禮居本、《家藏稿》本作「徹」。
② 涴，士禮居本、《家藏稿》本作「污」。

難始末，人呈一通。且云成都一大都會，富麗甲天下，一旦城谷盡圮，白骨山積，所屬三十餘縣人民盡殲。再過其地，唯見鬼燐血跡、荒烟蔓草而已。

觀王石谷山水圖歌《昭文縣志》：王翬字石谷，號耕烟子。幼摹一二名跡，王廉州鑑一見奇之，與奉常時敏邀致西田别墅。盡發所藏，相與探尋，業益進，名益起。嘗奉詔繪《南巡圖》，一時公卿題贈，卷軸如牛腰。年逾八十，猶盤薄不衰。四方爭走金幣①，冀獲其真者。

世間勝事誰能識，兵戈老盡丹青客②。真宰英靈厭寂寥，江山幻出王郎筆。王郎展卷閒窗淨，良久呼之曾不應。剪水雙瞳鎮日看，側身似向千峰進。一時儒雅高江東，氣韻吾推里兩翁。兩翁，謂奉常、廉州也。以下皆叙兩翁之畫，原石谷畫之所師承。師授雖真肯沿襲，後生更自開蠶叢。取象經營巧且密，丰神點拂天然中。頓挫淋漓寫胸臆，研精毫髮摹宗工。此宗工指王叔明蒙。廣陵花月扁舟送，貴戚豪華盛供奉。不惜黄金購畫圖，好奇往往輕南宋。妙手裝潢伎絶倫，殘縑斷墨俄飛動。闔閭城下收藏家，誅求到骨愁生涯。僅存數軸用娱老，載去西風響鹿車。此語公自謂。君也侯門趿珠履，此下入石谷。晴日湘簾憑畫几。奕罷雙童捧篋來，

① 幣，士禮居本作「帛」。
② 兵，士禮居本作「干」。

狎客何知亦咨美。笑持茗椀聽王郎，鑒別妍媸臻妙理。作者風流異代逢，賞心拊掌王孫喜。枉買青蛾十萬錢，移人尤物惟山水。王郎馳譽滿通都，軟裘快馬還東吴。道邊相識半窮餓，致身猶是憂妻孥。羨君人材爲世出，盛年絶藝須難得。好求真訣走名山，粉本終南兼少室。攬取荆關入手中①，歸帆重譜烟江色②。諸侯書幣迷深處，搦管松根醉箕踞。絹素流傳天壤間，白雲萬里飛來去。

題王石谷畫

緑樹參差倚碧天，波光瀲灩尚湖船。烟巒自繞王維墅，不必重參畫裏禪。

其二

初冬景物未蕭條，紅葉青山色尚嬌。一幅天然圖畫裏，維摩僧寺破山橋。

① 手，士禮居本、《家藏稿》本作「掌」。
② 譜，士禮居本、《家藏稿》本作「補」。

題錢黍谷畫蘭原注：爲袁重其祼祝。○黍谷名朝鼎，常熟人，受之宗也。刑部主事，歷官大理少卿。《確菴文藁》：黍谷家虞山之麓，有樓三楹。軒窗闌楯，與山相接。以趙松雪所書「山滿樓」額其楣。黍谷雅善鼓琴、覆碁、畫香草、作正書，其多藝有如此者。袁重其名駿，蘇州人，有孝行。

謝家燕子鬱金堂，玉樹東風遶砌長。帶得宜男春鬭草，衆中推讓杜蘭香。《晉書·曹毗傳》：時桂陽張碩爲神女杜蘭香所降，毗以二詩嘲之。

其二

北堂萱草戀王孫，膝下含飴阿母恩。錯認清郎貪卧雪，生兒强比魏蘭根。《北齊書·魏蘭根傳》：魏蘭根，鉅鹿曲陽人也。

許九日顧伊人和元人齋中雜詠詩成持示戲效其體①元人楊載仲弘有《東陽

① 士禮居本題無「詩」字。

十題》詩①。此八題外，合敗裘、卧鐘爲十也。

焦桐

流落中郎怨，熏風意乍開。響因知己出，歌爲逐臣哀。一曲尊前奏，千金爨下材。漢家忘厝火，絶調過江來。中郎本傳：吴人燒桐以爨云云。而中郎陳留人，官于長安，故云過江也。

蠹簡

飽食終何用，難全不朽名。秦灰招鼠盜，魯壁竄鯫生。刀筆偏無害，神仙豈易成。却留殘缺處，付與豎儒爭。

殘畫

原自無多筆，年深色便凋②。茶烟衝雨過，竹粉遇風飄。童懶犀從墮，兒頑墨誤描。六朝

---

① 題，士禮居本作「詠」。

② 便，士禮居本、《家藏稿》本作「更」。

金粉地，落木更蕭蕭。

舊劍

此豈封侯日，摩挲憶往年。恩仇當酒後，關塞即燈前。解去將誰贈，輸來弗值錢。不逢張壯武，辜負寶刀篇。

破硯

一擲南唐恨〔一〕，拋殘剩石頭。江山形半截，寶玉氣全收。洗墨池成玦〔二〕，窺書月仰鈎。記曾疏闕失，望斷紫雲愁。

〔一〕〔南唐〕《書苑》：當南唐有國時，于歙州置硯務。選工之善者，命以九品之服，號硯務官。

〔二〕〔玦〕蘇詩：近者唐夫子，遠致烏玉玦。《詩話》：烏玉玦，墨也。

廢檠

憶曾同不寐，棄置亦何心。喜伴疎窗冷，愁添老屋深。書將隣火映，夢共佛燈沉。莫歎蘭膏燼，應無點鼠侵。

塵鏡

舉目風塵暗，全遮皓魄輝。休嗟青鏡改，憐我白頭非。秦女粧猶在，陳宮淚乍揮①。不知徐孺子〔一〕，負局幾時歸〔二〕。

〔一〕〔徐孺子〕《貧士傳》：徐穉字孺子，常齎磨鏡具，到所住傭以自給。
〔二〕〔負局〕《列仙傳》：負局先生者，不知何許人也。語似燕、代間人，負磨鏡局狥吴市中。

斷碑

妙蹟多刓缺②，天然反失真。銷亡關世代，洗刷見精神。搨處懸崖險，裝來斷墨新。正從毫髪辨，半字亦先秦。

① 乍，士禮居本作「怎」。
② 刓，士禮居本、《家藏稿》本作「完」。

送贛州曾庭聞孝廉移家寧夏《一統志》：寧都州，在贛州府東北三百二十里。寧夏府，在甘肅布政司東北九百四十里。曾畹初名傳燈，字楚田，後更名畹，字庭聞，江西寧都人，順治丁酉舉人。弟傳燦，字青藜。

十年走馬向天涯，回首關河數暮鴉。大庾嶺頭初罷戰，賀蘭山下不思家。詩成磧裏因聞雁，書到江南定落花。夜半酒樓羌笛起，軟裘衝雪踏鳴沙。《一統志》：鳴沙故城，在寧夏府中衛縣東。

贈何匡山《嘉定縣志》：何平字匡山，先世自宋時居婁塘，明中葉徙居京師。工詩，崇禎庚辰進士，任高密知縣。入國朝，歷官福建參議，罷官後，攜家歸故里。

早年納節卧滄浪，回首風塵鬢髮蒼。陶令軍營姑熟口，原注：大兵收溧陽，參其軍事。謝公游墅石門莊。原注：後僑寓溧陽。太白所謂石門精舍即其地也。○按石門莊即石屋山，傳歐冶鑄劍處也。山田種後輸常税①，海國歸來認故鄉。原注：何本瞟城人，今歸。二月村居春雨足，官梅花發爲何郎。

---

① 後，士禮居本、《家藏稿》本作「罷」。

賦得西隱寺古松原注：次葉訒菴韻贈陸翼王。○《嘉定縣志》：西隱寺，在縣西北清境塘上，元泰定元年僧悦可建。大雄殿前羅漢松二株相對，大可合抱，不甚高，而枝幹奇古如鐵，蓋三四百年物。今殿毁，松榮茂如故①。葉訒菴名芳靄，字子吉，崑山人。官至禮部尚書，卒謚文敏。陸元輔字翼王，號菊隱，爲黄陶菴先生淳耀入室弟子。陶菴殉義，翼王爲葺其遺集。

誰將東海月，掛在一株松。鄭元祐《僑吴集·題西隱寺古松》詩：月到中庭開碧落，星從南極上滄溟。千年一息那伽定，長結慈雲擁帝青。此起句用其語。偃蓋荒祠暗，槎枒蘚石封。寒生高士骨，瘦入定僧容。絶頂危巢鸛，奔枝破壁龍②。盤根供客踞，掃葉認仙蹤。風寂吹常謖，泉枯灑若淙。性孤千尺傲，材大百年慵。葛相堪同卧，秦皇恥再逢。鹿芝香作供，鶴草錦成茸。影出層雲外，霜天落曉鐘。

① 故，底本原作「古」，據士禮居本改。
② 破，原作「礙」，據士禮居本、《家藏稿》本改。

讀陳其年邗江白下新詞

徐原一《陳檢討墓誌》：其年諱維崧，別號迦陵。遇花間席上，尤喜填詞。興酣以往，常自吹簫而和之，或指以爲狂。其詞多至累千餘闋，古所未有也。

漫寫新詞付管絃，臨春奏伎已何年。笑他狎客無才思，破費君王十萬箋〔一〕。《池北偶談》：金陵丁胤嘗與余游祖堂寺，憇呈劍堂，指示余曰：此阮懷寧度曲處也。阮于此山每夕與狎客飲，以三鼓爲節。客倦罷去，阮挑燈作傳奇。《燕子箋》《雙金榜》《獅子賺》皆成于此。

〔一〕［十萬箋］《語林》：王右軍爲會稽内史，謝安就乞箋紙。庫中有九萬箋紙，悉與之。

其二

鈿轂珠簾燕子忙①，宮人斜畔酒徒狂。阿麽枉奏平陳曲〔一〕，水調風流屬窈娘〔二〕。

〔一〕［阿麽］《隋書·煬帝紀》：小字阿麽。開皇八年冬，大舉伐陳，以上爲行軍元帥。陳平，天下稱賢。

① 鈿，士禮居本作「細」。

〔二〕［水調］趙德先《樂苑》：水調，商調曲也。隋煬帝幸江南時所製。
［窈娘］《道山新聞》：李後主宫嬪窈娘纖麗，善舞《回旋》，有凌雲之態。

其三

落日青溪載酒時，靈和垂柳自絲絲。沈郎莫作齊宫怨〔一〕，唱殺南朝老伎師①。

〔一〕［沈郎］《梁書·沈約傳》：嘗侍讌，有伎師是齊文惠宫人，帝問識座中客不，曰：「惟識沈家令。」沈伏座流涕。又《嫏嬛記》：謝秘書愛《沈約集》，獨構一室，四壁寫沈詩，大書于額曰沈郎書室。

其四

冶習春來興未除，豔情還作過江書。長頭大鼻陳驚座〔一〕，白袷諸郎總不如。

〔一〕［長頭大鼻］《漢書·陳遵傳》：長頭大鼻，容貌甚偉。

① 南朝，士禮居本作「江南」。

詠柳原注：贈柳雪生。

走馬章臺酒半醒，遠山眉黛自青青。輸他張緒誇年少，柳宿旁邊占小星。原注：柳、星、張三宿同度。

其二

十五盈盈擅舞腰，無言欲語不能描。武昌二月新栽柳，破得工夫鬬小喬。原注：時有喬姬，亦擅名。

其三

萬條拂面惹行塵，選就輕盈御柳新。枉自穆生空設醴，可憐青眼屬誰人。原注：穆君初與雲遇，爲畫眉人所奪。○雲當是雪生名，或即是雪字。畫眉人，姓張者也，故前首有張緒云。

其四

玉笛聲聲唤奈何，柳花和淚落誰多。灞橋折贈頻回首，惆悵崔郎一曲歌。原注：崔即主人歌童也。

題沙海客畫達摩面壁圖

《舊唐書·僧神秀傳》：昔後魏末有僧達摩者，本天竺國王子，以讓國出家，入南海，得禪宗妙法。《傳燈録》：二十八祖達摩，上嵩山少林寺，面壁九年。

松風拂拂水泠泠，參得維摩止觀經。從此西來真實義，掃除文字重丹青。

題二禽圖

舊巢雖去主人空，剪雨梢風自在中。却笑雪衣貪玉粒，羽毛憔悴閉雕籠。

雜題

白袷春衣繫隱囊，少年吹笛事寧王。武昌老者如相問，翻得伊州曲幾行。敬亭、崑生而外，又有此人。

送錢子璧赴大名

錢穀字子璧，華亭人。詩有《後江集》。赴大名，客相國成文穆公基命家也。成光字仲謙，相國次子，有《送錢子璧師南歸》詩云：自昔人歌行路難，歸途雨雪幸加餐。明珠未合塵中擲，神劍須從斗外看。浹歲春風留絳帳，數聲秋雁急征鞍。

躊躇分手情何限，玉漏清尊午夜寒。

一騎衝寒雪，孤城叫晚鴉。參軍雄鎮地，上客相公家。酒盡河聲合，燈殘劍影斜。信陵方下士，旅思莫興嗟。

吴梅村詩集箋注卷第十一

古近體詩八十九首起庚子訖丙午

送杜公弢武歸浦口

《明史·杜桐傳》：崑山人，徙延安衛。子文焕，字弢武。《卧龍山人集》：杜公以大將起家榆林，而其先固崑人也。易姓後，因居于崑。未幾，往浦口依其故部曲，移書告别，其言辭頗悽楚。

將軍威名著關隴，紫面虬髯鋒骨竦①。西州名士重人豪，北地高門推將種。起家二十便登壇，氣壓三河震百蠻。夜半旌旗度青海，雪中笳鼓動蕭關〔一〕。當時海内稱劉杜，死事忠勳君叔父。《明史·劉綎傳》：字省吾。萬曆四十六年，帝念遼警，召爲左府僉書。明年二月，經略楊鎬令綎及杜松、李如柏、馬林四路出師。綎已深入三百里，爲大清兵所乘，大潰，綎戰死。《杜桐傳》：桐字來儀，自偏裨至大帥，積首功至

① 髯，《家藏稿》本作「鬚」。

一千八百，時服其勇。弟松字來清，有膽智，勇健絶倫，由舍人從軍，累官至山海總兵。萬曆四十七年七月，與大清兵戰于阧凡山旁吉林厓，敗没于陣。**黄砂磧上起豐碑，李氏功名何足數。**謂李成梁諸子如松、如樟、如梅、如柏輩也。高士奇《扈從東巡日録》：廣寧城南廬舍畧存，城北皆瓦礫，惟李成梁石牌樓尚在。按渾河之戰，明四路進兵，李如柏獨全師而遁，故云。**君爲猶子有家風，都護防秋杖節同**〔二〕。**白帝傳烽移劍外，黄巾聞警出榆中。功敗垂成謀不用，十年心力堪悲痛。只今天地滿風塵，餘生淪落江南夢。**《明史·杜桐傳》：桐子文焕，由蔭叙歷延綏副總兵，屢敗寇。西路沙計盗邊，爲文焕所敗，遂納欵火落赤諸部落，獻罰九九。九九者，部落中罰駝馬牛羊數也。已沙計又伏兵沙溝，誘殺都指揮王國安，犯雙山堡，復犯波羅，文焕擊破之，追奔二十餘里。套虜屢不得志，相繼納欵，延綏遂少事。尋以疾歸。天啟元年，再鎮延綏。奢崇明圍成都，令文焕往救，尋擢總理，盡統川貴湖廣軍。度不能制賊，謝病去。**江南烟雨長菰蒲，蟹舍漁莊家有無。醉裏放歌衰鬢短，狂來摇筆壯心蘇**〔三〕。**自言少年好詩酒，學佛學仙徧師友。牀頭真訣幸猶存①，肘後陰符復何有。嗟余憔悴卧江潭，騎省哀傷初未久。君來一見即論文，謂結婚姻商不朽。蹉跎此意轉成空，自恨愆期負若翁。非是雋君辭霍氏**〔四〕，**終然丁掾感曹公**〔五〕。公配郁淑人卒于丙申，此當是丁酉戊戌間事，詩意懷舊追述之。**此後相逢輒悲嘆，秦關何處鄉書斷。苦憶江南欲住難，羈棲老病無人看。三經出塞五專征，**《杜桐傳》：文焕坐延綏失事罪戍邊。天啟七年，起鎮寧夏。寧、錦告急，詔馳援，俄

---

① 存，士禮居本、《家藏稿》本作「在」。

令分鎮寧遠。崇禎三年，署延鎮事，兼督固原軍。四年，御史吴甡劾其殺延川難民冒功，下獄褫職。十五年，用總督楊文岳薦，以故官討賊。子弘域，歷延綏副總兵，代父鎮寧夏，積資至右都督、總兵。一卷詩書記姓名。奴僕旌旄多甲第，親朋兵火剩浮生。重向天涯與我别，憑闌把酒添嗚咽①。烟水蘆花一雁飛，回頭却望江南月。

〔一〕〔蕭關〕《一統志》：蕭關，在平凉府固原州東南三十里。

〔二〕〔防秋〕《唐書·陸贄傳》：西北邊歲調河南江淮兵，謂之防秋。

〔三〕〔心蘇〕杜子美詩：心蘇七校前。

〔四〕〔辭霍氏〕《漢書·雋不疑傳》：大將軍光欲以女妻之，不疑固辭。

〔五〕〔感曹公〕《魏志》注：《魏畧》曰：丁儀字正禮，沛郡人也。太祖欲以愛女妻之，以問五官將，曰：「女人觀貌，而正禮目不便，誠恐愛女未必悦也。」太祖從之。尋闢儀爲掾，嘉其才朗，曰：「丁掾好士也，是吾兒誣我。」

① 嗚，士禮居本、《家藏稿》本作「凄」。

八風詩并序

余消夏小園，風㙲然而四至①。雖泠泠可以析酲已疾，而凄其怒號，不能無爰居之思避。其庶人之雌風乎？聊廣其意，作爲此詩，莊、列寓言，沈、謝作賦，庶以鳴候蟲而諧比竹。若云竢諸輶軒，則此不足採也。

東風

汴水楊花撲面迎，飄飄飛過洛陽城。陶潛籬畔吹殘醉，宋玉墻頭送落英。油壁馬嘶羅袂舉②，緑塘波皺畫簾聲。獨憐趙后身輕甚，斜倚雕闌待月生。

南風

玉尺披圖解愠篇，相烏高指越裳天。終南雲出松檜響，雙闕雨飛鈴索懸。師曠審音吹不

---

① 㙲，士禮居本作「滃」。

② 袂，士禮居本、《家藏稿》本作「袖」。

競，鍾儀懷土操誰傳。九疑望斷黄陵廟，曾共湘靈拂五絃。

西風

落日巴山素女秋，梧宫蕭瑟唱凉州。白團掌内恩應棄，絳蠟窗前淚未收。隴坂征夫蘆管怨，玉關思婦杵聲愁。可堪益部龍驤鼓，獵獵牙旗指石頭。

北風

萬里扶摇過白登，少卿書斷雁難憑①。蕭梢駿尾依宛馬，颯爽雄姿刷代鷹。野火燒原青海雪，驚沙擊面黑河冰。愚公墐户頭如蝟，傳道君王獵霸陵。

東南風

紫蓋黄旗半壁中，斗牛斜直上游通。漫分漢沔魚龍陣，須仗江湘烏鵲風。捩柁引船濡口利，禡牙揮扇赭圻功。試看片刻周郎火，一捲曹公戰艦空。原注：《三國志·周瑜傳》注：黄蓋取輕

① 斷，士禮居本作「信」。

艦十舫，載燥荻枯柴，建旌旗于上，時東南風急，同時火發①，燒盡北船，曹公退走。

西南風

武帝雄圖邛筰開，相如馳傳夜郎回。巴童引節旌旄動，僰馬隨車塵土來。堯女尚應愁赭樹，原注：《史記》：秦皇西南渡淮水，浮江至湘山祠，逢大風，幾不得渡，知是堯女，使刑徒伐湘山樹，赭其山。楚王從此怕登臺。小臣欲進乘槎賦，萬里披襟好快哉。此首通就漢武説。因唐蒙畧通西南夷，故前四句用相如馳傳，而得力處在一回字，蓋由西南而之東北，故謂之西南風也。巴童、僰馬與邛筰、夜郎皆點染西南，引節、隨車，俱跟馳傳。旌旄從節字生出，塵土從車字生出，動字、來字俱從回字生出，切合風字意。結用張騫事，亦以騫盛言大夏在漢西南，天子乃令王然于、柏始昌、吕越人等十餘輩間出西南夷也。

東北風

飛廉熛怒向人間，徐福求仙恨未還。萬乘雨休封禪樹，原注：《史記·封禪書》：始皇上太山，遇暴風雨，休于大樹下。八神波斷羨門山。原注：《史記》：三神山在渤海中，患且至，則風引船而去。始皇時，方士皆以風爲解。又，八神皆在齊北，成山斗入海，最居齊東北隅。蕭蕭班馬東巡海，發發嚴旌北距關。錯認祖

---

① 火發，士禮居本、《家藏稿》本作「發火」。

龍噫氣盛，蓬萊咫尺竟誰攀。此首通就秦皇説。

西北風

沛宮親作大風歌，往事彭城奈楚何。身陷重圍逢晦冥，天留數騎脱干戈。原注：《史記》①：項王圍漢王三匝，大風從西北起，折木發屋②，揚沙石，窈冥晝晦，楚軍亂，漢王乃得遁去③。威加河朔金方整，地遶幽并殺氣多。好祭蚩尤禡風伯，飛揚長護漢山河。此首通就漢高説。

七夕即事順治十七年七月，皇貴妃董氏薨逝，即端敬皇后也，是年貴妃先喪皇子。此詩前三首志其入宫之事，末章爲帝子傷逝。

羽扇西王母，雲軿薛夜來。鍼神天上落，槎客日邊回。鵲渚星橋迥，羊車水殿開。祇今漢武帝，新起集靈臺〔一〕。

① 史記，據士禮居本、《家藏稿》本補。
② 木，底本原作「未」，據士禮居本、《家藏稿》本改。
③「得」，據士禮居本、《家藏稿》本補。

〔一〕〔集靈臺〕《三輔黄圖》：集靈臺，在華陰縣界，漢武帝造。

其二

今夜天孫錦，重將聘洛神。黄金裝鈿合，寶馬立文茵。刻石昆明水〔一〕，停梭結綺春。沉香亭畔語〔二〕，不數戚夫人〔三〕。

〔一〕〔刻石〕《長安志》：昆明池作二石人，東西相望，象牽牛、織女。

〔二〕〔沉香亭〕《説郛·玄虚子志》：明皇朝夕思惟，形神憔悴。有道士以少君術求見，上極其寵待，冀得復見。于是太真在帳中，見上泣曰：以天下之主，不能庇一弱女，何面顔復見妾乎！沉香亭下月中之誓何在也？

〔三〕〔戚夫人〕《西京雜記》：戚夫人侍兒賈佩蘭説在宫時，七月七日，臨百子池作于闐樂云云。按此云「不數戚夫人」，蓋言楊妃死後猶有海外仙山一段佳話也。

其三

仙醖陳瓜果，天衣曝綺羅〔一〕。高臺吹玉笛，複道入銀河。曼倩詼諧笑，延年宛轉歌。江南新樂府，齊唱夜如何。

〔一〕〔曝綺羅〕《西京雜記》：太液池西有漢武帝曝衣樓，七月七日，宫女出后衣曝之。

其四

花萼高樓迥，岐王共輦游。淮南丹未熟，緱嶺樹先秋〔一〕。詔罷驪山宴，恩深漢渚愁①。傷心長枕被，無意候牽牛。

〔一〕〔緱嶺〕《列仙傳》：王子喬者，周靈王太子晉也。告桓良曰：「告我家，七月七日待我緱氏山巔②。」至時果乘白鶴駐山頭。

七夕感事題旨同前。

天上人間總玉京〔一〕，今年牛女倍分明。畫圖紅粉深宫恨，砧杵金閨瘴海情。南國緑珠辭故主，北邙黄鳥送傾城。憑君試問雕陵鵲〔二〕，一種銀河風浪生。

① 渚，士禮居本作「主」。
② 巔，士禮居本作「上」。

〔一〕〔玉京〕《枕中書》：玄都玉京七寶山，週迴九萬里，在大羅天之上。

〔二〕〔雕陵鵲〕《莊子》：莊周遊乎雕陵之樊，覩一異鵲自南方來者，翼廣七尺，目大運寸，感周之顙而集于栗林。

庚子八月訪同年吴永調於錫山有感賦贈

《常州府志》：崇禎辛未進士吴其馴，無錫人，兵部員外。

廿載京華共酒尊，十人今有幾人存。原注：京師知己爲真率會，今其人零落已盡。○《文集》：余同年進士在無錫者五人，吴君永調用足疾引休，今秋以書來曰：五人者唯吾在耳。按五人者馬素修世奇、唐玉乳錫蕃、錢凝菴振先、王畹仲孫蘭及吴永調其馴也。素修以殉節，玉乳以病，凝菴以兵，皆死。畹仲入本朝爲韶州兵備道，寇難逼，自經死。多愁我已嫌身世，高卧君還長子孫。士馬孤城喧渡口，雲山老屋冷溪門。相逢萬事從頭問，樺燭三條照淚痕。

其二

杖藜何必遠行游，抱膝看雲鶴氅裘。天遣名山供户牖，老逢佳節占風流。干戈定後身還健，花月閒時我欲愁。莫嘆勝情無勝具〔一〕，亂峰深處着高樓。原注：永調有足疾。

〔二〕〔勝具〕《世説》：許掾好游山水，而體便登涉，時人云許掾非徒有勝情，實有濟勝之具。

其三

黄花秋水五湖船，客髩蕭騷别幾年。老去妻孥多下世，窮來官長有誰賢。酒杯驅使從無分，書卷消磨絶可憐。賸得當時舊松菊，數間茅屋對晴川。

其四

虚臺便闕信沉沉，話及清郎淚不禁。到處風波寧敢恨，僅存兄弟獨何心。南州師友江天笛，北固知交午夜砧。從此溪山避矰繳，暮雲黄葉閉門深。

秋日錫山謁家伯成明府臨别酬贈《鞶帨巵談》：吴伯成名興祚，本山陰吴大司馬之族，先世遷遼之清河，國初從龍起。父執忠字匪躬，由畿縣令内陞御史，歷任福建、湖廣按察使。伯成始令萍鄉，再任大寧，後知無錫縣，丁母憂歸。後歷官福建巡撫，勦海寇鄭成功有功，給世職，拜他喇布勒哈番，兼一等拖沙喇哈番，陞兩廣總督，入爲兵部尚書。

吾家司馬山陰公，子弟變化風雲中。琱戈帶礪周京改，碣石關河禹穴通。《明史·吴兑傳》：字君澤，山陰人。嘉靖三十八年進士，由郎中遷湖廣參議。隆慶五年，擢右僉都御史，巡撫宣府。釋褐十三年得節鉞，前此未有也。時俺答初封貢①，而昆都力、辛愛陰持兩端爲患，兑有智計，操縱馴伏之。萬曆二年，推欵貢功，加右副都御史、兵部右侍郎。五年夏，總督宣大、山西軍務。九年，復總督薊遼保定，兼巡撫順天。兑修義州城以備，速把亥明年春入寇，總兵李成梁擊斬之，詔進兑兵部尚書。

泰伯城頭逢季子〔一〕，登高極目霜楓紫。七十烟巒笠澤圖，三千歲月勾吴史。遍觀《易象》與《春秋》，《魯頌》《唐風》費考求。縞帶贈來同白璧，干將鑄就勝純鈎②。此中盡説春申澗〔二〕，草荒幸舍飛鳬雁。珠履何人解報恩，蒯緱枉自勤垂盼。黄初才子好加餐，季重翩翩晝省看。早負盛名游鄴下，只今詩酒駐江干。江干足比梁園勝，追陪衰叟招枚乘。八斗君堪跨建安③，一編我尚慚長慶。剡山東望故人遥，玉局金吾未寂寥。汗簡舊開都護府，蘭臺新插侍中貂。

吴兑孫孟明蔭錦衣千户，子邦輔襲職亦理北司刑。邦輔與公雅故，故云「玉局金吾」，且稱故人也。都護府謂總督薊遼，侍中貂謂執忠曾陞御史也。《明史》：孟明爲錦衣千户，佐許顯純理北司刑讞，汪文言頗左右之，顯純怒，誣孟明藏匿亡命，考訊削籍。崇禎初，起掌衛事。邦輔當崇禎末，姜埰、熊開元繫詔獄，帝欲置之死，邦輔故緩其獄。帝稍怒解，令嚴訊主使，邦輔畧訊即上，二人由是獲免。

感君意氣從君飲，燈火松窗安伏枕。數枝寒菊映琴心，百斛清泉定茶品。歸家回

---

① 答，底本原作「得」，據士禮居本改。

② 純，士禮居本作「吴」。

③ 跨，士禮居本作「誇」。

首木蘭舟，鐘鼓高城暮靄收。最是九龍山下水，伴人離抱向東流。

〔一〕〔泰伯城〕《一統志》：泰伯城，在無錫縣東南三十里。

〔二〕〔春申澗〕陸鴻漸《遊慧山記》：望湖閣西有黃公澗者，昔楚考烈王封春申君黃歇于吳之故墟，即此。

秦留仙寄暢園三詠原注：同姜西溟、嚴蓀友、顧伊人作。○秦松齡字留仙，號對巖，無錫人。順治乙未進士，官檢討，已居林下十餘年，復舉博學鴻詞科，官諭德。姜宸英字西溟，慈谿人，以古文名當世，未第時薦入明史館①，撰《刑法志》。己未，就宏博徵，後以薦入館②，食七品俸。至年七十，丁丑科第三人及第。典己卯順天試，或發其私，入獄而卒。嚴繩孫字蓀友，無錫人，以布衣應己未鴻博試，官檢討，遷右中允。有墓田丙舍，溪橋曰藕蕩，因自號藕蕩漁人。所著有《秋水集》，兼善繪事。《常州府志》：秦氏寄暢園，在無錫惠山寺左。正德中，秦端敏公金置，引澗泉作池，聲若風雨。二百餘年，易主而不易姓。

① 薦，士禮居本作「即」。

② 館，底本原作「官」，據士禮居本改。

山池塔影

黛色常疑雨，溪堂正早秋。亂山來衆響，倒影漾中流。似有一帆至，何因半塔留。眼前通妙理，斜日在峰頭①。

惠井支泉

石斷源何處，涓涓樹底生。遇風流乍急②，入夜響尤清。枕可穿雲聽，茶頻帶月烹。只因愁水遞〔一〕，到此暫逃名。

〔一〕［水遞］《芝田録》：李德裕喜惠山泉，在京置驛遞舖，號水遞。有僧曰：爲相公通水脈，京師一眼井與彼脈相通。公取二瓶雜他水十瓶遺僧辨析，僧止取二瓶。

① 在，士禮居本作「上」。
② 乍，士禮居本作「作」。

宛轉橋

斜月掛銀河，虹橋樂事多。花欹當曲檻，石礙折層波。客子沉吟去，佳人窈窕過。玉簫知此意，宛轉采蓮歌。

惠山二泉亭爲無錫吴邑侯賦

九龍山半二泉亭，水遞名標陸羽經。《無錫縣志》：九龍山，在常州府城北。自孤陳山至此凡九嶺，故名。其在無錫者曰惠山，第二泉源出惠山石穴。陸羽品天下水味，此其第二，故名。又曰陸子泉。寺外流觴何處訪，公餘飛舄偶來聽。丹凝高閣空潭紫，翠濕層巒萬樹青。治行吴公今第一，此泉應足勝中泠。

惠山酒樓遇蔣翁

桑苧誰來繼〔一〕，名泉屬賣漿。價應誇下若，味豈過程鄉。故老空山裏，高樓大道旁。我同何水部〔二〕，漫説撥醅香。

〔一〕〔桑苧〕《唐書·陸羽傳》：自稱桑苧翁。

〔二〕〔何水部〕《南史·陳暄傳》：何水曹眼不識杯鐺，吾口不離瓢杓。

過錦樹林玉京道人墓并傳

玉京道人，莫詳所自出，或曰秦淮人，姓卞氏。知書，工小楷，能畫蘭，能琴。年十八，僑虎丘之山塘，所居湘簾棐几，嚴淨無纖塵。雙眸泓然，日與佳墨良紙相映徹。見客初亦不甚酬對，少焉諧謔間作，一坐傾靡。與之久者，時見有怨恨色，問之，輒亂以他語，其警慧雖文士莫及也。與鹿樵生一見，公自謂也。公所居曰鹿樵書舍。按《列子》本作「覆之以蕉」，張湛注：蕉與樵同。遂欲以身許，酒酣，拊几而顧曰：「亦有意乎？」生固爲若弗解者，長嘆凝睇，後亦竟弗復言。尋遇亂別去，歸秦淮者五六年矣。久之，有聞其復東下者，主於海虞一故人。謂陸廷保。生偶過焉，尚書某公者，張具謀爲生必致之①，衆客皆停杯不御。已報曰至矣，有頃，迴車入内宅，屢呼之，終不肯出。生怏悒自失②，殆不能爲情，歸賦四詩以告絶，已而嘆曰：「吾自負之，可奈何？」踰數月，玉京忽至，

---

① 謀，士禮居本、《家藏稿》本作「請」。

② 怏悒，《家藏稿》本作「悒怏」。

有婢曰柔柔者隨之。嘗著黃衣作道人裝，呼柔柔取所攜琴來，爲生鼓一再行，泫然曰：「吾在秦淮，見中山故第有女絶世①，名在南内選擇中，未入宫而亂作，軍府以一鞭驅之去。吾儕淪落，分也，又復誰怨乎？」坐客皆爲出涕。柔柔莊且慧，道人畫蘭，好作風枝婀娜，一落筆盡十餘紙，柔柔承侍硯席間，如弟子然，終日未嘗少休。客或導之以言，弗應，與之酒，弗肯飲。踰兩年，渡浙江，歸于東中一諸侯，謂鄭建德，名應皋，號慈衛。不得意，進柔柔奉之，乞身下髮，依良醫保御氏于吴中。鄭欽諭字三山，號初曉道人。○以上皆錢箋。保御者年七十餘，侯之宗人，築别宫資給之良厚。《文集》：鄭氏自建炎南渡，武顯大夫有扈蹕功，賜田松陵。子孫習外家李氏帶下醫，遂以術著三山，於醫發揮精微，名乃益起。千里之内，鉅公貴游輜軿接跡，書幣交錯于庭，造請問遺無虚日。中廚日具十人之饌，高人勝流明燈接席，評隲詩文書畫爲樂。侯死，柔柔生一子而嫁，錢箋：柔柔生一子，託三山，已而歸慈衛家，所寄箱篋衣裝悉爲三山諸郎胠之一空矣。慈衛之壻季聖猶爲余詳言之。聖猶，余丁酉副榜同年，今成進士。所嫁家遇禍，莫知所終。錢箋：柔柔所嫁袁大受。袁受禍，柔柔入官爲婢。按大受字亦文，金壇人，順治己丑進士。順治十六年，海寇破鎮江，金壇搢紳罹禍至酷，大受亦與焉。道人持課誦戒律甚嚴。生于保御，中表也，得以方外禮見。按三山之兄爲公

①「中山」後士禮居本有「王」字。

叔祖玉田公壻，此云中表，俟考。道人用三年力，刺舌血爲保御書《法華經》，既成，自爲文序之，緇素咸捧手讚嘆①。凡十餘年而卒，自庚寅至此十二年。墓在惠山祇陀菴錦樹林之原。後有過者爲詩弔之曰：

龍山山下茱萸節，泉響琮琤流不竭②。但洗鉛華不洗愁，形影空潭照離別。離別沉吟幾回顧，游絲夢斷花枝悟。翻笑行人怨落花，從前總被春風誤。金粟堆邊烏鵲橋③，玉孃湖上蘼蕪路。油壁曾聞此地遊，誰知即是西陵墓。烏柏霜來照夕曛④，錦城如錦葬文君。紅樓歷亂燕支雨，繡嶺迷離石鏡雲〔一〕。絳樹草埋銅雀硯〔二〕，緑翹泥涴鬱金裙〔三〕。居然設色迂倪畫⑤，點出生香蘇小墳。《西湖志餘》：蘇小小墓，或云湖曲，或云江干。古詞云：妾乘油壁車，郎跨青驄馬。何處結同心，西陵松柏下。今西陵乃在錢唐江之西，則云江干者近是。按上云「油壁」「西陵」皆用此。相逢盡説東風柳，燕子樓高人在否？枉抛心力付蛾眉，身去相隨復何有。玉京設歸公，亦柳如是之續

---

① 捧，底本原作「奉」，據士禮居本、《家藏稿》本改。

② 琮琤，士禮居本、《家藏稿》本作「琤琮」。

③ 邊，士禮居本作「前」。

④ 照，士禮居本、《家藏稿》本作「映」。

⑤ 迂倪，士禮居本、《家藏稿》本作「倪迂」。

矣。時絳雲已燬而柳没，故以爲比，而嘆錢之枉心力也。獨有瀟湘九畹蘭，幽香妙結同心友。十色箋翻貝葉文，五條弦拂銀鈎手。生死旃檀祇樹林，青蓮舌在知難朽。良常高館隔雲山，記得斑騅嫁阿環。薄命只應同入道，傷心少婦出蕭關。袁大受，金壇人。良常山，在金壇縣。紫臺一去魂何在，青鳥孤飛信不還。莫唱當時渡江曲，桃根桃葉向誰攀。以上八句皆傷柔柔之入官爲婢也。

〔一〕〔繡嶺〕《一統志》：繡嶺亭，在無錫縣惠山西。宋光禄滕中充建，以花木繁盛，故名。

〔二〕〔絳樹〕《記事珠》：絳樹一聲能歌兩曲，二人相聽，各聞一聲，一字不亂。人疑其一聲在鼻。

〔三〕〔緑翹〕《天中記》：女道士魚玄機女童名緑翹，明慧有色。

靳箋：《居易録》：倪元鎮故居今爲祇陀寺，在無錫縣東南二十里。雲林堂、清閟閣故址至今猶多梧桐。詩中「居然設色倪迂畫，點出生香蘇小墳」，正用作點綴，非泛引也。

讀史有感八首。與《清凉山》四首參看。

彈罷熏弦便薤歌，南巡翻似爲湘娥。當時早命雲中駕，誰哭蒼梧淚點多。

其二

重璧臺前八駿蹄〔一〕，歌殘黄竹日輪西〔二〕。君王縱有長生術①，忍向瑶池不並棲。

〔一〕〔重璧臺〕《穆天子傳》：盛姬，盛柏子也。天子爲之臺，是曰重璧之臺。

〔二〕〔黄竹〕《穆天子傳》：北風雨雪，有凍人，天子作詩三章以哀民，乃宿于黄竹。

其三

昭陽甲帳影嬋娟，慚愧恩深未敢前②。催道漢皇天上好，從容恐殺李延年。

其四

茂陵芳草惜羅裙，青鳥殷勤日暮雲③。從此相如羞薄倖，錦衾長守卓文君。

---

① 縱，《家藏稿》本作「總」。
② 恩深，《家藏稿》本作「深恩」。
③ 日，《家藏稿》本作「入」。

其五

玉靶輕弓月樣開，六宮走動射鵰才。黄山院裏長生鹿，曾駕昭儀翠輦來。

其六

爲掣瓊窗九子鈴，君王晨起婕妤醒。長楊獵罷離宫閉，放出天邊玉海青①。

其七

上林花落在芳尊，不死鉛華只死恩。金屋有人空老大，任他無事拭啼痕。

其八

銅雀空施六尺牀，玉魚銀海自茫茫。不如先拂西陵枕，扶下君王到便房。

---

① 出，士禮居本、《家藏稿》本作「去」。

清涼山讚佛詩

爲皇貴妃董氏詠。高士奇《扈從西巡日録》：五臺山大寶塔院寺，明萬曆戊寅孝定皇太后重建，内有阿育王所置佛舍利塔、文殊髮塔，知歷來后妃于是山有佈造。貴妃上所愛幸，薨後命五臺山大喇嘛建道場。詩特叙致瑰麗，遂有若《長恨歌序》云爾者。

西北有高山，云是文殊臺。臺上明月池，千葉金蓮開。花花相映發，葉葉同根栽。《清涼山志》：玉華寺，隋時五百應真栖此，今有鐵羅漢五百軀，白蓮生池，堅瑩若玉。王母攜雙成，緑蓋雲中來。雙成用姓。漢主坐法宫①，一見光徘徊。結以同心合，授以九子釵。翠裝雕玉輦，丹髹沉香齋。護置琉璃屏，立在文石階。長恐乘風去，舍我歸蓬萊。從獵往上林，小隊城南隈。雪鷹異凡羽，果馬殊群材〔一〕。言過樂游苑，進及長楊街。張宴奏絲桐，新月穿宫槐。攜手忽嘆息②，樂極生微哀。千秋終寂寞，此日誰追陪？陛下壽萬年，妾命如塵埃。願共南山槨，長奉西宫杯。披香淖博士〔二〕，側聽私驚猜。今日樂方樂，斯語胡爲哉。待詔東方生，執戟前詼諧。薰鑪拂黼帳，白露零蒼苔。吾王慎玉體，對酒毋傷懷。

---

① 主，士禮居本作「王」。

② 嘆，士禮居本、《家藏稿》本作「太」。

〔一〕〔果馬〕《漢書·霍光傳》注：漢廐有果下馬三尺以駕輦。師古曰：小馬可于果樹下乘之，曰果下馬。

〔二〕〔披香〕《三輔黄圖》：武帝時後宫八區，中有披香殿。

〔淖博士〕《飛燕外傳》：宣帝時，披香博士淖方成白髮教授宫中，號淖夫人。

其二

傷懷驚凉風，深宫鳴蟋蟀。嚴霜被瓊樹，芙蓉凋素質。可憐千里草，萎落無顔色。千里草，亦用姓。貴妃薨于順治十七年七月七日。孔雀蒲桃錦，親自紅女織。殊方初云獻，知破萬家室。瑟瑟大秦珠，珊瑚高八尺。割之施精藍，千佛莊嚴飾。持來付一炬，泉路誰能識？紅顔尚焦土，百萬無容惜。小臣助長號，賜衣咸一襲①。只愁許史輩，急淚時難得②〔一〕。從容進哀誄③，黄紙抄名入。流涕盧郎才〔二〕，咨嗟謝生筆〔三〕。尚方列珍膳，天廚供玉粒。官家未

① 咸，士禮居本、《家藏稿》本作「或」。
② 時難，士禮居本、《家藏稿》本作「難時」。
③ 容，士禮居本、《家藏稿》本作「官」。

解菜〔四〕，對案不能食。黑衣召誌公〔五〕，白馬馱羅什。焚香内道場，廣座楞迦釋①。資彼象教恩，輕我人王力〔六〕。微聞金雞詔〔七〕，亦由玉妃出。高原營寢廟，近野開陵邑。南望倉舒墳〔八〕，掩面添悽惻。戒言秣我馬，遨遊凌八極。《堯峰文鈔》：每歲駕幸南海子，必累月，是冬纔駐蹕數日。

〔一〕［急淚］《宋書·劉懷慎傳》：上寵姬殷貴妃薨，令醫術人羊志哭，志亦嗚咽。他日有問志：「卿那得此副急淚？」

〔二〕［盧郎］《北史·盧思道傳》：文宣帝崩，當朝文士各作挽歌十首，擇其善者而用之。惟思道獨有八篇，故時人稱爲八采盧郎。

〔三〕［謝生］《南史·宋殷淑儀傳》：及薨，謝莊作哀策文奏之。

〔四〕［解菜］《南史·齊東昏侯紀》：潘妃生女，百日而亡。羣小來弔，盤旋地坐，舉手受執。蔬膳，積旬不聽音伎。左右直長閹豎王寶孫諸人，共營肴羞，云爲天子解菜。

〔五〕［黑衣］《通鑑》：宋文帝以惠琳道人善談論，因與議朝廷大事，遂參權要。賓客輻輳。會稽孔覬嘗詣之，慨然曰：「遂有黑衣宰相，可謂冠履失所矣！」

① 釋，士禮居本、《家藏稿》本作「譯」。

〔六〕〔人王〕《釋氏通鑑》：燕王問趙州人：「王尊法王尊？」

〔七〕〔金雞詔〕《唐書・百官志・中尚署令》：赦日，樹金雞于仗南，竿長七丈，有雞高四尺，黄金飾首，銜絳旛長七尺，承以綵盤，維以絳繩。

〔八〕〔倉舒〕《三國志・魏鄧哀王沖傳》：字倉舒，年十三，建安十三年疾病，及亡，甚哀。

其三

八極何茫茫，曰往清涼山。此山蓄靈異，浩氣共屈盤①。能蓄太古雪，一洗天地顔。日馭有不到，縹緲風雲寒。《華嚴經疏》：清涼山，即代州雁門郡五臺山也。歲積堅冰，夏仍飛雪，曾無炎暑，故曰清涼。《扈從西巡日録》：將至臺上，猛風飈發，凛若隆冬。世尊昔示現，説法同阿難〔一〕。講樹聳千尺〔二〕，摇落青琅玕。諸天過峰頭，絳節乘銀鸞。《華嚴經》：文殊將五百仙人往清涼山。《山志》：漢明帝得西域佛經，以佛像繪于清涼山臺，佛爲示現。又曰：萬聖澡浴池，在中、北二臺間，于天光日影中，見天仙沙門蓮花錫杖之狀，人或以爲菩薩盥掌之所。一笑偶下謫〔三〕，脱却芙蓉冠〔四〕。游戲登瓊樓，窈窕垂雲鬟。三世俄去來〔五〕，任作優曇看〔六〕。名山初望幸，銜命釋道安〔七〕。預從最高頂，灑掃七佛壇〔八〕。靈境乃杳絶，捫葛勞躋攀。路盡逢一峰，傑閣圍朱欄。中坐一天人，吐氣如旃檀。

① 共，《家藏稿》本作「供」。

寄語漢皇帝，何苦留人間。烟嵐倏明滅①，流水空潺湲。回首長安城，緇素慘不歡。房星竟未動，天降白玉棺。惜哉善財洞〔九〕，未得誇迎鑾。惟有大道心，與石永不刊。以此護金輪〔一〇〕，法海無波瀾。

〔一〕［阿難］《翻譯名義》：阿難，秦言歡喜。佛成道時，斛飯王使來白淨飯王言：貴弟生男。王心歡喜，字爲阿難。

〔二〕［講樹］《涅槃經》：世尊在雙樹間演法。

〔三〕［一笑下謫］《買愁集·續窈聞記》：寒簧偶以書生狂言，不覺心動失笑。實則既示現後，即已深悔，斷不願謫人間，行鄙褻事。然上界已切責其一笑，故來。因復自悔，故來而不與合也。

〔四〕［芙蓉冠］《神仙服食經》：漢武帝閒居未央殿，有人乘白雲車、駕白鹿、冠芙蓉冠曰：「我中山衛叔卿也。」

〔五〕［三世］《洛陽伽藍記》：北魏時，有沙門寶公，形貌醜陋，心識通達，過去未來，預覩三世。

〔六〕［優曇］《法華經》：世尊甚難值，如優曇鉢華，三千年一現，現則金輪王出。

〔七〕［釋道安］《晉書·習鑿齒傳》：時有桑門釋道安俊辨有高才，曰彌天釋道安。《石林詩話》：

① 明滅，士禮居本、《家藏稿》本作「滅没」。

始晉初爲佛學者，皆從其師姓，如支遁本姓關，從支謙學，故爲支遁。安以佛學皆本釋迦爲師，請以釋命氏，遂爲定制，則釋道安亦非姓也。

〔八〕［七佛］《隋書・經籍志》：自此天地以前，則有無量劫矣。每劫必有諸佛得道出世教化，其數不同。今此劫中當有千佛。自初至於釋迦，已七佛矣。

〔九〕［善財洞］《甬東游記》：善財洞，峭石嚙足。

〔一〇〕［金輪］《首楞嚴經》：彼金寶者，明覺立堅，故有金輪保持國土。

其四

嘗聞穆天子，六飛騁萬里。仙人觴瑤池，白雲出杯底。遠駕求長生，逐日過濛汜。盛姬病不救〔一〕，揮鞭哭弱水。漢皇好神仙，妻子思脱屣。東巡并西幸，離宮宿羅綺。寵奪長門陳，恩盛傾城李。穠華即修夜，痛入哀蟬誄〔二〕。苦無不死方，得令昭陽起。晚抱甘泉病〔三〕，遽下輪臺悔〔四〕。蕭蕭茂陵樹，殘碑泣風雨。天地有此山，蒼崖閱興毁。我佛施津梁，層臺簇蓮蕊。龍象居虛空，下界聞鬭蟻。乘時方救物，生民難其已。澹泊心無爲，怡神在玉几。長以兢業心，了彼清淨理。羊車稀復幸，牛山竊所鄙。縱灑蒼梧淚，莫賣西陵屨。持此禮覺王，賢聖總一軌。道參無生妙，功謝有爲恥。色空兩不住，收拾宗風裏〔五〕。

題曰讚佛，大意如此。

〔一〕〔盛姬〕《穆天子傳》：天子遊于河濟，盛君獻女。天子西征，至玄池之上，乃奏樂三日。盛姬亡，天子殯姬于轂丘之廟，葬于樂池之南。

〔二〕〔哀蟬誄〕《拾遺記》：漢武帝思李夫人，不可復得，時穿昆靈之池，泛翔禽之舟，帝自造歌曲，使女伶歌之，因賦《落葉哀蟬曲》。

〔三〕〔甘泉病〕《史記·孝武紀》：遂幸甘泉，病良已。

〔四〕〔輪臺悔〕《漢書·西域傳》：征和中，下詔深陳既往之悔，曰：今請遠田輪臺，欲起亭隧，是擾勞天下，非以優民也。今朕不忍聞。

〔五〕〔宗風〕《傳燈録》：風穴延沼禪師，有廬陂長老問曰：師唱誰家宗風，嗣阿誰？又，《韓門綴學》：禪門宗乘，以菩提達摩爲初祖，二祖曰慧可，三祖曰僧燦，四祖曰道性，五祖曰弘忍。五祖而下，乃分南、北。南曰大鑑慧能，北曰大通神秀，皆稱六祖。南能北秀，南稱宗而北稱教，而宗門則有五宗。

古意

爭傳婺女嫁天孫，纔過銀河拭淚痕。但得大家千萬歲，此生那得恨長門。

其二

荳蔻梢頭二月紅，十三初入萬年宫。可憐同望西陵哭，不在分香賣履中。

其三

從獵陳倉怯馬蹄，玉鞍扶上却東西。一經輦道生秋草，説着長楊路總迷。

其四

玉顔憔悴幾經秋，薄命無言祇淚流。手把定情金合子，九原相見尚低頭。

其五

銀海居然妬女津，南山仍錮慎夫人。君王自有他生約，此去唯應禮玉真。

其六

珍珠十斛買琵琶，金谷堂深護絳紗。掌上珊瑚憐不得，却教移作上陽花。

永平田君宗周吴故學博也袁重其識之尤展成司李其地相見詢袁年百有二矣索詩紀異并簡展成《永平府志》：昌黎縣學貢士田宗周，保安衛教授。《蘇州府志》：田宗周，崇禎四年任吴縣訓導。又，長洲縣袁駿，字重其。又，尤侗字同人，一字展成，號悔菴，以貢謁選，授永平府推官。坐撻旗丁降調。康熙十七年，以博學宏詞召試，授檢討。

北平車馬訪烟蘿，記向夷齊廟下過。《一統志》：夷齊廟，在漆河之濱。百歲共看秦伏勝，一經長在漢田何。知交已料滄江少，耆舊翻疑絶塞多。聽罷袁絲數東望，酒酣求作絳人歌。

贈穆大苑先原注：從汝寧確山歸。確山，余兄純祜治也。

穆生同學今頭白①，讀書不遇長爲客。亂離諸子互升沉，共樂同愁不相失。《文集》：余之初就君齋讀書也，有同時游處者四人，志衍、純祜爲兄弟，魯岡與之共事，其輩行差少，皆吴氏，余宗也。鄰舍生孫令修亦與焉。自午未後十餘年，余與四人者先後成進士，而吾師張西銘方以復社傾東南，君進而從之游。先生之幼弟曰枚菴，其

① 頭白，士禮居本作「白頭」。

遇君特厚，同社中推朱子昭芑、周子子俶，皆與君交極深，此吾黨友朋聚會之大畧也。出入知交三十年，江山幾處供游歷。承平初謁武夷君，荔支日啖過三百。《文集》：孫令修官閩中，君過建溪以送之，因留啖荔支，商所以爲治，甌寧之政遂爲八閩最。兵火桐江遇故人，釣臺長嘯凌千尺。身軀雖小酒腸寬，坦腹鄉村話疇昔。《文集》：敉菴由睦之桐廬令入爲給諫，君爲之上嚴灘者三，過京師者再，得以盡交浙東、河北諸長者。訪友新年到蔡州，淮西風浪使人愁。峭帆直下雙崖險，奇石横空衆水流。泊口斷磯傳禹蹟，山根雷雨鎖獼猴。《古岳瀆經》：禹獲淮渦水神，名無支祈。善應對，辨江淮水淺深、源流遠近。形若猿猴，縮鼻高額，頸伸百尺，力踰九象。禹授之庚辰，使制之。於是木魅水靈、山妖石怪奔號叢遶以千數。頸鎖大索，鼻穿金鈴，徙淮陰龜山之足，俾淮水安流注海。舍舟别取中都道〔一〕，寢廟高原陵樹秋。定有風雲歸大澤，不堪弓劍弔荒丘。仰天太息頻搔首，失脚倒墮烏犍牛。偶來帝鄉折左臂，吾苦何足關封侯。丈夫落落誇徒步，芒鞋踏遍天涯路。中原極目滿蓬蒿，海内於今信多故。萬事無如散誕游，一官必受羈棲誤。傷心憔悴朗陵侯，征蹄奔命無朝暮。身親芻秣養驊騮，供頓三軍尚嗔怒。赤日黄埃伏道旁，鞭梢拂面將誰訴？故舊窮途識苦辛，掉頭舉世寧相顧。《文集》：純祐仕宦失志，所守又山城，殘破本不足以屈知己，君特狥窮交之請，雖顛踣道途，無所恨，然亦自此東歸不復出矣。嗚呼汝南風俗天下稀，死生然諾終難移。相逢應自有奇士，客中可以談心期。君行千里狥友急，此意豈得無人知。

〔二〕〔中都〕《一統志》：鳳陽府，東魏武定七年，改北徐州曰楚州。明初吴元年曰臨濠府。洪武二年，以臨濠爲中都。

題寒香勁節圖壽袁重其節母八十《蘇州府志》：重其早喪父，傭書養母。以貧甚，節不能旌，乃徵海内詩文曰《霜哺篇》，多至數百軸。凡士大夫過吴門者無不知有袁孝子也。

東籬漉酒泛芳樽，處士傳家湛母恩。傲盡霜花長不落，籜龍風雨夜生孫。袁重其另有《侍母弄孫圖》，故及之。

甲辰仲夏顧西巘侍御同沈友聖虎丘即事①顧西巘名如華，其先蘇州籍，後徙漢陽府，居汉川近百年。順治己丑進士，以山東道監察御史巡按四川、浙江，繼按江蘇八府。沈友聖名麟，蘇州人，居華亭。

晴川兩岸憑欄外，本籍漢陽。雪嶺千尋攬轡中。巡按四川。我昔楚江同宋玉，君今吴市訪梁鴻。芳洲杜若無能採，慚愧當年過渚宫。言己曾與宋九青典試湖廣，而西巘獨能訪友聖于吴中，以不能早知西巘爲愧也。注就《逍遥》賦《大風》，彦先才調擅諸公。

①《家藏稿》本題無「甲辰仲夏」字。

其二

喻蜀書成楚大夫，承巡按四川。征帆萬里到江湖。鄉心縹緲思黄鶴，用地。祖德風流話赤烏。用姓。問俗駐車從父老，尋山着屐共生徒。君家自有丹青筆，衰白追陪入畫圖。

其三

生公石畔廣場開，短簿祠荒閉緑苔。山榼偶攜群吏散，布帆無恙故人來。爭傳五月登高會，應改三江作賦臺。自是野王思故里，可知先賞陸機才。西巘先世本籍蘇州，友聖時居松江，故以陸機爲比。

其四

一馬雙僮出野塘〔一〕，論文蕭寺坐匡牀。花移堠鼓青油舫，月映行廚白石廊。漫叟短歌傷老大，公自謂。散人長揖恕清狂。酒餘朋舊從頭數①，落落申生與沈郎②。原注：皃盟也。○申涵

① 酒餘，士禮居本、《家藏稿》本作「細將」。舊，士禮居本、《家藏稿》本作「友」。
② 生，士禮居本作「郎」。

光字曇盟，原字符孟，又號聰山，永年人，瑞愍公佳胤之子。明末以貢入太學，與殷岳、張溍稱畿南三才子。

〔二〕〔一馬雙僮〕蘇子瞻《司馬温公神道碑》：公來自西，一馬二僮①。

西巘顧侍御招同沈山人友聖虎丘夜集作圖紀勝因賦長句

漢陽仙人乘黄鵠，朝發三巴五湖宿。春深潮滿闔閭城，剪得晴川半篙緑。錦涇催動木蘭橈，《吴地記》：錦帆涇，在府城葑門，吴王夫差行舟處。恣討名山縱心目。判牘揮毫撥若雲，支笻屏騎從惟鹿②〔一〕。蒼丘虎氣鬱騰驤，一片盤陀徑廣場。顧湄《虎丘志》：千人坐，蓋神僧竺道生講經處。大石盤陀徑畝，高下平衍，可坐千人。唐李陽冰篆書「生公講臺」四字，分刻四石，今失其一。平座千人填語笑③，危欄百尺沸絲簧。夫差石上杯浮月，歐冶池邊劍拂霜。王禹偁《劍池銘并序》：虎丘劍池，泉石之奇者也。《吴地記》引秦皇之事以爲詭説，考諸舊史則無聞焉。矧儒家者流不可語怪，因爲銘以辨之。花雨講臺孤塔迥，風流捨宅六朝荒。《虎丘志》：晉王珣嘗據爲别墅，山下因有短簿祠。《吴地記》：山本晉司徒王珣與弟司空

---

① 二，士禮居本作「雙」。
② 從惟，士禮居本作「惟從」。
③ 語笑，士禮居本作「笑語」。

珉之别墅，捨爲東、西二寺。曾來此地探奇跡，薄晚迎流刺舟入。攜手何人沈與吴，詞客青衫我頭白。脱略才知興會真，冥搜務取烟霞適。火照靈湫暑月寒，鐘埋若霧陰厓黑①。魯公擘窠字如斗，忠孝輪困鬼神走。蘚剥苔侵耿不磨，手捫沉吟立來久。重燒官燭奏鵾絃，今夕歡游逢快友。後約須聽笠澤鶯，臨分忍折閶門柳。七里山塘五月天，玉絲金管自年年。江村茶熟橋成市，溪館花開樹滿船。賀老一歌嘗月下，秦孃雙槳即門前。泥車瓦馬兒童戲，竹几蕉團估客眠。萬事韶華有凋替，烟蕪漸失層巒翠。鼠竄迴廊僧舍空，鵶啼廢井漁扉閉。赤幰黄驄佳氣浮，姑蘇臺外春風細②。令出天清鸛鶴高③，詩成日落溪山麗。筍屐籃輿逐後塵，《據梧齋塵談》：今之竹轎，宋謂之兜子。《宋史》：太平興國七年，李昉言：工商、庶人聽乘車兜子，不得過二人。唐亦曰兜子，或謂之擔子。《天寶遺事》：申王每醉，令宮妓將綵線結一兜子舁歸寢室，號醉輿。而《唐會要》載開成五年詔，朝官乘驛馬，不合更乘擔子。《晉書·陶潛傳》：向乘籃輿，亦足自適。即此。《公羊傳》：筍將而來。亦籃輿也。曾見一《王弘送酒圖》，竟繪淵明坐大竹筐中，爲之失笑。碧油簾舫夜留賓。棲遲我已傷頹老，歷落君偏重散人。好把丹青垂勝事，可憑詩卷息閒身。襄陽寺壁摹羊祜，句曲山圖補

① 若，《家藏稿》本作「苦」。
② 外，士禮居本、《家藏稿》本作「上」。
③ 清，士禮居本作「然」。

許詢。妙手生綃經想像，兔毫點出雙瞳王。抱膝看雲見礌砢，搘頤藉草躭疎放。半衲誰堪竺道生〔二〕，一樽足擬陶元亮。絹素流傳天壤存，他年相見欣無恙。黄鶴高飛玉笛殘，舊游我亦夢湘沅。峭帆此去應千里，郢樹參差響急灘。飲君酒，送君還，王程長作畫圖看。携將老筆龍眠輩，寫盡江南江北山。

〔一〕〔從惟鹿〕《晉書·陶淡傳》：于長沙臨湘山中結廬居之，養一白鹿以自偶。

〔二〕〔竺道生〕《高僧傳》：竺道生，本姓魏氏，鉅鹿人。

夜游虎丘次顧西巘侍御韻①

試劍石

石破天驚出匣時，中宵氣共斗牛期。魚腸葬後應飛去，神物沉埋未足奇。

①「次顧西巘侍御韻」《家藏稿》本爲原注。

王珣故宅

捨宅風流尚可追①，王郎别墅幾人知？即今誰令桓公喜，正是山花欲笑時。

千人石

碧樹朱闌白足僧，相攜劉尹與張憑〔一〕。廣場月出貪趺坐，天半風摇講院燈。

〔一〕〔劉尹張憑〕《晉書·劉惔傳》：累遷丹陽尹，嘗薦吴郡張憑，憑卒爲美士。又《張憑傳》：字長宗。

顔書石刻

魯公戈法勝吴鈎，決石錐沙莫與儔。火照斷碑山鬼出，劍潭月落影悠悠。

---

① 捨，底本原作「拾」，據士禮居本、《家藏稿》本改。

劍池

百尺靈湫風雨氣，星星照出魚腸字。轆轤夜半語空中，無人解識興亡意。

可中亭《丹鉛録》：劉禹錫《生公講堂》詩：高坐寂寥塵漠漠，一方明月可中亭。山谷、須溪皆稱其「可」字之妙。按《佛祖統載》①：宋文帝大會沙門，衆疑日過中，僧律不當食，帝曰：始可中耳。生公乃曰：白日麗天，天言可中，何得非中！遂舉箸而食。禹錫用「可中」本此②，蓋即以生公事詠生公堂，非杜撰也。白日可中，而此變言明月可中，尤見其妙。

白石參來共此心，一亭矯立碧潭深。松間微月窺人澹，似識高賢屐齒臨。

悟石軒《十道四番志》：生公，異僧竺道生也。講法于此，聚石爲徒，與談至理，石皆爲點頭。

築居縹緲比良常，有客逢僧話石廊。仙佛共參唯此石，白蓮花發定中香。

---

① 底本「載」上原衍「祖」字，據士禮居本删。
② 中，底本原作「字」，據士禮居本改。

後山月黑不見

晝燭燒來入翠微，更邀微月映清輝。欲窮千里登臨眼，笑約重遊興不違。

茸城客樓大風曉寒吟眺以示友聖九日玉符諸子楊瑄字玉符，華亭人。

偶作扁舟興，偏逢旅夜窮。鵶啼殘夢樹，客話曉樓風。月落三江外，城荒萬馬中。空持一樽酒，歌哭與誰同。

遇宋子建話故友有感故友謂子建兄讓木也。子建名存標，讓木名徵璧，華亭人。《文集》：子建以明經高隱著書，嘗擬唐人數百家，未就而卒。讓木累不得志于計偕，凡六上始收。不幸遂遭末造，傷亂憂生，踰十年始出。既已簪筆侍從，又不獲已，從事于戎馬鉦鼓之間。主者差其勞勩，奏授一郡，崎嶇嶺海，燠休其遺民，刻廉自苦，七年不得調。

對酒徐君劍，披襟宋玉秋。蕭條當晚歲，生死隔炎州。萬里書難到，三山夢可求。原注：子建學仙。傷心南去雁，老淚只交流。

樓聞晚角

霜角麗譙聞，天邊横海軍。旗翻當落木，馬動切寒雲。風急城烏亂，江昏野燒分。何年鼙鼓息，倚枕向斜曛。

白燕吟并叙

雲間白燕菴，袁海叟丙舍在焉。吾友單狷菴隱居其旁，鴻飛冥冥，爲弋者所篡①，故作此吟以贈之。余年二十餘，遇狷菴于陳徵君西佘山館，有歌者在席。迴環昔夢，因及其事。狷菴解組歸田，遭逢多故，視海叟之西臺謝病，倒騎烏犍牛，以智僅免者，均有牢落之感。俾讀者前後相觀，非獨因物比興也。《松江府志》：白燕菴，在賢遊涇袁御史凱墓側。里人以凱有《白燕詩》，築庵祀之，遂以爲名。《明詩綜》：袁凱字景文。《竹垞詩話》：世傳海叟賦《白楊花》，有譏之者，海叟聞之，遂佯狂。徵典郡校，不起，對使者歌《月兒高》一曲，是又河西傭、補鍋匠之亞矣。海叟居松江府治東門外，崇禎末，單麻城恂即其址構白燕庵，李舍人待問書聯于柱云：春風燕子依然入，大海鰻魚不可尋。相傳孝陵有言「東海走却大鰻魚，何處尋得」，爲海叟而發也。恂號狷菴，庚辰進士，以詩文名。《明詩

① 篡，士禮居本作「慕」。

綜》：單恂字質生，松江華亭人。崇禎庚辰進士，麻城知縣。

白燕菴頭晚照紅，摧頹毛羽訴西風。雖經社日重來到，終怯雕梁故壘空。當年掠地爭飛俊〔一〕，垂楊拂處簾櫳映。徵君席上點微波，雙棲有箇凝粧靚。趙家姊妹鬬嬋娟，軟語輕身鬢影偏。錯信董君他日寵，昭陽舞袖出尊前。狷菴《竹香菴集》有《陳眉翁招飲紙窗竹屋聽尤姬絃索》詩。長安穠杏翩躚好，穿花揃蝶春風巧。楚雨孤城儔侶稀，歸心一片江南草。縞素還家念主人，瓊樓珠箔已成塵。雪衣力盡藍田土〔二〕，玉骨神傷漢苑春〔三〕。銜泥從此依林木，窺簷詎肯樊籠辱。高舉知無鴻鵠心，微生幸少烏鳶肉。探卵兒郎物命殘，朱絲繫足柘弓彈。傷心早已巢君屋，猶作徘徊怪鳥看〔四〕。按此似狷菴亦株連海上之獄者。是獄松江守張羽明圖超陞，戮無罪金仲美等八十餘人。漫留指爪空迴顧，差池下上秦淮路。紫頷關山夢怎歸，烏衣門巷雛誰哺？頭白天涯脱網羅，向人張口爲愁多〔五〕。啁啾莫向斜陽語，爲唱袁生一曲歌。按一曲指《月兒高》。

〔一〕［爭飛俊］史邦卿詞：愛貼地爭飛，競誇輕俊。

〔二〕［藍田土］《史記·五宗世家》：臨江閔王榮坐侵廟壖垣爲宮，上徵榮，榮詣中尉府對簿，中尉郅都責訊王，王恐，自殺，葬藍田。燕數萬銜土置冢上，百姓憐之。

〔三〕［神傷漢苑］句暗用《漢書·外戚傳》：定陶丁姬，哀帝母也。爲帝太后，崩，合葬恭皇陵。哀帝崩，王莽奏貶太后號曰丁姬，請以木棺代，去珠玉衣，葬丁姬媵妾之次。奏可，掘平丁姬故冢。莽又周棘其處，以爲世戒。時有群燕數千，銜土投丁姬穿中。

〔四〕〔徘徊怪鳥〕《晉書·孫盛傳》：盛與桓溫牋，稱州遣從事觀採風聲，進無威鳳來儀之美，退無鷹揚搏擊之用。徘徊湘川，將爲怪鳥。《爾雅注》：鴟，江東呼爲怪鳥。

〔五〕〔張口〕《晉書·郭文傳》：有猛獸忽張口向文。

贈松江郡侯張升衢

原注：從江寧遷任。○升衢名雲路，冀州舉人，由江寧管糧同知陞任。

石城門外水東流，簫鼓千人最上頭。二陸鄉園江畔樹，三張辭賦郡西樓。油幢置酒尊鱸夜，畫舫鈎簾稻蟹秋①。聞道青溪行部近，兒童欣喜使君游。松之青浦亦號青溪，故以江寧青溪例之。

贈松郡副守涪陵陳三石

原注：官董漕。○《松江府志》：管糧同知陳計長三石，四川涪州人，舉人。前徽州府通判，康熙元年任。

獨上高城回首難，揚雄老去滯微官。湖天摇落雲舒卷，巫峽蕭森路折盤。廿載兵戈違故

---

① 稻蟹，士禮居本、《家藏稿》本作「秔稻」。

里，《文集》：李雨然起兵擊獻賊，謀以妻子託三石。李公死于兵，李氏弱息賴以存。按李雨然名乾德，崇禎辛未進士，任偏沅巡撫，總制兩川，爲賊劉文房所敗，投水死。詩蓋指其事。千村輸輓向長安①。京江原是三巴水，莫作郫筒萬里看。

贈松郡司李内江王撍四

撍四名于蕃，號嵋田。先世楚麻城人，明初始祖興秀避紅巾亂入蜀，占籍成都之内江。撍四先司李蘇州，未及任，丁父艱。服滿，補選松江。

十月江天曉放衙，茸城寒發錦城花。金隄更植先人柳，玉壘重看使者車。原注：父侍御治京口湖隄。○《文集》：侍御史範，字君鑑，一字心矩，自號慕吉。崇禎辛未進士，任丹陽知縣，條練湖水利三事：一曰築湖埂，二曰修石牐，三曰復孟湖。修湖堤之已壞者一千一百七十餘丈。又開九曲、麥溪、香草、簡橋、越瀆諸支河。是年亢旱，練湖亦涸，不獲已，濬河以導江，江流甚細，賴諸牐就而水有所停，漕僅濟。在事六載，召見，得御史，按兩浙，尋奉母諱以歸。庾嶺霜柑書憶弟②，弟名于宣，任粵之三水令。曲阿春釀夢思家③。《文集》：張獻忠破夔門，侍御方歸，知蜀必不守，決策避地，崎嶇滇黔蠻徼中，提百口入吴，居丹陽。十六年而没。詩成别寫鵝溪絹，廳壁風

---

① 向，士禮居本作「近」。
② 《家藏稿》本原注：「弟粵東令」。
③ 《家藏稿》本原注：「侍御避亂僑居丹陽」。

篁醉墨斜。原注：善寫竹。

贈彭郡丞益甫《松江府志》：海防同知彭可謙益甫，遼東杏山人。貢士，直隸大名府通判。康熙元年任。

樓船落日紫貂輕，坐嘯胡牀雁影横。雨過笛生黄歇浦，花開夢遶發干城〔一〕。原注：舊棠邑令。龍蛇絹素爭摇筆，原注：善書。松杏山河已息兵。原注：杏山人。慷慨與君談舊事，夜深欣共酒杯傾。

〔一〕〔發干〕《一統志》：發干故城，在東昌府堂邑縣西南。堂邑縣，在府西四十里。

贈松江别駕日照安肇開

秋盡西風髩影蒼，伏生經術蓋公堂。雞聲日出秦祠遠，鶴唳江空禹蹟荒①。二水淄澠杯酒合，《一統志》：淄水在青州府城西五十里，源出萊蕪縣原山，流遶臨菑，至壽光縣入濟水。澠水出青州府臨淄縣西申

① 江空，士禮居本作「空江」。

門之申池，即《左傳》所謂齊懿公游于申池者也。三山樓觀畫圖裝。歸來好啖安期棗，不夜城頭是故鄉①。此送歸語，時必已罷任。

十月下澣偕九日過雲間公讌閬石蒼水齋中同文饒諸子董含字閬石，江南松江人。順治乙未進士。其弟俞，字蒼水，順治庚子舉人。趙俞字文饒，戊辰進士，定陶縣知縣。

百里溪山訪舊遊，南皮賓客盛風流。文章座上驚黄絹，名字人間愧白頭。董相園開三徑夜，陸生臺在九峰秋②。酒酣莫話當年事，門外滄江起暮愁。江南逋賦之獄，紳士同日除名者萬餘人，蒼水與其禍，故此首結句、下章之第二句皆微及之。

其二

霜落南樓笑語清，無端街鼓逼嚴城。三江風月尊前醉，一郡荆榛笛裏聲。花滿應徐陪上讌，歌殘嵇阮隔平生。歸來枕底天涯夢，喔喔荒雞已五更。

① 頭，士禮居本作「邊」。
② 在，士禮居本作「上」。

九峰草堂歌并序

九峰草堂者，青溪諸乾一進士所構也。乾一名嗣郢，號勿菴，江南青浦人。順治辛丑進士。乾一取第後未仕，著書九峰山下。每峰皆有卜築，而神山爲最。《松江府志》：細林山，在盧山南，舊名神山，唐開寶間易名細林山。明初，彭素雲仙翁修真此山，徵書至而蜕去，丹井尚存，金蛇著異，故名神鼉峰焉。董含《三岡識畧》：細林山彭宏文號素雲，法名通微，河南汝陽人。四歲，一黄冠食以大桃而有悟。及長，傳太和真人鍊氣棲神之術。徧游中原，至雲間，擇居于此。明太祖遣中使宣召，值其羽化，命啟龕視之，正坐不倚，長爪繞身。特賜號明真子。山頂有仙冢及丹井，相傳其爪甲隨風而化，變爲金蛇，長三四寸，兒童捕置器中，有封識宛然，倏去不見者，他處所無。少參陸蘭陔誅茅山麓，陸蘭陔名振芬，一字蘭侯，號陔菴，松江人。而其旁張王屋先生舊墅，有孫漢度，能繼家風，余詩中所援陸瑁、張融，蓋指兩人也。《松江府志》：陸萬鍾字元量，嘉靖四十四年進士。監察御史，歷任江西參政。按少參或即元量，程箋謂振芬，疑未確。又《府志》：張之象字玄超，正德丙子舉人，嗚謙子，就浙江按察司知事，投劾歸。卜築秀林山。又《藝文志》：《張王屋集》，按察知事張之象著。佘山爲陳徵君眉公隱處，吾友董得仲以詩文爲此峰主人。得仲名黄，一字律始，青浦人。有《高詠樓集》。乾一葺徵君廢屋置祠，而横雲爲李氏園，《秋水集》：横雲峰雪堂爲楊鐵厓游憩之所。黄大痴歸雲閣故址尚存，左畔山名赤壁。相望則天馬峰有鐵厓舊墓，《秋水集》：天馬山一名干將。機山則二陸故宅也。乾一拉余同遊，坐客有許九日、沈友聖、倪思旻，思旻名暹，青浦人，有《雪軒近稿》。及故人徐、陳二子，徐、陳謂徐九一汧、陳卧子子龍也。二子，勿齋子昭法、大樽子闇公。而小司空張公尋攜尊至①。《今世説》：雲間諸乾一、董蒼水于重陽後作神山之會，即彭仙人棲神處也。時婁東吴梅村在坐，連遣覓女郎倩扶，必不得。夜分，滬上張弘軒刺史來赴，投刺後，吴命以己車迎入，使者傳覆需兩車，人頗訝之。及至，則挾一衣冠少年，光豔暗射，若薄雲籠月，人各却步，且不敢詢姓氏，及移燭燭之，則倩扶也。一座譁然。按弘軒名錫懌，見毛大可《西河詞話》。凡乞花場、種藕塘、仙人棋枰、厙將軍兵書、鐵鎖并玉屏、石牀、龍洞、虎塔，皆一時杖履所登歷，故叙次及之，其詳在《九峰志》中。

九峰草堂神鼉峰，丹崖啟自彭仙翁。終南曳杖來採藥，眼看江上飛虬龍。紫泥欲下早蟬蜕，掉頭不肯隨東封。金蛇三寸戲沙礫，玉棺萬古懸虚空。仙井曾經鬼神鑿，九還洗出桃花紅。霓旌羽節往來過，月明鸞鶴吟天風。九峰主人青溪曲，上清謫受金門禄。一鞭槐市撼鳴珂，脱却朝衫友麋鹿。地近寧移許掾家，身輕未辟留侯穀。《秋水集》：乾一好道，時初從茅山歸。東軒主人《述異記》：乾一晚年無疾化去，忽寓書崑山葉訒菴，寄仙茅三兩，云此余山中靈藥，謹以相贈。訒菴發所寄，乃當歸也。書至都門，未知其已卒。明年，訒菴卒于京。層閣嵚嵚俯碧潭，迴廊窈窕穿修竹。同

---

① 小，《家藏稿》本作「少」。

志相期四五人，幽棲幾處依林麓。陸瑁溪堂薄宦成，張融岸屋先人築。曹唐道者伴吹笙〔一〕，注罷《南華》理松菊。原注：道士曹耕雲同隱。葉落閒堦閬苑鐘，熏香小史清如玉。主人詩酒真人豪，好將蹤跡從漁樵。痛飲恕人容水部，原注：乾一善飲而余口不識桮勺。長吟懷古繼龍標。名高仕宦從教懶，金盡妻孥任見嘲。是處亭臺添布置①，到來賓客共逍遥。精藍每與支公會，原注：支公指大衢和尚。快友還將董相招。原注：得仲。我輩漫應誇隱遯，此君猶復困蓬蒿。小園涉趣知能賦，中歲離愁擬續騷。謂得仲以《浮湘》名其詩稿也。右手酒桮澆塊壘，雙眸書卷辨秋毫。原注：得仲目疾復明。憶昔溪山正全盛，徵君比屋開三徑。筍屐籃輿鶯燕忙②，酒旗歌板花枝映。處士詩成猿鳥知，尚書畫就烟巒潤。客過嘗逢太守車③，書來每接高僧訊④。李氏名園士女游，徐公別墅琴尊興。原注：文貞公別業在西佘。稧飲壺觴妙妓絃，餅師粔籹山翁印。原注：眉公好説餅，市者以爲名。西風急浪五湖天，四月江村响杜鵑。仙客棋枰拋浩劫，道人扃鑰隱殘編。乞花何處花如錦，種藕曾無藕似船。鐵笛已稀天馬逝，玉屏雖在石

① 亭，士禮居本作「樓」。
② 籃，底本原作「藍」，據《家藏稿》本改。
③ 守，士禮居本作「史」。
④ 訊，士禮居本、《家藏稿》本作「信」。

牀鐫。豢龍洞暗荒祠雨，講虎經銷妙塔年。九峰主人三嘆息，赤烏臣主真相得。儒將雍容羽扇風，歌鐘棨戟王侯宅。勳業將衰文字興，江山秀弱機雲出。寶玉空埋劍影寒，蘆花一片江湖白。《秋水集》：小崑山，即機、雲故宅，今新祠七君子。英雄已往餘氣在，後來往往生遺佚。青史人間歲月遒，老鐵歌殘歌白石〔二〕。原注：眉公自稱白石山人。○《秋水集》：頑仙廬爲陳徵君故廬，今已盡毁，乾一重葺，清神之室祀之。我聽君談意悽哽，停樽不御青燈耿①。相看徐孺與陳郎，原注：闇公，大樽之子。雜坐迂倪原注：思曼。偕瘦沈。原注：友聖。彊項還推一老生，江都著作攄孤憤。原注：得仲。屐齒俄聞到茂先，一坐傾靡再張飲。有客依人話過秦，原注：客有談關中事者②。無家二子同哀郢。原注：即徐、陳二子。感舊思今涕淚多，荒雞喔喔催人寢。九峰九峰空巑岏，朝來重上仙翁壇。浮生感嘆誠無端，拂衣長嘯投漁竿，烟波一葉愁風湍。願君授我長生訣，攜向峰頭萬仞看。

〔一〕〔曹唐〕《唐詩紀事》：曹唐字堯賓，桂州人，爲道士。太和中，舉進士，累爲諸府從事。

〔二〕〔白石〕《一統志》：白石山寮，在青浦縣東佘山，明陳繼儒棲隱處。

① 樽，士禮居本作「杯」。御，士禮居本作「語」。

② 者，據士禮居本補。

九峰詩

鳳凰山《九峰志》：山踞九峰之首，延頸舒翼，宛若鳳翥。

碧樹丹山千仞岡，夫差親獵雉媒場。五茸風動琅玕實，三泖雲流沆瀣漿。《府志》：三泖名圓泖、大泖、長泖。鳥聽和鳴巢翡翠，花舒錦翼照文章。西施醉唱秦樓曲，天半吹簫引鳳凰。

厙公山《一統志》：昔有厙公隱此，故名。《池北偶談》：松江有厙公山。厙音舍，《字書》：姓也。

厙公石磩掩莓苔，千載陰符戰骨哀。鐵鎖任從田父識，玉書休爲道人開。《九峰志》：山埋黄石《陰符經》。三分舊數江東望，二俊終非馬上才。恨殺圯橋多授受，鬪他劉項至今來。

神山《九峰志》：又名辰山，今曰細林山。

紫蓋青童白鹿巾，細林仙館鶴書頻。洗來丹井千年藥，蜕去靈蛇五色鱗。皆指彭素雲事。洞起春雲招勝侣，潭空秋月證前身。《九峰志》：西潭，在神鼉仙館西，彭真人沖舉處。赤松早見留侯志，何況商顔避世人。

佘山《九峰志》：昔有佘仙修道于此。

溪堂剪燭話徵君，通隱昇平半席分。茶筍香來朝命酒，竹梧陰滿夜論文。《九峰志》：陳仲醇結茅小崑山之陽，祀二陸，乞四方名花，廣植堂皇之前，爲二先生春秋蘋藻，名曰乞花場。知交倒屣傾黄閣，《不易草堂日記》：仲醇名動朝野，士大夫來吴會者先訪眉公，直指徒行至其門①。朝廷有疑事，大臣手書咨之，尤見禮于太倉相王文肅公。妻子誅茅住白雲。處士盛名收不盡，至今山屬佘將軍。

薛山《九峰志》：薛公名道約，隱居此，山以公得名。今亦稱玉屏山。

薛公高卧始何年，學士傳家有墓田。枉自布衣登侍從，長將雲壑讓神仙。坐來石榻蒼苔冷，採得溪毛碧藕鮮。最愛玉屏山下路，月明橋畔五湖船。

機山《九峰志》：山以陸機名，下有村曰平原村，即二陸讀書處。

蒹葭滿目雁何依，内史村邊弔陸機。豪士十年貪隱遯，通侯三世累輕肥。江山麗藻歸文

---

① 行，士禮居本作「步」。

賦，京洛浮沉負釣磯。白袷未還青蓋遠，辨亡書在故園非。

横雲山《九峰志》：山以陸雲得名。上有白龍洞，相傳下通澱湖，每風雨之夕，有龍出入洞中。

横雲插漢領諸峰，雨過泉飛亂壑松。赤壁豈經新戰伐，《府志》：小横山，在横雲東，絶頂至東北皆峰巒隱起，壁立數仞，色盡赭，遊人呼爲小赤壁。丹楓須記舊游踪。祠荒故相江村鼓，客散名園蘭若鐘。莫信豢龍雲不去，此山雲只爲人龍。原注：山有龍母祠，又爲陸雲故宅。

小崑山《九峰志》：二陸産于此，人比之崑岡出玉，故名。

積玉崑岡絶代無，讀書臺上賦吴都。君臣割據空祠廟，家國經營入畫圖。勢去河橋悲士馬，詩成山館憶蒪鱸。傷心白璧投何處，汗簡凄凉陸大夫。

天馬山《九峰志》：一名干山，相傳干將鑄劍于此。山頂雙魚石，因風雨化去。

龍媒天馬出昆崙，青海長留汗血痕。此地干將騰劍氣，何來逸足鎖雲根。石鯨潭影秋風動，原注：山有二石魚飛去。鐵笛江聲夜雨昏。原注：鐵厓葬處。○《九峰志》：山有三高士墓，爲楊維楨、陸居仁、錢惟善①。芻秣可辭銜勒免，空山長放主人恩。

過諸乾一細林山館

興極期偏誤，名山識旅愁。橋痕穿谷口，亭影壓溪頭。霞爛丹山鼎，松鳴白石樓。居然華燭夜，先爲一峰留。

神山夜宿贈諸乾一

高士能調鶴，仙人得卧龍。穿雲三徑杖，聽月五聲鐘。管樂名堪亞，彭佺道自濃。獨來天際住，嘯詠赤城松。

細林夜集送别倩扶女郎毛大可《西河詞話》：倩扶與張弘軒定情，弘軒有意，難忘初晤。《殢人嬌》《惜别》《鳳棲梧》《寄憶》《再晤》諸詞流傳人間。其序曰：時維秋月，節届登高，思逸事于龍山，遇佳人于鶴浦。啣杯浹日，判袂經旬，兔簡頻濡，鴻箋數寄，堪

① 惟，底本原作「維」，據士禮居本改。

笑粘泥之絮，翻憐逐水之萍。品其高韻，人更淡于黄花；感此微詞，意每傷于緑葉。後倩扶有《寄弘軒主人詩》，其落句云：不道離愁深似許，輕教分手盼重過。予和詩云：但遇龍山高會後，尚疑青雀夜來過。按細林夜集其即龍山高會歟？

遠翠入嚬眉，輕寒袖半垂。花生神女廟，月落影娥池。深竹微風度，晴沙細履移。回看下山路，紅燭爲誰遲。

天馬山過鐵崖墓有感

天馬龍爲友，雲山鳥自飛。定愁黄紙召，獨羡白衣歸。長卷心同苦，狂歌調已非。悲來吹鐵笛，莫笑和人稀。

陳徵君西佘山祠

陳仲醇《岩棲幽事》：丁酉，始得築婉孌草堂于二陸遺址，故有「長者爲營栽竹地，中年方愜住山心」之句。

通隱居成市，風流白石仙。地高卿相上，身遠亂離前。《文集·修太白山人墓記》：後百餘年，雲間白石山人者，復當海内無事，積薪厝火，中外宴安。山人得于其間交王公，謍聲譽，自比于陶弘景、戴安道爲通隱。未幾，椓人再竊柄，黨禍、兵禍紛糾于不可解。客記茶龕夜，僧追筆冢年①。故人重下拜，酹酒向江天。

過徐文在西佘山莊按明相國徐文貞階别業在西佘，則文在蓋文貞之裔也。

已棄藍田第，還來灞水濱。烟開孤樹迥，霜淨一峰真。路曲山迎杖，廊空月就人。始知蕭相計，留此待沉淪。

横雲

青嶂千金鑿，丹樓百尺高。空山開化跡，異代接賢豪。原注：李氏園亭廢後，近爲諸乾一改築。《輟耕録》：松江之横雲山，古冢纍纍，然世傳以爲多晉陸氏所藏。身世供危眺，妻孥付濁醪。雙眸雲背豁，飛鳥敢吾逃。

佘山遇姚翁出所畫花鳥見贈

七十忘機叟，空山羡獨行。只今來白石，當日住青城。一斗開顔笑，千花洗筆成。那知牙

---

① 追，士禮居本作「逢」。

其二

簫鼓中流進奉船〔一〕，司空停索導行錢。八蠶名繭盤花就，千縷奇文舞鳳旋。袴褶射雕砂磧塞，筐箱市馬玉門邊。秋風砧杵催刀尺，江左無衣已七年。

〔一〕〔進奉船〕《舊唐書·張萬福傳》：德宗召萬福，馳至渦口，立馬岸上，發進奉船。

其三①

居庸千尺薊門低，八部雲屯散馬蹄。日表土中通極北，河源天上接安西。《宋史·河渠志論》：至元二十七年②，命蒲察篤實西窮河源，出西番朵甘思南鄙。高士奇《清吟堂集》：本朝視河，從塞外至東勝州，經君子濟折而南，經清水堡之東則出套，再入中原矣。金城將吏耕黄犢，玉壘山川祭碧雞。西定甘凉，南平滇蜀。世會適逢須粉飾，十年辛苦厭征鼙。

① 《家藏稿》本次序爲五。
② 二，據士禮居本補。

其四①

急峽天風捲怒濤，穿雲棧石度秋毫。《蜀道驛程記》：分水嶺以西水入嘉陵江處，南山之巔爲朝天關，舟過兩峽，各高數十丈，削立如關門，石壁上有巨洞，云是獻賊所鑿，可容萬夫，下近水，多石孔，昔人懸崖架棧于此。雞豚絶壁人烟少，珠玉空江鬼哭高。《綏寇紀畧》：賊以法移錦江而涸其流，穿數仞，實以黄金瑶寶累億萬，殺人夫，下土石以填之，決堤放流，名曰錮金。縱火千村驅草木，齎糧百日棄弓刀。《三藩紀事本末》：己亥，譚弘、譚詣殺譚文來降。未幾，取馬湖、叙州，獻孽之擾蜀者垂盡。辛丑，三省會勦，王師駐萬縣，賊棄夔州。壬寅正月元旦，大軍銜枚進奪羊耳關，賊遁。癸卯，復犯巫山，大軍與鏖戰，而遣兵密斫其營，賊大潰，劉二虎投繯死，追郝揺旗、袁宗弟，獲之，蜀地悉平。拜鵑山人《聞見實録》：成都被獻賊所屠，人烟斷絶，千里内冢中白骨亦無一存。人類既盡，孑遺無可爲食，于地中掘枯骨糜之以餬口。綿州却報傳烽緊，峒户溪丁轉戰勞。

其五②

武安席上見雙鬟，血淚青娥陷賊還。只爲君親來故國，不因女子下雄關。取兵遼海哥舒

① 《家藏稿》本次序爲十六。
② 《家藏稿》本次序爲十八。

翰，得婦江南謝阿蠻〔一〕。快馬健兒無限恨，天教紅粉定燕山。此章刺吴三桂。

〔一〕［謝阿蠻］《太真外傳》：新豐有女伶謝阿蠻，善舞《凌波曲》，舊出入宫禁，貴妃厚焉。後上自成都還，復幸華清宫，從官嬪御多非舊人，上命阿蠻舞《凌波曲》，舞罷，上凄然垂涕。

靳箋：哥舒無取兵遼海事，謝阿蠻出自新豐，非江南也。蓋取兵遼海乃三桂之實事，而哥舒本降將軍，故以爲比。初，嘉定伯周奎納圓圓于椒庭，侍周后側，莊烈問所從來，后對以兹女吴人，且善崑伎，莊烈念國事，不甚顧，命遣還，仍入周邸，而三桂得以爲婦，故以阿蠻之女伶善舞出入宫禁爲比耳。

其六①

萬里從王擁節旄②，通侯青史姓名高。禁垣遺直看封事，絶徼孤忠誓佩刀。元祐黨碑藏北寺，辟疆山墅記東臯③。《吴郡志》：辟疆園，自西晉以來傳之，池館林泉之勝，號吴中第一。辟疆姓顧氏，晉唐人題詠甚多，今莫知遺跡所在。按《松陵集》陸龜蒙詩：吴之辟疆園，在昔勝槩敵。不知清景在，盡付任君宅。注：謂任

---

① 《家藏稿》本次序爲二十一。
② 《家藏稿》本詩前原注：「爲稼軒」。
③ 墅，底本原作「寺」，據士禮居本、《家藏稿》本改。

晦園。今任園亦不可考矣。歸來耕石堂前夢，書畫平生結聚勞。末章則哭瞿稼軒。《詩話》：余詩哭稼軒所云「通侯青史姓名高」者，蓋稼軒用翼戴功以留守大學士封臨桂伯也。

送沈友聖漢川哭友詩并序

漢川顧西巘侍御與雲間沈山人友聖爲布衣交，使吴，深自折節。友聖長揖就坐，箕踞狂嘯，無所不敢當。所居田坳蓬蔚，衡門兩版，侍御出郊枉訪，停車話舊，一郡皆驚。西巘亡，友聖徒步三千里哭之，糧盡道塞，直前不顧。余與友聖交厚，侍御亦以友聖之故厚余，嘗三人虎丘夜飲，其鄭重之意，形諸圖畫，見于歌詩。漢川之行，惜余不能從也，爰作詩寓其悲焉。

士有一知己，無須更不平。世翻嫌鮑叔，人竊罵侯生。置飲忘形踞〔一〕，停驂廢禮迎。柴門車轍在，感舊淚縱横。

〔一〕〔忘形〕《唐書·孟郊傳》：性介，少諧合，韓愈一見爲忘形交。

其二

得信俄狂走，千山一哭中。棄家芒屩雪，爲位草亭風。兩水江聲合，三生友道空〔一〕。祇留黄鶴夢，相見話詩翁。

〔一〕〔三生〕《甘澤謡》：僧圓觀與李源爲忘年交，後托身王氏，約十二年後秋夜會于杭州天竺寺外。既至，歌曰：三生石上舊精魂，賞月吟風未要論。慚愧情人遠相訪，此身雖異性常存。

其三

貧賤誰曾託，相逢許此身〔一〕。論文青眼客，漬酒白衣人。丘壟松楸冷，江山薤露新。一杯傾漢水，不肯負春申。

〔一〕〔許此身〕《孔叢子》：宫他見子順，曰：他困貧賤，將欲自托富貴之門，何向而可？

其四

徒步愁糧盡，傷心是各天。雲埋大别樹，雪暗小孤船。死友今朝見〔一〕，狂名到處傳。范張千里約，重補入晴川。

〔一〕〔死友〕《後漢書·趙岐傳》：出行乃得死友。

丁未三月二十四日從包山後過湖宿福源精舍①

《游包山記》：福源蒼松夾道，經一里，深箐密竹中聞流水濺濺然。入門，羅漢松一株，蒼古奇特。右廂漸圮，殿後廢地已建傑閣，莊嚴殊麗。

千林已暝色，一峰猶夕陽。拾級身漸高，樵徑何微茫。回看斷山口，樹杪浮湖光。松子向前落，道人開石房。橘租養心性〔二〕，取足鬚眉蒼。清磬時一聲，流水穿深篁。我生亦何幸，暫憩支公牀。客夢入翠微，人事良可忘。

〔二〕〔橘租〕《述異記》：越人歲出橘稅。

廿五日偕穆苑先孫浣心葉予聞允文游石公山盤龍洞石梁寂光歸雲諸勝

《葉氏世譜》：予聞名有馨，號箬菴，松郡廩生，乙酉拔貢，有《咸悦堂詩文集》。

---

①《家藏稿》本「二十」作「廿」，無「包」字。

允文名兆昌，住洞庭，《中巷譜》謂之中巷派。《包山游記》：石公之奇，山之趾怪石林立者以千百數，最著者曰盤龍洞，曰石梁，曰天門，曰千人石，曰石屋。山之巔大石嵯峨者以千百數，最著者曰歸雲洞，曰寂光洞，曰雲梯，曰聯雲嶂，曰一線天。盤龍洞相傳有龍浴其中，空洞盤曲，石上猶存鱗甲形。石梁以天台取象，兩巨石對立，中横一梁，長五尺，闊一尺餘，狀若魚背，游者舉足震掉焉①。寂光洞視歸雲稍隘，而内有石如雲之下垂。

大道無端倪，真宰有融結。兹山在天壤，靈異畜不泄。萬竅凌虚無，一柱支毫末②。疑豈愚公移③，愁爲巨靈拔。劉根作堂奥，《洞庭山志》：毛公壇，漢劉根得道處。根既成仙，身生緑毛，人或見之，故名。今有石壇、丹井在神景觀旁。皮日休詩：劉根昔成道，兹塢四百年。毵毵被其體，號爲緑毛仙。《遂初堂集》：毛公壇爲劉根煉藥處，道觀久廢，故基爲里豪墓矣。惟空壇獨存，登之，見衆山如屏，一湖如杯，丹井二清泉湛然。按諸説皆以劉根爲毛公，唯陸廣微《吴地記》曰：靈威丈人姓毛名萇，號曰毛公，今洞庭有毛公宅，石室并壇存焉。柳毅司扃鑰。《山志》：洞庭東山有柳毅井④，吴城住宅有柳毅橋，鄉人以水仙神立祠二處。誰啟仙人閭，繫我

---

① 「足」字據士禮居本補。
② 支，底本原作「枝」，據士禮居本、《家藏稿》本改。
③ 豈，士禮居本作「是」。
④ 「柳」字據士禮居本補。

漁父柮。刻鏤鴻濛雲，雕搜大荒雪〔一〕。或人而痀瘻，或馬而蹄齧。或負藏壑舟，或截專車節。或象神鼎鑄，或類昆吾切。地肺庖丁解〔二〕，月窟工倕伐。石囷封餱糧，天廚甃涓潔。重隒累瓿甑〔三〕，短柱增櫨棁。瓜瓤觚稜剖，木皮槎枒裂。皚皚黃河冰，炎炎崑岡爇。峆岈舞辟邪〔四〕，琰玥張饕餮。斗起聳雲闕，一道通箭筈。碧藕玲瓏根，文螺宛委穴。丹梯躡而上，鬱鬱虛皇闕。突兀撐青冥①，插地屏障列。一身生羽翰，百尺跨虹蜺。斷磵吟楓柟，颯爽侵毛髮。側窺漏日影，了了澄潭澈。雞聲出烟井，乃與人境接。回思頃所歷，過眼纔一瞥。秦皇及漢武，好大同蠓蠛。齊諧不能志，炙輠不能説〔五〕。酈桑二小儒，注書事抄撮。陋襲李斯碑，闕補周王碣。關仝亦妙手②〔六〕，惜未適吴越。嵩華雖云高，無以鬬巧拙。時俗趁姿媚，烟巒漫塗抹。妄使傖父輩，笑我驕螘垤。京江吸金焦，漢水注大別。流峙合而匯，奇氣乃一發。睥睨五嶽間，誰與分優劣。前一段形容其奇，此一段言比擬不能盡也。扶杖一村翁，眼看話日月③。昔逢猶兒童，今見已耄耋。昨聞縣帖下，搜索到魚鼈。訝彼白黿逃〔七〕，無乃青草竭。却留幽境在，似爲肥遯設。當年綺里季〔八〕，卜居採薇蕨。皓首走漢

① 青冥，士禮居本作「晴昊」，《家藏稿》本作「青旻」。
② 仝，底本原作「同」，據士禮居本、《家藏稿》本改。
③ 日，士禮居本、《家藏稿》本作「年」。

庭，恨未與世絶。若隨靈威去，此處攬藤葛。子房知難致，欲薦且捫舌。浮生每連蜷，塵界儘空闊。謀免妻孥愁，計取山水悦。入春桃李過，韶景聽鳴鴂①。籃輿累親舊，同載有二葉。予聞、允文。穆生老而健，苑先。孫郎才且傑。浣心。彼忘筋力勞，我愛賓朋挈。過湖曳輕帆，入寺憩深樾〔九〕。老僧諧語笑，妙理攻麯糵。曉起陳盤餐，飽食非麤糲。桑畦路宛宛，筍屩行兀兀。快意在此游，失記遺七八。平湖鋪若茵，磐石幾人歇。蹲踞當其旁，拒户相支遏。黝黑聲訇稜，欲進遭嗔喝。《遊記》：一石如砥，下薄湖潯，方廣數十丈，或望月，或垂釣，皆絶勝，名千人石。石屋下潔如甃，上平若削，中容游者數百人，然水滿不能時至。側肩僅容趾，腹背供磨軋。下踹蘚磴牢，上覰崩崖豁。攀躋差毫釐，失足憂一蹶。《游記》：一線天石壁夾峙，入其中，天渺如一線。攀緣而上，傾側欲墮，戰慄無人色。既得上，始慶脱于險也。前奇慕先過，後險欣乍脱。歌呼雜謡稺，嘻笑視履韈。君看長安道，高步多蹉跌。散誕來江湖，蒲伏羞干謁。頭因石丈低②，腰向山靈折。前一段承上言欲肥遯，此一段言正叙游山。四月將已近，天時早炎熱。揮汗何沾濡，驚飈俄凜冽。歸來北窗枕，響入山溜徹。不寐話夜凉，連牀擁裘褐。晚歲艱出門，端居意騷屑。閒

---

① 鳴，士禮居本、《家藏稿》本作「啼」。
② 丈，《家藏稿》本作「文」。

踪習羈旅，逸興貪放達。跌蕩馮夷宫，游戲天吴窟。將毋神鬼怒，亟遣風雨奪。勝事滿現前，得失歸勇怯。衰老偕故人，幸喜兹游决。此一段叙山歸遇雨。他年子胥濤，百里聞咤咄。鱣鮪隨風雷，頸鎖金牛掣。《幽冥録》：淮水渚津水極深，人見一金牛形甚瑰壯，以金爲鎖絆。鮫人拭牀几，神女洗環玦。硠磕打空灘，澎湃濺飛沫。噌吰無射鐘，嘹亮蕤賓鐵〔一〇〕。孤客爲徬徨，嫠婦爲悽咽。那知捩柁下，我輩行車轍。再拜告石公，相逢慰飢渴。既從人間世，忍再洪波没。志怪作大言，嗜奇私神物。肯學楊焉鐫〔一一〕，顧受壺公訣①。縮之入懷袖，弄之置盆鉢②。栽松龍氣上③，畜水雲根活。長留文士玩，勿被山君竊〔一二〕。此一段餘波，言塵劫無盡，荒怪何常。嘗聞峋嶁峰，科斗尊往牒。剥蝕存盤螭，捫索嗟完缺。此山通巴陵，下有神禹札。後代文字衰，致起龍蛇孽。我有琅玕管，上灑湘娥血。濯足臨滄浪④，浩思吟不輟。未堪追陽冰，猶足誇李渤。隱從烟霞閉，出供時世閲。刻之藏書巖，千載應不滅。結言作詩。

---

① 顧，《家藏稿》本作「願」。
② 鉢，底本原作「鉥」，據士禮居本、《家藏稿》本改。
③ 龍，《家藏稿》本作「蘢」。
④ 臨，底本原作「吟」，據士禮居本、《家藏稿》本改。

〔一〕〔大荒〕《山海經》：大荒之中，有山名曰大荒之山。

〔二〕〔地肺〕《蘇州府志》：太湖中小山之名峎者有四，其大不及百畝，高不踰一尋。當湖水大發時，亦不浸没。古稱地肺，故常浮于水面也。

〔三〕〔重隒〕《爾雅·釋山》：重甗，隒。注：山形如累兩甗。甗，甑也。山形狀似之。

〔四〕〔辟邪〕《後漢書·靈帝紀》注：鄧州南陽縣北有宗資碑，旁有兩石獸，鐫其膊，一曰天禄，一曰辟邪，並獸名。

〔五〕〔炙輠〕《史記·荀卿傳》注：輠者，車之盛膏器也。炙之雖盡，猶有餘留者。言淳于髡智不盡如炙輠也。

〔六〕〔關仝〕《宣和畫譜》：關仝一名穜，長安人，畫山水。早年師荆浩，晚年筆力過浩遠甚。

〔七〕〔白鼉〕《三國志·諸葛恪傳》注：童謡曰：「白鼉鳴，龜背平。」

〔八〕〔綺里季〕汪道昆《太函集·游洞庭山記》：去法喜庵，過綺里，指爲綺里季故居。余西入里巷，問黄公泉，出里則長松千章，相對夾道，蓋花山道也。

〔九〕〔深樾〕韓退之詩：守縣坐深樾。

〔一〇〕〔蕤賓鐵〕《酉陽雜俎》：蜀將軍皇甫直好彈琵琶，嘗造一調，乘涼臨池水彈之。本黄鍾也，而聲入蕤賓。試彈于他處，則黄鍾也。夜復彈于池上，覺近岸波動，有物激水如魚躍，及下絃則没矣。直遂車水竭池索之，得鐵一片，乃方響蕤賓鐵也。

〔二〕［楊焉鐫］《漢書·溝洫志》：鴻嘉四年，楊焉言：「從河上下，患底柱隘，可鐫廣之。」上從其言，使焉鐫之，而令水益湍怒，爲害甚于故。

〔三〕［山君］《史記·武帝紀》：泰一、皋山山君、地長。正義曰：并神名。

靳箋：此詩規橅昌黎，可云得其神髓。奇傑恣横，筆力能與題稱矣。而其最用意者，在當年綺里季卜居採薇蕨八句。蓋子房之薦四皓，所以調護太子也。梅村在亡明官中允、諭德，固東宫官屬。而先以編修預東宫講讀之選，載在《明史》。及其遭遇本朝，以徵辟爲祭酒，故于子房之薦反覆嘆息，欲隨靈威以去，而不徒因奏銷縣帖羡此幽境也。若泛作遊山詩，則又是退之《南山》，不作可矣。以此揆之，詩更非昌黎可限。

查灣過友人飯

碧螺峰下去，宛轉得山家。橘市人沽釀，桑村客焙茶。溪橋逢樹轉，石路逐灘斜。莫負籃輿興，夭桃已著花。

胥王廟《姑蘇志》：胥山，在太湖口。《寰宇記》云吴王殺子胥，投之于江，吴人立祠于此，故名。

伍相丹青像，鬚眉見老臣。三邊籌楚越①，一劍答君親。雲壑埋忠憤，風濤訴苦辛。平生家國恨②，偏遇故鄉人。故鄉人謂文種也。

查灣西望查灣，在查山下。《姑蘇志》：玉遮山，在陽山之南，横列如屏。今但呼爲遮山，舊《志》爲查山。

屢折纔成望，山窗插石根。濕雲低染徑，老樹半侵門。溝直看宜岸③，沙横欲抱村。湖光猶在眼，燈火動黄昏。

拜王文恪公墓《明史·王鏊傳》：字濟之，吴人。户部尚書、文淵閣大學士，贈太傅，謚文恪。《一統志》：王鏊墓，在洞庭東山梁家山。

舊德豐碑冷，湖天敞寂寥。勳名高故相，經術重前朝。致主唯堯舜，憂時在豎刁。本傳：正德元年四月，起左侍郎，與韓文諸大臣請誅劉瑾等八黨。百年人世改，野唱起漁樵。

① 邊，士禮居本、《家藏稿》本作「江」。
② 平生，《家藏稿》本作「生平」。
③ 溝，士禮居本、《家藏稿》本作「漁」。宜，士禮居本、《家藏稿》本作「疑」。

沙嶺《姑蘇志》：在洞庭西山之北，一名長沙山。

亂峰當面立，反𢟪得平丘。坐卧此云適，歌呼不自由。支頤蒼鹿過，坦腹白雲留。笑指鳥飛處，有人來上頭。

飯石峰《蘇州府志》：寒山之西岸有仙人石。又，南爲飯石峰。

半空鳴杵臼，狼藉甑山旁。《姑蘇志》：陽抱山西北竹青塘，又北曰雞籠山，又北曰甑山。山巔有七竅如瓦甑，故名。按飯石峰在甑山旁。莫救黔黎餓，誰開白帝倉〔一〕。養芝香作粒，煮石露爲漿。飯顆相逢瘦，詩翁詎飽嘗。

〔一〕［白帝倉］《後漢書·公孫述傳》：成都郭外有秦時舊倉，述改名白帝倉。

沈文長雨過福源寺并叙

余以己亥春遊石公山，宿文長山館。丁未復至，石公水涸，抉奇呈異，遠過舊游。將登歷而風雨驟至，竟覿面失之，殊不及我故人之高談蕭寺，追叙夙昔也。

昔年訪沈子，石公山没歸雲址。今年遇沈公，石公水落盤龍宫。沈公家在石公側，白頭三見山根出。而我分攜將九載，相看總老溪山改。石公在望風雨作，探得靈奇復蕭索。沈公蠟屐曉衝泥，握手精藍話疇昨。石公沈公且别去，明日回頭望山樹。

同許九日顧伊人洞庭山館聽雨

曉閣登臨意渺然，蘆花蕭瑟五湖天。雲深古洞藏書卷，木落空山奏管絃。魚市有租堪載酒，橘官無俸且高眠。莫愁一夜西窗雨，笠澤烟波好放船。

游石公歸是夜驟雨明晨微霽同諸君天王寺看牡丹

《一統志》：蘇州府天王寺，在洞庭西山桃花塢，唐大中元年鑿井得天王像，賜額。

烟嵐淡方霽，沙暖得徐步。訪寺苔逕微，遠近人語誤。道半逢一泉，曲折隨所赴。觸石松頂飛，其白或如鷺。尋源入杳冥，壑絶橋屢渡。《遂初堂集》：崦上三里至天王寺，寺前有曲澗，臨澗一菴，甚幽雅。寺有葛洪井，梁時古柏。往時遶寺長松千株，皆不存。中有二比丘，種桃白雲護。花將舞而笑，石則落猶怒。澆之以杯酒，娟然若迴顧。此處疑仙源，快意兼緇素。苦辭山地薄，縣官責常賦。蔬果雖已榮，龍象如欲訴。學道與養生，得失從時務。吾徒筋力衰，萬事俱遲暮。太息因歸來，鐘聲發清悟。錢箋：竟不及牡丹，何也？

揖山樓

名山誰逢迎，遇人若俯仰。心目無端倪，默然與之往。幽泉互相答，飛鳥入空想。傑閣生其間，櫺軒爭一爽。嘉樹爲我圓，坐久惜餘賞。暝靄忽而合，明月出孤掌。彈琴坐其中，萬籟避清響。良夜此會難，佳處莫能獎。

柳毅井

原注：即橘社①。○《一統志》：柳毅井，在洞庭東山。《蘇州府志》：小説載柳毅傳書事，或以爲是岳之洞庭湖，以其説有橘社，故又謂即此洞庭山爾。社下去吴縣西一百十里。

仙井鹿盧音，原泉瀉橘林。寒添玉女恨，清見柳郎心。《異聞集》：唐儀鳳中，柳毅至涇陽，見一婦牧羊，泣曰：妾洞庭龍君小女也，嫁涇川次子，而夫婦日以厭薄，聞君將還吴，以尺書寄托。洞庭之陰有大橘樹②，鄉人謂之橘社，君解帶，舉樹三發，當有應者。毅還家，訪于洞庭，取書進之。龍君覽畢，宫中皆慟哭，有赤龍長萬丈餘飛去，俄而涇水之囚人至矣。《集異記》：洞庭君宴毅于凝碧宫，錢塘君謂毅曰：願以昨女奉箕帚，不從者死。毅曰：君何言之

---

① 「原注」後《家藏稿》本有「其地」二字。

② 大，底本原作「木」，據士禮居本改。

鄙？是爲殺人之夫而娶其妻，不可。後再娶盧氏，貌類龍女，曰：予即洞庭君女，涇上之辱，君能救之，向所以不言者，知君無好色之情，今所以言者，知君有愛子之義①。短綆書難到，雙魚信豈沉。波瀾長不起，千尺爲情深。

雞山原注：夫差養鬭雞處。○《吴地記》：雞陂墟，闔閭置豆園在陂東。

飲啄丹山小，長鳴澤畔雲。錦冠虚恃氣，金距耿超群。斂翅雌猶守，專場勝未分。西施眠正熟，啼報越來軍。

厩里原注：在武山，吴王養馬處。○《吴地記》：豨墳東二里有豆園，吴王養馬于此。

夫差芻秣地，遺跡五湖傳。柳葉青絲鞚，桃花赤汗韉。原注：武山桃花爲東洞庭一勝。降王羞執轡，豔妾笑垂鞭。老驥哀鳴甚，西風死骨捐。

---

① 子，士禮居本作「予」。

武山原注：本名虎山，夫差于其地養虎。李唐諱虎爲武，至今仍之。○《姑蘇志》：武山，在東洞庭之東。

霸略誇擒縱，君王置虎牢。至今從震澤，疑是射成皐。土俗無機穽，山風少怒號。千秋遺患處，誰始剪蓬蒿。

莫釐峰《姑蘇志》：相傳莫釐將軍所居，一名胥母山，以其山在洞庭之東，稱東洞庭。其山周迴八十里，視西洞庭差小，而岡巒起伏廬聚物産大畧相同。所不同者西石清而潤，東石黄而燥。西宜梨，東宜枇杷。西有兔無雉，東有雉無兔耳。

始信一生誤，未來天際看。亂峰經數轉，遠水忽千盤。獨立久方定，孤懷驟已寬。亦知歸徑晚，老續此游難。

登東山雨花臺

白雲去何處，我步入雲根。一水圍山閣，千花夾寺門。日翻深谷影，烟抹遠天痕。變滅分晴晦，悠然道已存①。

仙掌樓留别衆友吴曙《錦溪小集》：仙掌樓，洞庭東山劉氏之産。

杯酒鏡湖平，持來送客行。可憐高會處，偏起故鄉情②。烟鳥窗中滅，風帆樹杪生。遥看沙渡口，明日是離程。

過洞庭山東山朱氏畫樓有感③并序

東洞庭以山後爲尤勝，有碧山里，朱君築樓，教其家姬歌舞④。君每歸自湖中不半里，令從者踞船屋作鐵笛數弄⑤，家人聞之皆出。樓西有赤闌干累丈餘，諸姬十二人豔粧凝睇，指點歸舟於烟波杳靄間。既至，即洞簫鈿鼓諧笑並作，見者疑初不類人

① 存，《家藏稿》本作「深」。
② 鄉，《家藏稿》本作「園」。
③ 士禮居本題無「洞庭山」之「山」字，《家藏稿》本題無「洞庭山」三字。
④ 「歌舞」，據士禮居本、《家藏稿》本補。
⑤ 踞，士禮居本、《家藏稿》本作「據」。

世也①。《文集》：洞庭最稱翁氏、朱氏，有兩樓。席氏尊彝圖卷不及翁，湖山歌舞不及朱，而特以潔勝。君以布衣畜伎，晚而有指索其所愛者，以是不樂，遣去，無何，竟卒。余偶以春日過其里，雖簾幙凝塵，而湖山晴美。樓頭有紅杏一株，傍簷欲笑。客爲余言，君生平愛花，病困猶扶而瀝酒，再拜致别。諸伎中有紫雲者爲感其意，至今守志不嫁。嗟乎，由此足以得君之爲人矣。爲題五言詩于壁上。

盡説凝眸望，東風徙倚身。如何踏歌處，不見看花人。舊曲拋紅豆，新愁長白蘋。傷心闗盼盼，又是一年春。

留洞庭二十日歸自水東小港

漸覺湖天改②，扁舟曲曲行。野橋誰繫姓，村樹亦知名。晚市魚蝦賤，烟汀菰米生〔一〕。偶逢空闊處，重起舊灘聲。

---

① 士禮居本、《家藏稿》本無「疑」字。
② 湖，《家藏稿》本作「雲」。

〔二〕〔菰米〕《蘇州府志》：茭白即菰也，惟吴縣梅灣村一種四月生，名吕公茭。茭中生米，可作飯，即菰米飯也。

鹽官僧香海問詩于梅村村梅大發以詩謝之

但訪梅花來，今見梅花去。何必爲村翁，重尋灌園處。種梅三十年，遶屋已千樹。饑摘花蕊餐，倦抱花影睡。枯坐無一言，自謂得花意。師今遠來游，恰與春光遇。索我囊中詩，搔首不能對。寄語謝故人，幽香養衰廢。溪頭三尺水，好洗梅魂句〔一〕。

〔一〕〔梅魂句〕蘇子瞻詩：暗香先返玉梅魂。

送聖符弟之任蘄水丞聖符名世睿，由貢生任蘄水縣丞，署蘄州知州，卒于蘄獄中。

隨牒爲人佐，全家漢水東〔一〕。放衙廳壁冷，趨府戟門雄。屈宋風塵下〔二〕，江山醒醉中。丈夫從薄禄，莫作故園窮。

〔一〕〔漢水東〕《一統志》：漢水至漢陽府城東北會大江，大江自漢陽府黄陂縣流入黄州府黄岡縣界，又東南流入蘄州界。

〔三〕〔屈宋〕《唐書·杜審言傳》：吾文章當得屈、宋作衙官。

其二

四十未專城，除書負姓名。才高方薦達，過僻鮮逢迎。夏簟琴牀净〔一〕，春泉茗椀清〔二〕。公餘臨墨沼，洗筆畫圖成。原注：蘄有陸羽泉、右軍洗筆池。聖符善畫。○《一統志》：陸羽泉，在蘄水之鳳栖山下，《茶經》謂天下第三泉。

〔一〕〔簟〕《湖廣通志》：蘄簟，出蘄州。

〔二〕〔茗〕《湖廣通志》：松蘿，出黄州府。

其三

西上今吾弟，分攜北固樓。最高搔白首，何處望黄州。故舊忻無恙，烟波感昔游。蘄春有香草，相寄慰離愁。原注：兼柬畢協公侍御。○《湖廣通志》：崇禎丁丑進士畢十臣，蘄水人，御史。按結句謂蘄水出蘭與艾也。

其四

訪俗曾經亂，車過大澤鄉。殘民談勝廣，舊國記江黄。《史記·陳涉世家》：屯大澤鄉。徐廣注：在沛郡蘄縣。廿載流移復，三湘轉運長。正逢休息後，温詔重循良。吴翊《樂園集》：余從祖聖符宦歿蘄黄，制府于公護卹甚厚。按于公名成龍。

過吴江有感

落日松陵道〔一〕，堤長欲抱城〔二〕。塔盤湖勢動〔三〕，橋引月痕生〔四〕。市静人逃賦，江寬客避兵。廿年交舊散①，把酒歎浮名。靳箋：按《吴江縣志》：國初，邑之高蹈而能文者相率爲驚隱詩社。起順治庚寅，四方同志咸集，相與遯跡林泉，優游文酒，角巾方袍，時往來三江五湖間。其後史案株連，同社有罹法者，社集遂輟。二十年交舊②，梅村蓋感其事歟？

〔一〕〔松陵〕《一統志》：吴江縣，唐曰松陵鎮。

① 交舊，士禮居本作「舊交」。
② 交舊，士禮居本作「舊交」。

〔二〕〔長堤〕《一統志》：長堤，在吴江縣東。宋慶曆二年，以松江風濤，漕運多敗舟，遂續松江長堤，界于江、湖之間。明萬曆三十三年重築，長八十里。

〔三〕〔塔〕《蘇州府志》：寧境華嚴講寺，在吴江縣東門外，宋元祐四年，邑人姚得瑄建，方塔七層。

〔四〕〔橋〕《輟耕録》：吴江長橋，七十二洞，元泰定二年甃以石。

戊申上巳過吴興家園次太守招飲郡圃之愛山臺坐客十人同修禊事余分韻得苔字

《湖州府志》：愛山臺，在府治後西北隅，宋郡丞汪泰所創。取東坡「尚愛此山看不足」之句名之。知府吴綺重修。吴綺字園次，揚州人。能文章，工度曲，由選貢生以部曹出爲湖州知府。

六客堂西禊飲臺，《一統志》：六客堂，在湖州府治圃中。愛山臺，在六客堂之右。按六客堂亦園次建，祀太守王逸少、謝安石、柳文暢、杜牧之、孫莘老、陳筠塘。又合舊峴山所祀三賢守顔魯公、蘇東坡、王龜齡，爲九賢祠于峴山。亂山高會嘯歌開。塔懸津樹雨中出，鐘送浦帆天際來。同輩酒狂眠怪石，前賢墨妙洗蒼苔。《一統志》：墨妙亭，在湖州府治，内子瞻《墨妙亭記》。熙寧四年，高郵孫莘老守吴興，明年，作墨妙亭于府治之北，取凡境内自漢以來古文遺刻以實之。右軍勝集今誰繼，仗有吾家季重才。

靳箋：按徐原一《題梅村愛山臺上巳宴序卷》云：會者十有二人，而余其一，先生所以有「孝穆」之句。今十二人莫可詳，而「孝穆」句亦不載于集中，則梅村逸詩豈少也哉？

立夏日陪園次郡伯過孫山人太白亭落成置酒分韻得人字

按梅村作記在三月二十六日。《廣輿記》：太白山人墓，在湖州府城南道場山。《文集》：山人不知何許人，自謂孫姓，名一元，字太初。或云安化王之苗裔，出關，踪跡遍衡湘泰岱間，既而買田吴興。爲人渥顔飄鬚，攜鐵笛鶴瓢以自隨，詩與李獻吉、何仲默、鄭善夫齊名。晚乃與長興吴玧、紹興安仁劉麟、按察使建業龍霓、御史吴興陸崑爲苕溪五隱。太初絶婚宦，晚娶于湖之張氏，無子，年三十七以没。病革，屬劉公以誌銘，曰：必葬我道場山之麓。會鄭善夫亦來唁，偕苕溪四隱者封哭而去。康熙七年，太守吴綺乃構山人太白亭。

春盡山空鶴唳頻，亂雲歸處鎖松筠。《文集》：墓遶長松數千株，有殘碑三尺没草中。江湖有道容奇士，關隴無家出俊人。寘鐇亂後，安化國廢。招隱起亭吟社客，散仙留冢醉眠身。一瓢零落殘詩在，《文集》：太初嘗大醉①，取幅巾掛樹，抽碧玉導刻松身作「嚴光徐穉陶潛」數字②。已而就其根熟睡，抵黄昏乃起。又曰：歸雲菴，太初所掛瓢處，善夫以是名其堂。誰伴先生理釣緡。梅村《修孫山人墓記》：吴公由工部郎爲吴興守，江南之揚州人，共事者有郡丞大興于公琨、通守静樂姚公時亮。是日同遊者御史歙縣方漣吴公雯清、司理長

---

① 大，底本原作「太」，據士禮居本改。
② 導，士禮居本作「道」。

洲既庭宋君實穎、孝廉江寧仲調白君夢鼐、崑山原一徐君乾學、貴陽辰六越君闓，而余則太倉吳偉業梅村也。

贈家園次湖州守五十韻

清切推華省，風流擅廣陵。俊從江左造，賢比濟南徵①。經學三公薦，文章兩府稱。北門供奉吏，西掖秘書丞〔一〕。《本事詩》注：園次少讀書康山之麓，既而待詔金馬，奉勅填詞，人多目爲江都才子。春月俸鴉翎鈔，《金史·食貨志》：交鈔之制，外爲闌，作花紋，其上衡書貫例。王鳳洲謂兩旁花紋重墨如鴉翎。衣鳳尾綾。賜餔班上膳，從獵賦奇鷹。粉署勞偏著，仙曹跡屢陞。赤囊條每對，黃紙詔親承。言其官京朝之清華②。乞外名都重，分符寵命仍。爭傳何水部，新拜柳吳興。城闕晨鐘動③，旌旗瑞靄凝。射堂青嶂合〔二〕，訟閣絳雲蒸。教出漁租減，詩成紙價增。笙歌前隊引，賓客後車乘。石户樵輸栗〔三〕，銀塘女採菱〔四〕。水嬉鈎卷幔，社飲鼓分棚。急雨溪喧碓，斜陽岸曬罾。言出守湖州之佳麗。宗盟高季札④，史局慨吳兢〔五〕。官退囊頻澀，年侵鏡漸

---

① 比，士禮居本作「出」。
② 朝，士禮居本作「曹」。
③ 鐘，士禮居本、《家藏稿》本作「笳」。
④ 盟，士禮居本作「門」。

憎。鹿皮朝擁卷〔六〕，松火夜挑燈。舊業凋林薄，殘身瘦石稜。彈琴伐木澗，荷鍤種瓜塍。撥剌魚窺網，偷睛鳥避矰①。已躭耕稼隱，幾受黨碑懲。此先自叙近況。寥落依兄弟，艱難仗友朋。殷勤書一紙，離别思千層。逸爵斟佳醖，綈袍製異繒。蠶忙供杼柚，茶熟裹緘縢。族姓叨三謝，詞場繼二應。歆宜陪魯衛，賦僅半鄒滕。謙抑君何過②，慚惶我曷勝。長緘招鄭重，短策跂飛騰。次述園次相招贈遺之豐、書辭之厚。好士公投轄，尋山客擔簦。竹溪春澹蕩，梅隴雪崚嶒。孤館披襟坐，危欄送目凭。嵐光浮翠黛，塔勢界金繩。爲政崔玄亮〔七〕，相逢皇甫曾〔八〕。蘭橈輕共載，蠟屐響同登。笛冷荒臺伎，鐘沉廢寺僧。趙碑娟露滴，顔壁壯雲崩。衰至容吾放③，狂來敢自矜。雄談茗是戰，良會酒如澠。次述公至湖州登臨談讌之樂。楚澤投劉表，江樓謁庾冰。故交當路遍，前席幾人曾。妄把歡游數，癡將好夢憑④。懷人吟力健，觀物道心澄。雅意通毫素，閒愁託剡藤。折花貽杜牧，採菊寄王弘。瑣屑陳編

---

① 睛，士禮居本作「晴」。
② 何，《家藏稿》本作「胡」。
③ 衰，士禮居本作「哀」。
④ 憑，士禮居本作「頻」。

蠹①，攲斜醉墨蠅。非云聊以報，舍此亦何能。末叙别後相憶寄詩。

〔一〕［西掖］《初學記》：中書省在右，因謂中書爲右曹，又稱西掖。

〔二〕［射堂］《湖州府志》：射堂，在歸安縣白蘋洲西，唐貞元中刺史李詞建，顔真卿爲記②。

〔三〕［石户］蘇子瞻詩：我來叩石户，飛鼠翻白鴉。按石户在湖州卞山。

〔四〕［栗］《湖州府志》：成化九年，浙撫劉敷等奏，吉安縣銅山等鄉籍没官地内原有栗樹，歲納栗一百八十九石。

〔五〕［菱］《湖州府志》：菱出菱湖，菱湖在府城東南四十二里。

〔六〕［吴兢］《唐書·吴兢傳》：兢，汴州浚儀人③。詔直史館，修國史。天寶初，入爲恒王傅。雖年老衰僂甚，其意猶願還史職，李林甫嫌其衰，不用。

〔七〕［鹿皮］《南史·何尚之傳》：致仕，常著鹿皮帽。

〔八〕［崔玄亮］《湖州府志》：唐崔玄亮字晦叔，磁州昭義人。長慶三年，自刑部郎出爲湖州刺史。

〔八〕［皇甫曾］《唐書·皇甫冉傳》：冉與弟曾皆善詩。按曾有《烏程水樓留别》詩見集中。

---

① 蠹，士禮居本、《家藏稿》本作「篇」。

② 真，底本原作「貞」，據士禮居本改。

③ 汴，底本原作「卞」，據士禮居本改。

得友人札詢近况詩以答之

溪堂六月火雲愁，支枕閒窗話貴游。王令文章今日進，丘公仕宦早年休。道衰薄俗甘棲遁，才退殘書勉勘讎。京洛故人聞健飯，黄塵騎馬夾城頭。

短歌贈王子彦瑞國也。

王郎頭白何所爲？罷官嶺表歸來遲①。衣囊已遭盜賊笑，襆被尚少親朋知。我書與君堪嘆息②，不如長作五羊客。君言垂老命如絲，縱不歸人且歸骨。入門别懷未及話，石壕夜半呼倉猝。胠篋從他誤攫金，告緡憐我非懷璧。田園斥盡敝裘難，苦乏家錢典圖籍。愛子摧殘付託空，萬卷飄零復奚惜。子彦家有萬卷樓。吁嗟乎十上長安不見收，千山遠宦終何益。君不見鬱孤臺臨數百尺，惡灘過處森刀戟③。歷遍風波到故鄉，此中别有盤渦石。程云：子彦少子庠生某爲吴昌時壻，昌時法死，家被籍。次女嫁某宦子，中冓之言，言之醜也，歸其獄于子彦之子，坐褫杖，

① 來，《家藏稿》本作「何」。
② 嘆，士禮居本、《家藏稿》本作「太」。
③ 處，士禮居本作「盡」。

且遷怒于子彦矣。子彦坐此失意，故云「愛子摧殘」及「别有盤渦石」也。我聞諸穆南谷云。

贈同年嘉定王進士内三

黄與堅《如松堂集·貞憲先生墓志》：王泰際字内三，自號硯存，嘉定縣人，崇禎辛未進士。鼎革後，奉母鄉居三十年没①。後邑中紳士採行實，私謚之曰貞憲先生。長子霖汝字公對，崇禎己卯舉人；次子楫次字翰臣，順治辛卯舉人，後更名翃；季子梓。

槎浦岡頭自種田，《一統志》：槎浦，在嘉定縣南三十里，有上槎、中槎、下槎三浦。居然生活勝焦先〔一〕。赤松採藥深山隱，白鶴談經古寺禪。《嘉定縣志》：南翔講寺，在縣南二十四里。梁天監間，里人掘地得石，徑丈長，常有二鶴飛集其上，僧得齊即其地作精舍，每鶴至止，必獲檀施。後鶴去不反，僧方悵然，見石上俄有詩，有「白鶴南翔去不歸」之句，因以名寺。孺仲清名交宦絶〔二〕，彦方高行里閭傳〔三〕。黄《志》：當湖陸清獻公爲邑令，求一見不可得，擬之龐德公、陶靖節焉。曲江細柳新蒲緑，回首銅龍對策年。

〔一〕〔焦先〕《北史·胡叟傳》：家于密雲，惟以酒自適，謂友人金城宗舒曰：我此生活似勝焦先。

〔二〕〔孺仲〕《後漢書·逸民傳》：王霸字孺仲。

---

① 年没，底本原作「没年」，據士禮居本改。

〔三〕〔彦方〕《後漢書·獨行傳》：王烈字彦方。

其二

翠竹黄花一草堂〔一〕，柴門月出課耕桑。蘇林投老思遺事〔二〕，譙秀辭徵住故鄉〔三〕。强飯却扶芒屨健，按扶者扶掖之人。漢晉之制，敬禮耆舊，老臣皆給扶，非虚字也。高歌脱帽酒杯狂。莫嗟過眼年光易，征調初嚴已十霜。

〔一〕〔翠竹黄花〕《傳燈録》：青青翠竹，總是法身；鬱鬱黄花，無非般若。

〔二〕〔蘇林〕《魏略》：蘇林字孝友，文帝作《典論》所稱蘇林者是也。以老歸第，國家每遣人就問之，數加賜遺，至年八十餘而後卒。

〔三〕〔譙秀〕《晉書·譙秀傳》：字元彦，巴西人也。知天下將亂，預絶人事，雖内外宗親，不與相見。郡察孝廉，州舉秀才，皆不就。及李雄據蜀，略有巴西，雄叔父驤、驤子壽皆慕秀名，具束帛安車徵之，皆不應。

其三

先生吟社夜留賓，紫蟹黄雞甕面春。萬事夢中稱幸叟，一家榜下出閒人。原注：内三及二子皆科第而不仕。君房門第多遷改，叔度才名固絶倫。原注：指上谷、江夏。○上谷侯豫瞻峒曾、雍瞻岐曾昆仲，江夏黄藴生淳耀、偉公淵耀昆仲也。《明史》：侯峒曾，天啟五年進士。福王時用爲左通政，不就，及南京覆，州縣多起兵自保，偕里人黄淳耀等誓死固守。城崩，大清兵入，峒曾拜家廟，挈二子元演、元潔並沉入池。《明詩綜》：侯岐曾以陳子龍事牽連，執之松江，遇害。《明史》：黄淳耀，崇禎十六年進士。南都亡，嘉定亦破，自裁于城西僧舍。《黄志》：内三與陶菴善，陶菴嘗與書曰：「吾輩不能埋名而潛身，必可得冠婚喪祭，深衣幅巾，行禮終身，稱前進士，不亦可乎？」其後陶菴殉節，而内三終身如其言。青史舊交餘我在，北窗猶得岸烏巾。

其四

晚歲風流孰似君，烏衣子弟總能文。内三子梓，字孝移。梓子恪，字愚千，康熙戊戌進士。皆有詩集。青箱世業高門在，白髮遺經半席分。正禮雙龍方矯角〔一〕，釋奴千里又空群〔二〕。外家流輩非容易，肯信衰宗有右軍。

〔一〕［正禮］《三國志·劉繇傳》：繇字正禮，兄岱字公山。陶丘洪薦繇於兗州刺史，欲令舉茂才，刺史曰：「前年舉山公，奈何復舉正禮？」洪曰：「所謂御二龍于長塗，騁騏驥于千里。」

〔二〕［釋奴］《北史·盧昌衡傳》：昌衡小字龍子，弟思道小字釋奴，宗中稱英妙，故幽州語曰：「盧家千里，釋奴、龍子。」

魯謙菴使君以雲間山人陸天乙《圖繪寶鑑》：陸灝字平遠，華亭人。山水淹潤有致，生秀之趣，快人心目。所畫虞山圖索歌得二十七韻魯謙菴名超，紹興人。庚子順天副榜，爲蘇州别駕。累任至右通政使，廣東、江蘇布政使。長子國華，累任安徽按察使，入爲鴻臚太僕寺卿。次子國書，户部司務；子弘瑜，句容知縣。

江南好古推海虞，大癡畫卷張顛書。《輟耕録》：黄子久名公望，自號大癡。又號竹西道人，又號一峯。本姓陸，世居常熟，繼永嘉黄氏。畫山水宗董、巨。按唐張旭任常熟尉，今有草聖祠。士女嬉游衣食足，丹青價重高璠璵。不知何事今蕭索，異聞只説姑蘇樂。西施案舞出層臺，瑟瑟珍珠半空落。聞道王孫愛畫圖，購求不惜千金諾。此地空餘好事家，扁舟載入他人橐。玉軸牙籤痛惜深，丹崖翠壁精華弱。魯侯魯侯何太奇，此卷留得無人知。一官三載今上計，粉本溪山坐卧持。九峰主人寫名勝，百年絹素猶蒼潤。云是探微後代孫，謝赫《古畫品録》：陸探微，宋明帝時吴人。事絶言象，包前孕後，古今獨立，非所能稱贊。飄殘兵火遺名姓。我也菰蘆擁被眠，舊游屈指嗟衰病。忽聽柴門枉尺緘，披圖重起籃輿興。烏目烟巒妙蜿蜒，《虞山志》：烏目山有烏目澗，在頂山南，今俗指西門山麓一阜爲烏目，謬也①。西風拂水響濺濺。《虞山志》：報國院之左曰拂水菴。拂水者，雨後瀑盛，兩崖

① 謬，士禮居本作「誤」。

束之，南風入焉，乘勢倒捲，微若噴珠，盛如飛練，故名。使君自是神仙尉，老我堪依漁釣船。招真治畔飛黄鵠，《虞山志》：致道觀，梁天監二年天師張道裕居此，初名招真治。其碑文據《藝文類聚》稱簡文所作①，而舊志皆云昭明太子。七檜盤根走麋鹿。《虞山志》：致道觀中寥陽殿前虚皇壇旁列七星檜，張道裕以神力移來，今尚存其三。寫就青山當酒錢，醉歌何必諧絲竹。魯侯笑我太顛狂，不羨金張誇顧陸。登臨落日援吟毫，太息當年賢與豪。請爲陸生添數筆，絳雲樓榭舊東皋。以錢、瞿二人結應江南好古。

京江送遠圖歌并序

《京江送遠圖》者，石田沈先生周爲吾高祖遯菴公之官敘州作也。《吴中先賢傳》：沈周字啟南，長洲人。祖孟淵，世父貞吉，父恒吉，皆高隱。周學于陳五經，得前輩指授，郡守以賢良薦，筮得遯之九五，乃決計高尚，耕讀于相城之有竹莊。丹青類北苑巨然，書類山谷，詩類香山，内行淳實，稱誠篤君子。圖成於弘治五年辛亥之三月，京兆祝公希哲允明爲之敘。《明史·文苑傳》：祝允明，長洲人。遷應天府通判。《吴中先賢傳》：希哲生而枝指，自號枝山，又稱枝指生。工古文辭，書法尤超妙，索者接踵。或輦金幣至門，輒辭弗應。當窘時，黠者持少錢米乞之輒與。已小饒，更自貴也。時時醉卧伎館中，口多戲謔，然絶不言人過。後一百七十有八年，是爲戊申。公之四世孫偉業謹案京兆敘而書之曰：公諱愈，

① 聚，底本原作「叙」，據士禮居本改。

字惟謙，一字遯菴。成化乙未進士，授南京刑部主事，進郎中。清慎明敏，號稱職，先後九載。南司寇用弘治三年詔書得薦其屬，將待以不次，疏未達而命守敘州。爲守既常調，敘又險且遠，公獨不以爲望。南中諸大僚爲文以寵其行，太僕寺丞文公宗儒林既已自爲文，又遍乞名人之什以贈。《吴中先賢傳》：文林字宗儒，成化壬辰進士。父洪字公大，先出湖廣武胄①，洪始占籍長洲，棄武就學，苦志刻力，治《易》邃甚，從游者往往得高第。洪屢舉屢北，後子林領鄉薦偕會試，子成進士，洪以副榜授淶水教諭②。林始知温之永嘉，後改北平，二縣稱治，尤善發奸摘伏。陞南太僕丞，建言時政十四事，當道奏爲例。病歸數年，温人思之，用薦守温，未幾，卒官。林學該博，雖堪輿卜筮皆通其說，尤精《易》數，平生以經濟自負③。弟森字宗嚴，成化丁未進士，以鄆城知縣陞御史。文公之子待詔徵仲璧，即公壻也。《明史·文苑傳》：文徵明，長洲人。初名璧，以字行。更字徵仲，號衡山。以歲貢生詣吏部試，奏授翰林院待詔，文筆徧天下。《崑新合志》：愈有女三人，歸陸伸、文徵明、王鋃。石田爲文公執友，待詔親從之受畫法，京兆之交在文氏父子間，故石田爲作長卷，題以短歌，而京兆敘之。長卷中平橋廣坡，桃柳雜植，有三峰出其上，離舟揮袂送者四五人，點染景物皆

① 胄，底本原闕，據士禮居本補。
② 淶，士禮居本作「涑」。
③ 平生，士禮居本作「生平」。

生動；短歌有「荔枝初紅五馬到，江山亦爲人增奇」之句，其風致可想見焉。京兆文典雅有法度，小楷倣鍾太傅體，尤其生平不多得。詩自都玄敬以下十有五人，《吴中先賢傳》：都穆字玄敬，居吴縣之南濠，人稱都南濠。仕至太僕少卿，歸老之日，齋居蕭然，或至乏食，輒笑曰：天壤間當不令都生餓死。所著《聽雨紀談》及《鐵網珊瑚》，其考證人謂勝《金石録》。朱性甫存理，《吴中先賢傳》：朱存理字性甫，長洲人，與朱凱字堯民者皆不仕。又不隨俗爲塵井之事，日挾册呻吟，求昔人理言遺事而識之，汲古多藏，人稱兩朱先生，爲吴中文獻所著。亦有《鐵網珊瑚》。劉協中嘉績，《吴中先賢傳》：劉昌博學多聞，豐于文詞。弱冠中鄉試第一，會試第二，授南京工部主事，預纂修秘閣。出爲河南按察副使，董學政，卒官廣東左參政。子嘉績少稟家學，亦工詩文，惜早夭，不傳。錢箋：嘉績丰儀如玉，年數歲，據小几習書，選古詩，儼如成人。十五喪父，盡讀其遺書，嘗著《弔范墓文》，讀者棘吻不能句。年二十四卒。尤以詞翰著名者也。先朝自成、弘以來，一郡方雅之族，莫過文氏，而吾宗用世講相輝映。當叙州還自蜀，參政河南，而文太僕丞出爲温州守。待詔以詩文書畫妙天下，晚出而與石田齊名，其於外家甥舅中表多有往還手蹟。偉業六七歲時，見吾祖封詹事竹臺公名議。所藏數十紙，今大半散失，猶有存者。此卷比之他袠，日月爲最久。衰門凋替，不知落於何人，乃刦灰之餘，得諸某氏質庫中，若有神物擁護，以表章其先德，不綦幸乎！吾吴氏自四世祖儀部冰蘗公以乙科起家，《婁東耆舊傳》：吴凱字相虞，崑山籍。父公式，早亡，遺腹生。公能力學養母，幼時里胥見役，即詣縣自陳有母不能遠離，竊有志于學。時縣令爲芮子翔，異其言，立遺就學。後充貢京師，中順天鄉試。宣德中，授刑部廣東司主事，改行在雲南司，再改禮部主客司，以母老乞歸。公精敏有治劇材，平生以禮自律，一言行不苟，風儀峻整，人望而畏之。家居四十年，非公事不至公府。葉文莊公盛尤重之，嘗曰：鄉里作官前輩當法吴丈，後輩當法藴章。藴章，謂孫瓊也。參政再世滋大，父子皆八十，有重德，其行略具《吴中先賢傳》中，偉業無似，不能闡揚萬一，庶幾邀不朽于昔賢之名蹟，而藉手當世諸君子共圖其傳，是歌之作，見者其有以教之也①。

京江流水清如玉，楊柳千條萬條緑。畫舫勞勞送客亭，勾吴人去官巴蜀。巴蜀東南僰道開，夷牢山下居民屋〔一〕。諸葛城懸斷棧邊〔二〕，李冰路鑿顛崖腹〔三〕。不知置郡始何年，即敘西戎啟荒服。吾祖先朝事孝宗，清郎遠作蠻方牧。家世流傳餞別圖，知交姓氏摩挲讀②。先達鄉邦重文沈，太僕絲蘿共華省。徵仲當時尚少年，後來詞翰臻能品。師承父執石田翁，婉致姻親書畫請。相城高卧灑雲烟〔四〕，話到相知因笑肯。太守嚴程五馬裝③，山人尺素雙江景〔五〕。草色官橋從騎行，花時祖帳離尊飲。碧樹遥遥別袂情，青山疊疊征帆影。首簡能書枝指生，揮毫定值殘酲醒。狂草平生見儘多，愛看楷法藏鋒緊。徵仲關心

---

① 《家藏稿》本無「其」字。

② 氏，士禮居本、《家藏稿》本作「字」。

③ 嚴，底本原作「巖」，據士禮居本改。

畫後題，石田句把前賢引。杜老曾遊擘荔支，涪翁有味嘗苦筍〔六〕。原注：唐戎州，宋紹聖四年始改爲叙。杜子美《客遊》詩有「輕紅擘荔支」之句，黄山谷貶官，作《筍賦》，言苦而有味，官況似之。故石田短歌引此相贈。此地居然風土佳，丈人仕宦堪高枕。嗚呼孝宗之世真成康，相逢骨肉游羲皇。瞿塘劍閣失險阻，出門萬里皆康莊。雖爲邊郡二千石，經過黑水臨青羌〔七〕。犛牛徼外無傳堠〔八〕，鐵鎖江頭弗置防〔九〕。去國豈愁親故遠，還家詎使鬢毛蒼。吾吴儒雅傾當代，石田既没風流在。待詔聲華晚更遒，枝山放達長無害。歲月悠悠習俗非，江鄉禮數歸時態。縱有丹青老輩存，故家興會知難再。京口千帆估客船，金焦依舊青如黛。巫峽巫山慘淡風，此州迢遞浮雲礙。正使何人送別離，登高腸斷烏蠻塞。衰白嗟余老秘書，先人名德從頭載。廢楮殘縑發浩歌，一天詩思江山外。

〔一〕〔夷牢山〕《一統志》：夷牢山，在叙州府宜賓縣西南。

〔二〕〔諸葛城〕《一統志》：漢陽山，在叙州府慶符縣北八十里，今崖壁上鐫「武侯征蠻故道」六字。

〔三〕〔李冰路〕《一統志》：赤崖山，在宜賓縣西北，其崖嶄峻不可鑿，李冰積薪燒之，故其處懸崖有赤白玄黄五色。按蜀守李冰見《漢書·溝洫志》。

〔四〕〔相城〕《一統志》：相城在蘇州府元和縣東北五十里。

〔五〕〔雙江〕王介甫《金陵懷古》詩：「霸祖當年取二江。」按謂江寧之大江、中江也。

〔六〕［茘支苦筍］《一統志》：敘州府土産苦筍、茘支。
〔七〕［黑水］《明史·地理志》：宜賓縣東南有黑水，一名南廣溪。
〔八〕［氂牛］《後漢書·郡國志》：蜀郡屬國有氂牛。
〔九〕［鐵鎖江］《一統志》：敘州府大江兩岸有大石屹立，昔人因置鐵絙横絶其處，控扼夷寇，名曰鎖江。

題劉伴阮凌烟閣圖并叙

唐閻立本《十八學士圖》，相傳在兵科直房中。余官史局，慈谿馮大司馬鄴仙《明史·馮元飈傳》：字爾弢，慈谿人。崇禎十六年五月，以元飈爲兵部尚書。時掌兵都垣，嘗同直禁中，出而觀之。吏啟篋未及展，而馮以上命宣召，遽扃鐍而去，遂不果。《人岳集》：閻立本畫《十八學士圖》一卷。于志寧贊，沈存中跋。惜楮剥落，其畫法與近時所傳全不同，當是真蹟。卷藏山西蒲州監生魏希古家，嘉靖癸卯、甲辰間，希古攜以遊京師，京山侯崔都尉以二百金購之，不與。是時邊患孔亟，希古因條陳邊事，并此卷封進，意圖進用，疏入不省，以其疏并卷俱發兵科，此卷遂留藏科房。《玉堂薈記》：殿試次日，詞林詣兵科一飯，觀唐人《十八學士圖》，相傳爲故事。今相去三十年①，六科廊燬於兵，此圖不可問矣。

① 三十，士禮居本作「三十六」。

按王氏《畫苑》，王弇州輯《書苑》《畫苑》，又彙各家類書爲《彙苑》。立本畫《十八學士》，又畫《凌烟二十四功臣》，故兩圖並行。《凌烟圖》不著，著其所繇失。汴梁劉君伴阮，天才超詣，書畫尤其所長，自鍾、王以下，八分行草，摹之無不酷似；山水雅擅諸家，又出新意以繪人物。《續圖繪寶鑑》：劉源字伴阮，河南人。善人物山水寫意花鳥，書工行篆，尤精龍水，入内府供事，官至工部郎。如所作《凌烟功臣圖》，氣象髣髴，衣裝瓌異，雖立本復出，無以過焉。伴阮游於方伯三韓佟公之門，《文集·佟母劉淑人墓誌》：子江南右方伯諱彭年，方從政于吾吴。暫留吾吴，恨尚未識面，間取是圖以想像其爲人，意必嵚崎磊落，有凌雲御風之氣。余因是以窺劉君之才，服方伯之知人，而深有感於余之老，不足追陪名輩也。爲之歌曰。

大梁才子今劉生，客游書畫傾公卿。江南花發遇高會，油幢置酒羅群英。開君書堂拂素壁，貞觀將相施丹青。長孫燕頷肺腑戚，河間龍準天潢親。鄂公衛公與英國，誰其匹者推秦瓊。房杜匡襄魏强諫，元僚濟濟高勳名。二十四人半豐沛，君王帶礪山河盟。二十四人：長孫無忌、趙王孝恭、杜如晦、魏徵、房玄齡、高士廉、尉遲敬德、李靖、蕭瑀、段志玄、劉弘基、屈突通、殷開山、柴紹、長孫順德、張亮、侯君集、張公謹、程知節、虞世南、劉政會、唐儉、李世勣、秦叔寶。千載懸毫寫生面，雙眸顧盼關神明。長弓大矢佩刀劍，玄衮赤舄垂葱珩。正視横看叫奇絶，一時車馬喧南城。余衰卧病滄江口，周錫《元亭閒話》：詩人言滄江不一，如太白云「凌波欲過滄江去」，少陵云「一卧滄江驚歲晚」，半山云

「滄江天外落」，涪翁云「滄江晝夜虹貫日」，固不爲太倉專稱也。舊《崑山志》：太倉北巷口有滄江風月樓，馬公振題太倉景物曰「滄江八景」，故稱滄江特著。忽幸流傳入吾手①。細數從前翰墨家，海内知名交八九。慘淡相看識苦心，殘縑零落知何有②。技窮仙佛并侯王，四十年來誰不朽。北有崔青蚓，南有陳章侯。崔也餓死值喪亂，《維摩》一卷兵間留。含牙白象貝多樹，圖成還記通都求。《青箱堂集》：崔子忠年五十，病幾廢，亡何，遭寇亂，潛避窮巷中，無以給朝夕。有憐之而不以禮者，去而不就，遂夫婦先後死。陳生落魄走酒肆③，好摹傖父屠沽流。笑償王媪錢十萬，稗官戲墨行觥籌。《續圖繪寶鑑》：陳洪綬字章侯，諸暨人。明經不仕。天資穎異，博學好飲，豪邁不羈。能書善畫，花鳥人物，無不精妙，中年遂成一家。奇思巧構，變幻合宜。《靜志居詩話》：章侯壬午入貲爲國子生，遭亂，自稱老遲，亦稱悔遲，亦稱老蓮。客有求畫者，雖罄折至恭，弗與。至酒闌召伎，自索筆墨云。按先是陳章侯圖《水滸傳》三十六人像，伴阮倣之，乃爲此圖，每人一頁，係以杜詩句爲贊，此詩因援章侯爲比。其不及陳所畫者，豈以稗説非雅，不可入詩耶？而「稗官戲墨」一句已該之矣。劉生三十稱詞伯，盛名緩帶通侯席。埋没休嗤此兩生，古今多有窮途客④。繁臺家在汴流平，老我相逢話鋒鏑。剩有關河出後生，枉將兵火催衰白。君不見秘書高館群儒

① 幸，士禮居本、《家藏稿》本作「地」。
② 縑，底本原作「编」，據士禮居本、《家藏稿》本改。
③ 走，士禮居本作「去」。
④ 有，士禮居本、《家藏稿》本作「少」。

修，歐虞褚薛題銀鈎。朔州老將解兵柄，折節愛與諸生游。丈夫遭際好文日，布衣可以輕兜鍪〔一〕。似君才藻妙行草，况工絹素追營丘。他年供奉北門詔〔二〕，大官賜食千金裘。嗚呼石渠麟閣總天上，凌烟圖罷圖瀛洲①。

〔一〕〔兜鍪〕《宋史·楊掞傳》：信兜鍪不如毛錐子也。

〔二〕〔北門詔〕《舊唐書·職官志》：翰林院。注：乾封中，劉裕之、劉褘之兄弟、周思茂、元萬頃、范履冰皆以文詞召入待詔，常于北門候進止，時號北門學士。

李青城七十有六以自壽詩積閏平分已耋年之句索和余題一絶贈之青城名法，字亦古，青浦人。其詩曰《頤樓九種稿》。

詞家老宿號山農，移得青城八九峰〔一〕。細數餘分添甲子，黄楊千歲敵喬松。

〔一〕〔青城峰〕《一統志》：青城山天倉諸峰屹然，三十有六。前十八謂之陽峰，後十八謂之陰峰。

---

① 瀛，士禮居本作「滄」。

大中丞心康韓公九月還自淮南生日爲壽《新蘇州府志》：韓世琦字心康，本蒲州人，崇禎大學士鑛曾孫，隸旗籍。康熙元年，由順天巡撫移撫江南，再期題蠲順治十五年以前舊賦，又三閲月，請撤蘇州駐防兵還京師。嘗特疏請減蘇松浮粮，政績多有可紀。居八年，以各屬逋賦被議去。

閶闔清秋爽氣來，尚書新自上游回。八公草木登高宴，九日茱萸置酒臺。兵食從容經久計，江淮安穩濟時才。尊前好唱南山曲，笳歌西風笑語開①。

贈李膚公五十《文集·李忠毅公神道碑》：公諱應昇，字仲達。子遜之，邑廩生。魏叔子《落落齋記》：江陰李忠毅公有賢子曰膚公，當國變，棄諸生。性疎嬾，不治事，而獨好學，以詩文自娱。入其齋，書帙縱横，凝塵滿席，膚公方吟哦不輟。

先德傳家歷苦辛，汗青零落剩閒身。雲山笑傲容遺叟，松菊招尋見故人。猶有田園供伏臘，豈無書卷慰沉淪。只看五月開樽宴，撥刺江魚入饌新。

---

① 歌，士禮居本、《家藏稿》本作「鼓」。

題冒辟疆名姬董白小像并引

辟疆名襄，弘光時以明經廷對，用爲司李，不就。《文集》：辟疆舉止藴藉，吐納風流，尋以大亂奉其父憲副嵩少公歸隱如皋之水繪園。清羸雞骨，藥罏經卷，蕭然塵外。《揚州府志》：水繪園，在如皋縣，爲文學冒一貫别業。《小記》云：由玉帶橋歷逸園横塘，又通略彴至古洗鉢池，繞寒碧堂，抵小三吾，浸月魚磯而瀠然不絶者，爲小浯溪。入園門折而西，有長彴翼之，彴之杪爲長堤，兩水夾鏡，堤岸皆種桃花。《板橋雜記》：董白字小宛，一字青蓮。巧慧娟妍，針神曲聖，食譜茶經莫不精曉。性愛閒静，遇幽林遠岫、片石孤雲，則戀戀不忍舍去；至男女雜坐、歌吹喧闐，心厭色沮，意弗屑也。慕吴門山水，徙居半塘，小築河濱，竹籬茅舍，經其户者時聞詠詩鼓琴，皆曰此中有人。已而扁舟游西子湖，登黄山，禮白岳，仍歸吴門。喪母，抱病賃居以栖，隨如皋冒辟疆過惠山，歷澄江、荆溪，抵京口，陟金山絶頂，觀大江競渡以歸。後卒爲辟疆側室，事冒九年，年二十七以勞瘁死，冒作《影梅菴憶語》二千四百言哭之。按《一統志》：冒起宗，如皋人，崇禎進士，以憲副督漕江上。乞休歸。子襄。

夫笛步麗人，出賣珠之女弟；雉皋公子，類側帽之參軍。名士傾城，相逢未嫁。人諧燕婉，時遇漂摇。則有白下權家，蕪城亂帥，阮佃夫刊章置獄，大鋮。高無賴爭地稱兵。傑。奔迸流離，纏綿疾苦，支持藥裹，慰勞羈愁。苟君家免乎，弗復相顧；寧吾身死耳，遑恤其勞。張明弼《小宛傳》：辟疆避難，遁浙之鹽官，履危九死，姬不以身先，則願以身後。寧使兵得我則失君。已矣夙心，終焉薄命。名留琬琰，跡寄丹青。嗚呼，鍼神繡罷，寫春蚓于烏絲；茶癖香來，滴秋花之紅露。在軼事之流傳若此，奈餘哀之惻愴如何！鏡掩鸞空，絃摧雁冷，因君長恨，發我短歌。詒以八章，聊當一慨爾。

射雉山頭一笑年，相思千里草芊芊。用姓。偷將樂府窺名姓，親擊雲璈第幾仙。

其二

珍珠無價玉無瑕，小字貪看問妾家。尋到白隄呼出見〔一〕，月明殘雪映梅花。原注：余向贈詩有「今年明月長洲白」之句。白隄即其家也。

〔一〕〔白隄〕《一統志》：白公隄，在長洲縣西北虎丘山塘。張明弼《小宛傳》：壬午春，辟疆至吴。偶月夜蕩舟桐橋，得再見，將委以終身。

張紵如哉曰：吴園次《董君哀詞序》：吾友辟疆聞聲晉渡，覿面蘇臺。則知初遇董君蓋在虎丘也。

其三

鈿轂春郊鬬畫裙，捲簾都道不如君。白門移得絲絲柳，黃海歸來步步雲。《小宛傳》：姬自西湖遠遊于黃山、白岳間。按此詩正指黃山歸後。

其四

京江話舊木蘭舟，憶得郎來繫紫騮。殘酒未醒驚睡起，曲闌無語笑凝眸。

其五

青絲濯濯額黃懸，巧樣新粧恰自然。入手三盤幾梳掠，便攜明鏡出花前。

其六

《念家山破》《定風波》，郎按新詞妾唱歌。恨殺南朝阮司馬，累儂夫壻病愁多。

縛，苦辭槖如洗。吏指所居堂，即貧誰信爾？呼人好作計，緩且受鞭箠。穿漏四五間，中已無窗几。屋梁記日月①，仰視殊自恥。昔也三年成，今也一朝毁。貽我風雨愁，飽汝歌呼喜。官逋依舊在，府帖重追起。旁人共唏嘘，感嘆良有以。東家瓦漸稀，西舍墻半圮。生涯分應盡，遲速總一理。居者今何棲，去者將安徙？明歲留空村，極目唯流水。

庚戌梅信日雨過鄧尉哭剖石和尚遇大雪夜宿還元閣 庚戌，康熙九年。

《文集》：天壽聖恩禪寺，由山門拾級而登，仰見傑閣聳于虛空，剖石大和尚所構以奉一大部藏者也。其地踞鄧尉之半，雕闌文礎，插入崖腹。《蘇州府志》：剖石如天山塔院，大雄、天王二殿，大悲壇、還元閣、祖堂、法堂、四宜堂，次第鼎新。趺坐而逝，壽七十有二。

筍輿衝雨哭參寥，宿鳥啾鳴萬象凋。北寺九成新妙塔，原注：師修報恩塔初成。○《堯峰文鈔》：報恩寺獨塔存，入國朝亦圮剥。康熙五年，金文通公歸老于家，偕其仲子侍衛君顧而嘆息，延剖石璧公主之，首葺不染塵耳殿，繼興塔工，施者輻輳，欄楯俯雲，鈴鐸交風。方議肇正殿之役，會文通公及璧公相繼下世。南湖千頃舊長橋。雲堂過飯言猶在，原注：去歲與師同飯山閣。雪夜挑燈夢未消。最是曉鐘敲不寐，半天松栝影

① 日月，士禮居本、《家藏稿》本作「月日」。

蕭蕭。

其二

投老相期共閉關，原注：師有招住山中之約。影堂重到淚潺潺。身居十地莊嚴上，原注：師初刻《華藏圖》。道出三峰玄要間。《五宗燈叙》：臨濟在明初，法運中微，漢月出，而直追從上相承之密印。有要有玄，賓主歷然。壞衲風光青桂冷，原注：四宜堂叢桂最盛。殘經燈火白雲閒。吾師末句分明在，雪裏梅花雨後山。

葉君允文偕兩叔及余兄弟游寒山深處

投足疑無地，逢泉細聽來。松顛湖影動，峰背夕陽開。客過攜山榼，僧歸掃石臺。狂呼聲撼木，麋鹿莫驚猜。

登寒山高處策杖行崖谷中

側視峰形轉，空蒼萬象陰。斷巖湖數尺，絶澗樹千尋。日透玲瓏影，烟生窈靄心。忽逢天際廣，始覺所來深。

寒山晚眺

驟入初疑誤，沿源興不窮。穿林人漸小，攬葛路微通①。湖出千松杪，鐘生萬壑中。晚來山月吐，遥指斷巖東。

翠峰寺遇友《姑蘇志》：莫釐山有九寺，惟法海、翠峰、靈源最勝。

卧疾峰腰寺，欹危脚步勞。松聲侵殿冷，花勢擁樓高。薄俗詩書賤，空山將吏豪。原注：時有戍將居寺中。不堪從置酒，白髮自蕭騷。

家園次罷官吴興有感陳維崧《三芝集序》：園次之守湖州也，擒治豪猾，不受請謁，要人不喜也。因其招接四方名流游讌日多，因以是中之。既罷官，僦居吴閶，刻其詞曰《林蕙堂集》，又詮次其三子詩曰《三芝集》。

世路嗟誰穩，棲遲可奈何。官隨殘夢短，客比亂山多。閉閣凝香坐，行廚載酒過〔一〕。却聽

① 路，士禮居本、《家藏稿》本作「道」。

漁唱響，落日有風波。

〔一〕〔行廚〕《神仙傳》：左慈能坐致行廚。

其二

勝事難忘處，陰晴檻外峰。高臺爭見水，曲塢自栽松。失志花還放，離程鶴未從。白雲長澮澮，猶作到時容。吴興有愛山臺、六客堂諸勝，園次曾邀梅村諸人讌賞，故前半首及之，後半首方是有感。

其三

枉殉千金諾，空酬一飯恩。只今求國士，誰與報王孫。强悶裁詩卷，長歌向酒尊。古人高急難，歎息在夷門。前半首言好客無國士之報，後半梅村自指，正是有感處。

其四

劇郡非吾好，蕭條去國身。幾年稱傲吏，此日作詩人。京雒虚名誤，江湖嬾病真。一官知已媿，所得是長貧。

送許堯文之官莆陽《婁東耆舊傳》：許焕字堯文。父國榮字允尊，天啟乙丑進士，由太常博士陞工科給事中。堯文順治二年領鄉薦，丁亥成進士。授部曹，出知嘉興府，歸，起補興化知府。

烏石烟巒列畫圖，《一統志》：烏石山，在興化府城内，産荔支，爲莆中第一。雙旌遥喜入名都。路經鷗嶺還龍嶺〔一〕，符剖鴛湖更鯉湖〔二〕。二句言初任嘉興，再涖興化也。訪舊草堂搜萬卷〔三〕，吟詩別墅補千株〔四〕。知君不淺絃歌興，別有高樓起望壺〔五〕。

〔一〕〔龍嶺〕《一統志》：九龍山，在仙遊，山分九枝，周五里，石皆紫色，下有赤湖、蕉溪。

〔二〕〔鯉湖〕《一統志》：九鯉湖，在仙遊。何氏兄弟九人，于湖側各乘一鯉去，因名。

〔三〕〔草堂〕《一統志》：夾漈草堂，在莆田縣西北薌林山，宋鄭樵讀書處。

〔四〕〔別墅〕《一統志》：歐陽詹別墅，在莆田縣北福平山下。

〔五〕〔望壺〕《一統志》：望壺樓，在舊郡治内，以望壺公山名。山在城南，形方鋭如圭，凡八面，上有盤陀石、法流泉、濯纓沼、碧溪灣、虎丘巖，號五奇。

其二

榕陰五馬快駸驔，親到游洋古越南〔一〕。抹麗香分魚魷細〔二〕，茘支漿勝橘奴甘。鮫宫月映浮春嶼〔三〕，蜃市烟消見夕嵐。此去褰帷先問俗，上溪秋色正堪探。《一統志》：上溪，在興化府城西二里。

〔一〕［游洋］《一統志》：游洋溪，在興化府仙遊縣東北。興化府周爲七閩地，後屬越。

〔二〕［魷］《集韻》：魷，魚子。

〔三〕［春嶼］《一統志》：大孤嶼，在莆田東七十里海上，平田中突起一阜。小嶼，在莆田縣東南嵩山南海中，潮退有石橋可度，居民千家。

感舊贈蕭明府并叙

余年三十有一，以己卯七月奉命封延津、孟津兩王於禹州。過汴梁，登梁孝王臺，適學使者會課屬郡知名士於臺上，因與其人諮訪古蹟，徘徊久之。而後行逾三十三年，康熙十年辛亥。雒陽蕭公涵三從道臣左官來治吾州，《河南府志》：洛陽縣明舉人蕭應聘仕至河東道副使。按蓋謂涵三由河東而至太倉也。拭目驚視，云曾識余，則蕭公乃臺上諸生中一人也。感舊太息，爲賦此詩。

三十張旌過大梁，繁臺憑眺遇蕭郎。黄河有恨歸遺老，謂闖賊決河灌開封也。朱邸何人問故王。指福藩也。授簡肯忘群彦會，棄繻誰識少年裝？長卿駟馬高車夢，卧疾相逢話草堂。

同孫浣心郁靜巖家純祜過福城觀華嚴會

《州乘備採》：福城菴，在州小西門外，與曇陽觀相去數十步。國初，邑人爲佛會所。

不求身世不求年，二六時中小有天。今日雲門纔喫棒〔一〕，多生山谷少安禪〔二〕。茶鐺樂臼隨時供，蒲笠蕉團到處眠。撒手懸崖無一事，經聲燈火覺王前。

〔一〕［雲門］《一統志》：晉弘明，山陰人，止雲門寺，誦《法華經》，瓶水自滿。有童子自天而下，以供使令。［喫棒］《傳燈録》：洛浦在夾山做典座三年，喫百頓棒，後來大悟。丁復詩：敏奪雲門棒。

〔二〕［多生］張文昌詩：多生修律業。

題郁靜巖齋前壘石靜巖名滋，字至臣。崇明籍諸生，甲申年貢。

就石補奇雲，潭幽亂石文。貞堅應有性，高下亦唯君。鳥雀因人亂，松杉我獨聞。苔堦含古色，落落自同群。

程箋失編三首①

贈錢臣扆原注：同年給諫公弟。

杜家中弟擅閒身，處士風流折角巾。花萼一樓圖史遍，竹梧三徑管絃新。東都賓客多同輩，西息田園有主人。酒熟好從君取醉，脊令原上獨傷神。

蕭何

蕭何營私第，他年畏勢家。豈知未央殿，壯麗只棲鴉。

① 三首底本所無，據士禮居本補。

伍員

投金瀨畔敢安居，覆楚奔吴數上書。手把屬鏤思往事，九原歸去遇包胥。

集外詩三首

長洲朱隗雲子撰《明詩平論》，刻于崇禎甲申，載梅村詩皆本集所遺，今補附集後。

山水間想

石脈有時隱，越吾溪上村。溪水亦無底，石當深處行。伏流過千里，乃或驚而鳴。彼與尋丈瀑①，亦共分古今。始知變化力，隱見有苦心。舉世亂魚鳥，何能恃烟雲。吾於萬物間，而不藏其真。山水其愛我，山水仍畏人。

雜詩

東海麋竺家，西蜀王孫室。窖米流出門，阿縞被墻壁。吾聞秦皇帝，築臺女懷清②。丈夫

① 彼與，士禮居本作「與彼」。
② 臺，士禮居本作「室」。

守緘縢，留爲女子名。所以牧羊兒，輸帛爲公卿。

輔嗣好自然，處默能多通。叔寶自神清，在德非爲容。天性固蹈道，何必資談功。士龍有笑疾，嗣宗悲途窮。哀樂既異理，所以尊虛空。

又一首[①]海鹽顧孝廉文曜客山東，見於抄本梅村集中，今亦補附於後。

勾章井行原注：明末魯藩據舟山，敗後，陳王妃、張貴嬪等入井死。

神魚映日天門高，思牢弩射錢塘潮。母龍挾子飛不得，黑風吹斷黿鼉橋。只看文瓷句章井，金鰲背上穿清冷。三軍鹵飲感甘泉，十丈飛流牽素綆。面面琉璃砌碧瀾，貝宮天際倚簾看。馬秦山接桃花島，呂宋帆移棋子灣。海色曈曈照深殿，紅桑日起觚稜炫。金井杯承帝子漿，玉顏影入昭陽扇。聞道君王去射蛟，樓船十萬水犀豪。那知一夜宮中火，倒映三山五色濤。蒼鯨掣鎖電光紫，擊浪噓雲食龍子。轆轤聲斷銀瓶墜，繞殿虹霓美人死。

---

① 底本無，據士禮居本、《家藏稿》本補。

旃檀紫竹慈雲夢，寶陀山近鸞旌送。香水流來菩薩泉，白象迎歸善財洞。不羨蓬萊作水仙①，神樓十二竟茫然。桑田休遣麻姑笑②，桃核難求王母憐。君不見秦皇漢武終何益，祇今海上留遺跡③。滈池璧至後宫愁④，鈎弋房空少子泣⑤。珠襦玉匣總塵封，即爾飄零死亦得。羞落陳宫玉樹花，胭脂井上無顔色。

① 萊，《家藏稿》本作「瀛」。
② 遣，《家藏稿》本作「道」。
③ 祇，《家藏稿》本作「至」。
④ 滈，《家藏稿》本作「鎬」。
⑤ 房，《家藏稿》本作「宫」。

吴梅村詩集箋注卷第十三

吴梅村先生詩餘原叙

曩余叙施注蘇詩，以爲蘇詩當始於嘉祐時《南行集》，不當始於鳳翔，是爲無首。舊本集後有《東坡詞》一卷，今芟去之，使無所附，是爲無尾。因欲補其前後，以爲完書。兹余箋吴梅村詩既竣矣，而梅村詞亦藝林所最稱引，謂其婉靡雄放，兼有周、柳、蘇、辛之長，本朝詞家推爲冠冕，使論詩而弗及焉，其能免無尾之誚乎？爰詮次之，俾綴於集，有當詮釋者，亦稍加箋語云。鶴市迓亭程穆衡。

詩餘小令

王貽上曰：婁東祭酒長短句，能驅使南北史，爲體中獨創，流麗穩貼，不徒直逼幼安。

丁飛濤曰：有以梅村比吴彦高，曰：吴郎近以樂府高天下。余讀其「十八年來如夢、萬事凄涼」一語，又元之許祭酒也。詞維步武稼軒，故無一字放逸，得力句唾壺欲碎，頫仰固是獨絶。

聶晉人曰：有欲合刻梅村、香嚴、棠村爲三大家詞者，以梅村駘蕩，香嚴警挺，棠村有柳欹花嚲之致。或謂河北、河南代爲雄視，未若三公之旨之一也。意氣遒上，感慨蒼凉，當以梅村爲冠。

望江南

江南好，聚石更穿池。水檻玲瓏簾幙隱，杉齋精麗繚垣低，木榻紙窗西。此詠池館之好。

又

江南好，翠翰木蘭舟。窄袖衩衣持檝女〔一〕，短簫急鼓采菱謳，逆槳打潮頭。此詠舟人之好。

〔一〕〔衩衣〕王仲初《宫詞》：每到日中重掠鬢，衩衣騎馬遶宫廊。〔持檝女〕《大業拾遺記》：每舟擇妙麗長白女子千人，執雕板鏤金楫，獨吴絳仙得賜螺黛，因吟《持檝篇》賜之。

又

江南好，博古舊家風。宣廟乳爐三代上〔一〕，元人手卷四家中〔二〕，廠盒鬬雞鍾。此詠骨董之好。

〔一〕〔宣爐〕《昭代叢書》：冒辟疆《宣爐歌》注：宣廟時，傳内佛殿火，金銀銅像渾而成液。又云：寶藏焚，金銀珠寶與銅俱結，命鑄爐。又曰：宣爐以百摺彝、乳足、花邊、魚、鰍、蚰蜒諸耳爲最，不規規三代鼎鬲，多取宋甆爐式倣之。

〔二〕〔四家〕顧俠君《元詩小傳》：梅花道人吴鎮與黄公望、倪瓚、王蒙有畫苑四大家之目。

又

江南好，蘭蕙伏盆芽。茉莉縷藏新茗椀，木瓜香透小窗紗，換水膽瓶花。此詠盆玩之好。

又

江南好，五色錦鱗肥。反舌巧偷紅嘴慧，畫眉羞傍白頭栖，翡翠逐金衣。此詠魚鳥之好。

又

江南好，蒱博擅縱横。紅鶴八番金葉子〔一〕，玄盧五木玉楸枰〔二〕，擲采坐人傾〔三〕。此詠蒱博之好。

〔一〕〔八番〕沈休文《棲禪精舍銘》：八番海鶴，九噪巖蟬。

〔葉子〕《品外録》：葉子如今之紙牌酒令。鄭氏《書目》有南唐李後主妃周氏編《金葉子格》，此戲今少傳。

〔二〕〔玄盧〕唐《國史補》：擲之全黑者爲盧。

〔五木〕程大昌《捊蒱經》：古惟斲木爲子，一具凡五子，故名五木。

〔三〕〔擲采〕《國史補》：擲采之骰有二，其法生于握槊，變于雙陸。

又

江南好，茶館客分棚。走馬布簾開瓦肆，博羊餳鼓賣山亭，傀儡弄參軍。此詠市肆之好。

又

江南好，皓月石場歌。一曲輕圓同伴少，十反驫細聽人多，絃索應雲鑼〔一〕。此詠絃管之好。

〔一〕〔雲鑼〕《元史·禮樂志》：雲璈，制以銅，爲小鑼十三同一木架，下有長柄，左手持，而右手以小槌擊之。

又

江南好，黄爵紫車螯。雞臛下豉澆苦酒〔一〕，魚羹加芼擣丹椒，小喫砌宣窑。此詠市脯之好。

〔一〕〔澆苦酒〕《齊民要術》：《食經》有作大豆千歲苦酒法，作小豆千歲苦酒法。

又

江南好，櫻笋薦春羞。梅豆漸黄探鶴頂〔一〕，芡盤初軟剥雞頭〔二〕，橘柚洞庭秋。此詠蔬果之好。

〔一〕〔鶴頂〕《羣芳譜》：鶴頂梅，實大而紅。

〔二〕〔雞頭〕《周禮·天官·籩人》：蔆、芡、栗。注：芡，雞頭也。

又

江南好，機杼奪天工。孔翠裝花雲錦爛〔一〕，冰蠶吐鳳霧綃空，新様小團龍〔二〕。此詠機絲之好。

〔一〕〔孔翠〕《晉書·劉弘傳論》：舉賢登善，窮掇孔翠之毛。

〔二〕〔團龍〕《明史·輿服志》：皇后常服褋襖子，深青，金繡團龍文。

又

江南好，獅子法王宫。白足禪僧爭坐位，黑衣宰相話遭逢，拂子塞虚空。此詠禪林之好。

又

江南好，鬧掃鬬新粧。鵶色三盤安鈿翠，雲鬟一尺壓蛾黄，花讓牡丹王〔一〕。此詠梳掠之好。

〔一〕［牡丹王］《牡丹譜》：錢思公曰：「人謂牡丹花王，今姚黄直爲王，魏紫后耳。」按此詠牡丹頭也。

又

江南好，豔飾綺羅仙。百襉細裙金線柳〔二〕，半裝高屧玉臺蓮，故故立風前。此詠閨裝之好。

〔一〕［百襉］梁簡文帝詩：羅裙宜細襉，畫屧重高墻。

［金線柳］温飛卿詩：卓氏壚前金線柳。

又

江南好，繡帥出鍼神〔一〕。霧髩湘君波窈窕，雲幢大士月空明，刻畫類天成。此詠刺繡之好。

〔一〕〔繡帥〕《論衡》：刺繡之帥，能縫帷裳。

又

江南好，巧技棘爲猴。髹漆湘筠香埶几，戧金螺鈿酒承舟，鈒鏤匠心搜〔一〕。此詠器玩之好。

〔一〕〔鈒鏤〕《六書故》：細鏃，金銀爲文，曰鈒鏤。

又

江南好，狎客阿儂喬。趙鬼揶揄工調笑〔一〕，郭尖儇巧善詼嘲〔二〕，幡綽小兒曹。此詠狎客之好。

〔一〕〔趙鬼〕《南史·齊東昏記》：左右趙鬼，能讀《西京賦》。《茹法珍傳》：初，左右刀勅之徒悉號爲鬼，宫中訛云：趙鬼食鴨劇，諸鬼盡著調。

〔二〕〔郭尖〕《魏書·郭祚附傳》：景尚字思和，善事權寵，世號曰郭尖。

又

江南好，舊曲話湘蘭〔一〕。薛素彈丸豪士戲〔二〕，王微書卷道人看〔三〕，一樹柳摧殘。此詠聲伎之好。

〔一〕〔湘蘭〕《明詩綜》：馬守真字湘蘭，一字元兒，又字月嬌，金陵妓。風流絶代，工詩書，善蘭竹。與王百穀善，名擅一時。

〔二〕〔薛素〕《明詩綜》：薛素素小字潤娘，嘉興妓。按素素能畫蘭竹，作小詩，善彈，走馬，以女俠自命。能置彈于小婢額上，彈去而婢不知。

〔三〕〔王微〕《明詩綜》：王微字修微，揚州妓。皈心禪悦，自號草衣道人，有《期山草樾館詩集》。

靳价人曰：有明興亡，俱在江南，固聲名文物之地，財賦政事之區也。梅村追言其好，宜舉遠者大者，而十八首中止及嬉戲之具、市肆之盛、聲色之娱，皆所謂足供兒女之戲者，何歟？蓋南渡之時，上下嬉游，陳卧子謂其清歌漏舟之中，痛飲焚屋之内，梅村親見其事，故直筆書之，以代長言詠歎。十八首皆詩史也，可抵《東京夢華録》一部，可當《板橋雜記》三卷矣。

如夢令

鎮日鶯愁燕嬾，徧地落花誰管①。睡起爇沉香，小飲碧螺春盌。簾捲，簾捲，一任柳絲風軟。

又

誤信鵲聲枝上，幾度樓頭西望。薄倖不歸來，愁殺石城風浪。無恙，無恙，牢記別時模樣。

又

小閣焚香閒坐，撼撼紙窗風破。女伴有誰來，管領春愁一個？無那，無那，斜壓翠衾還卧。

---

① 花，《家藏稿》本作「紅」。

又

烟鎖畫橋人病，燕子玉關歸信。報道負情儂，屈指還家春盡。休聽，休聽，又是海棠開近。

公《郯城曉發》詩云：屈指歸期二月頭。此詞似代閨人憶遠者。

生查子

青鎖隔紅墻，撇下韓嫣彈〔一〕。花底玉驄嘶，立在垂楊岸。纖指弄東風，飛去銀箏雁①。寄語畫樓人，留得春光半。

〔一〕［韓嫣彈］《漢書·佞幸傳》：韓嫣字王孫，弓高侯頹當之孫也。《西京雜記》：韓嫣好彈，以金爲丸。

又

香煖合歡襦，花落雙文枕。嬌鳥出房櫳，人在梧桐井。小院賭紅牙，輸却蒲桃錦。學

① 去，士禮居本、《家藏稿》本作「出」。

寫貝多經，自屑泥金粉。

又 旅思

一尺過江山，萬點長淮樹。石上水潺潺，流入清溪去。六月北風寒，落葉無朝暮。度檝與穿雲，林黑行人顧。

點絳唇 蕉團

細骨珊珊，指尖拂處嬌絃語。着水撩人，點點飛來雨。撲罷流鶯，帳底輕風舉。眠無主，誤粘玉體，印得紅絲縷。

浣溪沙

斷頰微紅眼半醒，背人驀地下堦行，摘花高處睹身輕。細撥薰爐香繚繞，嫩塗吟紙墨欹傾，慣猜閒事爲聰明。

又

一斛明珠孔雀羅，湘裙窣地錦文韡，紅兒進酒雪兒歌。石黛有情新月皎，玉簪無力暖雲拖，見人先唱定風波〔一〕。

〔一〕定風波：《東皋雜録》：王定國自嶺南歸，出歌者柔奴勸酒，東坡問以嶺南風俗應是不好，柔奴曰：「此心安處便爲鄉。」東坡亦作《定風波》詞，其卒章云：「試問嶺南應不好，爲道此心安處便爲鄉。」

菩薩鬘

江天漠漠寒雲白，長橋客醉閒吹笛。沙嘴荻花秋，垂蘿拂釣舟。危峰欹半倚，仄徑蒼苔屐。欲上最高亭，遠山無數横。

減字木蘭花題畫

藤谿竹路，鳥道無人雲獨過。鹿棚猿栖，布韤青鞋客杖藜。江頭尺鯉，展罷生綃天欲雨。記得曾遊，古木包山五月秋。

醜奴兒令

落紅已拂雕闌近，入手枝低，莫肯高飛，費盡東風着力吹。分明燕子唧來到，因甚差池，墜在污泥，惹動游絲不自知。

又

溪橋雨過看新漲，高柳鳴蟬，荷葉田田，指點兒童放鴨船。前村濁酒沽來醉，今夜涼天，明月初圓，一枕西窗自在眠。

又

低頭一霎風光變，多大心腸，没處參詳，做箇生疎故試郎。何須抵死催儂去①，後約何妨，却費商量，難得今宵是乍涼。

① 催，士禮居本、《家藏稿》本作「推」。

清平樂題雪景

江山一派，換出瓊瑶界。凍合灘舟因訪戴，沽酒南村誰賣？　草堂風雪雙扉，畫圖此景依稀。再補吾廬佳處，露橋一笠僧歸。

浪淘沙題畫蘭

枉自苦凝眸，腸斷歸舟。依然明月舊南樓。報道孫郎消息好，楊柳風流。　花意落銀鈎，一寸輕柔。生綃不剪少年愁。看取幽蘭啼露眼，心上眉頭。此答畫蘭女子。

又端午

纏臂綵絲繩，妙手心靈。真珠嵌就一星星。五色疊成方勝小，巧樣丹青。　刻玉與裁冰，眼見何曾。葫蘆如豆虎如蠅。旁繫纍絲銀扇子，半黍金鈴。極力鋪排，亦《東京夢華録》之意。

又枇杷

上苑落金丸，黄鳥綿蠻。曉窗清露㵽雕盤①。恰似戒珠三百顆，琥珀沉檀。　纖手摘來看，香色堪餐。羅衣將褪玉漿寒。怕共脆圓同薦酒〔一〕，學得些酸。

〔一〕〔脆圓〕周美成《梅花詞》：相將見，脆圓薦酒。陶九成《梅詞》：待一點脆圓成，須信和羹問切。按脆圓謂梅子也。

柳梢青

紅粉墻高，風吹嫩柳，露㵽夭桃。扇薄身輕，香多夢弱，腸斷吹簫。　誰能一見相拋，動人處、詩成彩毫。帳底星眸，窗前皓腕，又是明朝。此贈伎之作。

西江月靈巖聽法

昔日君王舞榭，而今般若經臺。千年霸業總成灰，只有白雲無礙。　看取庭前柏樹〔一〕，

① 㵽，士禮居本作「滴」。

那些石上青苔。殘山廢塔講堂開，明月松間長在。

〔一〕［柏樹］《傳燈録》：僧問：「如何是祖師西來意？」答云：「庭前柏樹子。」

又 詠別

烏鵲橋頭夜話，櫻桃花下春愁。廉纖細雨緑楊舟，畫閣玉人垂手。　紅袖盈盈粉淚，青山剪剪明眸。今宵好夢倩誰收，一枕別時殘酒。

又 詠雪塑僧伽像

透出光明兩耳①，忍來冰雪心腸。坐時兩手且收藏，捏弄兒童無狀。　着體生成冷絮，開門自在齋糧。大千世界儘銀裝，到得來朝一樣。

① 兩，士禮居本、《家藏稿》本作「眼」。

南柯子 凉枕

頰印紅多暈，釵横響易尋。美人一覺在花陰，怕是耳珠鈎住髩雲侵。　有分投湘簟，無緣伴錦衾。眼多唧溜爲知音，受盡兩頭牽繫像人心①。

又 竹夫人

玉骨香無汗，從教换兩頭。受人顛倒被人勾，只是更無腸肚便風流。　嬌小通身滑，玲瓏滿眼愁。有些情性欠温柔，怕的一時抛擲在深秋。

鵲橋仙

園林晚霽，池塘新漲，明月窺人縹緲。萬木陰森穿影過，驚噪起、一群山鳥。　纖雲暗度，銀河斜轉，露濕桂花香悄。少年此夜不須眠，把鐵笛、横吹到曉。

① 像，士禮居本作「爲」。

南鄉子 新浴

皓腕約金環，豔質生香浸玉盤。曲曲屏山燈近遠，偷看，一樹梨花露未乾。　扶起骨珊珊，裙衩風來怯是單。背立梧桐貪避影，更闌，月轉迴廊半臂寒。

又 春衣

玉尺剪裁工，鬭色衣衫巧樣縫。深淺配來纖手綻，重重，蒲紫蒲青雅淡中。　斜領叩金蟲〔一〕，透肉生香寶袜鬆〔二〕。茜袖半垂鴉襪淺，從容，百折羅裙細細風。

〔一〕〔斜領〕《古捉搦歌》：可憐女子能照影，不見其餘見斜領。
〔金蟲〕吴叔庠詩：寶葉鈿金蟲。

〔二〕〔透肉生香〕周美成詞：睡半醒，生香透肉。

又 詠牡丹頭

高聳翠雲寒，時世新粧喚牡丹〔一〕。豈是玉樓春宴罷，金盤，頭上花枝鬭合歡。　着意畫烟鬟，用盡玄都墨幾丸。不信洛陽千萬種，爭看，魏紫姚黄總一般。李笠翁《閒情偶寄》極辨牡丹頭之謬，公此詞蓋賞鑑之。

〔一〕〔時世粧〕白詩：時世粧，時世粧，出自城中傳四方。

詩餘中調

臨江仙 逢舊

薄倖蕭郎憔悴甚，此生終負卿卿。姑蘇城外月黄昏。緑窗人去住，紅粉淚縱横。

落拓江湖常載酒，十年重見雲英。依然綽約掌中輕。燈前纔一笑，偷解砑羅裙。

又 過嘉定感懷侯研德。○《明詩綜》：侯泓字研德，後更名涵，字中德。蘇州嘉定縣學生，鄉黨私謚貞憲先生，有《掌亭集》。

苦竹編籬茅覆瓦，海田久廢重耕。相逢還説廿年兵。寒潮衝戰骨，野火起空城。

門户凋殘賓客在，淒凉詩酒侯生。西風又起不勝情。一篇思舊賦，故國與浮名。

醉春風 春思

門外青驄騎，山外斜陽樹。蕭郎何事苦思歸，去、去、去。燕子無情，落花多恨，一天憔悴。私語牽衣淚，醉眼偎人覷。今宵微雨怯春愁，住、住、住。笑整鸞衾，重添香獸，別離還未。

又

眼底桃花媚，羅襪鈎人處。四肢紅玉軟無言〔一〕，醉、醉、醉。小閣迴廊，玉壺茶暖，水沉香細。重整蘭膏膩，偷解羅襦繫。知心侍女下簾鈎，睡、睡、睡。皓腕頻移，雲鬟低擁，羞眸斜睇。

〔一〕〔紅玉〕《西京雜記》：趙飛燕與女弟昭儀色皆如紅玉。施肩吾詩：酒入四肢紅玉軟。

江城子 風鳶

柳花風急賽清明。小兒擎，走傾城。一紙身軀，便欲上天行。千丈游絲收不住，纔跌地，倏無聲。　憑誰牽弄再飛鳴，御風輕，幾人驚。江南二月聽呼鷹①。趙瑟秦箏天外響，彈不盡，海東青〔一〕。

〔一〕［海東青］楊和吉《灤京雜記》：新腔翻得涼州曲，彈出天鵝避海青。

張如哉曰：後段「江南」上少二字，與詞律所載謝無逸詞不合，疑漏刻「草長」二字也。江南草長，群鶯亂飛，用丘希範《與陳伯之書》語。

靳价人曰：此詞似爲阮奸而作。大鋮扳附魏閹②，身麗逆案，所謂上天跌地也。南渡僞立，爲馬士英所援，蟒玉巡江，所謂牽弄飛鳴也。至呼鷹海青，固爲襯貼鳶字，然風鳶即風箏，故用箏瑟字，而又以箏瑟暗襯阮字也。又大鋮字圓海，故用海東青字，敢以質之論世者。

千秋歲 題袁重其《侍母弄孫圖》。○重其之壽其母吳太君也，有《霜哺圖》，有《寒香勁節圖》，故徵詩至六千餘首之多，此其小照也。

① 士禮居本「江南」前有「草長」二字，并有注：「原本無，添入。」

② 扳，士禮居本作「攀」。

吴中佳士，獨有袁絲耳。營筆墨，供甘旨。但期慈母笑，敢告吾勞矣。願只願，年年進酒春風裏。　少婦晨粧起，抱得佳兒侍。珠一顆，駒千里。石麟天上送，鸞鳳階前戲。回首道，待看兒長還如此。

風入松題和州守楊仲延所寄鷹阿山人戴君畫。〇《續圖繪寶鑑》：戴大有字書年，善山水人物花鳥。仕女得豐肥之態，花卉擅雅淡之姿，蘭竹尤佳。

長松落落蔭南岡，亂山横砌銀塘。梅花消息經年夢，慢支頤、老屋繩牀。棐几風吹散帙，紙窗雨洗踈篁。　丹青點染出微茫，妙手過倪黄。寒雲流水閒憑弔，誰能認、當利横江〔一〕。翰墨幽人小戴，文章太守歐陽。

〔一〕〔當利横江〕《一統志》：當利浦，在和州東南，大江之别浦也。横江浦在和州東南，横江河在和州南一里許。

紅林檎近春思

鼂甲屏還掩〔一〕，博山香未焦。鸚鵡煖猶睡，曉鶯上花梢。醒來擡身半晌，細雨濕夢無聊。

女伴戲問春宵，笑頰暈紅潮。　黛眉新月偃，羅襪小蓮袎〔二〕。更衣攏髩，背人自折櫻桃。怨玉郎起早，日長倦繡，小樓花落吹洞簫。

〔一〕〔龜甲屏〕《洞冥記》：上起神明臺，上有金牀象席，雜玉爲龜甲屏風。
〔二〕〔蓮袎〕《類篇》：袎，襪頸也。

金人捧露盤 觀演《秣陵春》

《秣陵春》，公所著樂府傳奇也。録標目《沁園春》誌其概：次樂徐生，四海無家，客遊洛陽。喜展娘小姐，玉杯照影；買來金鏡，却是紅粧。後主昭儀，兼公外戚，倩女離魂出洞房。招佳壻，仙官贊禮，王母傳觴。東都拆散鸞皇，賜及第春風夢一場。待狀元辭職，貂璫獻婢；裊烟相見，話出行藏。給假完婚，重修遺廟，舊事風流説李唐。凄凉恨，霓裳一曲，萬古傳芳。

記當年，曾供奉，舊霓裳。嘆茂陵、遺事凄凉。酒旗戲鼓，買花簪帽一春狂。緑楊池館，逢高會、身在他鄉。　喜新詞，初填就，無限恨，斷人腸。爲知音、仔細思量。偷聲減字，畫堂高燭弄絲簧。夜深風月，催檀板、顧曲周郎。

柳初新　閨思

畫欄深鎖鴛鴦暖，照素影、花枝軟。綠雲斜嚲，寶釵欲墜，倦起日高猶嬾。嗔道是風簾捲，半擡身、慵開嬌眼。閣外青山點點，問平疇綠蕪誰糝？玉驄嘶去，欲窺還避，肩倚侍鬟微掩。凝望處，雙眉斂，似不禁、燕拘鶯管。

詩餘長調

意難忘　山家

村塢雲遮，有蒼藤老幹，翠竹明沙。溪堂連石穩，苔逕逐籬斜。文木几，小窗紗，是好事人家。啟北扉、移牀待客，百樹梅花。　衰翁健飯堪誇，把癭尊茗盌，高話桑麻。穿池還種柳，汲水自澆瓜。霜後橘，雨前茶，這風味清佳。喜去年、山田大熟，爛熳生涯。

滿江紅題畫壽龔憲長芝麓①

楚尾吴頭，僅斗大、孤城山縣。正遇着、青絲白馬，西風傳箭。歸去秦淮花月好，召登省閣江山换。更風波、黨籍總尋常，思量遍。　文史富，才名擅；交與盛，聲華健。正三公開府，張燈高宴。緑髩功名杯在手，青山景物圖中見。待他年、揀取碧雲峰，歸來羨。

又白門感舊

松栝凌寒，掛鍾阜、玉龍千尺。記那日、永嘉南渡，蔣陵蕭瑟。群帝翱翔騎白鳳，江山縞素觚棱碧。躧麻鞋，血淚灑冰天，新亭客。　雲霧鎖，臺城戟；風雨送，昭丘柏。把梁園宋寢，燒殘赤壁。破衲重游山寺冷，天邊萬點神鴉黑。羡漁翁、沽酒一簑歸〔一〕，扁舟笛。

〔一〕〔一簑歸〕鄭守愚《雪》詩：漁人披得一簑歸。

① 《家藏稿》本題作「題畫壽總憲龔芝麓」。

又過虎丘申文定公祠。○《明史·申時行傳》：字汝默，長洲人。以左侍郎兼東閣大學士，累進少傅、吏部尚書、建極殿。贈太師，謚文定。《蘇州府志》：申文定公祠，祀明大學士時行一祠，在虎丘。

相國祠堂，看古樹、蒼崖千尺。聽斷碉、轆轤聲緊，闌干吹笛。士女嬉游燈火亂，君臣際會松杉直。任年年、急雨打荒碑，兒童識。　今古恨，興亡蹟；白社飲，青門客。歎三公舊事，吾徒蕭瑟。歌舞好隨時世改，溪山到處還堪憶。儘浮生、風月倒金尊，千人石。

又讀史

顧盼雄姿，數馬矟、當今誰比？論富貴、刀頭取辦〔一〕，只應如此。十載詩書何所用，如吾老死溝中耳。願君侯、誓志掃秦關，如江水。　烽火靜，淮淝壘；甲第起，長安裏。尚輕他絳灌，何知程李。揮麈休譚邊塞事，封侯拂袖歸田里。待公卿、置酒上東門，功成矣。

〔一〕〔刀頭取辦〕《南史·周盤龍傳》：子奉叔，就帝求千户侯，忽謂蕭諶曰：若不能見與千户侯，不復應減五百户。不爾，周郎當就刀頭取辦耳。

又感舊

滿目山川，那一帶、石城東冶〔一〕。記舊日、新亭高會，人人王謝。風靜旌旗瓜步壘，月明鼓吹秦淮夜。算北軍、天塹隔長江，飛來也。　暮雨急，寒潮打；蒼鼠竄，宮門瓦。看雞鳴埭下〔二〕，射雕盤馬。庾信哀時惟涕淚，登高却向西風灑。問開皇將相復何人，亡陳者？

〔一〕〔東冶〕《一統志》：冶城，在江寧府上元縣西。《輿地紀勝》：東冶亭，在城東八里。

〔二〕〔雞鳴埭〕《一統志》：雞鳴埭，在上元縣南。

又

詩酒溪山，足笑傲、終焉而已。回首處、亂雲殘葉、幾篇青史。昔日兒童俱老大，同時賓客今亡矣。看道旁、爭羨錦衣郎，曾如此。　遭際盛，聲名起；跨燕許，追蘇李。苟不知一事〔一〕，吾之深恥。年少即今何所得，孝廉聞一當知幾〔二〕？論功名、消得許多才，偶然耳！

〔一〕［不知一事］《南史・陶弘景傳》：讀書萬餘卷，一事不知，以爲深恥。

〔二〕［聞一知幾］《後漢書・左雄傳》：孝廉徐淑年未及舉，雄詰之曰：「顔回聞一知十，孝廉聞一知幾耶？」

又贈南中余澹心。○余懷字澹心，號鬘持老人，福建莆田人，僑寓江寧。崇禎末，游舊曲中，多識金陵故事。

緑草郊原，此少俊、風流如畫。儘行樂、溪山佳處，舞亭歌榭。石子岡頭聞奏伎，瓦官閣外看盤馬。《據梧齋麈談》：東晉哀帝時，移陶冶所于秦淮水北，而以南岸地施僧慧力造寺，因名瓦官。今驍騎倉是其遺址。寺故有閣，可盡江山之勝，太白所謂「白浪高於瓦官閣」者也。後人以集慶菴改名，而指南唐石刻天王象陰有「昇元」二字爲證，蓋瓦官於南唐時以紀元「昇元」易寺名，而故寺基周圍數里或亦初地一隅云。瓦官寺昔有顧虎頭《維摩天女與戴顒減臂胛》塑像，而法汰、道林、智顗諸僧與劉丹陽、王長史輩名理清言流傳于時。問後生、領袖復誰人，如卿者？　雞籠館，青溪社，西園飲，東堂射〔一〕。捉松枝麈尾，做些聲價。賭墅好尋王武子，論書不減蕭思話〔二〕。聽清談、亹亹逼人來，從天下。

〔一〕［東堂射］《南史・庾悦傳》：劉毅在京口，與鄉曲往東堂共射。

〔二〕［蕭思話］庾子慎《書品》：蕭思話走墨連綿，字勢屈强。

又 重陽感舊

把酒登高，望北固、崩濤中斷。還記得、寄奴西伐，彭城高讌。飲至淩歊看馬射，秋風落木堪傳箭。嘆黄花依舊故宫非，江山换。　獨酌罷，微吟倦；斜照下，東籬畔。念柴桑居士，高風誰見。佳節又逢重九日，明年此會知誰健？論人生、富貴本浮雲，非吾願。

又 賀孫本芝壽兼得子。○孫朝讓字光甫，崇禎辛未進士。由刑部員外出知泉州府，陞建南道，進按察使，陞江西布政使，未赴而明亡，優游林泉四十餘年，年九十而終。

老矣君謨，曾日啖、荔枝三百。拂袖去，筍輿芒屩，彈琴吹笛。九日登高黄菊酒，五湖放棹青山宅。論君家、住處本桃源，仙人石①。謂虞山有桃花澗。孫氏吾谷大石山房即遇仙人慧車子處。　門第盛，芝蘭集；五福滿，雙珠出。看龍文驥子，鳳毛殊特。竹馬鳩車堦下繞〔一〕，朱顔緑鬢尊前立。問今朝、誰捧碧霞觴？同年客。辛未爲公同年。

① 人，士禮居本、《家藏稿》本作「翁」。

〔一〕〔鳩車〕杜氏《幽求録》：子年五歲，有鳩車之樂。七歲，有竹馬之歡。

又感興

老子平生，雅自負、交游然諾。今已矣，結茆高隱，溪雲生閣。暇日好尋鄰父飲，歸來一枕松風覺。但拖條藤杖筍鞋輕，湖山樂。　也不赴，公卿約；也不慕，神仙學。任優游散誕，斷雲孤鶴。健飯休嗟容鬢改，此翁意氣還如昨。笑風塵勞攘少年場，安耕鑿。

又蒜山懷古

沽酒南徐，聽夜雨、江聲千尺。記當年、阿童東下，佛貍深入。白面書生成底用，蕭郎裙屐偏輕敵。笑風流、北府好譚兵，參軍客。　人事改，寒雲白；舊壘廢，神鴉集。儘沙沉浪洗，斷戈殘戟。落日樓船鳴鐵鎖，西風吹盡王侯宅。任黄蘆苦竹打荒潮，漁樵笛。

又壽金豈凡相國七十

雒社耆英，高會處、門前雙戟。風景好、沙堤花柳，錦堂琴瑟。北叟南翁須健在，東封西禪何時畢？羨蒼生濟了衮衣歸，神仙客。　法醞美，雕薪炙①；燈火照，笙歌席。正朱樓雪滿，早梅消息。矍鑠青山霜鐙馬，歡娱紅粉春泥屐。願百年、父老進霞觴，昇平日。

又壽顧吏部松交五十。○《蘇州府志》：顧予咸字小阮，長洲人。順治丁亥進士，晉寧山陰知縣，擢刑部主事，調吏部，遷考功員外，移疾歸。有諸生十八人面詰吴縣不法事，巡撫朱國治庇令，密告會勘大臣，逮予咸繫獄，坐以指使，論絞，奉旨復官，尋以奏銷案落職居鄉。風裁峻整，爲後進所憚。按詞中有「眼底羊腸」「天邊鰐浪」，當在其繫獄落職以後也。

拂袖歸來，閑管領、烟霞除目。算得是、與人無競，高飛黄鵠。眼底羊腸逢九坂，天邊鰐浪愁千斛。脱身時、還剩辟疆園，浮生足。　樽酒在，殘書讀；拳石小，滄洲緑。有風亭月榭，醉彈絲竹。嫩籜雨抽堂下筍，蒼皮霜洗窗前木。倩丹青、寫出虎頭癡，山公屋。

靳价人曰：按《艮齋雜説》，顧松交、顧蒨來兩吏部同時歸里，聲勢赫奕，有一顧傾人城，再顧傾人國之謔。其在此詩以前乎？

① 薪，士禮居本作「盤」。

滿庭芳孫太初太白亭落成分韻得林字。○《湖州府志》：太白亭，在道場山孫一元墓前，知府吴綺立。

鐵笛橫腰①，鶴瓢在手，《明史·孫一元傳》：太初踪蹟奇譎，烏巾白袷，攜鐵笛鶴瓢遍遊中原。烏巾白袷行吟。仙踪恍惚，埋玉舊烟林。多少唐陵漢寢，王孫夢、一樣銷沉②。殘碑在，高人韻士，留得到而今。　雲深。來此地，相逢五隱，白石同心。喜今朝吾輩，酹酒登臨。忽聽松風驟響，蘇門嘯、髣髴遺音。歸來晚，峰頭斜景，明日約重尋。

六么令詠桃

一枝穠豔，蘸破垂楊色。到處倚墻臨水，裝點清明陌。障袖盈盈粉面，獨倚斜柯立〔一〕。深紅淺白，無言忽笑，鬪盡鉛華半無力。　年年閒步過此。柳下人家識。烟臉嫩，霧鬟斜，腸斷東風客。燕子欲來還去，滿地愁狼藉。芳姿難得，韶光一片，囑付東君再三惜。

① 腰，底本原作「吹」，據士禮居本、《家藏稿》本改。
② 銷，底本原作「消」，據士禮居本、《家藏稿》本改。

〔二〕［獨倚斜柯立］《本事詩》：崔護清明游城南，得村居，叩門曰：「酒渴，求飲。」女子啟關，以盂水至，獨倚小桃柯竚立，而屬意殊厚。

燭影摇紅 山塘即事

踏翠尋芳，柳條二月春風半。泰娘家在畫橋西，有客金錢宴。道是留儂可便？細沉吟迴眸顧盼。繡簾深處，茗椀爐烟，一牀絃管①。　惜别匆匆，明朝約會新亭館。扁舟載酒問嬋娟，驀地風吹散。此夜相思豈慣，孤枕宿黄蘆斷岸。嚴城鐘鼓，凍雨殘燈，披衣長嘆。

此詞蓋爲楚雲而作，即所謂二月相逢約玩花也。

倦尋芳 春雨

欺梅黯淡，弄柳迷離，一幅烟水。醉墨模糊，澹插浮屠天際。捲湘簾，憑畫閣，白鷗點點飛還起。視吾廬，如掀翻一葉，空江深處。　記今朝、南湖禊飲，士女嬉游，此景佳麗。細馬輕車，不到斷橋西路。雙屐衝泥僧唤渡，一瓢沽酒柴門閉。料今宵，對殘燈，客情憔悴。

七律《補禊》序云：壬辰上巳，鴛湖禊飲。余後三日始至。云云。此當是禊日阻雨誤期，而作者故云車馬不到客情憔

---

① 牀，士禮居本作「林」。

悴也。

念奴嬌

東籬殘醉，過溪來、閒訪黄花消息。小院高樓門半掩，細雨闌干吹笛。側帽狂呼，搊箏緩唱，翠袖偎人立。欲前還止，此中何處佳客。　却是許掾王郎，風流年少，爛醉金釵側。十載揚州春夢斷，薄倖青樓贏得。遍插茱萸，山公老矣，顧影顛毛白。凭高惆悵，暮雲千里凝碧〔一〕。

〔一〕〔暮雲凝碧〕南唐元宗詞：漫倚遍危欄，儘黄昏也，只是暮雲凝碧。

木蘭花慢　過濟南

天清華不注，搔首望，白雲齊。想尚父夷吾，雪宫柏寢，衰草長堤。松耶柏耶在否？秖斜陽、七十二城西。石窌功名何處？鐵籠籌算都非。　儘牛山涕淚沾衣，極目雁行低。

嘆鮑叔無人，魯連未死，憔悴南歸。依然洋洋東海①，看諸生、奏玉簡金泥。誰問碻磝戰骨，秋風老樹成圍。

又 話舊

西湖花月地，櫻筍熟，鱖魚肥。訪粉袖銀箏，青簾畫舫，烟柳春堤。驚風一朝吹散，嘆西興、兵火渡人稀。白髮龜年尚在，青山賀監重歸。恰相逢紫蟹黄雞，猶唱縷金衣。奈狂客愁多，秋娘老去，木落烏棲。無情斷橋流水，把年光、流盡付斜暉。世事浮生急景，道人抱膝忘機。

又 壽嘉定趙侍御，舊巡滇南。○趙洪範字元錫，天啟壬戌進士，授麻城知縣，陞陝西道御史，巡按雲南。

仰頭看皓魄②，切莫放，酒杯空。記六詔飛書，百蠻馳傳，萬里乘驄。天南碧雞金馬，把枯棊，殘局付兒童。雞黍鹿門高隱，衣冠鶴髮衰翁。嘆干戈滿地飄蓬，落日數歸鴻。喜

① 洋洋，底本原作「泱泱」，據士禮居本、《家藏稿》本改。
② 頭，士禮居本作「首」。

歙浦寒潮，練塘新霽，投老從容。菊花滿頭須插，向東籬、狂醉笑顔紅①。高館青尊紅燭，故園黄葉丹楓。

又 中秋詠月

冰輪誰碾就，千尺起，嘯臺東。記白傅堤邊，庾公樓上，幾度曾逢。今宵廣寒高處，問嫦娥、環珮在何峰？天上銀河珠斗，人間玉露金風。聽江樓鶴唳横空②，人影立梧桐。有宫錦袍緋，綸巾頭白，鐵笛仙翁。欲乘月明飛去，過嚴城、下界打霜鐘。醉卧三山絶頂，倒看萬箇長松。

又 壽汲古閣主人毛子晉

尚湖高隱處，校漆簡，定遺經。正伏勝加餐，揚雄健飯③，七略縱横。爭傳殺青奇字，更五千餘偈叩南能〔一〕。夜雨蒲團佛火，春風箘閣書聲。　卧荒江投老遺民，兵後海田耕。

① 醉笑，士禮居本、《家藏稿》本作「笑醉」。
② 樓，士禮居本作「頭」。
③ 健，士禮居本、《家藏稿》本作「强」。

喜柳塢堂開，月泉詩就，貰酒行吟。高談九州風雅，問開元以後屬何人？百歲顛毛斑白，千年翰墨丹青。

〔二〕〔南能〕《傳燈録》：慧能爲南宗。温飛卿詩：自從紫桂巖前别，不見南能直至今。

水龍吟送孫浣心之真定。

無諸臺上春風，燕南魏北聲名起。浣心宰甌寧、長垣二縣，故有此起句。金戈鐵馬，神州沉陸，幅巾歸里。種柳門前，藝瓜陂下，北窗煙雨。遇天涯故舊貽書到，一鞭行李滹沱水。挾瑟高堂趙女，問叢臺、幾人珠履？青史紛爭，干戈譚笑，陳餘張耳。漢壘秦軍，季龍宫苑，銷沉何處？向孤城但有，寒鴉落木，暮天羈旅。

風流子爲鹿城李三一壽。〇李孟函字三一，崇禎己卯副貢。好古樂善，選知縣，未任卒。

青山當户牖，秋光霽、明月倒壺觴。羡金粟道人，草堂松竹；青蓮居士，藜閣文章。傳家久、朱門開累葉，畫省付諸郎。緑酒黄花，淵明高卧；紅顔白髮，樊素新粧。登高頻回首，江南舊恨在，鐵笛滄浪。十載故園兵火，三徑都荒①。待山園再葺，讀書萬卷；湖田晚熟，縱博千場。老子婆娑不淺，儘意踈狂。《崑新合志》：李同芳，萬曆庚辰舉禮部，巡撫山東，贈侍郎。子胤昌，萬曆辛丑進士，授翰林院編修，長子即孟函。

又送張編修督學河南。○《河南通志》：張天植，浙江秀水人，進士，按察司僉事，提學道，順治十一年任。

中原人物盛，征驂過、花發洛陽街。羨嚴助承明，連城建節；茂先機近，好士掄才。賓徒滿、賦成誇授簡，鐘鼓遶繁臺。嵩嶽出雲，鬱葱千仞；濁河天際，屈注西來。　憑高披襟處，千觴引醽醁②，意氣佳哉！回首日邊臚唱，御筆親裁。待尚書尺一，趨歸視草，門盈桃李，學士高齋。領取玉堂佳話，黃閣重開。

又掖門感舊

咸陽三月火，新宮起、傍鎖舊莓墻。見殘甓廢磚，何王遺構；荒薺衰草，一片斜陽。記當日、文華開講幄〔一〕，寶地正焚香。左相按班，百官陪從；執經橫卷，奏對明光。　至尊

① 都，士禮居本作「多」。
② 醽醁，士禮居本作「醁醽」。

微含笑，《尚書》問大義，共退東廂〔二〕。忽命紫貂重召，天語琅琅。賜龍團月片①，甘瓜脆李，從容宴笑②，拜謝君王。十八年來如夢，萬事凄凉。

〔一〕〔文華講幄〕《明史・禮志》：經筵，先期設御座于文華殿，設御案于座東稍南，設講案于案南稍東。

〔二〕〔東廂〕《明史・禮志》：隆慶六年，定每日早講畢，帝進煖閣少憩，閱章奏，閣臣等退西廂房。久之，率講官再進午講。按東廂字應作西。

沁園春午朝遇雨

十里紅墻，樹色陰濃，銅扉洞開。見觚棱日炫，金銀照耀，朱霞天半，避暑樓臺。忽起奇雲，琉璃萬頃，燕雀罘罳風動來。西山上，有龍迎返照，急雨驚雷。凉生殿閣佳哉！但瀟灑瑶堦絶點埃。聽御河流水，琤琮雜珮，黄滋細柳，翠逼宫槐。玉管銀毫，冰桃雪藕，枚馬詩成應制才。承恩久，待歸鞭晚霽，步月天街。

---

① 月，士禮居本作「玉」。

② 宴，士禮居本、《家藏稿》本作「晏」。

又雲間張青琱從中州南還索詞壽母

極目中原，慷慨平生，濁醪一杯。念高堂老母，桓釐志行；窮途游子，仲蔚蒿萊。雅負經綸，文章小技，三尺遺孤何壯哉！辭家久，到燕南趙北，赤日塵埃①。吾徒造物安排，且布襪青鞵歸去來。有蓴羹鱸鱠，能供蔬膳；魚邨蟹舍，可葺茅齋。貧賤安親，詩書養志，世上機雲少棄才。成名後，把懷清築起，百歲高臺。

又觀潮

八月奔濤，千尺崔嵬，砉然欲驚。似靈妃顧笑，神魚進舞；馮夷擊鼓，白馬來迎。伍相鴟夷，錢王羽箭，怒氣强於十萬兵。崢嶸甚，訝雪山中斷，銀漢西傾。孤舟鐵笛風清，待萬里乘槎問客星。嘆鯨鯢未剪，戈船滿岸；蟾蜍正吐，歌管傾城。狎浪兒童，横江士女，笑指漁翁一葉輕。誰知道②，觀潮枚叟，論水莊生。

① 塵，士禮居本、《家藏稿》本作「黄」。
② 道，士禮居本、《家藏稿》本後有「是」字。

又丁酉小春，海棠與水仙並開，王廉州爲予寫《秋林圖》初成，因取瓶花作供，輒賦此詞。〇王丹麓《今世説·巧藝篇》：顧樵水詩篇秀絶，畫亦能品。嘗作《秋林圖》贈吴梅村，吴嘆曰：對此尺幅，使人幽思頓生。按此則公蓋有兩《秋林圖》也。

有美人兮，宛在中央，仙乎水哉！似藐姑神女，凌波獨步；瀟湘極浦，洗盡塵埃。忽遇東隣，彼姝者子，紅粉臙脂笑靨開。須知道，是兩家粧束，一種人材。　東君着意安排，早羯鼓催成巧樣裁。豈陳王賦就，新添女伴；太真睡起，共倚粧臺。玉骨冰肌，豔梳濃裹，妙手黄筌未見來①。霜天晚，對膽瓶雙絶，點染幽齋。

又吴興愛山臺禊飲分韻得關字

妍景銷愁，輕衫乘興，扁舟往還。遇使君倒屣，銀牀枕簟；羣賢傾蓋，玉佩刀鐶。下若新醅，前溪妙舞，落日樓臺雨後山。雕闌外，有名花婀娜，嬌鳥綿蠻。　衰翁天放疎頑，況廿載重來詎等閒。嘆此方嚴虎，青絲白馬；原注：孫吴時，山寇嚴白虎與吕蒙戰于吴興之石城山。當

① 筌，《家藏稿》本作「荃」。

年宋態，緑髩紅顔。原注：唐李涉有《贈吴興伎宋態》詩，所謂「解語花枝在眼前」也。春色依然，舊游何處，剩得東風柳一灣。吾堪老，傍鷗汀雁渚，石户松關。

賀新郎送杜將軍弢武①

雙髩愁來白。數威名、西州豪傑，玉關磧沙②。家世通侯黄金印，馬矟當年第一。磨盾鼻、懸毫飛檄。雅吹投壺詩萬首，舊當陽、虎帳《春秋》癖。思往事，頓成昔。天涯寂寞青門客③。念平生、鞭箠萬里，布衣之極。滿地江湖漁歌起，誰弄扁舟鐵笛？正柳色、依依南陌。日暮鄉關何處是？故人書、草没摩厓石。漫回首，淚沾臆。

又病中有感

萬事催華髮。論龔生、天年竟夭④，高名難没。吾病難將醫藥治，耿耿胸中熱血。待灑向、

① 弢，底本原作「考」，據士禮居本、《家藏稿》本改。
② 磧沙，士禮居本、《家藏稿》本作「沙磧」。
③ 寞，士禮居本作「落」。
④ 夭，底本原作「天」，據士禮居本、《家藏稿》本改。

西風殘月。剖却心肝今置地，問華佗解我腸千結。追往恨①，倍淒咽。故人慷慨多奇節。爲當年、沉吟不斷，草間偷活。艾灸眉頭瓜噴鼻〔一〕，今日須難訣絶。早患苦、重來千疊。脱屣妻孥非易事，竟一錢不值何須説！人世事，幾完缺？

〔一〕［艾灸瓜噴］《隋書・麥鐵杖傳》：丈夫性命自有所在，豈能艾炷灸眉，瓜蒂噴鼻，治黄不差，而臥死兒女子手中乎？

原跋

《梅村詩箋》十二卷，我少時興會偶至，率爾所成。雖不無掛漏，然旁無蚍蜉之助，襞積數百家，條貫脈絡，絲髮不亂，可云體大思精矣。往在京師，出前敘示同人，以爲不減劉孝標，弗數徐、庾以下。豈愛我過？非妄歎耳。此本揮汗書得，往往有沾漬處，後世讀之，當不啻手澤之痛。乙丑二月春勞發，兩髀如醋浸，不能行立，援筆記此。鶴市迓亭氏。

① 恨，士禮居本作「事」。

又跋

《梅村詩箋》成於戊午，越六年甲子，録一本，前跋所謂揮汗書者是也。壬午春，舟行遇盜劫，捕緝得賊，衣裝書籍多亡失，獨此編若嘿有呵護之者①。念書無副本，昔人皆謂至險可虞，東坡所以碇宿海中，夜起對星河而長嘆也。因取原本分散各類，依年排次，自甲申冬至乙酉春，多有俗務縈牵，乘閒理翰②，復書此本，益以詩餘，爲十三卷。時年已六十有四，精神日衰，目愈昏，手愈顫，幾不成字，榆影風燭，能有幾時？著書滿屋，再欲清録他種，力不能爲已。開椷披牘③，不勝泫然。

① 嘿，士禮居本作「默」。
② 閒，士禮居本作「間」。
③ 牘，士禮居本作「讀」。

吴梅村詩集箋注卷第十四

後學恒農楊學沆瀣伯録

梅村詩話

宋玫字文玉，别字九青，萊陽人。年十九，登乙丑進士。繇吏給事中陞太常，進户侍，以枚卜遇譴歸。城陷，不屈死。其父尚寶卿繼登，夢李北地生其家而得玫。少穎異，爲詩學少陵，愛蒼渾而斥婉麗，然不無踳駁。當其合處，不減古人。日課五言詩一首。爲亞卿，將大用，年尚未四十。集竟散佚不傳。嘗與余同使楚，楚嘉魚熊魚山、竟陵鄭澹石俱九青同年，到武昌相訪。鄭詩亦清逸，其贈什曰：「剖斗折衡爲文章，天下婁東與萊陽。」謂吾兩人也。九青登黄鶴樓、過小孤皆有詩①，今失記，惟憶其《掖中言懷》中一聯云「朋友誰無生死問，朝廷今作是非看」。時上方切治苞苴，而金吾儌卒乘之，反行其奸利。貪吏放手無罰，而寸蹏尺縑輒加逮治。九青之語，蓋實録也。《過南中》有云「草迷三國樹，水改六朝山」。九青曰：「天下之山未有不由水改者。」其用意精刻如此。

---

① 詩，《家藏稿》本作「作」。

陳子龍字卧子，雲間華亭人。由丁丑進士考選兵給事中，殉節死。友人宋轅文收其遺稿，今並存。卧子負曠世逸才，年二十，與臨川艾千子論文不合，面斥之。其四六跨徐、庾，論策視二蘇①，詩特高華雄渾，睥睨一世。好推崇右丞，後又摹擬太白，而於少陵則微有異同②，要亦倔强語③，非由中也。初與夏考功瑗公、周文學勒卣、徐孝廉闇公同起，而李舒章特以詩故雁行，號陳李詩，繼得轅文，又號三子詩，然皆不及。當是時，幾社名聞天下，卧子眼光奕奕，意氣籠罩千人，見者莫不辟易。登臨贈答，淋漓慷慨，雖百世後猶想見其人也。嘗與余宿京邸，夜半謂余曰：卿詩絶似李頎。又誦余《雒陽行》一篇，謂爲合作。余曰：卿詩固佳，何首爲第一？卧子曰：「苑内起山名萬壽④，閣中新戲號千秋」，此余中聯得意語也。「祠官流涕松風路，回首長陵出塞年」，又「李氏功名猶帶礪，斷垣落日海雲黄」⑤，此余結法可誦者也。余贊嘆久之。晚歲與夏考功相期死國事，考功先赴水死，卧子

① 視，士禮居本作「冠」。
② 「於」字據《家藏稿》本補。
③ 倔，底本原作「崛」，據《家藏稿》本改。
④ 壽，《家藏稿》本作「歲」。
⑤ 垣，底本原闕，據《家藏稿》本補。

爲書報考功於地下，誓必相從，文絶可觀。而李舒章仕而北歸，讀卧子《王明君》篇曰①：「明妃慷慨自請行，一代紅顔一擲輕。」則感慨流涕。舒章久次諸生不遇，流離世故，僶勉一官，反葬，請急遇卧子於九峰山中。期滿北發，未渡江而卧子及禍，舒章鬱鬱道死。雲間有爲詩唁之者曰：蘇李相交在五言②。未嘗不寄慨於此兩人也。

楊廷麟字伯祥，別字機部，臨江人。爲文排宕峭刻，在韓、蘇間。書法出入兩晉，倣索靖體。詩則好用奇思棘句，不甚合律，然秀異聳拔，往往出人。機部偕卧子同出吾師姜新建之門，以文章氣節相砥礪。既遇黄石齋先生於京邸，一見道合。負直節，好强諫，上書論閣部楊嗣昌失事罪，得旨改兵部贊畫，參督師盧象昇軍事。余贈之詩曰：諸將自承中尉令，孤臣誰給羽林兵？蓋實事也。盧與閣部議軍事不合，遇機部相得甚。已而中外異心，兵勢日蹙，盧自謂必死，顧參軍書生，徒共死無益，乃以計檄之去，機部不知也。機部到孫侍郎傳庭軍前六日，而盧公於賈莊殉難，乃求得其屍，抱之痛哭。盧公之死，有馬士抱之，傷不深，機部詩云「死君旁者一掌牧」，通首俱妙，惜佚落不全。又憶其《渾河》詩中

① 君，士禮居本作「妃」。
② 相交，《家藏稿》本作「交情」。

聯云「春至軍中草木冤」亦奇句。機部自盧公死後，其策益不用，無聊生，會詔詰督師死狀，賈莊前數日，督師誓必戰，顧孤軍無援，聞太監高起潛兵在近，則大喜，於真定野廟中倚土銼作書，約之合軍，高竟拔營夜遁，督師用無援，故敗。機部受詔，直以實對，慈溪馮鄴仙得其書，謂余曰：此疏入，機部死矣。爲定數語，機部聞之，則大恨。先是，嗣昌遣部役張姓者偵賈莊，而其人談盧公死狀流涕動色，嗣昌榜笞之，楚毒倍至，口無改辭，呼曰：死則死耳，盧老爺忠臣，吾儕小人敢欺天乎？遂以考死。於是機部遺書馮與余曰：高監一段，竟爲删却，後世謂伯祥不及一部役耶？然機部竟以此得免。余詩又有曰「憂深平勃軍南北，疏訟甘陳誼死生」①，亦實事也。已而機部過宜興，訪盧公子孫，再放舟㜑中，與天如師及余會飲十日，嘉定程孟陽爲畫《髯參軍圖》，錢東澗作短歌②，余作《臨江參軍》一章凡十數韻，以文多忌，不全録，其略曰：「臨江髯參軍」云云。余與機部相知最深，於其爲參軍周旋最久，故於詩最真，論其事最當，即謂之詩史可勿愧。機部後守贛州，從城上投壕死，集竟散佚不傳。

① 誼，士禮居本作「義」。
② 東澗，《家藏稿》本作「牧齋」。

龔鼎孳字孝升，廬州合肥人。甲戌進士，授蘄水知縣。丙子，余與九青使楚，而孝升分一經，最得士，相知爲深。後考選給事中。入本朝，爲僕少，中間流離患難，幾不免。庚寅秋，於臨清舟中報余書曰：庾樓之别，垂十五年。壬午以前，猶得時通音驛。運移癸甲，大棟漸傾，妄以狂愚，奮身刀俎，甫離獄户，頓見滄桑。續命蛟宫，偷延視息；墮坑落塹，爲世慚人。先生方霞引碧山之巔，鴻舉青雲之外，西薇東菊，萬仞難躋。自顧平生曾邀盼飾，相期何等，差趺至今①。所以伏處蓬蒿，欲有陳而未敢也。停舫金閶，竊幸龍門在望，展晤有期。而先生既抱騎省之傷，賤子亦迫王猷之棹，何圖咫尺，復成參商！惟從同人處見先生尺幅寸幀，片言隻字，寶若明珠大貝，火齊木難，攬持芳華，以當瞻侍耳。客秋至白門，拜發良書，欣聞謦欬，曬然頑懦，復起爲人，感念疇曩，泫焉雨泣。自傷失路，尚爲知己所收憐，使得齒於舊遊之末。中間情文温縟，慰諭綢繆，金錯玉盤，美人之遺我厚矣。伏蒙不棄鄙陋，垂問雕蟲。先生留思文章，超絶前軌，馬班屈宋，蔚有兼長，爝火至微，何敢妄希扶桑之耀？且身既敗矣，焉用文之！顧萬事瓦裂，空言一線，猶冀後世原心，宣欝遣愁，亦唯斯道。往在燕邸，與秋嶽、舒章諸子各有抒寫，篇軸遂繁。近年以來，蓬轉江

① 差，士禮居本作「蹉」。

湖，仲宣登樓，襟情難忍；嗣宗懷抱，歌哭無端。未極斐然，不無驅染。然前則魂魄初召，瑟既苦而難調；繼乃離索寡群，刀雖操而未善。亟思大雅，提振小巫，九合葵丘，舍公誰屬①？方當悉索敝賦，奉鞭弭于中原，不敢煩包茅之討也。此行粗了殘局，即歸卧松筠，興會適來，扁舟相就②，極論千古，殫精百氏。備孔門之游、夏，稱鄴下之應、徐，庶幾餘生不同草木。先生著作，雷霆天壤，氣象名山，亦肯示雌霓於王筠，授《論衡》于中郎否耶？此書至，余發之於相知，讀者無不以爲徐、庾復出也。孝升於詩最秀穎高麗，聲調遒緊，有義山之風。余嘗憶其《潤州》一首中聯曰：「亂後江聲猶北固，坐中人影半南冠。」激昂慷慨，猶是此書大意，可爲三嘆！

女道士卞玉京，字雲裝，白門人也。善畫蘭，能書，好作小詩。嘗題扇送余兄志衍入蜀一絶云：「剪燭巴山别思遥，送君蘭楫渡江臯。願將一幅瀟湘種，寄與春風問薛濤。」後往南中，七年不得消息，忽過尚湖，寓一友家不出。余在東澗宗伯座，談及故人，東澗云力能致之，呼輿往迎。續報至矣，已而登樓，托以粧點始見。久之，云痁疾驟發，請以異日訪

① 公，底本原作「云」，據士禮居本、《家藏稿》本改。
② 扁，底本原作「遍」，據士禮居本、《家藏稿》本改。

余山莊。余詩云：「緣知薄倖逢應恨，恰便多情喚却羞。」此當日情景實語也。又過三月，爲辛卯初春，乃得扁舟見訪，共載横塘，始將前四詩書以贈之，而東澗讀余詩有感，亦成四律，其序曰：余觀楊孟載論李義山《無題》詩，以爲音調清婉，雖極其濃麗，皆託於臣不忘君之意，因以深悟風人之旨。若韓致光遭唐末造，流離閩越，縱浪香奩，蓋亦起興比物，申寫托寄，非猶夫小夫浪子沉湎流連之云也。頃讀梅村豔體詩，聲律妍秀，風懷惻愴，於歌禾賦麥之時①，爲題柳看桃之作，彷徨吟賞，竊有義山、致光之遺感焉。雨窗無聊，援筆屬和。秋蛩寒螿，吟噪啁哳，豈堪與間關上下之音希風説響乎？河上之歌，聽者將同病相憐，抑或以同牀各夢而囅爾一笑也。詩絶佳，以其談故朝事，與玉京不甚切，故不録。末簡又云：小序引楊眉菴論李義山臣不忘君語，使騷人詞客見之，不免有兔園學究之誚，然他日黄閣易名，都堂集議，有彈駁「文正」二字，出余此言爲證明，可以杜後生三尺之喙，亦省得梅老自下注脚。其言如此。玉京明慧絶倫，書法逼真《黄庭》，琴亦妙得指法，余有《聽女道士彈琴歌》及《西江月》《醉春風》填詞皆爲玉京作，未盡如東澗所引楊孟載語也。此老殆借余解嘲。

---

① 時，底本原作「詩」，據士禮居本、《家藏稿》本改。

「鶴猿自在灘邊宿，江漢飄零夢後還。遂使南州爲異域，知君何處塞函關。」《丙戌元日》云：「黄華嶺外瑞雲齊，白鷺洲前戰馬嘶①。五道將軍臨直北，三江父老望征西。春風斗帳降銅馬，細雨戈船鬬水犀。此日建康應拜舞，近臣還解賦梟鸞。」又一首：「朝元帳下領高班，稽首春風動百蠻。九葉雲雷開萬國，一時江漢擁三山。宫中勝帖盤龍出，杖裏芳樽藉草頒。從此鎬京傳盛事，年年虎豹度天關。」《丙戌九日》云：「河西獵火照高樓，五嶺風光異昔遊。木葉看雲寒戍晚，菊花宜雨流宫秋。山城野幔開三市，江表輕裘署九州。旦晚功成萸釀熟，憑君一笑舊田疇。」又《次首丘》記其中聯云：「將軍話嘯多文吏②，羣盗縱横半舊臣。」機部詩學素拗折，此竟高渾深麗，軍中從容慷慨，戎服賦詩，具見整暇。七年不見，其學問之進益如此。

圓鑑，靈隱僧，故練川大家子也。父兄死國事，其《哭江東》詩曰：「平原曲罷人何在，越絶書成事已非。」人多稱之。已而被收，亡命爲僧，在揚州有《過天寧寺見放馬歌》最悲壯，詩曰：「法窟聊藏獅子花，空王爲指金鞭影。神駿惟應支遁看，舊恩不願孫陽顧。垂

① 鷺，底本原作「露」，據《家藏稿》本改。
② 話，《家藏稿》本作「諸」。

頭肯向朔風嘶，烙印猶存漢家字。」《寄兄研德》云：「歸期似夜長難曉①，別夢如秋遠更清。」竟以疾没於靈隱。友人周子俶舊與遊，過其地，爲詩弔之曰：「袁尹全家赴汨羅，九閽夢夢訴如何。只今靈隱猿三叫，怕聽天寧放馬歌。」又曰：「寺樓遥掛海門潮，鷲嶺龍宫夜寂寥。精衛不知何處去，冷泉亭下獨吹簫。」

黄媛介②，嘉興人，儒家女也。能詩善畫，其夫楊興公聘後貧不能娶，流落吴門。媛介詩名日高，有以千金聘爲名人妾者，其兄堅持不肯。余詩曰：「不知世有杜樊川。」指其事也。媛介後客於虞山柳夫人絳雲樓中，樓燬于火，東澗亦牢落，嘗爲媛介詩序，有今昔之感。吴巖子偕其女卞玄文皆有詩名，媛介相得甚，媛介和余詩曰：「月移明鏡照新粧，閨閣清吟已雁行。花裏雙雙巢翡翠，池中六六列鴛鴦。黄粱熟後遲仙夢，白雪傳來促和章。一自蓬飛求避地，詩成何處寄蕭娘。」「罷吟紈扇禮金仙，欲洗塵根返自然。風掃桃花餘白石，波呈荷葉露青錢。山中自護燒丹井③，世上誰耕種玉田。磊磊明珠天外落，獨吟遥對月平川。」「石移山去草堂虚，漫理琴尊葺故居。閒教癡兒頻護竹，驚聞長者獨迴車。牽蘿

---

① 似，《家藏稿》本作「此」。
② 《家藏稿》本「黄媛介」後有「字皆令」三字。
③ 護，《家藏稿》本作「獲」。

補屋思偏逸，織錦成文意自如。獨怪幽懷人不識，目空禹穴舊藏書。」「往來何處是仙壇，飄忽迴風降紫鸞。句落錦雲驚韻險，思縈彩筆惜才難。飛花滿徑春情淡，新水平堤夜雨寒。憶昔金閶曾比調，莫愁城外小江干。」此詩出後，屬和者衆。粧點閨閣，過於綺靡，黄觀只獨爲詩非之，以爲媛介德勝于貌，有阿承醜女之名。何得言過其實？此言最爲雅正云。

林衡者①，莆田人。少遊黄忠烈之門，以壬辰二月來婁東。所著詩义詞數十卷，詩蒼渾深秀②，古文雅健有法。其行也，余贈以詩，有「五月關山樹影圓，送君吹笛柳陰船」之句。已而道阻，再遊吾州，則秋深木落③，鄉關烽火，南望思親，旅懷感吒，有《聽鐘鳴》《悲落葉》之風焉。其《客中言懷》五首曰：「南方方震蕩，爲客久堪悲。海内親朋少，兵間道路遲。無衣霜落後，不寐月明時。孰伴城頭柝，烏啼向北枝。」「音書能不寄，萬里鳥空回④。壁壘連三楚，乾坤動七哀。高秋聊看菊，夜月自空臺。淚眼涓涓甚，憑誰辨劫灰。」

① 《家藏稿》本「衡」字前有「佳璣字」三字。
② 蒼渾深秀，《家藏稿》本作「蒼深秀渾」。
③ 木落，士禮居本作「落木」。
④ 里，《家藏稿》本作「嶺」。

「干戈傳更甚，多病在長途。幾月來霜雪，家鄉問有無。雲孤滄海碓，身傍夕陽烏。含愧看秋色，蒼鷹得壯圖。」「幾次逢親故，途窮不敢言。關梁拚一醉，鳥雀總千村。樹立清商色，江消野岸痕。二毛潘岳見，貧病愧私恩。」「殺氣何時盡，閩方亂不停。荔支愁萬騎，牛女怨雙星。露白隨風柳，猿啼滿石屏。身經兵火慣，長醉不須醒。」衡者詩文極多，以閩南不辨四聲，多拗體，此五首駸駸江南風致矣。

蒼雪師，雲南人，與維揚汰如師生同年月日，相去萬里，而法門兄弟氣誼最得。蒼住中峰，汰住華山，人以比無着、天親焉。汰公早世，其徒道開能詩，兼書畫，後亦卒。而蒼公年老，有肺疾，然好談詩，以壬辰臘月過草堂，謂余曰：今世狐禪盛行，一大藏教將墜於地矣。且無論義學，即求一詩人不可復得，乃幸與子遇。我襆被來，不曾攜詩卷，當爲子誦之。是夜風雨大作，師語音傖重，撼動四壁。疾動，喉間咯咯有聲。已，呼茶復話，不爲倦。漏下三鼓，得數十篇，視堦下雨深二尺矣。當其得意，軒眉抵掌，慷慨擊案，自謂生平於此證入不二法門，禪機詩學，總一參悟。其詩蒼深清老，沉著痛快，當爲詩中第一，不徒僧中第一也。余憶其《贈方密之》中聯曰：「山中久不見神駿，世上人多好畫龍。」《贈百史》五六聯句曰①：「霜氣一湖飛遠夢，月明今夜宿孤峰。朝來無限塵中事，回首西山路幾重。」《金山》詩中兩聯曰：「古今僧住老，日夜水朝東。塔口中流火②，帆來四面風。」《清涼臺懷古》曰：「薰風不見吹人醉，春雪無聲到地消。」《焚筆》詩曰：「土家不對毛盡秃③，鐵門斷限字原無④。欲來風雨千章掃，望去蒼茫一管枯。」皆絶唱也。師有和余西田賞菊詩，有「獨擅秋容晚節全」，「全」字落韻，和者甚衆⑤，無出師上者。其《金陵懷古》四首最爲時所傳。師雖方外，於興亡之際感慨泣下，每見之歌詩⑥。嘗自詠云：「剪尺杖頭挑寶誌，山河掌上見圖澄。休將白帽街頭賣，道衍終爲未了僧。」益以見其志云。

瞿式耜字稼軒，常熟人，由進士爲兵給事中。好直諫，爲權相所訐，與其師錢宗伯同罷歸。築室于虞山之下曰東臯，極遊觀之勝。酷嗜石田翁畫，購得數百卷，爲「耕石軒」藏之。未幾，里中兒飛文誣染，偕宗伯逮就獄。余時在京師，所謂《東臯草堂歌》者，贈稼軒

① 《家藏稿》本「百史」前有「陳」字。
② 口，《家藏稿》本作「影」。
③ 秃，士禮居本作「脱」。
④ 斷限，士禮居本作「限斷」。
⑤ 衆，《家藏稿》本作「多」。
⑥ 歌詩，《家藏稿》本作「詩歌」。

于請室也。後數年，余再至東皋，則稼軒唱義粤西，其子伯升門户是懼，故山别墅皆荒蕪斥賣，無復向日之觀，余爲作《後東皋草堂歌》，蓋傷之也。又二年，知稼軒以相國留守桂林，城陷不屈，與張别山俱死。别山者，江陵人，故相文忠公曾孫，諱同敞，爲督師司馬。稼軒臨難，遺表曰：庚寅十一月初五日聞警，開國公趙印選移營先去，衛國公胡一青、寧遠伯王永祚、綏寧伯蒲纓、武陵侯楊國棟、寧武伯馬養麟盡室而行，惟督臣張同敞從江東泗水過江，相期同死①。其赴義則閏十一月之十七日也。纍囚一月，兩人從容唱和。稼軒得詩八首，曰：「二祖江山人盡擲，四年精血我偏傷。」又曰：「願作須臾堦下鬼，何妨慷慨殿中狂。」其末章曰：「年逾六十復奚求，多難頻經渾不愁。劫運千年彈指到，綱常萬古一身留。欲堅道力憑魔力，何事俘囚學楚囚。了却人間生死業，黄冠莫擬故鄉遊。」别山和章曰：「稜稜瘦骨不成眠，祖德君恩四十年。腰膝尚存堪作鬼，死生有數肯呼天。」又曰：「白刃臨頭惟一笑，青天在上任人狂。」又曰：「亡家骨肉多冤鬼，多難師生共哭聲。」又曰：「此地骨原堪朽腐，他時魂不待招尋②。」二公死，有舊給事中後出家號性因者收其骨，

① 同，《家藏稿》本作「共」。
② 時，《家藏稿》本作「年」。

義士楊碩父藏其藁，稼軒孫昌文間關歸，以其詩與表刻之吴中，爲《浩氣吟》。云别山死事最烈，其未死也，受考掠，兩臂俱折，目睛出，語不爲撓。稼軒有《初六日紀事》一詩曰：「文山當日猶長揖，堪笑狂生禮太疎。」别山和曰：「臂先頭斷生堪賤，身爲城亡計豈疎。銜木焉知舌在否，傷睛自笑眼多餘。」此其被刑事也①。稼軒以義命自處，從容整暇，詩曰：「死豈求名地，吾當立命觀。」又《自艾》曰：「七尺不隨城共殉，羞顔何以見中湘。」蓋指何公騰蛟以殉難封中湘王也。若兩公者，真可謂殺身成仁者矣。錢宗伯爲詩哭之，得百二十韻，其叙《浩氣吟》文詞伉烈，絶可傳。稼軒在囚中亦有頻夢牧師之作，蓋其師弟氣誼，出入患難數十餘年②，雖末路頓殊，而初心不異，其見於詩文者如此。余亦爲詩哭稼軒曰：「萬里從王擁節旄，通侯青史姓名高。禁垣遺直看封事，絶徼孤忠誓佩刀。元祐黨碑藏北寺，辟疆山墅記東皋。歸來耕石堂前夢，書畫平生結聚勞。」其言通侯者，蓋稼軒用翼戴功，以留守大學士封臨桂伯也。

① 《家藏稿》本「事」前有「時」字。
② 數，士禮居本作「四」。

右吴祭酒詩話一卷。乙未歲，余讀書胥江之感惪庵，祭酒玄孫翔洽時僑寓廣陵甥館，過從頗密，見其篋中攜此帙，蓋先生手書稿本，中多改竄，有塗乙不可辨者。余譯而録之，不無帝虎之訛。抄《詩箋》竟，用以附諸集後焉。小鐵山人楊學沆跋。

附録一 《梅村家藏稿》溢出本集詩存録

五言古詩

詠史

其三

我思秦穆公，再觀趙簡子。兩人皆上天，其事著信史。秦趙本一姓，始祖爲蜚廉。三后在帝側，不克誅神姦。迺俾其子孫，一氣俱乘權。造父御日車，後且致萬乘。并使汧渭間，竟以馬受命。祖龍好巡狩，六飛日千里。不謁東王公，其轡猶未已。一以主房星，一以行水德。黄虵垂自天，碧雞獲如石。運啟犬丘馬，數終鎬池璧。神人告滅虢，祉鬼方謀曹。驪山劫火盛，井絡天風摇。爲君一何愚，爲鬼一何智。歌舞走秦巫，異哉秦二世。

七言古詩

贈范司馬質公偕錢職方大鶴

國家司馬推南中，直節不撓三原公。當時江東尚無事，憂國惟聞劄子至。一月不見王公書，百僚爭問江東使。前有三原今吴橋，范公赤舄來東郊。太尉五兵分二閫，司戎三士領諸曹。殿中錢郎最年少，輕裘長鋏秦淮道。朝服常薰女史香，從戎好側參軍帽。兩人置酒登新亭，惆悵中原未釋兵。盡道石城開北府，何如漢水任南征。錢郎意氣酣杯酒，不憂賊來憂賊走。鼓吹先移幕府山，戈船早斷濡須口。罷官爲失平津侯，壯心空繫月氏頭。八公草木軍容在，六代煙霞詩卷收。是時羽書正旁午，尚書杖鉞防江楚。早歲曾提宣武軍，舊人自效龍驤伍。麾下爭看金僕姑，帳前立直銀刀都。諮謀雖少周公瑾，跳盪猶有蕭摩訶。尚書當念安危計，感時又忤鸞臺議。三公劍履且辭歸，九河烽火家何處。千人曾役羽林軍，短犢還過司馬門。鄉夢自依宣德里，郊居且卜石塘村。落日簾帷呼碧玉，琵琶莫唱歸飛曲。丈夫四海猶比鄰，何必思家數車轂。醉後悲歌涕淚横，北風吹雨入江聲。白蘋騁望思公子，黄菊登高憶故人。錢郎挐舟再相見，芙蓉堂下開歡讌。去日將軍解佩刀，重來歌妓低團扇。仍道朝廷思令公，璽書旦夕下山東。過江願請三千騎，奪取樓蘭不受封。

襄陽樂

襄陽之樂，乃在漢水廣，峴山高。英宗復辟襄王朝，賜以二賦親含毫。此賦不從人間來，楚雲一片飛蕭韶。大堤花，檀溪竹，襄王歸就章華宿。高齋學士宜城酒，江皐遊女銅鞮曲。前有白尚書，後有原侍郎。虎符討賊臨襄江，千里清盪開鄖房。節使不數杜當陽，宗子足掩曹成王。百餘年來亂再起，青袍白馬來秦倉。吾聞襄陽城北七十二峰削天半，中有黑帝畤，白玉爲階戺，黄金爲宫觀，曾佐真人起冀方。今日王師下江漢，江漢耀兵逍遥歌，祝鼇祠下諸軍過。廟中燕王破陣樂，襄陽小兒舞傞傞。新都護，稱相公，知畧輻輳承明宫，帶刀六郡良家從。相公來，車如風，飛龍廄馬青絲騣。襄王置酒雲臺中，賊騎已滿清泥東。嗟乎，呼鷹臺畔生荆棘，斬蛇渚内波濤立。夜半城門門牡開，蒲胥劍履知何及。襄陽之樂，乃在漢水廣，峴山高。故宫落日風蕭蕭。

高麗行

安東都護營河朔，特許高麗市弓角。野人七姓海西塵，開城八道江南樂。蔽關還蹷董山師，拜表先陳瓦剌詞。諸部皆分大儜薩，國人共事莫離支。承天門前常引見，三年加勞中嘗宴。折巾屈紒幕華樓，龍笙狼筆來賓院。漢城無復憂毛憐，吹蘆箄築檀君前。三十六島島兵起，先皇趣救車三千。遼人頭裹夫餘布，將軍履及楊花渡。一戰功收合市城，萬家粟輓襄平路。此事由來四十年，君倚漢使真如天。陳湯已去定遠死，朝羽檄愁烽煙。榆關早斷三韓道，蒲海難通百濟船。嗚呼，東方君子不死國，堪嗟漸漸玄菟麥。豈甘侯印下勾驪，終望王師右碣石。

三松老人歌

三松老人七十一，箬帽棕鞋神奕奕。座上支頤避世翁，少年走馬長安客。長安此日車如風，十人五人衣衫同。賣術黄銀殷七七，搊箏翠袖張紅紅。西苑樓臺飛百尺，洛陽賈人進花石。宣政門開候賜錢，杜陵日暮分曹弈。大艑十丈封黄羅，彄環一寸如清臚。織罽先呈尚衣局，飾璫共宴賣珠胡。二月高粱走燕九，小兒緣橦女射柳。馬客虬鬚笑繫鞭，蛾姬輔靨呼嘗酒。賀老琵琶李謩笛，興慶樓前初下直。曲曲新聲我輩聞，五侯宣索知何及。玉河歸騎景陽鐘，曳縞乘肥勝日中。醉值金吾爭道過，將軍司隸與錢通。二十年來重到此，不見當年遊俠子。南陌朝催問架錢，西山夜拾回中矢。老夫濩落復何求，寒笛江潭獨倚樓。一身結客半天下，萬里歸來空白頭。

百花驄歌

百花驄者，北方之奇駟也。有少年將以七百金購之，騎遇漢壽亭侯祠，伏地且僵。願以馬輸祠中，乃起嘶鳴。入廡下，泥馬忽自敗，遂立其處，頭脊尻脽如一。日中，堦下齕水草。已，植立如初。明年大亂，因失所在。客有傳其事者，爲作此歌紀異也。

漢家龍媒失御策，紫陌青門少行跡。長楸脱轡走荆州，逸足翻空爭赤壁。英雄一去時世改，驊騮慘淡無顏色。空留匹練守虚廊，雨鬣風鬉騎不得。誰似征西幕府雄，千金買馬護名驄。銀騅亂點桃花雪，玉鐙長嘶柳葉風。不向山前齕水草，却來江上乘騕褭。路出龍沙講武場，雙鞬結束兒郎好。漢壽祠前看射鵰，彎弓仰笑霜蹏蹶。廐僕圉人起歎嗟，踠足垂頭口流沫。將軍四顧忽躊躕，此馬或遭鬼神奪？但留駿骨在人間，願納堦墀馬倏活。直入當軒立不去，蹄噭恰當鬼馬處。赤汗沾胸似戰歸，青絲絡頸如人御。一時喧動劉繇城，狐鳴魚腹三軍驚。釃酒共推銅馬帥，椎牛大會下江兵。湓口潯陽聽鼙鼓，前驅已逼濡須塢。盡道章門屬華歆，即看建業愁黄祖。鬱孤臺畔解征鞍，内顧逡巡十八灘。嶺表鑄銅馳檄遠，祁山刻木餉軍難。可憐萬馬俱神駿，伏櫪啣恩常陷陣。于禁城中召北軍，糜芳帳下輸南郡。不信烏騅負主人，十年鞭策苦風塵。玉關已破嫖姚死，躑躅重來被錦茵。獨有花驄偏掉鞅，哀鳴踣地英姿爽。江城春草捲黄沙，夜半忽隨風雨往。興亡自古堪嗟惜，吞吴遺恨終何益。汗血千年蹴蹋聲，麒麟地上無人識。君不見苜蓿西風石馬秋，茂陵煙樹自修修。英雄淚盡當陽坂，髀肉空銷劉豫州。

五言律詩

讀史雜感

其十一

屢檄知難下，全軍壓婺州。國亡誰與守，城壞復能修。喋血雙溪閣，焚家八詠樓。江東子弟恨，伏劍淚長流。

其十二

聽説無諸國，南陽佳氣來。三軍手詔痛，一相誓師哀。魯衞交難合，黥彭間早開。崆峒游不返，虚築越王臺。

其十三

再有東甌信，城空戰鼓聞。青山頻見騎，丹穴尚求君。亂水衝村壘，殘兵哭嶺雲。瘡痍逢故老，還説永安軍。

其十四

計出游雲夢，雄風羡獨醒。連營巴水白，吹角楚天青。五嶽尊衡嶠，三江阻洞庭。故家多屈宋，應勒武岡銘。

其十五

早設沿江戍，仍添泝水兵。惡灘横贛石，急浪打湓城。彀騎柴桑督，樓船牛渚營。江南民力盡，辛苦事西征。

其十六

風雨章江路，山川感廢興。城荒孤鶩遠，潮怒老蛟憑。止水孤臣盡，空坑故鬼增。淒凉餘汗簡，遺事續廬陵。

再簡子俶

舊識天下盡，與君兄弟存。異書安廢壁，苦酒潑殘樽。住處欣同里，相依好閉門。亂餘仍老屋，慟哭故朝恩。

素馨亂後道阻無至者，友人培隔年舊本，賦以誌感。

異地憐培養，孤根怨別離。清心愁欲瘦，獨立畏人知。棄置踰吾分，聲香與物移。名花貪悦己，不改誤芳時。

感舊

不敢恨離別，失君愁我輕。新知紛項領，久病廢將迎。慘澹隨時輩，艱難愧老成。何時携斗酒，涕泣話餘生。

贈歌者

天寶遺音在，江東妙舞傳。舊人推賀老，新曲唱延年。白眼公卿貴，青娥弟子妍。醉中談往事，少小侍平泉。

莧

性嫌同肉食，味好伴葵羹。辨葉先知種，聞香易識名。碧甜驕緑茹，茜汁亂紅秔。却怪成都叟，詩篇莧也輕。

七言律詩

懷楊機部軍前

同時遷吏獨從征，人道戎旃譴責輕。諸將自承中尉令，孤臣誰給羽林兵。憂深平勃軍南北，疏訟甘陳誼死生。猶有内讒君不顧，亦知無語學公卿。

送黄石齋謫官

舊學能先天下憂，東西國計在登樓。十年流涕孤臣事，一夜秋風病客舟。地近詩書防黨禁，山高星漢動邊愁。匡廬講室雲封處，莫問長江日夜流。

送左子直子忠兄弟還桐城

君家先德重西京，别我臨江涕淚横。趙氏有孤仍世族，衛公無謚在諸卿。時未賜謚。看碑太學傷鈎黨，置酒新亭望息兵。莫歎祀宫豺虎跡，浮丘山下草初生。

聖駕閲城恭遇口占

柳陌天閑獅子花，春風吹角畫輪車。雲開羽葆三千仗，日出樓臺十萬家。天子玉弓穿塞雁，黄門金彈落宫鴉。北軍不用歸都尉，閲武堂前是正衙。

登梁王吹臺

登臺雅吹列優聞，客散梁園祇夕曛。天子旌旗憐少帝，諸王兵甲屬將軍。兩河詞賦淩寒雪，千騎歌鐘入暮雲。我亦倦游稱病免，洛陽西去不逢君。

過朱仙鎮謁武穆廟

少保功名絳節遥，山川遺恨未能消。故京陵樹猶西向，南渡江聲自北朝。父子十年摧勁敵，士民三鎮痛天驕。嗟君此地營軍險，祠廟丹青空寂寥。

送楊皃岫

蕭瑟江湖逐客船，亂離兄弟夕陽邊。蕪城是處逢寒食，苦葉如人渡汶川。回首風塵生杞

詩，彷佛禁中應制。醒來追思陳事，去予登第之歲已二十年矣。

二十年前供奉官，而今白髮老江干。青樽酒盡貪孤夢，紅杏花開滿禁闌。西苑樓臺遺事在，北門詞賦舊遊難。高凉橋畔春如許，贏得兒童走馬看。

雜感

其三

旌旗日落起征鴻，蘆管淒凉雜部中。鵁鶄廢宫南内月，麒麟枯冢北邙風。金縢兄弟山河固，玉几君臣笑語空。回首蹕林秋祭遠，枉拋心力度江東。

其四

射柳山頭掣皁雕，便門斜直禁城遥。畏吾文字翻唐史，百濟衣冠奉漢朝。西罽織鞍都護馬，北珠裝帽侍中貂。只今理學追姚許，耆舊中原未寂寥。

其六

萬山中斷一關分，絶塞東來鸛鵲羣。少婦燕脂人似月，通侯鞍馬客如雲。玉河煙柳樓頭見，鐵嶺風霜笛裏聞。劉杜至今悲轉戰，城南誰賽鄧將軍。

其七

天水將軍被錦衣，中原當日羽書飛。花門報國終留恨，石窌酬功事已非。銅馬只今翻仗節，玉關何事更重圍。可憐西海城頭月，玄菟征人戍不歸。

其八

故京原廟倚諸峰，走馬驚聞享殿鐘。豈謂盡驅昭應鹿，到來還問灞陵松。十家家户除官道，百歲村翁識御容。記得奉天門獻捷，亦將恩禮待和龍。

其九

湘山木落楚江流，塢壁風高蘆管愁。東府一軍當夏口，南人五道出壺頭。鐵犀黑水樓船夜，銅鼓丹崖戰馬秋。西上祖生仍誓楫，路旁還指舊通侯。

其十

十載間關歷苦辛，汨羅風雨泣孤臣。王孫去國餘三户，公子從亡止五人。報主有心爭赤壁，借兵無力聽黄巾。誰知招屈亭前水，卻是當時白馬津。

其十一

極目風塵哭杜鵑，越王臺畔草芊芊。時危文士皆成將，事去孤臣且學仙。銅柱漫標空到海，珠崖難棄已無天。黔公帶礪丹書在，兵甲縱横滿麓川。

其十二

柏梁高宴會羣公，擊柱横刀禁殿中。豐沛功名雄薊北，燕齊賓客亂關東。五王歸政推恩厚，八使分符報命同。垂老幸聞親治詔，太平時節願年豐。

其十三

中丞杖節換征袍，馬槊邊州意氣高。門下爪牙京兆掾，帳前心膂杜陵豪。里魁投鉏充書佐，家將探丸拜賊曹。司隸早囊彈治急，悔將文墨誤弓刀。

其十四

法從千官對直廬，殿中誰是夏無且。議添常侍司宫尉，詔設期門護屬車。沙苑草荒秋射兔，灤河花發曉觀魚。三邊望幸多封事，不見相如諫獵書。

其十五

富良江上指雙旌，報道中原到陸生。猶有將軍居善闡，誰云相國走占城。黄龍誓在應輸貢，白象營開任請兵。南服祖宗威德重，王師三下遣西平。

其十七

禪智庵頭感廢興，前知今有佛圖澄。雕弓裂地看諸將，蠅拂談時聽老僧。定後江聲消白骨，靜中劫火指寒燈。陰風夜半揚州月，相國魂歸哭孝陵。

其十九

蓬萊閣上海雲黄，用火神機壁壘荒。本爲流人營碣石，豈知援卒起蕭墻。戈船舊恨東征將，牙纛新封右地王。辛苦中丞西市骨，空將熱血灑扶桑。

其二十

雁門西去塞雲愁，苜蓿千羣散紫騮。築館柔然非戚里，置亭張掖豈鴻溝。先機拒户須防虎，故智蹊田恐奪牛。都護莫誇勤遠略，龍堆吹雪滿并州。

五言古詩

題江右非非子訪逍遥子圖

我聞逍遥子，養性白雲裏。嘗欲往從之，千峰隔秋水。訪道者何人，驢背浩歌起。欲問其姓名，不知誰者是。呼之以非非，應言聊唯唯。道人豈老聃，處士疑尹喜。此方揚吟鞭，彼且揮麈尾。秋山發清悟，丹楓樹如薺。谷口俄怒號，隨風墮牀几。大道本見前，開落有如此。富貴供掉頭，妻孥供脱屣。我當自兹去，褰裳慕輕舉。

七言古詩

木棉吟并序

木棉出林邑及高昌、哀牢諸國，梁武帝時，徼外以爲獻，見《南史》。又《南州異物志》、裴氏《廣州記》皆云南蠻不蠶，採木棉作絮，染爲班布。《漢書》所云荅布白疊，其時已流入交、廣矣。元至正間，松江烏泥涇，汙萊不食，偶傳此種。崖州黄婆教以捍彈紡織之法，死而爲廟祀之。按廣州木棉大如樹，與今所見不類。明初王梧溪逢以爲交、廣木棉一名班枝花，吴地所種乃草棉，非木棉也。陶南村亦呼爲吉貝，與梧溪語合，然世俗所傳不可復改。余以爲地氣雖殊，物性本一，即謂之木棉可也。自上海綀川以延及吾州，岡身高仰，合於土宜，隆、萬中，閩商大至，州賴以饒。今累歲弗登，價賤如土，不足以供常賦矣。余作《木棉吟》紀之，俾盛衰知所攷焉。

木棉花發春申家，東海昔聞無此種。南州異物記有之，芙蓉花蘂梧桐枝。崖州老姥曉移植，烏泥涇上黄婆祠。種花先傳治花法，左足先窺踏車捷。豨膏滑軸運雙穿，鐵峽粘雲吐重疊。椎弓絃急雪飄摇，白玉裝成絮萬條。兩指按來聲不斷，一輪空月影蕭蕭。紡就飛花日成疋，錯紗不獨誇雲織。軟如鵝毳色如銀，非紵非絲亦非帛。哀牢白疊貢南朝，黄潤筒中價並高。不信此方貪卉服，江天吉貝滿平皐。四月農占早花好，麥地栽來憂莫保。持鋤赤汗敢歸休，長怕遊青低没草。東舍西鄰助作勞，魚羹菜具歡呼飽。蟹患蟲災絶跡無，社鬼驅除醵錢禱。西風淅瀝幾回吹，花臺漸結花鈴老。豆溝零露濕衣裳，捃拾提筐逐兄嫂。冬日常暄冷信遲，今年穩是霜黄少。有叟傴僂負戴行，編蒲縛索趁天晴。黄綿襖厚裝踰寸，白酒帘高買幾升。道畔相逢吏嗔怒，賣花何不完租賦？老翁仰首前致詞，足不能行口披訴。眼見當初萬曆間，陳花富户積如山。福州青襪烏言賈，腰下千金過百灘。看花人到花滿屋，船板平鋪裝載足。黄雞突嘴啄花蟲，狼藉當街白如玉。市橋燈火五更風，牙儈肩摩大道中。二八倡家唱歌宿，好花真屬買花翁。劉河壅後遭多故，良田踏作官車路。縱加耘耔土膏非，雨雨風風把花妬。薄熟今年市價低，收時珍重棄如泥。天邊賈客無人到，門裏妻孥相向啼。昔年花早官租緩，比來催急花偏晚。花還未種勉輸糧，輸待將完花信遠。昔年河北載花去，今也栽花遍齊豫。北花高擁渡江南，南人種植知何利？嗚呼，一歌夏白紵，再歌秋木棉。木棉未開婦女績，緝麻執枲當姑前。徐王廟南絣澼洸，賣得官機佐種田。田事忙過又夜作，十月當窗織梭布。盡室飢寒敢自衣，私逋償過官錢誤。姚沙渡口片帆微，花好風波怎載歸。隔岸人家凝望斷，千山閩客到應稀。詔書昨下開網罟，蘇息烏村并鴉浦。招徠殘户墾荒蕪，要識從今種花苦。殷勤里正聽此詞，催租須待花熟時。上海、嘉定、太倉境俱三分宜稻，七分宜木棉。凡種木棉者俱稱花，以別于稻，有花田、花租之名。篇中言花者，從方言也。

七言律詩

海警

龍驤開府集戈船，不數昆明教戰年。刊木止因裝大艦，習流真豈募空拳。越工樓櫓偏風利，楚失餘皇尚晝眠。潮落春中灘上望，虛縻十萬水衡錢。

遣嫁

蘸水寒堤百里風，扁舟裝送月明中。但教兒女輕諸累，一任兵戈誤此翁。故友蘋蘩生死寄，貧家棗栗亂離空。歸來往事關心在，不寐愁看燭影紅。

江城遠眺

幕府山前噪乳鴉，嚴城煙樹隱悲笳。柳條偏拂將軍馬，燕子難求百姓家。東海奔濤連北固，西陵傳火走南沙。江皐戰鬼無人哭，横笛聲聲怨落花。

贈遼左故人

其三

傷心書斷玉關秋，使者收鷹北海頭。共事故人誰賜告，别來諸將幾封侯。風霜磧裹真難受，瘴癘天邊不易求。莫信古稱卑濕地，南中猶有逐臣愁。

其五

貫索天邊動使星，赭衣羸馬夕陽亭。胥靡憔悴傷圖畫，巷伯牽連累汗青。減死朔方誰考驗，徙家合浦竟漂零。故園無限東風柳，蘆管吹來不忍聽。

七言絶句

讀史偶述

其七

徐無城下遇神仙，移得麗山近玉田。賭射上林春宴罷，諸王騎馬向湯泉。

其十二

進呈文字費躊躇，轉譯紛然混魯魚。夜半相公還被詔，御前帖子改翻書。

其十四

東盡三韓北嫩江，秋風傳箭海西降。玄狐獵罷搜青鼠，射得頭鵝更一雙。

其十五

五千鐵騎十三山，太子河邊飲馬還。前哨已踰歡喜嶺，鼓聲西下震榆關。

其二十四

平生馬草世人知，垂老猶堪萬里馳。卻怪杏山書到日，三軍早哭道旁碑。

其二十八

新題御墨賜孱顔，紫禁城頭喚景山。傳與外廷誇勝事，蓬瀛小島在人間。

其二十九

水雲榭上會神仙，層閣黄龍十丈船。三爵羣臣半霑醉，榴花開宴自今年。

臨終詩

忍死偷生廿載餘，而今罪孽怎消除。受恩欠債應填補，總比鴻毛也不如。

其二

豈有才名比照鄰，發狂惡疾總傷情。丈夫遭際須身受，留取軒渠付後生。

其三

胸中惡氣久漫漫，觸事難平任結蟠。磈壘怎消醫怎識，惟將痛苦付洪瀾。

其四

姦黨刊章謗告天，事成糜爛豈徒然。聖朝反坐無冤獄，縱死深恩荷保全。

詩餘

如夢令

昨夜酒闌人醒，移過玉人鴛枕。同到瑣窗前，照見一簾花影。誰肯，誰肯，不怕月明風冷。

減字木蘭花詠足

香趺印淺，不涴春泥紅一寸。羅襪鈎鈎，點拍輕勾小鳳頭。歸來露滑，醉把雙纏微笑脱。撥醒檀郎，眼底端相白似霜。

西江月春思

嬌眼斜迴帳底，酥胸緊貼燈前。匆匆歸去五更天，小膽怯誰瞧見。臂枕餘香猶膩，口脂微印方鮮。雲蹤雨跡故依然，掉下一牀花片。

永遇樂壽江林有郡丞

二水東流，千山西擁，中有英彦。漢重言詩，齊推善賦，綵筆彤墀薦。大堤驄馬，五嶺朱幡，移向吴雲一片。看油幢、譚笑丰神，紫氣佳哉葱蒨。　華堂開處，楊柳千條，拂面玉簫金管。茉莉香清、枇杷果熟，五月榴花宴。黄梅雨足，緑野陰濃，盡説太平重見。願使君長把瑶觴，輕揮紈扇。

沁園春贈柳敬亭

客也何爲？十八之年，天涯放游。正高談拄頰，淳于曼倩；新知抵掌，劇孟曹丘。楚漢縱橫，陳隋游戲，舌在荒唐一笑收。誰真假，笑儒生誑世，定本春秋。眼中幾許王侯，記珠履三千宴畫樓。歎伏波歌舞，淒凉東市；征南士馬，慟哭西州。只有敬亭，依然此柳，雨打風吹絮滿頭。關心處，且追陪少壯，莫話閒愁。

附録二　年譜

昔人謂少陵之詩，詩史也。讀其詩而天寶以後興亡治亂之蹟具在，其爲史之所同者，可以相證明焉；其爲史之所遺者，可以相參考焉。詩之所以貴有爲而作也。雖然，少陵之集編體不編年，讀其詩而不得其旨，更求其年譜讀之，而其詩之與《新》《舊》兩書相出入者，乃條分件繫，粲然而無所疑。甚矣，年譜之有功於詩也！吾鄉梅村先生之詩，亦世之所謂詩史也。先生負曠世之才，爲風雅總持，其所交游多魁奇俊偉之士，而又當明季百六之運，故其集中之作，類皆感慨時事，悲歌掩抑，銅駝石馬，故宮禾黍之痛往往而在。惟其詩編體而不編年，當時有爲之作，讀者或恨其不能盡詳。孟子曰：「頌其詩，讀其書，不知其人，可乎？是以論其世也。」然則非年譜不足以知先生之詩之世，非論先生之詩之世，不足以知先生之詩之果爲詩史也。先生之集，有《集覽》，有《箋注》，而年譜闕如。同里顧雪堂茂才，劬學好古，篤嗜先生之詩，暇日求里中前輩程迓亭先生所箋編年之本，爲年譜一書，而又徧考其家牒雜識以附益之，積數年之力，成書如干卷。雪堂以同里後進，爲先生編年之譜，其蒐采尚易爲力，故其書之贍洽，視前人之編杜詩者有加焉。蓋其體之詳畧各有所由來，而要其用心之勤，爲功於前人之詩以靳致其知人論世之意，未嘗不一致也。書既成，深佩雪堂之篤雅好事，能補前人之所未逮，遂不辭而爲之序。

道光二十四年，歲次甲辰，同里徐元潤書。

詩有年譜，由來尚矣。昔賢謂少陵詩爲詩史，宋魯訔撰注，冠以年譜，今注佚而譜存；紹興中，趙子櫟亦著杜詩年譜一卷，不逮魯譜之密。蘇長公集多諷切時事，亦詩史也，施元之《蘇詩注》，家綿津中丞刊校，復訂正王宗稷《東坡年譜》列於前，使人開卷瞭如。然則年譜與詩，非相爲表裏歟？婁東吴梅村祭酒詩，風骨遒上，感均頑豔，黎城靳氏《集覽》最爲詳洽，吾鄉吴枚菴叟增删之爲《箋注》，嚴少峯太守梓而行之，亦以未見年譜爲憾，秖録陳、顧兩公撰《墓誌》《行狀》，謂畧見一斑。僕屢欲搜輯成編而未之逮，比來司鐸太倉，顧君雪堂示所著先生年譜四卷，出入靳、吴兩注，兼據汈亭程君編年未刊本，次第纂攷，並詳紀世系，具見苦心。喜其篤雅好古，能蒐采鄉先生之往蹟，雖爲功較易，而用心較勤，其分卷亦較倍，益以見祭酒之爲詩史，直可追杜、蘇而後先頡頏焉。適嚴迪甫觀察遠宦隴西，將郵致其譜，附吴君《箋注》本爲合璧。余既樂雪堂乃祭酒之功臣，尤望迪甫爲前人克紹箕裘也。書此以報雪堂，并寄觀察以代簡。

道光乙巳夏日，元和宋清壽芥楣識。

梅村先生世系

里人顧師軾景和氏纂
里人顧思義仁仲氏訂

先生姓吴氏，諱偉業，字駿公，晚號梅村，江南太倉州人。

七世祖子才，名無考，河南人。元末避兵，始遷蘇州崑山之積善鄉。配費氏。

六世祖埕，字公式，以字行。明正統元年，贈承德郎，行在刑部雲南司主事。配陳氏，封太安人。攷：又字式周。

五世祖凱，字相虞，號冰蘗，卒，祀鄉賢祠。配沈氏，繼沈氏，再繼陳氏。《蘇州府志》：吴凱，字相虞。父公式早亡，遺腹生凱。能力學養母，里胥嘗召之役，詣縣自陳有母不能遠離，竊有志於學。縣令芮翀異其言，立遣就學。後充貢京師，中順天鄉試。宣德中，授刑部主事，改行在雲南司，再改禮部主客司，以母老乞歸，遂不復仕。凱精敏有治劇才，平生以禮自律，言行不苟，風儀嚴峻，人望而畏之。家居四十年，非公事不至公府。葉盛尤重之，嘗曰：「鄉里作官前輩當法吴丈，後輩當法孫藴章。」及卒，鄉人私謚貞孝先生。藴章名瓊。葉文莊公盛《相虞公墓誌銘》：祖才，父式周，母陳氏。公在娠而父亡，既生公，家復被菑，母年尚少，甘貧守約，育而教之。公晚得子，而連得三子，卒成化七年七月十四日，壽八十有五。配沈氏，先卒。子三人，長恩，輸粟於官，授承事郎。次惪，次愈。女二人，婿顧恂、龔綬。銘曰：孰完五福，惟善日不足。孰永終譽，名不必公與卿。吁嗟乎公，後有考於兹銘。恂，先文公鼎臣父。

高祖愈，字惟謙，號遯菴。配夏氏。

《蘇州府志》：吴愈字惟謙，凱子。成化乙未進士，授南京刑部主事，歷員外、郎中。初，凱起家刑曹，每爲愈言折獄之道，愈在部繙閱舊牘，遂精法律。一時奏讞，咸倚以決。出知敘州府，慶符盜劫縣治，令捕得二十七人，已誣服，愈疑之，乃詣縣辨審，釋二十五人，未幾果獲真盜。土官安鰲以馬湖叛，衆議用兵，愈策曰：鰲無遠謀，然其甲兵精利，未易敵也。彼中無水，當重圍以困之。議未決而鰲忽棄城走，衆慮其糾諸夷爲亂，愈曰：彼以郡守，將兵接戰，勝負未可知。既離巢穴，一窮寇耳！諸夷皆其仇，又何能爲？因遣人襲之，不血刃而獲，自是馬湖改置流官。後其黨復劫府印爲亂，愈親抵其巢諭之，遂獻印解散。在敘九年，遷河南參政，致仕歸。卒，年八十四。

王弇州世貞《吴遯菴贊》：在郡九年，課農桑，興學校。户口滋殖，風俗醇美，爲諸郡最，而業已倦游矣。里居優游，自奉養，喜賓客，和謹得後進心。有女三人，歸陸伸、文徵明，皆名士，而歸王氏者有子同祖，以才入中秘，皆侍公周旋，以是寬樂於其身。贊曰：仕不九卿，曰上大夫。壽不九秩，曰八十餘。宅相所貽，蘭蕤玉枝。父子耆喆，爲鄉閭師。

先文康公鼎臣《吴公惟謙墓表》：卒於嘉靖丙戌五月十九日，年八十四。子男四：長東，浦江縣縣丞。次南，國子生，公仲弟惪無嗣，推以爲後。次西。次守中，國子生。孫男：詩、訪、許、誌。

嗣高祖惪，字維明，號靜菴。配陳氏。無子，以愈次子南爲嗣。

曾祖南，字明方，號方塘。賜内閣中書，後官鴻臚寺序班，以使事過家，爲御史所論，謫江西建昌府幕官。配鄭氏，繼袁氏。

先生《先伯祖玉田公墓表》：余家世鹿城人，自禮部公以下，大參、鴻臚，三世皆葬於鹿城。公爲鴻臚長子，次即贈嘉議大夫少詹事諱議，余祖也。又次則諱誥，偉業四五歲曾見及之，老且貧，衣食於卜肆。余祖嘗抱偉業於膝，顧叔祖而歎曰：「爾知我宗之所以衰乎？三世仕宦，廉吏之槖，固足以傳子孫，爾伯祖實主其帑，用之爲飲食裘馬費，産遂中落。余與爾叔祖庶出也，少孤，故皆貧。」余祖亡後，祖母湯孺人每談及鴻臚公時事，輒言嘉、隆中鹿城倭難，伯祖自以私財募兵千餘人，轉戰湖、泖間，兵敗，左右皆没，得一健卒負之免，家遂以破。

祖議，字子禮，號竹臺。以先生貴，贈嘉議大夫、詹事府少詹事。幼贅於瑯琊王氏，遂居太倉。副室湯氏，封太淑人。

先生《秦母于太夫人七十壽序》：衰門貧約，吾母操作勤苦，以營舅姑滫瀡之養。湯淑人憐其多子，代爲鞠育。余自少多病，由衣服飲食，保抱提攜，惟祖母之力是賴。憶自早歲通籍，祖母年七十有三，及以南都恩貤封三世，湯淑人期屆九秩，笄珈白首，視聽不衰，里人至今以爲太息。

父琨，字禹玉，又字蘊玉，號約齋，又號約叟。諸生，以經行稱鄉里。先生貴，封嘉議大夫、詹事府少詹事。國朝舉鄉飲大賓，卒祀鄉賢祠。配陸氏，繼朱氏，封淑人。

鈕琇《觚賸》：江右李太虛爲諸生時，嗜酒落拓，而家甚貧。太倉王岵雲司馬備兵九江，校士列郡，拔太虛第一，引見之，謂曰：「吾固多子，擇師，無若子者。顧遠在婁東，子能一往乎？」李許諾。次日，即遣使送至其家。時王氏二長子已受業同里吴蘊玉先生，蘊玉者梅村先生父也，而太虛教其第四五諸郎，兩人共晨夕甚歡。梅村甫齠齡，亦隨課王氏塾中，李奇其文，卜爲異日偉器。歲將闌，主家設具讌兩師，出所藏玉巵侑酒。李醉，揮而碎之，王氏子面加譙讓，李亦盛氣不相下。席罷後，謂吴曰：「我安可復留此！」遂拂衣去。吴知其不能行也，翌日早起，追於城闉，出館俸十金爲贈，乃附賈舶歸，然所贈貲大半耗於酒。及抵家，垂橐蕭然，亟呼婦治具，婦曰：「吾絶糧已久，安所得粟？憶君去後，猶存故人酒一罌，請佐君軟飽，可乎？」婦往鄰家覓薪，李即發罌，罌内産一芝如盤，紫光煜煜，喜且愕曰：「此瑞徵也。顧酒敗不可飲，柰何？」挹之，則清洌異常，乃浮白獨斟。婦負薪歸，則罌已罄矣。是秋登鄉薦，明年成進士，入詞館。數載後，以典試復命過吴門，王氏子謁於舟次，李急詢吴先生近狀，是時梅村亦登賢書，因購吴行卷攜以北上，爲延譽京師。辛未，梅村遂爲太虚所薦，登南宫第一，及第第二人，年僅弱冠。蘊玉先生享榮養者三十年，可爲疏財敦友之報。而岵雲諸子自司馬没後，家漸替矣。

先生《于太夫人壽序》：吾母朱淑人精心事佛。嘗于鄧尉山中創搆傑閣，虔奉一大藏教。

嗣祖諫，字子猷，號玉田。官福安縣縣丞，葬梅灣。配某氏，繼查氏，再繼陸氏。子一，查氏出，夭。本宛平王敬哉崇簡《青箱堂集·吴母張太孺人墓誌銘》，詳後順治丙申年。

先生《玉田公墓表》：於吴門遇三山鄭君，曰余姻也。詢之，則三山之兄曰某者，爲伯祖婿，余姑尚在也。偉業乃具禮幣拜見，則年已七十三，泫然泣曰：「猶憶會鴻臚公葬時，曾到鹿城見二叔，今已六十年不通家問。」二叔謂吾祖也。歸而告我祖母湯孺人，孺人泣，吾世父與吾父知之亦泣，泣年六十始知有伯姊也。相率至梅灣墓下再拜哭，且加封樹焉。吾姑後三年以卒，有二子，以其一從吴姓，主梅灣之祭。

嗣父瑗，字文玉，號蘧菴。禮部冠帶儒士。配王氏，繼張氏。本《青箱堂集》，詳後順治丙申年。

梅村先生年譜卷一

故明萬曆三十七年己酉五月二十日，先生生。

母朱太淑人，娠先生時，夢朱衣人送鄧以讚會元坊至，遂生先生。

三十八年庚戌，二歲。

三十九年辛亥，三歲。

四十年壬子，四歲。

熊學院科試，先生尊人約齋公補博士弟子員。

四十一年癸丑，五歲

仲弟偉節生。

四十二年甲寅，六歲。

四十三年乙卯，七歲。

讀書江公用世家塾。先生《按察司使江公墓誌銘》：始余年七歲，讀書公家塾，識公。公即是年領鄉薦，後三十年家居。公折輩行，與余及魯岡游。

八月，祖竹臺公卒。

四十四年丙辰，八歲。

四十五年丁巳，九歲。

四十六年戊午，十歲。

四十七年己未，十一歲。

就穆苑先雲桂家中讀書。先生《穆苑先墓誌銘》：自余生十一始識君。居同巷，學同師，出必偕，宴必共，如是者五十年。君爲先大夫執經弟子，余兄弟三人，君所以爲之者無有不盡。余雖交滿天下，其相知莫如君。余之初就君齋讀書也，有同時游處者四人。志衍、純祜爲兄弟，魯岡與之共事，其輩行差少，皆吴氏，余宗也。鄰舍生孫令修亦與焉。

季弟偉光生。

四十八年庚申，是年八月後改元泰昌。十二歲。

天啟元年辛酉，十三歲。

二年壬戌，十四歲。

隨父約齋公讀書志衍繼善家之五桂樓。先生《志衍傳》：余年十四識志衍，長於余三歲，兩人深相得。《哭志衍》詩：予始年十四，與君早同學。《早起》詩：惜爽憇南樓。《送志衍入蜀》詩：我昔讀書君南樓。程穆衡箋：先生幼隨父約齋公讀書志衍家之五桂樓，詩中所咏南樓是也。

能屬文。西銘張公溥見而嘆曰：「文章正印在此子矣。」因留受業於門，相率爲通今博古之學。程穆衡《婁東耆舊傳》：江右李太虛明睿落魄，客授州王大司馬所，與公父善，見公於髫鬌，奇之。一日，飲於王氏，太虛被酒，碎其玉巵，主有詬言，憤怒去。約叟追而贐之，太虛曰：「君子，奇才也。天如將以古學興東南，盍令從游乎？」約叟如其言。

三年癸亥，十五歲。

四年甲子，十六歲。

西銘肇舉復社，先生爲入室弟子。楊彝《復社事實》：文社始於天啟甲子，合吴郡、金沙、檇李，僅十有一人。張溥天如、張采來章、楊廷樞維斗、楊彝子常、顧夢麟麟士、朱隗雲子、王啟榮惠常、周銓簡臣、周鍾介生、吴昌時來之、錢旃彦林，分主五經文字之選，而效奔走以襄厥事者，嘉興府學生孫淳孟樸也。是曰應社。當其始，取友尚隘，來之、彦林謀推大之，訖於四海，於是有廣應社。貴池劉城伯宗、吴應箕次尾、涇縣萬應隆道吉、蕪湖沈士柱崑銅、宣城沈壽民眉生咸來會，聲氣之孚，先自應社始也。

五年乙丑，十七歲。

六年丙寅，十八歲。

七年丁卯，十九歲。

崇禎元年戊辰，二十歲。

　陳學院歲試，入州庠。

二年己巳，二十一歲。

　西銘與同里張南郭采舉復社成，先生名重復社。《復社事實》：崇禎之初，嘉魚熊開元宰吳江，進諸生而講藝，於時孫淳孟樸結吳翻扶九、吳允夏去盈、沈應瑞聖符等肇舉復社。於時雲間有幾社，浙西有聞社，江北有南社，江西有則社，又有歷亭席社，崑山雲簪社，而吳門別有羽朋社、匡社，武陵有讀書社，山左有大社，僉會於吳，統合於復社。復社始於戊辰，成於己巳，其盟書曰：「學不殖將落，毋蹈匪彝，毋讀匪聖書，毋違老成人，毋矜己長，毋形彼短，毋以辯言亂政，毋干進喪乃身。嗣今以往，犯者小用諫，大者擯。」僉曰：「諾。」是役也，孟樸渡淮泗，歷齊魯，以達於京師。賢士大夫，必審擇而定衿契，然後進之於社。故天如之言曰：「忘其身，惟取友是急；義不辭難，而千里必應。」三年之間，若無孟樸，則其道幾廢。」蓋先後大會者三，復社之名動朝野，孟樸勞居多，然而斂怨深矣！先生有《致雲間同社諸子書》《致孚社諸子書》。

西銘爲尹山大會。陸世儀《復社紀畧》：吴江令楚人熊魚山以文章經術爲治，慕天如名，迎致邑館，於是爲尹山大會。苕、霅之間，名彦畢集，遠自楚之蘄、黄，豫之梁、宋，上江之宣城、寧國，浙東之山陰、四明，輪蹄日至。比年而後，秦、晉、閩、廣，多有以文郵置者。

三年庚午，二十二歲。

李學院科試，一等三名，補廩膳生員。

舉鄉試十二名。座主庶子姜曰廣，江西新建人，萬曆己未進士；編修陳演，四川井研人，天啟壬戌進士。《春秋》房房師鎮江府推官周廷鑨，福建晉江人，天啟乙丑進士。按先生有《寄房師周芮公先生》詩。

西銘爲金陵大會。《復社紀畧》：崇禎庚午，諸賓興者咸集，天如又爲金陵大會。是科主裁爲江西姜居之曰廣，榜發，解元楊廷樞，而張溥、吴偉業皆魁選。

四年辛未，二十三歲。

舉會試第一名。座主内閣周延儒，宜興人。内閣何如寵，桐城人。房師李明睿，江西南昌人，天啟壬戌進士。按先生有《閶園》詩、《座主李太虚師從燕都間道北歸尋以南昌兵變避亂廣陵賦呈八首》諸詩。

思義攷：李少司馬繼貞《萍槎年譜》：辛未，會試同考，得士二十有一人。是年榜元爲吴偉業，世通家也。填榜止餘第二第一尚有推敲，首揆周諱延儒偶思吴卷爲太倉人，係余同里，因招余，首問家世，以及年貌、文望，余一一答之甚悉，且云：行文直似王文肅公。首揆喜，大聲徧語同考，更首肯文肅公一語，於是遂定吴卷爲第一，余因筆記云：憶吴之祖竹臺公與先君子爲筆硯交，白首相歡。其父禹玉受業於余，余子又受業於禹玉，蓋三世通家矣。今日闈中推轂之語，雖捧土增山，要亦添花著錦，余豈貪天功以爲己私耶！李繼貞《與門人吴禹玉書》：去秋得鹿鳴報，爲之起舞。今春在闈中，親見填榜，得令郎首冠多士，益喜躍不自禁。兩相國知不佞同里，即詢家世來歷，一一置對，兩相國亦自喜慰無量。思令先尊與家大夫筆硯一生，不得鄉校，乃不佞三入闈，得睹桃李之盛，而令嗣一飛沖天，又不似鄙薄苟然而已。此豈非造物之嗇前豐後，亦爲善者之必有餘慶與！門下自此可收卻書本，打帳做大封君。若復戀戀雞肋，恐作第二人，將不免爲令郎所笑。善刀藏之何如？

殿試一甲第二名，授翰林院編修。《復社紀畧》：是科延儒欲收羅名宿，密囑諸分房，於呈卷之前，取中式封號竊相窺伺，明睿頭卷即偉業也。延儒喜其爲禹玉之子，明睿亦知爲舊交之子，偉業由此得冠多士。烏程之黨薛國觀洩其事於朝，御史袁鯨將具疏參論，延儒因以會元卷進呈御覽，莊烈帝批其卷曰：「正大博雅，足式詭靡。」而後人言始息。先生入翰林，制詞曰：「陸機詞賦，早年獨冠江東；蘇軾文章，一日喧傳都下。」當時以爲無愧。

疏劾蔡奕琛。《復社紀畧》：溥緝烏程通内結黨、援引同鄉諸子，繕疏授偉業參之。偉業立朝未久，於朝局未練，不之應。時温之主持門户操握線索者，德清蔡奕琛爲最，偉業難拒師命，乃取參體仁疏增損之，改坐奕琛。

假歸，娶郁淑人。淑人萬曆庚子武舉李茂女。陳繼儒《送吴榜眼奉旨歸娶》詩：年少朱衣馬上郎，春闈第一姓名香。泥金帖貯黄金屋，種玉人歸白玉堂。北面謝恩纔合巹，東方待曉漸催妝。詞臣何以酬明主，願進關雎窈窕章。張溥《送吴駿公歸娶》詩：孝弟相成靜亦娱，遭逢偶爾未懸殊。人間好事皆歸子，日下清名不愧儒。富貴無忘家室始，聖賢可學友朋須。行時襆被猶衣錦，偏避金銀似我愚。程穆衡先生《詩箋》：單狷菴恂《竹香菴集・吴太史奉詔歸娶眉公屬諸子同賦》二律，狷菴警句云：「鏡邊玉筍人初立，屏底金蓮燭乍移。」又云：「梅妝并倩仙郎畫，元是春風第一花。」先行人陳垿《抱桐集》：祭酒恒言：「吾一生快意，無過三聲：臚唱占雲，宫袍曜日，帶醒初上，奏節戛然；錦畫御輪，綺宵却扇，流蘇初下，放鈎鏗然；海果生遲，石麟夢遠，珠胎初脱，墮地呱然。」

河決金龍口，滕縣沉焉，有《悲滕城》詩。

李學院歲試，先生仲弟偉節入州庠。字清臣。

五年壬申，二十四歲。

西銘假歸，爲虎丘大會，刊《國表》社集行世。《復社紀畧》：偉業以溥門人聯捷會元鼎甲，欽賜歸娶，天下榮之。遠近謂士子出天如門下者必速售。比溥告假歸，途中艦首所至，挾策者無虚日。及抵里，四遠學徒羣集。癸酉春，溥約社長爲虎丘大會，先期傳單四出。至日，山左、江右、晉、楚、閩、浙以舟車至者數千餘人，大雄寶殿不能容，生公臺、千人石鱗次布席皆滿，往來絲織。游人聚觀，無不詫歎，以爲三百年來未嘗有也。按《復社紀畧·總綱》：壬申，張溥給假葬親歸，爲虎丘大會。

六年癸酉，二十五歲。

約齋公五十初度。張溥有《吴年伯母湯太夫人壽序》。載《西銘集》。

七年甲戌，二十六歲。

城隍廟正殿災，有《重修太倉州城隍廟碑記》。

八年乙亥，二十七歲。

入都補原官，充實録纂修官。李繼貞《送吴文玉入京師太史駿公所》詩：「長安名利地，君行獨無求。隨身一敝篋，附舟若輕鷗。累心既云盡，别家了不愁。惟念太史公，京洛多貴游。名高衆所集，道廣慮難周。君到雖坐鎮，時復佐老謀。切劘公輔器，佇俟協金甌。當思伯氏庸，割俸營菟裘。勿謂余戲言，三公今黑頭。」

倪學院歲試，季弟偉光入州庠。字孚令。

九年丙子，二十八歲。

奸民陸文聲訐復社事。《太倉州志》：時有奸民首告復社事，當軸陰主之，欲盡傾東南名士，偉業疏論無少避。《明史·張溥傳》：里人陸文聲者，輸資爲監生，求入社不許，采又嘗以事抶之。文聲詣闕，言溥、采爲主盟，倡復社，亂天下。温體仁方柄國，嚴旨窮究不已，至十四年，溥已卒而事猶未竟。刑部尚書蔡奕琛坐黨薛國觀繫獄，未知溥卒也，訐溥遥握朝權，己罪由溥，因言采結黨亂政，詔責溥、采回奏。當是時，體仁已前罷，繼相者張至發、薛國觀皆不喜東林。及是，至發、國觀亦相繼罷，而周延儒當國，溥座主也，其獲再相，溥有力焉，故采疏上，事即得解。《復社紀畧》：陸文聲，字居實，以事銜張采，攟其事走京師。蔡奕琛導之温體仁所，温意中不知有采。先是，體仁欲罷行取，啟上因星變，青衣布袍齋居武英殿，求直言，令淮安衛三科武舉陳啟新上書，特旨擢列諫垣。至是乃曰：「誰爲張采？今所急者張溥耳。能併彈治，當授官如啟新矣。」文聲從之，事下學臣倪元珙。時社中吴繼善、克孝、夏允彝、陳子龍皆在京，謂文聲必有浙人頤指，説之就選出諸外，社局始安，乃醵金爲部費，使擇善地。文聲與二吴有表戚，克孝爲盟約以堅之，得道州吏目以去。元珙竟以隱降調，繼之山東亓瑋。瑋艱歸，齊人張鳳翮代之，延臨川羅萬藻閱文，學政悉入羅掌握，温無如之何。會明年溥卒，温罷相，事得解。《復社事實》：十年正月，蘇州民《明史》作「太倉州監生」，是。陸文聲疏陳風俗之弊，皆原於士子。庶吉士張溥、知臨川縣事張采倡立復社，以亂天下。思陵下提學御史倪元珙察覈，倪公言諸生誦法孔子，引其徒談經講學，互相切劘，文必先正，品必賢良，實非樹黨。文聲以私憾妄訐，宜罪。閣臣以公蒙飾，降光禄寺録事。蘇州推官周之夔者，與溥同年舉進士，初亦入社，至是，希閣臣意，墨絰詣闕，復訐奏溥等樹黨挾持。案久未結，讒言罔極，至有草檄以伸復社十罪者，大約謂派出婁東、吴下、雲間，學則天如、維斗、卧子，上摇國柄，下亂羣情，行殊八俊三君，跡近八關五鬼。外乎黨者，雖房、杜不足言事業；異吾盟者，雖屈、宋不足言文章。或呼學究知囊，或號行舟太保。傳檄則星馳電發，宴會則酒池肉林。至十五年，御史金毓峒、給事姜埰各上疏白其事，始奉旨，朝廷不以語言文字罪人，復社一案准注銷。後福藩稱制，阮大鋮怨戊寅秋南國諸生顧杲等一百四十人之具《防亂公揭》也，日思報復，爰有王實鼎「東南利孔久湮，復社巨魁聚斂」

一疏，大鋮語馬士英云：「孔門弟子三千，而維斗等聚徒至萬，不反何待？」至欲陳兵於江以爲防禦，心知無是事，而意在盡殺復社之主盟者。時崑銅暨宜興貞慧定生輩皆就逮繫獄，桐城錢秉鐙、宣城沈壽民亡命得脱。假令王師下江南少緩，則復社諸君子難乎免於白馬之禍矣！　朱彝尊《静志居詩話》：復社雖太倉二張主之，實引次尾、扶九相助。當其時，烏程温相君有子求入社，扶九堅持不可，於是有徐懷丹之檄、陸文聲之疏、周之夔之彈事，又繼以王實鼎之飛章，而復社禍機既發，扶九亦日在憂患中。

秋，典湖廣試，刑科給事中宋玫爲副，與熊魚山開元、鄭澹石友元會。先生《書宋九青逸事》：九青以刑右給事副余使楚，兩人相得甚。蓋其時天下已多事，楚日岌岌，而武昌阻大江，固無恙。楚之賢士大夫爲魚山熊公、澹石鄭公，乃九青同年生，又皆吏於吾土，聞兩人之至也，挐舟來，酧酒江樓，敘述往昔，商校文史，夜半耳熱，談天下事，流涕縱横。先生《宋玉叔詩文集序》：守官京師，從九青游，奉使同事楚闈，登黄鶴樓，俛眺荆江、鄂渚間，拊楹慷慨。九青題咏甚夥，余愧未能成章，亦勉賡以紀名勝，九青不鄙而進余，謂可深造於斯事。先生《梅村詩話》：九青年十九登乙丑進士，任吏科給事，陞太常，進户部侍郎，以枚卜遇譴歸。嘗與余同使楚，竟陵鄭澹石贈什曰：「剖斗折衡爲文章，天下婁東與萊陽。」謂吾兩人也。張溥《跋宋九青送熊魚山文手卷》：熊魚山、鄭澹石兩先生之爲諫官也，一以三月去，一以十月去。顧其令吾吴，則皆六年也。蘇、松財賦甲天下，吴江、華亭，殷大尤冠二郡，兩先生以德鎮之，六年之内，無逋賦，無罷人，百姓稱爲至平。迺天子再命大吏稽錢穀，時澹石行矣，文書往來高下者久之，獨兩先生調他職，徵其説，則曰以賦故也。都人士目睽睽，益不知所謂。嗟乎，苟不得所謂，讀兩先生封事可矣。苟不及讀兩先生封事，讀宋九青一篇送行文其亦可矣。

夜泊漢口，送黄子羽之任。

十年丁丑，二十九歲。

充東宫講讀官。陳子龍《贈吴太史充東宫講官》詩：蒼莨開震域，青殿接文昌。霞氣騰玄圃，瓊條拂畫堂。選端周典禮，拜傅漢元良。史職移仙省，宫僚緫帝鄉。金貞儲后重，玉立侍臣莊。羽籥傳秋實，詩書出尚方。夏侯經術茂，皇甫素懷芳。雞戟青槐蔭，龍泉碧藻香。珠簾參晚燕，璧月照春坊。下賦情文稱，王箴忠愛長。一時推碩德，萬國仰重光。媿我羊裘側，思君象輅旁。臨風疏館静，遥夕可相望。

劾張至發，直聲動朝右。《明史》：萬曆中，申時行、王錫爵先後枋政，大旨相紹述，謂之「傳衣鉢」。張至發代温體仁，一切守其所爲，而才智機變遜之。嘗簡東宫講官，擯黄道周，爲給事中馮元飈所刺，至發兩疏詆道周，而極頌美温體仁孤執不欺，爲編修吴偉業所劾。

七月，次女生，後適海寧陳直方容永，相國之遴子。先生《遺悶》詩：一女血淚啼闌干，舅姑嶺表無書傳。一女家破歸問關，良人在北愁戍邊。更有一女憂風煙，圍城六月江風寒。按先生長女適王天植陳立，增城令瑞國子。又有女適桐城何某，贛州守應璜子。又考《婁東耆舊傳》：張塤娶梅村吴公第六女。塤宿遷訓導蒿園之子，給諫王治之孫。

又按先生行狀及墓表，女九人。郁淑人出五，側室浦孺人出二，側室朱安人出二。攷延陵家譜：一適諸生王陳立，增城令瑞國子；一適海寧孝廉陳容永，相國之遴子；一適江寧監生何棠，贛州守應璜子；一適胡金門；一字宜興諸生周申祺，未嫁卒，郁淑人出。一適吴縣錢鏡徵；一適崑山監生李昶，側室浦氏出。一適監生張塤；一適常熟國子監助教封翰林院庶吉士席永恂，側室朱安人出。

梅村先生年譜卷二

十一年戊寅，三十歲。

江右楊機部廷麟以翰林改官兵部主事，贊畫督臣盧象昇軍事。

與楊鼂岫士聰謀劾吏部尚書田唯嘉、太僕寺卿史𡎺諸不法事。先生《左諭德濟寧楊公墓誌銘》：丁丑，會試同考，得《春秋》士二十三人。明年，皇太子出閣講學，充校書官。以職事糾中書黄應恩，失當事意。尋以經筵講官召對，面論考選得失，疏劾吏部尚書田唯嘉及其鄉人史𡎺所爲諸不法。上用其語，唯嘉黜免，𡎺逮問。未幾，田、史之黨復振，公病請回籍。辛巳，史𡎺死獄中，詔籍其家，應恩前已他事論死，乃思公言爲可用。又：公謹質凝重，多大節。其以職事糾黄應恩也，應恩者小人，歷事久，關通中外。舊制，詞臣於殿閣大學士爲同官，而中書特從史，即積資至九卿不得鈞禮。淄川相以外臣入，廢掌故，而應恩挾中官重，示籠絡，又助爲調旨，以此得相張心，益驕，無舊節。公與語不合，立具奏，又移書淄川責數之，而僉人盡目懾公矣。田唯嘉者，以吏侍郎取中旨進，於相張爲師生，而史𡎺特虎而鷙，父喪家居，頤指諸大吏，爲威福，天下莫敢言。公於便殿白發其端，退而上書，條疏贓釁，章十數上。

三月二十四日，召對，進端本澄源之論。

湯太淑人八十稱觴。李繼貞有《吴母湯太夫人八十壽文》。載《萍槎集》。

十二年己卯，三十一歲。

升南京國子監司業。李繼貞《與門人吴禹玉書》：令長公南司成之推，大爲扼腕。要之饒山水，多高賢，宜詩酒，有此三快，三公不易矣。今已抵任否？門下奉親之暇，何以爲適？「園林窮勝事，鐘鼓樂清時。」此二語可以當之。

督師盧象昇卒。先生《詩話》：盧自謂必死，顧參軍書生，徒共死無益，乃以計檄之去，機部不知也。機部到孫侍郎傳庭軍前六日，盧公於賈莊死難矣。《明史·盧象昇傳》：楊廷麟上疏，嗣昌怒，奪象昇尚書，巡撫張其平閉闉絶餉，俄又以雲晉警趣出關，王朴徑引兵去，象昇提殘卒次宿南宫野外。畿南三郡父老聞之，咸叩軍門，泣請移軍廣順，無隻臂之援，立而就死。象昇流涕，謝以事從中制，食盡力窮，旦夕死矣，無徒累爾父老爲。衆號泣，各攜斗酒粟餉軍。十二月十一日，進師至鉅鹿賈莊，起潛擁關寧兵在雞澤，距賈莊五十里而近，象昇遣廷麟往乞援，不應。師至蒿水橋，遇大清兵，象昇將中軍，大威帥左，國柱帥右，遂戰。夜半，觱篥聲四起。旦日，騎數萬環之三匝，象昇麾兵疾戰，呼聲動天，自辰至未，礮盡矢窮，奮身鬭殺，後騎皆進，手擊殺數十人，身中四矢三刃，遂仆。掌牧楊陸凱懼衆之殘其屍而伏其上，背負二十四矢以死。一軍盡覆，大威、國柱潰圍得脱。《明史·楊廷麟傳》：十一年冬，京師戒嚴。廷麟上疏劾兵部尚書楊嗣昌，言大臣以國爲戲。嗣昌與高起潛、方一藻倡和欵議，武備頓忘，督臣盧象昇以禍國責樞臣，言之痛心。夫南仲在内，李綱無功；潛善秉成，宗澤隕命。乞陛下赫然一怒，明正向者主和之罪，俾將士畏法，無有二心。嗣昌大恚，詭薦廷麟知兵，改兵部職方司主事，贊畫象昇軍。思義攷：虞山蒙叟詩：「孤臂云何堪兩胸，只墮西事不成東。」又「不能曲突到焦頭，五月邊書九月售。」薊督方一藻、督監高起潛、本兵楊嗣昌共謀輸平以緩國難，五月，通事人周元忠致信云：欵若不成，夏秋必有舉動。十一年九月，大清兵入墻子嶺，殺總督吴阿衡，毁正關，至營城石匣，駐於牛蘭。召宣、大、山西三總兵楊國柱、王朴、虎大威入衛，三賜象昇尚方劍，督天下兵。楊嗣昌、高起潛主和議，象昇聞之頓足歎，帝召問方畧，象昇對曰：「臣主戰。」帝色變，良久曰：「撫乃外廷議耳。」其出與嗣昌、起潛議，議不合，事多爲嗣昌、起潛撓。疏請分兵，則議宣、大、山西三帥屬象昇，關寧諸路屬起潛。象昇名督天下兵，實不及二萬。

漳浦黄公道周論楊嗣昌奪情事，受廷杖，先生遣太學生涂仲吉入都訟冤。上怒，嚴旨責問主使，先生幾不免。奉使封延津、孟津兩王於禹州。過汴梁，登孝王臺。漳浦黄公南還，先生與馮司馬遇之唐棲舟中，出所注《易》授先生。

思義孜：楊奪情爲大司馬，已大拜，至戊寅冬，寇變，衆懼不免，而聖眷彌篤。己卯，暫削官階，冠帶辦事，隨即賜復。九月，督師盪寇，錫宴後殿，賜御製詩以寵其行，詩曰：「鹽梅今借作干城，大將威嚴細柳營。一掃寇氛從此靖，還來教養遂民生。」李少司馬《雜録》云：「看此詩氣象，蕩平有機，若使功成報命，便與裴晉公何異？惜乎虚此盛典也！」虞山蒙叟《投筆集》注云：「閣臣楊嗣昌素奉佛法，既出視師，專意招降，賊降者數十萬，即於附近安插。未幾降者復反，四面皆起，王師如在重圍中矣。嗣昌每日持誦

《華嚴》，謂此經可以消劫。」

十三年庚辰，三十二歲。

升中允、諭德。

嗣父文玉公卒。 陳廷敬《先生墓表》：升中允、諭德，丁嗣父艱。服除，會南中立君，登朝一月，歸。

《臨江參軍》。 先生《詩話》：機部自盧公死後，其策益不用，無聊生。詔詰督師死狀，賈莊前數日，督師誓必戰，顧孤軍無援，聞太監高起潛史云陳起潛兵在近，則大喜，於真定野廟中倚土銼作書，約之合軍，高竟拔營夜遁，督師用無援故敗。機部受詔，直以實對。慈谿馮鄴仙得其書，謂余曰：「此疏入，機部死矣。」爲定數語，機部聞之則大恨。先是，嗣昌遣部役張姓者史云俞振龍偵賈莊，而其人譚盧公死狀，流涕動色，嗣昌榜笞之，楚毒備至，口無改辭，曰：「死則死耳，盧督師忠臣，吾儕小人，敢欺天乎？」遂以拷死。於是機部貽書馮與余曰：「高監一段，竟爲删却。後世謂伯祥不及一部役耶？」然機部竟以此得免。已而過宜興，訪盧公子孫，再放舟婁中，與天如師及余會飲十日，嘉定程孟陽爲畫《髯參軍圖》，余得《臨江參軍》一章。余與機部相知最深，於其爲參軍周旋最久，故於詩最真，論其事最當，即謂之詩史可勿愧。 機部後守贛州，從城上投濠死。機部隆武朝進兵部尚書、東閣大學士，開府南贛。丙戌十月初四日死難。

十四年辛巳，三十三歲。

李自成陷河南，福王常洵遇害，有《汴梁》二首。

五月，哭張西銘師。

再訐復社，命下，南郭獨條對上，獄乃解。張采《具陳復社本末疏》載《金鴻縣志》。

《靜志居詩話》：崇禎戊寅，南國諸生顧杲等百四十八人具防亂公揭，請逐閹黨阮大鋮，子方實居其首，有云：「杲等讀聖人之書，明討賊之義，事出公論，言與憤俱，但知爲國除姦，不惜以身賈禍。」大鋮飲恨刺骨，而東林、復社之讎在必報矣。大鋮名在東林點將録，號没遮攔，而閩人周之夔亦注名復社第一集。阮露刃以殺東林，周反戈以攻復社，君子擇交，不可不慎於始也。

陳鼎《東林列傳》：《蠅蚋録》出於温體仁，《蝗蝻録》出於阮大鋮。又有續《蠅蚋録》及《蝗蝻録》，乃復社諸君子也，計二千五百五十五人，惟兩陝、滇中無人。

十五年壬午，三十四歲。

春，大清兵克松山，洪承疇降，遂下錦州，祖大壽以錦州降。有《松山哀》。

七月，田貴妃薨，葬天壽山。有《永和宫詞》。

十六年癸未，三十五歲。

升庶子。

李自成破潼關，督師孫傳庭戰死。有《雁門尚書行》。文祖堯來爲太倉州學正，鼎革後棄官，寓僧寺，以青烏術自給，人皆知滇南先生爲古君子。有《文先生六十壽序》《送文學博以蒼公招同住中峯寺》《曇陽觀訪文學博介石兼讀蒼雪詩遺跡有感》諸詩。志衍之成都任。有《送志衍入蜀》詩。

附先生《詩話》：卞玉京題扇送余兄志衍入蜀云：「剪燭巴山別思遥，送君蘭楫渡江皋。願將一幅瀟湘種，寄與春風問薛濤。」

秋七月，由崧襲封福王。

十二月，文選司郎中吴昌時棄市。《吴江縣志》：吴昌時少受業於周忠毅宗建，故與清流通聲氣。而爲人墨而狡，既通籍，日奔走權要，探刺機密，以炫鬻市重。周延儒之再起也，昌時爲通關節。及爲首輔，其辛未取士馬世奇本延儒師，力勸以正，故初治事頗有賢聲，而昌時則挾勢弄權，大啟倖門，延儒視師通州，一晨而昌時之啟事八至。帝密刺之，知其交關狀而未發。吏部舉行年例，先擇選事，故事，副郎有調部者，正郎不調部。昌時欲持權，使人詆冢宰鄭三俊曰：「昌時持正有風力，主年例爲宜。」遂從儀制正郎調文選，事爲破格，人皆側目。及舉行年例，出異己者十人於外，一時大譁。既而御史蔣拱宸劾昌時贓私巨萬，多連延儒，并言内通中官漏洩禁密事，帝震怒，御中左門親鞫之，遂下獄論死，且始有誅延儒意。時魏藻德新入閣，有寵，謂其師薛國觀之死，昌時實致之，恨昌時甚，因與陳濟甚排延儒，掌錦衣衛者駱養性復騰蜚語，帝遂命盡削延儒職，勒其自盡，而昌時棄市。論者謂二人無逃刑，帝能申法也。

《雒陽行》。先生《詩話》：陳卧子嘗與余宿京邸，謂余曰：「卿詩絶似李頎。」又誦余《雒陽行》一篇，謂爲合作。

大清順治元年甲申，明崇禎十七年。三十六歲。

三月，流寇陷京師，莊烈帝崩於萬壽山。先生里居，聞信，號痛欲自縊，爲家人所覺。朱太淑人抱持泣曰：「兒死，其如老人何！」乃已。《明史·周遇吉傳》：十七年二月，太原陷，遂陷忻州，圍代州。遇吉先在代，遏其北犯，乃憑城固守，而潛出兵奮擊，連數日，殺賊無算。會食盡援絶，退保寧武，賊亦踵至，遇吉四面發大礮，殺賊萬人。設伏城内，出弱卒誘賊入城，殺數千人。城圮復完者再，傷其四驍將。自成懼，欲退，其將曰：「我衆百倍於彼，但用十攻一，更番進，蔑不勝矣。」城遂陷，闔家盡死。而大同總兵姜瓖表至，自成大喜，方宴其使者，宣府總兵王承廕表亦至，自成益喜，遂決策長驅。歷大同、宣府，抵居庸，太監杜之秩、總兵唐通復開門延之，京師遂不守矣。賊每語人曰：「他鎮復有周總兵，吾安得至此！」楊士聰《甲申核真畧》：賊之陷二關而入也，守寧武關者總兵周遇吉，夫婦臨陣，殲賊無數，賊誘降不從，力盡，全家赴火。賊屠其城，歎曰：「使守將盡如周將軍，吾何以得至此！」是日至宣府，白廣恩、官撫民與總兵姜瓖約降。至居庸，太監杜之秩與唐通俱降。先生《綏寇紀畧》：自成初盜福邸之貲以號召宛、雒，逮乎京師陷，其下爭走金帛財物之府以分之。彼飢寒乞活之人，一旦見宮室帷帳、珍怪重寶以千數，志滿意得，飲酒高會，胠篋擔囊，惟恐在後。

山海關總兵吴三桂奉詔入援，聞燕京陷，猶豫不進，自成執其父襄，令作書招之，許以通侯之貴。三桂欲降，至灤州，聞其妾陳沅爲賊所掠，大憤，急歸山海關，乞降於我大清。有《圓圓曲》。詩中有「衝冠一怒爲紅顔」句，三桂賫重幣求去此詩，先生弗許。

四月，鳳陽總督馬士英等迎福王由崧入南京，稱監國。壬寅，自立於南京，國號弘光。

附唐孫華《東江集·談金陵舊事》詩：金陵昔喪亂，炎運值熛季。忽從大梁城，倉皇走一騎。偶竊藩邸璋，自言某王嗣。貴陽一奸人，乘時思射利。奇貨此可居，何暇論真僞。卜者本王郎，矯誣據神器。遂修代來功，超踰登相位。權門輦金帛，掖庭陳秘戲。江表張黄旗，王氣銷赤幟。媮息僅一年，傳聞有二異。北來黄犢車，天表自英粹。雜問聚朝官，瞠目各相視。遥識講臣面，備言宫壼事。諸臣媚新君，誰肯辨儲貳？爭效雋不疑，競指成方遂。泉鳩無主人，束縛乃就吏。復有故宫妃，飛蓬亂雙髮。自言喪亂時，仳離中道棄。生子已勝衣，壯髮猶可識。不望昭陽恩，不望金屋貯，願一見大家，瞑目甘入地。上書欲自通，沉沉九閽閟。詔付掖庭獄，見者爲垂淚。不如厲王母，銜憤早自刺。祇緣當璧假，翻招故劍忌。誠恐相見非，泄此蹤跡秘。滅口計未忍，對面諒餘愧。鳥獸有伉儷，豺虎知乳孳。豈獨非人情，捐棄恩與義。嬴吕及牛馬，秦晉潛改置。皆從胎孕中，長養崇非類。未聞妄男子，潛盜出不意。龍種乞爲奴，狐假得暫恣。兹實衆口傳，曾見遺老記。疑事終闕如，庶聽來者議。福世子之僞，正史不載，録之以廣異聞。

分江北爲四鎮，以黄得功、劉澤清、劉良佐、高傑領之。

史可法開府揚州。按《東華録》有攝政王遣南來副將韓拱薇等致明大學士史可法書、弘光甲申九月十五日史可法答攝政王書。

五月，大清定鼎燕京。

十月，張獻忠破成都，志衍一門三十六口俱被害。有《志衍傳》，《觀蜀鵑啼劇》《題志衍山水》詩。

姜埰謫戍宣州衛。有《東萊行》。《明史·姜埰傳》：埰杖已死，弟垓口溺灌之乃蘇，盡力營護。後聞鄉邑破，父殉難，一門死者二十餘人，垓請代兄繫獄，釋埰歸葬，不許。即日奔喪，奉母南走蘇州。又：垓爲行人，見署中題名碑崔呈秀、阮大鋮與魏大中並列，立拜疏請去二人名。及大鋮得志，滋欲殺垓甚，垓變姓名逃之寧波，國亡乃解。先生有《姜如須從越中寄詩次韻》。王士禛《感舊集・小傳》：崇禎壬午，埰擢禮科給事中。五月中，條上三十疏，以言事觸首輔怒，與行人司副熊開元同下北鎮撫司獄，備極考掠，幾死者數矣。甲申正月，謫戍宣州衞，聞京師陷，思陵殉社稷，痛哭而南之戍所。未至，以金陵赦，留吳門不肯歸。以馬、阮用事，避地徽州，祝髮黄山，自號敬亭山人。戊子，奉母歸萊陽。山東巡撫重其名，遣使招之，先生故墜馬，以折股紿使者，而夜馳還江南。自號宣州老兵，欲結廬敬亭，未果，病亟，遺命葬宣城戍所，口吟《易簀歌》一章以卒。盛敬《成仁譜》：崇禎癸未，大兵入關，山東雲擾。萊陽諸生姜瀉里，字爾岷，偕其季子坡及工部侍郎宋玫、玫宗人吏部稽勛司郎中應亨，俱以罷任家居，經畫守禦。兵薄城下，坡發一礮，中其帥首，少却。亡何，夜襲城，兩家皆驅家僮巷戰，刃中瀉里背，見殺。坡抱父屍大罵，兵臠之。執玫、應亨相對拷掠，不屈死。按瀉里，埰父。

左懋第充通問使。有《下相極樂庵讀同年北使時詩卷》。《明史・左懋第傳》：懋第初授韓城知縣，有異政，考選户科給事中。福王立，爲應天巡撫。甲申，大學士高弘圖議遣使通好於我，而難其人，懋第請行。八月渡淮，十月朔，次張家灣，止許百人入都。懋第縗服以往，館於鴻臚寺，以不得赴梓宮，即於館所遥祭。是月二十八日遣還，尋自滄州追還，改館太醫院。葛芝《卧龍山人集》：侍郎奉使在北羈太醫院也，部曲有盗餉潛通者，侍郎怒，杖殺之，其黨因告侍郎有異圖。攝政王陳兵入院，令曰：「薙頭者生，不薙者死。」侍郎叱曰：「頭可去，髮不可去！」同行數十人，不屈者，參贊兵部陳用極、游擊王一斌、都司張良佐、王廷佐、劉統五人而已。因趣下刑部，鋃鐺數重。七日不動，遂執以如王所。王愈欲降之，則令侍郎之兄道意，不得，因請死，王猶豫未決，侍郎奮曰：「男兒死耳，何疑爲？」拽出順城門，將就縛，飛騎至曰：「降者王矣。」侍郎曰：「寧爲上國鬼，不願爾封王也！」六人以次受戮，用極與侍郎屍直立不仆，忽驚風四起，斷蓬飛入天際，觀者爲之流涕罷市。

二年乙酉，三十七歲。

南京召拜少詹事。

二月，王師南下揚州，史可法嬰城固守。攻益急，可法十餘疏告急，弘光以演劇不省。援兵不至，刺血作書，別其母妻。王師以飛礮擊城，西南隅陷，可法死之。有《揚州》詩。

五月初九日，王師渡江。福王由崧奔太平，南都亡。褚人穫《堅瓠集》：乙酉五月，王師下江南，吾蘇帖然順從。六月十三日，忽有湖賊揭竿，殺安撫黃家鼒，城中鼎沸，賴大兵繼至得寧。

劉澤清降，我朝惡其反覆，磔誅之。有《臨淮老妓行》。王士禛《南征紀畧》：淮安頗稱鞏固，甲申五月，澤清實來盤踞，與田仰日肆歡飲。大兵南下，有問其如何禦者，曰：「吾擁立福王以來，供我休息。」八月，大興土木，造室宇，極其壯麗，僭擬王居，休息淮上。《觚賸》：澤清建閫淮陰，興屯置榷，富亞郿塢，而漁色不已。天旅南下，托以左兵犯順，率旅勤王，撤戍離汛，大掠南行，遇王師於蕪湖，謀入海不得，倉猝迎降。

鄭芝龍、黃道周等奉唐王聿鍵稱監國。六月，自立於福州，號隆武。

楊文驄之閩。有《送友人從軍閩中》《讀友人舊題走馬詩於郵壁漫次其韻》。《成仁譜》：楊文驄字龍友，貴州貴陽縣人，崇禎辛未進士。以職方郎中監鎮江軍。乙酉夏，鎮江潰。六月，安撫黃家鼒至蘇州，文驄結陳情等攻殺之。尋入浙至閩，拜兵部侍郎。丙戌，福州陷，率川兵搏戰，不克，死。

九月，執由崧以歸於京師。

先生應南京詹事之召，甫兩月，奕琛夤緣馬士英，復柄用，修舊郤，先逮吴御史适，次擬先生，先生知事不可爲，又與馬、阮不合，乃謝歸。《明史·奸臣傳》：朝政濁亂，賄賂公行。四方警報狎至，士英身掌中樞，一無籌畫，日以鋤正人、引兇黨爲務。時有狂僧大悲出語不類，爲總督京營戎政趙之龍所捕，大鋮欲假以誅東林及素不合者，因造十八羅漢、五十三參之目，書史可法、高弘圖、姜曰廣等姓名内大悲袖中，海内人望，無不備列。獄詞詭秘，朝士皆自危，而士英不欲興大獄，乃止。夏允彝《幸存録》：馬士英入政府，方快於逐姜、劉而用阮大鋮，不復顧大柄之委去也。大鋮一出，凡海内人望，無不羅織巧詆；貪夫壬人，無不湔洗拔用。先生《冒辟疆五十壽序》：往者天下多故，江左尚晏然。一時高才子弟才地自許者，相遇於南中，刻壇墠，立名氏。陽羨陳定生、歸德侯朝宗與辟疆爲三人，皆貴公子。又有皖人者，流寓南中，故奄黨也，通賓客，畜聲伎，欲以氣力傾東南。申、酉之亂，彼以攀附驟枋用，興大獄以修舊郄。定生爲所得，幾填牢户；朝宗遁之故鄣山中；南中人多爲辟疆耳目者，跳而免。尋以大亂，奉其父憲副嵩少公歸隱如皋之水繪園，誓志不出。先生《吴母徐太夫人壽序》：當幼洪爲給諫，余亦官南中，以母老歸養，請急東還。聞幼洪之及也，余自知不免，雖然，不敢以告吾母也。無何，江南大亂，余奉母奔竄山中，幼洪亦自獄所脱歸，母子相見，倉皇避兵，皆僅而後免。今太夫人康彊壽考，諸子拜堂下，進七十之觴，而吾母亦健飯無恙。兩家母子，同以危苦得全，此非天爲之耶？

五月十七日，州役皂隸輿廝等毆張南郭，以積米未明爲詞。劉河兵以數月乏糧，擁至城，勢張甚。十九日，滿城民夜皆聞鬼哭。二十日，士民訛言大兵已至蘇州，居民驚徙，城市一空。知州朱喬秀吝而懦，卒當時危，惟擁貲闔門爲走計，六月初二日，盜庫帑逸。初四日，州亂，焚搶蜂起，先生避亂礬清湖。有《礬清湖》《讀史雜感》《避亂》詩。思義攷：朱昭芑明鎬《小山雜著》：乙酉，閏六月一日，夜將半，訛言忽起，傳有寇警。余披衣起，露立庭中，見天上小星散落如雪。《洪範》曰：「庶民惟星。」其隕如星乎？十六日望夜，月食之既，衆星流移，縱横絡繹，各有芒角。占曰：「百姓流徙之象。」吴人輕名節而重毫髮，始則望風納款，繼乃愛惜顛毛，遂各稱兵旅拒。崑山咫尺，音問不通，鄉城唇齒，辨髪相戮，枯守城中，正如坐井。七月初四日，屠嘉定。初六日，屠崑山。十二日，屠常熟。吴郡縣七州一，崇明懸處海外，六邑五受傷夷，惟一州爲魯靈光之獨存。自雜弁恣意淫刑，悍卒踴躍奪劫，鄉城哽咽，互召敵仇。譬之蠏然，去其郭索之物，惟餘頑然一腹，究復何濟！七月初四日屠嘉定，左通政侯峒曾死之，子元演、元潔從死。觀政進士黄淳耀自縊於真濟寺，弟淵耀從死。孝廉張錫眉縊於文廟，學正龔用圓投井死。初六日屠崑山，原任總兵王南陽、貢生朱集璜死之。孝廉徐開元妻自縊，長子、次子不忍其母，痛哭罵，軍大怒，縛置庭柱，亂鏃射殺。二子善屬文，有美才。崑山被屠者幾及八萬人，俘婦女無算。其軍士大約黄靖南降卒也，淫殺十倍北軍。十二日，屠常熟。是日前，荆門以義陽王爲名，需索大户，士女逃竄，城郭爲空，以故軍至無大獲，所屠者單户而已。三縣合計，所屠之户不下二十萬人，凡厚貲强有力者先遯荒野，遇害間有一二，大率中人下户居多。語云：「千金之子，不死於市。」信哉！八月初二日，李成棟統軍屠太倉各鎮。李成棟移師至松江府，松江水師敗北，提督京口水營總兵王蜚、吴淞總兵吴志葵被擒，王蜚死之。破府城，屠四五萬人，俘婦女畧同吴郡。吏部考功司主事夏允彝沉河死，守金山衞指揮侯懷玉死之。

六月，大兵入浙。有《堇山兒》詩。楊陸榮《三藩紀事本末》：乙酉，官兵既入浙，縱肆淫畧。總鎮聞，梟示十數人，令搜各船所掠婦人給還本夫。兵士畏法，遂以所掠沉之江中。又：乙酉六月，我貝勒留兵二千駐吴閶，大軍悉趨杭州，掠嘉興而過。時潞王常淓在杭，撫、按請命奉書迎降，而嘉興士紳屠象美等復集兵據城守，大兵還攻，半月而破。

閏六月，祖母湯太淑人卒。

三年丙戌，三十八歲。

瞿式耜等以桂王由榔監國於肇慶，號永曆。

志衍之弟事衍自蜀中徒跣逃歸。有《哭志衍》詩。

秋，王煙客時敏治西田於歸涇之上，去城西十有二里，是爲十四都，搆農慶堂、稻香菴、霞外閣、錦鏡亭、西廬、語稼軒、逢渠處、巢安等室，約張南垣疊山種樹，錢虞山作記，先生爲作《歸村躬耕記》。

《琵琶行》《西田詩》《和王太常西田雜興》，《福建道監察御史贈太僕寺卿謚忠毅李公神道碑銘》。

四年丁亥，三十九歲。

正月，大兵克肇慶。桂王奔桂林，尋奔全州，以式耜留守桂林。

元配郁淑人卒。

楊繼生任太倉學正。有《閬州行贈楊學博爾緒》。顧昺齊□□《壬夏雜抄》：楊先生秉鐸吾婁，妻女在蜀遭亂，已無可奈何矣。會吾婁盛泰昭釋褐秦之畧陽令，楊以盃酒餞之，曰：「倘至彼中，得吾家消息，片鴻寸鯉勿靳也。」盛赴任一載，偶以事出，見婦人負血書匍匐道左，物色之，即楊内閫也。乃假以一椽，飛書廣文，婦嚙二指，以血作字，并斷指裹來。楊得之慟，即以二百金授使，俾就舟東下。會南宫期近，楊束裝且北，至京口，有北舟欵南，偶觸，詢之則楊夫人舟，自陜來也。相別十餘年，流落萬死，天作之合，異哉！方出門時，女猶襁褓，今已覓婿，同來如一家。

游越。有《謁范少伯祠》《登數峯閣禮浙中死事六君子》《鴛湖曲》《鴛湖感舊》。王煙客招往西田賞菊。有詩。

梅村先生年譜卷三

五年戊子，四十歲。

七月，同年楊㠑岫卒。先是，京師陷，㠑岫投愛女於井，趣妻妾縊死，已則仰藥自殺，爲防守者所覺，水灌之，大吐復活。夫人孔氏懸絶甦。乃棄家，避兵武塘，復徙丹陽、金沙，終歸毘陵，鬱鬱不得志以死。有《左諭德濟寧楊公墓誌銘》。

八月，築舊學菴於梅村西偏，先生自爲記。按先生所居梅村，舊爲王士騏賁園，稱莘莊，在太倉衛東，中有樂志堂、梅花菴、交蘆菴、嬌雪樓、鹿樵溪舍、榿亭、蒼溪亭諸勝。思義玫：先方伯松霞公日記：甲申正月，晤張南垣於吳駿公之居梅村。當時申、酉間所購。

《後東皋草堂歌》。先生《詩話》：稼軒由進士爲兵科給事中，好直諫，爲權相所訐，罷歸。築室於虞山之下，曰東皋，極游觀之勝。酷嗜石田翁畫，購得數百卷，爲耕石齋藏之。未幾，里中兒飛文誣染，逮就獄。余時在京師，所謂《東皋草堂歌》者，贈稼軒於請室也。後數年，余再至東皋，稼軒倡義粵西，其子伯升門户是懼，故山別墅，皆荒蕪斥賣，無復向者之觀。余爲作《後東皋草堂歌》，蓋傷之也。又二年，知以相國留守桂林，城陷不屈，與張别山俱死。

六年己丑，四十一歲。

夏，願雲師從靈隱來，止城西太平菴。别先生，將遠游廬嶽，且期以出世，先生作詩贈之。《婁東耆舊傳》：王瀚字原達，受業於張采，爲諸生有名。國變爲僧，號晦山大師，名戒顯，字願雲。庚寅夏入廬山，遂主席江右。瀚雖入空門，悲憤激烈，曾檄討從賊諸臣云：「春夜宴梨園，不思凝碧池頭之泣；端陽觀競渡，誰弔汨羅江上之魂？」讀者俱爲扼腕。《焚餘補筆》：原達性好佛。崇禎甲申之變，作詩謝文廟云：「忝列諸生踐極年，義應君父死生連。薄言草莽無官責，敢卸衣冠哭聖前。讀罷捲堂羞國士，身同左祖幸斅天。孤踪願謝宫墻籲，甘作山農種石田。」「素心多載想盧能，獨係高堂久未曾。國事一朝論鼎沸，浮名何惜付層冰。聊將毁服存吾義，從此棲禪學老僧。拭取青山無累眼，好清世事理禪燈。」遂入山爲僧，名戒顯。乙酉六月，州宦陸遜之自淮歸，云淮陽自有德宗上人，知未來事，陸以太倉問之，德宗以州有再來人王和尚庇過，再不犯兵革，蓋指瀚也，竟不被慘禍云。按先生後有《得廬山願雲師書》《喜願雲師從廬山歸》諸詩。

《黄陶菴文集序》《興福寺鐵爐銘》《鴻臚寺序班封兵部武選司主事丹陽荆公墓誌銘》。

七年庚寅，四十二歲。

十一月，大兵入桂林，桂王奔，臨桂伯瞿式耜、總督張同敞俱死。先生《詩話》：稼軒臨難遺表曰：「庚寅十一月初五日聞警，開國公趙印選移營先去，衛國公胡一青、寧遠伯王永祚、綏寧伯蒲纓、武陵侯楊國棟、寧武伯馬養麟盡室而行，惟督臣張同敞從江東泅水過江，相期共死。」其赴義則閏十一月之十七日也。纍囚一月，兩人從容唱和。稼軒得詩八首，曰：「二祖江山人盡擲，四年精血我偏傷。」又曰：「願作須臾階下鬼，何妨慷慨殿中狂。」其末章曰：「年逾六十復奚求，多難頻經渾不愁。劫運千年彈指到，綱常萬古一身留。欲堅道力憑魔力，何事俘囚作楚囚。了却人間生死業，黄冠莫擬故鄉游。」別山和章有曰：「稜稜瘦骨不成眠，祖德君恩四十年。腰膝尚存堪作鬼，死生有數肯呼天。」又曰：「白刃臨頭惟一笑，青天在上任人狂。」又曰：「亡家骨肉皆冤鬼，多難師生共哭聲。」又曰：「此地骨原堪朽腐，他時魂不待招尋。」二公死，有舊給事中後出家號性因者收其骨，義士楊碩父藏其稿。稼軒孫文昌間關歸，以其詩與表刻之吴中，爲《浩氣吟》云。別山死事最烈，其未死也，受拷掠，兩臂俱折，目睛出，語不爲撓。稼軒有《初六日紀事》一詩曰：「文山當日猶長揖，堪笑狂生禮太疎。」別山和曰：「臂先頭斷生堪賤，身爲城亡計豈疎。銜木焉知舌在否，傷睛因笑眼多餘。」此其被刑時事也。稼軒以義命自處，從容整暇，《自警》詩曰：「死豈求名地，吾當立命觀。」又《自艾》詩曰：「七尺不隨城共殉，羞顔何以見中湘。」蓋指何公騰蛟以殉難封中湘王也。若兩公者，真可謂殺身成仁者也。

赴十郡大社。毛奇齡《駱明府墓誌》：駱姓，諱復旦，字叔夜，山陰人。嘗同會稽姜承烈、徐允定、蕭山毛甡赴十郡大社。連舟數百艘，集於嘉興南湖。太倉吴偉業，長洲宋德宜、實穎，吴縣沈世英、彭瓏、尤侗，華亭徐致遠，吴江計東，宜興黄永、鄒祗謨，無錫顧宸，崑山徐乾學，嘉興朱茂晭、彝尊，嘉善曹爾堪，德清章金牧、金范，杭州陸圻。越三日，乃定交去。

八月，大風海溢，有詩。

得龔芝麓鼎孳書。書載先生《詩話》。

至海虞，有《琴河感舊》《聽女道士卞玉京彈琴歌》《宴孫孝若山樓賦贈》諸詩。先生《詩話》：卞玉京字雲裝，白門人。善畫蘭，能書，好作小詩。余詩云：「緣知薄倖逢應恨，恰便多情唤却羞。」此當日情景實語也。又過三月，爲辛卯初春，乃得扁舟見訪，共載横塘，始將前四詩書以贈之。

附虞山蒙叟《讀梅村豔體詩有感書後》四首并序：余觀楊孟載論李義山《無題》，以爲音韻清婉，雖極濃麗，皆託於臣不忘君之意，因以深悟風人之旨。若韓致光遭唐末造，流離閩越，縱浪《香奩》，蓋亦起興比物，申寫託寄，非猶夫小夫浪子沉湎流連之云也。頃讀梅村豔體詩，見其聲律妍秀，風懷惻惻，於歌禾賦麥之時，爲題柳看桃之作。彷徨吟賞，竊有義山、致光之遺感焉。雨窗無聊，援筆屬和。秋蛩寒蟬，吟噪啁哳，豈堪與間關上下之音希風説響乎？河上之歌，聽者將同病相憐，抑或以同牀各夢而冁爾一笑也。時庚寅玄冥之小月二十有五日。「上林珠樹集啼烏，阿閣斜陽下碧梧。博局不成輸白帝，聘錢無藉貰黄姑。投壺玉女知天笑，竊藥姮娥爲月孤。淒斷禁垣芳草地，滴殘清淚到蘼蕪。」「靈璅森沉宫扇迴，屬車轣轆殷輕雷。江長海闊欺魚素，地老天荒信鴆媒。袖上唾看成紺碧，懷中泣忍化瓊瑰。可憐銀燭風前淚，留取胡僧認劫灰。」「摑鼓吹簫罷後庭，書帷别殿冷流螢。宫衣蛺蝶晨風舉，畫帳梅花夜月停。銜璧金釭憐旖旎，翻階紅藥笑娉婷。水天閒話天家事，傳與人間總淚零。」「銀漢依然界玉清，竹宫香燼露盤傾。石碑銜口誰能語，棋局中心自不平。禊日更衣成故事，秋風紈扇憶前生。寒窗擁髻悲啼夜，暮雨殘燈識此情。」

《嘉議大夫按察司使江公墓誌銘》《贈李峩居御史》。

八年辛卯，四十三歲。

巨寇劉文秀等踞滇、黔，吴三桂握重兵屯保寧，久無功，四川巡撫郝浴劾其縱兵剽掠，包藏異心。未幾，東西川俱陷，三桂棄保寧，退走綿州。浴聞警，一晝夜七馳檄邀三桂還。賊薄保寧，勢張甚，浴以忠義激發將士，與賊戰，大破之。即密陳三桂跋扈狀。有《雜感》詩。《元旦試筆》《梅花菴同林若撫話雨聯句》《德藻稿序》。

九年壬辰，四十四歲。

館嘉興之萬壽宫。輯《綏寇紀畧》。《欽定四庫全書總目提要》：《綏寇紀畧》十二卷，國朝吴偉業撰。偉業字駿公，號梅村，太倉人。崇禎辛未進士，授翰林院編修。入國朝，官至國子監祭酒。是編專紀崇禎時流寇，迄於明亡。分爲十二篇，曰澠池渡，曰車箱困，曰真寧恨，曰朱陽潰，曰黑水擒，曰穀城變，曰開縣敗，曰汴渠墊，曰通城擊，曰鹽亭誅，曰九江哀，曰虞淵沉。每篇後加以論斷。其《虞淵沉》一篇，皆紀明末災異，與篇名不相應。考朱彝尊《曝書亭集》有此書跋云：梅村以順治壬辰舍館嘉興之萬壽宫，輯《綏寇紀畧》。久之，其鄉人發雕是編，僅十二卷而止，《虞淵沉》中下二卷，未付棗木傳刻。《明史》開局，求天下野史盡上史館，於是先生足本出。予鈔入《百六叢書》，歸田之後，爲友人借失云云。意者明末降闖勸進諸臣子孫尚存，故當時諱而不出與？此本爲康熙甲寅鄒式金所刻，在未開史局之前，故亦闕《虞淵沉》中下二卷。彝尊《百六叢書》

爲人借失者，雖稱後十八年從吴興書賈購得，今亦不可復見，此二卷遂佚之矣。彝尊又稱其以三字標題，仿蘇鶚《杜陽雜編》、何光遠《鑑戒録》之例，考文章全以三字標題，始於繆襲《魏鐃歌》詞，鶚、光遠遂沿以著書，偉業敘述時事，乃用此例，頗不免小説纖仄之體；其回護楊嗣昌、左良玉，亦涉恩怨之私，未爲公論。然紀事尚頗近實，彝尊所謂聞之於朝，雖不及見者之確切，而終勝草野傳聞，可資國史之采輯，亦公論也。按近有虞山張氏刻本，《虞淵沉》中下二卷全。

先生所著有《春秋地理志》《春秋氏族志》《綏靖紀聞》《復社紀事》《秣陵春》樂府、《梅村詩話》《鹿樵紀聞》諸書。又有《臨春閣》《通天臺》兩種樂府。

附徐釚《詞苑叢談》：吴祭酒作《秣陵春》，一名《雙影記》。嘗寒夜命小鬟歌演，自賦《金人捧露盤》一詞，黄東崖所謂「法曲淒涼」者，正謂此詞也。祭酒又自題一律云：「詞客哀吟石子岡，鷓鴣清怨月如霜。西宫舊事餘殘夢，南内新詩總斷腸。漫濕青衫陪白傅，好吹玉笛問寧王。重翻天寶梨園曲，減字偷聲柳七郎。」按詩集中逸。又考先生《寄房師周芮公》詩自注云：晉江黄東崖先生和予此詩，中一聯曰：「徵書鄭重眠餐損，法曲淒涼涕淚横。」知己之言，讀之感嘆。唐孫華《讀鹿樵紀聞有感》：一旅誰知扼紫荆，蜩螗聒耳正分爭。腹書競伏狐鳴火，手蔗頻驚鶴唳兵。直待臨危思翦牧，可應先事戮韓彭？石頭袁粲真堪惜，自壞邊關萬里城。

指東莞督師。

哭朱昭芑明鎬，有《朱昭芑墓誌銘》。

與蒼公會。先生《詩話》：蒼雪師，雲南人。與維揚汰如師生同年月日，相去萬里，而法門兄弟氣誼最得。蒼住中峯，汰住華山，人以比無着、天親焉。蒼公年老有肺疾，然好談詩。以壬辰臘月過草堂，謂余曰：「今世狐禪盛行，一大藏教將墜於地矣。且無論義學，即求一詩人不可復得，迺幸與子遇。我襆被來，不曾攜詩卷，當爲子誦之。」是夜風雨大作，師語音傖重，撼動四壁，疾動，喉間咯咯有聲。已呼茶復話，不爲倦。漏下三鼓，得數十篇，視階下雨深二尺矣。當其得意，軒眉抵掌，慷慨擊案，自謂於此證入不二法門，禪機詩學，總一參悟。其詩之蒼深清老，沉着痛快，當爲詩中第一，不徒僧中第一也。師和余《西田賞菊》詩有「獨擅秋容晚節全」，全字落韻，和者甚多，無出師上。王士禛《漁洋詩話》：近日釋子詩，當以滇南讀徹蒼雪爲第一。如「一夜花開湖上路，半春家在雪中山」「亂流落葉聲兼下，聽徹寒扉不上關」，皆警句也。

送林衡者佳璣歸閩，有《送林衡者還閩》序并詩。先生《詩話》：衡者少游黄忠烈之門，以壬辰二月來婁東。所著詩文詞數十卷，詩蒼深秀渾，古文雅健有法。其行也，余贈以詩，有「五月關山樹影圓，送君吹笛柳陰船」之句。已而道阻，再游吾州，則秋深木落，鄉關烽火，南望思親，旅懷感吒，有《聽鐘鳴》《悲落葉》之風焉。得侯朝宗方域書。書載《壯悔堂集》。先生《懷古兼弔侯朝宗》詩：「死生總負侯嬴諾，欲滴椒漿淚滿尊。」自注云：朝宗貽書，約終隱不出，余爲世所逼，有負夙諾，故及之。

梅村先生年譜卷四

十年癸巳，四十五歲。

春禊飲，社集虎丘。程穆衡先生《詩箋》：癸巳春社，九郡人士至者幾千人。第一日慎交社爲主，慎交社三宋爲主，右之德宜、疇三德宏、既庭實穎，佐之者尤展成侗、彭雲客瓏也。次一日同聲社爲主，同聲社主之者章素文在兹，佐之者趙明遠炳、沈韓倬世奕、錢宮聲仲諧、王其倬長發。太倉如王維夏昊、郁計登禾、周子俶肇，則聯絡兩社者。凡以繼張西銘虎丘大會。《壬夏雜抄》：癸巳春，同聲、慎交兩社各治具虎阜，申訂九郡同人，至者五百人。先一日慎交爲主，次日同聲爲主。又：會日以大船廿餘，橫亘中流，每舟置數十席，中列優倡，明燭如繁星。伶人數部，聲歌競發，達旦而止。散時如奔雷瀉泉，遠望山上，似天際明星，晶瑩圍繞。諸君各誓於關帝前，示彼此不相侵畔。王隨菴撰自訂年譜：十年上巳，吳中兩社並興，慎交則廣平兄弟執牛耳，同聲則素文、韓倬、宫聲諸公爲之領袖。大會於虎丘，奉梅村先生爲宗主。梅翁賦禊飲社集四首，同人傳誦。次日，復有兩社合盟之舉。山塘畫舫鱗集，冠蓋如雲，亦一時盛舉。拔其尤者集半塘寺訂盟。四月，復會於鴛湖。從中傳達者研德、子俶，兩人專爲和合之局。是秋九月，梅翁應召入都，實非本願，而士論多竊議之，未能諒其心也。

九月，應召入都。授秘書院侍講，奉敕纂修《孝經演義》。尋升國子監祭酒。時先生杜門不通請謁，當時有疑其獨高節全名者，會詔舉遺佚，薦剡交上，有司敦逼，先生控辭再四，二親流涕辦嚴，攝使就道，難傷老人意，乃扶病出山。按《墓表》：溧陽、海寧兩陳相國共力薦先生。州縣志皆載總督馬國柱疏薦先生。有《投贈督府馬公》《自嘆》《江樓別孚令弟》時孚令送先生北行，至鎮江賦別而作。《登上方橋有感》《鍾山》《臺城》《國學》《觀象臺》《雞鳴寺》《功臣廟》《玄武湖》《秣陵口號》《遇南廂園叟感賦八十韻》《淮陰有感》《將至京師寄當事諸老》《高郵道中遇雪即事言懷》《臨清大雪》《阻雪》諸詩。

胡彦遠介《送吴梅村被徵入都》：「海外黄冠舊有期，難教遺老散清時。身隨杞宋留文獻，代閲商周重鼎彝。滿地江湖傷白髮，極天兵甲憶烏皮。重來簪筆承明殿，記得揮毫出每遲。」「幕府徵書日夜催，宫開碣石待君來。歸心更度桑乾水，伏櫪重登郭隗臺。花萼春迴新侍從，風雲氣隱舊蓬萊。暮年詩賦江關重，輸却城南十里梅。」「一樽雨雪坐冥濛，人在汪洋千頃中。老驥猶傳空冀北，春鴻那得久江東。榛苓過眼成虚谷，禾黍關心拜故宫。我亦吹簫向燕市，從今敢自惜途窮。」「碧海黄塵事有無，此來風雪滿燕都。遺京節度新推轂，盛世朝廷倍重儒。花暗鳳池思劍珮，春深虎觀夢江湖。悲歌吾道非全泯，坐有荆高舊酒徒。」

十一年甲午，四十六歲。

官京師。有《病中别孚令弟》。時孚令省先生於京師，南歸，言别而作。及再寄三弟詩。前詩意有未盡，故出京後再寄之。掛冠之志，不覺情見乎詞。《送穆苑先南還》《壽總憲龔公芝麓》《送湘陰沈旭輪謫判深州》《送天台何石湖之官臨晉兼簡蒲州道嚴方公》《送永城吴令之任》《送李書雲蔡閬培典試西川》《送山東耿中丞青藜》《送顧脩來典試東粤》。

十二年乙未，四十七歲。

《贈馮訥生進士教授雲中》《送隴右道吴贊皇之任》。

十三年丙申，四十八歲。

春，上駐蹕南苑閲武，行蒐禮，召廷臣恭視，賜宴行宫。先生賦五七言律詩、五七言絶句每體一首應制。聖駕幸南海子，遇雪大獵，先生恭紀七律一首。

午日，賜宴瀛臺龍舟。

海寇犯鎮江。有《江上》詩。

海寧陳相國謫戍遼陽。有《贈遼左故人》詩。

哭蒼雪法師，有詩。

宛陵施愚山閏章提學山東，送之以詩。施閏章《夢愚堂銘》：施子返自粤西，載罹憂慼，除服北征，宿於青州之官舍。庭月皎然，酒酣就睡，若有見焉，頎然而長，黝然而黑，長袖青衣，袒胸跣足，持半刺署「愚山道人」四字，時順治乙未三月之望日也。至京師，以告侍讀學士龍眠方先生，答曰：嘻，殆子之前身也。因呼余曰「愚山子」。迄明年，拜命督山東學，抵青州，駐節於斯，開帙視郡志，地故有愚公谷，乃失笑曰：「向所夢者，其斯人耶？」

馬逢知爲松江提督。有《茸城行》《客談雲間帥坐中事》詩。董含《三岡識畧》：馬逢知初名進寶，起家羣盜，由浙移鎮雲間。貪橫僭侈，百姓殷實者，械至，倒懸之，以醋灌其鼻，人不堪，無不罄其所有，死者無算。復廣佔民廬，縱兵四出劫掠。時海寇未靖，逢知密使往來，江上之變，先期約降，要封王爵，反形大露。事定，科臣成公肇毅特疏糾之，朝廷恐生他變，温旨徵入，繫獄，妻女發配象奴。未幾，與二子伏法東市。當逢知之入覲也，珍寶二十餘船，金銀數百萬，他物不可勝紀，綿亘百里。及死，無一存者，人皆快之。

約齋公舉鄉飲大賓。州守三韓白公登明遴邑中耆碩七人賓於庠，備養老之禮。首前浙江布政使松霞顧公燕詒，時年七十四歲。次約齋公，時年七十三歲。次前太常寺卿煙客王公時敏。次前嘉湖兵備道魯岡吴公克孝。次同官縣知縣梅梁曹公有武。次前河間府知府約菴凌公必正。次前新都縣知縣攝六黄公翼聖。以次爲序，爲婁東七老，他爵位高而名德弗逮者不與焉。白公尊禮婁東七老啟：嘗稽養老之典，肇自虞庠；介壽之詩，奏於《豳雅》。蓋敬老近乂，國雍有醬酳之文；而序賓以賢，閭里成仁讓之化。然而世多凉行，商芝徒翼漢儲；時際代遷，渭璜疇襄周鼎。求其鴻冥儀世，一時星聚太丘；鮐背維祺，百世風師《大雅》，蓋其鮮矣。睠兹婁東，三吴之名州，而忠哲之淵藪也。鸞翔鳳舉，仕版蔚爲聲施；豹隱鱗潛，川林毓多大老。方伯顧公，名著价藩，心懷肥遯。鯉庭之昌後，叶其作求；麈尾之宗雷，讓其領袖。封君吴公，經啟振麟，情怡盟鷺，既儀一而心結，更抱沖而揚和。太常王公，世襲簪纓，心棲玄淡。齊家飭肅雍之範，宜爾多賢；禮人被光霽之風，羣推長者。憲副吴公，澤咏召棠，清甘原牖。朱絃玉尺，禔躬無愧直方；丹篆青編，好學尚勤切琢。邑尹曹公，花封解綬，門高五柳之風；蔗境垂簾，宇藹三芝之秀。憲副凌公，榮謝桂林，性耽松壑。倘徉自得，不緇城市之塵；翰墨競珍，獨步風華之蘊。州牧黄公，明月入懷，清風振世。樂推爲善，踵太丘之遺徽；心徹禪宗，掃辟支之小乘。此七老者，咸先世之逸民，海邦之耆碩也。雖行不同軌，而齒皆遐齡，久心寫於式閭，兹身親夫授几。十月初吉，鄉飲屆期，敘請諸老，用光大典。初歌《鹿鳴》之詩，志乞言也；賡歌《南山》之詩，祝壽考也；既歌《淇奥》之詩，揚進德也。考鐘伐鼓，圜視聽於橋門；崇齒尚賢，隆賓僎於杖履。大禮既成，列耆載宴。瞻斗杓之有七，熠熠台光；稱達尊之有三，巍巍嶽望。年日耋而德日劭，國有老成之型；懦可立而頑可廉，風登仁壽之域。將見香山之九老，不獨擅美千秋；而洛社之羣英，亦可匹芳百禩矣。此固一鄉之盛，亦有司之光也。謹將七老姓氏齒爵録於左方，以詔來兹焉。思義攷：先方伯松霞公日記云：十月朔日乙亥，大霽，大暖如暮春。赴州守鄉飲之席。圜橋門而觀聽者萬人，共詫以爲盛舉，豈知吾胸中《黍離》《麥秀》之感也。

嗣母張太孺人卒於家。陳廷敬《先生墓表》：嗣母之喪，南還，上親賜丸藥，撫慰甚至。王崇簡《吴母張太孺人墓誌銘》：先生始生時，朱太孺人尚育三歲子。太孺人念其勞瘁，從襁褓中乳字先生，及夫顧復醫禱，恩義真切，此太孺人每以無忘撫育恩詔先生也。況太孺人之歸文玉公也，訓有錢孺人未周歲之遺女，以至嫁而歿，勤劬周恤，人不以爲繼母也，殆其性之者與！按太孺人世爲婁東望族，明經張柏菴公，其父也。迨歸文玉公爲繼室，文玉公入繼大宗，爲玉田公後，歲時思慕，孝祀不衰。與朱太孺人事其姑四十年，將承恐後，而妯娌之間和藹相終始，雝雝如也。當先生趨召，太孺人固康彊無恙也，而眷戀若永訣，屬先生異日無忘我夫婦之事嗣父母者。嗚呼！此先生之所以念之而猶悲也。太孺人之生明萬曆辛巳年六月二十二日，而其卒也順治丙申年十月初十日，享年七十有六。嗣子偉業，即梅村先生也。

《送何蓉菴出守贛州》《送何省齋》《送舊總憲龔孝升以上林苑監出使廣東》《送程太史翼蒼謫姑蘇學博》《送郭宫贊次菴謫官山西》《送曹秋岳以少司農遷廣東左轄》《送王藉茅學士按察浙江》《送當湖馬觀揚備兵岢嵐》《送王孝源備兵山西》。

十四年丁酉，四十九歲。

二月，歸里。王隨菴自訂年譜：十四年春，吳梅翁以大司成告歸。先生《剡城曉發》詩：他鄉已過故鄉遠，屈指歸期二月頭。

州守三韓白公登明濬劉家河，先生爲記。按記集中逸，見縣志。有《答撫臺開劉河書》。顧士璉《婁江志》：州守白公督工河上，單騎巡行。一日值天晚，欲借宿民家，思民間俗忌不利官府到家，徘徊道傍，而民亦閉户不納。適金粟菴僧來迎，乃止於菴。明日，以白金一兩酬僧。於是民皆願公來宿，而公以布帳隨身，竟露棲矣。

《張敉菴黄門五十壽序》《聖恩寺藏經閣記》。

十五年戊戌，五十歲。

科場事發。吴漢槎兆騫、孫赤崖暘、陸子元慶增俱貸死戍邊。有《悲歌贈吴季子》《贈陸生》《吾谷行》。程穆衡《鞶帨卮談》：同時如吴江吴漢槎兆騫、常熟孫赤崖暘、長洲潘逸民隱如、桐城方與三育盛皆有高才盛名，同以科場事貸死戍邊。子元以機、雲家世，與彝仲、大樽爲輩行，轗軻三十年，至垂老乃博一舉，復遭誣，以白首禦窮邊而死，一妾挈幼子牽衣袂，行路盡爲流涕。汪琬《堯峯文鈔》：壬辰，權貴人與考官有隙，謀因事中之，於是科場之議起。指摘進士，首名程周量經義被黜，科場之議日以益熾，其端發於是科，而其禍及於丁酉，士大夫糜爛潰裂者殆不可勝計。蔣良騏《東華録》：九年三月，大學士范文程等言：「會試中式第一名舉人程可則，文理荒謬，首篇尤悖戾經注。」命革中式，並治考官罪。十四年十月，同考官李振鄴、張我樸，舉人田耜、鄔作霖，科臣陸貽吉等俱立斬，家産籍没，父母兄弟妻子流徙尚陽堡。給事中任克溥劾其賄買中式訊實故也。十五年二月，以賄買情弊，覆試丁酉科順天舉人朱漢雯等，内蘇洪濬等八名文理不通，革去舉人。三月，諭禮部：丁酉科中式江南舉人，物議沸騰，是以親加覆試。今取得吴鳴珂准同會試中式舉人一體覆試。其汪溥勛等七十四名仍准作舉人。史繼佚等十四名，罰停會試二科。方域等十四人，文理不通，著革去舉人。十一月，刑部審實江南鄉試作弊。奉旨：「主考方猶、錢開宗正法，同考官葉楚槐等即處絞。」

《壽房師李太虛先生》《房師李太虛先生壽序》《黄觀只五十壽序》《白封君六十壽序》《贈奉直大夫户部福建清吏司員外郎仲常費公墓誌銘》《張母潘孺人暨金孺人墓誌銘》《劉母耿淑人墓誌銘》。

十六年己亥，五十一歲。

六月，鄭成功陷鎮江。七月，犯江寧，復犯崇明。

春游石公山。秋遊虞山。

《丁石莱七十壽序》《少保大學士王文通公神道碑銘》《太僕寺少卿席寧侯墓誌銘》《謝天童孝謙墓誌銘》。

十七年庚子，五十二歲。

里居。以奏銷事議處。時邑中如顧伊人湄、王惟夏昊、黄庭表與堅同以奏銷註誤。《堅瓠集》：江南奏銷之獄，起於巡撫朱國治欲陷考功員外郎顧予咸，株連一省，人士無脱者。《蘇州府志》：庚子十二月，吴縣知縣任唯初山西石樓人，選貢生。涖任，即逼倉總吴行之私糶漕糧七百石，婪賄虐刑，口碑騰刺。十八年二月，章皇帝遺詔下，府堂哭臨。第三日，生員倪用賓等列款具呈，巡撫朱國治發蘇松常道王紀，即提吴行之等嚴訊，供實覆院；諸生發知府余廉徵羈候府治花亭；唯初回縣。次日，生員金人瑞、丁瀾等哭府學文廟，教授程邑申報六案，朱始摘任印，着本府看守土地祠。唯初逢人説朱撫院要我銀子，故此糶糧。朱遂以諸生驚擾哭臨，意在謀叛具疏，銜在籍吏部考功員外郎顧予咸，株連之。適差滿大臣至江寧審金壇叛，詔并訊題覆。部議覆准倪用賓、沈玥、顧偉業、薛爾張、姚剛、丁瀾、金人瑞、王重儒八人典刑，家産入官，妻孥流徙。張韓、來獻祺、丁觀生、朱時若、朱章培、周江、徐玠、葉琪、唐堯治、馮郅十人本身典刑。其顧予咸，會議得疏中有諸生送揭，予咸擲地不觀之語，所擬革職、籍没、罪絞，奉旨俱免。唯初復任，後因白糧經費遲延，部議降調，國治復糾其貪，勘實，絞決於省城。未幾，國治解任。

八月，至無錫訪同年吴永調。其馴。有《有感賦贈》詩。

《哭亡女》《亡女權厝志》《清凉山讚佛詩》《七夕感事》《七夕即事》《送王子惟夏以牽染北行》《冒辟疆五十壽序》。

十八年辛丑，五十三歲。

雲南平。康熙元年四月，由榔死於雲南。有《滇池鐃吹》。

本生母朱太淑人卒。文學博歸，道病殁於桃源縣。

送張玉甲憲長之官邛雅。

康熙元年壬寅，五十四歲。

巡撫韓公世琦請撤蘇州駐防兵。按先生有《大中丞心康韓公九月還自淮南生日爲壽》詩。《蘇州府志·名宦》：韓世琦，字心康，本蒲州人，明大學士爌曾孫。世琦隸旗籍，爲遼人。康熙元年，由順天巡撫移撫江南。懲前政之弊，加意拊循，日進士民，詢以利弊，次第舉行。崇明瀕海，居民遷内地者，安輯不令失業。所棄界外田三千八百餘頃，爲奏免額賦萬九千餘石，折銀萬六千餘兩，蘆課八千餘兩。國初年之江南、吴中，特駐重兵，以防寇盜。北來軍士素驕横，爲民患，至是，世琦奏言江南寧謐，力請調回。及撤回之日，慮其擾民，與統兵者約，令嚴加禁戢，躬率文武將吏往來巡視，無一人敢干令者。三年夏，瀕海太倉等州縣颶風大作，漂没民田廬舍萬計，親往勘實，奏蠲其税。七年，吴中大水，餓殍載途，世琦繪圖入告，始得蠲賑。嘗疏請減免蘇、松浮糧，詳賦田類。事雖不行，民甚德之。居八年，以各屬逋賦，被議去。

子暻生。字元朗，號西齋。康熙戊辰進士，由户部主事遷兵科給事中，入直武英殿，充書書譜纂修官。著有《西齋集》《左司筆記》《錦溪小集》。《太倉州志》：吴駿公偉業連舉十三女，而子暻始生。時唐東江孫華爲名諸生，年已及强立矣，赴湯餅宴，居上坐，駿公戲曰：「是子當與君爲同年。」唐意怫。後戊辰，暻舉禮部，唐果同榜。

《贈蘇郡副守涪陵陳三石》《贈松郡司李内江王擔四》《贈彭郡丞益甫》《敕贈大中大夫盧公神道碑銘》。

二年癸卯，五十五歲。

本生父約齋公卒。子瞵生。字中麗，能詩，早卒。

白溇沈公受宏受詩法於先生。見外高祖《白溇詩集》自注。

《僉憲梁公西韓先生墓誌銘》。

三年甲辰，五十六歲。

子暄生。字少融，增監生，薦充武英殿纂修。歷知壽光、壽張縣，有政績。著《花韻軒集》《退盦詩集》。攷先生三子俱側室朱安人出。顧西巘侍御招集虎丘。有《夜游虎丘》《顧西巘侍御同沈友聖虎丘即事》《西巘顧侍御招同沈山人友聖虎丘夜集作圖紀勝因賦長句》諸詩。

《香山白馬寺巨治禪師教公塔銘》《顧母陳孺人八十壽序》。

四年乙巳，五十七歲。

《錢臣扆五十壽序》《監察御史王君慕吉墓誌銘》。

五年丙午，五十八歲。

《魯謙菴使君以雲間山人陸天乙所畫〈虞山圖〉索歌成二十七韻》。

《江西巡撫韓公奏議序》《兵科給事中天愚謝公墓誌銘》。

六年丁未，五十九歲。

《三月二十四日從山後過湖宿福源精舍》《二十五日偕穆苑先孫浣心葉予聞允文游石公山盤龍石梁寂光歸雲諸勝》《游石公歸是夜驟雨明晨微霽同諸君天王寺看牡丹》《沈文長雨過福源寺》。

七年戊申，六十歲。

吴園次綺以書招先生，先生之吴興。

《上巳過吴興家園次太守招飲郡圃之愛山臺座客十人同修禊事余分韻得苔字》《立夏日陪園次郡伯過孫山人太白亭落成置酒分韻得人字》《贈湖州守家園次五十韻》《修孫山人墓記》《雲起樓記》《湖州峴山九賢祠碑記》《席處士允來墓誌銘》《蔣母陳安人墓誌銘》《靈隱具德和尚塔銘》。

編詩文集四十卷成。同里周子俶肇、王維夏昊、許九日旭、顧伊人湄校讎付梓，陳確菴瑚爲之序。

御製《題吴梅村集》：「梅村一卷足風流，往復搜尋未肯休。秋水精神香雪句，西崑幽思杜陵愁。裁成蜀錦應慚麗，細比春蠶好更抽。寒夜短檠相對處，幾多詩興爲君收。」《欽定四庫全書總目提要》：梅村集四十卷，國朝吴偉業撰。偉業有《綏寇紀畧》，已著録。此集凡詩十八卷，詩餘二卷，文二十卷。其少作大抵才華豔發，吐納風流，有藻思綺合、清麗芊眠之致。及乎遭逢喪亂，閲歷興亡，激楚蒼凉，風骨彌爲遒上。暮年蕭瑟，論者以庾信方之。其中歌行一體，尤所擅長。格律本乎四傑，而情韻爲深；敘述類乎香山，而風華爲勝。韻協宫商，感均頑豔，一時尤稱絶調。其流播詞林，仰邀睿賞，非偶然也。至於以其餘技度曲倚聲，亦復接跡屯田，嗣音淮海。王士禛詩稱曰：「白髮填詞吴祭酒。」亦非虚美。惟古文每參以儷偶，既異齊梁，又非唐宋，殊乖正格。黄宗羲嘗稱梅村集中張南垣、柳敬亭二傳，張言其藝而合於道，柳言其參寧南軍事，比之魯仲連之排難解紛，此等處皆失輕重，爲倒却文章家架子。其糾彈頗當。蓋詞人之作散文，猶道學之作韻語，雖强爲學步，本質終存焉。然少陵詩冠千古，而無韻之文率不可讀。人各有能有不能，固不必一一求全矣。按先生詩有程穆衡《吴詩箋》七卷，靳榮藩《吴詩集覽》二十卷，吴翌鳳《吴詩箋注》十八卷。

八年己酉，六十一歲。

楚蘄盧紘爲先生丙子典試所取士，來爲蘇松常鎮參政。及門諸子屬序先生詩文集。

沈德潛《書梅村集後》：「蓬萊宫裏舊仙卿，自别青山悔遠行。擬作栩陽離别賦，江南愁殺庾蘭成。」吴祖修《書梅村詩後》：「夢回龍尾醒猶殘，重入春明興轉闌。宣去何能如老鐵，放歸未許戴黄冠。悲歌自覺高官誤，讀史應知名士難。今日九泉逢故友，西臺涕淚幾時乾。」

附《婁東耆舊傳》：梅村公得瑯琊賁園，稱莘莊，改搆廓然堂，甫竟而卒。門人楚人盧紘來爲蘇松巡道，升堂，公母朱太淑人不時出，盧詢之，公對以後樓未建，故去内舍甚遥，盧即建樓其後，翼然與堂稱，斯亦非近今人所能也。思義攷：王書城瑞國爲士騏傳，云性喜多費，興作無虚日，然考是園不爲侈。廓然堂則其長子慶長瑞庭俗呼大癡者爲之。慶長性似父而汰尤甚，創廓然，既搆矣，不當意，立命拽毁之，再搆又然，至三始成。有楊某者度其不能繼也，乃竊量堂之規模，搆一樓於己宅，覬王急則購以移焉。閲二十餘年，王果敗，而楊亦破家，是堂及園遂爲吴有，然樓猶屬楊也。又幾年，梅村門生某或云糧儲道盧紘爲買之，置堂後，果稱無爽，造物之幻如是。今堂與樓皆爲瓦礫場矣。

九年庚戌，六十二歲。

探梅鄧尉，有《梅信日雨過鄧尉哭剖石和尚遇大雪夜宿還元閣》詩，《京江送遠圖歌》。《龔芝麓詩序》《吴郡唐君合葬墓誌銘》《太學張君季繁墓誌銘》《封徵仕郎翰林院檢討端陽孫公暨鄒孺人合葬墓誌銘》《錢母譚太君六十壽序》。

十年辛亥，六十三歲。

《感舊贈蕭明府》。

十二月二十四日，先生卒。門人顧湄譔行狀。

先生元旦夢至一公府，主者王侯冠服，降階迎揖，出片紙，非世間文字，不可識，謂先生曰：「此位屬公矣。」十二月朔，復夢數人來迎，先生書期日示之。王士禛《池北偶談》：吴駿公辛亥元旦夢上帝召爲泰山府君。是歲病革，有《絶命詞》云：「忍死偷生廿載餘，而今罪孽怎消除。受恩欠債須填補，縱比鴻毛也不如。」時浙西僧水月年百餘歲，能前知，先生病亟，始拏舟迎之，至則曰：「公元旦夢告之矣，何必更問老僧？」遂卒。

先生屬疾時作令書，乃自敘事，畧曰：吾一生遭際，萬事憂危，無一刻不歷艱難，無一境不嘗辛苦，實爲天下大苦人。吾死後，歛以僧裝，葬吾於鄧尉、靈巖相近，墓前立一圓石，曰「詩人吴梅村之墓」。

先生病中有感詞：《調寄賀新郎》萬事催華髮。論龔生、天年竟夭，高名難没。吾病難將醫藥治，耿耿胸中熱血。待灑向、西風殘月。剖却心肝今置地，問華陀解我腸千結。追往恨，倍淒咽。　故人慷慨多奇節。爲當年、沉吟不斷，草間偷活。艾灸眉頭瓜噴鼻，今日須難訣絶。早患苦、重來千疊。脱屣妻拏非易事，竟一錢不值何須説！人世事，幾完缺？沈受宏《白漊集·哭梅村師》：「茫茫滄海劫餘身，遺恨心肝抱苦辛。自迫三徵蒙聖代，未輕一死爲哀親。南朝宫闕悲瓊樹，北極衣冠記紫宸。留得茂陵末命在，西山題墓作詩人。」四首録一。

五十二年癸巳，葬蘇州郡治西南二十里西山之麓。澤州陳廷敬譔墓表。

《蘇州府志》：國朝祭酒吴偉業墓，在靈巖山麓。按墓在蘇州府吴縣玄墓山之北。

袁簡齋太史稱婁東詩人，前有弇州，後有梅村。向見錢竹汀宫詹譔《弇州山人年譜》，獨梅村先生年譜闕如。軾不揣固陋，謬爲續貂之舉。讀先生詩，輒取程迓亭、靳价人、吴枚菴諸箋注，凡有年月可稽者，一一劄記，釐次前後，復於汎覽之下，事涉先生，編年比附。自壬辰迄己亥，八閲寒暑，稾凡十數易，輯爲年譜四卷。中有家仁仲參訂處，今已墓門宿草，並爲標明，非敢比郭象注《莊》之例也。所恨管窺蠡測，掛漏尚多，舛訛亦不免。惟冀博雅君子匡以不逮，幸甚。道光庚子春二月顧師軾識。

是書刻以問世三十餘年矣。庚申之亂，板片盡毁。近年覓得原本，欲謀重刻，適先生裔孫子掄茂才守元見之，謀諸羣從，力任剞劂，爰共相商榷，釐訂一二付梓。光緒二年臘月師軾又識。

詩詞篇目索引

本索引包括正文(不含詩話)所收全部詩詞篇目。前爲篇目名稱,後爲所在頁碼,按音序排列。

D

F

G

H

J

K

L

M

N

O

P

Q

R

S

T

W

Y